J.-J. ROUSSEAU

PEINT

PAR LUI-MÊME.

IMPRIMERIE DE Mme Vve PERRONNEAU.

J. J. ROUSSEAU.

Ch. Duchesne delin.   Couché fils sculp

J.-J. ROUSSEAU

PEINT

PAR LUI-MÊME;

Ses Confessions, avec des notes nouvelles ; Rousseau juge
de Jean-Jacques, ou ses *Dialogues ;* ses Lettres à M. le
président de Malesherbes ; les Rêveries du Promeneur
solitaire; ses Lettres à M. le pasteur Vernes; un *Nouveau
Supplément* à ses Mémoires et un *Appendice.*

Augmentés *de l'Eloge de Jean-Jacques Rousseau, ou Examen
de sa philosophie, de ses opinions, de ses ouvrages,* par
M. le comte d'Escherny ; *d'un avertissement des nouveaux
éd.teurs ; de notes curieuses relatives à la personne de
Jean-Jacques, et de plusieurs pièces inédites ou peu connues
de ce philosophe.*

PAR M. ★★★

Avec un beau portrait de J.-J. Rousseau, un fac
simile de son écriture, et cinq jolies gravures.

TOME PREMIER.

A PARIS,

CHEZ ALEXIS EYMERY, LIBRAIRE,

RUE MAZARINE, N° 50.

1819.

ÉLOGE

DE J.-J. ROUSSEAU.

ÉLOGE

DE J.-J. ROUSSEAU,

OU

EXAMEN CRITIQUE

DE SA PHILOSOPHIE, DE SES OPINIONS, DE SES OUVRAGES;

PAR M. F. L. COMTE D'ESCHERNY.

Quel est cet homme, né dans l'obscurité, pauvre, sans moyen d'instruction, abandonné, pour acquérir quelque lumière, au hasard et à lui-même; errant dans sa jeunesse autour de sa cité, mendiant des asiles dans les contrées voisines; inconstant dans sa foi, ses goûts, ses habitudes; changeant d'état, de profession, de culte et de demeure; timide, ignoré de lui-même et des autres; voyant partout ses supérieurs, remplissant successivement des emplois ou subalternes ou abjects, et les remplissant mal; relégué long-temps dans des offices et parmi des valets; dont les premiers essais en tout genre furent autant de chutes; humilié par des sots, trompé par ses amis (1), dominé, dirigé pendant près de quarante ans par une femme du peuple qui eût eu peine à prendre quelque ascendant sur l'homme le plus ordinaire; vivant en

(1) Voyez ses *Confessions.*

apparence du travail de ses mains; sans cesse protégé, méconnu, avili; marquant tous les pas de sa
carrière par des erreurs, des fautes ou des faiblesses; crédule et défiant, jouet du sort, livré toute
sa vie au doute, à l'inquiétude et au soupçon ;
fuyant les hommes, se tenant à l'écart, et recher-
chant les solitudes; pressé, enfin, de sortir de la
vie par le désordre de sa tête, l'indigence et le chagrin, et réduit dans sa vieillesse à se donner la
mort? C'est J.-J. Rousseau!

Quel est cet homme qui domina son siècle,
changea les opinions, ouvrit de nouvelles routes à
la pensée, admirateur des anciens, les élevant
au-dessus des modernes, et qui ne parut leur assurer la victoire par son suffrage, que pour la
leur arracher par ses écrits; à qui divers peuples
de l'Europe rendirent le plus flatteur des hommages, en lui demandant des lois; qui, en versant
les richesses de son génie sur la langue française,
l'a fertilisée, et en a tiré comme une langue nouvelle qui n'a plus rien à envier à celles de la Grèce
et de Rome; qui sut tour à tour toucher, attendrir, élever les courages, faire verser des larmes,
inspirer l'énergie de la vertu, et dissiper les préjugés; qui rappela les hommes à la simplicité de la
nature, rendit les mères à leurs devoirs, et les enfans à la liberté et au bonheur ; qui rapporta au
genre humain les titres perdus de sa noble origine
et de sa dignité, qu'on vit du fond de ses retraites,
armé de foudres et d'éclairs, terrasser le fanatisme,
tonner sur les tyrans, et renverser le despotisme ;
qui fut persécuté par les prêtres, poursuivi par l'autorité, envié de ses rivaux, et adoré du reste des
hommes; dont chacun des ouvrages fit explosion,
et paraissait moins sortir d'une presse que s'échap-

per d'un volcan : qui , séchant les pleurs de l'enfance, et découvrant les fondemens du pacte social (1), devint ainsi le bienfaiteur de la moitié du
genre humain , et le libérateur de l'autre; qui fit
révolution dans les arts , dans les mœurs , dans
l'éducation, dans la politique, et remplit l'univers
de sa gloire et de son nom? C'est encore J.-J. Rousseau!

On a peine à se persuader que ces deux aspects
puissent appartenir au même individu. Séparez-
les; attribuez-les à deux êtres distincts : le premier
n'est plus qu'un homme ordinaire; le second coupe
le lien qui l'attache à la terre, s'élève au-dessus de
tout rapport humain , et se perd dans la nue; nos
yeux ne l'aperçoivent plus.

Mais rapprochez ces deux faces, et alors la première , qui a tant servi ses ennemis et consolé l'envie, devient le complément même de sa gloire. Il
serait bien moins grand, s'il eût eu moins d'obstacles à vaincre. C'est un fleuve large et profond ,
sans source , sans origine , sans ruisseaux , sans
rivières qui aient contribué à le former. Cette première face le rapproche de nous; elle le fait chérir ,
admirer et plaindre; elle répand sur sa personne
l'intérêt le plus vif et le plus touchant. On aime à
le voir homme : on s'attendrit sur son sort : on
pleure sur ses infortunes. Hélas! c'est ainsi que

---

(1) J'ai voulu louer J.-J. Rousseau. Je me suis conformé
ici à une opinion commune que je ne partage pas. On trouvera peut-être des exagérations dans cet éloge, plutôt qu'un
jugement sévère, impartial. Je ne m'en défends pas; j'ai
plus cherché à le célébrer qu'à le juger. Je vois tous les
jours tant de petits auteurs érigés en grands hommes, que
je me plais à faire compensation, en passant la limite pour
un homme véritablement grand.

la nature, qui s'occupe de tous, venge les sots,
fait acheter la gloire, expier la supériorité. C'est
à ce prix qu'elle vend une grande renommée ; et
les hommes de génie ne sont souvent que des victimes couronnées de fleurs, dévouées au salut du
genre humain.

Chacun des points, d'ailleurs, par lesquels il
nous touche, nous fait en quelque sorte participer
à sa grandeur. Ces points de contact sont comme
un intermédiaire de communication entre lui et
nous ; ils en comblent l'intervalle ; et les faiblesses
de J.-J. sont l'échelle qu'il tend à notre faiblesse,
pour l'atteindre et nous élever jusqu'à lui.

C'est de cet homme extraordinaire qu'on propose aujourd'hui l'éloge. Quel est l'imprudent qui
osera entrer en lice? Quel est l'homme simple qui
n'apercevra pas le piége ? Faire l'éloge de Rousseau,
quand à peine il a quitté la terre! quand ses ouvrages sont sus, lus et répandus partout, qu'ils
font les délices des gens du monde, des femmes et
des penseurs ! quand tout s'échauffe, ou palpite,
ou frémit, ou soupire autour de ses écrits; qu'on
s'y abreuve à l'envi d'instruction, de plaisir ; qu'on
s'y enivre à la fois de volupté et de vertu ! On ne
le loue pas, on fait plus, on pleure, et des larmes
brûlantes impriment son éloge sur les mouchoirs
de tout lecteur sensible. Son éloge? quand des milliers de voix le célèbrent, le chantent et l'invoquent!
quand les écrits de ce grand homme servent de
boussole aux augustes représentans des Français,
pour instituer, régénérer leur empire, et leur créer
une patrie ! Quand ils puisent dans ses principes et
dans leur cœur les germes de prospérité qu'ils
versent sur la France avec tant d'abondance ! Un
éloge? quand vingt-quatre millions de Français lui

adressent des hymnes d'amour et de reconnaissance!
Mais que dis-je? cet éloge est déjà commencé. Il
se lit avec la majesté et la lenteur des siècles. Du
haut de leur tribune, les législateurs de la France
en prononcent chaque jour une ligne : l'univers
écoute en silence, et toutes les nations se préparent
à le répéter, comme à lui décerner des palmes et
des couronnes (1).

PREMIÈRE PARTIE.

Il est des hommes justement célèbres, dont on
peut entreprendre l'éloge. Ils auront vécu dans
des temps plus reculés de nous. Leurs vies, leurs
actions, leurs exploits, leurs ouvrages n'auront
été ni aussi connus, ni aussi bien appréciés que
tout ce qui a rapport à l'auteur de *Julie* et d'*Émile*.
En un mot, tous ces grands hommes sont morts:
celui-ci vit et respire encore au milieu de nous:
il nous a mis, par ses *Confessions*, dans sa plus
intime confidence, et son esprit nous guide, nous
dirige, nous anime. Nous le voyons dans nos enfans sains, libres et contens. Nous l'entendons à
l'assemblée nationale de France. Nous le respirons
dans les vallons solitaires, avec le parfum des
plantes et des fleurs, qu'il se plaisait à observer ;
et nous le suivons dans l'influence des lois et de la
liberté sur le bonheur futur des campagnes et de
leurs utiles et nombreux habitans.

---

(1) J'ai fait cet éloge en 1789, et dans le même temps que
j'écrivais la *Correspondance d'un habitant de Paris*, etc. ;
c'est-à-dire dans les beaux temps d'une révolution dont
j'étais ivre comme bien d'autres. Je ne voyais pour elle en
perspective que le bonheur de la France et de l'espèce
humaine. Qui pouvait en prévoir les épouvantables suites?

Rousseau fut un phénomène, en qui la nature
et le sort prirent plaisir à rassembler deux êtres
agissant et pensant sous l'apparence d'une seule
personne. Pour le louer et pour le peindre, pour
éviter les écueils que présente ce projet, l'on n'aperçoit que des sentiers scabreux, des moyens difficiles.

On pourrait donner à la composition et au dessin
les traits singuliers et l'empreinte originale du modèle; ou bien défendre celle de ses opinions qui
ont été le plus contredites, leur chercher de nouveaux appuis. Un bel éloge, encore, serait de lui
faire hommage de quelques feuilles écrites sous les
inspirations de son génie et de ses pensées. On
pourrait aussi détourner sur ses écrits les con-
trastes que nous venons de remarquer dans sa
personne; étendre à ses opinions les disparates de
sa vie; asseoir son éloge sur ces disparates, et le
composer des mêmes matériaux qui ont servi à ses
adversaires pour le blâmer et faire sa critique.
Par là, nous fortifierions sa gloire des attaques
mêmes de ses ennemis, et de leurs efforts à la rui-
ner : nous mettrions son éloge dans leur propre
bouche, et nous ferions voir que les contradictions,
les paradoxes et les singularités qu'on lui a tant
reprochés, sont à la fois et le sceau du génie, et
le principe le plus actif du bien que ses écrits ont
fait aux hommes.

Oui, si j'admire Rousseau, s'il est pour moi le
plus précieux des philosophes, si aucun plus que
lui n'a fait bouillonner ma tête et mes idées, c'est
par ses paradoxes et ses contradictions. Il a sou-
levé toutes les difficultés, et n'a donné la solution
d'aucune. Il reste un grand livre de philosophie à
faire sur les contradictions de J.-J. Rousseau. On

se contredit aux deux extrémités de la sottise et du génie. On se contredit, parce qu'on voit mal, qu'on manque de sens, d'instruction et de justesse, et aussi parce que l'on considère les objets d'un point de vue très-élevé, et qu'on réunit à la pénétration cette candeur et cette bonne foi qui ne dissimulent aucune objection ni à soi ni aux autres.

Faisons-nous un procès aux vents, lorsque après avoir soufflé long-temps de l'est ils s'avisent tout à coup de souffler de l'ouest? Les dispositions d'une tête pleine d'idées, et d'une ame ardente, agitée tour à tour par des sentimens divers et des sensations opposées, changent et varient comme les vents. Les paradoxes ne sont que des aperçus nouveaux; ils tendent à reculer les limites de l'esprit humain; et lorsqu'on crie au paradoxe, on ressemble à de malheureux Égyptiens campés au pied d'une des faces de la grande pyramide, et qui nieraient l'existence des autres faces, parce qu'ils n'en auraient jamais fait le tour. Rousseau a fait le tour de toutes les questions de morale et de politique, et de toutes les idées qui tiennent le plus intimement à la félicité des hommes. Mais faire le tour de ces questions, c'est les considérer sous leurs divers aspects, et par conséquent passer d'une face à la face opposée.

Il est toujours une de ces faces que l'habitude, les préjugés, un certain respect de tradition, nous font regarder comme la seule vraie. Nous sommes accoutumés à lui vouer un culte exclusif, et nous considérons la face opposée comme nos ancêtres regardaient les antipodes; nous la traitons de chimérique ou d'absurde. Il faut de la fierté et de l'audace dans le génie, pour fouler aux pieds ce respect superstitieux, et abjurer ce culte. Sans cette

audace, Colomb n'eût pas découvert le nouveau
monde. L'esprit systématique ferme les yeux sur
les aspects qui le contrarient, et cherche à tout
concilier : il est l'apanage de la médiocrité ou de
la témérité. Les systèmes sont l'écueil du génie :
Rousseau n'en a point fait.

Plus on s'élève, plus l'horizon s'étend. A mesure
que le champ de l'observation s'agrandit et s'accroît, les liaisons se rompent, les idées se détachent
et se désassemblent, et le système s'évanouit.
L'unité de conception ne peut appartenir qu'à
celui qui voit peu d'objets, ou à celui qui les voit
tous ; elle est le partage des vues faibles qui n'en
distinguent qu'un petit nombre, ou de l'œil perçant
sur lequel viennent se réfléchir tous les possibles,
et qui embrasse l'immensité des êtres.

Sans doute les contradictions et les paradoxes
n'appartiennent pas tellement au génie, qu'on ne
puisse pas avoir du génie sans contradictions et
sans paradoxes. Il est plusieurs excellens écrivains
qui n'en ont point avancé, parce que ne mesurant de l'esprit qu'une certaine étendue, ils n'ont
point voulu s'élancer au delà. Ils ont fait un triage
entre toutes les idées qui se présentaient à eux ; ils
ont réuni les plus analogues ; ils en ont fait un plan :
ce plan, ils l'ont préféré à tout autre, et n'en sont
point sortis. Prenons pour exemple la question de
l'utilité des sciences et des arts. Le savant qui a
passé sa vie à acquérir des connaissances, qui leur
doit sa fortune et la considération dont il jouit ;
l'homme de lettres qui voit que les nations sont
d'autant plus puissantes et respectées, qu'elles
cultivent mieux les sciences, et qu'elles honorent
davantage ceux qui s'y distinguent ; que la gloire
des états s'étend et s'accroît en même proportion

du nombre des savans et des artistes qu'ils ren-
ferment dans leur sein : un tel homme, avec beaucoup d'esprit et de philosophie, prononce que les
sciences et les arts sont très-utiles au genre humain ; qu'ils le tirent de la barbarie, adoucissent
ses mœurs, le civilisent, anoblissent, perfectionnent ses facultés. Il vivrait, il écrirait, il phi-
losopherait pendant des siècles encore, qu'il ne lui
viendra jamais le moindre doute à cet égard. Rousseau osa douter; il médita long-temps avant d'élever la voix et de se faire entendre. Enfin, il débuta
par le plus superbe et le plus hardi des paradoxes.
C'est ce fameux discours sur le rapport des sciences
et des arts avec les mœurs. On le vit, à l'entrée de
la carrière qui devait lui procurer un nom immortel, fouler aux pieds les titres de sa gloire,
renverser ces trophées élevés aux lettres, consacrés
par l'admiration et la reconnaissance de tous
les âges, affermis par le temps, et respectés des
siècles.

Descartes, en employant à oublier, à désap-
prendre les mêmes efforts de tête que d'autres
mettent à devenir savans, s'était créé une nouvelle
âme, avait refait les sciences, et donné une nouvelle face à la philosophie. Rousseau suivit à peu
près la même route ; mais au lieu d'adopter la
marche timide du sceptique, qui, la sonde à la
main, examine, tâtonne, et assure chacun de ses
pas, il en prit une plus conforme à son caractère
impétueux et à la chaleur de son âme; il prit le vol
audacieux du dogme et de l'affirmation. Il douta
comme Descartes, mais il arma son doute d'une
forme décisive et tranchante. Il affirma que les
sciences et les arts étaient pernicieux aux mœurs,
et incompatibles avec la vertu.

A cette époque , la géométrie , les sciences
exactes avaient fait de grands progrès ; mais les
hommes , avec des lumières nouvelles, conservaient toutes leurs vieilles allures. L'esprit philosophique , cet esprit qui s'applique à tout , qui
éclaire tous les objets d'un jour qui lui est propre ,
qui n'a rien de commun que le nom avec la
philosophie proprement dite , et enseignée dans
les écoles ; cet esprit, dis-je , n'était encore le
partage que d'un petit nombre de penseurs : il
ne s'étendait guère au delà de quelques sociétés
choisies de Paris ou de Londres. A cette époque
régnait une grande circonspection ; on ne pensait
que pour ses amis. Si on saisissait quelque vérité , on se souvenait du mot de Fontenelle ; on
se gardait bien de la laisser échapper de ses mains.
Elle exposait à des dangers ; et la censure , la
chambre syndicale et la Bastille avaient fait dire
qu'elle ne pouvait entrer dans Paris que par contrebande. Quelques vers des tragédies de Voltaire,
d'un sens détourné ou voilé , étaient regardés
comme des prodiges de hardiesse. Quelques gens
de lettres critiquaient Montesquieu parce qu'ils ne
l'entendaient pas : et les gens d'église le persécu-
taient parce qu'ils l'entendaient.

Les calvinistes , les protestans n'étaient pas des
chrétiens aux yeux du peuple; il les confondait
avec les païens. On ne voyageait pas. L'ignorance
des gens du monde sur la géographie , sur les intérêts , la politique , les mœurs , les institutions des
peuples de l'Europe et du globe , était extrême.
L'univers , pour eux, ne s'étendait pas au delà de
la France. On ne pouvait , sans être impie , appliquer sa raison à sa foi : l'hérésie inspirait plus
d'horreur que l'athéisme.

Les jésuites étendaient sourdement leur empire par la confession, le commerce et la flexibilité de leur morale et de leur foi. La bulle *Unigenitus* était le sujet des graves entretiens. Il fallait être janséniste ou moliniste pour être quelque chose. Il y avait des opinions particulières, mais l'opinion publique était encore à naître.

Versailles renfermait un Dieu inaccessible comme invisible pour tout autre que les prêtres de son culte, appelés *courtisans*. Toutes les femmes de l'empire aspiraient à l'honneur de sa couche. Il y avait peu de temps qu'un prince de l'Église (1), ministre du Très-Haut, gouvernait sous le Dieu théocratiquement. Ses sujets prosternés le contemplaient de loin avec un respect superstitieux, toujours prêts à s'immoler à ses caprices, et à donner leur vie pour un de ses regards. Un voile religieux était interposé entre le peuple et lui; on n'aurait osé le soulever, car il était tissu avec des feuilles de bénéfices et des bulles de Rome.

On parlait sans cesse de la liberté des manières françaises, de la liberté de Paris, et dans le sens frivole qu'on y attachait, on n'en jouissait pas. Le Français croyait être libre, et il n'était qu'un automate monté sur quatre ressorts principaux qui déterminaient et réglaient ses mouvemens, l'*usage*, l'*étiquette*, la *mode* et le *bon ton;* il en était l'esclave; la contrainte et la gène s'étendaient jusqu'aux costumes et à la forme des vêtemens. On n'imaginait guère alors que c'était au commencement du dix-neuvième siècle qu'il était réservé de faire connaître en quoi consistent la véritable liberté et le bon goût qui l'accompagne d'ordi-

(1) Le cardinal de Fleuri.

naire. Pour se faire une idée de l'un et de l'autre,
il suffit de comparer le vêtement diaphane et
léger que les Françaises ont emprunté des Grecques,
avec la roideur des busques et des paniers gothi-
ques, où leurs aïeules se plaisaient à paraître em-
prisonnées.

Qu'eût-on pensé alors? si un de ces inspirés qui
lisaient autrefois dans l'avenir et prêchaient les
peuples et les rois, était venu leur dire : « Lorsque
« des hommes auront passé de l'île des Bretons
« sur la terre des Francs, et traversé la mer qui
« les sépare par la route des airs, alors la France,
« sans parlemens et sans bastilles, verra les biens
« d'église rendus à la nation, les prêtres mariés
« rendus à la nature, les moines affranchis rendus
« au monde, et tous ensemble, et tous les ordres
« confondus, devenus citoyens, rendus à la patrie. »
Avant quarante ans révolus toutes ces choses arri-
veront. On peut croire que l'annonce de tous ces
événemens, aussi vraisemblables les uns que les
autres, aurait fait rire du prophète, et qu'il eût
été considéré plutôt comme un mauvais plaisant
que comme un visionnaire dangereux.

Ce début de Rousseau, cette attaque contre les
sciences et les arts, contre ces filles du ciel des-
cendues sur la terre pour la consolation des mortels;
cette attaque qui ressemblait à celle d'un Titan,
fut comme le signal de la révolution qui se fit
dans les esprits à cette époque. Ce discours les
tira de l'engourdissement où ils étaient plongés.

L'examen coûte à la paresse. Le doute est un
état violent pour la plupart des hommes ; ils sont
sujets à sommeiller des siècles sur ce qu'ils croient
être la vérité. C'est là une des causes de la lenteur
des progrès de la raison ; et c'est ainsi que les

siècles voient renouveler les mêmes fautes ; que
les mêmes erreurs et leurs suites funestes se repro-
duisent d'âge en âge, et que des races d'enfans se
succèdent l'une à l'autre sans parvenir à l'état
d'hommes. Aussi doit-on regarder les *douteurs*
comme de précieuses sentinelles qui veillent à la
sûreté et à la conservation du genre humain.

La philosophie ne s'était montrée jusqu'alors
que sous des formes sèches et scientifiques, ou sous
les demi-jours de l'ironie, des mots fins, et des
sens détournés. Fontenelle et Montesquieu avaient
parlé à l'esprit et à la raison, il fallait un homme
qui parlât aux sens et à l'imagination. Ils avaient
éclairé, il fallait subjuguer. La philosophie n'avait
été qu'une lumière douce et tranquille, elle avait
besoin qu'une main vigoureuse l'agitât et la con-
vertît en flambeau. Il fallait un génie extraordinaire qui produisît une vive secousse, imprimât
de grands mouvemens, qui nous exagérât nos vices,
nos travers et nos égaremens, qui nous en fît
rougir, qui sût donner à la raison et à la vérité des
formes pénétrantes. Cet homme fut J.-J. Rousseau.

Son paradoxe sur les sciences alarma les gens
de lettres, blessa l'amour-propre des savans, irrita
les docteurs, mit aux champs les universités, jeta
le trouble et la confusion dans les idées, causa
dans les têtes la plus grande effervescence. Ce
paradoxe était tissu avec tant d'art, soutenu avec
tant de chaleur, avec une éloquence si imposante ; il y régnait un ton de persuasion si vrai ;
la cause de l'ignorance y était plaidée avec tant
de savoir et d'habileté, que chacun se demandait
à soi-même : « Serait-il possible ? Que reste-t-il
» donc de vrai ? que faut il croire ? de quoi ne
» doutera-t-on point ? où est la certitude, si l'uti-

« lité des sciences, qui n'a jamais été mise en
« question, se trouve non-seulement détruite,
mais convertie en poison des mœurs (1) ? »

Plus on discutait la question, plus on l'éclair-
cissait, plus on examinait toutes ses faces, plus
on la considérait sous tous ses rapports, et plus
on devait répondre aux vues de l'auteur. Descartes
avait travaillé seul ses doutes, seul il avait démoli,
seul il avait reconstruit un nouvel édifice, et il
en avait été à la fois l'architecte et le maçon.
Rousseau, plus habile ou plus heureux, associa
à ses doutes toutes les têtes pensantes, et soit
hasard, soit intention, fit concourir à son but
les gens de lettres, qui, sans s'en douter, entrèrent dans son plan, et devinrent ses manœuvres;
il fit conspirer à ce grand dessein jusqu'à ses plus
ardens détracteurs. Mieux ses ennemis le réfu-
taient, et mieux ils le servaient; car du choc des
idées naît la lumière, et quelquefois la vérité, quand
elle se laisse surprendre.

Le monde moral est une grande énigme; tout
s'y tient; mais nous ignorons le mot auquel tout
se rallie; les sciences, les mœurs, le luxe, le commerce, les lois, la liberté, le droit des peuples;
on arrive bien vite aux principes des gouvernemens, et au fondement de la société civile : toutes
ces questions s'enchaînent l'une à l'autre; elles
furent reprises, examinées derechef : tout ce

---

(1) Il n'avança point cette opinion extraordinaire pour
étonner et déployer ses forces comme on le lui a reproché.
Ce n'était pas non plus en lui l'effet de la conviction. Il
flottait, il balançait, il entrevoyait des raisons de douter.
Sa manière originale de considérer les objets tenait beaucoup en lui à un génie fier, hardi, passionné pour l'indé-
-jeudance en tout genre.

système informe de nos connaissances morales
se trouva comme ébranlé : on fit de nouvelles
recherches; on parvint à des résultats nouveaux ;
l'esprit acquit plus de justesse; on ne se paya plus
de mots, on les définit; on leur substitua des
choses. L'esprit philosophique date surtout de cette
époque.

On appliqua aux sciences morales la méthode
des géomètres et l'analyse. Les idées devinrent
plus distinctes; la nature de l'homme fut mieux
étudiée, ses rapports mieux connus. Sa nature
devint la règle de ses actions; ses rapports, la
base de sa félicité temporelle; et la morale, assise
sur ses vrais fondemens, cessa d'être probléma-
tique. Les limites qui séparent le règne de la
loi de celui de la foi furent aperçues et posées.
Une ligne fut tracée entre le temps et l'éternité.
Les désordres, nés de leur confusion, furent ré-
primés. Les principes surnaturels, qui avaient
troublé le monde, furent remplacés par le droit
naturel; et la religion, rendue à sa véritable destination, reprit son vol vers le ciel, pour y préparer des couronnes aux justes, et des récompenses
à la vertu. Dégagée de l'alliage grossier des intérêts
humains et des choses terrestres, elle en devint
plus auguste et plus sainte. Un esprit de tolérance
et de concorde gagna de proche en proche. On
frémit des excès commis au nom d'un Dieu de
paix. On frappa d'anathème le tyran des consciences. L'impie fut celui qui outragea l'humanité,
et les feux de l'enfer furent renversés sur les persé-
cuteurs.

Un génie moins nerveux, moins bouillant, moins
profond, mais plus étendu, plus flexible et plus
riche, vint unir ses efforts à ceux du philosophe

1.   * 1.

·de Montmorenci (1). Celui-ci transformait en odes
les maximes de la sagesse, et la théorie des mœurs
en vérité de sentimens; l'autre sut allier le rire à
la pensée, coudre à la gaieté la réflexion, et pré-
·senter, à travers la gaze légère d'une plaisanterie
fine, des vues profondes et de grands aperçus. L'un
armé d'une massue étendait à ses pieds les méchans; l'autre perça les ennemis de la raison des
traits du ridicule.

Bientôt s'éleva le superbe édifice de l'*Encyclopédie*. Des philosophes estimables, amis, contemporains ou disciples de ces deux grands hommes,
se réunirent autour de ce monument, et de là,
livrèrent la guerre aux préjugés, étendirent l'empire de la raison, et firent chaque jour quelque
nouvelle conquête à la philosophie. Elle devint
vulgaire, s'insinua peu à peu dans toutes les classes
de la société; et, malgré l'orgueil du rang qui la
dédaigne ou qui la craint, elle pénétra même jusque
chez les grands. Elle donna une nouvelle trempe
aux âmes, et refondit l'esprit des nations.

La première idée d'un homme de génie détermine souvent toutes les autres. Le discours sur
l'influence des sciences et des arts, renfermait en
germe celui de l'origine de l'inégalité parmi les
hommes; ou plutôt ce second discours était la
conséquence immédiate du premier. Si l'ignorance
est préférable à la science, l'homme brut et agreste
est préférable à l'homme civilisé, et l'état de nature à l'état de société. Et comme les premiers
Grecs et les premiers Romains paraissaient à Rousseau être restés plus près que nous de la nature,

---

(1) C'est à Montmorenci que Rousseau a travaillé ses principaux ouvrages.

il nous les proposa sans cesse pour modèles. Il
eut à la main, toute sa vie, une lunette qu'il
balançait alternativement sur les âges reculés et
ses contemporains. Celui des verres qui grossissait
nos vices, il l'appliquait sur les vertus antiques;
et celui qui réduisait à rien nos avantages, il le
dirigeait sur les difformités des anciens peuples.
Il n'est pas surprenant qu'il ne vît que des vertus
où nous ne voyons que barbarie, et qu'il n'aperçût
que crimes et que vices où nous admirons des qualités estimables, des progrès sensibles vers le bien.

Mais soit que cette manière de voir lui fût naturelle, soit, comme je l'ai déjà dit, qu'elle ne
renfermât qu'un doute ; dans tous les cas, le but
qu'il se proposait aurait été manqué, s'il n'eût paru
persuadé. Le doute de Descartes fit disparaître sans
peine, et presque sans obstacles, les formes, les
entéléchies, les qualités occultes, tous ces fantômes
barbares de vérité qui soutenaient une physique
absurde, et des systèmes d'une métaphysique obscure et contentieuse, restes mutilés et défigurés par
les Arabes, des conceptions d'un grand homme (1).
La justice du doute se fit sentir à tous les bons
esprits; et lorsqu'il attaquait les prétendues sciences
de son temps, qu'il en révélait l'inanité et le vide,
l'Europe éclairée applaudissait à ces savantes démo-
litions. Mais quand, après avoir nettoyé l'air de
l'entendement humain, il voulut construire un
nouvel édifice, il remplaça des chimères par des
chimères; et ce doute fameux finit par enfanter
la matière subtile et le système des tourbillons.

Au contraire, Rousseau n'attaqua pas seulement
le faux savoir, mais la science même. Il déplora

_____

(1) D'Aristote.

ces longs et pénibles efforts de l'esprit humain, pour
sortir de sa primitive et heureuse ignorance. Il renversa avec fracas nos lois, nos arts, nos savantes
polices, tous ces monumens de gloire, ces objets
imposans de notre admiration; et nous présenta
le sauvage errant dans les forêts, comme *la parure
du monde , comme une fleur brillante , éclose
sur la terre dans la vigueur de sa jeunesse.*

Le doute de Rousseau parut injuste, et l'assertion
qui le masquait, extravagante; mais ce doute finit,
sinon par féconder les meilleurs principes d'institution et d'économie particulière et générale, du
moins par réunir sur ces matières un grand nombre
d'idées et de vues nouvelles. On applaudit Descartes
à l'entrée de sa carrière. Ses premiers pas furent
encouragés, et les derniers sifflés. Les huées, au
contraire, signalèrent le début de Rousseau, et l'on
finit par applaudir et par admirer. Tous deux
mirent un grand prix à l'ignorance, l'un pour
réussir à devenir savant, et l'autre pour parvenir
à être homme de bien. Les premières vérités de Descartes le conduisirent à des erreurs; et la première
erreur de Rousseau, si c'en est une, l'a conduit à
de précieuses vérités.

Examinons ce grand doute, qui, au lieu de le
jeter dans des spéculations auxquelles l'esprit humain ne peut atteindre, l'a rapproché incessamment
de lui-même et de ses semblables. Peut-être, à
l'aide de ce doute, pourra-t-on découvrir un jour
quelques nouveaux principes, refaire la philosophie morale, et perfectionner la science de l'homme. Ce doute aura le grand mérite d'en avoir
préparé les voies.

Si nous considérons ce malheureux sauvage,
accroupi au-devant de sa hutte, sans idées, sans mé-

moire, ayant l'air de rêver, et ne pensant à rien ;
traitant avec la dernière barbarie son infortunée
compagne , l'accablant de travaux et de coups ;
étranger à la pitié, aux douces affections de l'amour,
de l'amitié, et à toutes ces sensations délicates et
variées que nous devons aux arts et à la culture de
l'esprit : si nous le suivons au sortir de sa stupide
veille, pressé par la vengeance ou par la faim, pour
aller en troupe surprendre ses voisins endormis , les
massacrer, faire endurer mille morts à ses prisonniers , se rassasier de leur chair , devenir alternativement, selon le sort de la guerre , ou bourreau
ou patient ; barbouillant du sang de ses victimes les
statues informes de ses Dieux : si de là nous repor-
tons la vue sur nos sublimes découvertes , sur nos
grands hommes, sur les chefs-d'œuvre de la Grèce,
sur nos observatoires, nos bibliothéques , sur nos
forteresses tant immobiles que flottantes , sur les
palais qui décorent nos villes , sur les prodiges de
nos arts et de notre industrie, sur la pompe et le
faste qui entourent nos rois , nous sommes tentés
de croire que pour défendre , comme Rousseau l'a
fait toute sa vie, un poste aussi faible, et qui paraît
insoutenable, pour y tenir ferme , et ne s'y être
jamais laissé forcer , il fallait la force et la valeur
d'Hercule. Cependant, sans diminuer la sagacité
et les ressources prodigieuses de l'esprit et de l'imagination de ce grand défenseur de la nature inculte
et sauvage, je remarquerai d'abord que je l'ai placée
sous le jour le plus défavorable; que j'ai réuni dans
un seul tableau des turpitudes qui ne sont qu'éparses parmi les différentes peuplades errantes sur ce
globe, sans faire mention d'aucun des biens dont
elles jouissent en compensation. Il en est un qui
lui seul en comprend une multitude d'autres. La

plupart des peuples policés sont esclaves, et le sauvage est libre. D'ailleurs uue infinité de hordes ont des mœurs plus douces, et toute la simplicité de l'ignorance, sans en avoir la rudesse et la férocité. Qui sait encore, même en établissant un parallèle d'après mes peintures hideuses, à qui, de l'habitant des forêts ou des villes, resterait l'avantage?

Je ne croirai point étranger à l'éloge de Rousseau un examen rapide de cette opinion célèbre et décriée. Lui trouver de nouveaux appuis, ou du moins fournir matière à de nouvelles réflexions, serait peut-être une des fleurs les plus intéressantes à jeter sur son tombeau. Celui qui, en élevant à Descartes un monument, pourrait renverser à ses pieds et détruire les lois de la gravitation, et, par de nouvelles observations, replacer sur leurs ruines celles de l'impulsion, ne louerait pas mal ce grand restaurateur de la méthode et des sciences.

Interrogeons la nature elle-même. Nous ne connaissons pas l'ordre qu'elle a établi dans d'autres mondes et d'autres planètes. Nous ignorons les intentions qu'elle y a manifestées, mais nous pouvons les apercevoir et les suivre sur celle que nous habitons, et par ce qu'elle y a toujours fait, juger de ce qu'elle a voulu faire.

L'Afrique toute entière, dix fois plus grande que la partie de l'Europe policée; tout le nord de l'Asie; tous les peuples de cette partie du monde soumis à la domination Russe, autant que des sauvages peuvent l'être; les Tartares et les Arabes errans dans des déserts ou dans de vastes plaines plus ou moins incultes; presque toutes les îles et les archipels de la partie orientale de notre hémisphère; les terres antarctiques; les îles et continens découverts dans la mer du Sud, contrées immenses; enfin

l'hémisphère occidental tout entier; voilà la presque totalité du globe plongée dans les ténèbres de
l'ignorance : car les deux tiers de l'Europe, la Tur-
quie, la Perse, les Indes orientales, la Chine et le
Japon, ne forment pas la cinquantième partie de
sa surface. Ajoutez-y trois ou quatre millions d'Européens répandus dans le nouveau monde : d'après
cet aperçu, il serait difficile de conclure que la
nature appelle les hommes à la science et aux lumières. Si, depuis deux mille ans, plusieurs contrées
de la terre se sont civilisées, plusieurs autres sont
rentrées dans la barbarie, ou à peu près ; ce qui
fait compensation. Tel est l'état du globe depuis les
premiers temps à nous connus.

Peut-être allons-nous repaître nos yeux du spectacle de toutes les vertus dans les nations éclairées.
Peut-être allons-nous y voir la justice marcher à
côté des lumières, et justifier ainsi un essor si contraire aux vues et aux vœux de la nature.

Après avoir divisé le globe en deux parties, l'une
savante, et l'autre ignorante incomparablement
plus grande, une division toute aussi naturelle se
présente à la suite; c'est celle des opprimés et des
oppresseurs. Le rapport de ces deux divisions est
affreux autant qu'il est frappant. Les oppresseurs
sont précisément les savans, et les opprimés les
ignorans. La science (terrible vérité !), la science
fait donc le crime et les coupables, et l'ignorance
les innocens et les victimes !

Je vois l'Europe savante tenir sous son joug les
trois autres parties du monde, leur imprimer tous
ses mouvemens, les agiter de toutes ses convul-
sions : une poignée d'Européens n'usent de leurs
connaissances que pour fouler aux pieds, tyranniser
le reste de l'univers. Les Anglais pillent l'Asie. Les

Espagnols expriment l'or de l'Amérique par les
mains du malheureux Indien, que le méphitisme
des mines dévore en peu d'années; et tous ensemble fondent sur l'Afrique, pour en réduire en servitude les infortunés habitans. Que dis-je? L'Europe
elle-même n'a-t-elle pas ses ignorans? Le peuple,
en tout pays, n'est-il pas une espèce de sauvage, ou
soumis, ou furieux, selon l'impulsion qu'il reçoit ?
Il souffre l'oppression, et sert à opprimer; et les
deux divisions observées sur le globe viennent également en partager cette portion si distinguée par ses
lumières. Nous y verrons toujours, en Europe, et
ailleurs, et partout, un petit nombre d'hommes
éclairés et adroits entraîner sur ses pas la multitude
ignorante et crédule, l'environner d'illusions, la
pousser au carnage pour satisfaire ses passions, son
intérêt ou ses vengeances, voilés habilement des
noms d'honneur, de gloire nationale, d'obéissance
et de patrie.

Ici la science de la navigation, fondée sur la
géométrie et l'astronomie, secondée par les arts
mécaniques, va vomir sur la moitié du globe la
mort et l'esclavage, et convertir le nouveau monde,
à peine découvert, en un vaste tombeau. Là nos
savantes balances de commerce nous ordonnent de
faire voile pour l'Afrique, d'y charger nos vaisseaux
d'*engrais humains*, les Nègres, pour fertiliser
le sol de l'Amérique. Ce n'est qu'à l'aide du désespoir et des douleurs du nègre que circulent les
sucs nourriciers de l'arbrisseau qui porte le café ou
l'indigo; et c'est de la vie même de nos semblables
que nous animons la séve de nos cannes à sucre (1).

_____

(1) On ne doit pas conclure de ce passage, écrit en 1789,
que l'auteur ait le moins du monde partagé la funeste phi-

Je vois la religion qui ne respire que paix, indulgence et support, qui, dans sa pureté primitive, réunit et embrasse tous les hommes dans les liens de sa charité et de son amour; aussitôt qu'elle est travaillée par la science, je la vois lever une tête audacieuse, substituer la violence à la persuasion, allumer des bûchers, et devenir intolérante et sanguinaire.

Du milieu de cette religion une et sainte, je vois les sciences humaines faire sortir cent sectes ennemies, qui, non contentes de se haïr, de s'égorger dans ce monde, se damnent réciproquement dans l'autre, et s'y frappent encore d'une mort éternelle. Des distinctions métaphysiques entre la puissance spirituelle et temporelle, produire entre ces deux puissances des chocs furieux; l'autel ébranler tous les trônes, et tantôt protégeant, tantôt persécutant les rois, faire servir également sa haine et sa faveur à la désolation du genre humain; l'Église seule, savante alors, exciter des discordes, semer la rébellion, étendre son empire par des usurpations, favoriser tour à tour le despotisme et l'anarchie; tromper, égarer les nations, les soulever contre leurs légitimes conducteurs, ou enchaîner les peuples aux pieds de leurs tyrans : guerres d'ambition, guerres de commerce, guerres de religion conduites

---

lanthropie des Condorcet, des Brissot, des Grégoire et autres amis des Nègres. Il fallait les traiter avec humanité, mais non les affranchir. Il n'est point d'homme sur la terre moins fait pour être libre que le Nègre. La liberté n'est pas même faite pour le peuple en général; elle demande un long apprentissage et de grandes épreuves; et d'ailleurs les Nègres aux îles, à Saint-Domingue, étaient cent fois plus heureux sous de bons maîtres que dans leur terre natale. (*Note de* 1809.)

par quelques charlatans habiles, ensanglanter la
terre, et entasser par millions des imbéciles et
des dupes sur des champs de bataille : enfin la
science militaire, née elle-même de la perfection de tous les arts et de toutes les sciences, s'élever au-dessus de la grossière brutalité du sauvage,
qui ne sait assommer qu'un seul homme à la fois,
apprendre à détruire des masses d'hommes et des
cités entières. La terreur la précède. Des femmes
éplorées et des enfans tremblans désertent leurs
cabanes et fuient devant elle, levant les mains, et
tournant vers le ciel des yeux baignés de larmes.
Elle s'avance au milieu des champs dévastés, des
chaumières et des villes fumantes ; elle est suivie de
la famine et des épidémies. Je la vois, dirigeant un
long tube sur un polygone hérissé de tonnerres, en
estimer la résistance, le reporter de là sur la plaine
couverte d'hommes étincelans de fer, rapprocher
de ses yeux leurs rangs serrés, opérer sur ces êtres
sensibles avec la toise et le compas, évaluer leur
profondeur et leur surface, calculer combien tel
globe de compression fera de veuves et d'orphelins,
combien tel ouvrage à corne coûtera de pieds cubes
vivans ; suspendre une bombe et la mort au bout
d'une savante parabole, et compter les milliers
d'hommes destinés à périr pour convertir une ville
florissante en un monceau de pierres, et ensevelir
sous ses ruines ses habitans.

Tout fuit, tout plie devant elle. Les peuples les
plus éloignés de l'Europe se retirent dans l'intérieur
des terres pour conserver leur liberté. Ils se cachent
dans l'épaisseur des bois, et sont forcés de mettre
des déserts entre eux et nous. Ce n'est qu'ainsi qu'ils
se dérobent à notre science vorace, qui engloutir-
rait le globe entier, si sa grandeur et son volume,

au-dessus de nos forces et non de nos désirs, n'y mettaient un obstacle invincible.

Et, revenant à ces sauvages dont j'ai parlé d'abord, je dirai que, si des actes de férocité souillent leur ignorance, si quelquefois ils barbouillent leurs Manitous ou leurs idoles du sang de leur ennemi, plusieurs nations civilisées ont offert à leurs dieux des victimes humaines qui n'étaient pas leurs ennemis : que si le sauvage finit par donner à son prisonnier son estomac pour tombeau, dans l'Inde, qu'ont éclairée les Brames et les Gymnosophistes, on brûle vives, sans profit pour personne, les épouses chéries sur le tombeau de leurs maris. (Une coutume aussi atroce ne pouvait prendre naissance que dans la première patrie des sciences ; car c'est de l'Inde que les Égyptiens ont emprunté la lumière ; ils l'ont transmise aux Grecs, les Grecs aux Romains, et les Romains à nous) : que les *auto-da-fés* doivent avoir la préséance sur les feux qu'allume une peuplade pour rôtir et manger son prisonnier de guerre : que si des crânes dépouillés, des chevelures ensanglantées, tapissent la hutte du sauvage comme trophées de sa victoire, Rome savante célébrait celle de ses généraux par le meurtre et le carnage : que des milliers d'hommes étaient obligés de s'égorger entre eux, de se déchirer de leurs propres mains sous les yeux des citoyens de Rome, et même de tomber et mourir avec grâce, pour ajouter à leur plaisir : que ces jeux sanglans s'accrurent avec la politesse et les lumières : que de dix ou vingt paires de gladiateurs dans l'origine, le nombre en fut porté jusqu'à dix et vingt mille : que ces spectacles de sang faisaient les délices de Rome civilisée et florissante : que le peuple romain éclairé, policé, était un tigre qu'on ne flattait,

qu'on ne fléchissait , qu'on ne gagnait qu'avec du
sang : que les magistratures ne s'achetaient de lui
qu'avec du sang : que toutes les chaises curules
étaient baignées de sang : que l'édile chéri du
peuple n'était que le bourreau qui avait frappé le
plus de victimes , et que la grandeur des jours
de fête à Rome se mesurait sur le nombre et la
largeur des ruisseaux de sang humain , qui de
toutes parts s'écoulaient des arènes des amphithéâ-
tres : que pour comble d'horreur, la jeune noblesse
de Rome quittait le matin la lecture de Cicéron ,
de Virgile ou d'Horace, pour aller en troupe voir
les malheureux blessés, mutilés, échappés à la
boucherie de la veille, et les forcer à s'achever
les uns les autres : que c'était là, pour ces jeunes
hommes, amollis par les délices et accablés de
leur oisiveté , un des moyens imaginés à la fois
pour tuer le temps, en attendant l'heure du repas,
et pour exciter leur appétit, que tout l'art des
Apicius avait peine à réveiller. Ce passe-temps
me paraît laisser bien loin derrière lui les jeux
cruels de ces enfans de la nature , obéissant à
des idées bizarres de courage , d'honneur et de
constance , et tellement asservis à des usages con-
servés parmi eux, que leur prisonnier de guerre ,
selon les circonstances, est ou disséqué , mutilé ,
tourmenté, ou revêtu, dans un *carbet*, des droits
d'ami et d'époux et de père.

Si l'on m'objectait que ce ne sont là que les
abus de la science, je renverrais à tous les résultats
de l'histoire : ils nous attestent que les hommes
en ont toujours et partout abusé : or , quand l'abus
est certain , inévitable, inséparable de la chose ,
alors il n'est plus un abus, mais une propriété
qui lui est inhérente.

Je pourrais ajouter une troisième division, c'est celle des pauvres et des riches. Nous y trouverons comme dans les deux premières, que pauvre coïncide toujours avec ignorant et opprimé, comme riche avec oppresseur et savant. C'est cette dernière portion du genre humain, presque imperceptible en la comparant à l'autre, qui dispose de tout en Europe et sur toute la terre.

Si nous n'étions pas nés au milieu de cet ordre de choses, que nos yeux n'y fussent pas accoutumés, nous le trouverions monstrueux. Nous sentirions vivement combien l'état social est un état contre nature, un état forcé, une situation violente. Comment les hommes s'y sont-ils laissé engager? La cause en est évidente. Le partage des terres et la propriété peuvent être regardés comme la première infraction des lois de la nature, et la première origine de tous les maux qui désolent l'espèce humaine.

La propriété entraîne à sa suite l'agriculture et les arts, qui produisent les lois et la société civile, l'inégalité des fortunes et des conditions : d'où naissent, par le loisir et la contemplation, les sciences, la culture de l'esprit, les arts de luxe, la cupidité, l'ambition, l'avarice, toutes ces passions terribles qui jettent l'homme hors de lui-même, l'irritent, le fascinent, l'enivrent et le poussent aux plus déplorables excès. A cette fatale propriété vient s'attacher cette longue chaîne de calamités et d'injustices qui embrasse à la fois les oppresseurs et les opprimés, et qui, d'un pôle à l'autre, couvre la terre de deuil, de larmes et de crimes.

Cependant je ne contesterai point l'utilité des connaissances humaines, ni les prérogatives qui leur sont attachées. Si Rousseau eût porté le scep-

ticisme jusqu'à les révoquer en doute, je lui
dirais : « Demandez aux Anglais de quel droit
« ils règnent au Bengale, et s'approprient les tré-
« sors du Mogol et de l'Inde ? Ils vous répon-
« dront, du droit du plus habile, du droit que
« donne la supériorité des talens. Demandez à la
« cour de Rome tout ce que lui ont valu, pour
« prix de ses lumières, la vente des dispenses, des
« grâces, et le commerce de ses reliques et de
« ses indulgences. Demandez aux jésuites à quoi
« ils doivent la domination et l'empire qu'ils
« avaient acquis au Paraguay.

« Demandez à l'église le fruit qu'elle a retiré
« de sa pénétration, lorsqu'au temps des croi-
« sades elle excita ce pieux bouillonnement dans
« une partie de l'Europe, et qu'elle souleva et
« poussa l'occident sur l'orient. Demandez-lui,
« comment elle a su convertir les terreurs de
« l'autre vie en abondance et en délices dans celle-
« ci ; tout ce qu'elle a obtenu des consciences alar-
« mées et craintives, en legs, fondations, donations,
« expiations ; combien de terres reçues en échange
« du domaine céleste ; par quel art profond et
« soutenu elle a su extraire, d'une religion dont
« l'essence est le sacrifice perpétuel de l'amour-
« propre, l'abnégation de soi-même et le renon-
« cement aux vanités et aux grandeurs humaines ;
« honneurs, faste, dignités, pompe et magnifi-
« cence ; d'une religion dont le royaume n'est pas
« de ce monde, le droit de s'approprier les royaumes
« de la terre, de les confisquer ou de les distribuer à
« son gré ; par quel prestige s'est opérée la trans-
« formation merveilleuse d'une religion fondée sur
« la simplicité, la pauvreté, l'humilité, en une
« monarchie universelle.

« Demandez aux gens de loi, aux praticiens, et à
« cette foule de jongleurs dans tous les genres et
« de tous les états, quelle source pour eux de
« richesses que leurs doctes cabinets, quelle mine
« féconde que ces savans commentaires, ces
« énormes compilations, et cet amas immense
« de volumes sur les lois, la médecine, l'al-
« chimie, et toute la valeur et l'étendue de l'impôt
« que lèvent tant d'habiles gens sur le citadin cré-
« dule et l'ignorant villageois : et vous ne pourrez
« nier que la science ne soit fort utile *à ceux qui*
« *la possèdent.* »

Nous ne pouvons méconnaître qu'il est une
grande loi qui régit l'univers ; cette loi est la force.
Dans l'état de nature, la force du corps donne
tous les avantages, et dans l'état de société, c'est
la force de l'esprit qui les procure. Ainsi le droit
naturel primitif et antérieur à tout autre, c'est le
droit du plus fort. Les grands entendemens dé-
vorent les petits sur la partie solide de ce globe,
comme le volume supérieur de l'habitant des eaux
vit aux dépens du volume inférieur.

Mais, pourrait-on me dire, ce ne sont pas des
savans qui ont renversé l'empire romain. Je ne
répondrai point que les barbares firent justice de
cet empire, élevé par la violence sur les ruines
du droit de toutes les nations. Je ne dirai pas que
la fin que se proposa Rome était digne de son
origine ; que fondée par des brigands, elle avait
presqu'à sa naissance formé le projet de piller
l'univers connu, et de se l'approprier, qu'elle
l'exécuta : que l'esprit et la forme de son gouvernement ne fut, pendant mille ans, qu'un système raisonné profond et suivi, d'oppression, de
vol et de rapine : que les Romains n'ont été que

d'illustres flibustiers qui ont exercé sur la terre ,
et en grand, le métier de pirates, et que les
sauvages du nord ne firent que venger les nations,
et punir de grands crimes par un grand revers;
tout cela serait étranger à mon sujet : mais je
dirai que cette objection, bien loin de nuire à
ma cause, est toute en sa faveur.

Et d'abord, la plus vaste domination qui ait
jamais existé, effacée de dessus la terre par des
essaims de barbares, est un événement unique
dans l'histoire. Les Tartares conquérans de la
Chine ne peuvent, sous aucun rapport, lui être
comparés. Mais aussi de l'histoire, que connais-
sons-nous ? Trois ou quatre mille ans, si impar-
faitement encore, que presque toute cette durée,
à quelques siècles près, ne nous est parvenue que
défigurée par des fables et des prodiges, ou altérée
par l'ignorance, les passions et la mauvaise foi.
Pour l'éphémère, un jour est la plus longue vie :
pour l'homme, quatre-vingt ou cent ans : et
pour l'espèce humaine, créée peut-être sur ce
globe de toute éternité, des millions d'années
peuvent n'être que des fractions infiniment petites
de sa durée. Qu'est-ce donc que quatre ou six
mille ans ? Nous touchons aux temps qui nous
paraissent les plus reculés, et nous sommes presque
contemporains de Sanchoniathon, d'Hérodote, et
d'Homère.

Il est une histoire des hommes, exempte d'erreurs et de mensonges, une histoire fidèle, conforme à la nature des choses et à la vérité éternelle : c'est celle que le philosophe peut en
faire d'après des observations réfléchies sur ce qui
se passe sous ses yeux, sur ce qu'il voit de cette
histoire, et le peu qui lui en est connu par les livres.

Ce globe, sa contexture, la nature de l'homme,
voilà les données dont il faut partir. Les mêmes
élémens donnent toujours les mêmes résultats :
quels que soient la variété et le nombre de leurs
combinaisons, ce nombre est circonscrit; et les
mêmes intérêts, les mêmes passions ramènent les
mêmes événemens, comme les générations qui se
succèdent sont le modèle des générations qui se
succéderont encore. Les hommes sont ce qu'ils
ont été et ce qu'ils seront toujours. L'histoire décrit
un grand cercle; elle le recommence quand elle
l'a fini, pour le finir encore et le recommencer.
Les grands *cataclysmes*, et les révolutions du
globe, en accélèrent ou retardent la marche. Nous
ne connaissons que quelques degrés d'un de ces
cercles immenses : l'un de ces fragmens nous apprend que Rome succomba sous des peuples gros-
siers et des Scythes farouches : mais les identités
qu'amène nécessairement la révolution des siècles,
nous conduisent à la certitude que de semblables
événemens sont arrivés une infinité de fois dans
des temps antérieurs.

D'après la loi observée ci-dessus, le droit de la
force physique et le droit de la force morale passent donc et repassent alternativement des savans
aux ignorans, et des peuples barbares aux nations
policées. Ces échanges s'exécutent à de très-longs
intervalles, que la faible étendue du compas de
notre histoire ne permet pas de mesurer. Il se fait
comme un perpétuel balancement entre ces deux
forces. L'effort de l'homme pour sortir de sa primitive et heureuse ignorance, cet effort contre nature est le principe qui détermine ces balancemens;
il est le premier mobile de cette grande mécanique,
et le centre de ses oscillations et de son activité.

Les sciences, ce produit des institutions sociales,
commencent par ajouter une grande force aux
forces naturelles de l'homme : à sa force morale
par le développement et la combinaison des idées,
et à sa force physique par les arts mécaniques. L'u-
sage qu'il fait de ces nouvelles forces, nous l'avons
vu, c'est de dominer, d'envahir, d'usurper; mais
le luxe et la mollesse, enfans de la science, détruisent à la longue les forces naturelles, base et soutien
des forces sociales. Le corps politique, miné sourdement par la dépravation des mœurs, conserve
encore toutes les apparences de la vigueur et de la
santé. C'est à cette époque que Rome produit des
chefs-d'œuvre en tout genre. Il semble même que
le génie des Catulle, des Tibulle, des Horace, s'ali-
mente des excès de la corruption; et les forfaits de
Catilina deviennent la principale gloire de Cicéron
comme orateur et comme magistrat.

Mais bientôt Suétone et Tacite vont sonder ce
corps malade, pénétrer au delà des apparences,
nous en révéler les turpitudes, la grandeur du ra-
vage intérieur, et marquer les degrés de son déclin
rapide. Les temps d'atticisme et d'urbanité en sont
toujours les avant-coureurs; et un empire n'est jamais plus près de sa ruine que lorsqu'il jette le plus
d'éclat. Alors des sauvages, sans discipline, sans
science, couverts de fer, armés de leur courage,
s'avancent et le menacent; et le colosse, vermoulu
au dedans, ruiné de toutes parts, s'écroule au premier choc.

La force physique arrache aux nations policées
leur avantage : elle frappe et renverse la construction civile; et les peuples énervés, amollis, fondus
sous la science, n'opposent presque aucune résistance. Les agrestes conquérans parcourent ensuite

tous les degrés de la civilisation, jusqu'à ce que, vaincus par les mêmes causes, ils deviennent à leur tour la proie de nouveaux barbares. Ce qui est arrivé aux Romains arrivera aux Européens leurs vainqueurs. Nos places fortes et notre artillerie ne nous garantiront pas d'une catastrophe inévitable, qui a dû se répéter dans des temps antérieurs comme elle se répétera dans les siècles à venir.

Les sciences sont donc funestes à l'humanité sous un double rapport; elles ont le double inconvénient de donner d'abord à l'homme une énergie et des forces factices dont il abuse, et de le réduire ensuite à un état honteux de nullité, lorsqu'il s'agit d'une légitime défense et de la protection de ses propres foyers: de le rendre fort quand il devrait être faible, et faible quand il devrait être fort. Impuissantes pour la vertu, les sciences n'ont d'activité et de force que pour commettre des injustices et des crimes.

Il résulte invinciblement de là qu'on doit les regarder comme une espèce de maladie endémique qui attaque toujours un cinquantième environ de l'espèce humaine, et qui fait lentement le tour du globe.

Je quitte ici le ton de l'éloge, et je prie mes lecteurs de bien réfléchir à ce qu'ils viennent de lire; ils en verront sortir comme une conséquence nécessaire tout l'*Essai* qui précède *sur le Bonheur*: car si la science ôte à l'homme les heureuses dispositions qu'il avoit reçues de la nature, si elle le rend ou méchant ou faible, pusillanime, vicieux, et par conséquent malheureux, l'absence de toutes les lumières acquises par la réunion des hommes en société régulière doit produire des effets opposés; et en effet rien n'est mieux constaté, comme nous

l'avons vu, que les peuples agrestes et restés près de
la nature, sont bons, simples, affectueux, étrangers à toutes les turpitudes et à tous les excès qui
souillent l'histoire des peuples policés. Les philosophes du siècle dernier, et, à leur tête, celui dont
nous faisons l'éloge, ont chanté de concert la
vie sauvage. Ils n'étaient point appelés à chanter
l'homme de la nature; ils ne devaient point se déclarer pour lui, puisqu'ils ne connaissaient point
les considérations et les motifs qui pouvaient déterminer et fixer à cet égard leur opinion, leur préférence, leur affection; c'est une très-belle cause
qu'ils ont fort mal défendue. Le moyen sur lequel
ils reviennent sans cesse est la liberté dont jouit
le sauvage, c'est leur éternel refrain; ce sont des
hommes impatiens du joug; on voit que c'est l'humeur qui les domine, et que leur éloge de la vie
sauvage est semblable à celui que Tacite faisait des
Germains; c'était des deux côtés une satire indirecte, l'un de la dépravation des mœurs de Rome,
les autres des entraves qui embarrassaient leur
marche, et des liens dont ils se croyaient garrottés
par les gouvernemens. Certainement nous ne sommes pas assez absurdes pour dire aux nations policées : *Remontez à l'origine des sociétés ; abjurez
vos sciences, vos arts, allez habiter des cabanes,
redevenez ce qu'étaient vos ancêtres, ignorans,
innocens et heureux;* non, mais je veux présenter
aux philosophes et aux scrutateurs de la nature humaine un sujet des plus profondes méditations :
je les inviterai à nous dire pourquoi et comment il
a pu être permis à l'homme innocent et heureux de
devenir coupable et malheureux; ce passage est
l'effet nécessaire du développement de ses facultés :
mais pourquoi ce développement, qui au premier

coup d'œil paraît un avantage, donne-t-il un résultat si funeste? comment, en tombant dans cet état de dégradation, parvient-il à tous ces brillans avantages qui décorent la civilisation? comment se fait-il que ce soit la chute même qui produise ce noble essor; car nous n'avons cessé de faire voir que les plus belles productions de l'esprit humain appartiennent à l'état de décadence, de vice, de corruption et de malheur, à cet état que nous venons de nommer *dégradation.* L'homme s'élève pour descendre, il descend pour s'élever; voilà des questions auxquelles ni les anciens philosophes, ni les modernes n'ont pas seulement songé, et je ne crois pas qu'il en existe de plus importantes et en même temps de plus difficiles à éclaircir.

Je reprends mon éloge, et je reviens à toi, ô grand homme! Si je ne puis te louer dignement, si ton éloge est au-dessus de mes forces, accueille du moins l'hommage que je rends à ton idée première, à cette idée fondamentale qui t'a inspir toutes les autres, et t'a conduit à tant de vérités et de vues utiles au genre humain.

Cette idée première est peut-être une grande vérité, mais que nos yeux, éblouis par l'éclat que jettent les monumens de l'ordre social, ne peuvent apercevoir ni reconnaître : peut-être aussi qu'elle porte sur des profondeurs qui n'ont point encore été assez éclairées ni sondées. Cette grande question reste donc indécise, et le doute reste dans toute sa force.

Presque tous les grands hommes ont été obsédés, et en quelque façon tourmentés par une grande et première idée qui les a toujours suivis, qui a donné sa teinte ou sa couleur aux actions et aux pensées de leur vie entière, et dont elles n'ont

été en quelque sorte que le développement. Qui
sait si ce guide surnaturel, connu sous les noms
de démon, d'ange ou d'esprit familier, est autre
chose que cette idée génératrice qui travaille les
hommes de génie malgré eux et presque à leur insçu? Rousseau ne pensa, ne sentit, ne fit rien
comme personne. Faut-il s'en étonner? Son idée
dominante était antisociale; elle explique ce phénomène. Sa vie entière n'est qu'un grand contraste,
tous ses écrits ne sont qu'un grand et même paradoxe (1). Son idée première serpente dans tous ses
ouvrages, et la suite de toutes ses pensées n'en est
qu'une transformation continue et successive. Nous
retrouvons dans l'*Émile* ce paradoxe, modifié sous
le nom de nature. L'éducation d'Émile est celle
d'un vrai sauvage; et si en effet nos institutions
sociales dépravent la bonté originelle de l'homme,
et ne tendent qu'à le rendre méchant et à le per-
vertir, alors ce traité d'éducation est excellent.

Pour apprécier cet ouvrage immortel, il est
essentiel de rechercher ce que c'est que la *nature*;
ce qu'il a entendu par ce mot *nature*, sur lequel
il ne s'est jamais expliqué. Ce mot a un sens mys-

---

(1) Il consiste dans l'opposition qu'il a cru se marquer
entre la nature et toutes les institutions humaines. La nature
est pour lui la source de tout bien, et les hommes ne sont si
malheureux et si coupables que pour avoir dédaigné de puiser
à cette source. L'art est funeste à l'homme, il n'y a que la
nature qui lui soit bonne. L'art a fait la science, et a bâti les
villes : le crime les habite; et comme personne n'eut moins
de fausseté dans le caractère et plus de justesse d'esprit
que lui, on doit en conclure qu'il a cru et n'a pas cru,
c'est-à-dire qu'il a douté. Ses variations sur presque tous les
sujets qu'il a traités, prouvent que Rousseau ne fut qu'un
pirrhonien décidé, mais déguisé, et qui, doutant de tout,
eut l'apparence toute sa vie de ne douter de rien.

térieux dans sa bouche, et ce n'est pas sans dessein, et sans beaucoup d'art et d'adresse, qu'il en
a laissé l'idée cachée derrière une acception vague
et incertaine. Peut-être qu'en y regardant de près
nous apercevrions que son traité d'éducation n'est
fondé sur aucun principe déterminé; semblable à
ces masses imposantes, et à ces cintres hardis de
l'architecture arabesque, qui paraissent suspendus
dans les airs, et ne porter sur rien; que *l'Émile*
est un superbe monument sans base; et qu'une
définition du mot de nature nous aurait privés d'un
chef-d'œuvre.

L'homme ne s'est pas fait lui-même; il est jeté
ici-bas; il y arrive, il en part sans être consulté :
il naît, il meurt, sans que sa volonté entre pour
rien dans ces deux actes importans, entre lesquels
sa volonté et sa vie même se trouvent renfermées,
comme entre deux limites, au delà et en deçà desquelles on ne conçoit ni volonté ni vie. L'homme
est donc l'ouvrage de la nature; il est impossible
de le concevoir dans aucun instant de sa durée,
dans aucun de ses états, dans aucune des circonstances par lesquelles il passe, que sous l'empire
de la nature : il est incessamment sous sa main;
il ne peut lui échapper. Il y est errant dans les
forêts comme au sein des villes policées; et le Hot-
tentot couvert d'une graisse fétide, et le sultan
au milieu des parfums de l'Orient, et le Kamt-
chadale mangeant la vermine qui le dévore, et
Antoine et Cléopâtre dévorant des provinces entières dans un de leurs repas, et le stupide Sa-
moïède, et le philosophe en méditation, sont également des êtres naturels. Qu'a donc entendu Rousseau par ce mot *nature?*

Je conçois, par exemple, que si l'on trouvait dans

des grottes profondes des horloges toutes faites,
comme on y trouve des stalactites, en comparant une de ces horloges avec celles qui sortent de
la main des hommes, on dirait avec raison que
l'une est l'ouvrage de la nature, l'autre celui de
l'art. Je conçois qu'on peut appeler les énormes
rochers qui environnent l'Helvétie, des fortifications naturelles, pour les distinguer de celles que
les hommes élèvent autour des places fortes. Mais
je ne sais pas du tout ce que c'est qu'un homme
non naturel.

Tout est naturel dans l'homme, et lui seul est
la source de l'art; et dans ce sens l'art appartient
à la nature, mais non d'une manière immédiate.
Je ne saisis donc point encore jusqu'à présent le
fondement de cette distinction. Si quelqu'un avait
dit à Rousseau : *Qu'entendez-vous par la nature ? donnez-en une définition claire et précise;*
on peut croire qu'il eût été fort embarrassé : il aurait
peut-être répondu avec ingénuité : *Il y a trente
ans que je cherche la nature, je ne l'ai pas
encore rencontrée.* Si ce questionneur importun
eût été plus loin et l'eût pressé, en lui disant : La for-
« mation des grandes sociétés politiques, les inven-
« tions humaines dans les arts, les découvertes
« dans les sciences, ne sont autre chose que le
« développement des facultés naturelles à l'hom-
« me. Selon votre opinion sur la nature, il arri-
« verait au contraire que l'homme, en développant
« ses facultés naturelles, s'éloignerait de la nature.
« Expliquez-nous pourquoi ces premières ébau-
« ches de l'état social, qu'on aperçoit dans les
« hordes agrestes et sauvages, sont plus naturelles
« que les organisations politiques et savantes qui
« ont pris naissance dans ces ébauches, et par les-

« quelles les hommes n'ont fait qu'obéir à une loi
« de perfectibilité qui leur est propre.

« Expliquez-nous comment et pourquoi l'igno-
« rance serait plus naturelle que le savoir : pour-
« quoi toute perfection ajoutée à la grossièreté
« primitive des hommes errans dans les forêts
« est contraire à la nature. Est-ce que le temps,
« l'expérience et l'observation ne seraient pas des
« choses naturelles ? Et les connaissances acquises
« par ces moyens dans le grand livre de la nature,
« et les progrès en tout genre qui leur sont dus,
« seraient-ils contraires à la nature? La nature
« serait-elle en opposition avec elle-même? Dire,
« comme vous le faites, que l'homme qui cède à
« l'impulsion de la nature en marchant de pro-
« grès en progrès, s'éloigne de la nature et se
« détériore, n'est-ce pas dire en d'autres termes
« que l'homme, en se perfectionnant, *se déperfec-*
« *tionne,* et par conséquent proférer de toutes
« les absurdités la plus choquante ? »

Ne nous hâtons pas de prononcer. Écoutons
Rousseau lui-même : « Il y a plus d'erreurs dans l'a-
« cadémie des sciences que dans tout un peuple de
« Hurons : plus les hommes savent, plus ils se trom-
« pent : le seul moyen d'éviter l'erreur est l'igno-
« rance; c'est la leçon de la nature aussi-bien que
« de la raison (1). » D'où nous pouvons argumenter
ainsi. L'intelligence du sauvage, tout stupide soit-
il, est encore un peu supérieure à celle de la brute.
Il peut errer en raison de cet excédant d'intelligence. Pour éviter l'erreur, renforçons donc
l'ignorance. Un castor se trompera moins qu'un
Huron. Ainsi, faisant la substitution de castor à

_____

(1) Livre III d'*Émile.*

1.   2.

Huron, nous aurons *une société de castors fort
supérieure à une société d'académiciens*, et la
nature et la *raison* viendront elles-mêmes sanc-
tionner cette supériorité. Mais comme le castor
vivant en société est souvent poursuivi, inquiété
par les hommes, qu'il est sujet à voir sa petite république dispersée et détruite, et qu'il peut en
ressentir de la douleur, et de là tomber dans des
erreurs proportionnées à son excédant d'intelligence sur celle de l'huître; substituons encore
huître à *castor*, et nous aurons, par une conséquence très-légitimement déduite, ce résultat: *La
condition de l'huître est supérieure et préférable
à celle de Montesquieu ou de d'Alembert.*

Si l'on voulait une nouvelle preuve de la légi-
timité de ces substitutions, ouvrons le discours sur
l'origine de l'inégalité des conditions. Rousseau répond à l'objection qu'on lui fait, que rien n'est si
misérable que l'homme dans cet état d'ignorance,
objet de ses regrets et de ses préférences, et il dit:
« Si j'entends bien ce terme de misérable, c'est
« un mot qui n'a aucun sens, ou qui ne signifie
« qu'une privation douloureuse, et la souffrance du
« corps ou de l'âme. Or, je voudrais bien qu'on
« m'expliquât quel peut être le genre de misère
« d'un *être libre* dont le cœur est en paix et le
« corps en santé. Je demande laquelle, de la vie
« civile ou naturelle, est la plus sujette à devenir
« insupportable à ceux qui en jouissent? Nous ne
« voyons presque autour de nous que des gens qui
« se plaignent de leur existence; plusieurs même
« qui s'en privent autant qu'il est en eux; et la
« réunion des lois divines et humaines suffit à peine
« pour arrêter ce désordre. Je demande si jamais
« on a ouï dire qu'un sauvage en liberté ait seu-

« lement songé à se plaindre de la vie et à se donner
« la mort? Qu'on juge donc avec moins d'orgueil
« de quel côté est la vraie misère. »

Substituons encore ici *huître* à *sauvage* ou *être
libre*, et nous verrons que le même raisonnement
subsiste, et devient même plus pressant et plus solide. L'huître est un *être libre*, maître de choisir
le rocher auquel il veut bien s'attacher. Là, son
cœur est en paix et son *corps en santé. Sa vie
naturelle ne lui devient jamais insupportable.*
Jamais on n'entendit l'huître *se plaindre de son
existence.* Jamais on n'a ouï dire qu'une huître *se
soit donné la mort.* Lorsque Brutus et Caton,
victimes des institutions sociales, portèrent sur
eux-mêmes des mains furieuses, et ne se déli-
vrèrent de la vie que parce que l'horrible tourmente des passions, qu'ils ne devaient qu'à leurs
lumières, la leur avait rendue insupportable, de
quel côté, de l'huître ou de Caton, est la misère?

Ici nous touchons à un abîme que Rousseau a
le premier découvert, mais qu'il n'a pas sondé. Il
s'élevera peut-être un jour un génie puissant qui
le sondera, et donnera une solution naturelle de
cette terrible difficulté. Alors la gloire de Rousseau
sera plus grande encore s'il est possible ; car c'est
à lui que sera due cette solution, comme à celui
de tous les philosophes qui a fourni le plus de matériaux à l'activité de la pensée. Ce grand homme
sera à ce génie ce que Képler et Galilée ont été à
Newton.

C'est donc encore ici une des singularités de cet
homme extraordinaire, que le plus remarquable
de ses ouvrages, l'*Emile*, soit précisément celui
qui ne porte sur rien, ou du moins que sur une
idée fugitive qui échappe lorsqu'on veut la saisir. De

toutes les productions de Rousseau, l'*Émile* est
la plus étonnante : elle doit y tenir le premier rang ;
c'est celle où il est le plus véritablement lui-même ;
elle porte la vive empreinte de son génie. L'*Émile*
est l'ouvrage le plus philosophique, le plus léger,
le plus utile, le plus déraisonnable, le plus décousu,
le plus profond, le plus dangereux et le plus éloquent qui soit jamais sorti d'aucune tête humaine.
Il étincelle de beautés, de défauts, de contradictions, d'écarts et de génie. Il s'y est fondu tout
entier, lui et toutes ses pensées. Sa manière de
les rendre est aussi neuve et aussi originale que
ses idées mêmes. Il sait donner un caractère de
nouveauté aux idées même les plus communes,
soit en les environnant d'un accessoire inattendu,
soit en les liant à des rapports fins et habilement
saisis. Son expression est toujours fidèle, elle peint
sa pensée ; elle est précise, vive et rapide. Sa
manière de voir n'est qu'à lui. Il n'attaque pas une
idée qu'il ne la retourne dans tous les sens, et
ne la fasse considérer sous quelque jour nouveau.

Tous les genres de beautés répandus dans ses
divers ouvrages, se trouvent réunis dans l'*Émile*.
Il y a dirigé cet objectif qui lui est propre sur presque tous les sujets qui ont occupé sa pensée.
L'*Émile* est un tout composé de parties hétéro-
gènes. On y trouve des élémens de psychologie ;
les principes du droit naturel et politique, les
mêmes que ceux du *Contrat social ;* des tableaux
charmans pleins de fraîcheur et de volupté ; tout
ce qui a été écrit de mieux raisonné, de plus profond et de plus éloquent sur la révélation et le
théisme ; et enfin, par un de ces traits qui carac-
térisent l'auteur, l'éducation, dont cet ouvrage est
un traité, en est la plus faible et la moindre partie

Il était de tous les hommes le moins propre à y
réussir. Un pareil ouvrage exige une tête froide,
et il l'avait ardente ; une timide circonspection, et
il brise et renverse tout ce qui s'oppose à son passage. Le cours de ses pensées est une lave brûlante
qui consume tout ce qu'elle rencontre sur son
chemin, jusqu'aux plus prudentes maximes d'éducation du sage Locke qu'elle n'épargne pas. Toujours outré, portant tout à l'extrême, franchissant
toute limite. Telle fut la magie de son style et de
son éloquence, qu'il n'eût jamais un apprécia-
teur tranquille : déchiré ou adoré, la destinée de
cet homme célèbre fut de ne créer autour de lui
que des enthousiastes ou d'ardens détracteurs (1).
Au nombre de ses enthousiastes, on compte surtout
la foule des esprits faibles, que tout ce qui est extraordinaire entraîne, subjugue, et qui sont plus
sujets que les autres hommes à se passionner, à
s'enivrer d'une admiration absolue, exclusive (2).

---

(1) Pour porter un jugement de cet homme unique, il ne
faudrait l'avoir vu, ni de trop près, ni de trop loin. Ceux qui
ont vécu avec lui n'inspirent aucune confiance. Ce sont, je
l'ai dit, des détracteurs ou des enthousiastes, ou des hommes
sans tact. Comme une femme serait bien jugée, si on ne
tenait son portrait que de ses rivales ou de la main de son
amant ! Lui-même et ses mémoires sont un guide fautif; il
est trop près de lui pour se juger. Quoique j'aie beaucoup
vécu avec lui, j'ai cherché à me placer dans ce juste milieu
dont je viens de parler.

(2) Combien, dans ce nombre, de pères de famille à qui
ce traité d'éducation a fait manquer l'éducation de leurs enfans, et coûté le repos de leur vie ! Ils ne s'en sont jamais
pris à la méthode, mais à ce que la méthode n'avait pas été
bien suivie. Si Rousseau a épargné des larmes aux enfans, il
en a fait verser beaucoup aux mères.

Le champ des opinions purement spéculatives est vaste. On peut s'y égarer sans inconvéniens. Il n'en est pas de même lorsqu'il s'agit d'appliquer des principes à un sujet aussi important que l'éducation. L'art de former des hommes est le premier des arts. Il est le fondement de l'ordre social, qui ne subsiste que par lui, et ne repose que sur lui. Les erreurs en ce genre peuvent avoir les suites les plus déplorables. La méthode de Rousseau est aussi dangereuse, à quelques égards, qu'elle est admirable à d'autres. Elle demande une grande supériorité de talent pour en extraire ce qu'elle a de bon, et pour en faire usage. Semblable à ces substances qui sont à la fois et poisons et remèdes, et qui ne doivent être administrées que par un médecin sage et expérimenté.

Rousseau est parti d'un modèle bien simple en apparence, *la nature;* mais il le poursuit à travers tant d'exagérations; ce modèle se complique et s'étend à tel point, en passant par cette tête féconde et merveilleuse, qu'il se trouve à la fin que la formation de son agreste et ignorant élève, est d'une exécution plus difficile que celle des hommes qui ont éclairé et policé le monde (1).

Mais que fais-je ici ? Je relève des fautes ; je relève des taches. Et où est le mérite ? Qui ne les aperçoit pas? Tout est saillant, tout est grand dans les ouvrages des grands hommes, et les beautés et

_____

(1) Comment d'ailleurs, ennemi de la société civile, eût-il réussi à tracer un plan d'institution convenable à un membre de la société civile? Et de plus, en choisissant, comme il le conseille, la nature pour instituteur, n'est-ce pas risquer de voir l'élève en cheveux gris, n'être encore qu'aux élémens? Dans une apparition aussi courte que celle de l'homme sur la terre, il n'a point de temps à perdre pour s'instruire.

les défauts. La médiocrité seule sait compasser artistement ses œuvres : tout y est vrai, tout y est juste. Les taches y sont imperceptibles. Loin de moi ces productions parfaites. Leurs auteurs excellent à enchaîner entre elles des vérités communes et incontestables. Ce sont des gens qui me promènent dans l'intérieur de ma propre maison. O combien j'aime mieux m'égarer et me perdre avec celui qui me fait voir de nouveaux cieux et de nouvelles terres ! Aigle audacieux, il plane, il s'élève, il descend, il tombe, il se relève !

L'idée génératrice de Rousseau, qui, comme je l'ai dit, se retrouve dans toutes ses productions, a encore ceci d'extraordinaire ; c'est qu'elle est travaillée, étendue et tissue avec des paradoxes particuliers. C'est un tout composé d'élémens similaires. Rousseau a exécuté avec des paradoxes de détail, des paradoxes d'expressions et de style, le grand paradoxe dont il a enveloppé toutes ses œuvres. Je vais, pour mieux me faire entendre, en donner quelques exemples tirés de l'*Émile*, ils le seront en même temps du faire original de l'auteur, de ses expressions de génie, et de sa manière inimitable.

« La plus grande, la plus importante, la plus utile règle de toute l'éducation, ce n'est pas de gagner du temps, c'est d'en perdre. »

Pour détourner un enfant de la colère, et l'em-

La nature est l'instituteur de l'espèce, et les livres le sont de l'individu. C'est dans les livres que vont se concentrer les lentes leçons de la nature, les observations des âges précédens, et l'expérience des siècles écoulés. Les livres sont à la culture de l'esprit ce que sont les serres chaudes à l'éducation des plantes : ils hâtent les développemens, ils accélèrent les progrès.

pêcher de s'y livrer, dites-lui, lorsque le hasard le rendra témoin d'un emportement : « Ce pauvre « homme est malade ; il est dans un accès de fièvre. » Remarquons ici qu'il s'agit d'un enfant, et que la colère n'est une maladie que pour le philosophe qui médite sur les passions, sur leurs causes et leurs effets. Qu'arrivera-t-il? Les enfans sont beaucoup plus sujets à la colère que les hommes faits, en raison de leur faiblesse. Notre petit élève ne connaît pas la crainte. Soulagé par l'explication du maître, il portera des coups dangereux ; il blessera un jour sa sœur ; se jettera dans un mouvement de colère sur son frère, un couteau à la main, et ensuite avec sa petite logique, aidée de la leçon dont il a conservé la mémoire, il ira droit à son instituteur, et lui dira : *Maître, je crois que j'ai tué mon frère dans un accès de fièvre. Oh je suis bien malade! Plaignez-moi.*

« Celui qui veut battre étant jeune, voudra tuer « étant grand. » Il n'est pas impossible que cela n'arrive ainsi, si l'enfant s'est accoutumé à rejeter ses petites colères sur des accès de fièvre.

« Rien de plus fin qu'un sauvage...., plus son « corps s'exerce, plus son esprit s'éclaire. Sa force « et sa raison croissent à la fois, et s'étenden « l'une par l'autre. » La finesse d'un sauvage que le plus stupide des Européens trompe, dupe et mène comme un enfant ! La raison et l'esprit d'un sauvage qui vend le matin son hamac sans prévoir qu'il en aura besoin le soir !

« Jeune instituteur, je vous prêche un art diffi-« cile, c'est de gouverner sans préceptes, et de « tout faire en ne faisant rien (1). J'enseigne à mon

─────────────

(1) Combien d'instituteurs mercenaires ont abusé de ce

» « élève un art très-long, très-pénible, c'est celui
» « d'être ignorant.

« Les leçons que les écoliers prennent entre eux
» « dans la cour du collége leur sont cent fois plus
» « utiles que tout ce qu'on leur dira jamais dans
« la classe.

« Loin que l'amour vienne de la nature, il est
« la règle et le frein de ses penchans.

« Le seul qui fait sa volonté est celui qui n'a pas
« besoin, pour la faire, de mettre les bras d'un
« autre au bout des siens.

« Que de marchands il suffit de toucher aux
« Indes pour les faire crier à Paris !

« J'aime mieux qu'Émile ait des yeux au bout
« de ses doigts que dans la boutique d'un chan-
« delier.

« Nous n'avons pas besoin d'esclaves de Perse
« pour faire nos lits ; en labourant la terre nous
« remuons nos matelas (1). »

Le maître dit à Émile amoureux, et non encore
époux : « Avant de goûter les plaisirs de la vie,
« vous en avez épuisé le bonheur. »

*Et l'amour-propre fait plus de libertins que
l'amour.*

En faisant sentir à Émile quel charme ajoute à
l'attrait des sens l'union des cœurs; « je le dégoû-

---

passage, et en général de l'esprit de cette méthode, pour
négliger entièrement leurs élèves ! Ils les abandonnent à la
nature, sous prétexte de respecter les paroles du maître, et
trouvent commode de toucher de gros appointemens, et de
pouvoir ne s'occuper que de leurs plaisirs et de leurs affaires
particulières.

(1) *Pulmentaria quære sudando*, dit Horace. C'est la
même pensée que le latin rend avec bien plus de précision.

« terai du libertinage, dit le maître, et je le rendrai
« sage, en le rendant amoureux. »

Je ne multiplierai pas davantage ces exemples ;
ils suffiront pour me faire entendre. C'est dans
tous ses bons ouvrages la même exécution. C'est
partout ce cachet inimitable. On voit dans tous
cette touche spirituelle, forte, brillante et originale. Le mécanisme de style et de pensée qui caractérise ce grand écrivain, se laisse apercevoir dis-
tinctement dans le dernier exemple. Les amans si
fous, si extravagans ! *Amans, amens* ! L'amour
que suit toujours la déraison et le délire, converti
tout à coup en principe de sagesse ! Ces chutes
inattendues sont du plus grand effet ; elles réveillent
fortement l'attention ; mais il faut qu'elles soient
amenées, et que ces pensées finales soient dispo-
sées et conçues de manière qu'en renversant une
opinion reçue, elles découvrent aussitôt dans l'objet un nouveau côté auquel puisse s'appliquer
l'opinion contraire avec autant de fondement : il
faut que la nouvelle assertion soit aussi légitime
que l'ancienne : c'est une perception rapide des
rapports les plus éloignés, ou des rapprochemens
piquans à la fois et profonds, qui invitent à la
réflexion. Du choc de deux idées part l'étincelle
qui va en éclairer une troisième placée dans
l'ombre, et qu'on n'apercevait pas.

Rousseau excelle dans ce mécanisme qui n'a rien
de commun avec l'antithèse. C'est là un des secrets
de son art ; secret au reste qui, révélé, ne peut être
utile qu'au génie qui n'en a pas besoin.

Le plus beau désordre règne dans ses ouvrages,
c'est celui de la nature même, bien supérieur à
nos petites notions de régularité et de méthode.
Comme dans la nature, tout y semble jeté au ha-

sard. Il paraît se livrer à toutes ses idées à mesure
qu'elles se présentent à son esprit. C'est la nature
dans les lieux où elle étale toute sa magnificence.
On ne s'y fait jour qu'à travers des précipices, des
ruines, des cascades. Une plaine riante se découvre
au bout d'un sentier tortueux. Après des bois touffus
paraissent des coteaux cultivés et fleuris; d'épais
ombrages en occupent la cime. A chaque pas ce sont
de nouveaux sites. Ici une verte prairie, là un gouffre
profond : on y marche de surprise en surprise. Quelquefois une route escarpée sous des roches pendan-
tes conduit et aboutit à un vallon délicieux : on s'en
sépare à regret, on le quitte, on gravit les hau-
teurs qui l'entourent, et bientôt un horizon immense
se développe aux yeux. Telle est l'image fidèle des
sensations qu'on éprouve en parcourant les ouvrages de ce grand homme. Transitions brusques,
conceptions neuves, vues profondes, douces rêveries, ravissemens, transports, écarts sublimes;
dans sa marche hardie, il saute, il franchit les in-
termédiaires; ses incohérences ne sont que des
aspects divers ou opposés des mêmes objets. Guide
lumineux, lors même qu'il s'égare, ses défauts sont
utiles; les beautés naissent de ses écarts, et il serait
bien moins parfait s'il avait moins d'imperfections.

SECONDE PARTIE.

C'est d'un philosophe que nous faisons l'éloge.
Qui le croirait? cet homme qui hâta le progrès
des lumières, qui fit cheminer en avant la raison,
qui répandit une foule d'idées saines en morale et
en économie civile et politique ; cet homme qui
affermit tous les grands principes de la philosophie;

eh bien ! il fut l'ennemi des philosophes, le détrac-
teur de la philosophie ! Mais tout est en lui disparate et contraste. C'est ainsi qu'avec une âme aimante, il se déclare l'ennemi de cette tendre humanité qui embrasse dans son amour l'universalité
des hommes : c'est ainsi que ce philosophe sensible
et bienfaisant repousse toute bienveillance universelle, et consacre en principe l'intolérance, et la
vertu farouche de ces anciennes républiques qui
ne voyaient que des ennemis au delà de leurs murs,
pour qui tout étranger n'était pas même un homme,
et dont l'état violent de la guerre était l'état habituel et constitutionnel. Il admire ce fanatisme de
la patrie, source de haine, de division et d'injustice, ce fanatisme enfin qui porta les Romains à
ravager la terre.

La tête de Rousseau pouvait errer, son cœur fut
toujours infaillible ; la haine n'aurait point trouvé
à s'y loger. Il ne haïssait pas plus les philosophes,
qu'il ne chérissait les Spartiates : ses aversions, ses
assertions, ses panégyriques et ses satires, tout
était simulé ; il marchait à son but, et je l'ai indi-
qué en partie. Achevons, s'il est possible, de déchirer en entier le voile dont il l'a enveloppé. Pé-
nétrons dans les opérations secrètes de son âme ;
essayons de lire dans son cerveau, et d'y suivre la
formation et la génération de ses idées. On obtien-
drait, en y réussissant, un nouvel aspect sous lequel ce grand homme n'a jamais été considéré ; et
cet aspect serait en même temps le plus intéressant
des spectacles, celui des merveilles de l'esprit humain.

Rousseau s'est tu pendant quarante ans ; le premier mot qui sort de sa bouche est une plainte. Il
ne voit autour de lui que corruption, erreurs et

vices. Il en recherche les causes : il croit les trouver dans la culture de l'esprit et des sciences, produit de l'effort des hommes réunis en société. Que
fait-il? Il brise ce mécanisme social, et se jette
entre les bras de la nature et de l'ignorance. Pouvait-il se dissimuler toutes les difficultés d'un parti
aussi désespéré? Aussi le voit-on flottant entre les
avantages de la vie naturelle et les inconvéniens
de la vie civile; mais flottant à sa manière, c'est-à-
dire, se décidant affirmativement tantôt pour l'une,
tantôt pour l'autre. Voyez le *Contrat social*, il le
commence par l'éloge, et le finit par la satire des
institutions sociales. Qu'est-ce donc que son grand
paradoxe, sinon l'expression d'un doute universel?

Un des mots qu'il a le plus répétés en sa vie, de
vive voix et par écrit, est celui-ci : *Il n'y a rien
de beau que ce qui n'est pas!* Ce mot est perçant,
il exprime la situation de son âme; il est le cri de
la douleur. On le voit ne recevoir de tous les objets
qui l'environnent, qu'impressions fâcheuses, sensations désagréables. Or rien n'incline autant vers
le scepticisme que cette disposition chagrine;
comme, au contraire, le caractère d'être content
de tout et de trouver tout bien, est de ne douter de
rien. S'il s'était contenté de faire l'énumération des
maux qui résultent de la vie civile et de la culture des sciences, il n'aurait frappé personne, on
serait convenu froidement qu'il avait raison; il n'aurait fait qu'une faible sensation. On aurait dit :
Rousseau est à l'effet de la science sur les mœurs,
ce que Tissot est à l'effet de l'étude sur l'économie
animale : l'un est le médecin de l'esprit, l'autre
celui du corps (1). Il fait mieux, il excite fortement

(1) Avis aux gens de lettres sur leur santé.

l'attention ; il appelle la discussion sur tous les sujets
qu'il traite, en plaçant toujours la conviction entre
son doute et ses lecteurs.

Le seul de ses écrits où le scepticisme paraît à découvert est la *Profession de foi du vicaire savoyard*. Après y avoir épuisé tour à tour en faveur du
théisme et de la révélation, tout ce que la dialectique
a de plus pressant, le raisonnement de plus profond,
l'éloquence de plus riche et de plus imposant, il
esquive la solution, et ne prononce point.

Remarquons ici deux sortes de scepticisme; l'un
passif et stérile ; c'est celui de quelques philosophes
contemplatifs, qui, cherchant froidement l'évidence
dans cette variété infinie d'opinions qui se croisent
et ne la trouvant nulle part, restent indécis toute
leur vie, et immobiles entre des probabilités : le
second est un scepticisme actif; c'est celui de toutes
les âmes ardentes, qui s'agitent, se tourmentent et
se débattent sous le doute, c'est celui de Rousseau.

Avant de voir l'emploi qu'il en a fait, examinons
comment il y a été conduit. Rousseau avait passé
une partie de sa vie à la campagne; il y avait
goûté la liberté, l'indépendance. Il aimait les champs,
la solitude, comme tous les hommes sensibles,
enclins à la rêverie, et qui ont reçu de la nature
cette teinte de mélancolie unie d'ordinaire à la pénétration et au génie. Cette disposition favorable et
funeste est pour eux une source également féconde
en ravissemens et en peines vives et profondes.

Lorsqu'on est né avec un tact exquis, une imagination ardente, une âme tendre, on est sujet à
se créer des fantômes de perfection : on les cherche
dans la société, on ne les trouve pas : alors les mé-
comptes dégoûtent, les défauts choquent, les vices
révoltent, les ridicules blessent. Pour réussir dans

le monde, et s'y plaire, il ne faut que des formes
flexibles et des moules communs. Les hommes de
génie ont peine à s'y ordonner; ils y trouvent difficilement place. Tel fut le cas de Rousseau : il était
un homme fait lorsqu'il vint à Paris ; son caractère
était formé, ses habitudes prises ; mais ses pensées
étaient encore à naître.

Il n'y a rien de commun entre les affections de
l'âme et les opinions de l'esprit : celles-là se con-
tractent de bonne heure ; celles-ci ne naissent
quelquefois jamais, ou changent et varient pendant tout le cours de la vie. Rousseau demeura
plusieurs années à Paris sans se douter de ce qu'il
écrirait et penserait un jour. Il y vivait dans la
meilleure compagnie, et beaucoup avec les gens de
lettres. Il dut, comme bien d'autres, ses opinions
aux circonstances et au hasard. Ce qui lui fut propre,
c'est qu'elles furent presque toutes le produit de ses
sensations. L'habitude de l'indépendance lui en fit
éprouver une première fort incommode, dans les
formes gênantes du grand monde. Ses mœurs
pures et simples, rapprochées de la corruption de
Paris, lui en causèrent une seconde. La bonhomie
des gens de la campagne, qu'il avait vue de près,
vint faire opposition avec les rivalités, l'orgueil, les
haines et la causticité des gens de lettres. Cette
réunion qu'on ne trouve qu'à Paris, de tant d'esprit, tant de connaissances, tant de philosophie;
ce contraste de toutes les lumières avec tous les
vices, firent sur lui une impression profonde.

S'il fût né dans une grande capitale, qu'il eût
été élevé dans des colléges et des universités, il
aurait vu de bonne heure les monumens des arts,
les découvertes du génie, des chefs-d'œuvres en tout
genre s'élever à côté de la perversité, de l'oubli

des principes et des trophées du vice ; il aurait pensé
que c'était là le cours ordinaire des choses ; il se fût
accoutumé à ce spectacle, et ses yeux n'en eussent
point été frappés. Il n'aurait vu dans la corruption
des mœurs et la perfection des sciences que deux
phénomènes de l'état social marchant de front. Il
n'eût point cherché à pénétrer au delà de ces apparences, et il n'eût point écrit contre la philosophie
et le goût de l'étude et des lettres.

Qui est-ce qui a pu le conduire à considérer l'un
de ces phénomènes comme cause, et l'autre comme
effet ? Un regard jeté derrière lui ; le souvenir des
temps heureux de sa jeunesse, de ces jours de délices, de calme et d'innocence qu'il avait passés aux
Charmettes, de ces jours de jouissance vive et pure,
vers lesquels les hommes sensibles, au milieu du
trouble des passions et des agitations du monde,
tournent incessamment les yeux en soupirant. Ce
souvenir, qui était pour lui la nature, convertit les
connaissances humaines en principes de dépravation ; ce souvenir vint s'unir à toutes les impressions
qu'il recevait à Paris. De cette union naquit son
doute, et de son doute son idée première, génératrice de toutes les autres. C'est à ce souvenir, c'est
aux Charmettes qu'il attacha l'idée confuse de nature. Les Charmettes devinrent pour lui la nature.
Il ne s'en est peut-être jamais douté lui-même. Les
Charmettes travaillaient son génie à son insçu. Les
grands événemens par les petites causes sont l'histoire des trois quarts et demi du genre humain. S'il
fût resté aux Charmettes, tranquille au sein d'une vie
simple, naturelle et champêtre, il n'eût point été à
l'enquête de la nature ; il se serait contenté d'en jouir.
On ne s'occupe guère de ce qu'on possède. Nous
ne courons qu'après ce qui nous manque. Il n'eût

pas douté, il n'eût point fait de paradoxe ; il n'eût peut-être pas écrit ; ou du moins, si, tourmenté par son génie, il eût été forcé de prendre la plume, la suite des pensées qu'elle aurait tracées n'aurait peut-être eu aucun rapport avec celle que nous présentent ses ouvrages existans. L'idée qu'il s'était formée de la nature repoussait tous les objets dont il était environné à Paris ; et comme les réminiscences du passé sont à la fois douloureuses et douces, selon les dispositions de l'âme, quand le souvenir était doux, il chantait la nature ; quand le souvenir était amer, il tonnait contre les travers et les vices de son siècle.

Selon la face sous laquelle il envisageait les sciences et les établissemens politiques, il se décidait tantôt pour, et tantôt contre ; il obéissait alternativement aux considérations qui leur étaient favorables ou contraires. De là toutes ses variations.

Si la science déprave l'homme, l'ignorance est amie des mœurs. Cependant, comme la cause de l'ignorance seule et isolée eût été plus difficile à défendre, il lui associa habilement la nature pour lui servir de soutien : il enchâssa l'ignorance dans la nature, et ces deux mots devinrent pour lui des synonymes. Alors il fit découler tous les biens de l'ignorance et de la nature, et tous les maux de la science et de l'art. Il rajeunit, sous des noms nouveaux, des opinions religieuses de la plus haute antiquité, les deux principes du bien et du mal de la doctrine de Zoroastre.

La *Genèse* fait aussi remonter l'origine du mal sur la terre à la science. Aussitôt que les discours artificieux du serpent eurent persuadé à Ève de se laisser instruire, aussitôt qu'elle eut touché à la pomme de science et de lumière, elle vit le mal, le

connut, le commit. Adam, séduit par le même
artifice, initié par Ève dans la même connaissance,
devint sujet au péché et à la mort, et a laissé ces
deux funestes héritages à toute sa postérité. On doit
être surpris que Rousseau ne se soit pas appuyé de
cette autorité.

Rousseau prit souvent un vol très-élevé, mais
ce n'était que par accès; il ne s'y soutenait pas
long-temps, et ne pouvait se maintenir si haut. Il
ne sut jamais embrasser un grand nombre d'idées,
les fixer par son attention, les contempler à la fois,
et les saisir dans leur rapport le plus général. Il
avait l'esprit des détails, et non celui des ensembles.
Toutes ses vues isolées sont les éclairs du génie. Avec
l'esprit très-philosophique, il ne fut pas un philosophe profond. Il eut de grandes échappées de
vue plutôt que la vue étendue. Il était trop régi
par ses sens et son imagination, pour que le jeu
et la liberté de ses facultés intellectuelles ne se
ressentissent pas de cette domination (1).

---

(1) Il fut un peu à la philosophie ce que les troupes légères sont à la guerre; admirable pour aller à la découverte,
mais incapable de faire de ses idées un corps de science et
de soutenir un choc régulier. Personne ne savait mieux que
lui escarmoucher, battre en retraite. C'est ainsi que dans la
guerre qu'il eut à soutenir sur l'incompatibilité des sciences
avec la vertu, on le voit perpétuellement voltiger, se replier, tourner autour de la question et l'esquiver sans la
résoudre. Il ne répond aux objections que par des plaisanteries, des sarcasmes, des équivoques et des sophismes. Les
Lettres écrites de la montagne, vives, pressantes, pleines de
vigueur, d'un tissu serré de raisonnement et de dialectique,
ne détruisent point mon observation; elles sont dirigées vers
un sujet particulier et isolé : il s'agit dans ces lettres d'un
poste à emporter, d'une cause à gagner : elles sont un plai-
doyer admirable, un chef-d'œuvre dans le genre polémique.

Rousseau était un être à sensation ; aussi ne fut-il vraiment profond qu'en sensibilité. Personne ne connut mieux que lui les femmes , que la nature a faites des êtres à sensations. C'est qu'il n'eut qu'à se replier sur lui-même pour les connaître. Un fonds inépuisable de sensibilité le rapprochait de ce sexe enchanteur. Il en eut même quelquefois les caprices , l'humeur , les petites faiblesses et les petits soupçons (1).

Voyons maintenant comment son génie a fécondé son scepticisme. Il soupire après la vérité et la

---

(1) S'il n'eût été jugé que par des hommes, il eût joui sans doute d'une grande réputation ; mais c'est par les femmes qu'il a fait révolution , et les faiblesses de Julie ont peut-être plus qu'on ne pense fortifié les principes du *Contrat social*. L'influence des femmes en France est immémoriale ; elle tient au climat , au sol , au fond du caractère de ses habitans ; et toute forme de gouvernement, toute constitution qui n'aura pas en France les femmes pour appui , n'aura jamais qu'une existence passagère.

Si jamais les femmes s'avisent de prendre un travers contre les clubs empruntés des Anglais, où les hommes vont s'isoler et se séparer d'elles, et de regretter les nobles preux et courtois chevaliers de l'ancien régime , leurs chapeaux à plumet, leurs belles livrées et leurs titres sonores, c'en est fait de la constitution. Elles ont favorisé la révolution, parce qu'on a crié *liberté*, et que cette voix les subjuguera toujours ; mais lorsqu'on criera *décence*, *bonnes mœurs* , sans quoi point de liberté , de grands dangers menaceront la liberté et la révolution. Les peuples les plus jaloux de leur liberté n'ont jamais cru pouvoir la conserver sans en priver les femmes : elles étaient condamnées à Rome et dans la Grèce à une espèce de captivité, ou du moins, sortant peu du sein de leurs familles, et renfermées dans leurs maisons , elles y vivaient très-retirées. Les Romains déployèrent même une sévérité presque barbare contre les faiblesses de leurs nobles matrones et contre leurs séducteurs. Horace dit en parlant de ces derniers : *Miserum est deprehendi*.

vertu. Ne les apercevant nulle part dans ce qui
l'environne, il est prêt à douter de leur existence.
Par la plus étonnante des fictions, il va les chercher dans l'ignorance et dans l'instinct, c'est-à-
dire, dans les deux états négatifs de la vérité et de
la vertu. Car ignorance et vérité sont deux notions
qui se repoussent et s'excluent, et le simple instinct est incompatible avec la vertu : les lumières
sont nécessairement interposées entre l'un et l'autre ; point de vertu sans connaissances et sans
culture. Et cependant, par un artifice aussi neuf
qu'admirable, l'ignorance et le simple instinct
deviennent entre ses mains des instrumens de découvertes.

Archimède ne demandait qu'un point d'appui
hors du globe pour soulever le monde. Ce qu'Archimède désirait et disait, Rousseau l'a fait, il l'a
exécuté. Il s'est élancé hors du monde moral. Il
va saisir un état qui n'eut peut-être jamais aucune réalité, un état excentrique à tout ce qui
existe; c'est *l'état de nature*; il y trouve un point
d'appui. C'est de là que, faisant mouvoir un levier
méthaphysique, il soulève et remue tout le système de nos connaissances morales, bouleverse
toutes nos idées, les dédouble en quelque sorte,
et par ce dédoublement, leur découvre une multitude de faces nouvelles qui n'avaient point encore
été aperçues.

Si nous considérons attentivement la contexture intime de tous ses ouvrages, nous verrons
que Rousseau a fait révolution moins en élevant
qu'en abattant, moins en construisant qu'en dé-
molissant. Il fouille, il creuse, il abat, il renverse, mais chacun de ses renversemens est une
création. C'est cet art de produire en détruisant

qui le caractérise, qui lui imprime le sceau d'un
génie vraiment neuf, sans pair et sans modèle. On
peut donc le regarder comme le fondateur d'une
espèce de philosophie négative, bien autrement
importante par ses conséquences et son utilité, que
tous les systèmes de philosophie.

Qui admire plus que moi ce grand homme ? Qui
plus que moi est pénétré de toute sa valeur ? Mais
c'est en me plaçant dans un point de vue diamé-
tralement opposé à celui d'où ses enthousiastes le
considèrent. Ils le louent pour ce qu'il a fait; moi
je l'admire pour ce qu'il a défait.

C'est de l'étude de l'homme sous tous ces rapports que dépendent essentiellement les progrès
de la science qui s'occupe de sa félicité sociale.
Avant de diriger vers un but commun toutes les
pièces d'une machine, il faut bien les connaître,
et s'assurer de la valeur et de la force de tous les
ressorts qui doivent la mouvoir. Aussi la première,
la plus intéressante et la plus utile des études, est
sans contredit celle de l'homme. Parmi les philosophes qui s'y sont livrés, chacun d'eux a choisi
la route que lui indiquait son génie. Locke, doué
de ce sens intérieur qui sait se replier sur lui-
même, est descendu par la pensée au fond de son
ame pour en faire l'analyse. Il a par ce moyen
fait réfléchir toutes les âmes humaines sur la sienne
propre. Mallebranche, guide plus hardi, mais
moins sûr, s'est au contraire élevé à la source de
tout entendement; et considérant l'esprit humain
comme une émanation de cette source, c'est dans
le sein de Dieu même qu'il a placé son miroir de
réflexion : il a vu tout en Dieu. D'autres, comme
Tacite et Montesquieu, détournant l'attention de
ces aspects métaphysiques de l'homme, ne l'ont

fixé que sur son côté moral. Tacite peint moins
les mœurs d'un peuple simple qu'il ne fait la satire
des Romains. Les vices, les excès et les crimes de
Rome viennent se réfléchir sur l'innocence des
Germains. L'âme d'un Persan transporté à Paris
est la glace sur laquelle Montesquieu fait réfléchir
de même tous les travers de la nation française,
ses ridicules et ses vices.

Ces deux manières de peindre et d'observer les
hommes sont admirables. Tous les traits, par ce
moyen ingénieux, ressortent et prennent du relief.
C'est par un artifice à peu près semblable, mais
exécuté en grand, que Rousseau fait réfléchir sur
un être fictif, sur un modèle qu'il s'est créé, non
telle ou telle nation, mais l'humanité entière. Les
résultats qu'il en obtient sont dignes de la grandeur
de l'idée, et y répondent. Rousseau, par son modèle idéal, a embrassé l'universalité des rapports
de l'homme à la nature. C'est le point de vue le
plus élevé où il soit possible de considérer l'espèce
humaine.

Donnons un moment d'attention à la manière
dont s'est formé ce modèle dans la tête de Rousseau. Il s'est dit : l'homme est naturellement bon :
pourquoi le vois-je si dépravé et si méchant autour
de moi? N'est-ce pas visiblement l'ouvrage de
la cupidité, de l'orgueil, de toutes les passions
que la société civile met en jeu, et de tous ces
besoins factices auxquels elle donne naissance :
donc la nature, qui ne fait rien que de bien, n'a
point destiné l'homme à s'entasser, se vicier et se
corrompre dans des villes. Ce raisonnement a fait
naître l'*homme primitif* ou *naturel* dont tous les
mouvemens sont purs, toutes les inclinations droites
et bonnes, parce qu'elles lui viennent de la nature.

Point de lumières qui l'égarent, point de passions
qui le tourmentent, point de désirs excessifs qui
le poussent au crime. Il ne désire rien parce qu'il
ignore tout : son instinct le guide plus sûrement
qu'une raison cultivée et présomptueuse. Il pour-
voit sans peine à ses besoins; il est calme, il est
libre, il est heureux : l'ignorance du mal fait qu'il
n'en peut commettre.

Cependant, comme Rousseau n'aurait persuadé
personne de retourner dans les forêts, et que lui-
même vivait au milieu des institutions sociales,
il s'agissait de tirer parti de ce modèle, de l'employer, de l'appliquer. Alors, jetant un nouveau
regard sur ces institutions, il les a soumises à un
second examen, et fléchissant un peu de la rigueur de son premier jugement, il a cru pouvoir
y distinguer un ordre naturel et un ordre factice.
C'est à l'aide de son modèle primitif qu'il a fait
cette distinction : il le présente, il le compare à
tous les élémens du système social ; et selon qu'ils
se rapprochent ou s'éloignent du modèle, il prononce qu'ils sont contraires ou conformes à la
nature.

Mais ce modèle, transporté du milieu des forêts
au sein de la société, se ressent bientôt de sa trans-
plantation : il y perd peu à peu sa rudesse originelle ; et en passant par l'état civil, il se perfec-
tionne insensiblement; il se polit, s'embellit. C'est
donc par une suite de suppositions et de transfor-
mations que *l'homme primitif*, cet être agreste
et brut, est devenu successivement le *modèle
idéal*. Si on veut analyser ce modèle, on verra
qu'il se compose de tous les biens de l'état social,
de toutes les richesses acquises par la communication des hommes et des lumières, en retenant de

sa première origine une teinte de simplicité précieuse, et de cette heureuse ignorance des choses inutiles à savoir ; qu'il réunit à l'urbanité, aux grâces et au goût des siècles policés, la fière indépendance, le noble orgueil, les vertus et l'innocence des premiers âges ; et par conséquent qu'il réunit les avantages supposés de l'état de nature aux avantages réels de l'état civil, sans avoir aucun des inconvéniens attachés à ces deux états. C'est ce *modèle idéal*, c'est cet être fictif auquel il a toujours donné le nom de *nature*.

Ce mot de *nature* a une latitude immense dans ses ouvrages, parce que, partant de la supposition que rien que de bien, de bon, de parfait, ne peut sortir de la nature, il arrive que quels que soient les états divers par lesquels passe le modèle, quelles que soient les modifications qu'il reçoive depuis son origine jusqu'à son entier développement, qu'il soit errant dans les forêts, ou qu'il habite au sein des villes, comme il ne cesse jamais d'être naturel, il ne cesse point non plus d'être parfait. Ainsi le *modèle idéal* est toujours un modèle de perfection, et l'homme primitif est aussi parfait dans son genre qu'Émile dans le sien. Ils sont tous les deux des *hommes de la nature*.

C'est d'après ce modèle idéal qu'il instruit son Émile, et cherche à lui donner des connaissances sans lui ôter ses vertus et son innocence. C'est d'après ce modèle qu'il a dessiné Julie, femme ravissante et sublime. C'est d'après ce modèle qu'il a imaginé des règles d'éducation pour la première enfance, également neuves et utiles ; qu'il a créé une institution naturelle, une économie domestique naturelle, des plaisirs simples et naturels qu'il sait faire naître de l'accomplissement

» de ses devoirs, et cet art tout nouveau de trouver
le bonheur sans sortir de la nature. C'est d'après
ce modèle que tous ses écrits respirent l'humanité,
le goût de la vertu, et l'amour de l'égalité et de la
liberté. C'est d'après ce modèle, enfin, qu'ont été
conçus ses principes de droit naturel et politique,
et cette volonté publiée par tous pour être exécutée par tous, en sorte que l'homme, n'obéissant,
qu'à lui-même, ne dépende que de ses propres
lois.

Observons ici cependant que rien ne ressemble
moins à la nature réelle existant autour de nous
que la nature de Rousseau. Il ne faut pas s'étonner qu'il ait si souvent répété : *il n'y a rien de
beau que ce qui n'est pas.* Cela voulait dire, en
d'autres termes : rien n'est beau que mes fictions ;
rien n'est beau que la nature que j'ai créée. Et en
effet, qui ne désirerait pas l'éternité sur cette
terre, si on pouvait la passer avec Julie, Claire,
Saint Preux et Wolmar ; mais aussi avec la plupart des hommes, tels qu'ils sont, quel est l'insensé qui, terminant sa carrière, peut en soupirant
regarder en arrière, et mêler des regrets à ses derniers momens ?

Ce qui caractérise éminemment le génie de
Rousseau, c'est une propriété rare, celle de retourner l'objet de sa pensée dans tous les sens.
Après avoir considéré cette fabrique immense des
établissemens humains de toute espèce, il les en-
veloppa tous dans le même arrêt de proscription.
Il prit le contre-pied de toutes les idées reçues ; et
comme elles sont un mélange de vérités et d'erreurs, d'opinions raisonnables et absurdes, il
devait avoir raison contre les unes et tort contre
les autres. Il est résulté de ces renversemens deux,

grands effets; l'un est la découverte des maux
qu'entraînent à leur suite les meilleures institutions; l'autre celle des avantages qui restent cachés
derrière les préjugés et les abus, et qu'on n'aperçoit jamais mieux que lorsque ces derniers sont
détruits. Quand les ouvrages de Rousseau n'auraient produit que ces deux effets, ils sont ines-
timables.

C'est un grand pas de fait vers la félicité publique que la connaissance du mal que renferme
le bien, et la connaissance du bien que renferme
le mal. Point de pratique absurde, point de coutume ridicule, point d'usage impertinent qui ne
recèlent un grand nombre d'utilités. Cette connaissance peut conduire à des considérations neuves
sur la nécessité des mélanges et sur le danger des
exagérations en tout genre. Peut-être faut-il unir
le mal au bien pour donner à celui-ci plus de
durée et de solidité. La raison pure et sans mélange de préjugé n'a jamais été et ne sera peut-
être jamais à l'usage de l'universalité des hommes,
pas plus que l'or sans alliage ne peut être mis en
œuvre et employé à l'usage des arts.

L'intérêt personnel est à l'affût du bien pour le
détériorer. Les passions convertissent assez promptement les meilleures choses en abus déplorables.
Mais les hommes se tiennent en garde contre les
institutions vicieuses et les abus; ils sont sans dé-
fiance à l'égard des bonnes; le danger les tient
éveillés; la sécurité les endort; et c'est ainsi que
se perdent et se dissipent les meilleurs et les plus
sages établissemens. Les hommes tuent le bien;
ils savent ensuite le faire renaître et l'extraire du
mal. Le génie, la gloire, l'éloquence, sont de brillantes fleurs. Suivez leurs tiges, vous les verrez le

plus souvent plongées dans l'amas dégoûtant des folies, des travers et des turpitudes de l'espèce humaine, pomper leurs sucs nourriciers dans les immondices et le fumier de toutes les dépravations et de tous les crimes.

Transportez Voltaire et Rousseau dans des contrées où on aurait fondé l'institution politique sur les principes naturels, si la chose était possible : que deviendrait cette sublime indignation excitée par le spectacle de la perversité, des erreurs, des vices de leur siècle, et qui leur a dicté tous leurs chefs-d'œuvre? Plus d'intolérance, plus de préjugés, plus de fanatisme, plus d'oppression, plus de maîtres que la loi, plus de guides que la raison; tous les cultes de niveau, tous les hommes égaux; un peuple de frères et de sages; une fusion universelle de tous les intérêts, de toutes les passions dans l'intérêt public et le bien général. En voyant un ordre de choses si parfait, la plume tomberait de leurs mains, ils resteraient muets.

La plus grande et la plus importante vérité qui résulte de la méditation des ouvrages de Rousseau, est précisément celle qu'il n'a ni dite ni exprimée, et la voici sous une image. La nature est un grand arbre; deux tiges s'élèvent de son tronc; l'une chargée de fruits salutaires et bienfaisans, l'autre de fruits empoisonnés. Rousseau a dit : La tige qui produit des fruits vénéneux n'est pas naturelle; il n'y a que l'autre qui le soit.

Les philosophes qui soutiennent que l'homme est naturellement méchant, comme ceux qui prétendent qu'il est naturellement bon, ont également tort et raison. Chacun d'eux ne veut voir dans le grand arbre de la nature que celle des tiges qui favorise son opinion. Mais ce qui n'avait encore été

aperçu par aucun d'eux, et ce que Rousseau a vu
le premier sans le dire, c'est qu'on ne peut arracher
l'une des deux tiges sans faire périr l'autre, et sans
attaquer la vie même de l'arbre ; car elles sont im-
plantées sur le même pied. C'est à l'ombre de cet
arbre, c'est sur les feuilles de cet arbre qu'il faut
écrire l'histoire de l'espèce humaine. La préface en
est déjà faite. L'homme de génie qui la méditera,
y trouvera de grands secours pour ce livre tout
neuf. Cette préface est elle-même une des plus
belles productions de l'esprit humain : cette préface, ce sont les œuvres de Rousseau.

Le génie ne consiste pas seulement à exceller
dans une science ou dans un art. Il n'est pas seulement dans l'invention des choses ou dans la
nouveauté des formes. Le véritable génie a encore
un autre caractère, c'est celui de l'aptitude universelle. Rousseau, Voltaire, étaient des hommes propres à tout. Si Rousseau se fût livré plutôt à la botanique, il fût devenu un autre *Linnæus*. S'il eût
été de bonne heure en Italie, et qu'il eût fait une
étude plus suivie de la musique, nous l'eussions
vu rivaliser avec *Sarti*.

Son *Devin du village* eut un succès prodigieux.
Il en puisa les chants et le sujet dans cette même
disposition de cœur qui le ramenait incessamment
vers les objets de la vie champêtre. La musique du
Devin n'est pas faite seulement avec l'oreille et
des sons, elle est faite avec l'âme et ses accens.
C'est la naïveté, la touchante simplicité de la nature. Et lorsqu'à des hommes corrompus, excédés
de jouissances et d'ennuis, dégoûtés des plaisirs
si froids du luxe et des amusemens compliqués
et coûteux de la magnificence, on présente les
tableaux de la nature, on est sûr de réussir. Tout

ce qui lui rappelait l'innocence des premiers âges
avait des charmes pour lui. De là son goût pour la
romance ; il en a composé plusieurs, paroles et
musique. Il cherchait à leur conserver ce ton naïf
du treizième siècle, cet accent ingénu, tendre,
et même un peu mélancolique. Le style de ses
écrits est pourtant bien loin d'être simple et naturel, pris dans ce sens *romantique ;* et il s'en faut
de beaucoup que l'*Héloïse,* quoiqu'un ouvrage de
sentiment, soit un ouvrage simple. Le style en est
souvent ambitieux. On y sent que l'auteur était
nourri de la lecture des poëtes italiens, et surtout
du *Guarini.* On oserait presque y apercevoir de
la recherche et même des *concetti,* si le goût exquis de l'écrivain, en s'appropriant le fond, n'en
avait sauvé l'affectation.

Les temps sont donc arrivés, où le brouillard
qui depuis tant de siècles enveloppait en France
les hommes et les choses, leur valeur respective,
leur rapport d'utilité et de grandeur ; qui n'admettait sur tous ces objets qu'une fausse lumière et
qu'un jour imposteur ; où ce brouillard, dis-je,
formé par les préjugés, épaissi par l'ignorance,
vient enfin de se lever et de se dissiper. Il sera permis de croire et de dire tout haut que les distinctions entre les hommes doivent surtout se fonder
sur le mérite et les vertus : que la première noblesse est celle de l'âme, que le premier des écrivains est le plus grand des hommes (1). Qui pour-

_____

(1) J'ai vécu avec la plupart des grands écrivains du siècle
dernier. Témoin de la considération qui les environnait ;
ébloui de cette auréole de gloire qui couronnait leurs fronts,
j'étais encore sous le charme lorsque j'écrivais ces lignes
(c'était en 1789). La révolution a dissipé le charme, la
révolution, qui en vingt ans a mis dix siècles entre nous et

rait le lui disputer? Sont-ce des guerriers célèbres,
Un homme tel que Rousseau leur répondra : *si
vous avez défendu la patrie, j'en ai créé une
aux Français.* Sont-ce les rois de la terre? il
leur dira : *l'on règne pour vous, et je règne par
moi.* Oui, la pensée, cette flamme divine, élève
au premier rang l'être qui en est doué! Le grand
écrivain, circonscrit dans le temps comme individu, s'étend avec les siècles sur la durée indéfinie
de l'espèce humaine par son influence!

Puissances intellectuelles, c'est vous qui régis-
sez le monde! Les nations changent, se corrigent,
se modifient, se perfectionnent d'après vos conceptions. Vous êtes les vrais souverains du genre
humain: vous le guidez, vous l'éclairez, il est
soumis à votre empire, subit vos lois, leur obéit
sans s'en douter. Les rois n'ont que l'apparence
de la domination. Encore quelques années, et les
noms de la plupart d'entre eux tomberont dans
l'oubli, ou ne conserveront d'existence et ne fi-
gureront qu'encadrés au milieu des dates de leur
naissance et de leur mort, dans ces tables chro-

les événemens du temps où vivaient le grand Frédéric,
Rousseau, Voltaire et d'Alembert. Tout a changé, les
mœurs, les goûts, les habitudes, les opinions. Autant dans
ce temps-là on devait s'applaudir d'avoir produit un bon
ouvrage, autant aujourd'hui le meilleur livre a peine à
sauver son auteur de l'espèce de ridicule qui s'est répandu
sur le métier d'écrire : c'est que la plus noble fonction de
l'esprit humain est devenue *métier*; et que, de plus, il s'en
est élevé une autre espèce de métier qui absorbe tous les autres,
c'est le *métier des armes*; il conduit à tout, aux honneurs,
aux richesses, à la puissance et à la gloire. Il faut donc
corriger la phrase, et dire, au lieu du *plus grand des écrivains*, que le *plus grand des guerriers est le premier des
hommes.* Cette note est de l'an 1809.

nologiques, pâture aride et sèche d'un vaine érudition, et qui ne paraissent avoir été imaginées
que pour perpétuer l'immobilité et le néant de
presque tous les noms qu'elles contiennent.

Dans quelques milliers d'années les formes ac-
tuelles de nos livres d'histoire ne pourront subsister. La vie entière d'un homme ne suffira plus
pour en parcourir la seule table des matières.
Alors on sera obligé de peindre en masse et de
ne saisir que les grands traits. On considérera l'espèce humaine dans la suite des changemens et
des révolutions considérables qu'elle aura pu subir.
On en divisera l'histoire en *périodes* de vingt ou
trente siècles. Chacune des périodes sera présidée
par un ou plusieurs de ces génies privilégiés qui
font prendre aux nations une nouvelle face. Ils
lui donneront leurs noms. Les grands hommes
par la pensée marqueront l'ordre des temps. Quelques philosophes régneront sur deux ou trois mille
ans, et les règnes subalternes des rois, trop petits
pour être distingués, éclipsés et couverts par l'éclat
des grands règnes, échapperont à l'œil.

Un peintre des hommes alors, un autre Tacite,
en parlant des noms et des événemens qui nous
entourent, dira : « Il s'éleva au dix-huitième siècle
« un écrivain sublime, un apôtre éloquent de la
« nature. Il persuada aux hommes qu'elle les
« appelait tous à la vérité, à la vertu, à la liberté
« et au bonheur. Les pensées de son siècle recu-
« lèrent devant les siennes : ses opinions et ses
« principes prévalurent, dominèrent. Ce fut en
« France qu'il prêcha sa doctrine : elle y imprima
« un nouveau mouvement aux esprits, y fit un
« grand nombre de prosélytes, et finit par y exciter
« une révolution qui s'étendît par degrés sur tous

» les peuples policés de la terre. La durée de son
« règne fut de..... » Je m'arrête..... Je n'ose fixer
la période..... Si un seul homme a tant de peine
d'être un seul jour raisonnable et sensé, que sera-ce
ce de tous? Que sera-ce des siècles? Ce règne,
hélas ! ne serait-il qu'un rêve ? et, rélégué avec le
modèle idéal et la nature de Rousseau, n'aura-t-il
pas plus de réalité ?

Voici l'histoire de la vie de ce grand homme.
J.-J. Rousseau naquit à Genève, pensa à Paris,
écrivit à Montmorenci, s'inquiéta, se tourmenta
partout. Il laissa son corps à Ermenonville, sa tête à
Émile, son cœur à Julie ; et par son *Contrat social* il léguera peut-être au monde, sans le savoir , le trouble et les agitations de son âme. Heureux, si le principe naturel de l'égalité qui en fait
la base, ne finit point par rappeler les hommes à
l'état de nature, les repousser dans les forêts et
les rendre à la vie sauvage, objet des regrets de
son auteur ! (1)

---

(1) J'espère qu'écrivant l'éloge d'un homme de génie,
qui passa sa vie à effacer le lendemain ses idées de la veille,
on voudra bien me pardonner une légère teinte de scepticisme, et quelques variations produites par les circonstances. J'ai commencé cet éloge en 1789, et je l'ai fini en
1790. Celui qui à l'aurore d'un beau jour réjouirait son âme,
et qui le soir, témoin d'un ouragan, s'affligerait, pourrait-
il être accusé de contradiction ?

FIN DE L'ÉLOGE DE J.-J. ROUSSEAU.

LES

CONFESSIONS

DE

J.-J. ROUSSEAU.

Intùs et in cute.
(PERS., sat. 3, v. 3o.)

NOTICE

LA PREMIÈRE PARTIE DES CONFESSIONS.

(PAR LES NOUVEAUX ÉDITEURS.)

Nous avons exposé dans l'avertissement les motifs pour lesquels, sous le titre de *Mémoires*, nous réunissions tous les ouvrages de J.-J. relatifs à sa personne. Nous devons, pour suivre le plan que nous nous sommes tracé, fixer l'attention du lecteur sur chaque partie de cette réunion.

La première et la plus importante est l'ouvrage auquel il donna le titre de *Confessions*, après l'avoir commencé sous celui de *Mémoires*, à la sollicitation de M. Rey (*).

« Il avait passé, nous dit-il, la maturité de l'âge
« lorsqu'il composa cette œuvre unique parmi les
« hommes, et dont il profana la lecture en la pro-
« diguant aux oreilles les moins faites pour l'en-
« tendre (**). *En se voyant défigurer*, il eut le
« projet de se montrer tel qu'il était : il crut qu'en
« manifestant à plein l'intérieur de son âme, et
« révélant ses confessions, l'explication si franche,
« si simple, si naturelle de tout ce qu'on a pu trou-
« ver de bizarre dans sa conduite, portant avec
« elle son propre témoignage, ferait sentir la vérité

(*) *Confessions*, liv. X et XI.
(**) Second dialogue.

« de ses déclarations, et la faussecté des idées hor-
« ribles qu'il voyait répandre de lui sans en pouvoir
« découvrir la source. Sa confiance dans ses amis
« alla non-seulement jusqu'à leur lire cette his-
« toire de son âme, mais jusqu'à leur en laisser le
« dépôt assez long-temps. L'usage qu'ils ont fait de
« cette imprudence a été d'en tirer parti pour dif-
« famer celui qui l'avait commise; et le plus sacré
« dépôt de l'amitié est devenu dans leurs mains
« l'instrument de la trahison. »

On voit que le but de J.-J., en écrivant ses confessions, fut de se *montrer tel qu'il était*, parce qu'il
croyait valoir beaucoup mieux qu'on ne l'appré-
ciait.

Il faut aborder franchement le côté faible de
Rousseau, pour exercer ensuite dans toute son étendue le droit de dire la vérité sur celui que l'amour de
la vérité parut enflammer d'un saint enthousiasme.

J.-J., dans les douze dernières années de sa vie,
et plus particulièrement dans les deux dernières,
se crut l'objet d'un complot général formé contre
lui : dans chaque être de son espèce il voyait un
ennemi. Le regardait-on passer? tâchait-on de lui
parler, de le voir, de l'entendre? c'étaient autant
d'espions à ses yeux. La conspiration lui paraissait
universelle : la curiosité devait l'être; et la célébrité
de l'auteur d'*Émile* semblait assez la justifier.

Trompé plusieurs fois, parce qu'il se livrait d'a-
bord trop facilement, il devint circonspect, puis
méfiant, enfin ombrageux à l'excès. Ce fut même

à un tel point, qu'on peut considérer J.-J. à cette
époque comme atteint d'une maladie incurable et
mortelle. Ses *Dialogues*, dans lesquels il se juge
lui-même, ne laissent aucun doute à cet égard.

J.-J. avait confié ses *Confessions* à Duclos : il se
plaint avec amertume de l'indiscrétion de celui-ci,
qui les communiqua. Ce ne pouvait être que les
premiers livres, écrits à Wootton en Angleterre en
1766 : les six derniers ayant été composés à diverses
époques, et depuis la mort de Duclos, arrivée en
1772. L'intérêt que devait exciter cette lecture ne
justifie pas cette infidélité, quoiqu'on soit obligé
de convenir que, du moment où ce dépôt fut connu, on dût mettre tout en œuvre pour avoir part
aux confidences indiscrètes du dépositaire. On en
fit circuler plusieurs anecdotes; d'autres furent al-
térées : toutes perdirent ainsi ce charme du style
qui les atténuait; et l'aveu pénible de la faute ne
fut plus accompagné du repentir.

Cette première partie parut en 1781, trois ans
après la mort de Rousseau. On fut obligé d'en
retrancher quelques détails obscènes qu'on a réta-
blis dans la suite, et qu'on aurait d'autant mieux
fait de supprimer tout-à-fait, qu'ils n'intéressent
en rien la réputation de l'auteur, dont le but était
*de dire de lui le bien et le mal avec la même
franchise.* Nous citerons entre autres l'aventure
du Maure à l'hospice de Turin; et J.-J. n'eut pas un
grand mérite à résister aux attaques révoltantes de
ce catéchumène.

J.-J., ayant calculé qu'aucun des personnages dont il parle ne devait plus exister en 1800, défendit d'imprimer ses *Confessions* avant cette époque, à laquelle cependant ont encore survécu S¹-Lambert, madame d'Houdetot et Grimm. Si les deux premiers n'avaient point à se plaindre du langage que l'auteur tenait sur leur compte, il n'en était pas de même du troisième, qui, du reste, s'en est vengé dans sa *Correspondance littéraire*.

L'intention de Rousseau ne fut pas respectée, la seconde partie ayant été publiée en 1788.

Ce volume contient la première partie, *toute écrite de mémoire*, soit à Wootton, soit au château de Trie. Elle finit au second voyage de l'auteur à Paris, dans l'automne de 1741. Il avait conséquemment vingt-neuf ans. Cette première partie offre donc l'histoire de J.-J. dans son enfance et sa jeunesse (car il *se prend* presque au berceau). Les détails sur lesquels il aime à s'appesantir font voir que cette époque de sa vie est l'objet de ses regrets et de ses désirs : il y revient souvent; il la quitte avec peine; il pleure sur cette *heureuse obscurité* où l'on croyait qu'il resterait toujours, parce qu'on ne lui supposait aucun des talens propres à l'en faire sortir. Mais il devait apprendre à ses dépens qu'il faut toujours choisir entre le bonheur et la gloire.

Dans cette partie que, sous le rapport littéraire, on met au-dessus de la seconde, sans que cette préférence soit suffisamment motivée, on trouve souvent, à côté d'une description pleine d'attraits, des observations énergiques et profondes. C'est la raison dans toute sa maturité avec la fraîcheur des souvenirs de la jeunesse. Il avait cinquante-quatre ans lorsqu'il écrivit ces six premiers livres.

Comme ils ne parurent qu'après sa mort, ils n'influèrent sur sa destinée que par les indiscrétions de Duclos; mais elles eurent des résultats fâcheux pour J.-J. Ceux qui avaient des torts à se reprocher (*) durent être alarmés du projet d'en publier le récit. Le nombre de ses ennemis ne fit qu'augmenter, et l'on eut intérêt à détruire la confiance que l'auteur pouvait inspirer.   V. D. M.

(*) De là cette note fameuse de Diderot (dans la *Vie de Sénèque*). Jamais la haine ne s'exprima avec plus de fiel, et dans des termes calculés avec autant de perfidie. Il faut comparer à ce langage celui que tient J.-J. sur Diderot.

LES
CONFESSIONS
DE
J.-J. ROUSSEAU.

PREMIÈRE PARTIE.

LIVRE PREMIER.

Je forme une entreprise qui n'eut jamais d'exemple,
et qui n'aura point d'imitateur. Je veux montrer à
mes semblables un homme dans toute la vérité de
la nature ; et cet homme, ce sera moi.

Moi seul. Je sens mon cœur, et je connais les
hommes. Je ne suis fait comme aucun de ceux que
j'ai vus ; j'ose croire n'être fait comme aucun de
ceux qui existent. Si je ne vaux pas mieux, au
moins je suis autre. Si la nature a bien ou mal fait
de briser le moule dans lequel elle m'a jeté, c'est ce
dont on ne peut juger qu'après m'avoir lu.

Que la trompette du jugement dernier sonne
quand elle voudra ; je viendrai, ce livre à la main,
me présenter devant le souverain juge. Je dirai hau-
tement : Voilà ce que j'ai fait, ce que j'ai pensé,
ce que je fus. J'ai dit le bien et le mal avec la même
franchise. Je n'ai rien tu de mauvais, rien ajouté
de bon ; et, s'il m'est arrivé d'employer quelque
ornement indifférent, ce n'a jamais été que pour

remplir un vide occasionné par mon défaut de mémoire; j'ai pu supposer vrai ce que je savais avoir
pu l'être, jamais ce que je savais être faux. Je me
suis montré tel que je fus; méprisable et vil quand
je l'ai été; bon, généreux, sublime, quand je l'ai
été. J'ai dévoilé mon intérieur tel que tu l'as vu
toi-même, Être éternel. Rassemble autour de moi
l'innombrable foule de mes semblables : qu'ils écou-
tent mes confessions, qu'ils rougissent de mes in-
dignités, qu'ils gémissent de mes misères : que
chacun d'eux découvre à son tour son cœur au pied
de ton trône avec la même sincérité; et puis, qu'un
seul te dise, s'il l'ose ; *Je fus meilleur que cet
homme là.*

Je suis né à Genève en 1712 (*) d'Isaac Rousseau, citoyen, et de Susanne Bernard, citoyenne.
Un bien fort médiocre, à partager entre quinze
enfans, ayant réduit presque à rien la portion de
mon père, il n'avait pour subsister que son métier
d'horloger, dans lequel il était à la vérité fort habile. Ma mère, fille du ministre Bernard, était
plus riche; elle avait de la sagesse et de la beauté:
ce n'était pas sans peine que mon père l'avait obte-
nue. Leurs amours avaient commencé presque avec
leur vie : dès l'âge de huit à neuf ans, ils se pro-
menaient ensemble tous les soirs sur la Treille; à
dix ans, ils ne pouvaient plus se quitter. La sympathie, l'accord des âmes, affermit en eux le sentiment qu'avait produit l'habitude. Tous deux, nés
tendres et sensibles, n'attendaient que le moment
de trouver dans un autre la même disposition, ou
plutôt ce moment les attendait eux-mêmes, et
chacun d'eux jeta son cœur dans le premier qui

(*) Le 29 juin.

ouvrit pour le recevoir. Le sort, qui semblait contrarier leur passion, ne fit que l'animer. Le jeune amant, ne pouvant obtenir sa maîtresse, se consumait de douleur ; elle lui conseilla de voyager pour l'oublier. Il voyagea sans fruit, et revint plus amoureux que jamais ; il retrouva celle qu'il aimait tendre et fidèle. Après cette épreuve, il ne restait qu'à s'aimer toute la vie ; ils le jurèrent, et le ciel bénit leur serment.

Gabriel Bernard, frère de ma mère, devint amoureux d'une des sœurs de mon père ; mais elle ne consentit à épouser le frère qu'à condition que son frère épouserait la sœur. L'amour arrangea tout, et les deux mariages se firent le même jour. Ainsi mon oncle était le mari de ma tante, et leurs enfans furent doublement mes cousins germains. Il en naquit un de part et d'autre au bout d'une année ; ensuite il fallut encore se séparer.

Mon oncle Bernard était ingénieur : il alla servir dans l'Empire et en Hongrie sous le prince Eugène. Il se distingua au siège et à la bataille de Belgrade. Mon père, après la naissance de mon frère unique, partit pour Constantinople, où il était appelé, et devint horloger du sérail. Durant son absence, la beauté de ma mère, son esprit, ses talens (1), lui

---

(1) Elle en avait de trop brillans pour son état, le ministre son père, qui l'adorait, ayant pris grand soin de son éducation. Elle dessinait, elle chantait, elle s'accompagnait du téorbe, elle avait de la lecture, et faisait des vers passables. En voici qu'elle fit impromptu, se promenant avec sa belle-sœur et leurs deux enfans, en l'absence des deux maris, sur un propos que quelqu'un leur tint à ce sujet.

> Ces deux messieurs qui sont absens
> Nous sont chers de bien des manières :
> Ce sont nos amis, nos amans ;
> Ce sont nos époux et nos frères,
> Et les pères de ces enfans.

attirèrent des hommages. M. de la Closure, rési‐
dent de France, fut des plus empressés à lui en
offrir. Il fallait que sa passion fût vive, puisqu'au
bout de trente ans je l'ai vu s'attendrir en me par‐
lant d'elle. Ma mère avait plus que de la vertu
pour s'en défendre, elle aimait passionnément son
mari ; elle le pressa de revenir. Il quitta tout, e
revint ; je fus le triste fruit de ce retour. Dix moi‐
après, je naquis infirme et malade, je coûtai la
vie à ma mère, et ma naissance fut le premier de
mes malheurs.

Je n'ai pas su comment mon père supporta cette
perte ; mais je sais qu'il ne s'en consola jamais. I
croyait la revoir en moi, sans pouvoir oublier que
je la lui avais ôtée ; jamais il ne m'embrassa, que
je ne sentisse à ses soupirs, à ses convulsives
étreintes, qu'un regret amer se mêlait à ses ca‐
resses ; elles n'en étaient que plus tendres. Quand
il me disait : Jean-Jacques, parlons de ta mère,
je lui disais : Hé bien, mon père, nous allons donc
pleurer : et ce mot lui tirait déjà des larmes. Ah !
disait-il en gémissant, rends-la moi, console-moi
d'elle, remplis le vide qu'elle a laissé dans mon
âme. T'aimerais-je ainsi si tu n'étais que mon fils ?
Quarante ans après l'avoir perdue, il est mort dans
les bras d'une seconde femme, mais le nom de la
première à la bouche, et son image au fond du
cœur.

Tels furent les auteurs de mes jours. De tous les
dons que le ciel leur avait départis, un cœur sen‐
sible est le seul qu'ils me laissèrent ; mais il avait
fait leur bonheur, et fit tous les malheurs de
ma vie.

J'étais né presque mourant ; on espérait peu de
me conserver. J'apportai le germe d'une incom‐

\nodité que les ans ont renforcée, et qui mainte-
\nant ne me donne quelquefois des relâches que
\pour me laisser souffrir plus cruellement d'une
\autre façon. Une sœur de mon père, fille aimable
\et sage, prit si grand soin de moi qu'elle me sauva.
\Au moment où j'écris ceci, elle est encore en vie,
\soignant, à l'âge de quatre-vingts ans, un mari
\plus jeune qu'elle, mais usé par la boisson. Chère
\tante, je vous pardonne de m'avoir fait vivre, et
\je m'afflige de ne pouvoir vous rendre à la fin de
vos jours les tendres soins que vous m'avez pro-
digués au commencement des miens. J'ai aussi ma
mie Jacqueline encore vivante, saine et robuste.
Les mains qui m'ouvrirent les yeux à ma naissance
pourront me les fermer à ma mort.

Je sentis avant de penser ; c'est le sort commun
de l'humanité ; je l'éprouvai plus qu'un autre.
J'ignore ce que je fis jusqu'à cinq ou six ans ; je ne
sais comment j'appris à lire, je ne me souviens
que de mes premières lectures et de leur effet sur
moi : c'est le temps d'où je date sans interruption
la conscience de moi-même. Ma mère avait laissé
des romans ; nous nous mîmes à les lire après souper, mon père et moi. Il n'était question d'abord
que de m'exercer à la lecture par des livres amu-
sans ; mais bientôt l'intérêt devint si vif, que nous
lisions tour à tour sans relâche, et passions les
nuits à cette occupation. Nous ne pouvions jamais
quitter qu'à la fin du volume. Quelquefois mon
père, entendant le matin les hirondelles, disait
tout honteux : Allons nous coucher, je suis plus
enfant que toi.

En peu de temps j'acquis, par cette dangereuse
méthode, non-seulement une extrême facilité à
lire et à m'entendre, mais une intelligence unique

à mon âge sur les passions. Je n'avais aucune idée
des choses, que tous les sentimens m'étaient déjà
connus. Je n'avais rien conçu, j'avais tout senti ;
et les malheurs imaginaires de mes héros m'ont
tiré cent fois plus de larmes dans mon enfance,
que les miens mêmes ne m'en ont jamais fait verser. Ces émotions, que j'éprouvai coup sur coup,
n'altéraient point la raison que je n'avais pas encore ; mais elles m'en formèrent une d'une autre
trempe, et me donnèrent de la vie humaine des
notions bizarres et romanesques, dont l'expérience
et la réflexion n'ont jamais bien pu me guérir.

Les romans finirent avec l'été de 1719. L'hiver
suivant, ce fut autre chose. La bibliothéque de ma
mère épuisée, on eut recours à la portion de celle
de son père, qui nous était échue. Heureusement
il s'y trouva de bons livres ; et cela ne pouvait
guère être autrement, cette bibliothéque ayant été
formée par un ministre à la vérité, et savant
même, car c'était la mode alors, mais homme de
goût et d'esprit. *L'Histoire de l'église et de l'Empire* par le Sueur, le *Discours de Bossuet sur
l'histoire universelle*, *les Hommes illustres de
Plutarque*, l'*Histoire de Venise* par Nani, *les
Métamorphoses d'Ovide*, *La Bruyère*, *les Mondes*
de Fontenelle, ses *Dialogues des morts*, et quelques tomes de *Molière*, furent transportés dans le
cabinet de mon père, et je les lui lisais tous les
jours durant son travail. J'y pris un goût rare, et
peut-être unique à mon âge. *Plutarque* surtout
devint ma lecture favorite ; le plaisir que je prenais
à le relire sans cesse me guérit un peu des romans ;
et je préférai bientôt *Agésilas*, *Brutus*, *Aristide*,
à *Orondate*, *Artamène* et *Juba*. De ces intéressantes lectures, des entretiens qu'elles occasion-

maient entre mon père et moi, se forma cet esprit
libre et républicain, ce caractère indomptable et
fier, impatient de joug et de servitude, qui m'a
tourmenté tout le temps de ma vie, dans les situations les moins propres à lui donner l'essor. Sans
cesse occupé de Rome et d'Athènes, vivant, pour
ainsi dire, avec leurs grands hommes, né moi-
même citoyen d'une république, et fils d'un père
dont l'amour de la patrie était la plus forte passion,
e m'en enflammais à son exemple; je me croyais
Grec ou Romain; je devenais le personnage dont
e lisais la vie : le récit des traits de constance et
d'intrépidité qui m'avaient frappé me rendaient les
yeux étincelans et la voix forte. Un jour que je
racontais à table l'histoire de Scévola, on fut effrayé
de me voir avancer et tenir la main sur un réchaud
pour représenter son action.

J'avais un frère plus âgé que moi de sept ans. Il
apprenait la profession de mon père. L'extrême
affection qu'on avait pour moi le faisait un peu
négliger, et ce n'est pas cela que j'approuve. Son
éducation se sentit de cette négligence; il prit le
train du libertinage, même avant l'âge d'être un
vrai libertin. On le mit chez un autre maître, d'où
il faisait des escapades, comme il en avait fait
de la maison paternelle. Je ne le voyais presque
point; à peine puis-je dire avoir fait connaissance
avec lui : mais je ne laissais pas de l'aimer tendrement, et il m'aimait autant qu'un polisson peut
aimer quelque chose. Je me souviens qu'une fois
que mon père le châtiait rudement et avec colère,
je me jetai impétueusement entre deux, l'embrassant étroitement. Je le couvris ainsi de mon corps,
recevant les coups qui lui étaient portés; et je
m'obstinai si bien dans cette attitude, qu'il fallut

que mon père lui fît grâce , soit désarmé par me
cris et mes larmes , soit pour ne pas me maltraite.
plus que lui. Enfin mon frère tourna si mal, qu'i
s'enfuit et disparut tout-à-fait. Quelque temp:
après on sut qu'il était en Allemagne ; il n'écrivi·
pas une seule fois : on n'a plus eu de ses nouvelle:
depuis ce temps-là , et voilà comment je suis demeuré fils unique.

Si ce pauvre garçon fut élevé négligemment ,
il n'en fut pas ainsi de son frère , et les enfans de:
rois ne sauraient être soignés avec plus de zèle que
je le fus durant mes premiers ans , idolâtré de
tout ce qui m'environnait, et toujours, ce qui est
bien plus rare, traité en enfant chéri, sans l'être
en enfant gâté. Jamais une seule fois , jusqu'à ma
sortie de la maison paternelle , on ne m'a laissé
courir dans la rue avec les autres enfans : jamais
on n'eut à réprimer en moi ni à satisfaire aucune
de ces fantasques humeurs qu'on impute à la nature, et qui naissent de la seule éducation. J'avais
les défauts de mon âge ; j'étais babillard, gourmand , quelquefois menteur. J'aurais volé des
fruits, des bonbons, de la mangeaille ; mais jamais
je n'ai pris plaisir à faire du mal, du dégât, à charger les autres , à tourmenter de pauvres animaux.
Je me souviens pourtant d'avoir une fois pissé dans
la marmite d'une de nos voisines appelée madame
Clot, tandis qu'elle était au prêche. J'avoue même
que ce souvenir me fait encore rire, parce que madame Clot , bonne femme au demeurant, était
bien la vieille la plus grognon que je connus de ma
vie. Voilà la courte et véridique histoire de tous
mes méfaits enfantins.

Comment serais-je devenu méchant , quand je
n'avais sous les yeux que des exemples de douceur,

et autour de moi que les meilleures gens du monde ?
Mon père, ma tante, ma mie, mes parens, nos
amis, nos voisins, tout ce qui m'entourait ne m'o-
béissait pas à la vérité, mais m'aimait ; et moi je
les aimais de même. Mes volontés étaient si peu
excitées et si peu contrariées, qu'il ne me venait
pas dans l'esprit d'en avoir. Je puis jurer que,
jusqu'à mon asservissement sous un maître, je
n'ai pas su ce que c'était qu'une fantaisie. Hors le
temps que je passais à lire ou écrire auprès de mon
père, et celui où ma mie me menait promener,
j'étais toujours avec ma tante, à la voir broder,
à l'entendre chanter, assis ou debout à côté d'elle ;
et j'étais content. Son enjouement, sa douceur,
sa figure agréable, m'ont laissé de si fortes impressions, que je vois encore son air, son regard, son
attitude ; je me souviens de ses petits propos cares-
sans : je dirais comment elle était vêtue et coiffée,
sans oublier les deux crochets que ses cheveux noirs
faisaient sur ses tempes, selon la mode de ce
temps-là.

Je suis persuadé que je lui dois le goût ou plutôt
la passion pour la musique, qui ne s'est bien déve-
loppée en moi que long-temps après : elle savait
une quantité prodigieuse d'airs et de chansons
qu'elle chantait avec un filet de voix fort douce ;
la sérénité d'âme de cette excellente fille éloignait
d'elle et de tout ce qui l'environnait la rêverie et
la tristesse. L'attrait que son chant avait pour moi
fut tel, que non-seulement plusieurs de ses chansons me sont toujours restées dans la mémoire,
mais qu'il m'en revient même, aujourd'hui que je
l'ai perdue, qui, totalement oubliées depuis mon
enfance, se retracent, à mesure que je vieillis,
avec un charme que je ne puis exprimer. Dirait-

on que moi, vieux radoteur, rongé de soucis et
de peines, je me surprends quelquefois à pleurer
comme un enfant en marmottant ces petits airs
d'une voix déjà cassée et tremblante? Il y en a un
surtout qui m'est bien revenu tout entier, quant
à l'air ; mais la seconde moitié des paroles s'est
constamment refusée à tous mes efforts pour me
la rappeler, quoiqu'il m'en revienne confusément
les rimes. Voici le commencement, et ce que j'ai pu
me rappeler du reste :

Tircis, je n'ose
Écouter ton chalumeau
Sous l'ormeau ;
Car on en cause
Déjà dans notre hameau.
. . . .
. . . . un berger
. . . . s'engager
. . . . sans danger ;
Et toujours l'épine est sous la rose.

Je cherche où est le charme attendrissant que
mon cœur trouve à cette chanson ; c'est un caprice auquel je ne comprends rien : mais il m'est
de toute impossibilité de la chanter jusqu'à la fin
sans être arrêté par mes larmes. J'ai cent fois projeté d'écrire à Paris pour faire chercher le reste
des paroles, si tant est que quelqu'un les connaisse
encore ; mais je suis presque sûr que le plaisir que
je prends à me rappeler cet air s'évanouirait en
partie, si j'avais la preuve que d'autres que ma
pauvre tante Suson l'ont chanté.

Telles furent les premières affections de mon
entrée à la vie : ainsi commençait à se former ou
à se montrer en moi ce cœur à la fois si fier et si
tendre, ce caractère efféminé, mais pourtant in-

domptable, qui, flottant toujours entre la faiblesse
et le courage, entre la mollesse et la vertu, m'a
jusqu'au bout mis en contradiction avec moi-
même, et a fait que l'abstinence et la jouissance,
le plaisir et la sagesse, m'ont également échappé.

Ce train d'éducation fut interrompu par un accident dont les suites ont influé sur le reste de ma
vie. Mon père eut un démêlé avec un M. Gautier,
capitaine en France, et apparenté dans le conseil :
ce Gautier, homme insolent et lâche, saigna du
nez, et, pour se venger, accusa mon père d'avoir
mis l'épée à la main dans la ville. Mon père,
qu'on voulut envoyer en prison, s'obstinait à vouloir que, selon la loi, l'accusateur y entrât aussi
bien que lui : n'ayant pu l'obtenir, il aima mieux
sortir de Genève et s'expatrier pour le reste de sa
vie, que de céder sur un point où l'honneur et
la liberté lui paraissaient compromis.

Je restai sous la tutelle de mon oncle Bernard
alors employé aux fortifications de Genève. Sa
fille aînée était morte, mais il avait un fils de même
âge que moi : nous fûmes mis ensemble à Bossey
en pension chez le ministre Lambercier pour y
apprendre, avec le latin, tout le menu fatras dont
on l'accompagne sous le nom d'éducation.

Deux ans passés au village adoucirent un peu
mon âpreté romaine, et me ramenèrent à l'état
d'enfant. A Genève, où l'on ne m'imposait rien,
j'aimais l'application, la lecture; c'était presque
mon seul amusement : à Bossey, le travail me
fit aimer les jeux qui lui servaient de relâche.
La campagne était pour moi si nouvelle, que je
ne pouvais me lasser d'en jouir : je pris pour elle
un goût si vif, qu'il n'a jamais pu s'éteindre; le
souvenir des jours heureux que j'y ai passés m'a fait

regretter son séjour et ses plaisirs dans tous les
âges, jusqu'à celui qui m'y a ramené. M. Lambercier était un homme fort raisonnable, qui,
sans négliger notre instruction, ne nous chargeait
point de devoirs extrêmes; la preuve qu'il s'y
prenait bien, est que, malgré mon aversion pour
la gêne, je ne me suis jamais rappelé avec dégoût
mes heures d'étude, et que, si je n'appris pas de
lui beaucoup de choses, ce que j'appris, je l'appris
sans peine, et n'en ai rien oublié.

La simplicité de cette vie champêtre me fit un
bien d'un prix inestimable en ouvrant mon cœur
à l'amitié : jusqu'alors je n'avais connu que des
sentimens élevés, mais imaginaires. L'habitude de
vivre ensemble dans un état paisible m'unit tendrement à mon cousin Bernard : en peu de temps
j'eus pour lui des sentimens plus affectueux que
ceux que j'avais eus pour mon frère, et qui ne
se sont jamais effacés. C'était un grand garçon
fort efflanqué, fort fluet, aussi doux d'esprit que
faible de corps, et qui n'abusait pas trop de la
prédilection qu'on avait pour lui dans la maison,
comme fils de mon tuteur. Nos amusemens,
nos travaux, nos goûts, étaient les mêmes : nous
étions seuls, nous étions du même âge ; chacun
des deux avait besoin d'un camarade : nous séparer était en quelque sorte nous anéantir. Quoique
nous eussions peu d'occasions de faire preuve de
notre attachement l'un pour l'autre, il était extrême ; et non-seulement nous ne pouvions vivre un
instant séparés, mais nous n'imaginions pas que
nous puissions jamais l'être. Tous deux d'un esprit
facile à céder aux caresses, complaisans quand on
ne voulait pas nous contraindre, nous étions toujours d'accord sur tout : si, par la faveur de ceux qui

nous gouvernaient, il avait sur moi quelque ascendant sous leurs yeux, quand nous étions seuls
j'en avais un sur lui qui rétablissait l'équilibre. Dans
nos études je lui soufflais sa leçon quand il hésitait:
quand mon thème était fait, je lui aidais à faire
le sien; et dans nos amusemens mon goût plus
actif lui servait toujours de guide. Enfin nos deux
caractères s'accordaient si bien, et l'amitié qui
nous unissait était si vraie, que, dans plus de
cinq ans que nous fûmes presque inséparables,
tant à Bossey qu'à Genève, nous nous battîmes
souvent, je l'avoue, mais jamais on n'eut besoin
de nous séparer, jamais une de nos querelles
ne dura plus d'un quart d'heure, et jamais une
seule fois nous ne portâmes l'un contre l'autre aucune accusation. Ces remarques sont, si l'on veut,
puériles; mais il en résulte pourtant un exemple
peut-être unique depuis qu'il existe des enfans.

La manière dont je vivais à Bossey me convenait si bien, qu'il ne lui a manqué que de durer
plus long-temps pour fixer absolument mon caractère : les sentimens tendres, affectueux, paisibles, en faisaient le fond. Je crois que jamais individu de notre espèce n'eut naturellement moins
de vanité que moi : je m'élevais par élans à des
mouvemens sublimes; puis je retombais aussitôt
dans ma langueur. Être aimé de tout ce qui
m'approchait était le plus vif de mes désirs : j'étais
doux, mon cousin l'était : ceux qui nous gouvernaient l'étaient eux-mêmes. Pendant deux ans
entiers je ne fus ni témoin ni victime d'un sentiment violent : tout nourrissait dans mon cœur les
penchans qu'il reçut de la nature; je ne connaissais
rien d'aussi charmant que de voir tout le monde
content de moi et de toute chose. Je me souvien-

drai toujours qu'au temple, répondant au catéchisme, rien ne me troublait plus, quand il
m'arrivait d'hésiter, que de voir sur le visage de
mademoiselle Lambercier des marques d'inquiétude et de peine : cela seul m'affligeait plus que
la honte de manquer en public, qui m'affectait
pourtant extrêmement (car, quoique peu sensible
aux louanges, je le fus toujours beaucoup à la
honte) ; et je puis dire ici que l'attente des réprimandes de mademoiselle Lambercier me donnait
moins d'alarmes que la crainte de la chagriner.

Cependant elle ne manquait pas, au besoin, de
sévérité, non plus que son frère : mais comme
cette sévérité, presque toujours juste, n'était jamais
emportée, je m'en affligeais et ne m'en mutinais
point : j'étais plus fâché de déplaire que d'être puni,
et le signe du mécontentement m'était plus cruel
que la peine afflictive. Il est embarrassant de m'expliquer mieux ; mais cependant il le faut. Qu'on
changerait de méthode avec la jeunesse, si l'on voyait
mieux les effets éloignés de celle qu'on emploie
toujours indistinctement, et souvent indiscrète-
ment ! La grande leçon qu'on peut tirer d'un exemple aussi commun que funeste me fait résoudre
à le donner.

Comme mademoiselle Lambercier avait pour
nous l'affection d'une mère, elle en avait aussi
l'autorité, et la portait quelquefois jusqu'à nous
infliger la punition des enfans quand nous l'avions
méritée. Assez long-temps elle s'en tint à la menace,
et cette menace d'un châtiment tout nouveau pour
moi me semblait très-effrayante ; mais après l'exécution, je la trouvai moins terrible à l'épreuve
que l'attente ne l'avait été : et ce qu'il y a de plus
bizarre est que ce châtiment m'affectionna davan-

:tage encore à celle qui me l'avait imposé. Il fallait même toute la vérité de cette affection et toute ma douceur naturelle pour m'empêcher de chercher le retour du même traitement en le méritant; car j'avais trouvé dans la douleur, dans la honte même, un mélange de sensualité qui m'avait laissé plus de désir que de crainte de l'éprouver de rechef par la même main. Il est vrai que, comme il se mêlait sans doute à cela quelque instinct précoce du sexe, le même châtiment, reçu de son frère, ne m'eût point du tout paru plaisant. Mais de l'humeur dont il était, cette substitution n'était guère à craindre ; et si je m'abstenais de mériter la correction, c'était uniquement de peur de fâcher mademoiselle Lambercier : car tel est en moi l'empire de la bienveillance, et même de celle que les sens ont fait naître, qu'elle leur donna toujours la loi dans mon cœur.

Cette récidive, que j'éloignais sans la craindre, arriva sans qu'il y eût de ma faute, c'est-à-dire, de ma volonté ; et j'en profitai, je puis dire, en sûreté de conscience. Mais cette seconde fois fut aussi la dernière : et mademoiselle Lambercier, s'étant sans doute aperçue à quelque signe que ce châtiment n'allait pas à son but, déclara qu'elle y renonçait et qu'il la fatiguait trop. Nous avions jusqu'alors couché dans sa chambre, et même en hiver quelquefois dans son lit. Deux jours après on nous fit coucher dans une autre chambre, et j'eus désormais l'honneur, dont je me serais bien passé, d'être traité par elle en grand garçon.

Qui croirait que ce châtiment d'enfant, reçu à huit ans par les mains d'une fille de trente, a décidé de mes goûts, de mes désirs, de mes passions, de moi pour le reste de ma vie, et cela précisément

dans le sens contraire à ce qui devait arriver naturellement ? En même temps que mes sens furent
allumés, mes désirs prirent si bien le change, que,
bornés à ce que j'avais éprouvé, ils ne s'avisèrent
point de chercher autre chose. Avec un sang brûlant
de sensualité presque dès ma naissance, je me
conservai pur de toute souillure jusqu'à l'âge où
les tempéramens les plus froids et les plus tardifs
se développent. Tourmenté long-temps, sans savoir
de quoi, je dévorais d'un œil ardent les belles personnes, mon imagination me les rappelait sans
cesse, uniquement pour les mettre en œuvre à
ma mode, et en faire autant de demoiselles Lambercier.

Même après l'âge nubile, ce goût bizarre toujours
persistant, et porté jusqu'à la dépravation, jusqu'à
la folie, m'a conservé les mœurs honnêtes qu'il
semblerait avoir dû m'ôter. Si jamais éducation
fut modeste et chaste, c'est assurément celle que
j'ai reçue. Mes trois tantes n'étaient pas seulement
des personnes d'une sagesse exemplaire, mais d'une
réserve que depuis long-temps les femmes ne
connaissent plus. Mon père, homme de plaisir,
mais galant à la vieille mode, n'a jamais tenu
près des femmes qu'il aimait le plus des propos
dont une vierge eût pu rougir, et jamais on n'a
poussé plus loin que dans ma famille et devant
moi le respect qu'on doit aux enfans. Je ne trouvai
pas moins d'attention chez M. Lambercier sur le
même article; et une fort bonne servante y fut mise
à la porte, pour un mot un peu gaillard qu'elle
avait prononcé devant nous. Non-seulement je n'eus
jusqu'à mon adolescence aucune idée distincte de
l'union des sexes; mais jamais cette idée confuse
ne s'offrit à moi que sous une image odieuse et

dégoûtante. J'avais pour les filles publiques une horreur qui ne s'est jamais effacée; je ne pouvais voir un débauché sans dédain, sans effroi même : car mon aversion pour la débauche allait jusque-là, depuis qu'allant un jour au petit Sacconex par un chemin creux, je vis des deux côtés des cavités dans la terre, où l'on me dit que ces gens-là faisoient leurs accouplemens. Ce que j'avais vu de ceux des chiennes me revenait aussi toujours à l'esprit en pensant aux autres, et le cœur me soulevait à ce seul souvenir.

Ces préjugés de l'éducation, propres par eux-mêmes à retarder les premières explosions d'un tempérament combustible, furent aidés, comme j'ai dit, par la diversion que firent sur moi les premières pointes de la sensualité. N'imaginant que ce que j'avais senti, malgré des effervescences de sang très-incommodes, je ne savais porter mes désirs que vers l'espèce de volupté qui m'était connue, sans jamais aller jusqu'à celle qu'on m'avait rendue haïssable, et qui tenait de si près à l'autre, sans que j'en eusse le moindre soupçon. Dans mes sottes fantaisies, dans mes érotiques fureurs [dans les actes extravagans auxquels elles me portaient quelquefois], j'empruntais imaginairement le secours de l'autre sexe, sans penser jamais qu'il fût propre à nul autre usage qu'à celui que je brûlais d'en tirer.

Non-seulement donc c'est ainsi qu'avec un tempérament très-ardent, très-lascif, très-précoce, je passai toutefois l'âge de puberté sans désirer, sans connaître d'autres plaisirs des sens que ceux dont mademoiselle Lambercier m'avait très-innocemment donné l'idée ; mais quand enfin le progrès des ans m'eut fait homme, c'est encore ainsi que ce qui devait me perdre me conserva. Mon ancien

I. 5.

goût d'enfant, au lieu de s'évanouir, s'associa tellement à l'autre, que je ne pus jamais l'écarter des
désirs allumés par mes sens; et cette folie, jointe
à ma timidité naturelle, m'a toujours rendu très-
peu entreprenant près des femmes, faute d'oser
tout dire ou de pouvoir tout faire, l'espèce de
jouissance dont l'autre n'était pour moi que le
dernier terme ne pouvant être usurpée par celui
qui la désire, ni devinée par celle qui peut l'accorder. J'ai passé ma vie à convoiter et me taire auprès
des personnes que j'aimais le plus. N'osant jamais
déclarer mon goût, je l'amusais du moins par des
rapports qui m'en conservaient l'idée. Être aux genoux d'une maîtresse impérieuse, obéir à ses ordres, avoir des pardons à lui demander, étaient
pour moi de très-douces jouissances, et plus ma
vive imagination m'enflammait le sang, plus j'avais
l'air d'un amant transi. On conçoit que cette manière de faire l'amour n'amène pas des progrès bien
rapides, et n'est pas fort dangereuse à la vertu de
celles qui en sont l'objet. J'ai donc fort peu possédé, mais je n'ai pas laissé de jouir beaucoup à ma
manière, c'est-à-dire par l'imagination. Voilà comment mes sens, d'accord avec mon humeur timide
et mon esprit romanesque, m'ont conservé des
sentimens purs et des mœurs honnêtes, par les
mêmes goûts qui peut-être, avec un peu plus
d'effronterie, m'auraient plongé dans les plus brutales voluptés.

J'ai fait le premier pas et le plus pénible dans
le labyrinthe obscur et fangeux de mes confessions.
Ce n'est pas ce qui est criminel qui coûte le plus
à dire, c'est ce qui est ridicule et honteux. Dès
à présent je suis sûr de moi, après ce que je viens
d'oser dire, rien ne peut plus m'arrêter. On peut

juger de ce qu'ont pu me coûter de semblables
aveux, sur ce que, dans tout le cours de ma vie,
transporté quelquefois, près de celles que j'aimais,
par les fureurs d'une passion qui m'ôtait la faculté
de voir, d'entendre, hors de sens, et saisi d'un
tremblement convulsif dans tout mon corps, jamais
je n'ai pu prendre sur moi de leur déclarer ma
folie, et d'implorer d'elles dans la plus étroite intimité la seule faveur qui manquait aux autres. Cela
ne m'est jamais arrivé qu'une fois dans l'enfance
avec une enfant de mon âge; encore fût-ce elle qui
le proposa.

En remontant de cette sorte aux premières traces
de mon être sensible, je trouve des élémens qui,
paraissant quelquefois incompatibles, n'ont pas laissé de s'unir pour produire avec force un effet uniforme et simple; et j'en trouve d'autres qui, les
mêmes en apparence, ont formé par le concours
de certaines circonstances de si différentes combinaisons, qu'on n'imaginerait jamais qu'ils eussent
entre eux aucun rapport. Qui croirait, par exemple, qu'un des ressorts les plus vigoureux de mon
âme fût trempé dans la même source d'où la
luxure et la mollesse ont coulé dans mon sang?
Sans quitter le sujet dont je viens de parler, on en
va voir sortir une impression bien différente.

J'étudiais un jour seul ma leçon dans la chambre contiguë à la cuisine. La servante avait mis
sécher à la plaque les peignes de sa maîtresse.
Quand elle revint les prendre, il s'en trouva un dont
tout un côté de dents était brisé. A qui s'en prendre
de ce dégât? personne autre que moi n'était entré
dans la chambre. On m'interroge; je nie d'avoir touché le peigne. M. et mademoiselle Lambercier se réunissent, m'exhortent, me menacent, me pressent;

je persiste avec opiniâtreté : mais la conviction était trop forte, elle l'emporta sur toutes mes protestations, quoique ce fût la première fois qu'on m'avait trouvé tant d'audace à mentir. La chose fut prise au sérieux; elle méritait de l'être. La méchanceté, le mensonge, l'obstination, parurent également dignes de punition : mais pour le coup ce ne fut pas par mademoiselle Lambercier qu'elle me fut infligée. On écrivit à mon oncle Bernard, il vint. Mon pauvre cousin était chargé d'un autre délit non moins grave : nous fûmes enveloppés dans la même exécution. Elle fut terrible. Quand, cherchant le remède dans le mal même, on eût voulu pour jamais amortir mes sens dépravés, on n'aurait pu mieux s'y prendre. Aussi me laissèrent-ils en repos pour long-temps.

On ne put m'arracher l'aveu qu'on exigeait. Repris à plusieurs fois, et mis dans l'état le plus affreux, je fus inébranlable. J'aurais souffert la mort, et j'y étais résolu. Il fallut que la force même cédât au diabolique entêtement d'un enfant; car on n'appela pas autrement ma constance. Enfin je sortis de cette cruelle épreuve en pièces, mais triomphant.

Il y a maintenant près de cinquante ans de cette aventure, et je n'ai pas peur d'être aujourd'hui puni de rechef pour le même fait. Hé bien ! je déclare à la face du ciel que j'en étais innocent, que je n'avais ni cassé ni touché le peigne, que je n'avais pas approché de la plaque, et que je n'y avais pas même songé. Qu'on ne me demande pas comment ce dégât se fit; je l'ignore, et ne puis le comprendre : ce que je sais très-certainement, c'est que j'en étais innocent.

Qu'on se figure un caractère timide et docile

dans la vie ordinaire, mais ardent, fier, indomptable dans les passions ; un enfant toujours gouverné par la voix de la raison, toujours traité avec
douceur, équité, complaisance ; qui n'avait pas
même l'idée de l'injustice, et qui, pour la première
fois, en éprouve une si terrible de la part précisément des gens qu'il chérit et qu'il respecte le plus.
Quel renversement d'idées ! quel désordre de sentimens ! quel bouleversement dans son cœur, dans
sa tête, dans tout son petit être moral ! Je dis qu'on
s'imagine tout cela, s'il est possible ; car, pour moi,
je me sens hors d'état de démêler, de suivre la
moindre trace de ce qui se passait alors en moi.

Je n'avais pas encore assez de raison pour sentir
combien les apparences me condamnaient, et pour
me mettre à la place des autres. Je me tenais à la
mienne ; et tout ce que je sentais, c'était la rigueur
d'un châtiment effroyable pour un crime que je
n'avais pas commis. La douleur du corps, quoique
vive, m'était peu sensible ; je ne sentais que l'indignation, la rage, le désespoir. Mon cousin, dans
un cas à peu près semblable, et qu'on avait puni
d'une faute involontaire comme d'un acte prémédité, se mettait en fureur à mon exemple, et se
montait, pour ainsi dire, à mon unisson. Tous deux
dans le même lit, nous nous embrassions avec des
transports convulsifs, nous étouffions ; et quand
nos jeunes cœurs, un peu soulagés, pouvaient ex-
haler leur colère, nous nous levions sur notre séant,
et nous nous mettions tous deux à crier cent fois
de toute notre force : *Carnifex ! carnifex ! carnifex !*

Je sens, en écrivant ceci, que mon pouls s'élève
encore ; ces momens me seront toujours présens,
quand je vivrais cent mille ans. Ce premier senti-

ment de la violence et de l'injustice est resté si profondément gravé dans mon ame, que toutes les
idées qui s'y rapportent me rendent ma première
émotion ; et ce sentiment, relatif à moi dans son
origine, a pris une telle consistance en lui-même,
et s'est si bien détaché de tout intérêt personnel,
que mon cœur s'enflamme au spectacle ou au récit de toute action injuste, quel qu'en soit l'objet,
et en quelque lieu qu'elle se commette, comme si
l'effet en retombait sur moi. Quand je lis les cruau-
tés d'un tyran féroce, les subtiles noirceurs d'un
fourbe de prêtre, je partirais volontiers pour aller
poignarder ces misérables, dussé-je cent fois y périr. Je me suis souvent mis en nage à poursuivre
à la course ou à coups de pierres un coq, une
vache, un chien, un animal que je voyais en tourmenter un autre, uniquement parce qu'il se sentait le plus fort. Ce mouvement peut m'être naturel, et je crois qu'il l'est ; mais le sentiment de la
première injustice que j'ai soufferte y fut trop long-
temps et trop fortement lié, pour ne l'avoir pas
beaucoup renforcé.

Là fut le terme de la sérénité de ma vie enfantine.
Dès ce moment je cessai de jouir d'un bonheur pur,
et je sens aujourd'hui même que le souvenir des
charmes de mon enfance s'arrête là. Nous restâmes
encore à Bossey quelques mois. Nous y fûmes comme
on nous représente le premier homme encore dans le
paradis terrestre, mais ayant cessé d'en jouir. C'é-
tait en apparence la même situation, et en effet
une tout autre manière d'être. L'attachement, l'intimité, le respect, la confiance, ne liaient plus les
élèves à leurs guides; nous ne les regardions plus
comme des dieux qui lisaient dans nos cœurs; nous
étions moins honteux de mal faire, et plus craintifs

d'être accusés; nous commencions à nous cacher, à nous mutiner, à mentir. Tous les vices de notre âge corrompaient notre innocence et enlaidissaient nos jeux. La campagne même perdit à nos yeux cet attrait de douceur et de simplicité qui va au cœur : elle nous semblait déserte et sombre; elle s'était comme couverte d'un voile qui nous en cachait les beautés. Nous cessâmes de cultiver nos petits jardins, nos fleurs, nos herbes. Nous n'allions plus gratter légèrement la terre, et crier de joie en découvrant le germe du grain que nous avions semé. Nous nous dégoûtâmes de cette vie; on se dégoûta de nous; mon oncle nous retira, et nous nous séparâmes de M. et mademoiselle Lambercier, rassasiés les uns des autres, et peu fâchés de nous quitter.

Près de trente ans se sont passés depuis ma sortie de Bossey, sans que je m'en sois rappelé le séjour d'une manière agréable par des souvenirs un peu liés : mais, depuis qu'ayant passé l'âge mûr je décline vers la vieillesse, je sens que ces souvenirs renaissent tandis que les autres s'effacent; ils se gravent dans ma mémoire avec des traits dont le charme et la force augmentent de jour en jour : comme si, sentant déjà la vie qui s'échappe, je cherchais à la ressaisir par ses commencemens. Les moindres faits de ce temps-là me plaisent par cela seul qu'ils sont de ce temps-là. Je me rappelle toutes les circonstances des lieux, des personnes, des heures. Je vois la servante et le valet agissant dans la chambre, une hirondelle entrant par la fenêtre, une mouche se poser sur ma main tandis que je récitais ma leçon; je vois tout l'arrangement de la chambre où nous étions; le cabinet de M. Lambercier à main droite, une estampe représentant tous les papes, un baromètre, un grand calendrier, des framboisiers qui, d'un jardin fort élevé, dans lequel la maison s'enfonçait sur le derrière, venaient ombrager la fenêtre, et passaient quelquefois jusqu'en dedans. Je sais bien que le lecteur n'a pas grand besoin de savoir tout cela; mais j'ai besoin, moi, de le lui dire. Que n'osé-je lui raconter toutes les petites anecdotes de cet heureux âge, qui me font encore tressaillir d'aise quand je me les rappelle! Cinq ou six surtout..... Composons. Je vous fais grace des cinq; mais j'en veux une, une seule, pourvu qu'on me la laisse conter le plus longuement qu'il me sera possible pour prolonger mon plaisir.

Si je ne cherchais que le vôtre, je pourrais choisir celle du derrière de mademoiselle Lambercier, qui, par une malheureuse culbute au bas du pré, fut étalé tout en plein devant le roi de Sardaigne à son passage : mais celle du noyer de la terrasse est plus amusante pour moi qui fus acteur, au lieu que je ne fus que spectateur dans la culbute; et j'avoue que je ne trouvai pas le moindre mot pour rire à un accident qui, bien que comique en lui - même, m'alarmait pour une personne que j'aimais comme une mère, et peut-être plus.

O vous, lecteurs curieux de la grande histoire du noyer de la terrasse, écoutez-en l'horrible tragédie, et vous abstenez de frémir si vous pouvez!

Il y avait, hors de la cour, une terrasse à gauche en entrant, sur laquelle était un banc où l'on allait souvent s'asseoir l'après-midi, mais qui n'avait point d'ombre. Pour lui en donner, M. Lambercier y fit planter un noyer. La plantation de cet arbre se fit avec solennité. Les deux pensionnaires en furent les parrains, et, tandis qu'on comblait le creux, nous tenions l'arbre chacun d'une main avec des chants de triomphe. On fit, pour l'arroser, une espèce de bassin tout autour du pied. Chaque jour, ardens spectateurs de cet arrosement, nous nous confirmions, mon cousin et moi, dans l'idée très-naturelle qu'il était plus beau de planter un arbre sur la terrasse qu'un drapeau sur la brèche, et nous résolûmes de nous procurer cette gloire sans la partager avec qui que ce fût.

Pour cela nous allâmes couper une bouture d'un jeune saule, et nous la plantâmes sur la terrasse, à huit ou dix pieds de l'auguste noyer. Nous n'oubliâmes pas de faire aussi un creux autour de notre arbre : la difficulté était d'avoir de quoi le remplir, car l'eau venait d'assez loin, et on ne nous laissait pas courir pour en aller prendre. Cependant il en fallait absolument pour notre saule. Nous employâmes toutes sortes de ruses pour lui en fournir durant quelques jours, et cela nous réussit si bien, que nous le vîmes bourgeonner et pousser de petites feuilles dont nous mesurions l'accroissement d'heure en heure, persuadés, quoiqu'il ne fût pas à un pied de terre, qu'il ne tarderait pas à nous ombrager.

Comme notre arbre, nous occupant tout entiers, nous rendait incapables de toute application, de toute étude, que nous étions comme en délire, et que ne sachant à qui nous en avions, on nous tenait de plus court qu'auparavant, nous vîmes l'instant fatal où l'eau nous allait manquer, et nous nous désolions dans l'attente de voir notre arbre périr de sécheresse. Enfin la nécessité, mère de l'industrie, nous suggéra une invention pour garantir l'arbre et nous d'une mort certaine : ce fut de faire par-dessous terre une rigole qui conduisît secrètement au saule une partie de l'eau dont on arrosait le noyer. Cette entreprise, exécutée avec ardeur, ne réussit pourtant pas d'abord. Nous avions si mal

pris la pente, que l'eau ne coulait point. La terre
s'éboulait et bouchait la rigole; l'entrée se remplissait d'ordures; tout allait de travers. Rien ne nous
rebuta.

> . . . . *Labor omnia vincit*
> *Improbus.* . . .
>
> (VIRG., *Géorg.*, liv. I, v. 144.)

Nous creusâmes davantage et la terre et notre
bassin pour donner à l'eau son écoulement; nous
coupâmes des fonds de boîtes en petites planches
étroites, dont les unes mises de plat à la file, et d'autres posées en angle des deux côtés sur celles-là,
nous firent un canal triangulaire pour notre conduit. Nous plantâmes à l'entrée de petits bouts de
bois minces et à claires voies, qui, faisant une espèce
de grillage ou de crapaudine, retenaient le limon
et les pierres sans boucher le passage à l'eau. Nous
recouvrîmes soigneusement notre ouvrage de terre
bien foulée; et le jour où tout fut fait, nous atten-
dîmes dans des transes d'espérance et de crainte,
l'heure de l'arrosement. Après des siècles d'attente,
cette heure vint enfin : M. Lambercier vint aussi
à son ordinaire assister à l'opération, durant laquelle
nous nous tenions tous deux derrière lui pour cacher
notre arbre, auquel très-heureusement il tournait
le dos.

A peine achevait-on de verser le premier seau
d'eau, que nous commençâmes d'en voir couler
dans notre bassin. A cet aspect la prudence nous
abandonna. Nous nous mîmes à pousser des cris de
joie qui firent retourner M. Lambercier; et ce fut
dommage, car il prenait grand plaisir à voir combien la terre du noyer était bonne, et buvait avidement
son eau. Frappé de la voir se partager entre deux bas-

s, il s'écrie à son tour, regarde, aperçoit la friponne-
, se fait brusquement apporter une pioche, donne
coup, fait voler deux ou trois éclats de nos plan-
es; et, criant à pleine tête, *Un aquéduc! un
aquéduc!* il frappe de toutes parts des coups impi-
toyables dont chacun portait au milieu de nos cœurs.
un moment, les planches, le conduit, le bas-
, le saule, tout fut détruit, tout fut labouré, sans
qu'il y eût, durant cette expédition terrible, aucun
autre mot prononcé, sinon l'exclamation qu'il répé-
ait sans cesse. *Un aquéduc!* s'écriait-il en brisant
tout, *un aquéduc! un aquéduc!*

On croira que l'aventure finit mal pour les petits
architectes : on se trompera; tout finit là. M. Lambercier ne nous dit pas un mot de reproche, ne
nous fit pas plus mauvais visage, et ne nous en
parla plus; nous l'entendîmes même un peu après
rire auprès de sa sœur à gorge déployée, car le rire
de M. Lambercier s'entendait de loin; et ce qu'il y
eut de plus étonnant encore est que, passé le premier saisissement, nous ne fûmes pas nous-mêmes
fort affligés. Nous plantâmes ailleurs un autre arbre,
et nous nous rappelions souvent la catastrophe du
premier, en répétant entre nous avec emphase, *Un
aquéduc! un aquéduc!* Jusque-là j'avais eu des
accès d'orgueil par intervalles quand j'étais Aristide
ou Brutus; ce fut ici mon premier mouvement de
vanité bien marquée. Avoir pu construire un aquéduc de nos mains, avoir mis une bouture en con-
currence avec un grand arbre me paraissait le
suprême degré de la gloire. A dix ans j'en jugeais
mieux que César à trente.

L'idée de ce noyer, et la petite histoire qui s'y
rapporte, m'est si bien restée ou revenue, qu'un
des mes plus agréables projets dans mon voyage de

Genève, en 1754, était d'aller à Bossey revoir le
monumens des jeux de mon enfance, et surtout l
cher noyer, qui devait alors avoir déjà le tiers d'u
siècle, et qui doit maintenant, s'il existe encore
en avoir à peu près la moitié. Je fus si continuel
lement obsédé, si peu maître de moi-même, qu
je ne pus trouver le moment de me satisfaire. Il
a peu d'apparence que cette occasion renaisse ja
mais pour moi. Cependant je n'en ai pas perdu l
désir avec l'espérance ; et je suis presque sûr qu
si jamais, retournant dans ces lieux chéris, j'y retrouvais mon cher noyer encore en être, je l'arro
serais de mes pleurs.

De retour à Genève, je passai deux ou trois ans
chez mon oncle en attendant qu'on résolût ce que
l'on ferait de moi. Comme il destinait son fils au
génie, il lui fit apprendre un peu de dessin, et lui
enseignait les élémens d'Euclide. J'apprenais tout
cela par compagnie, et j'y pris goût, surtout au
dessin. Cependant on délibérait si l'on me ferait
horloger, procureur, ou ministre. J'aimais mieux
être ministre, car je trouvais bien beau de prêcher :
mais le petit revenu du bien de ma mère, à partager entre mon frère et moi, ne suffisait pas pour
pousser mes études. Comme l'âge où j'étais ne rendait pas ce choix bien pressant encore, je restais
en attendant chez mon oncle, perdant à peu près
mon temps, et ne laissant pas de payer, comme
il était juste, une assez bonne pension.

Mon oncle, homme de plaisir ainsi que mon père,
ne savait pas comme lui se captiver par ses devoirs,
et prenait assez peu de soin de nous. Ma tante était
une dévote un peu piétiste, qui aimait mieux
chanter les psaumes que de veiller à notre éducation. On nous laissait presque une liberté entière,

at nous n'abusâmes jamais. Toujours insépa-
bles, nous nous suffisions l'un à l'autre; et n'étant
nt tentés de fréquenter les polissons de notre
, nous ne prîmes aucune des habitudes liber-
es que l'oisiveté nous pouvait inspirer. J'ai même
t de nous supposer oisifs, car de la vie nous ne
fûmes moins; et ce qu'il y avait d'heureux était
e tous les amusemens dont nous nous passion-
ns successivement, nous tenaient ensemble occu-
s dans la maison sans que nous fussions même
ités de descendre à la rue. Nous faisions des cages,
s flûtes, des volans, des tambours, des maisons,
s *équiffles*, des arbalètes. Nous gâtions les outils
mon bon vieux grand-père pour faire des montres
son imitation. Nous avions surtout un goût de
férence pour barbouiller du papier, dessiner,
er, enluminer, faire un dégât de couleurs. Il
at à Genève un charlatan italien appelé Gamba-
rda : nous allâmes le voir une fois, et puis nous n'y
ulûmes plus aller: mais il avait des marionnettes,
nous nous mîmes à faire des marionnettes; ses
arionnettes jouaient des manières de comédies, et
us fîmes des comédies pour les nôtres. Faute de
atique, nous contrefaisions du gosier la voix de po-
chinelle pour jouer ces charmantes comédies, que
s pauvres bons parens avaient la patience de voir et
entendre. Mais mon oncle Bernard ayant un jour
dans la famille un fort beau sermon de sa façon,
ous quittâmes les comédies et nous mîmes à com-
oser des sermons. Ces détails ne sont pas fort in-
ressans, je l'avoue : mais ils montrent à quel point
fallait que notre première éducation eût été bien
irigée, pour que, maîtres de notre temps et de
ous dans un âge si tendre, nous fussions si peu
entés d'en abuser. Nous avions si peu besoin de

nous faire des camarades, que nous en négligion.
même l'occasion. Quand nous allions nous promener, nous regardions en passant leurs jeux san.
convoitise, sans songer même à y prendre part
L'amitié remplissait si bien nos cœurs, qu'il nou.
suffisait d'être ensemble pour que les plus simple.
goûts fissent nos délices.

A force de nous voir inséparables, on y pri
garde, d'autant plus que mon cousin Bernard étan.
très-grand et moi très-petit, cela faisait un coupl.
assez plaisamment assorti. Sa longue figure effilée
son petit visage de pomme cuite, son air mou, s.
démarche nonchalante, excitaient les enfans à s.
moquer de lui. Dans le patois du pays on lui donn.
le nom de *Barnâ bredanna*; et sitôt que nous sor-
tions, nous n'entendions que *Barnâ bredanna*
tout autour de nous. Il endurait cela plus tranquillement que moi. Je me fâchai, je voulus me battre .
c'était ce que les petits coquins demandaient. J.
battis, je fus battu. Mon pauvre cousin me soutenai.
de son mieux; mais il était faible, d'un coup de
poing on le renversait. Alors je devenais furieux.
Cependant, quoique j'attrapasse force horions, ce
n'était pas à moi qu'on en voulait, c'était à *Barnâ
bredanna;* mais j'augmentai tellement le mal par
ma mutine colère, que nous n'osions plus sortir
qu'aux heures où l'on était en classe, de peur d'être
hués et suivis par les écoliers.

Me voilà déjà redresseur des torts. Pour être un pa-
ladin dans les formes, il ne me manquait que d'a-
voir une dame; j'en eus deux. J'allais de temps en
temps voir mon père à Nyon, petite ville du pays
de Vaud, où il s'était établi. Mon père était fort
aimé, et son fils se sentait de cette bienveillance.
Pendant le peu de séjour que je faisais près de lui,

était à qui me fêterait. Une madame de Vulson
surtout me faisait mille caresses; et pour y mettre
comble, sa fille me prit pour son galant. On sent
que c'est qu'un galant d'onze ans pour une
fille de vingt-deux. Mais toutes ces friponnes sont
aises de mettre ainsi de petites poupées en avant
pour cacher les grandes, ou pour les tenter par
l'image d'un jeu qu'elles savent rendre attirant! Pour
moi, qui ne voyais point entre elle et moi de dis-
convenance, je pris la chose au sérieux : je me livrai
de tout mon cœur, ou plutôt de toute ma tête, car
je n'étais guère amoureux que par là, quoique je le
fusse à la folie, et que mes transports, mes agitations, mes fureurs donnassent des scènes à pâmer
de rire.

Je connais deux sortes d'amours très-distincts,
très-réels, et qui n'ont presque rien de commun,
quoique très-vifs l'un et l'autre, et tous deux différens de la tendre amitié. Tout le cours de ma vie
s'est partagé entre ces deux amours de si diverses
natures : et je les ai même éprouvés tous deux à la
fois; car, par exemple, au moment dont je parle,
tandis que je m'emparais de mademoiselle de Vulson
si publiquement et si tyranniquement que je ne
pouvais souffrir qu'aucun homme approchât d'elle,
j'avais avec une petite mademoiselle Goton des
tête-à-tête assez courts, mais assez vifs, dans lesquels elle daignait faire la maîtresse d'école, et
c'était tout; mais ce tout, qui en effet était tout pour
moi, me paraissait le bonheur suprême, et, sentant
déjà le prix du mystère, quoique je n'en susse user
qu'en enfant, je rendais à mademoiselle de Vulson,
qui ne s'en doutait guère, le soin qu'elle prenait de
m'employer à cacher d'autres amours. Mais, à mon
grand regret, mon secret fut découvert, ou moins

bien gardé de la part de ma petite maîtresse d'école
que de la mienne, car on ne tarda pas à nous séparer; et quelque temps après, de retour à Genève,
j'entendis, en passant à Coutance, de petites filles
me crier à demi-voix : *Goton tic-tac Rousseau.*

C'était en vérité une singulière personne que
cette petite mademoiselle Goton. Sans être belle, elle
avait une figure difficile à oublier, et que je me rap
pelle encore, souvent beaucoup trop pour un vieux
fou. Ses yeux surtout n'étaient pas de son âge, ni sa
taille, ni son maintien. Elle avait un air imposant et
fier, très-propre à son rôle, et qui en avait occasionné la première idée entre nous. Mais ce qu'elle
avait de bizarre était un mélange d'audace et de réserve difficile à concevoir. Elle se permettait avec
moi les plus grandes privautés sans jamais m'en
permettre aucune avec elle ; elle me traitait exactement en enfant : ce qui me fait croire qu'elle avait
déjà cessé de l'être, ou qu'au contraire elle l'était
encore assez elle-même pour ne voir qu'un jeu dans
le péril auquel elle s'exposait.

J'étais tout entier, pour ainsi dire, à chacune de
ces deux personnes, et si parfaitement, qu'avec
aucune des deux il ne m'arrivait jamais de songer à
l'autre. Mais du reste rien de semblable en ce qu'elles
me faisaient éprouver. J'aurais passé ma vie entière
avec mademoiselle de Vulson sans songer à la quitter ; mais, en l'abordant, ma joie était tranquille et
n'allait pas à l'émotion. Je l'aimais surtout en
grande compagnie ; les plaisanteries, les agaceries,
les jalousies même, m'attachaient, m'intéressaient :
je triomphais avec orgueil de ses préférences près
des grands rivaux qu'elle paraissait maltraiter. J'étais
tourmenté, mais j'aimais ce tourment. Les applau-
dissemens, les encouragemens, les ris, m'échauf-

faient, m'animaient. J'avais des emportemens, des
saillies ; j'étais transporté d'amour dans un cercle.
Tête à tête j'aurais été contraint, froid, peut-être
ennuyé. Cependant je m'intéressais tendrement à
elle, je souffrais quand elle était malade : j'aurais
donné ma santé pour rétablir la sienne ; et notez
que je savais très-bien par expérience ce que c'était
que maladie, et ce que c'était que santé. Absent
d'elle j'y pensais, elle me manquait : présent, ses
caresses m'étaient douces au cœur, non aux sens.
J'étais impunément familier avec elle : mon imagination ne me demandait que ce qu'elle m'accordait ; cependant je ne pouvais supporter de lui en
voir faire autant à d'autres. Je l'aimais en frère ;
mais j'en étais jaloux en amant.

Je l'eusse été de Mademoiselle Goton en Turc, en
furieux, en tigre, si j'avais seulement imaginé qu'elle
pût faire à un autre le même traitement qu'elle m'accordait ; car cela même était une grâce qu'il fallait
demander à genoux. J'abordais mademoiselle de
Vulson avec un plaisir très-vif, mais sans trouble ;
au lieu qu'en voyant seulement mademoiselle Goton, je ne voyais plus rien, tous mes sens étaient
bouleversés. J'étais familier avec la première, sans
avoir de familiarités ; au contraire, j'étais aussi tremblant qu'agité devant la seconde, même au fort des
plus grandes familiarités. Je crois que si j'avais resté
trop long-temps avec elle je n'aurais pu vivre ; les
palpitations m'auraient étouffé. Je craignais également de leur déplaire, mais j'étais plus complaisant
pour l'une, et plus obéissant pour l'autre. Pour rien
au monde je n'aurais voulu fâcher mademoiselle
de Vulson ; mais si mademoiselle Goton m'eût ordonné de me jeter dans les flammes, je crois qu'à
l'instant j'aurais obéi.

I.   * 5.

Mes amours ou plutôt mes rendez-vous avec
celle-ci durèrent peu, très-heureusement pour elle
et pour moi. Quoique mes liaisons avec mademoiselle de Vulson n'eussent pas le même danger, elles
ne laissèrent pas d'avoir aussi leur catastrophe,
après avoir un peu plus long-temps duré. Les fins
de tout cela devaient toujours avoir l'air un peu
romanesque et donner prise aux exclamations.
Quoique mon commerce avec mademoiselle de
Vulson fût moins vif, il était plus attachant peut-
être. Nos séparations ne se faisaient jamais sans
larmes, et il est singulier dans quel vide accablant
je me sentais plongé après l'avoir quittée. Je ne
pouvais parler que d'elle, ni penser qu'à elle; mes
regrets étaient vrais et vifs : mais je crois qu'au fond
ces héroïques regrets n'étaient pas tous pour elle,
et que sans que je m'en aperçusse, les amusemens
dont elle était le centre y avaient leur bonne part.
Pour tempérer les douleurs de l'absence, nous nous
écrivions des lettres d'un pathétique à fendre les
rochers. Enfin j'eus la gloire qu'elle n'y put plus
tenir, et qu'elle vint me voir à Genève. Pour le coup,
la tête acheva de me tourner : je fus ivre et fou les
deux jours qu'elle y resta. Quand elle partit, je voulais me jeter à l'eau après elle, et je fis long-temps
retentir l'air de mes cris. Huit jours après, elle m'envoya des bonbons et des gants : ce qui m'eût paru
fort galant, si je n'eusse appris en même temps
qu'elle était mariée, et que ce voyage, dont il lui
avait plu de me faire honneur, était pour acheter
ses habits de noces. Je ne décrirai pas ma fureur :
elle se conçoit. Je jurai dans mon noble courroux de
ne plus revoir la perfide, n'imaginant pas pour elle
de plus terrible punition. Elle n'en mourut pas cependant : car vingt ans après, étant allé voir mon

père, et me promenant avec lui sur le lac, je demandai qui étaient des dames que je voyais dans un bateau peu loin du nôtre. Comment! me dit mon père en souriant, le cœur ne te le dit-il pas? Ce sont tes anciennes amours : c'est madame Cristin, c'est mademoiselle de Vulson. Je tressaillis à ce nom presque oublié ; mais je dis aux bateliers de changer de route, ne jugeant pas, quoique j'eusse assez beau jeu pour prendre alors ma revanche, que ce fût la peine d'être parjure, et de renouveler une querelle de vingt ans avec une femme de quarante.

Ainsi se perdait en niaiseries le plus précieux temps de mon enfance, avant qu'on eût décidé de ma destination. Après de longues délibérations pour suivre mes dispositions naturelles, on prit enfin le parti pour lequel j'en avais le moins, et l'on me mit chez M. Masseron, greffier de la ville, pour apprendre sous lui, comme disait M. Bernard, l'utile métier de grapignan. Ce surnom me déplaisait souverainement ; l'espoir de gagner force écus par une voie ignoble flattait peu mon humeur hautaine ; l'occupation me paraissait ennuyeuse, insupportable ; l'assiduité, l'assujettissement, achevèrent de me rebuter ; et je n'entrais jamais au greffe qu'avec une secrète horreur qui croissait de jour en jour. M. Masseron, de son côté, peu content de moi, me traitait avec mépris, me reprochant sans cesse mon engourdissement, ma bêtise, me répétant tous les jours que mon oncle l'avait assuré *que je savais*, *que je savais*, tandis que dans le vrai je ne savais rien ; qu'il lui avait promis un joli garçon, et qu'il ne lui avait donné qu'un âne. Enfin je fus renvoyé du greffe ignominieusement pour mon ineptie, et il fut prononcé par les clercs de M. Masseron que je n'étais bon qu'à mener la lime.

Ma vocation ainsi déterminée, je fus mis en apprentissage, non toutefois chez un horloger, mais chez un graveur. Les dédains du greffier m'avaient extrêmement humilié, et j'obéis sans murmure. Mon maître, appelé M. Ducommun, était un jeune homme rustre et violent, qui vint à bout en très-peu de temps de ternir tout l'éclat de mon enfance, d'abrutir mon caractère aimant et vif, et de me réduire par l'esprit, comme je l'étais par la fortune, à mon véritable état d'apprenti. Mon latin, mes antiquités, mon histoire, tout fut pour long-temps oublié; je ne me souvenais pas même qu'il y eût eu des Romains au monde. Mon' père, quand je l'allais voir, ne trouvait plus en moi son idole : je n'étais plus pour les dames le galant Jean-Jacques : et je sentais si bien moi-même que M. et mademoiselle Lambercier n'auraient plus reconnu en moi leur élève, que j'eus honte de me représenter à eux, et ne les ai plus revus depuis lors. Les goûts les plus vils, la plus basse polissonnerie, succédèrent à mes aimables amusemens, sans m'en laisser même la moindre idée. Il faut que, malgré l'éducation la plus honnête, j'eusse un grand penchant à dégénérer; car cela se fit très-rapidement, sans la moindre peine; et jamais César si précoce ne devint si promptement Laridon.

Le métier ne me déplaisait pas en lui-même; j'avais un goût vif pour le dessin : le jeu du burin m'amusait assez; et comme le talent du graveur pour l'horlogerie est très-borné, j'avais l'espoir d'en atteindre la perfection. J'y serais parvenu peut-être, si la brutalité de mon maître et la gêne excessive ne m'avaient rebuté du travail. Je lui dérobais mon temps pour l'employer en occupations du même genre, mais qui avaient pour moi l'attrait de la

liberté. Je gravais des espèces de médailles pour
nous servir, à mes camarades et à moi, d'ordre de
chevalerie. Mon maître me surprit à ce travail de
contrebande, et me roua de coups, disant que je
m'exerçais à faire de la fausse monnaie, parce que
nos médailles avaient les armes de la république.
Je puis bien jurer que je n'avais aucune idée de la
fausse monnaie, et très-peu de la véritable. Je savais mieux comment se faisaient les as romains que
nos pièces de trois sous.

La tyrannie de mon maître finit par me rendre
insupportable le travail que j'aurais aimé, et par
me donner des vices que j'aurais haïs, tels que le
mensonge, la fainéantise, le vol. Rien ne m'a mieux
appris la différence qu'il y a de la dépendance filiale
à l'esclavage servile, que le souvenir des changemens que produisit en moi cette époque. Naturellement timide et honteux, je n'eus jamais plus
d'éloignement pour aucun défaut que pour l'effronterie ; mais j'avais joui d'une liberté honnête qui
seulement s'était restreinte jusque-là par degrés, et
s'évanouit enfin tout-à-fait. J'étais hardi chez mon
père, libre chez M. Lambercier, discret chez mon
oncle ; je devins craintif chez mon maître, et dès
lors je fus un enfant perdu. Accoutumé à une égalité
parfaite avec mes supérieurs dans la manière de
vivre, à ne pas connaître un plaisir qui ne fût à
ma portée, à ne pas voir un mets dont je n'eusse
ma part, à n'avoir pas un désir que je ne témoi-
gnasse, à mettre enfin tous les mouvemens de mon
cœur sur mes lèvres ; qu'on juge de ce que je dus
devenir dans une maison où je n'osais pas ouvrir
la bouche ; où il fallait sortir de table au tiers du
repas, et de la chambre aussitôt que je n'y avais
rien à faire ; où, sans cesse enchaîné à mon travail,

je ne voyais qu'objets de jouissance pour d'autres et
de privations pour moi seul; où l'image de la liberté
du maître et des compagnons augmentait le poids
de mon assujettissement; où, dans les disputes sur
ce que je savais le mieux, je n'osais ouvrir la bouche; où tout enfin ce que je voyais devenait pour
mon cœur un objet de convoitise, uniquement
parce que j'étais privé de tout. Adieu l'aisance, la
gaieté, les mots heureux, qui jadis souvent dans
mes fautes m'avaient fait échapper au châtiment.
Je ne puis me rappeler sans rire qu'un soir chez
mon père, étant condamné pour quelque espié-
glerie à m'aller coucher sans souper, et passant par
la cuisine avec mon triste morceau de pain, je vis
et flairai le rôti tournant à la broche. On était autour
du feu; il fallut en passant saluer tout le monde.
Quand la ronde fut faite, lorgnant du coin de l'œil
ce rôti qui avait si bonne mine et qui sentait si bon,
je ne pus m'abstenir de lui faire aussi la révérence,
et de lui dire d'un ton piteux : *Adieu, rôti.* Cette
saillie de naïveté parut si plaisante qu'on me fit
rester à souper. Peut-être eût-elle eu le même bonheur chez mon maître : mais il est sûr qu'elle ne m'y
serait pas venue, ou que je n'aurais osé m'y livrer.

Voilà comment j'appris à convoiter en silence, à
me cacher, à dissimuler, à mentir, et à dérober
enfin ; fantaisie qui jusqu'alors ne m'était pas
venue, et dont je n'ai pu depuis lors bien me guérir. La convoitise et l'impuissance mènent toujours
là. Voilà pourquoi tous les laquais sont fripons, et
pourquoi tous les apprentis doivent l'être ; mais
dans un état égal et tranquille, où tout ce qu'ils
voient est à leur portée, ces derniers perdent en
grandissant ce honteux penchant. N'ayant pas eu le
même avantage, je n'en ai pu tirer le même profit.

Ce sont presque toujours de bons sentimens mal
dirigés qui font faire aux enfans le premier pas vers
le mal. Malgré les privations et les tentations continuelles, j'avais demeuré près d'un an chez mon
maître sans pouvoir me résoudre à rien prendre,
pas même des choses à manger : mon premier vol
fut une affaire de complaisance; mais il ouvrit la
porte à d'autres, qui n'avaient pas une si louable
fin.

Il y avait chez mon maître un compagnon appelé
M. Verrat, dont la maison, dans le voisinage, avait
un jardin assez éloigné qui produisait de belles asperges : il prit envie à M. Verrat, qui n'avait pas
beaucoup d'argent, de voler à sa mère des asperges
dans leur primeur, et de les vendre pour faire quelques bons déjeunés. Comme il n'était pas fort ingambe et qu'il ne voulait pas s'exposer lui-même,
il me choisit pour cette expédition. Après quelques
cajoleries préliminaires, qui me gagnèrent d'autant·
mieux que je n'en voyais pas le but, il me la proposa
comme une idée qui lui venait sur-le-champ. Je
disputai beaucoup, il insista : je n'ai jamais pu
résister aux caresses; je me rendis. J'allais tous les
matins moissonner les plus belles asperges : je les
portais au Molard, où quelque bonne femme, qui
voyait que je venais de les voler, me le disait pour
les avoir à meilleur compte. Dans ma frayeur je prenais ce qu'elle voulait bien me donner : je le portais à M. Verrat. Cela se changeait promptement
en un déjeuné dont j'étais le pourvoyeur, et qu'il
partageait avec un autre camarade; car, pour moi,
très-content d'en avoir quelque bribe, je ne touchais
pas même à leur vin.

Ce petit manége dura plusieurs jours sans qu'il
me vînt même à l'esprit de voler le voleur, et de

dîner sur M. Verrat le produit de ses asperges :
j'exécutais ma friponnerie avec la plus grande fidélité ; mon seul motif était de complaire à celui qui
me la faisait faire. Cependant, si j'eusse été surpris,
que de coups, que d'injures, quels traitemens cruels
n'eussé-je point essuyés, tandis que le misérable,
en me démentant, eût été cru sur sa parole, et
moi doublement puni pour avoir osé le charger,
attendu qu'il était compagnon, et que je n'étais
qu'apprenti ! Voilà comment en tout état le fort
coupable se sauve aux dépens du faible innocent.

J'appris ainsi qu'il n'était pas si terrible de voler
que je l'avais cru, et je tirai bientôt si bon parti
de ma science, que rien de ce que je convoitais
n'était à ma portée en sûreté. Je n'étais pas absolument mal nourri chez mon maître, et la sobriété
ne m'était pénible qu'en la lui voyant si mal garder :
l'usage de faire sortir de table les jeunes gens quand
on y sert ce qui les tente le plus, me paraît très-bien
entendu pour les rendre aussi friands que fripons.
Je devins en peu de temps l'un et l'autre, et je
m'en trouvais fort bien pour l'ordinaire, quelquefois fort mal quand j'étais surpris.

Un souvenir qui me fait frémir encore et rire
tout à la fois est celui d'une chasse aux pommes qui
me coûta cher. Ces pommes étaient au fond d'une
dépense qui, par une jalousie élevée, recevait du
jour de la cuisine. Un jour que j'étais seul dans la
maison, je montai sur la mai pour regarder dans
le jardin des Hespérides ce précieux fruit dont je ne
pouvais approcher. J'allai chercher la broche pour
voir si elle y pourrait atteindre : elle était trop
courte : je l'allongeai par une autre petite broche
qui servait pour le menu gibier, car mon maître
aimait la chasse. Je piquai plusieurs fois sans succès :

enfin je sentis avec transport que j'amenais une
pomme. Je tirai très-doucement : déjà la pomme
touchait à la jalousie ; j'étais prêt à la saisir. Qui
dira ma douleur ? La pomme était trop grosse ; elle
ne put passer par le trou. Que d'inventions je mis
en usage pour la tirer ! Il fallut trouver des supports
pour tenir la broche en état, un couteau assez long
pour fendre la pomme, une latte pour la soutenir.
A force d'adresse et de temps je parvins à la partager, espérant tirer ensuite les pièces l'une après
l'autre : mais à peine furent-elles séparées qu'elles
tombèrent toutes deux dans la dépense. Lecteur
pitoyable, partagez mon affliction !

Je ne perdis point courage, mais j'avais perdu
beaucoup de temps : je craignais d'être surpris ; je
renvoie au lendemain une tentative plus heureuse,
et je me remets à l'ouvrage tout aussi tranquillement
que si je n'avais rien fait, sans songer aux deux
témoins indiscrets qui déposaient contre moi dans
la dépense.

Le lendemain, retrouvant l'occasion belle, je tente
un nouvel essai : je monte sur mes tréteaux, j'allon-
ge la broche, je l'ajuste, j'étais prêt à piquer....
Malheureusement le dragon ne dormait pas. Tout à
coup la porte de la dépense s'ouvre : mon maître
en sort, croise les bras, me regarde, et me dit :
Courage.... La plume me tombe des mains.

Bientôt, à force d'essuyer de mauvais traitemens,
j'y devins moins sensible ; ils me parurent enfin
une sorte de compensation du vol, qui me mettait
en droit de le continuer. Au lieu de tourner les yeux
en arrière et de regarder la punition, je les portais
en avant et je regardais la vengeance : je jugeais
que me battre comme fripon, c'était m'autoriser à
l'être ; je trouvais que voler et être battu allaient

I.   6

ensemble, et constituaient en quelque sorte un état,
et qu'en remplissant la partie de cet état qui dépendait de moi, je pouvais laisser le soin de l'autre à
mon maître. Sur cette idée je me mis à voler plus
tranquillement qu'auparavant : je me disais : Qu'en
arrivera-t-il enfin ? Je serai battu. Soit : je suis
fait pour l'être.

J'aime à manger, sans être avide : je suis sensuel, et non pas gourmand; trop d'autres goûts
me distraient de celui-là. Je ne me suis jamais
occupé de ma bouche que quand mon cœur était
oisif; et cela m'est si rarement arrivé dans ma vie,
que je n'ai guère eu le temps de songer aux bons
morceaux. Voilà pourquoi je ne bornai pas long-
temps ma friponnerie au comestible : je l'étendis
bientôt à tout ce qui me tentait; et si je ne devins
pas un voleur en forme, c'est que je n'ai jamais été
beaucoup tenté d'argent. Dans le cabinet commun
mon maître avait un autre cabinet à part, qui fermait à clef : je trouvai le moyen d'en ouvrir la
porte et de la refermer sans qu'il y parût. Là je
mettais à contribution ses bons outils, ses meilleurs
dessins, ses empreintes, tout ce qui me faisait
envie, et qu'il affectait d'éloigner de moi : dans le
le fond, ces vols étaient bien innocens, puisqu'ils
n'étaient faits que pour être employés à son service ; mais j'étais transporté de joie d'avoir ces
bagatelles en mon pouvoir; je croyais voler le talent
avec ses productions. Au reste, il y avait dans des
boîtes des recoupes d'or et d'argent, de petits
bijoux, des pièces de prix, de la monnaie : quand
j'avais quatre ou cinq sous dans ma poche, c'était
beaucoup : cependant, loin de toucher à rien de
tout cela, je ne me souviens pas même d'y avoir
jeté de ma vie un regard de convoitise ; je le voyais

avec plus d'effroi que de plaisir. Je crois bien que
cette horreur du vol de l'argent et de ce qui en
produit me venait en grande partie de l'éducation :
il se mêlait à cela des idées secrètes d'infamie, de
prison, de châtiment, de potence, qui m'auraient
fait frémir si j'avais été tenté; au lieu que mes
tours ne me semblaient que des espiègleries, et
n'étaient pas autre chose en effet. Tout cela ne
pouvait valoir que d'être bien étrillé par mon maître; et, d'avance, je m'arrangeais là-dessus.

Mais, encore une fois, je ne convoitais pas même
assez pour avoir à m'abstenir : je ne sentais rien à
combattre. Une seule feuille de beau papier à dessiner me tentait plus que l'argent pour en acheter
une rame. Cette bizarrerie tient à une des singularités de mon caractère : elle a eu tant d'influence
sur ma conduite, qu'il importe de l'expliquer.

J'ai des passions très-ardentes, et, tandis qu'elles
m'agitent, rien n'égale mon impétuosité ; je ne
connais plus ni ménagement, ni respect, ni crainte,
ni bienséance ; je suis cynique, effronté, violent,
intrépide ; il n'y a ni honte qui m'arrête, ni danger qui m'effraie; hors le seul objet qui m'occupe,
l'univers n'est plus rien pour moi. Mais tout cela ne
dure qu'un moment, et le moment qui suit me jette
dans l'anéantissement. Prenez-moi dans le calme,
je suis l'indolence et la timidité même : tout m'effa-
rouche, tout me rebute, une mouche en volant
me fait peur ; un mot à dire, un geste à faire
épouvante ma paresse ; la crainte et la honte me
subjuguent à tel point, que je voudrais m'éclipser
aux yeux de tous les mortels. S'il faut agir, je ne
sais que faire ; s'il faut parler, je ne sais que dire ;
si l'on me regarde, je suis décontenancé. Quand
je me passionne, je sais trouver quelquefois ce que

j'ai à dire; mais dans des entretiens ordinaires je
ne trouve rien, rien du tout : ils me sont insupportables par cela seul que je suis obligé de parler.

Ajoutez qu'aucun de mes goûts dominans ne
consiste en choses qui s'achètent. Il ne me faut que
des plaisirs purs, et l'argent les empoisonne tous.
J'aime, par exemple, ceux de la table ; mais ne
pouvant souffrir ni la gêne de la bonne compagnie
ni la crapule du cabaret, je ne puis les goûter
qu'avec un ami, car, seul, cela ne m'est pas possible : mon imagination s'occupe alors d'autre
chose, et je n'ai pas le plaisir de manger. Si mon
sang allumé me demande des femmes, mon cœur
ému me demande encore plus de l'amour. Des
femmes à prix d'argent perdraient pour moi tous
leurs charmes; je doute même s'il serait en moi
d'en profiter. Il en est ainsi de tous les plaisirs à ma
portée : s'ils ne sont gratuits, je les trouve insipides.
J'aime les seuls biens qui ne sont à personne qu'au
premier qui sait les goûter.

Jamais l'argent ne me parut une chose aussi
précieuse qu'on la trouve. Bien plus, il ne m'a
même jamais paru fort commode; il n'est bon à rien
par lui-même; il faut le tranformer pour en jouir; il
faut acheter, marchander, souvent être dupe, bien
payer, être mal servi. Je voudrais une chose bonne
dans sa qualité, avec mon argent, je suis sûr de
l'avoir mauvaise. J'achète cher un œuf frais, il est
vieux ; un beau fruit, il est vert; une fille, elle est
gâtée. J'aime le bon vin; mais où en prendre? chez
un marchand de vin ? Comme que je fasse, il
m'empoisonnera. Veux-je absolument être bien
servi? Que de soins! que d'embarras! avoir des
amis, des correspondans, donner des commissions,
écrire, aller, venir, attendre, et souvent au bout,

être encore trompé ! Que de peine avec mon argent ! je la crains plus que je n'aime le bon vin.

Mille fois, durant mon apprentissage et depuis, je suis sorti dans le dessein d'acheter quelques friandises. J'approche de la boutique d'un pâtissier, j'aperçois des femmes au comptoir ; je crois déjà les voir rire et se moquer du petit gourmand. Je passe devant une fruitière, je lorgne du coin de l'œil de belles poires, leur parfum me tente ; deux ou trois jeunes gens tout près de là me regardent ; un homme qui me connaît est devant sa boutique ; je vois venir de loin une fille ; n'est-ce point la servante de la maison ? Ma vue courte me fait mille illusions. Je prends tous ceux qui passent pour des gens de ma connaissance : partout je suis intimidé, retenu par quelque obstacle : mon désir croît avec ma honte, et je rentre enfin comme un sot, dévoré de convoitise, ayant dans ma poche de quoi la satisfaire, et n'ayant osé rien acheter.

J'entrerais dans les plus insipides détails, si je suivais dans l'emploi de mon argent, soit par moi, soit par d'autres, l'embarras, la honte, la répugnance, les inconvéniens, les dégoûts de toute espèce, que j'ai toujours éprouvés. A mesure qu'avançant dans ma vie le lecteur prendra connaissance de mon humeur, il sentira tout cela sans que je m'appesantisse à le lui dire.

Cela compris, on comprendra sans peine une de mes prétendues contradictions ; celle d'allier une avarice presque sordide avec le plus grand mépris pour l'argent. C'est un meuble pour moi si peu commode, que je ne m'avise pas même de désirer celui que je n'ai pas, et que quand j'en ai je le garde long-temps, si je puis, sans le dépenser, faute

de savoir l'employer à ma fantaisie : mais l'occasion
commode et agréable se présente-t-elle ? j'en profite
si bien que ma bourse se vide avant que je m'en
sois aperçu. Du reste, ne cherchez pas en moi le tic
des avares, celui de dépenser pour l'ostentation ;
tout au contraire, je dépense en secret et pour le
plaisir : loin de me faire gloire de dépenser, je m'en
cache. Je sens si bien que l'argent n'est pas à mon
usage, que je suis presque honteux d'en avoir,
encore plus de m'en servir. Si j'avais eu jamais un
revenu fixe et suffisant pour vivre, je n'aurais point
été tenté d'être avare, j'en suis très-sûr ; je dépen-
serais tout mon revenu sans chercher à l'augmenter : mais ma situation précaire me tient en crainte.
J'adore la liberté : j'abhorre la gêne, la peine,
l'assujettissement. Tant que dure l'argent que j'ai
dans ma bourse, il assure mon indépendance, il
me dispense de m'intriguer pour en trouver d'autre ;
nécessité que j'eus toujours en horreur : mais de
peur de le voir finir, je le choie. L'argent qu'on
possède est l'instrument de la liberté ; celui qu'on
pourchasse est l'instrument de la servitude. Voilà
pourquoi je serre bien, et ne convoite rien.

Mon désintéressement n'est donc que paresse ;
le plaisir d'avoir ne vaut pas la peine d'acquérir ; et
ma dissipation n'est encore que paresse : quand
l'occasion de dépenser agréablement se présente,
on ne peut trop la mettre à profit. Je suis moins
tenté de l'argent que des choses, parce qu'entre
l'argent et la possession désirée il y a toujours un
intermédiaire, au lieu qu'entre la chose même et
sa jouissance il n'y en a point. Je vois la chose,
elle me tente ; si je ne vois que le moyen de l'acquérir, il ne me tente pas. J'ai donc été fripon, et
quelquefois je le suis encore de bagatelles qui me

tentent et que j'aime mieux prendre que demander.
Mais, petit ou grand, je ne me souviens pas d'avoir
pris de ma vie un liard à personne, hors une seule
fois, il n'y pas quinze ans, que je volai sept livres
dix sous. L'aventure vaut la peine d'être contée ;
car il s'y trouve un concours impayable d'effronterie et de bêtise , que j'aurais peine moi-même à
croire s'il regardait un autre que moi.

C'était à Paris. Je me promenais avec M. de
Francueil au Palais-Royal sur les cinq heures. Il
tire sa montre, la regarde , et me dit : Allons à
l'opéra. Je le veux bien. Nous allons. Il prend deux
billets d'amphithéâtre, m'en donne un, et passe le
premier avec l'autre ; je le suis, il entre. En entrant
après lui, je trouve la porte embarrassée. Je regarde : je vois tout le monde debout , je juge que je
pourrai bien me perdre dans cette foule , ou du
moins laisser supposer à M. de Francueil que j'y suis
perdu. Je sors, je reprends ma contre-marque,
puis mon argent, et je m'en vais, sans songer qu'à
peine avais-je atteint la porte que tout le monde
était assis, et qu'alors M. de Francueil voyait clairement que je n'y étais plus.

Comme jamais rien ne fut plus éloigné de mon
humeur que ce trait-là , je le note pour montrer
qu'il y a des momens d'une espèce de délire où il
ne faut point juger d'un homme par son action. Ce
n'était pas précisément voler cet argent; c'était en
voler l'emploi : moins c'était un vol, plus c'était
une infamie.

Je ne finirais pas ces détails si je voulais suivre
toutes les routes par lesquelles durant mon apprentissage je passai de la sublimité de l'héroïsme à la
bassesse d'un vaurien. Cependant, en prenant les
vices de mon état, il me fut impossible d'en pren-

dre tout-à-fait les goûts. Je m'ennuyais des amusemens de mes camarades; et quand la trop grande
gêne m'eut aussi rebuté du travail, je m'ennuyai
de tout. Cela me rendit le goût de la lecture que
j'avais perdu depuis long-temps. Ces lectures prises
sur mon travail devinrent un nouveau crime qui
m'attira de nouveaux châtimens. Ce goût, irrité
par la contrainte, devint passion, bientôt fureur.
La Tribu, fameuse loueuse de livres, m'en four-
nissait de toute espèce. Bons et mauvais, tout passait : je ne choisissais point; je lisais tout avec une
égale avidité. Je lisais à l'établi, je lisais en allant
faire mes messages, je lisais à la garde-robe, et m'y
oubliais des heures entières; la tête me tournait de
la lecture; je ne faisais plus que lire. Mon maître
m'épiait, me surprenait, me battait, me prenait
mes livres. Que de volumes furent déchirés, brûlés,
jetés par les fenêtres ! Que d'ouvrages restèrent
dépareillés chez la Tribu! Quand je n'avais plus de
quoi la payer, je lui donnais mes chemises, mes
cravates, mes hardes; mes trois sous d'étrennes
tous les dimanches lui étaient régulièrement portés.

Voilà donc, me dira-t-on, l'argent devenu nécessaire. Il est vrai; mais ce fut quand la lecture
m'eut ôté toute activité. Livré tout entier à mon
nouveau goût, je ne faisais plus que lire; je ne volais
plus. C'est encore ici une de mes différences caractéristiques. Au fort d'une certaine habitude d'être,
un rien me distrait, me change, m'attache, enfin
me passionne; et alors tout est oublié : je ne songe
plus qu'au nouvel objet qui m'occupe. Le cœur me
battait d'impatience de feuilleter le nouveau livre
que j'avais dans la poche; je le tirais aussitôt que
j'étais seul, et ne songeais plus à fouiller le cabinet
de mon maître. J'ai même peine à croire que j'eusse

volé quand même j'aurais eu des passions plus coû-
teuses. Borné au moment présent, il n'était pas dans
mon tour d'esprit de m'arranger ainsi pour l'avenir.
La Tribu me faisait crédit, les avances étaient
petites, et quand j'avais empoché mon livre, je ne
songeais plus à rien. L'argent qui me venait naturellement passait de même à cette femme ; et quand
elle devenait pressante, rien n'était plus tôt sous ma
main que mes propres effets. Voler par avance
était trop de prévoyance, et voler pour payer n'était
pas même une tentation.

A force de querelles, de coups, de lectures déro-
bées et mal choisies, mon humeur devint taciturne-
ne, sauvage ; ma tête commençait à s'altérer, et
je vivais en vrai loup-garou. Cependant, si mon
goût ne me préserva pas des livres plats et fades,
mon bonheur me préserva des livres obscènes et
licencieux. Non que la Tribu, femme à tous égards
très-accommodante, se fît un scrupule de m'en
prêter ; mais pour les faire valoir, elle me les nommait avec un air de mystère qui me forçait précisément à les refuser, tant par dégoût que par honte :
et le hazard seconda si bien mon humeur pudique,
que j'avais plus de trente ans avant que j'eusse jeté
les yeux sur aucun de ces dangereux livres
qu'une belle dame de par le monde trouve incommodes, en ce qu'on ne peut les lire que d'une
main (*).

En moins d'un an j'épuisai la mince boutique de
la Tribu, et alors je me trouvai dans mes loisirs
cruellement désœuvré. Guéri de mes goûts d'enfant

_____

(*) Le mot dans l'origine est de mademoiselle de Cler-
mont, dont il est encore question plus tard et sous le
même rapport. C'est la même que madame de Genlis a prise
pour héroïne de la plus intéressante de ses *Nouvelles*.

et de polisson par celui de la lecture, et même par
mes lectures, qui, bien que sans choix et souvent
mauvaises, ramenaient pourtant mon cœur à des
sentimens plus nobles que ceux que m'avait donnés
mon état. Dégoûté de tout ce qui était à ma portée,
et sentant trop loin de moi tout ce qui m'aurait
tenté, je ne voyais rien de possible qui pût flatter
mon cœur. Mes sens émus depuis long-temps me
demandaient une jouissance dont je ne savais pas
même imaginer l'objet. J'étais aussi loin du véritable que si je n'avais point eu de sexe, et, déja
pubère et sensible, je pensais quelquefois à mes
folies, mais je ne voyais rien au delà. Dans cette
étrange situation, mon inquiète imagination prit un
parti qui me sauva de moi-même et calma ma naissante sensualité. Ce fut de se nourrir des situations
qui m'avaient intéressé dans mes lectures, de les
rappeler, de les varier, de les combiner, de me les
approprier tellement que je devinsse un des personnages que j'imaginais, que je me visse toujours dans
les positions les plus agréables selon mon goût, enfin
que l'état fictif où je venais à bout de me mettre,
me fît oublier mon état réel dont j'étais si mécontent. Cet amour des objets imaginaires, et cette
facilité de m'en occuper, achevèrent de me dégoûter
de tout ce qui m'entourait, et déterminèrent ce
goût pour la solitude qui m'es t toujours resté depuis
ce temps-là. On verra plus d'une fois dans la suite
les bizarres effets de cette disposition si misantrope
et si sombre en apparence, mais qui vient en effet
d'un cœur trop affectueux, trop aimant, trop tendre,
qui, faute d'en trouver d'existans qui lui ressemblent,
est forcé de s'aliment er de fictions. Il me suffit, quant
à présent, d'avoir marqué l'origine et la première
cause d'un penchant qui a modifié toutes mes pas-

sions, et qui, les contenant par elles-mêmes, m'a toujours rendu paresseux à faire, par trop d'ardeur à désirer.

J'atteignis ainsi ma seizième année, inquiet, mécontent de tout et de moi, sans goûts de mon état, sans plaisir de mon âge, dévoré de désirs dont j'ignorais l'objet, pleurant sans sujets de larmes, soupirant sans savoir de quoi ; enfin caressant tendrement mes chimères, faute de voir autour de moi rien qui les valût. Les dimanches, mes camarades venaient me chercher après le prêche pour aller m'ébattre avec eux. Je leur aurais volontiers échappé si j'avais pu : mais une fois en train dans leurs jeux, j'étais plus ardent et j'allais plus loin qu'un autre, difficile à ébranler et à retenir. Ce fut là de tout temps ma disposition constante. Dans nos promenades hors de la ville, j'allais toujours en avant sans songer au retour, à moins que d'autres n'y songeassent pour moi. J'y fus pris deux fois ; les portes furent fermées avant que je pusse arriver. Le lendemain je fus traité comme on s'imagine ; et la seconde fois il me fut promis un tel accueil pour la troisième, que je résolus de ne m'y pas exposer. Cette troisième fois si redoutée arriva pourtant. Ma vigilance fut mise en défaut par un maudit capitaine appelé M. Minutoli, qui fermait toujours la porte où il était de garde une demi-heure avant les autres. Je revenais avec deux camarades. A demi-lieue de la ville j'entends sonner la retraite, je double le pas ; j'entends battre la caisse, je cours à toutes jambes ; j'arrive essoufflé, tout en nage ; le cœur me bat ; je vois de loin les soldats à leur poste ; j'accours, je crie d'une voix étouffée ; il était trop tard. A vingt pas de l'avancée je vois lever le premier pont : je frémis en voyant en l'air ces cornes terribles, sinistre et fatal augure du sort inévitable que ce moment commençait pour moi.

Dans le premier transport de ma douleur, je me jetai sur le glacis, et mordis la terre. Mes camarades, riant de leur malheur, prirent à l'instant leur parti. Je pris aussi le mien, mais ce fut d'une autre manière. Sur le lieu même je jurai de ne retourner jamais chez mon maître ; et le lendemain, quand, à l'heure de la découverte, ils rentrèrent en ville, je leur dis adieu pour jamais, les priant seulement d'avertir en secret mon cousin Bernard de la résolution que j'avais prise, et du lieu où il pourrait me voir encore une fois.

A mon entrée en apprentissage, étant plus séparé de lui, je le vis moins. Toutefois, durant quelque temps, nous nous rassemblions les dimanches ; mais insensiblement chacun prit d'autres habitudes, et nous nous vîmes plus rarement. Je suis persuadé que sa mère contribua beaucoup à ce changement. Il était, lui, un enfant *du haut* ; moi, chétif apprenti, je n'étais plus qu'un garçon *de Saint-Gervais*. Il n'y avait plus d'égalité malgré la naissance ; c'était déroger que de me fréquenter. Cependant les liaisons ne cessèrent point tout-à-fait entre nous ; et comme c'était un garçon d'un bon naturel, il suivait quelquefois son cœur malgré les leçons de sa mère. Instruit de ma résolution, il accourut, non pour m'en dissuader ou la partager, mais pour jeter par de petits présens quelque agrément dans ma fuite ; car mes propres ressources ne pouvaient me mener fort loin. Il me donna entre autres une petite épée dont j'étais fort épris, et que j'ai portée jusqu'à Turin, où je me la passai, comme on dit, au travers du corps. Plus j'ai réfléchi depuis à la manière dont il se conduisit avec moi dans ce moment critique, plus je me suis persuadé qu'il suivit les instructions de sa mère et peut-être de son père ; car il n'est pas possible que de lui-même il n'eût fait quelque effort pour me retenir, ou qu'il n'eût été tenté de me suivre. Mais point : il m'encouragea dans mon dessein plutôt qu'il ne m'en détourna ; puis quand il me vit bien résolu, il me quitta sans beaucoup de larmes. Nous ne nous sommes jamais écrit ni revus. C'est dommage. Il était d'un caractère essentiellement bon ; nous étions faits pour nous aimer.

Avant de m'abandonner à la fatalité de ma destinée, qu'on me permette de tourner un moment les yeux sur celle qui m'attendait naturellement si j'étais tombé dans les mains d'un meilleur maître. Rien n'était plus convenable à mon humeur, ni plus propre à me rendre heureux, que l'état tranquille et obscur d'un bon artisan, dans certaines classes surtout, telle qu'est à Genève celle des graveurs. Cet état, assez lucratif pour donner une subsistance aisée, et pas assez pour mener à la fortune, eût borné mon ambition pour le reste de mes jours ; et, me laissant un loisir honnête pour cultiver des goûts modérés, il m'eût contenu dans ma sphère sans m'offrir aucun moyen d'en sortir. Ayant une imagination assez riche pour orner de ses chimères tous les états, assez puissante pour me transporter, pour ainsi dire, de l'un à l'autre, il m'importait peu dans lequel je fusse en effet. Il ne pouvait y avoir si loin du lieu où j'étais au premier château en Espagne, qu'il ne me fût aisé de m'y établir. De cela seul il suivait que l'état le plus simple, celui qui donnait le moins de tracas et de soins, celui qui laissait l'esprit le plus libre, était celui qui me convenait le mieux, et c'était précisément le mien.

J'aurais passé, dans le sein de ma religion, de ma patrie, de ma famille et de mes amis, une vie paisible et douce, telle qu'il la fallait à mon caractère, dans l'uniformité d'un travail de mon goût, et d'une société selon mon cœur. J'aurais été bon chrétien, bon citoyen, bon père de famille, bon ami, bon ouvrier, bon homme en toutes choses. J'aurais aimé mon état, je l'aurais honoré peut-être; et, après avoir passé une vie obscure et simple, mais égale et douce, je serais mort paisiblement dans le sein des miens. Bientôt oublié sans doute, j'aurais été regretté du moins aussi long-temps qu'on se serait souvenu de moi.

Au lieu de cela... Quel tableau vais-je faire? Ah! n'anticipons point sur les misères de ma vie, je n'occuperai que trop mes lecteurs de ce triste sujet.

FIN DU LIVRE PREMIER.

LIVRE SECOND.

Autant le moment où l'effroi me suggéra le projet
de fuir m'avait paru triste, autant celui où je l'exé-
cutai me parut charmant. Encore enfant, quitter
mon pays, mes parens, mes appuis, mes ressources,
laisser un apprentissage à moitié fait sans savoir
mon métier assez pour en vivre; me livrer aux horreurs de la misère sans voir aucun moyen d'en
sortir; dans l'âge de la faiblesse et de l'innocence,
m'exposer à toutes les tentations du vice et du
désespoir; chercher au loin les maux, les erreurs,
les piéges, l'esclavage et la mort, sous un joug bien
plus inflexible que celui que je n'avais pu souffrir;
c'était là ce que j'allais faire, c'était la perspective
que j'aurais dû envisager. Que celle que je me
peignais était différente! L'indépendance que je
croyais avoir acquise était le seul sentiment qui
m'affectait. Libre et maître de moi-même, je croyais
pouvoir tout faire, atteindre à tout : je n'avais qu'à
m'élancer pour m'élever et planer dans les airs.
J'entrais avec sécurité dans le vaste espace du
monde : mon mérite allait le remplir : à chaque
pas j'allais trouver des festins, des trésors, des aventures, des amis prêts à me servir, des maîtresses
empressées à me plaire : en me montrant j'allais
occuper de moi l'univers; non pas pourtant l'univers
tout entier, je l'en dispensais en quelque sorte; il ne
m'en fallait pas tant, une société charmante me suffisait sans m'embarrasser du reste. Ma modération
m'inscrivait dans une sphère étroite, mais délicieusement choisie, où j'étais assuré de régner. Un seul
château bornait mon ambition. Favori du seigneur

et de la dame, amant de la demoiselle, ami du frère,
et protecteur des voisins, j'étais content, il ne m'en
fallait pas davantage.

En attendant ce modeste avenir, j'errai quelques
jours autour de la ville, logeant chez des paysans
de ma connaissance, qui tous me reçurent avec plus
de bonté que n'auraient fait des urbains. Ils m'ac-
cueillaient, me logeaient, me nourrissaient trop
bonnement pour en avoir le mérite. Cela ne pouvait pas s'appeler faire l'aumône ; ils n'y mettaient
pas assez l'air de la supériorité.

A force de voyager et de parcourir le monde,
j'allai jusqu'à Confignon, terres de Savoie, à deux
lieues de Genève. Le curé s'appelait M. de Pontverre (*). Ce nom, fameux dans l'histoire de la
république, me frappa beaucoup. J'étais curieux
de voir comment étaient faits les descendans des
gentilshommes de la Cuiller. J'allai voir M. de Pontverre. Il me reçut bien, me parla de l'hérésie de
Genève, de l'autorité de la sainte mère église, et me
donna à dîner. Je trouvai peu de choses à répondre
à des argumens qui finissaient ainsi, et je jugeai

_____

(*) Sans *Jacob Spon*, le nom de *Pontverre*, si *fameux*
dans l'histoire de la république, ne serait connu que par
tradition, dans la banlieue de Genève, et comme un chef
de parti. Il en serait de même des *gentilshommes de la
Cuiller*, entièrement oubliés aujourd'hui. « C'était, au rap-
« port de *Spon*, une confrérie qui fut instituée en 1527,
« dans un château du pays de Vaud, où quelques gentils-
« hommes mangeant de la bouillie avec des cuillers de
« bruyère, se vantèrent d'en faire autant à ceux de Genève
« qu'ils *mangeraient à la cuiller*. Chacun pendit la sienne
« à son cou pour signal. Ils choisirent pour capitaine
« *François de Pontverre*, sieur de Terny, brave et intré-
« pide guerrier. Ces gentilshommes, tous sujets du duc de
« Savoie, étaient ennemis de la ville de Genève, à laquelle

, que des curés chez qui l'on dînait si bien valaient
, tout au moins nos ministres. J'étais certainement
, plus savant que M. de Pontverre, tout gentilhomme
, qu'il était ; mais j'étais trop bon convive pour être
, si bon théologien : et son vin de Frangy, qui me
, parut excellent, argumentait si victorieusement
, pour lui, que j'aurais rougi de fermer la bouche à
, un si bon hôte. Je cédais donc, ou du moins je ne
, résistais pas en face. A voir les ménagemens dont
, j'usais, on m'aurait cru faux : on se fût trompé, je
, n'étais qu'honnête; cela est certain. La flatterie, ou
, plutôt la condescendance, n'est pas toujours un
vice : elle est plus souvent une vertu, surtout dans
les jeunes gens. La bonté avec laquelle un homme
nous traite nous attache à lui; ce n'est pas pour
l'abuser qu'on lui cède, c'est pour ne pas l'attrister,
pour ne pas lui rendre le mal pour le bien. Quel intérêt avait M. de Pontverre à m'accueillir, à me bien
traiter, à vouloir me convaincre? Nul autre que le
, mien propre. Mon jeune cœur se disait cela. J'étais
, touché de reconnaissance et de respect pour le bon
, prêtre. Je sentais ma supériorité : je ne voulais pas
, l'en accabler pour prix de son hospitalité. Il n'y
, avait point à cela de motif hypocrite : je ne songeais

« ils firent une infinité de maux, ruinant la campagne et
« maltraitant ceux qui apportaient des denrées. La nuit du
« 25 mars 1529 (nommée depuis *la nuit des échelles*), ils
« eurent le projet, au nombre de 7 à 800, d'escalader la
« ville ; mais ils échouèrent dans leur entreprise. Ils la
« renouvellèrent sans succès en 1530, quoique protégés
« par l'évêque. La même année leurs châteaux furent brû-
« lés. » Depuis cette époque, il n'est plus question des
gentilshommes de la Cuiller. Leur capitaine *Pontverre* étant
entré dans Genève, le 2 janvier 1529, fut reconnu, poursuivi, et se cacha dans un hôpital, sous un lit. Forcé d'en
sortir pour se défendre, il fut tué. Voyez *Histoire de
Genève*, édit. de 1730, in-4°, tom. I, pag. 190 *et suiv.*

I.   *6.

point à changer de religion; et bien loin de me familiariser si vite avec cette idée, je ne l'envisageais
qu'avec une horreur qui devait l'écarter de moi pour
long-temps; je voulais seulement ne point fâcher
ceux qui me caressaient dans cette vue; je voulais
cultiver leur bienveillance, et leur laisser l'espoir du
succès en paraissant moins armé que je ne l'étais en
effet. Ma faute en cela ressemblait à la coquetterie
des honnêtes femmes, qui, quelquefois, pour parvenir à leurs fins, savent, sans rien permettre ni rien
promettre, faire espérer plus qu'elles ne veulent tenir.

La raison, la pitié, l'amour de l'ordre, exigeaient
assurément que, loin de se prêter à ma folie, on
m'éloignât de ma perte où je courais, en me renvoyant dans ma famille: c'est là ce qu'aurait fait ou
tâché de faire tout homme vraiment vertueux. Mais
quoique M. de Pontverre fût un bon homme, ce
n'était assurément pas un homme vertueux. Au
contraire, c'était un dévot qui ne connaissait d'autre
vertu que d'adorer les images et de dire le rosaire;
une espèce de missionnaire qui n'imaginait rien de
mieux pour le bien de la foi, que de faire des libelles contre les ministres de Genève. Loin de penser à me renvoyer chez moi, il profita du désir que
j'avais de m'en éloigner, pour me mettre hors d'état
d'y retourner, quand même j'en aurais envie. Il y
avait tout à parier qu'il m'envoyait périr de misère
ou devenir un vaurien. Ce n'était point là ce qu'il
voyait: il voyait une âme ôtée à l'hérésie et rendue
à l'église. Honnête homme ou vaurien, qu'importait cela, pourvu que j'allasse à la messe? Il ne faut
pas croire, au reste, que cette façon de penser soit
particulière aux catholiques; elle est celle de toute
religion dogmatique où l'on fait l'essentiel, non de
faire, mais de croire.

Dieu vous appelle, me dit M. de Pontverre. Allez à Annecy; vous y trouverez une bonne dame bien charitable que les bienfaits du roi mettent en état de retirer d'autres âmes de l'erreur dont elle est sortie elle-même. Il s'agissait de madame de Warens, nouvelle convertie, que les prêtres forçaient de partager avec la canaille qui venait vendre sa foi, une pension de deux mille francs que lui donnait le roi de Sardaigne. Je me sentais fort humilié d'avoir besoin d'une bonne dame bien charitable. J'aimais fort qu'on me donnât mon nécessaire, mais non pas qu'on me fît la charité, et une dévote n'était pas pour moi fort attirante. Toutefois, pressé par M. de Pontverre, par la faim qui me talonnait, bien aise aussi de faire un voyage et d'avoir un but, je prends mon parti, quoique avec peine, et je pars pour Annecy. J'y pouvais être aisément en un jour; mais je ne me pressais pas, j'en mis trois. Je ne voyais pas un château à droite ou à gauche, sans aller chercher l'aventure que j'étais sûr qui m'y attendait. Je n'osais entrer dans le château, ni heurter, car j'étais fort timide; mais je chantais sous la fenêtre qui avait le plus d'apparence, fort surpris, après m'être long-temps époumonné, de ne voir paraître ni dame ni demoiselle qu'attirât la beauté de ma voix, ou le sel de mes chansons, vu que j'en savais d'admirables que mes camarades m'avaient apprises, et que je chantais admirablement.

J'arrive enfin; je vois madame de Warens. Cette époque de ma vie a décidé de mon caractère; je ne puis me résoudre à la passer légèrement. J'étais au milieu de ma seizième année. Sans être ce qu'on appelle un beau garçon, j'étais bien pris dans ma petite taille; j'avais un joli pied, la jambe fine, l'air dégagé, la physionomie animée, la bouche mignonne avec de vilaines dents, les sourcils et les cheveux noirs, les yeux petits et même enfoncés, mais qui lançaient avec force le feu dont mon sang était embrasé. Malheureusement je ne savais rien de tout cela, et de ma vie il ne m'est arrivé de songer à ma figure que lorsqu'il n'était plus temps d'en tirer parti. Ainsi j'avais avec la timidité de mon âge celle d'un naturel très-aimant, toujours troublé par la crainte de déplaire. D'ailleurs quoique j'eusse l'esprit assez orné, n'ayant jamais vu le monde, je manquais totalement de manières : et mes connaissances, loin d'y suppléer, ne servaient qu'à m'intimider davantage, en me faisant sentir combien j'en manquais.

Craignant donc que mon abord ne prévînt pas en ma faveur, je pris autrement mes avantages, et je fis une belle lettre en style d'orateur, où, cousant des phrases des livres avec mes locutions d'apprenti, je déployais toute mon éloquence pour capter la bienveillance de madame de Warens. J'enfermai la lettre de M. de Pontverre dans la mienne, et je partis pour cette terrible audience. Je ne trouvai point madame de Warens; on me dit qu'elle venait de sortir pour aller à l'église : c'était le jour des Rameaux de l'année 1728. Je cours pour la suivre; je la vois, je l'atteins, je lui parle..... Je dois me souvenir du lieu, je l'ai souvent depuis mouillé de mes larmes et couvert de mes baisers. Que ne puis-je entourer d'un balustre d'or cette heureuse place! Que n'y puis-je attirer les hommages de toute la terre! Quiconque aime à honorer les monumens du salut des hommes n'en devrait approcher qu'à genoux.

C'était un passage derrière sa maison, entre un ruisseau à main droite qui la séparait du jardin, et le mur de la cour à gauche, conduisant par une ausse porte à l'église des Cordeliers. Prête à entrer dans cette porte, madame de Warens se retourne à ma voix. Que devins-je à cette vue! je m'étais figuré une vieille dévote bien rechignée; la bonne dame de M. de Pontverre ne pouvait être autre chose à mon avis. Je vois un visage pétri de grâces, de beaux yeux bleus pleins de douceur, un teint éblouissant, le contour d'une gorge enchanteresse. Rien n'échappa au rapide coup d'œil du jeune prosélyte : car je devins à l'instant le sien, sûr qu'une religion prêchée par de tels missionnaires ne pouvait manquer de mener en paradis. Elle prend en souriant la lettre que je lui présente d'une main tremblante, l'ouvre, jette un coup d'œil sur celle de M. de Pontverre, revient à la mienne qu'elle lit toute entière, et qu'elle eût relue encore, si son laquais ne l'eût avertie qu'il était temps d'entrer. Eh! mon enfant, me dit-elle d'un ton qui me fit tressaillir, vous voilà courant le pays bien jeune; c'est dommage, en vérité. Puis, sans attendre ma réponse, elle ajouta : Allez chez moi m'attendre; dites qu'on vous donne à déjeuner; après la messe j'irai causer avec vous.

Louise-Eléonore de Warens était une demoiselle de la Tour de Pil, noble et ancienne famille de Vévai, ville du pays de Vaud. Elle avait épousé fort jeune M. de Warens de la maison de Loys, fils aîné de M. de Villardin, de Lausanne. Ce mariage, qui ne produisit point d'enfans, n'ayant pas trop réussi, madame de Warens, poussée par quelque chagrin domestique, prit le temps que le roi Victor-Amédée était à Évian, pour passer le lac et venir se jeter aux pieds de ce prince; abandonnant ainsi sa famille et son pays, par une étourderie assez semblable à la mienne, et qu'elle a eu tout le temps

de pleurer aussi. Le roi, qui aimait à faire le zélé
catholique, la prit sous sa protection, lui donna
une pension de quinze cents livres de Piémont, ce
qui était beaucoup pour un prince aussi peu prodigue; et voyant que sur cet accueil on l'en croyait
amoureux, il l'envoya à Anneci, escortée par un
détachement de ses gardes, où, sous la direction de
Michel-Gabriel de Bernex, évêque titulaire de Genève, elle fit abjuration au couvent de la Visitation.

Il y avait six ans qu'elle y était quand j'y vins,
et elle en avait alors vingt-huit, étant née avec le
siècle. Elle avait de ces beautés qui se conservent,
parce qu'elles sont plus dans la physionomie que
dans les traits : aussi la sienne était-elle encore
dans tout son premier éclat. Elle avait un air caress-
sant et tendre, un regard très-doux, un sourire
angélique, une bouche à la mesure de la mienne,
des cheveux cendrés d'une beauté peu commune,
et auxquels elle donnait un tour négligé qui la rendait très-piquante. Elle était petite de stature,
courte même, et ramassée un peu dans sa taille,
quoique sans difformité : mais il était impossible
de voir une plus belle tête, un plus beau sein, de
plus belles mains, et de plus beaux bras.

Son éducation avait été fort mêlée. Elle avait
ainsi que moi perdu sa mère dès sa naissance, et
recevant indifféremment des leçons comme elles
s'étaient présentées, elle avait appris un peu de
sa gouvernante, un peu de son père, un peu de
ses maîtres, et beaucoup de ses amans; surtout
d'un M. de Tavel, qui, ayant du goût et des connaissances, en orna la personne qu'il aimait. Mais
tant de genres différens se nuisirent les uns aux
autres, et le peu d'ordre qu'elle y mit empêcha
que ses diverses études n'étendissent la justesse

naturelle de son esprit. Ainsi, quoiqu'elle eût quelques principes de philosophie et de physique, elle ne laissa pas de prendre le goût que son père avait pour la médecine empirique et pour l'alchimie. Elle faisait des élixirs, des teintures, des baumes, des magistères, elle prétendait avoir des secrets. Les charlatans, profitant de sa faiblesse, s'emparèrent d'elle, l'obsédèrent, la ruinèrent, et consumèrent au milieu des fourneaux et des drogues, son esprit, ses talens et ses charmes, dont elle eût pu faire les délices des meilleures sociétés.

Mais, si de vils fripons abusèrent de son éducation mal dirigée pour obscurcir les lumières de sa raison, son excellent cœur fut à l'épreuve et demeura toujours le même. Son caractère aimant et doux, sa sensibilité pour les malheureux, son inépuisable bonté, son humeur gaie, ouverte et franche, ne s'altérèrent jamais; et même, aux approches de la vieillesse, dans le sein de l'indigence, des maux, des calamités diverses, la sérénité de sa belle ame lui conserva jusqu'à la fin de sa vie toute la gaicté de ses plus beaux jours.

Ses erreurs lui vinrent d'un fonds d'activité inépuisable qui voulait sans cesse de l'occupation. Ce n'était pas des intrigues de femmes qu'il lui fallait; c'était des entreprises à faire et à diriger. Elle était née pour les grandes affaires. A sa place, madame de Longueville n'eût été qu'une tracassière; à la place de madame de Longueville, elle eût gouverné l'état. Ses talens ont été déplacés, et ce qui eût fait sa gloire dans une situation plus élevée, a fait sa perte dans celle où elle a vécu. Dans les choses qui étaient à sa portée, elle étendait toujours son plan dans sa tête, et voyait toujours son objet en grand: cela faisait qu'employant des moyens proportionnés à ses vues plus qu'à ses forces, elle échouait par la faute des autres; et son projet venant à manquer, elle était ruinée où d'autres n'auraient presque rien perdu. Ce goût des affaires qui lui fit tant de maux, lui fit du moins un grand bien dans son asile monastique, en l'empêchant de s'y fixer pour le reste de ses jours, comme elle en était tentée. La vie uniforme des religieuses, leur petit cailletage de parloir, tout cela ne pouvait flatter un esprit toujours en mouvement, qui, formant chaque jour de nouveaux systèmes, avait besoin de liberté pour s'y livrer. Le bon évêque de Bernex, avec moins d'esprit que François de Sales, lui ressemblait sur bien des points; et madame de Warens qu'il appelait sa fille, et qui ressemblait à madame de Chantal sur beaucoup d'autres, eût pu lui ressembler encore dans sa retraite, si son goût ne l'eût détournée de l'oisiveté d'un couvent. Ce ne fut point manque de zèle si cette aimable femme ne se livra pas aux menues pratiques de dévotion qui semblaient convenir à une nouvelle convertie vivant sous la direction d'un prélat. Quel qu'eût été le motif de son changement de religion, elle fut sincère dans celle qu'elle avait embrassée. Elle a pu se repentir d'avoir commis la faute, mais non pas désirer d'en revenir. Elle n'est pas seulement morte bonne catholique, elle a vécu telle de bonne foi; et j'ose affirmer, moi qui pense avoir lu dans le fond de son âme, que c'était uniquement par aversion pour les simagrées qu'elle ne faisait point en public la dévote; elle avait une piété trop solide pour affecter de la dévotion. Mais ce n'est pas ici le lieu de m'étendre sur ses principes : j'aurai d'autres occasions d'en parler.

Que ceux qui nient la sympathie des âmes,

expliquent, s'ils peuvent, comment de la première
entrevue, du premier mot, du premier regard,
madame de Warens m'inspira non-seulement le
plus vif attachement, mais une confiance parfaite
et qui ne s'est jamais démentie. Supposons que ce
que j'ai ressenti pour elle fût véritablement de
l'amour, ce qui paraîtra tout au moins douteux
à qui suivra l'histoire de nos liaisons; comment
cette passion fut-elle accompagnée, dès sa naissance,
des sentimens qu'elle inspire le moins; la paix du
cœur, le calme, la sérénité, la sécurité, l'assurance ?
Comment, en approchant pour la première fois d'une
femme polie, aimable, éblouissante, d'une dame
d'un état supérieur au mien, dont je n'avais jamais
abordé la pareille ; de celle dont dépendait mon
sort en quelque sorte, par l'intérêt plus ou moins
grand qu'elle y prendrait; comment, dis-je, avec
tout cela, me trouvai-je à l'instant aussi libre, aussi
à mon aise que si j'eusse été parfaitement sûr de
lui plaire? Comment n'eus-je pas un moment d'embarras, de timidité, de gêne? Naturellement honteux, décontenancé, n'ayant jamais vu le monde,
comment pris-je avec elle, du premier jour, du
premier instant, les manières faciles, le langage
tendre, le ton familier que j'avais dix ans après,
lorsque la plus grande intimité l'eût rendu naturel?
A-t-on de l'amour, je ne dis pas sans désirs, j'en
avais, mais sans inquiétude, sans jalousie ? Ne
veut-on pas au moins apprendre de l'objet qu'on
aime, si l'on est aimé? C'est une question qu'il ne
m'est pas plus venu dans l'esprit de lui faire une
fois en ma vie, que de me demander à moi-même
si je m'aimais; et jamais elle n'a été plus curieuse
avec moi. Il y eut certainement quelque chose de
singulier dans mes sentimens pour cette charmante

femme, et l'on y trouvera par la suite des bizarreries auxquelles on ne s'attend pas.

Il fut question de ce que je deviendrais, et pour en causer plus à loisir, elle me retint à dîner. Ce fut le premier repas de ma vie où j'eusse manqué d'appétit; et sa femme de chambre qui nous servait dit aussi que ce fut le premier voyageur de mon âge et de mon étoffe qu'elle en eût vu manquer. Cette remarque qui ne me nuisit pas dans l'esprit de sa maîtresse, tombait un peu à-plomb sur un gros manant qui dînait avec nous, et qui dévora lui tout seul un repas honnête pour six personnes. Pour moi, j'étais dans un ravissement qui ne me permettait pas de manger. Mon cœur se nourrissait d'un sentiment tout nouveau dont il occupait tout mon être; il ne me laissait des esprits pour nulle autre fonction.

Madame de Warens voulut savoir les détails de ma petite histoire : je retrouvai, pour la lui conter, tout le feu que m'avait inspiré mademoiselle de Vulson, et que j'avais perdu chez mon maître. Plus j'intéressais cette excellente âme en ma faveur, plus elle plaignait le sort auquel j'allais m'exposer. Sa tendre compassion se marquait dans son air, dans son regard, dans ses gestes. Elle n'osait m'exhorter à retourner à Genève : dans sa position, c'eût été un crime de lèse-catholicité, et elle n'ignorait pas combien elle était surveillée, et combien ses discours étaient pesés. Mais elle me parlait d'un ton si touchant de l'affliction de mon père, qu'on voyait bien qu'elle eût approuvé que j'allasse le consoler. Elle ne savait pas combien sans y songer elle plaidait contre elle-même. Outre que ma résolution était prise, comme je crois l'avoir dit, plus je la trouvais éloquente, persuasive,

plus ses discours m'allaient au cœur, et moins je
pouvais me résoudre à me détacher d'elle. Je sentais que retourner à Genève, était mettre entre
elle et moi une barrière presque insurmontable, à
moins de revenir à la démarche que j'avais faite,
et à laquelle mieux valait de me tenir tout d'un
coup. Je m'y tins donc. Madame de Warens, voyant
ses efforts inutiles, ne les poussa pas jusqu'à se
compromettre; mais elle me dit avec un regard de
commisération : Pauvre petit, tu dois aller où Dieu
t'appelle; mais quand tu seras grand, tu te sou-
viendras de moi. Je crois qu'elle ne pensait pas
elle-même que cette prédiction s'accomplirait si
cruellement.

La difficulté restait toute entière. Comment subsister si jeune hors de mon pays? A peine à la moitié de mon apprentissage, j'étais bien loin de savoir
mon métier. Quand je l'aurais su, je n'en aurais
pu vivre en Savoie, pays trop pauvre pour avoir
des arts. Le manant qui dînait avec nous, forcé de
faire une pause pour reposer sa mâchoire, ouvrit un avis qu'il disait venir du ciel, et qui, à
juger par les suites, venait bien plutôt du côté contraire. C'était que j'allasse à Turin, où, dans un
hospice établi pour les catéchumènes, j'aurais,
dit-il, la vie temporelle et spirituelle, jusqu'à ce
qu'entré dans le sein de l'église, je trouvasse par la
charité des bonnes âmes une place qui me convînt
A l'égard des frais du voyage, continua mon homme,
sa grandeur monseigneur l'évêque ne manquera
pas, si madame lui propose cette sainte œuvre,
de vouloir charitablement y pourvoir; et madame
la baronne, qui est si charitable, dit-il en s'incli-
nant sur son assiette, s'empressera sûrement d'y
contribuer aussi.

Je trouvais toutes ces charités bien dures : j'avais le
cœur serré, je ne disais rien. Madame de Warens,
sans saisir ce projet avec autant d'ardeur qu'il était
offert, se contenta de répondre que chacun devait
contribuer au bien selon son pouvoir, et qu'elle en
parlerait à monseigneur ; mais mon diable d'homme
qui craignit qu'elle n'en parlât pas à son gré, et qui
avait son petit intérêt dans cette affaire, courut prévenir les aumôniers, et emboucha si bien les bons
prêtres, que quand madame de Warens, qui craignait pour moi ce voyage, en voulut parler à l'évêque, elle trouva que c'était une affaire arrangée ; et
il lui remit à l'instant l'argent destiné pour mon
petit viatique. Elle n'osa insister pour me faire
rester ; j'approchais d'un âge où une femme du
sien ne pouvait décemment vouloir retenir un jeune
homme auprès d'elle.

Mon voyage étant ainsi réglé par ceux qui pre-
naient soin de moi, il fallut bien me soumettre ; et
c'est même ce que je fis sans beaucoup de répugnance. Quoique Turin fût plus loin que Genève, je
jugeai qu'étant la capitale, elle avait avec Anneci des
relations plus étroites qu'une ville étrangère d'état
et de religion ; et puis, partant pour obéir à madame de Warens, je me regardais comme vivant
toujours sous sa direction : c'était plus que de vivre
à son voisinage. Enfin l'idée d'un grand voyage
flattait ma manie ambulante, qui déjà commençait
à se déclarer : il me paraissait beau de passer les
monts à mon âge, et de m'élever au-dessus de mes
camarades de toute la hauteur des Alpes. Voir du
pays est un appât auquel un Génevois ne résiste
guère : je donnai donc mon consentement. Mon manant devait partir dans deux jours avec sa femme. Je
leur fus confié et recommandé : ma bourse leur fut

remise, renforcée par madame de Warens, qui
de plus me donna secrètement un petit pécule auquel elle joignit d'amples instructions ; et nous
partîmes le mercredi saint.

Le lendemain de mon départ d'Anneci, mon
père y arriva courant à ma piste avec un M. Rival son
ami, horloger comme lui, homme d'esprit, bel-
esprit même, qui faisait des vers mieux que La
Motte, et parlait presque aussi bien que lui ; de
plus, parfaitement honnête homme, mais dont la
littérature déplacée n'aboutit qu'à faire un de ses
fils comédien.

Ces messieurs virent madame de Warens, et se
contentèrent de pleurer mon sort avec elle, au lieu
de me suivre et de m'atteindre, comme ils l'auraient
pu facilement, étant à cheval et moi à pied. La
même chose était arrivée à mon oncle Bernard :
il était venu à Confignon, et de là, sachant que
j'étais à Anneci, il s'en retourna à Genève. Il semblait que mes proches conspirassent avec mon
étoile pour me livrer au destin qui m'attendait :
mon frère s'était perdu par une semblable négligence, et si bien perdu, qu'on n'a jamais su ce
qu'il était devenu.

Mon père n'était pas seulement un homme d'honneur, c'était un homme d'une probité sûre, et il
avait une de ces âmes fortes qui font les grandes vertus : de plus, il était bon père, et surtout pour moi ;
il m'aimait très-tendrement, mais il aimait aussi
ses plaisirs ; et d'autres goûts avaient un peu attiédi
l'affection paternelle depuis que je vivais loin de
lui. Il s'était remarié à Nyon ; et quoique sa femme
ne fût plus en âge de me donner des frères, elle
avait des parens : cela faisait une autre famille,
d'autres objets, un nouveau ménage, qui ne rappe-

lait plus si souvent mon souvenir. Mon père
vieillissait et n'avait aucun bien pour soutenir sa
vieillesse : nous avions, mon frère et moi, quelque
bien de ma mère, dont le revenu devait appartenir
à mon père durant notre éloignement. Cette idée ne
s'offrait pas à lui directement et ne l'empêchait pas
de faire son devoir, mais elle agissait sourdement
sans qu'il s'en aperçût lui-même, et ralentissait quelquefois son zèle, qu'il eût poussé plus loin sans cela.
Voilà, je crois, pourquoi venu d'abord à Anneci sur
mes traces, il ne me suivit pas jusqu'à Chambéri
où il était moralement sûr de m'atteindre ; voilà
encore pourquoi, l'étant allé voir souvent depuis ma
fuite, je reçus toujours de lui des caresses de père,
mais sans grands efforts pour me retenir.

Cette conduite d'un père dont j'ai si bien connu
la tendresse et la vertu, m'a fait faire des réflexions
sur moi-même qui n'ont pas peu contribué à me
maintenir le cœur sain : j'en ai tiré cette grande
maxime de morale, la seule peut-être d'usage dans
la pratique, d'éviter les situations qui mettent nos
devoirs en opposition avec nos intérêts, et qui nous
montrent notre bien dans le mal d'autrui ; sûr que
dans de telles situations, quelque sincère amour de
la vertu qu'on y porte, on faiblit tôt ou tard sans
s'en apercevoir ; et l'on devient injuste et méchant
dans le fait, sans avoir cessé d'être juste et bon dans
l'âme.

Cette maxime, fortement imprimée au fond de
mon cœur, et mise en pratique, quoiqu'un peu
tard, dans toute ma conduite, est une de celles
qui m'ont donné l'air le plus bizarre et le plus fou
dans le public, et surtout parmi mes connaissances.
On m'a imputé de vouloir être original et faire
autrement que les autres : en vérité je ne songeais

à faire ni comme les autres ni autrement qu'eux ; je désirais sincèrement de faire ce qui était bien ; je me dérobais de toute ma force à des situations qui me donnassent un intérêt contraire à l'intérêt d'un autre homme, et, par conséquent, un désir secret, quoique involontaire, du mal de cet homme-là.

Il y a deux ans (*) que milord-maréchal me voulut mettre dans son testament : je m'y opposai de toute ma force ; je lui marquai que je ne voudrais pour rien au monde me savoir dans le testament de quelqu'un, et beaucoup moins dans le sien. Il se rendit : maintenant il veut me faire une pension viagère, et je ne m'y oppose pas. On dira que je trouve mon compte à ce changement : cela peut être ; mais, ô mon bienfaiteur et mon père, si j'ai le malheur de vous survivre je sais qu'en vous perdant j'ai tout à perdre, et que je n'ai rien à gagner.

C'est là, selon moi, la bonne philosophie, la seule vraiment assortie au cœur humain : je me pénètre chaque jour davantage de sa profonde solidité, et je l'ai retournée de différentes manières dans tous mes derniers écrits ; mais le public qui est frivole ne l'y a pas su remarquer. Si je survis assez à cette entreprise consommée, pour en reprendre une autre, je me propose de donner dans la suite de l'*Émile* un exemple si charmant et si frappant de cette même maxime, que mon lecteur soit forcé d'y faire attention. Mais c'est assez réfléchir pour un voyageur : il est temps de reprendre ma route.

Je la fis plus agréablement que je n'aurais dû m'y attendre, et mon manant ne fut pas si bourru qu'il en avait l'air. C'était un homme entre deux âges,

---

(*) En 1764 ou 1765 ; J.-J. ayant écrit ce livre à Wootton, où il passa l'année ; 1766 et les premiers mois de 1767.

portant en queue ses cheveux noirs grisonnans ;
l'air grenadier, la voix forte, assez gai, marchant
bien, mangeant mieux, et qui faisait toute sorte
de métiers faute d'en savoir aucun. Il avait proposé,
je crois, d'établir à Anneci je ne sais quelle manu-
facture. Madame de Warens n'avait pas manqué de
donner dans le projet; et c'était pour tâcher de le faire
agréer au ministre, qu'il faisait, bien défrayé, le voyage de Turin. Notre homme avait le talent d'intriguer
en se fourrant toujours avec les prêtres; et, faisant
l'empressé pour les servir, il avait pris à leur école
un certain jargon dévot dont il usait sans cesse, se
piquant d'être un grand prédicateur : il savait
même un passage latin de la Bible, et c'était comme
s'il en avait su mille, parce qu'il le répétait mille
fois le jour; du reste manquant rarement d'argent
quand il en savait dans la bourse des autres; plus
adroit pourtant que fripon, et qui, débitant d'un
ton de raccoleur ses capucinades, ressemblait à
l'ermite *Pierre* prêchant la croisade le sabre au côté.

Pour madame Sabran son épouse, c'était une
assez bonne femme, plus tranquille le jour que la
nuit. Comme je couchais toujours dans leur chambre, ses bruyantes insomnies m'éveillaient souvent,
et m'auraient éveillé bien davantage si j'en avais
compris le sujet : mais je ne m'en doutais pas même,
et j'étais sur ce chapitre d'une bêtise qui a laissé à
la seule nature tout le soin de mon instruction.

Je m'acheminais gaiement avec mon dévot guide
et sa sémillante compagne : nul accident ne troubla
mon voyage; j'étais dans la plus heureuse situation
de corps et d'esprit où j'aie été de mes jours. Jeune,
vigoureux, plein de santé, de sécurité, de confiance en moi et aux autres, j'étais dans ce court, mais
précieux moment de la vie où sa plénitude expan-

ôve étend, pour ainsi dire , notre être par toutes
nos sensations , et embellit à nos yeux la nature
entière du charme de notre existence. Ma douce inquiétude avait un objet qui la rendait errante et
fixait mon imagination : je me regardais comme
l'ouvrage, l'élève, l'ami, presque l'amant de madame de Warens; les choses obligeantes qu'elle m'avait
dites , les petites caresses qu'elle m'avait faites ,
l'intérêt si tendre qu'elle avait paru prendre à moi,
ses regards charmans qui me semblaient pleins
d'amour parce qu'ils m'en inspiraient ; tout cela
nourrissait mes idées durant la marche, et me faisait
rêver délicieusement. Nulle crainte, nul doute sur
mon sort ne troublait ces rêveries : m'envoyer à
Turin , c'était, selon moi , s'engager à m'y faire
vivre, à m'y placer convenablement. Je n'avais plus
de souci sur moi-même; d'autres s'étaient chargés
de ce soin. Ainsi je marchais légèrement, allégé de
ce poids : les jeunes désirs, l'espoir enchanteur, les
brillans projets remplissaient mon âme. Tous les
objets que je voyais me semblaient les garans de ma
prochaine félicité : dans les maisons , j'imaginais
des festins rustiques ; dans les prés, de folâtres
jeux; le long des eaux, les bains, des promenades, la
pêche; sur les arbres, des fruits délicieux ; sous leur
ombre, de voluptueux tête-à-tête ; sur les montagnes, des cuves de lait et de crème , une oisiveté
charmante, la paix, la simplicité, le plaisir d'aller
sans savoir où. Enfin rien ne frappait mes yeux
sans porter à mon cœur quelque attrait de jouissance : la grandeur , la variété, la beauté réelle du
spectacle rendaient cet attrait digne de la raison. La
vanité même y mêlait sa pointe : si jeune, aller en
Italie, avoir déjà vu tant de pays, suivre Annibal à
travers les monts, me paraissait une gloire au-

dessus de mon âge. Joignez à tout cela des stations fréquentes et bonnes, un grand appétit et de quoi le contenter; car, en vérité, ce n'était pas la peine de m'en faire faute, et sur le dîner de M. Sabran le mien ne paraissait pas.

Je ne me souviens pas d'avoir eu dans tout le cours de ma vie, d'intervalle plus parfaitement exempt de soucis et de peine, que celui de sept ou huit jours que nous mîmes à ce voyage; car le pas de madame Sabran, sur lequel il fallait régler le nôtre, n'en fit qu'une longue promenade. Ce souvenir m'a laissé le goût le plus vif pour tout ce qui s'y rapporte, surtout pour les montagnes et les voyages pédestres. Je n'ai voyagé à pied que dans mes beaux jours, et toujours avec délices. Bientôt les devoirs, les affaires, un bagage à porter, m'ont forcé de faire le monsieur et de prendre des voitures; les soucis rongeans, les embarras, la gêne, y sont montés avec moi; et dès lors, au lieu qu'auparavant dans mes voyages je ne sentais que le plaisir d'aller, je n'ai plus senti que le besoin d'arriver. J'ai cherché long-temps à Paris deux camarades du même goût que moi, qui voulussent consacrer chacun cinquante louis de sa bourse et un an de son temps à faire ensemble à pied le tour de l'Italie, sans autre équipage qu'un garçon qui portât avec nous un sac de nuit. Beaucoup de gens se sont présentés, enchantés de ce projet en apparence, mais au fond le prenant tous pour un pur château en Espagne, dont on cause en conversation sans vouloir l'exécuter en effet. Je me souviens que, parlant avec passion de ce projet avec Diderot et Grimm, je leur en donnai enfin la fantaisie. Je crus une fois l'affaire faite; mais le tout se réduisit à vouloir faire un voyage par écrit, dans lequel Grimm ne trouvait

ien de si plaisant que de faire faire à Diderot beau-
oup d'impiétés, et de me faire fourrer à l'inquisi-
ion à sa place.

Mon regret d'arriver si vite à Turin fut tempéré
)ar le plaisir de voir une grande ville, et par l'espoir
l'y faire bientôt une figure digne de moi; car déjà
es fumées de l'ambition me montaient à la tête; déjà
e me regardais comme infiniment au-dessus de
non ancien état d'apprenti; j'étais bien éloigné de
prévoir que dans peu je serais fort au-dessous.

Avant que d'aller plus loin, je dois au lecteur
non excuse ou ma justification tant sur les menus
détails où je viens d'entrer que sur ceux où j'entrerai
dans la suite, et qui n'ont rien d'intéressant à ses
yeux. Dans l'entreprise que j'ai faite de me montrer
tout entier au public, il faut que rien de moi ne lui
reste obscur ou caché; il faut que je me tienne
incessamment sous ses yeux, qu'il me suive dans
tous les égaremens de mon cœur, dans tous les re-
coins de ma vie; qu'il ne me perde pas de vue un
seul instant, de peur que, trouvant dans mon récit
la moindre lacune, le moindre vide, et se demandant, qu'a-t-il fait durant ce temps-là? il ne m'ac-
cuse de n'avoir pas voulu tout dire. Je donne assez
de prise à la malignité des hommes par mes récits,
sans lui en donner encore par mon silence.

Mon petit pécule était parti; j'avais jasé, et mon
indiscrétion ne fut pas pour mes conducteurs à pure
perte. Madame Sabran trouva le moyen de m'arracher jusqu'à un petit ruban glacé d'argent que
madame de Warens m'avait donné pour ma petite
épée, et que je regrettai plus que tout le reste:
l'épée même eût resté dans leurs mains, si je m'étais
moins obstiné. Ils m'avaient fidèlement défrayé
dans la route, mais ils ne m'avaient rien laissé. J'ar-

rive à Turin sans habits, sans argent, sans linge,
et laissant très-exactement à mon seul mérite tout
l'honneur de la fortune que j'allais faire.

J'avais des lettres, je les portai ; et tout de suite
je fus mené à l'hospice des catéchumènes, pour y
être instruit dans la religion pour laquelle on me
vendait ma subsistance. En entrant je vis une grosse
porte à barreaux de fer, qui, dès que je fus passé,
fut fermée à double tour sur mes talons. Ce début
me parut plus imposant qu'agréable, et commençait à me donner à penser, quand on me fit entrer
dans une grande pièce. J'y vis pour tout meuble
un autel de bois surmonté d'un grand crucifix au
fond de la chambre, et autour quatre ou cinq
chaises aussi de bois qui paraissaient avoir été cirées,
mais qui seulement étaient luisantes à force de s'en
servir et de les frotter. Dans cette salle d'assemblée
étaient quatre ou cinq affreux bandits, mes camarades d'instruction, et qui semblaient plutôt des
archers du diable que des aspirans à se faire enfans
de Dieu. Deux de ces coquins étaient des Esclavons
qui se disaient Juifs et Maures, et qui, comme ils
me l'avouèrent, passaient leur vie à courir l'Espagne
et l'Italie, embrassant le christianisme et se faisant
baptiser partout où le produit en valait la peine. On
ouvrit une autre porte de fer qui partageait en deux
un grand balcon régnant sur la cour. Par cette
porte entrèrent nos sœurs les catéchumènes qui,
comme moi, s'allaient régénérer, non par le baptê-
me, mais par une solennelle abjuration. C'étaient
bien les plus grandes salopes et les plus vilaines
coureuses qui jamais aient empuanti le bercail du
Seigneur. Une seule me parut jolie et assez intéressante; elle était à peu près de mon âge, peut-être
un an ou deux de plus. Elle avait des yeux fripons qui

encontraient quelquefois les miens. Cela m'inspira
e désir de faire connaissance avec elle ; mais, pen-
tant près de deux mois qu'elle demeura encore dans
ette maison où elle était depuis trois , il me fut
bsolument impossible de l'accoster, tant elle était
ecommandée à notre vieille geôlière et obsédée par
e saint missionnaire qui travaillait à sa conversion
avec plus de zèle que de diligence. Il fallait qu'elle
ût extrêmement stupide, quoiqu'elle n'en eût pas
l'air ; car jamais instruction ne fut plus longue. Le
saint homme ne la trouvait toujours point en état
d'abjurer ; mais elle s'ennuya de sa clôture , et dit
qu'elle voulait sortir, chrétienne ou non. Il fallut
la prendre au mot tandis qu'elle consentait encore
à l'être , de peur qu'elle ne se mutinât, et qu'elle
ne le voulût plus.

La petite communauté fut assemblée en l'honneur du nouveau venu. On nous fit une courte
exhortation , à moi pour m'engager à répondre à la
grâce que Dieu me faisait, aux autres pour les inviter à m'accorder leurs prières et à m'édifier par
leurs exemples. Après quoi, nos vierges étant rentrées dans leur clôture , j'eus le temps de m'étonner à mon aise de celle où je me trouvais.

Le lendemain matin on nous assembla de nouveau pour l'instruction, et ce fut alors que je commençai pour la première fois à réfléchir sur le pas
que j'allais faire , et sur les démarches qui m'y
avaient entraîné.

J'ai dit, je répète, et je répéterai peut-être encore
une chose dont je suis tous les jours plus pénétré ;
c'est que, si jamais enfant reçut une éducation
raisonnable et saine, ç'a été moi. Né dans une famille
que ses mœurs distinguaient du peuple, je n'avais
reçu que des leçons de sagesse et des exemples

d'honneur de tous mes parens. Mon père, quoique homme de plaisir, avait non-seulement une
probité sûre, mais beaucoup de religion. Galant
homme dans le monde et chrétien dans l'intérieur,
il m'avait inspiré de bonne heure les sentimens dont
il était pénétré. De mes trois tantes, toutes sages et
vertueuses, les deux aînées étaient dévotes; et la
troisième, fille à la fois pleine de grâces, d'esprit et
de sens, l'était peut-être encore plus qu'elles,
quoique avec moins d'ostentation. Du sein de cette
estimable famille je passai chez M. Lambercier,
qui, bien qu'homme d'église et prédicateur, était
croyant en dedans, et faisait presque aussi bien qu'il
disait. Sa sœur et lui cultivèrent par des instructions
douces et judicieuses les principes de piété qu'ils
trouvèrent dans mon cœur. Ces dignes gens em-
ployèrent pour cela des moyens si vrais, si discrets,
si raisonnables, que loin de m'ennuyer au sermon,
je n'en sortais jamais sans être intérieurement touché et sans faire des résolutions de bien vivre,
auxquelles je manquais rarement en y pensant. Chez
ma tante Bernard la dévotion m'ennuyait davantage, parce qu'elle en faisait un métier. Chez mon
maître je n'y pensais plus guère, sans pourtant
penser différemment. Je ne trouvai point de jeunes
gens qui me pervertissent; je devins polisson, mais
non libertin.

J'avais donc de la religion tout ce qu'un enfant
à l'âge où j'étais en pouvait avoir; j'en avais même
davantage, car pourquoi déguiser ma pensée? Mon
enfance ne fut point d'un enfant; je sentis, je pensai
toujours en homme. Ce n'est qu'en grandissant que
je suis rentré dans la classe ordinaire, en naissant
j'en étais sorti. L'on rira de me voir me donner
modestement pour un prodige; soit : mais quand

on aura bien ri, qu'on trouve un enfant qu'à six ans
es romans intéressent, attachent, transportent au
point d'en pleurer à chaudes larmes; alors je sen-
tirai ma vanité ridicule, et je conviendrai q^{u}e j'ai
tort.

Ainsi quand j'ai dit qu'il ne fallait point parler
aux enfans de religion si l'on voulait qu'un jour ils
en eussent, et qu'ils étaient incapables de connaître
Dieu, même à notre manière, j'ai tiré mon sentiment de mes observations, non de ma propre expérience; je savais qu'elle ne concluait rien pour les
autres. Trouvez des J. J. Rousseau à six ans et parlez-
leur de Dieu à sept, je vous réponds que vous ne
courez aucun risque.

On sent, je crois, qu'avoir de la religion pour un
enfant, et même pour un homme, c'est suivre celle
où il est né. Quelquefois on en ôte, rarement on y
ajoute; la foi dogmatique est un fruit de l'éducation. Outre ce principe commun qui m'attachait au
culte de mes pères, j'avais l'aversion, particulière
alors à notre ville, pour le catholicisme qu'on nous
donnait pour une affreuse idolâtrie, et dont on nous
peignait le clergé sous les plus noires couleurs. Ce
sentiment allait si loin chez moi, qu'au commencement je n'entrevoyais jamais le dedans d'une église,
je ne rencontrais jamais un prêtre en surplis, je
n'entendais jamais la clochette d'une procession,
sans un frémissement de terreur et d'effroi qui me
quitta bientôt dans les villes, mais qui souvent m'a
repris dans les paroisses de campagne, plus semblables à celles où je l'avais d'abord éprouvé. Il est
vrai que cette impression était singulièrement con-
trastée par le souvenir des caresses que les curés des
environs de Genève font volontiers aux enfans de
la ville. En même temps que la sonnette du viatique

me faisait peur, la cloche de la messe ou de vêpres
me rappelait un déjeûner, un goûter, du beurre frais,
des fruits, du laitage. Le bon dîner de M. de Pontverre avait produit encore un grand effet. Ainsi je
m'étais aisément étourdi sur tout cela. N'envisageant
le papisme que par des liaisons avec les amusemens
et la gourmandise, je m'étais apprivoisé sans peine
avec l'idée d'y vivre, mais non pas avec celle d'y entrer; cette idée ne s'était offerte à moi qu'en fuyant
et dans un avenir éloigné. Dans ce moment il n'y eut
plus moyen de prendre le change : je vis avec l'horreur la plus vive l'espèce d'engagement que j'avais
pris et sa suite inévitable. Les futurs néophytes que
j'avais autour de moi n'étaient pas propres à soutenir mon courage par leur exemple, et je ne pus me
dissimuler que la sainte œuvre que j'allais faire n'é-
tait au fond que l'action d'un bandit. Tout jeune
encore je sentis que, quelque religion qui fût la
bonne, j'allais vendre la mienne; et que, quand
même je choisirais bien, j'allais au fond de mon
cœur mentir au Saint-Esprit, et mériter le mépris
des hommes. Plus j'y pensais, plus je m'indignais
contre moi-même; et je gémissais du sort qui m'a-
vait amené là, comme si ce sort n'eût pas été mon
ouvrage. Il y eut des momens où ces réflexions devinrent si fortes, que si j'avais un instant trouvé la
porte ouverte, je me serais certainement évadé; mais
il ne me fut pas possible, et cette résolution ne tint
pas non plus bien fortement.

Trop de désirs secrets la combattaient pour ne la
pas vaincre. D'ailleurs l'obstination du dessein formé
de ne pas retourner à Genève; la honte, la difficulté
même de repasser les monts, l'embarras de me voir
loin de mon pays, sans appui, sans ressources; tout
cela concourait à me faire regarder comme un re-

pentir tardif les remords de ma conscience; j'affectais de me reprocher ce que j'avais fait, pour excuser ce que j'allais faire. En aggravant les torts du passé, j'en regardais l'avenir comme une suite nécessaire. Je ne me disais pas : Rien n'est fait encore, et tu peux être innocent si tu veux ; mais je me disais : Gémis du crime dont tu t'es rendu coupable, et que tu t'es mis dans la nécessité d'achever.

En effet, quelle rare force d'âme ne me fallait-il point à mon âge pour révoquer tout ce que jusque-là j'avais pu promettre ou laisser espérer, pour rompre les chaînes que je m'étais données, pour déclarer avec intrépidité que je voulais rester dans la religion de mes pères, au risque de tout ce qui en pouvait arriver ! Cette vigueur n'était pas de mon âge, et il est peu probable qu'elle eût eu un heureux succès. Les choses étaient trop avancées pour qu'on voulût en avoir le démenti ; et plus ma résistance eût été grande, plus, de manière ou d'autre, on se fût fait une loi de la surmonter.

Le sophisme qui me perdit est celui de la plupart des hommes, qui se plaignent de manquer de force quand il n'est déjà plus temps d'en user. La vertu ne nous coûte que par notre faute ; et si nous voulions être toujours sages, rarement aurions - nous besoin d'être vertueux. Mais des penchans faciles à surmonter nous entraînent sans résistance : nous cédons à des tentations légères dont nous méprisons le danger. Insensiblement nous tombons dans des situations périlleuses dont nous pouvions aisément nous garantir, mais dont nous ne pouvons plus nous tirer sans des efforts héroïques qui nous effraient ; et nous tombons enfin dans l'abîme, en disant à Dieu : Pourquoi m'as-tu fait si faible ? Mais malgré nous il répond à nos consciences : Je t'ai fait trop

faible pour sortir du gouffre, parce que je t'ai fait
assez fort pour n'y pas tomber.

Je ne pris pas précisément la résolution de me faire
catholique : mais voyant le terme encore éloigné,
je pris le temps de m'apprivoiser à cette idée, et en
attendant je me figurais quelque événement imprévu
qui me tirerait d'embarras. Je résolus pour gagner
du temps de faire la plus belle défense qu'il me serait
possible. Bientôt ma vanité me dispensa de songer
à ma résolution ; et dès que je m'aperçus que j'em-
barrassais quelquefois ceux qui voulaient m'instruire, il ne m'en fallut pas davantage pour chercher à les terrasser tout-à-fait. Je mis même à cette
entreprise un zèle bien ridicule : car, tandis qu'ils
travaillaient sur moi, je voulus travailler sur eux.
Je croyais bonnement qu'il ne fallait que les convaincre pour les engager à se faire protestans.

Ils ne trouvèrent donc pas en moi tout-à-fait
autant de facilité qu'ils en attendaient, ni du côté des
lumières ni du côté de la volonté. Les protestans sont
généralement mieux instruits que les catholiques.
Cela doit être : la doctrine des uns exige la discussion,
celle des autres la soumission. Le catholique doit
adopter la décision qu'on lui donne, le protestant
doit apprendre à se décider. On savait cela ; mais on
n'attendait ni de mon état ni de mon âge de
grandes difficultés pour des gens exercés. D'ailleurs,
je n'avais point fait encore ma première commu-
nion, ni reçu les instructions qui s'y rapportent ;
on le savait encore : mais on ignorait qu'en revanche j'avais été bien instruit chez M. Lambercier,
et que de plus j'avais par devers moi un petit magasin fort incommode à ces messieurs, dans l'histoire de l'église et de l'empire que j'avais apprise
presque par cœur chez mon père, et depuis presque

oubliée, mais qui me revint à mesure que la dispute s'échauffait.

Un vieux prêtre, petit, mais assez vénérable, nous fit en commun la première conférence. Cette conférence était pour mes camarades un catéchisme plutôt qu'une controverse, et il avait plus à faire à les instruire qu'à résoudre leurs objections. Il n'en fut pas de même avec moi. Quand mon tour vint, je l'arrêtai sur tout, je ne lui sauvai pas une des objections que je pus lui faire. Cela rendit la conférence fort longue et fort ennuyeuse pour les assistans. Mon vieux prêtre parlait beaucoup, s'échauffait, battait la campagne, et se tirait d'affaire en disant qu'il n'entendait pas bien le français. Le lendemain, de peur que mes indiscrètes objections ne scandalisassent mes camarades, on me mit à part dans une autre chambre avec un autre prêtre plus jeune, beau parleur, c'est-à-dire, faiseur de longues phrases, et content de lui, si jamais docteur le fut. Je ne me laissai pourtant pas trop subjuguer à sa mine imposante ; et sentant qu'après tout je faisais ma tâche, je me mis à lui répondre avec assez d'assurance et à le bourrer par-ci par-là du mieux que je pus. Il croyait m'assommer avec St Augustin, St Grégoire, et les autres pères, et il trouvait avec une surprise incroyable que je maniais tous ces pères-là presque aussi légèrement que lui : ce n'était pas que je les eusse jamais lus, ni lui peut-être, mais j'en avais retenu beaucoup de passages tirés de mon Le Sueur ; et sitôt qu'il m'en citait un, sans disputer sur sa citation je lui ripostais par un autre du même père, et qui souvent l'embarrassait beaucoup. Il l'emportait pourtant à la fin par deux raisons. L'une, qu'il était le plus fort, et que, me sentant pour ainsi dire à sa merci,

je jugeais bien, quelque jeune que je fusse, qu'il
ne fallait pas le pousser à bout ; car je voyais
assez que le vieux petit prêtre n'avait pris en amitié
ni mon érudition ni moi. L'autre raison était que
le jeune avait de l'étude, et que je n'en avais
point. Cela faisait qu'il mettait dans sa manière
d'argumenter une méthode que je ne pouvais pas
suivre, et que sitôt qu'il se sentait pressé d'une
objection imprévue, il la remettait au lendemain,
disant que je sortais du sujet présent. Il rejetait
même quelquefois toutes mes citations, soutenant
qu'elles étaient fausses, et, s'offrant à m'aller
chercher le livre, me défiant de les y trouver. Il
sentait qu'il ne risquait pas grand'chose, et qu'avec
toute mon érudition d'emprunt j'étais trop peu
exercé à manier les livres, et trop peu latiniste,
pour trouver un passage dans un gros livre, quand
même je serais sûr qu'il y est. Je le soupçonne
même d'avoir usé de l'infidélité dont il accusait
les ministres, et d'avoir fabriqué quelquefois des
passages pour se tirer d'une objection qui l'in-
commodait.

   (*) [Tandis que duraient ces petites ergoteries,
et que les jours se passaient à disputer, à marmotter
des prières, et à faire le vaurien, il m'arriva une petite
vilaine aventure assez dégoûtante, et qui faillit
même à tourner fort mal pour moi.

   Il n'y a point d'âme si vile et de cœur si barbare
qui ne soit susceptible de quelque sorte d'attache-

   (*) Ce récit renfermé entre ces deux signes [ ] ne se
trouve pas dans les éditions antérieures à celles qu'on a
faites sur le manuscrit autographe, déposé par Thérèse Le
Vasseur. On aura soin d'indiquer par le même signe les
passages ajoutés d'après ce manuscrit, Voyez la notice sur
la première partie des *Confessions*, page 77.

ment. L'un de ces deux bandits qui se disaient
Maures me prit en affection. Il m'accostait volontiers, causait avec moi dans son baragouin
franc, me rendait de petits services, me faisait
part quelquefois de sa portion à table, et me donnait surtout de fréquens baisers avec une ardeur
qui m'était fort incommode. Quelque effroi que
j'eusse naturellement de ce visage de pain-d'épice
orné d'une longue balafre, et de ce regard allumé
qui semblait plutôt furieux que tendre, j'endurais
ces baisers en me disant en moi-même : Le pauvre
homme a conçu pour moi une amitié bien vive,
j'aurais tort de le rebuter. Il passait par degrés
à des manières plus libres, et me tenait quelquefois de si singuliers propos, que je croyais que la tête
lui avait tourné. Un soir il voulut venir coucher
avec moi, et je m'y opposai disant que mon lit
était trop petit. Il me pressa d'aller dans le sien,
je le refusai encore : car ce misérable était si
malpropre et puait si fort le tabac mâché, qu'il
me faisait mal au cœur.

Le lendemain, d'assez bon matin, nous étions
tous deux seuls dans la salle d'assemblée ; il recommença ses caresses, mais avec des mouvemens
si violens qu'il en était effrayant. Enfin il voulut passer
par degrés aux privautés les plus choquantes, et
me forcer, en disposant de ma main, d'en faire
autant. Je me dégageai impétueusement en poussant
un cri et faisant un saut en arrière ; et, sans
marquer ni indignation ni colère, car je n'avais
pas la moindre idée de ce dont il s'agissait, j'ex-
primai ma surprise et mon dégoût avec tant d'é-
nergie, qu'il me laissa là : mais tandis qu'il achevait de se démener je vis partir vers la cheminée
et tomber à terre je ne sais quoi de gluant et de

blanchâtre qui me fit soulever le cœur. Je m'élançai
sur le balcon, plus ému, plus troublé, plus effrayé
même que je ne l'avais été de ma vie, et prêt
à me trouver mal.

Je ne pouvais comprendre ce qu'avait ce malheureux; je le crus atteint du haut-mal, ou de
quelque autre frénésie encore plus terrible; et
véritablement je ne sache rien de plus hideux à
voir pour quelqu'un de sang-froid que cet obscène
et sale maintien, et ce visage affreux enflammé
de la plus brutale concupiscence. Je n'ai jamais
vu d'autre homme en pareil état; mais, si nous
sommes ainsi près des femmes, il faut qu'elles
aient les yeux bien fascinés pour ne pas nous
prendre en horreur.

Je n'eus rien de plus pressé que d'aller conter
à tout le monde ce qui venait de m'arriver. Notre
vieille intendante me dit de me taire; mais je vis que
cette histoire l'avait fort affectée, et je l'entendais
grommeler entre ses dents : *Can maledet! brutta
bestia!* Comme je ne comprenais pas pourquoi
je devais me taire, j'allai toujours mon train
malgré la défense, et je bavardai tant, que le lendemain un des administrateurs vint de bon matin
m'adresser une mercuriale assez vive, m'accusant
de commettre l'honneur d'une maison sainte, et
de faire beaucoup de bruit pour peu de mal.

Il prolongea sa censure en m'expliquant beaucoup de choses que j'ignorais, mais qu'il ne
croyait pas m'apprendre, persuadé que je m'étais
défendu sachant ce qu'on me voulait, mais n'y voulant pas consentir. Il me dit gravement que c'était
une œuvre défendue comme la paillardise, mais
dont au reste l'intention n'était pas plus offen-
sante pour la personne qui en était l'objet, et

qu'il n'y avait pas de quoi s'irriter si fort pour
avoir été trouvé aimable. Il me dit sans détour
que lui-même dans sa jeunesse avait eu le même
honneur, et qu'ayant été surpris hors d'état de
faire résistance il n'avait rien trouvé là de si cruel.
Il poussa l'impudence jusqu'à se servir des propres
termes; et, s'imaginant que la cause de ma résistance était la crainte de la douleur, il m'assura
que cette crainte était vaine, et qu'il ne fallait
pas s'alarmer de rien.

J'écoutais cet infâme avec un étonnement d'autant plus grand qu'il ne parlait point pour lui-
même; il semblait ne m'instruire que pour mon
bien. Son discours lui paraissait si simple, qu'il
n'avait pas même cherché le secret du tête-à-tête,
et nous avions en tiers un ecclésiastique que tout
cela n'effarouchait pas plus que lui. Cet air naturel
m'en imposa tellement, que j'en vins à croire
que c'était sans doute un usage admis dans le
monde, et dont je n'avais pas eu plutôt occasion
d'être instruit. Cela fit que je l'écoutai sans colère,
mais non sans dégoût. L'image de ce qui m'était
arrivé, mais surtout de ce que j'avais vu, restait
si fortement empreinte dans ma mémoire, qu'en
y pensant le cœur me soulevait encore. Sans que
j'en susse davantage, l'aversion de la chose s'étendit à l'apologiste; et je ne pus me contraindre assez
pour qu'il ne vît pas le mauvais effet de ses leçons.
Il me lança un regard peu caressant, et dès lors
il n'épargna rien pour me rendre le séjour de
l'hospice désagréable. Il y parvint si bien, que,
n'apercevant pour en sortir qu'une seule voie, je
m'empressai de la prendre, autant que jusque-
là je m'étais efforcé de l'éloigner.

Cette aventure me mit pour l'avenir à couvert

des entreprises des chevaliers de la manchette; et la vue des gens qui passaient pour en être, me rappelant l'air et les gestes de mon effroyable Maure, m'a toujours inspiré tant d'horreur, que j'avais peine à le cacher. Au contraire, les femmes gagnèrent beaucoup dans mon esprit à cette comparaison : il me semblait que je leur devais en tendresse de sentimens, en hommage de ma personne, la réparation des offenses de mon sexe; et la plus laide guenon devenait à mes yeux un objet adorable, par le souvenir de ce faux Africain.

Pour lui, je ne sais ce qu'on put lui dire; il ne parut pas qu'excepté la dame Lorenza personne le vît de plus mauvais œil qu'auparavant. Cependant il ne m'accosta ni ne me parla plus. Huit jours après il fut baptisé en grande cérémonie, et habillé de blanc de la tête aux pieds, pour représenter la candeur de son âme régénérée. Le lendemain il sortit de l'hospice, et je ne l'ai jamais revu.]

Mon tour vint un mois après; car il fallut tout ce temps-là pour donner à mes directeurs l'honneur d'une conversion difficile, et l'on me fit passer en revue tous les dogmes pour triompher de ma nouvelle docilité.

Enfin, suffisamment instruit et suffisamment disposé au gré de mes maîtres, je fus mené processionnellement à l'église métropolitaine de Saint Jean pour y faire une abjuration solennelle, et recevoir les accessoires du baptème, quoiqu'on ne me rebaptisât pas réellement : mais comme ce sont à peu près les mêmes cérémonies, cela sert à persuader au peuple que les protestans ne sont pas chrétiens. J'étais revêtu d'une certaine robe grise avec des brandebourgs blancs, et destinée pour ces sortes d'occasions. Deux hommes portaient

devant et derrière moi des bassins de cuivre sur
lesquels ils frappaient avec une clef, et où chacun
mettait son aumône au gré de sa dévotion ou de
l'intérêt qu'il prenait au nouveau converti. Enfin
rien du faste catholique ne fut omis pour rendre
la cérémonie plus édifiante pour le public, et
plus humiliante pour moi. Il n'y eut que l'habit
blanc qui m'eût été fort utile, et qu'on ne me
donna pas comme au Maure, attendu que je
n'avais pas l'honneur d'être Juif.

Ce ne fut pas tout. Il fallut ensuite aller à l'in-
quisition recevoir l'absolution du crime d'hérésie,
et rentrer dans le sein de l'église avec la même
cérémonie à laquelle Henri IV fut soumis par son
ambassadeur. L'air et les manières du très-révérend
père inquisiteur n'étaient pas propres à dissiper
la terreur secrète qui m'avait saisi en entrant
dans cette maison. Après plusieurs questions sur
ma foi, sur mon état, sur ma famille, il me demanda brusquement si ma mère était damnée.
L'effroi me fit réprimer le premier mouvement
de mon indignation ; je me contentai de répondre que je voulais espérer qu'elle ne l'était pas,
et que Dieu avait pu l'éclairer à sa dernière
heure. Le moine se tut, mais il fit une grimace
qui ne me parut point du tout un signe d'approbation.

Tout cela fait, au moment où je pensais être
enfin placé selon mes espérances, on me mit à la
porte avec un peu plus de vingt francs en petite
monnaie qu'avait produits ma quête. On me recom-
manda de vivre en bon chrétien, d'être fidèle à
la grâce ; on me souhaita bonne fortune, on ferma
sur moi la porte, et tout disparut.

Ainsi s'éclipsèrent en un instant toutes mes

grandes espérances, et il ne me resta de la démarche intéressée que je venais de faire, que le
souvenir d'avoir été apostat et dupe tout à la fois.
Il est aisé de juger quelle brusque révolution dut
se faire dans mes idées, lorsque de mes brillans
projets de fortune je me vis tomber dans la plus
complète misère, et qu'après avoir délibéré le matin
sur le choix du palais que j'habiterais, je me vis
le soir réduit à coucher dans la rue. On croira que
je commençai par me livrer à un désespoir d'autant plus cruel, que le regret de mes fautes devait
s'irriter en me reprochant que tout mon malheur
était mon ouvrage. Rien de tout cela. Je venais
pour la première fois de ma vie d'être enfermé
pendant plus de deux mois. Le premier sentiment
que je goûtai fut celui de la liberté que j'avais
recouvrée. Après un long esclavage, redevenu
maître de moi-même et de mes actions, je me voyais
au milieu d'une grande ville abondante en ressources, pleine de gens de condition, dont mes
talens et mon mérite ne pouvaient manquer de
me faire accueillir sitôt que j'en serais connu.
J'avais, de plus, tout le temps d'attendre, et vingt
francs que j'avais dans ma poche me semblaient
un trésor qui ne pouvait s'épuiser. J'en pouvais
disposer à mon gré, sans rendre compte à personne.
C'était la première fois que je m'étais vu si riche.
Loin de me livrer au découragement et aux larmes,
je ne fis que changer d'espérances; et l'amour-
propre n'y perdit rien. Jamais je ne me sentis tant
de confiance et de sécurité : je croyais déjà ma
fortune faite, et je trouvais beau de n'en avoir
l'obligation qu'à moi seul.

La première chose que je fis fut de satisfaire
ma curiosité en parcourant toute la ville, quand

ce n'eût été que pour faire un acte de ma liberté.
J'allai voir monter la garde; les instrumens militaires me plaisaient beaucoup. Je suivis des pro-
cessions; j'aimais le faux-bourdon des prêtres.
J'allai voir le palais du roi : j'en approchais avec
crainte; mais voyant d'autres gens entrer, je fis
comme eux, on me laissa faire. Peut-être dus-je
cette grâce au petit paquet que j'avais sous le bras.
Quoi qu'il en soit, je conçus une grande opinion
de moi-même en me trouvant dans ce palais : déjà
je m'en regardais presque comme un habitant.
Enfin, à force d'aller et venir, je me lassai :
j'avais faim, il faisait chaud; j'entrai chez une marchande de laitage : on me donna de la giuncà,
du lait caillé, et avec deux grisses de cet excellent pain de Piémont que j'aime plus qu'aucun
autre, je fis pour mes cinq ou six sous un des
bons dîners que j'aie faits de mes jours.

Il fallut chercher un gîte. Comme je savais
déjà assez de piémontais pour me faire entendre,
il ne me fut pas difficile à trouver, et j'eus la
prudence de le choisir plus selon ma bourse que
selon mon goût. On m'indiqua dans la rue du Pô
la femme d'un soldat, qui retirait à un sou par
nuit des domestiques hors de service. Je trouvai
chez elle un grabat vide, et je m'y établis. Elle
était jeune et nouvellement mariée, quoiqu'elle
eût déjà cinq ou six enfans. Nous couchâmes tous
dans la même chambre, la mère, les enfans, les
hôtes : et cela dura de cette façon tant que je
restai chez elle. Au demeurant, c'était une bonne
femme, jurant comme un charretier, toujours dé-
braillée et décoiffée, mais douce de cœur, offi-
cieuse, qui me prit en amitié, et qui même me
fut utile.

Je passai plusieurs jours à me livrer uniquement
au plaisir de l'indépendance et de la curiosité.
J'allais errant dedans et dehors la ville, furetant,
visitant tout ce qui me paraissait curieux et nouveau : et tout l'était pour un jeune homme sortant
de sa niche, qui n'avait jamais vu de capitale.
J'étais surtout fort exact à faire ma cour, et j'assis-
tais régulièrement tous les matins à la messe du roi.
Je trouvais beau de me voir dans la même chapelle
avec ce prince et sa suite ; mais ma passion pour la
musique, qui commençait à se déclarer, avait plus
de part à mon assiduité que la pompe de la cour,
qui, bientôt vue, et toujours la même, ne frappe
pas long-temps. Le roi de Sardaigne avait alors la
meilleure symphonie de l'Europe. Somis, Desjar-
dins, les Bezuzzi y brillaient alternativement. Il n'en
fallait pas tant pour attirer un jeune homme que
le son du moindre instrument, pourvu qu'il fût
juste, transportait d'aise. Du reste, je n'avais pour
la magnificence qui frappait mes yeux qu'une admiration stupide et sans convoitise. La seule chose
qui m'intéressât dans tout l'éclat de la cour était
de voir s'il n'y aurait point là quelque jeune princesse qui méritât mon hommage, et avec laquelle
je pusse faire un roman.

Je faillis en commencer un dans un état moins
brillant, mais où, si je l'eusse mis à fin, j'aurais
trouvé des plaisirs mille fois plus délicieux.

Quoique je vécusse avec beaucoup d'économie, ma
bourse insensiblement s'épuisait. Cette économie, au
reste, était moins l'effet de la prudence que d'une simplicité de goût que même aujourd'hui l'usage des
grandes tables n'a point altérée. Je ne connaissais pas
et je ne connais pas encore de meilleure chère que
celle d'un repas rustique. Avec du laitage, des

œufs, des herbes, du fromage, du pain bis et du
vin passable, on est toujours sûr de me bien ré-
galer, mon bon appétit fera le reste quand un
maître d'hôtel et des laquais autour de moi ne me
rassasieront pas de leur importun aspect. Je faisais
alors de beaucoup meilleurs repas avec six ou sept
sous de dépense, que je ne les ai faits depuis à
six ou sept francs. J'étais donc sobre, faute d'être
tenté de ne pas l'être : encore ai-je tort d'appeler
cela sobriété, car j'y mettais toute la sensualité
possible. Mes poires, ma giuncà, mon fromage, mes
grisses, et quelques verres d'un gros vin de Montferrat
à couper par tranches, me rendaient le plus heureux
des gourmands ; mais encore avec tout cela pou-
vait-on voir la fin de vingt livres. C'était ce que
j'apercevais plus sensiblement de jour en jour, et,
malgré l'étourderie de mon âge, mon inquiétude
sur l'avenir alla bientôt jusqu'à l'effroi. De tous
mes châteaux en Espagne, il ne me resta que celui
de chercher une occupation qui me fît vivre :
encore n'était-il pas facile à réaliser. Je songeai à
mon ancien métier ; mais je ne le savais pas assez pour
aller travailler chez un maître, et les maîtres mêmes
n'abondaient pas à Turin. Je pris donc, en attendant mieux, le parti d'aller m'offrir de boutique en
boutique, pour graver un chiffre ou des armes
sur la vaisselle, espérant tenter les gens par le
bon marché en me mettant à leur discrétion. Cet
expédient ne fut pas fort heureux. Je fus presque
partout éconduit ; et ce que je trouvais à faire
était si peu de chose, qu'à peine y gagnai-je
quelques repas. Un jour cependant, passant d'assez
bon matin dans la Contrà nova, je vis à travers
les vitres d'un comptoir une jeune marchande de
si bonne grâce et d'un air si attirant, que, malgré

ma timidité près des dames, je n'hésitai pas d'entrer et de lui offrir mon petit talent. Elle ne me rebuta point, me fit asseoir, conter ma petite histoire; me plaignit, me dit d'avoir bon courage, et que les bons chrétiens ne m'abandonneraient pas : puis, tandis qu'elle envoyait chercher chez un orfévre du voisinage les outils dont j'avais dit avoir besoin, elle monta dans sa cuisine et m'apporta elle-même à déjeuner. Ce début me sembla de bon augure; la suite ne le démentit pas. Elle me parut contente de mon petit travail, encore plus de mon petit babil quand je me fus un peu rassuré : car elle était brillante et parée; et, malgré son air gracieux, cet éclat m'en avait imposé. Mais son accueil plein de bonté, son ton compatissant, ses manières douces et caressantes, me mirent bientôt à mon aise. Je vis que je réussissais, et cela me fit réussir davantage. Mais quoique Italienne et trop jolie pour n'être pas un peu coquette, elle était pourtant si modeste et moi si timide, qu'il était difficile que cela vînt sitôt à bien. On ne nous laissa pas le temps d'achever l'aventure. Je ne m'en rappelle qu'avec plus de charmes les courts momens que j'ai passés auprès d'elle; et je puis dire y avoir goûté dans leurs prémices les plus doux ainsi que les plus purs plaisirs de l'amour.

C'était une brune extrêmement piquante, mais dont le bon naturel, peint sur son joli visage, rendait la vivacité touchante. Elle s'appelait madame Basile. Son mari, plus âgé qu'elle, et passablement jaloux, la laissait durant ses voyages sous la garde d'un commis trop maussade pour être séduisant, et qui ne laissait pas d'avoir pour son compte des prétentions qu'il ne montrait guère que par sa

mauvaise humeur. Il en prit beaucoup contre moi,
quoique j'aimasse à l'entendre jouer de la flûte,
dont il jouait assez bien. Ce nouvel Égisthe gro-
gnait toujours quand il me voyait entrer chez sa
dame : il me traitait avec un dédain qu'elle lui rendait bien. Il semblait même qu'elle se plût, pour le
tourmenter, à me caresser en sa présence ; et cette
sorte de vengeance, quoique fort de mon goût,
l'eût été plus dans le tête-à-tête : mais elle ne la
poussait pas jusque-là, ou du moins, ce n'était
pas de la même manière. Soit qu'elle me trouvât
trop jeune, soit qu'elle ne sût point faire les avances, soit qu'elle voulût sérieusement être sage, elle
avait alors une sorte de réserve qui n'était pas re-
poussante, mais qui m'intimidait sans que je susse
pourquoi. Quoique je ne me sentisse pas pour elle
ce respect aussi vrai que tendre que j'avais pour
madame de Warens, je me sentais plus de crainte
et bien moins de familiarité. J'étais embarrassé,
tremblant, je n'osais la regarder, je n'osais respirer auprès d'elle ; cependant je craignais plus que
la mort de m'en éloigner. Je dévorais d'un œil
avide tout ce que je pouvais regarder sans être
aperçu, les fleurs de sa robe, le bout de son joli
pied, l'intervalle d'un bras ferme et blanc qui paraissait entre son gant et sa manchette, et celui
qui se faisait quelquefois entre son tour de gorge et
son mouchoir. Chaque objet ajoutait à l'impression
des autres. A force de regarder ce que je pouvais
voir, et même au delà, mes yeux se troublaient, ma
poitrine s'oppressait ; ma respiration, d'instant en
instant plus embarrassée, me donnait beaucoup de
peine à gouverner ; et tout ce que je pouvais faire
était de filer sans bruit des soupirs fort incommodes
dans le silence où nous étions assez souvent. Heu-

reusement madame Basile, occupée à son ouvrage,
ne s'en apercevait pas, à ce qu'il me semblait. Cependant je voyais quelquefois, par une sorte de
sympathie, son fichu se renfler assez fréquemment.
Ce dangereux spectacle achevait de me perdre; et
quand j'étais prêt à céder à mon transport, elle m'a-
dressait quelques mots d'un ton tranquille qui me
faisaient rentrer en moi-même à l'instant.

Je la vis plusieurs fois seule de cette manière,
sans que jamais un geste, un mot, un regard même
trop expressif, marquât entre nous la moindre intelligence. Cet état, très-tourmentant pour moi,
faisait cependant mes délices; et à peine, dans la
simplicité de mon cœur, pouvais-je imaginer pourquoi j'étais si tourmenté. Il paraissait que ces
petits tête-à-tête ne lui déplaisaient pas non plus;
du moins elle en rendait les occasions assez fréquentes : soin bien gratuit assurément de sa part pour
l'usage qu'elle en faisait et qu'elle m'en laissait faire.

Un jour qu'ennuyée des sots colloques du commis, elle avait monté dans sa chambre, je me hâtai, dans l'arrière-boutique où j'étais, d'achever
ma petite tâche, et je la suivis. Sa chambre était
entr'ouverte; j'y entrai sans être aperçu. Elle
brodait près d'une fenêtre, ayant en face le côté
de la chambre opposé à la porte. Elle ne pouvait
me voir entrer, ni m'entendre, à cause du bruit
que des chariots faisaient dans la rue. Elle se mettait toujours bien : ce jour-là sa parure approchait
de la coquetterie. Son attitude était gracieuse; sa
tête un peu baissée laissait voir la blancheur de
son cou; ses cheveux relevés avec élégance étaient
ornés de fleurs. Il régnait dans toute sa figure un
charme que j'eus le temps de sentir, et qui me mit
hors de moi. Je me jetai à genoux à l'entrée de la

chambre en tendant les bras vers elle d'un mouvement passionné, bien sûr qu'elle ne pouvait
m'entendre, et ne pensant pas qu'elle pût me voir;
mais il y avait à la cheminée une glace qui me
trahit. Je ne sais quel effet ce transport fit sur elle :
elle ne me regarda point, ne me parla point; mais
tournant à demi la tète, d'un simple signe de doigt,
elle me montra la natte à ses pieds. Tressaillir,
pousser un cri, m'élancer à la place qu'elle m'a-
vait marquée, ne fut pour moi qu'une même chose;
mais ce qu'on aura peine à croire est que dans cet
état je n'osai rien entreprendre au delà, ni dire
un seul mot, ni lever les yeux sur elle, ni la toucher même dans une attitude aussi contrainte, pour
m'appuyer un instant sur ses genoux. J'étais muet,
immobile, mais non pas tranquille assurément;
tout marquait en moi l'agitation, la joie, la reconnaissance, les ardens désirs, incertains dans leur
objet, et contenus par la frayeur de déplaire, sur
laquelle mon jeune cœur ne pouvait se rassurer.

Elle ne paraissait ni plus tranquille ni moins timide que moi. Troublée de me voir là, interdite
de m'y avoir attiré, et commençant à sentir toute
la conséquence d'un signe parti sans doute avant
la réflexion, elle ne m'accueillait ni ne me repoussait; elle n'ôtait pas les yeux de dessus son ouvrage;
elle tâchait de faire comme si elle ne m'eût pas vu
à ses pieds : mais toute ma bêtise ne m'empêchait
pas de juger qu'elle partageait mon embarras,
peut-être mes désirs, et qu'elle était retenue par
une honte semblable à la mienne, sans que cela
me donnât la force de la surmonter. Cinq ou six
ans qu'elle avait de plus que moi, devaient, selon
moi, mettre de son côté toute la hardiesse; et je
me disais que puisqu'elle ne faisait rien pour exci-

ter la mienne, elle ne voulait pas que j'en eusse. Même encore aujourd'hui je trouve que je pensais juste; et sûrement elle avait trop d'esprit pour ne pas voir qu'un novice tel que moi avait besoin, non-seulement d'être encouragé, mais d'être instruit.

Je ne sais comment eût fini cette scène vive et muette, ni combien de temps j'aurais demeuré immobile dans cet état ridicule et délicieux, si nous n'eussions été interrompus. Au plus fort de mes agitations, j'entendis ouvrir la porte de la cuisine qui touchait à la chambre où nous étions; et madame Basile alarmée me dit vivement de la voix et du geste : Levez-vous, voici Rosina. En me levant en hâte, je saisis une main qu'elle me tendait, et j'y appliquai deux baisers brûlans, au second desquels je sentis cette charmante main se presser un peu contre mes lèvres. De mes jours je n'eus un si doux moment : mais l'occasion que j'avais perdue ne revint plus, et nos jeunes amours en restèrent là.

C'est peut-être pour cela que l'image de cette aimable femme est restée empreinte au fond de mon cœur en traits si charmans. Elle s'y est même embellie à mesure que j'ai mieux connu le monde et les femmes. Pour peu qu'elle eût eu d'expérience, elle s'y fût prise autrement pour animer un petit garçon : mais si son cœur était faible, il était honnête; elle cédait involontairement au penchant qui l'entraînait; c'était, selon toute apparence, sa première infidélité, et j'aurais peut-être eu plus à faire encore à vaincre sa honte que la mienne. Sans en être venu là, j'ai goûté près d'elle des délices inexprimables. Rien de tout ce que m'a fait sentir la possession des femmes ne vaut les deux minutes que j'ai passées à ses pieds sans même oser toucher à sa robe. Non, il n'y a point de

jouissances pareilles à celles que peut donner une
honnête femme qu'on aime : tout est faveur auprès d'elle. Un petit signe du doigt, une main légèrement pressée contre ma bouche, sont les seuls
faveurs que je reçus jamais de madame Basile ; et
le souvenir de ces faveurs si légères me transporte
encore en y pensant.

Les deux jours suivans, j'eus beau guetter un
tête à tête, il me fut impossible d'en trouver le
moment, et je n'aperçus de sa part aucun soin pour
me ménager : elle eut même le maintien, non plus
froid. mais plus retenu qu'à l'ordinaire, et je crois
qu'elle évitait mes regards de peur de ne pouvoir
assez gouverner les siens. Son maudit commis fut
plus désolant que jamais. Il devint même railleur,
goguenard ; il me dit que je ferais mon chemin
près des dames. Je tremblais d'avoir commis quelque indiscrétion , et , me regardant déjà comme
d'intelligence avec elle, je voulus couvrir du mystère un goût qui jusqu'alors n'en avait pas grand
besoin. Cela me rendit plus circonspect à saisir les
occasions de le satisfaire, et à force de les vouloir
sûres, je n'en trouvai plus du tout.

Voici encore une autre folie romanesque dont
jamais je n'ai pu me guérir, et qui, jointe à ma
timidité naturelle, a beaucoup démenti les prédic-
tions du commis. J'aimais trop sincèrement, trop
parfaitement, j'ose le dire, pour pouvoir aisément
être heureux. Jamais passions ne furent en même
temps plus vives et plus pures que les miennes ;
jamais amour ne fut plus vrai, plus tendre, plus
désintéressé. J'aurais mille fois sacrifié mon bonheur à celui de la personne que j'aimais : sa réputation m'était plus chère que ma vie ; et jamais ,
pour les plaisirs de la jouissance, je n'aurais voulu

compromettre un moment son repos. Cela m'a fait apporter tant de soins, tant de secret, tant de précaution dans mes entreprises, que jamais aucune n'a pu réussir. Mon peu de succès près des femmes est toujours venu de les trop aimer.

Pour revenir au flûteur Egisthe, ce qu'il y avait en lui de plus singulier était qu'en devenant plus insupportable, le traître semblait devenir plus complaisant. Dès le premier jour que sa dame m'avait pris en affection, elle avait songé à me rendre utile dans le magasin. Je savais passablement l'arithmétique; elle lui avait proposé de m'apprendre à tenir les livres : mais mon bourru reçut très-mal la proposition, craignant peut-être d'être supplanté. Ainsi tout mon travail, après mon burin, était de transcrire quelques comptes et mémoires, de mettre au net quelques livres, et de traduire quelques lettres de commerce d'italien en français. Tout d'un coup mon homme s'avisa de revenir à la proposition faite et rejetée, et dit qu'il m'apprendrait les comptes à parties doubles, et qu'il voulait me mettre en état d'offrir mes services à M. Basile, quand il serait de retour. Il y avait dans son ton, dans son air, je ne sais quoi de faux, de malin, d'ironique, qui ne me donnait pas de la confiance. Madame Basile, sans attendre ma réponse, lui dit sèchement que je lui étais obligé de ses offres, qu'elle espérait que la fortune favoriserait enfin mon mérite, et que ce serait grand dommage qu'avec tant d'esprit je ne fusse qu'un commis.

Elle m'avait dit plusieurs fois qu'elle voulait me faire faire une connaissance qui pourrait m'être utile. Elle pensait assez sagement pour sentir qu'il était temps de me détacher d'elle. Nos muettes déclarations s'étaient faites le jeudi. Le dimanche elle

donna un dîner où je me trouvai, et où se trouva
aussi un jacobin de bonne mine, auquel elle me
présenta. Le moine me traita très-affectueusement,
me félicita sur ma conversion, et me dit plusieurs
choses sur mon histoire qui m'apprirent qu'elle la
lui avait contée : puis me donnant deux petits
coups d'un revers de main sur la joue, il me dit
l'être sage, d'avoir bon courage, et de l'aller
voir, que nous causerions plus à loisir ensemble.
Je jugeai par les égards que tout le monde avait
pour lui que c'était un homme de considération,
et par le ton paternel qu'il prenait avec madame
Basile qu'il était son confesseur. Je me rappelle
bien aussi que sa décente familiarité était mêlée
de marques d'estime et même de respect pour sa
pénitente, qui me firent alors moins d'impression
qu'elles ne m'en font aujourd'hui. Si j'avais eu plus
d'intelligence, combien j'eusse été touché d'avoir
pu rendre sensible une jeune femme respectée par
son confesseur !

La table ne se trouva pas assez grande pour le
nombre que nous étions : il en fallut une petite où
j'eus l'agréable vis-à-vis de monsieur le commis.
Je n'y perdis rien du côté des attentions et de la
bonne chère; il y eut bien des assiettes envoyées à
la petite table, dont l'intention n'était sûrement
pas pour lui. Tout allait très-bien jusque-là ; les
femmes étaient fort gaies, les hommes fort galans;
madame Basile faisait ses honneurs avec une grâce
charmante. Au milieu du dîner l'on entend arrêter
une chaise à la porte, quelqu'un monte, c'est
M. Basile. Je le vois, comme s'il entrait actuelle-
ment, en habit d'écarlate, à boutons d'or; couleur que j'ai prise en aversion depuis ce jour-là.
M. Basile était un grand et bel homme, qui se

présentait très-bien. Il entre avec fracas, et de l'air
de quelqu'un qui surprend son monde, quoiqu'il
n'y eut là que de ses amis. Sa femme lui saute au
cou, lui prend les mains, lui fait mille caresses
qu'il reçoit sans les lui rendre. Il salue la compagnie, on lui donne un couvert, il mange. A peine
avait-on commencé de parler de son voyage, que,
jetant les yeux sur la petite table, il demande d'un
ton sévère ce que c'est que ce petit garçon qu'il
aperçoit là. Madame Basile le lui dit tout naïve-
ment. Il demande si je loge dans la maison. On
lui dit que non. Pourquoi non ? reprend-il grossiè-
rement ; puisqu'il s'y tient le jour, il peut bien y
rester la nuit. Le moine prit la parole, et après
un éloge grave et vrai de madame Basile, il fit le
mien en peu de mots, ajoutant que, loin de blâmer la pieuse charité de sa femme, il devait s'em-
presser d'y prendre part, puisque rien n'y passait
les bornes de la discrétion. Le mari répliqua d'un
ton d'humeur dont il cachait la moitié, contenu
par la présence du moine, mais qui suffit pour me
faire sentir qu'il avait des instructions sur mon
compte, et que le commis m'avait servi de sa façon.

A peine était-on hors de table, que celui-ci, dé-
pêché par son bourgeois, vint en triomphe me signifier de sa part de sortir à l'instant de chez lui,
et de n'y remettre les pieds de ma vie. Il assaisonna
sa commission de tout ce qui pouvait la rendre
insultante et cruelle. Je partis sans rien dire, mais
le cœur navré, moins de quitter cette aimable
femme que de la laisser en proie à la brutalité de
son mari. Il avait raison sans doute de ne vouloir
pas qu'elle fût infidèle ; mais, quoique sage et
bien née, elle était Italienne, c'est-à-dire, sensible et vindicative ; et il avait tort, ce me semble,

je prendre avec elle les moyens les plus propres à attirer le malheur qu'il craignait.

Tel fut le succès de ma première aventure. Je voulus essayer de repasser deux ou trois fois dans la rue, pour revoir au moins celle que mon cœur regrettait sans cesse : mais au lieu d'elle, je ne vis que son mari et le vigilant commis, qui, m'ayant aperçu, me fit avec l'aune de la boutique un geste plus expressif qu'attirant. Me voyant si bien guetté, je perdis courage et n'y passai plus. Je voulus aller voir au moins le patron qu'elle m'avait ménagé. Malheureusement je ne savais pas son nom. Je rôdai plusieurs fois inutilement autour du couvent, pour tâcher de le rencontrer. Enfin d'autres événemens m'ôtèrent les charmans souvenirs de madame Basile, et dans peu je l'oubliai si bien, qu'aussi simple et aussi novice qu'auparavant, je ne restai pas même affriandé de jolies femmes.

Cependant ses libéralités avaient un peu remonté mon petit équipage, très-modestement toutefois, et avec la précaution d'une femme prudente qui regardait plus à la propreté qu'à la parure, et qui voulait m'empêcher de souffrir, et non pas me faire briller. Mon habit que j'avais apporté de Genève, était bon et portable encore; elle y ajouta un chapeau et quelque linge. Je n'avais point de manchettes, elle ne voulut point m'en donner, quoique j'en eusse bonne envie. Elle se contenta de me mettre en état de me tenir propre, et c'est un soin qu'il ne fallut pas me recommander tant que je parus devant elle.

Peu de jours après ma catastrophe, mon hôtesse qui, comme j'ai dit, m'avait pris en amitié, me dit qu'elle m'avait peut être trouvé une place, et qu'une dame de condition voulait me voir. A ce

mot, je me crus tout de bon dans les hautes aventures, car j'en revenais toujours là. Celle-ci ne se
trouva pas aussi brillante que je me l'étais figurée.
Je fus chez cette dame avec le domestique qui lui
avait parlé de moi. Elle m'interrogea, m'examina,
je ne lui déplus pas; et tout de suite j'entrai à son
service, non pas tout-à-fait en qualité de favori,
mais en qualité de laquais. Je fus vêtu de la couleur de ses gens: la seule distinction fut qu'ils
portaient l'aiguillette, et qu'on ne me la donna pas.
Comme il n'y avait point de galons à sa livrée, cela
faisait presque un habit bourgeois. Voilà le terme
inattendu auquel aboutirent enfin toutes mes grandes espérances.

Madame la comtesse de Vercellis, chez qui j'entrai, était veuve, et sans enfans. Son mari était
Piémontais; pour elle, je l'ai toujours crue Sa-
voyarde, ne pouvant imaginer qu'une Piémontaise
parlât si bien français, et eût un accent si pur.
Elle était entre deux âges, d'une figure fort noble,
d'un esprit orné, aimant la littérature française,
et s'y connaissant. Elle écrivait beaucoup, et toujours en français. Ses lettres avaient le tour et
presque la grâce de celles de madame de Sévigné;
on aurait pu s'y tromper à quelques-unes. Mon
principal emploi, et qui ne me déplaisait pas,
était de les écrire sous sa dictée, un cancer au
sein, qui la faisait beaucoup souffrir, ne lui permettant plus d'écrire elle-même.

Madame de Vercellis avait non-seulement beaucoup d'esprit, mais une âme élevée et forte. J'ai
suivi sa dernière maladie, je l'ai vue souffrir et
mourir sans jamais marquer un instant de faiblesse,
sans faire le moindre effort pour se contraindre,
sans sortir de son rôle de femme, et sans se douter

qu'il y eût à cela de la philosophie, mot qui n'était pas encore à la mode, et qu'elle ne connaissait même pas dans le sens qu'il porte aujourd'hui. Cette force de caractère allait quelquefois jusqu'à la sécheresse. Elle m'a toujours paru aussi peu sensible pour autrui que pour elle-même; et quand elle faisait du bien aux malheureux, c'était pour faire ce qui était bien en soi, plutôt que par une véritable commisération. J'ai un peu éprouvé de cette insensibilité pendant les trois mois que j'ai passés auprès d'elle. Il était naturel qu'elle prît en affection un jeune homme de quelque espérance qu'elle avait incessamment sous les yeux, et qu'elle songeât, se sentant mourir, qu'après elle il aurait besoin de secours et d'appui : cependant, soit qu'elle ne me jugeât pas digne d'une attention particulière, soit que les gens qui l'obsédaient ne lui aient permis de songer qu'à eux, elle ne fit rien pour moi.

Je me rappelle pourtant fort bien qu'elle avait marqué quelque curiosité de me connaître. Elle m'interrogeait quelquefois; elle était bien aise que je lui montrasse les lettres que j'écrivais à madame de Warens, que je lui rendisse compte de mes sentimens. Mais elle ne s'y prenait assurément pas bien pour les connaître, en ne me montrant jamais les siens. Mon cœur aimait à s'épancher pourvu qu'il sentît que c'était dans un autre. Des interrogations sèches et froides, sans aucun signe d'approbation ni de blâme sur mes réponses, ne me donnaient aucune confiance. Quand rien ne m'apprenait si mon babil plaisait ou déplaisait, j'étais toujours en crainte, et je cherchais moins à montrer ce que je pensais qu'à ne rien dire qui pût me nuire. J'ai remarqué depuis

que cette manière sèche d'interroger les gens pour
les connaître est un tic assez commun chez les
femmes qui se piquent d'esprit. Elles s'imaginent
qu'en ne laissant point paraître leur sentiment,
elles parviendront à mieux pénétrer le vôtre; mais
elles ne voient pas qu'elles ôtent par là le courage
de le montrer. Un homme qu'on interroge commence par cela seul à se mettre en garde; et s'il
croit que sans prendre à lui un véritable intérêt
on ne veut que le faire jaser, il ment, ou se tait,
ou redouble d'attention sur lui-même, et aime encore mieux passer pour un sot que d'être dupe de
votre curiosité. Enfin c'est toujours un mauvais
moyen de lire dans le cœur des autres que d'affecter de cacher le sien.

Madame de Vercellis ne m'a jamais dit un mot
qui sentît l'affection, la pitié, la bienveillance.
Elle m'interrogeait froidement, je répondais avec
réserve. Mes réponses étaient si timides, qu'elle
dut les trouver basses et s'en ennuya. Sur la fin elle
ne me questionnait plus, ne me parlait plus que
pour son service: elle me jugea moins sur ce que
j'étais que sur ce qu'elle m'avait fait; et, à force
de ne voir en moi qu'un laquais, elle m'empêcha
de lui paraître autre chose.

Je crois que j'éprouvai dès lors ce jeu malin des
intérêts cachés qui m'a traversé toute ma vie, et
qui m'a donné une aversion bien naturelle pour
l'ordre apparent qui les produit. Madame de Vercellis n'ayant point d'enfans, avait pour héritier
son neveu le comte de La Roque qui lui faisait assidûment sa cour. Outre cela, ses principaux domestiques, qui la voyaient tirer à sa fin, ne s'ou-
bliaient pas; et il y avait tant d'empressés autour
d'elle, qu'il était difficile qu'elle eût du temps pour

penser à moi. A la tête de sa maison était un nommé M. Lorenzi, homme adroit, dont la femme
encore plus adroite s'était tellement insinuée dans
les bonnes grâces de sa maîtresse, qu'elle était
plutôt chez elle sur le pied d'une amie, que d'une
femme à ses gages. Elle lui avait donné pour
femme de chambre une nièce à elle, appelée mademoiselle Pontal, fine mouche, qui se donnait
des airs de demoiselle suivante, et aidait sa tante
à obséder si bien leur maîtresse, qu'elle ne voyait
que par leurs yeux, et n'agissait que par leurs
mains. Je n'eus pas le bonheur d'agréer à ces trois
personnes : je leur obéissais, mais je ne les servais
pas; je n'imaginais pas qu'outre le service de notre
commune maîtresse, je dusse être encore le valet
de ses valets. J'étais d'ailleurs une espèce de personnage inquiétant pour eux. Ils voyaient bien que je
n'étais pas à ma place; ils craignaient que madame
ne le vît aussi, et que ce qu'elle ferait pour m'y
mettre ne diminuât leurs portions; car ces sortes
de gens, trop avides pour être justes, regardent
tous les legs qui sont pour d'autres comme pris sur
leur propre bien. Ils se réunirent donc pour m'é-
carter de ses yeux. Elle aimait à écrire des lettres,
c'était un amusement pour elle dans son état : ils
l'en dégoûtèrent, et l'en firent détourner par son
médecin, en la persuadant que cela la fatiguait.
Sous prétexte que je n'entendais pas le service, on
employait au lieu de moi deux gros manans de
porteurs de chaise autour d'elle ; enfin l'on fit si
bien, que quand elle fit son testament, il y avait
huit jours que je n'étais entré dans sa chambre. Il
est vrai qu'après cela j'y entrai comme auparavant,
et j'y fus même plus assidu que personne ; car les
douleurs de cette pauvre femme me déchiraient ;

la constance avec laquelle elle les souffrait me la rendait extrêmement respectable et chère; et j'ai bien versé dans sa chambre des larmes sincères, sans qu'elle ni personne s'en aperçût.

Nous la perdîmes enfin. Je la vis expirer. Sa vie avait été celle d'une femme d'esprit et de sens ; sa mort fut celle d'un sage. Je puis dire qu'elle me rendit la religion catholique aimable par la sérénité d'âme avec laquelle elle en remplit les devoirs, sans négligence et sans affectation. Elle était naturellement sérieuse. Sur la fin de sa maladie elle prit une sorte de gaieté trop égale pour être jouée, et qui n'était qu'un contre-poids donné par la raison contre la tristesse de son état. Elle ne garda le lit que les deux derniers jours, et ne cessa de s'entretenir paisiblement avec tout le monde. Enfin, ne parlant plus, et déjà dans les transports de l'agonie, elle fit un gros pet : Bon, dit-elle en se retournant, femme qui pète n'est pas morte. Ce furent les derniers mots qu'elle prononça.

Elle avait légué un an de leurs gages à ses bas domestiques; mais n'étant point couché sur l'état de sa maison, je n'eus rien. Cependant le comte de La Roque me fit donner trente livres et me laissa l'habit neuf que j'avais sur le corps, et que M. Lorenzi voulait m'ôter. Il promit même de chercher à me placer, et me dit de l'aller voir. J'y fus deux ou trois fois, sans pouvoir lui parler. J'étais facile à rebuter; je n'y retournai plus. On verra bientôt que j'eus tort.

Que n'ai-je achevé tout ce que j'avais à dire de mon séjour chez madame de Vercellis! Mais bien que mon apparente situation demeurât la même, je ne sortis pas de sa maison comme j'y étais entré. J'en emportai les longs souvenirs du crime et l'in-

supportable poids des remords dont au bout de
quarante ans ma conscience est encore chargée,
et dont l'amer sentiment, loin de s'affaiblir, s'ir-
rite à mesure que je vieillis. Qui croirait que la
faute d'un enfant pût avoir des suites aussi cruelles?
C'est de ces suites plus que probables que mon
cœur ne peut se consoler. J'ai peut-être fait périr
dans l'opprobre et dans la misère une fille aimable,
honnête, estimable, et qui sûrement valait beaucoup mieux que moi.

Il est bien difficile que la dissolution d'un ménage n'entraîne un peu de confusion dans la maison, et qu'il ne s'égare bien des choses. Cependant, telle était la fidélité des domestiques, et la
vigilance de M. et madame Lorenzi, que rien ne
se trouva de manque sur l'inventaire. La seule
mademoiselle Pontal perdit un petit ruban couleur
de rose et argent déjà vieux. Beaucoup d'autres
meilleures choses étaient à ma portée; ce ruban
seul me tenta, je le volai; et comme je ne le ca-
chais guère, on me le trouva bientôt. On voulut
savoir où je l'avais pris; je me trouble, je bal-
butie, et enfin je dis en rougissant que c'est Marion qui me l'a donné. Marion était une jeune Mau-
riennoise, dont madame de Vercellis avait fait sa
cuisinière, quand, cessant de donner à manger,
elle avait renvoyé la sienne, ayant plus besoin de
bons bouillons que de ragoûts fins. Non-seulement
Marion était jolie, mais elle avait une fraîcheur de
coloris qu'on ne trouve que dans les montagnes,
et surtout un air de modestie et de douceur qui
faisait qu'on ne pouvait la voir sans l'aimer : d'ailleurs bonne fille, sage, et d'une fidélité à toute
épreuve. C'est ce qui surprit quand je la nommai.
L'on n'avait guère moins de confiance en moi

qu'en elle, et l'on jugea qu'il importait de vérifier
lequel était le fripon des deux. On la fit venir;
l'assemblée était nombreuse; le comte de La Roque
y était. Elle arrive, on lui montre le ruban. Je la
charge effrontément; elle reste interdite, se tait,
me jette un regard qui aurait désarmé les démons,
et auquel mon barbare cœur résiste. Elle nie enfin
avec assurance, mais sans emportement, m'a-
postrophe, m'exhorte à rentrer en moi-même, à
ne pas déshonorer une fille innocente qui ne m'a
jamais fait de mal; et moi, avec une impudence
infernale, je confirme ma déclaration, et lui soutiens en face qu'elle m'a donné le ruban. La pauvre
fille se mit à pleurer, et ne me dit que ces mots:
Ah! Rousseau, je vous croyais un bon caractère:
vous me rendez bien malheureuse, mais je ne voudrais pas être à votre place. Voilà tout. Elle continua de se défendre avec autant de simplicité que
de fermeté, mais sans se permettre jamais contre
moi la moindre invective. Cette modération, com-
parée à mon ton décidé, lui fit tort: il ne semblait
pas naturel de supposer d'un côté une audace aussi
diabolique, et de l'autre une aussi angélique douceur. On ne parut pas se décider absolument, mais
les préjugés étaient pour moi. Dans le tracas où
l'on était on ne se donna pas le temps d'appro-
fondir la chose, et le comte de La Roque, en nous
renvoyant tous deux, se contenta de dire que la
conscience du coupable vengerait assez l'innocent.
Sa prédiction n'a pas été vaine; elle ne cesse pas
un seul jour de s'accomplir.

J'ignore ce que devint cette victime de ma ca-
lomnie, mais il n'y a pas d'apparence qu'elle ait
après cela trouvé facilement à se bien placer. Elle
emportait une imputation cruelle à son honneur

de toutes manières. Le vol n'était qu'une baga-
telle, mais enfin c'était un vol, et, qui pis est,
employé à séduire un jeune garçon ; enfin le mensonge et l'obstination ne laissaient rien à espérer de
celle en qui tant de vices étaient réunis. Je ne
regarde pas même la misère et l'abandon comme
le plus grand danger auquel je l'aie exposée. Qui
sait, à son âge, où le découragement de l'innocence avilie a pu la porter ? Eh ! si le remords
d'avoir pu la rendre malheureuse est insupportable,
qu'on juge de celui d'avoir pu la rendre pire que moi.

Ce souvenir cruel me trouble quelquefois et me
bouleverse au point de voir dans mes insomnies
cette pauvre fille venir me reprocher mon crime,
comme s'il n'était commis que d'hier. Tant que
j'ai vécu tranquille, il m'a moins tourmenté ;
mais au milieu d'une vie orageuse il m'ôte la plus
douce consolation des innocens persécutés ; il me
fait bien sentir ce que je crois avoir dit dans quelque ouvrage, que le remords s'endort durant un
destin prospère et s'aigrit dans l'adversité. Cependant je n'ai jamais pu prendre sur moi de déchar-
ger mon cœur de cet aveu dans le sein d'un ami.
La plus étroite intimité ne me l'a jamais fait faire
à personne, pas même à madame de Warens. Tout
ce que j'ai pu faire a été d'avouer que j'avais à me
reprocher une action atroce, mais je n'ai jamais
dit en quoi elle consistait. Ce poids est donc resté
jusqu'à ce jour sans allégement sur ma conscience,
et je puis dire que le désir de m'en délivrer en
quelque sorte a beaucoup contribué à la résolution
que j'ai prise d'écrire mes confessions.

J'ai procédé rondement dans celle que je viens
de faire, et l'on ne trouvera sûrement pas que
j'aie ici pallié la noirceur de mon forfait. Mais je

ne remplirais pas non plus ma tâche, si je n'exposais en même temps mes dispositions intérieures,
et que je craignisse de m'excuser en ce qui est
conforme à la vérité. Jamais la méchanceté ne fut
plus loin de moi que dans ce cruel moment; et
quand je chargeai cette malheureuse fille, il est
bizarre, mais il est vrai, que mon amitié pour elle
en fut la cause. Elle était présente à ma pensée; je
m'excusai sur le premier objet qui s'offrit. Je l'accusai
d'avoir fait ce que je voulais faire, et de m'avoir donné
le ruban, parce que mon intention était de le lui donner. Quand je la vis paraître, mon cœur fut déchiré;
mais la présence de tant de monde fut plus forte que
mon repentir. Je craignais peu la punition, je ne
craignais que la honte; mais je la craignais plus
que la mort, plus que le crime, plus que tout au
monde. J'aurais voulu m'enfoncer, m'étouffer dans
le centre de la terre: l'invincible honte l'emporta
sur tout, la honte seule fit mon impudence; et
plus je devenais criminel, plus la honte d'en convenir me rendait intrépide. Je ne voyais que l'horreur d'être reconnu, déclaré publiquement, moi
présent, voleur, menteur, calomniateur. Un
trouble universel m'ôtait tout autre sentiment. Si
l'on m'eût laissé revenir à moi-même, j'aurais infailliblement tout déclaré. Si M. de La Roque m'eût
pris à part, qu'il m'eût dit: Ne perdez pas cette
pauvre fille, si vous êtes coupable, avouez-le moi;
je me serais jeté à ses pieds dans l'instant, j'en
suis parfaitement sûr. Mais on ne fit que m'intimider quand il fallait me donner du courage.
L'âge est encore une attention qu'il est juste de
faire: à peine étais-je sorti de l'enfance, ou plutôt j'y étais encore. Dans la jeunesse les véritables
noirceurs sont plus criminelles encore que dans

l'âge mûr; mais ce qui n'est que faiblesse l'est
beaucoup moins, et ma faute au fond n'était guère
autre chose. Aussi son souvenir m'afflige-t-il moins
à cause du mal en lui-même, qu'à cause de celui
qu'il a dû causer. Il m'a même fait ce bien de me
garantir pour le reste de ma vie de tout acte tendant
au crime, par l'impression terrible qui m'est restée
du seul que j'aie jamais commis; et je crois sentir
que mon aversion pour le mensonge me vient en
grande partie du regret d'en avoir pu faire un
aussi noir. Si c'est un crime qui puisse être expié,
comme j'ose le croire, il doit l'être par tant de
malheurs dont la fin de ma vie est accablée, par
quarante' ans de droiture et d'honneur dans des
occasions difficiles; et la pauvre Marion trouve
tant de vengeurs en ce monde, que, quelque
grande qu'ait été mon offense envers elle, je crains
peu d'en emporter la coulpe avec moi. Voilà ce que
j'avais à dire sur cet article : qu'il me soit permis
de n'en reparler jamais.

FIN DU LIVRE SECOND.

LIVRE TROISIÈME.

Sorti de chez madame de Vercellis à peu près comme j'y étais entré, je retournai chez mon ancienne hôtesse, et j'y restai cinq ou six semaines, durant lesquelles la santé, la jeunesse et l'oisiveté me rendirent souvent mon tempérament importun. J'étais inquiet, distrait, rêveur; je pleurais, je soupirais, je désirais un bonheur dont je n'avais pas l'idée, et dont je sentais pourtant la privation. Cet état ne peut se décrire, et peu d'hommes même le peuvent imaginer, parce que la plupart ont prévenu cette plénitude de vie, à la fois tourmentante et délicieuse, qui, dans l'ivresse du désir, donne un avant-goût de la jouissance. Mon sang allumé remplissait incessamment mon cerveau de filles et de femmes; mais n'en sentant pas le véritable usage, je les occupais bizarrement à mes fantaisies sans en savoir rien faire de plus, et ces idées tenaient mes sens dans une activité très-incommode dont par bonheur elles ne m'apprenaient point à me délivrer. J'aurais donné ma vie pour retrouver un quart d'heure une demoiselle Goton. Mais ce n'était plus le temps où les jeux de l'enfance allaient là comme d'eux-mêmes. La honte, compagne de la conscience du mal, était venue avec les années; elle avait accru ma timidité naturelle au point de la rendre invincible; et jamais, ni dans ce temps-là ni depuis, je n'ai pu parvenir à faire une proposition lascive, que celle à qui je la faisais ne m'y ait en quelque sorte contraint par ses avances, quoique sachant

qu'elle n'était pas scrupuleuse, et presque assuré
d'être pris au mot.

[Mon agitation crut au point que, ne pouvant
contenter mes désirs, je les attisais par les plus
extravagantes manœuvres. J'allais chercher des
allées sombres, des réduits cachés, où je pusse
m'exposer de loin aux personnes du sexe dans l'état
où j'aurais voulu être auprès d'elles. Ce qu'elles
voyaient n'était pas l'objet obscène; je n'y songeais
même pas; c'était l'objet ridicule. Le sot plaisir
que j'avais de l'étaler à leurs yeux ne peut se décrire. Il n'y avait de là plus qu'un pas à faire pour
sentir le traitement désiré, et je ne doute pas que
quelque résolue ne m'en eût en passant donné
l'amusement si j'eusse eu l'audace d'attendre. Cette
folie eut une catastrophe à peu près aussi comique,
mais moins plaisante pour moi.

Un jour j'allai m'établir au fond d'une cour
dans laquelle était un puits où les filles de la maison venaient souvent chercher de l'eau. Dans ce
fond il y avait une petite descente qui menait à
des caves par plusieurs communications. Je sondai
dans l'obscurité ces allées souterraines, et, les
trouvant longues et obscures, je jugeai qu'elles ne
finissaient point, et que, si j'étais vu et surpris,
j'y trouverais un refuge assuré. Dans cette confiance, j'offrais aux filles qui venaient au puits un
spectacle plus risible que séducteur. Les plus sages
feignirent de ne rien voir; d'autres se mirent à
rire; d'autres se crurent insultées et firent du bruit.
Je me sauvai dans ma retraite; j'y fus suivi. J'entendis une voix d'homme sur laquelle je n'avais
pas compté, et qui m'alarma. Je m'enfonçai dans
les souterrains au risque de m'y perdre : le bruit,
les voix, la voix d'homme, me suivaient toujours.

J'avais compté sur l'obscurité, je vis de la lumière. Je frémis, je m'enfonçai davantage. Un mur m'arrêta, et, ne pouvant aller plus loin, il fallut attendre là ma destinée. En un moment je fus atteint et saisi par un grand homme portant une grande moustache, un grand chapeau, un grand sabre, escorté de quatre ou cinq vieilles femmes armées chacune d'un manche à balai, parmi lesquelles j'aperçus la petite coquine qui m'avait décelé, et qui voulait sans doute me voir au visage.

L'homme au sabre, en me prenant par le bras, me demanda rudement ce que je faisais là. On conçoit que ma réponse n'était pas prête. Je me remis cependant; et, m'évertuant dans ce moment critique, je tirai de ma tête un expédient romanesque qui me réussit. Je lui dis d'un ton suppliant d'avoir pitié de mon âge et de mon état; que j'étais un jeune étranger de grande naissance dont le cerveau s'était dérangé; que je m'étais échappé de la maison paternelle parce qu'on voulait m'enfermer; que j'étais perdu s'il me faisait connaître; mais que s'il voulait bien me laisser aller, je pourrais peut-être un jour reconnaître cette grâce. Contre toute attente, mon discours et mon air firent effet : l'homme terrible en fut touché; et, après une réprimande assez courte, il me laissa doucement aller sans me questionner davantage. A l'air dont la jeune et les vieilles me virent partir, je jugeai que l'homme que j'avais tant craint m'était fort utile, et qu'avec elles seules je n'en aurais pas été quitte à si bon marché. Je les entendis murmurer je ne sais quoi dont je ne me souciais guère : car, pourvu que le sabre et l'homme ne s'en mêlassent pas, j'étais bien sûr, leste et vigoureux comme j'étais, de me délivrer et de leurs tricots et d'elles.

Quelques jours après, passant dans une rue avec
un jeune abbé mon voisin, j'allai donner du nez
contre l'homme au sabre. Il me reconnut, et, me
contrefaisant d'un ton railleur, « Je suis prince,
« me dit-il, je suis prince, et moi je suis un coïon :
« mais que son altesse n'y revienne pas. » Il n'a-
jouta rien de plus, et je m'esquivai en baissant la
tête et le remerciant dans mon cœur de sa discrétion. J'ai jugé que ces maudites vieilles lui avaient
fait honte de sa crédulité. Quoi qu'il en soit, tout
Piémontais qu'il était, c'était un bon homme, et
jamais je ne pense à lui sans un mouvement de
reconnaissance, car l'histoire était si plaisante,
que, pour le seul désir de faire rire, tout autre à
sa place m'eût déshonoré. Cette aventure, sans
avoir les suites que j'en pouvais craindre, ne laissa
pas de me rendre sage pour long-temps.]

Mon séjour chez madame de Vercellis m'avait
procuré quelques connaissances que j'entretenais,
dans l'espoir qu'elles pourraient m'être utiles.
J'allais voir quelquefois entre autres un abbé savoyard appelé M. Gaime, précepteur des enfans
du comte de Mellarède. Il était jeune encore, et
peu répandu, mais plein de bon sens, de probité,
de lumières, et l'un des plus honnêtes hommes que
j'aie connus. Il ne me fut d'aucune ressource pour
l'objet qui m'attirait chez lui ; il n'avait pas assez
de crédit pour me placer : mais je trouvai près
de lui des avantages plus précieux qui m'ont profité toute ma vie ; les leçons de la saine morale et
les maximes de la droite raison. Dans l'ordre successif de mes goûts et de mes idées, j'avais toujours été trop haut ou trop bas ; Achille ou Thersite,
tantôt héros et tantôt vaurien. M. Gaime prit le
soin de me mettre à ma place, et de me montrer

à moi-même sans m'épargner ni me décourager.
Il me parla très-honorablement de mon mérite et
de mes talens; mais il ajouta qu'il en voyait naître
les obstacles qui m'empêcheraient d'en tirer parti;
de sorte qu'ils devaient, selon lui, bien moins me
servir de degré pour monter à la fortune que de
ressources pour m'en passer. Il me fit un tableau
vrai de la vie humaine, dont je n'avais que de
fausses idées; il me montra comment, dans un
destin contraire, l'homme sage peut toujours tendre
au bonheur et courir au plus près du vent pour y
parvenir, comment il n'y a point de vrai bonheur
sans sagesse, et comment la sagesse est de tous
les états. Il amortit beaucoup mon admiration
pour la grandeur, en me prouvant que ceux qui
dominaient les autres n'étaient ni plus sages ni
plus heureux qu'eux. Il me dit une chose qui m'est
souvent revenue à la mémoire; c'est que si chaque
homme pouvait lire dans les cœurs de tous les
autres, il y aurait plus de gens qui voudraient descendre que de ceux qui voudraient monter. Cette
réflexion, dont la vérité frappe, et qui n'a rien
d'outré, m'a été d'un grand usage dans le cours
de ma vie pour me faire tenir à ma place paisiblement. Il me donna les premières vraies idées de
l'honnête, que mon génie ampoulé n'avait saisi
que dans ses excès. Il me fit sentir que l'enthousiasme des vertus sublimes était peu d'usage dans
la société, qu'en s'élançant trop haut on était sujet
aux chutes, que la continuité des petits devoirs
toujours bien remplis ne demandait pas moins de
force que les actions héroïques, qu'on en tirait
meilleur parti pour l'honneur et pour le bonheur,
et qu'il valait infiniment mieux avoir toujours l'estime des hommes que quelquefois leur admiration.

Pour établir les devoirs de l'homme, il fallait bien remonter à leurs principes. D'ailleurs le pas que je venais de faire, et dont mon état présent était la suite, nous conduisait à parler de religion. L'on conçoit déjà que l'honnête M. Gaime est en grande partie l'original du vicaire savoyard. Seulement la prudence l'obligeant à parler avec plus de réserve, il s'expliqua moins ouvertement sur certains points; mais au reste ses maximes, ses sentimens, ses avis, furent les mêmes; et jusqu'au conseil de retourner dans ma patrie, tout fut comme je l'ai rendu depuis au public. Ainsi, sans m'étendre sur des entretiens dont chacun peut voir la substance, je dirai que ses leçons, sages, mais d'abord sans effet, furent dans mon cœur un germe de vertu et de religion qui ne s'y étouffa jamais, et qui n'attendait pour fructifier que les soins d'une main plus chérie.

Quoique alors ma conversion fût peu solide, je ne laissais pas d'être ému. Loin de m'ennuyer de ses entretiens, j'y pris goût à cause de leur clarté, de leur simplicité, et surtout d'un certain intérêt de cœur dont je sentais qu'ils étaient pleins. J'ai l'âme aimante, et je me suis toujours attaché aux gens moins à proportion du bien qu'ils m'ont fait que de celui qu'ils m'ont voulu, et c'est sur quoi mon tact ne me trompe guère. Aussi je m'affectionnais véritablement à M. Gaime, j'étais pour ainsi dire son second disciple, et cela me fit pour le moment même l'inestimable bien de me détourner de la pente au vice, où m'entraînait mon oisiveté.

Un jour que je ne pensais à rien moins, on vint me chercher de la part du comte de La Roque. A force d'y aller et de ne pouvoir lui parler je m'é-

tais ennuyé, je n'y allais plus : je crus qu'il m'avait
oublié, ou qu'il lui était resté de mauvaises impressions de moi. Je me trompais. Il avait été témoin
plusieurs fois du plaisir avec lequel je remplissais
mon devoir auprès de sa tante; il le lui avait
même dit, et il m'en reparla quand moi-même je
n'y songeais plus. Il me reçut bien, me dit que,
sans m'amuser de promesses vagues, il avait cherché à me placer, qu'il avait réussi; qu'il me
mettait en chemin de devenir quelque chose, que
c'était à moi de faire le reste; que la maison où
il me faisait entrer était puissante et considérée;
que je n'avais pas besoin d'autres protecteurs pour
m'avancer; et que, quoique traité d'abord en
simple domestique, comme je venais de l'être, je
pouvais être assuré que si, par mes sentimens et
par ma conduite, on me jugeait au-dessus de cet
état, on était disposé à ne m'y pas laisser. La fin
de ce discours démentit cruellement les brillantes
espérances que le commencement m'avait données.
Quoi! toujours laquais! me dis-je en moi-même
avec un dépit amer que la confiance effaça bientôt. Je me sentais trop peu fait pour cette place
pour craindre qu'on m'y laissât.

Il me mena chez le comte de Gouvon, premier
écuyer de la reine, et chef de l'illustre maison de
Solar. L'air de dignité de ce respectable vieillard
me rendit plus touchante l'affabilité de son accueil.
Il m'interrogea avec intérêt, et je lui répondis avec
sincérité. Il dit au comte de La Roque que j'avais
une physionomie agréable et qui promettait de
l'esprit; qu'il lui paraissait qu'en effet je n'en manquais pas, mais que ce n'était pas là tout, et qu'il
fallait voir le reste. Puis se tournant vers moi : Mon
enfant, me dit-il, presque en toutes choses les

commencemens sont rudes; les vôtres ne le seront
pourtant pas beaucoup. Soyez sage, et cherchez à
plaire ici à tout le monde; voilà quant à présent
votre unique emploi. Du reste, ayez bon courage; on veut prendre soin de vous. Tout de suite
il passa chez la marquise de Breil sa belle-fille,
et me présenta à elle, puis à l'abbé de Gouvon
son fils. Ce début me parut de bon augure. J'en
savais assez déjà pour juger qu'on ne fait pas tant
de façon à la réception d'un laquais. En effet on
ne me traita pas comme tel. J'eus la table de l'of-
fice; on ne me donna point d'habit de livrée; et
le comte de Favria, jeune étourdi, m'ayant voulu
faire monter derrière son carrosse, son grand-père
défendit que je montasse derrière aucun carrosse
et que je suivisse personne hors de l'hôtel. Cependant je servais à table, et je faisais à peu près au
dedans le service d'un laquais; mais je le faisais
en quelque façon librement, sans être attaché
nommément à personne. Hors quelques lettres
qu'on me dictait, et des images que le comte de
Favria me faisait découper, j'étais presque le maître
de tout mon temps dans la journée. Cette épreuve,
dont je ne m'apercevais pas, était assurément
très-dangereuse; elle n'était pas même fort humaine, car cette grande oisiveté pouvait me faire
contracter des vices que je n'aurais pas eus sans
cela.

Mais c'est ce qui très-heureusement n'arriva
point. Les leçons de M. Gaime avaient fait impression sur mon cœur, et j'y pris tant de goût que je
m'échappais quelquefois pour aller les entendre
encore. Je crois que ceux qui me voyaient sortir
ainsi furtivement ne devinaient guère où j'allais.
Il ne se peut rien de plus sensé que les avis qu'il

me donna sur ma conduite. Mes commencemens
furent admirables ; j'étais d'une assiduité, d'un
zèle, d'une attention qui charmaient tout le monde.
L'abbé Gaime m'avertit sagement de modérer cette
première ferveur, de peur qu'elle ne vînt à se relâ-
cher et qu'on n'y prît garde. « Votre début, me
« dit-il, est la règle de ce qu'on exigera de vous :
« tâchez de vous ménager de quoi faire plus dans
« la suite, mais gardez-vous de jamais faire
« moins. »

Comme on ne m'avait guère examiné sur mes
petits talens, et qu'on ne me supposait que
ceux que m'avait donnés la nature, il ne paraissait
pas, malgré ce que le comte de Gouvon m'avait
pu dire, qu'on songeât à tirer parti de moi : des
affaires vinrent à la traverse, et je fus à peu près
oublié. Le marquis de Breil, fils du comte de
Gouvon, était alors ambassadeur à Vienne : il survint des mouvemens à la cour qui se firent sentir
dans la famille, et l'on y fut quelques semaines
dans une agitation qui ne laissait guère le temps
de penser à moi. Cependant jusque-là je m'étais
peu relâché. Une chose me fit du bien et du mal,
en m'éloignant de toute dissipation extérieure,
mais en me rendant un peu plus distrait sur mes
devoirs.

Mademoiselle de Breil était une jeune personne
à peu près de mon âge, bien faite, assez belle,
très-blanche, avec des cheveux très-noirs, et,
quoique brune, portant sur son visage cet air
de douceur des blondes auquel mon cœur n'a
jamais résisté : l'habit de cour, si favorable aux
jeunes personnes, marquait sa jolie taille, dégageait
sa poitrine et ses épaules, et rendait son teint
encore plus éblouissant par le deuil qu'on portait

alors. On dira que ce n'est pas à un domestique
de s'apercevoir de ces choses-là. J'avais tort sans
doute; mais je m'en apercevais toutefois, et même
je n'étais pas le seul. Le maître d'hôtel et les valets
de chambre en parlaient quelquefois à table avec
une grossièreté qui me faisait cruellement souffrir.
La tête ne me tournait pourtant pas au point d'en
être amoureux tout de bon : je ne m'oubliais point;
je me tenais à ma place, et mes désirs même ne
s'émancipaient pas. J'aimais à voir mademoiselle
de Breil, à lui entendre dire quelques mots qui
marquaient de l'esprit, du sens, de l'honnêteté :
mon ambition, bornée au plaisir de la servir,
n'allait point au delà de mes droits. A table j'étais
attentif à chercher l'occasion de les faire valoir.
Si son laquais quittait un moment sa chaise, à
l'instant on m'y voyait établi : hors de là je me
tenais vis-à-vis d'elle; je cherchais dans ses yeux
ce qu'elle allait demander ; j'épiais le moment de
changer son assiette. Que n'aurais-je point fait pour
qu'elle daignât m'ordonner quelque chose, me
regarder, me dire un seul mot! Mais point :
j'avais la mortification d'être nul pour elle; elle
ne s'apercevait pas même que j'étais là. Cependant
son frère, qui m'adressait quelquefois la parole
à table, m'ayant dit je ne sais quoi de peu obligeant,
je lui fis une réponse si fine et si bien tournée qu'elle
y fit attention et jeta les yeux sur moi. Ce coup
d'œil, qui fut court, ne laissa pas de me transporter : le lendemain l'occasion se présenta d'en
obtenir un second, et j'en profitai. On donnait
ce jour-là un grand dîner, où, pour la première
fois, je vis avec beaucoup d'étonnement le maître
d'hôtel servir l'épée au côté et le chapeau sur la
tête : par hasard on vint à parler de la devise de

la maison de Solar , qui était sur la tapisserie avec
les armoiries, *Tel fiert , qui ne tue pas.* Comme
les Piémontais ne sont pas , pour l'ordinaire, con-
sommés dans la langue française , quelqu'un
trouva dans cette devise une faute d'orthographe,
et dit qu'au mot *fiert* il ne fallait point de *t.*

Le vieux comte de Gouvon allait répondre ; mais
ayant jeté les yeux sur moi , il vit que je sou-
riais sans oser rien dire : il m'ordonna de parler.
Alors je dis que je ne croyais pas que le *t* fût
de trop; que *fiert* était un vieux mot français qui
ne venait pas du nom *ferus,* fier, menaçant,
mais du verbe *ferit ,* il frappe, il blesse; qu'ainsi
la devise ne me paraissait pas dire, *tel menace,*
mais *tel frappe , qui ne tue pas.*

Tout le monde me regardait et se regardait sans
rien dire : on ne vit de la vie un pareil étonnement.
Mais ce qui me flatta davantage fut de voir clairement sur le visage de mademoiselle de Breil
un air de satisfaction : cette personne si dédai-
gneuse daigna me jeter un second regard qui valait
tout au moins le premier; puis tournant les yeux
vers son grand-papa, elle semblait attendre avec
une sorte d'impatience la louange qu'il me devait,
et qu'il me donna en effet si pleine et entière et
d'un air si content , que toute la table s'empressa
de faire chorus. Ce moment fut court, mais délicieux à tous égards : ce fut un de ces momens trop
rares qui replacent les choses dans leur ordre
naturel , et vengent le mérite avili des outrages de
la fortune. Quelques minutes après, mademoiselle
de Breil , levant derechef les yeux sur moi, me
pria d'un ton de voix aussi timide qu'affable de lui
donner à boire. On juge que je ne la fis pas attendre :
mais en approchant je fus saisi d'un tel tremble-

ment, qu'ayant trop rempli le verre je répandis
une partie de l'eau sur l'assiette et même sur elle.
Son frère me demanda étourdiment pourquoi je
remblais si fort : cette question ne servit pas à
me rassurer, et mademoiselle de Breil rougit jusqu'au blanc des yeux.

Ici finit le roman où l'on remarquera, comme
avec madame Basile et dans toute la suite de ma
vie, que je ne suis pas heureux dans la conclusion
de mes amours. Je m'affectionnai inutilement à
l'antichambre de madame de Breil ; je n'obtins
plus une seule marque d'attention de la part de
sa fille : elle sortait et rentrait sans me regarder, et
moi j'osais à peine jeter les yeux sur elle. J'étais
même si bête et si maladroit, qu'un jour qu'elle
avait en passant laissé tomber son gant, au lieu de
m'élancer sur ce gant que j'aurais voulu couvrir de
baisers, je n'osai sortir de ma place, et je laissai
ramasser le gant par un gros butor de valet que
j'aurais volontiers écrasé. Pour achever de m'intimider, je m'aperçus que je n'avais pas le bonheur
d'agréer à madame de Breil : non-seulement elle
ne m'ordonnait rien, mais elle n'acceptait jamais
mon service ; et deux fois, passant avec sa fille
et me trouvant dans son antichambre, elle me
demanda d'un ton fort sec si je n'avais rien à faire.
Il fallut renoncer à cette chère antichambre. J'en
eus d'abord du regret; mais les distractions vinrent
à la traverse, et bientôt je n'y pensai plus.

J'eus de quoi me consoler du dédain de madame
de Breil par les bontés de son beau-père, qui
s'aperçut enfin que j'étais là : le soir du dîner
dont j'ai parlé, il eut avec moi un entretien d'une
demi-heure, dont il parut content et dont je fus
enchanté. Ce bon vieillard, quoique homme d'esprit,

en avait moins que madame de Vercellis, mais
il avait plus d'entrailles, et je réussis mieux auprès
de lui. Il me dit de m'attacher à l'abbé de Gouvon
son fils, qui m'avait pris en affection; que cette
affection, si j'en profitais, pouvait m'être utile, et
me faire acquérir ce qui me manquait pour les
vues qu'on avait sur moi. Dès le lendemain matin
je volai chez M. l'abbé. Il ne me reçut point en
domestique : il me fit asseoir au coin de son feu,
et, m'interrogeant avec la plus grande douceur,
il vit bientôt que mon éducation, commencée sur
tant de choses, n'était achevée sur aucune. Trouvant surtout que j'avais peu de latin, il entreprit
de m'en enseigner davantage : nous convînmes
que je me rendrais chez lui tous les matins, et je
commençai dès le lendemain. Ainsi, par une de
ces bizarreries qu'on trouvera souvent dans le
cours de ma vie, en même temps au-dessus et
au-dessous de mon état, j'étais disciple et valet
dans la même maison; et j'avais dans ma servitude
un précepteur d'une naissance à ne l'être que des
enfans des rois.

M. l'abbé de Gouvon était un cadet destiné par
sa famille à l'épiscopat, et dont, par cette raison,
l'on avait poussé les études plus qu'il n'est ordinaire
aux enfans de qualité : on l'avait envoyé à l'uni-
versité de Sienne, où il avait resté plusieurs années,
et dont il avait rapporté une assez forte dose de
cruscantisme pour être à peu près à Turin ce
qu'était jadis à Paris l'abbé de Dangeau. Le dégoût
de la théologie l'avait jeté dans les belles-lettres ;
ce qui est très-ordinaire en Italie à ceux qui courent
la carrière de la prélature : il avait bien lu les
poëtes ; il faisait passablement des vers latins et
italiens. En un mot, il avait le goût qu'il fallait

pour former le mien, et mettre quelque choix dans
le fatras dont je m'étais farci la tête. Mais, soit que
mon babil lui eût fait quelque illusion sur mon
savoir, soit qu'il ne pût supporter l'ennui du latin
élémentaire, il me mit d'abord beaucoup trop haut;
et à peine m'eut-il fait traduire quelques fables
de Phèdre, qu'il me jeta dans Virgile où je n'entendais presque rien. J'étais destiné, comme on
verra dans la suite, à rapprendre souvent le latin,
et à ne le savoir jamais. Cependant je travaillais
avec assez de zèle, et M. l'abbé me prodiguait ses
soins avec une bonté dont le souvenir m'attendrit
encore : je passais avec lui une bonne partie de
la matinée, tant pour mon instruction que pour
son service ; non pour celui de sa personne, car
il ne souffrit jamais que je lui en rendisse aucun,
mais pour écrire sous sa dictée et pour copier. Ma
fonction de secrétaire me fut plus utile que celle
d'écolier : non seulement j'appris ainsi l'italien dans
sa pureté, mais je pris du goût pour la littérature
et quelque discernement des bons livres, qui ne
s'acquérait pas chez la Tribu, et qui me servit
beaucoup dans la suite quand je me mis à travailler seul.

Ce temps fut celui de ma vie où, sans projets
romanesques, je pouvais le plus raisonnablement
me livrer à l'espoir de parvenir. M. l'abbé, très-
content de moi, le disait à tout le monde ; et son
père m'avait pris dans une affection si singulière,
que le comte de Favria m'apprit qu'il avait parlé
de moi au roi. Madame de Breil elle-même avait
quitté pour moi son air méprisant. Enfin je devins
une espèce de favori dans la maison, à la grande
jalousie des autres domestiques, qui, me voyant
honoré des instructions du fils de leur maître,

sentaient bien que ce n'était pas pour rester long-
temps leur égal.

Autant que j'ai pu juger des vues qu'on avait
sur moi par quelques mots lâchés à la volée,
et auxquels je n'ai réfléchi qu'après coup, il m'a
paru que la maison de Solar, voulant courir la
carrière des ambassades, et peut-être s'ouvrir de
loin celle du ministère, aurait été bien aise de se
former d'avance un sujet qui eût du mérite et
des talens, et qui, dépendant uniquement d'elle,
eût pu dans la suite obtenir sa confiance et la
servir utilement. Ce projet du comte de Gouvon
était noble, judicieux, magnanime, et vraiment
digne d'un grand seigneur bienfaisant et prévoyant;
mais outre que je n'en voyais pas alors toute l'é-
tendue, il était trop sensé pour ma tête, et demandait un trop long assujettissement. Ma folle
ambition ne cherchait la fortune qu'à travers les
aventures; et ne voyant point de femme à tout cela,
je trouvais cette manière de parvenir lente, pénible,
et triste; tandis que j'aurais dû la trouver d'autant
plus honorable et sûre, que les femmes ne s'en
mêlaient pas, l'espèce de mérite qu'elles protégent
ne valant assurément pas celui qu'on me supposait.

Tout allait à merveille. J'avais obtenu, presque
arraché l'estime de tout le monde. Les épreuves
étaient finies, et l'on me regardait généralement
comme un jeune homme de la plus grande espérance, qui n'était pas à sa place, et qu'on s'attendait d'y voir arriver. Mais ma place n'était pas
celle qui m'était assignée par les hommes, et j'y
devais parvenir par des chemins bien différens.
Je touche à un de ces traits caractéristiques qui
me sont propres, et qu'il suffit de présenter au
lecteur, sans y ajouter de réflexion.

Quoiqu'il y eût à Turin beaucoup de nouveaux convertis de mon espèce, je ne les aimais pas, et n'en avais jamais voulu voir aucun. Mais j'avais vu quelques Genevois qui ne l'étaient pas ; entre autres un M. Mussard, surnommé tord-gueule, peintre en miniature, et un peu mon parent. Ce M. Mussard déterra ma demeure chez le comte de Gouvon, et vint m'y voir avec un autre Genevois appelé Bâcle, dont j'avais été camarade durant mon apprentissage. Ce Bâcle était un garçon très-amusant, très-gai, plein de saillies bouffonnes que son âge rendait agréables. Me voilà tout d'un coup engoué de M. Bâcle, mais engoué au point de ne pouvoir le quitter. Il allait partir bientôt pour s'en retourner à Genève. Quelle perte j'allais faire ! J'en sentis bien toute la grandeur. Pour mettre du moins à profit le temps qui m'était laissé, je ne le quittais plus, ou plutôt il ne me quittait pas lui-même : car la tête ne me tourna pas d'abord au point d'aller hors de l'hôtel passer la journée avec lui sans congé ; mais bientôt, voyant qu'il m'obsédait entièrement, on lui défendit la porte ; et je m'échauffai si bien, qu'oubliant tout hors mon ami Bâcle, je n'allais ni chez M. l'abbé ni chez M. le comte, et l'on ne me voyait plus dans la maison. On me fit des réprimandes que je n'écoutai pas ; on me menaça de me congédier. Cette menace fut ma perte : elle me fit entrevoir qu'il était possible que Bâcle ne s'en allât pas seul. Dès lors je ne vis plus d'autre plaisir, d'autre sort, d'autre bonheur, que celui de faire un pareil voyage ; et je ne voyais à cela que l'ineffable félicité du voyage, au bout duquel, pour surcroît, j'entrevoyais madame de Warens, mais dans un éloignement immense ; car pour retourner à Genève, c'est à quoi je ne pensai jamais.

Les monts, les prés, les bois, les ruisseaux, les
villages, se succédaient sans fin et sans cesse avec
de nouveaux charmes; ce bienheureux trajet semblait devoir absorber ma vie entière. Je me rappe-
lais avec délices combien ce même voyage m'avait
paru charmant en venant. Que devait-ce être lorsqu'à tout l'attrait de l'indépendance se joindrait
celui de faire route avec un camarade de mon âge,
de mon goût et de bonne humeur, sans gêne, sans
devoir, sans contrainte, sans obligation d'aller ou
rester que comme il nous plairait? Il fallait être
fou pour sacrifier une pareille fortune à des projets d'ambition d'une exécution lente, pénible,
incertaine, et qui, les supposant réalisés un jour,
ne valaient pas dans tout leur éclat un quart d'heure
de vrai plaisir et de liberté dans la jeunesse.

Plein de cette sage fantaisie, je me conduisis si
bien que je vins à bout de me faire chasser, et en
vérité ce ne fut pas sans peine. Un soir, comme
je rentrais, le maître d'hôtel me signifia mon congé
de la part de M. le comte. C'était précisément ce
que je demandais; car sentant malgré moi l'extra-
vagance de ma conduite, j'y ajoutais pour m'excuser l'injustice et l'ingratitude, croyant mettre ainsi
les gens dans leur tort, et me justifier de la sorte à
moi-même un parti pris par nécessité. On me dit
de la part du comte de Favria d'aller lui parler le
lendemain matin avant mon départ : et comme on
voyait que la tête m'ayant tourné j'étais capable de
n'en rien faire, le maître d'hôtel remit après cette
visite à me donner quelque argent qu'on m'avait
destiné, et qu'assurément j'avais fort mal gagné;
car, ne voulant pas me laisser dans l'état de valet,
on ne m'avait pas fixé de gages.

Le comte de Favria, tout jeune et tout étourdi

qu'il était, me tint en cette occasion les discours les plus sensés, et j'oserais presque dire les plus tendres, tant il m'exposa d'une manière flatteuse et touchante les soins de son oncle et les intentions de son grand-père. Enfin, après m'avoir mis vivement devant les yeux tout ce que je sacrifiais pour courir à ma perte, il m'offrit de faire ma paix, exigeant pour toute condition que je ne visse plus ce petit malheureux qui m'avait séduit.

Il était si clair qu'il ne disait pas tout cela de lui-même, que malgré mon stupide aveuglement je sentis toute la bonté de mon vieux maître, et j'en fus touché : mais ce cher voyage était trop empreint dans mon imagination pour que rien pût en balancer le charme. J'étais tout-à-fait hors de sens, je me raffermis, je m'endurcis, je fis le fier ; et je répondis arrogamment que, puisqu'on m'avait donné mon congé, je l'avais pris, qu'il n'était plus temps de s'en dédire ; et que, quoi qu'il pût m'arriver en ma vie, j'étais bien résolu de ne jamais me faire chasser deux fois d'une maison. Alors ce jeune homme, justement irrité, me donna les noms que je méritais, me mit hors de sa chambre par les épaules, et me ferma la porte aux talons. Moi, je sortis triomphant, comme si je venais d'emporter la plus grande victoire ; et, de peur d'avoir un second combat à soutenir, j'eus l'indignité de partir sans aller remercier M. l'abbé de ses bontés.

Pour concevoir jusqu'où mon délire allait dans ce moment, il faudrait connaître à quel point mon cœur est sujet à s'échauffer sur les moindres choses, et avec quelle force il se plonge dans l'imagination de l'objet qui l'attire, quelque vain que soit quelquefois cet objet. Les plans les plus bizarres, les plus enfantins, les plus fous, viennent caresser mon idée favorite et me montrer de la vraisemblance à m'y livrer. Croirait-on qu'à près de dix-neuf ans on puisse fonder sur une fiole vide la subsistance du reste de ses jours? Or écoutez.

L'abbé de Gouvon m'avait fait présent il y avait quelques semaines d'une petite fontaine de héron fort jolie, et dont j'étais transporté. A force de faire jouer cette fontaine et de parler de notre voyage, nous pensâmes, le sage Bâcle et moi, que l'une pourrait bien servir à l'autre et le prolonger. Qu'y avait-il dans le monde d'aussi curieux qu'une fontaine de héron? Ce principe fut le fondement sur lequel nous bâtîmes l'édifice de notre fortune. Nous devions dans chaque village assembler les paysans autour de notre fontaine, et là les repas et la bonne chère devaient nous tomber avec d'autant plus d'abondance, que nous étions persuadés l'un et l'autre que les vivres ne coûtent rien à ceux qui les recueillent, et que quand ils n'en gorgent pas les passans, c'est pure mauvaise volonté. Nous n'imaginions partout que festins et noces, comptant que, sans rien débourser que le vent de nos poumons et l'eau de notre fontaine, elle pouvait nous défrayer en Piémont, en Savoie, en France, et par tout le monde. Nous faisions des projets de voyage qui ne finissaient point, et nous dirigions d'abord notre course au nord, plutôt pour le plaisir de repasser les Alpes, que par la nécessité supposée de nous arrêter enfin quelque part.

Tel fut le plan sur lequel je me mis en campagne, abandonnant sans regret mon protecteur, mon précepteur, mes études, mes espérances, et l'attente d'une fortune presque assurée, pour commencer, attiré par ma chimère, la vie d'un vrai vagabond. Adieu la capitale, adieu la cour, l'ambition, la

vanité, l'amour, les belles, et toutes les grandes
aventures dont l'espoir m'avait amené l'année précédente. Je pars avec ma fontaine et mon ami Bâcle,
la bourse légèrement garnie, mais le cœur saturé
de joie, et ne songeant qu'à jouir de cette ambulante félicité à laquelle j'avais tout à coup borné
mes brillans projets.

Je fis cet extravagant voyage presque aussi agréablement toutefois que je m'y étais attendu, mais
non pas tout-à-fait de la même manière; car, bien
que notre fontaine amusât quelques momens dans
les cabarets les hôtesses et leurs servantes, il n'en
fallait pas moins payer en sortant. Mais cela ne nous
troublait guère, et nous ne songions à tirer parti
tout de bon de cette ressource que quand l'argent
viendrait à nous manquer. Un accident nous en
évita la peine : la fontaine se cassa près de Bra-
mant; et il en était temps, car nous sentions, sans
oser nous le dire, qu'elle commençait à nous ennuyer. Ce malheur nous rendit plus gais qu'auparavant, et nous rîmes beaucoup de notre étourderie d'avoir oublié que nos habits et nos souliers
s'useraient, ou d'avoir cru les renouveler avec le
jeu de notre fontaine. Nous continuâmes notre
voyage aussi alégrement que nous l'avions commencé, mais filant un peu plus droit vers le terme,
où notre bourse tarissante nous faisait une nécessité d'arriver.

A Chambéry je devins pensif, non sur la sottise
que je venais de faire, jamais homme ne prit sitôt
ni si bien son parti sur le passé, mais sur l'accueil
qui m'attendait chez madame de Warens; car j'envisageais exactement sa maison comme ma maison
paternelle. Je lui avais écrit mon entrée chez le
comte de Gouvon; elle savait sur quel pied j'y étais,

et en m'en félicitant elle m'avait donné des leçons
très-sages sur la manière dont je devais corres-
pondre aux bontés qu'on avait pour moi. Elle regardait ma fortune comme assurée, si je ne la dé-
truisais pas par ma faute. Qu'allait-elle dire en me
voyant arriver? Il ne me vint pas même à l'esprit
qu'elle pût me fermer sa porte : mais je craignais
le chagrin que j'allais lui donner; je craignais ses
reproches, plus durs pour moi que la misère. Je
résolus de tout endurer en silence, et de tout faire
pour l'apaiser. Je ne voyais plus dans l'univers
qu'elle seule : vivre dans sa disgrâce était une chose
qui ne se pouvait pas.

Ce qui m'inquiétait le plus était mon compagnon
de voyage, dont je ne voulais pas lui donner le
surcroît, et dont je craignais de ne pouvoir me
débarrasser aisément. Je préparai cette séparation
en vivant assez froidement avec lui la dernière journée. Le drôle me comprit; il était plus fou que sot.
Je crus qu'il s'affecterait de mon inconstance; j'eus
tort : mon ami Bâcle ne s'affectait de rien. A peine,
en entrant à Annecy, avions-nous mis le pied dans
la ville, qu'il me dit : Te voilà chez toi, m'embrassa, me dit adieu, fit une pirouette, et disparut. Je n'ai jamais plus entendu parler de lui. Notre
connaissance et notre amitié durèrent en tout
environ six semaines, mais les suites en dureront
autant que moi.

Que le cœur me battit en approchant de la maison de madame de Warens! mes jambes tremblaient
sous moi, mes yeux se couvraient d'un voile; je
ne voyais rien, je n'entendais rien, je n'aurais
reconnu personne; je fus contraint de m'arrêter
plusieurs fois pour respirer et reprendre mes sens.
Était-ce la crainte de ne pas obtenir les secours dont

j'avais besoin qui me troublait à ce point ? A l'âge
où j'étais, la peur de mourir de faim donne-t-elle
de pareilles alarmes ? Non, non, je le dis avec autant de vérité que de fierté, jamais, en aucun
temps de ma vie, il n'appartint à l'intérêt ni à l'indigence de m'épanouir ou de me serrer le cœur.
Dans le cours d'une vie inégale, et mémorable par
ses vicissitudes, souvent sans asile et sans pain, j'ai
toujours vu du même œil l'opulence et la misère.
Au besoin j'aurais pu mendier ou voler comme un
autre, mais non pas me troubler pour en être réduit là. Peu d'hommes ont autant gémi que moi ;
peu ont autant versé de pleurs dans leur vie : mais
jamais la pauvreté ni la crainte d'y tomber ne m'ont
fait pousser un soupir ni répandre une larme. Mon
âme, à l'épreuve de la fortune, n'a connu de vrais
biens ni de vrais maux que ceux qui ne dépendent
pas d'elle ; et c'est quand rien ne m'a manqué pour
le nécessaire que je me suis senti le plus malheureux des mortels.

A peine parus-je aux yeux de madame de Warens
que son air me rassura : je tressaillis au premier
son de sa voix. Je me précipite à ses pieds, et, dans
les transports de la plus vive joie, je colle ma
bouche sur sa main. Pour elle, j'ignore si elle avait
su de mes nouvelles, mais je vis peu de surprise
sur son visage, et je n'y vis aucun chagrin. Pauvre
petit, me dit-elle d'un ton caressant, te revoilà
donc ! Je savais bien que tu étais trop jeune pour
ce voyage. Je suis bien aise au moins qu'il n'ait pas
aussi mal tourné que j'avais craint. Ensuite elle
me fit conter mon histoire, qui ne fut pas longue,
et que je lui fis très-fidèlement, en supprimant
cependant quelques articles, mais au reste sans
m'épargner ni m'excuser.

Il fut question de mon gîte. Elle consulta sa femme de chambre. Je n'osais respirer durant cette délibération; mais quand j'entendis que je coucherais dans la maison, j'eus peine à me contenir, et je vis porter mon petit paquet dans la chambre qui m'était destinée, à peu près comme Saint-Preux vit remiser sa chaise chez madame de Wolmar. J'eus pour surcroît de plaisir d'apprendre que cette faveur ne serait point passagère; et, dans un moment où l'on me croyait attentif à tout autre chose, j'entendis qu'elle disait : « On dira ce qu'on voudra; mais, puisque la Providence me le renvoie, je suis déterminée à ne pas l'abandonner. »

Me voilà donc enfin rétabli chez elle. Cet établissement ne fut pourtant pas encore celui dont je date les jours heureux de ma vie, mais servit à le préparer. Quoique cette sensibilité de cœur qui nous fait jouir de nous, soit l'ouvrage de la nature et peut-être un produit de l'organisation, elle a besoin de situations qui la développent. Sans ces causes occasionnelles, un homme né très-sensible ne sentirait rien, et mourrait sans avoir connu son être. Tel j'avais été jusqu'alors, et tel j'aurais toujours été peut-être si je n'avais jamais connu madame de Warens, ou si même, l'ayant connue, je n'avais vécu assez long-temps auprès d'elle pour contracter la douce habitude des sentimens affectueux qu'elle m'inspira. J'oserai le dire : qui ne sent que l'amour ne sent pas ce qu'il y a de plus doux dans la vie. Je connais un autre sentiment, moins impétueux peut-être, mais plus délicieux mille fois, qui quelquefois est joint à l'amour, et qui souvent en est séparé. Ce sentiment n'est pas non plus l'amitié seule : il est plus voluptueux, plus tendre; je n'imagine pas qu'il puisse agir pour quelqu'un du même sexe; du moins je fus ami si jamais homme le fut, et je ne l'éprouvai jamais près d'aucun de mes amis. Ceci n'est pas clair, mais il le deviendra dans la suite : les sentimens ne se décrivent bien que par leurs effets.

Elle habitait une vieille maison, mais assez grande pour avoir une belle pièce de réserve dont elle fit sa chambre de parade, et qui fut celle où l'on me logea. Cette chambre était sur le passage dont j'ai parlé, où se fit notre première entrevue; et au delà du ruisseau et des jardins on découvrait la campagne. Cet aspect n'était pas pour le jeune habitant une chose indifférente. C'était depuis Bossey la première fois que j'avais du vert devant mes fenêtres. Toujours masqué par des murs, je n'avais eu sous les yeux que des toits ou le gris des rues. Combien cette nouveauté me fut sensible et douce! elle augmenta beaucoup mes dispositions à l'attendrissement. Je faisais de ce charmant paysage encore un des bienfaits de ma chère patronne : il me semblait qu'elle l'avait mis là tout exprès pour moi; je m'y plaçais paisiblement auprès d'elle; je la voyais partout entre les fleurs et la verdure : ses charmes et ceux du printemps se confondaient à mes yeux. Mon cœur, jusqu'alors comprimé, se trouvait plus au large dans cet espace, et mes soupirs s'exhalaient plus librement parmi ces vergers.

On ne trouvait pas chez madame de Warens la magnificence que j'avais vue à Turin; mais on y trouvait la propreté, la décence, et une abondance patriarcale avec laquelle le faste ne s'allie jamais. Elle avait peu de vaisselle d'argent, point de porcelaine, point de gibier dans sa cuisine, ni dans sa cave de vins étrangers; mais l'une et l'autre étaient bien garnies au service de tout le monde; et dans

des tasses de faïence elle donnait d'excellent café.
Quiconque la venait voir était invité à dîner avec
elle ou chez elle ; et jamais ouvrier, messager ou
passant ne sortaît sans manger ou boire, selon l'ancien usage helvétique. Son domestique était composé d'une femme de chambre fribourgeoise assez
jolie appelée Merceret ; d'un valet de son pays
appelé Claude Anet, dont il sera question dans la
suite ; d'une cuisinière, et de deux porteurs de
louage quand elle allait en visite, ce qu'elle faisait
rarement. Voilà bien des choses pour deux mille
livres de rente ; cependant son petit revenu, bien
ménagé, eût pu suffire à tout cela dans un pays où
la terre est très-bonne et l'argent très-rare. Malheureusement l'économie ne fut jamais sa vertu
favorite ; elle s'endettait, elle payait ; l'argent faisait la navette, et tout allait.

La manière dont son ménage était monté était
précisément celle que j'aurais choisie ; on peut
croire que j'en profitais avec plaisir. Ce qui m'en
plaisait moins était qu'il fallait rester très-long-
temps à table. Elle supportait avec peine la première odeur du potage et des mets ; cette odeur la
faisait presque tomber en défaillance, et ce dégoût
durait long-temps : elle se remettait peu à peu,
causait et ne mangeait point. Ce n'était qu'au bout
d'une demi-heure qu'elle essayait le premier morceau. J'aurais dîné trois fois dans cet intervalle :
mon repas était fait long-temps avant qu'elle eût
commencé le sien. Je recommençais de compagnie ;
ainsi je mangeais pour deux, et ne m'en trouvais
pas plus mal. Enfin je me livrais d'autant plus au
doux sentiment du bien-être que j'éprouvais auprès
d'elle, que ce bien-être dont je jouissais n'était
mêlé d'aucune inquiétude sur les moyens de le sou-

tenir. N'étant point encore dans l'étroite confidence
de ses affaires, je les supposais en état d'aller toujours sur le même pied. J'ai retrouvé les mêmes
agrémens dans sa maison par la suite; mais, plus
instruit de sa situation réelle, et voyant qu'ils anti-
cipaient sur ses rentes, je ne les ai plus goûtés si
tranquillement. La prévoyance a toujours gâté chez
moi la jouissance. J'ai vu l'avenir à pure perte, je
n'ai jamais pu l'éviter.

Dès le premier jour, la plus douce familiarité
s'établit entre nous au même degré où elle a con-
tinué tout le reste de sa vie. *Petit* fut mon nom,
Maman fut le sien, et toujours nous demeurâmes
Petit et *Maman*, même quand le nombre des années en eut presque effacé la différence entre nous.
Je trouve que ces deux noms rendent à merveille
l'idée de notre ton, la simplicité de nos manières,
et surtout la relation de nos cœurs. Elle fut pour
moi la plus tendre des mères, qui jamais ne chercha son plaisir, mais toujours mon bien; et si les
sens entrèrent dans mon attachement pour elle,
ce n'était pas pour en changer la nature, mais pour
le rendre seulement plus exquis, pour m'enivrer
du charme d'avoir une maman jeune et jolie qu'il
m'était délicieux de caresser; je dis caresser au pied
de la lettre, car jamais elle n'imagina de m'épargner les baisers ni les plus tendres caresses mater-
nelles, et jamais il n'entra dans mon cœur d'en
abuser. On dira que nous avons pourtant eu à la
fin des relations d'une autre espèce : j'en conviens;
mais il faut attendre, je ne puis tout dire à la
fois.

Le coup d'œil de notre première entrevue fut le
seul moment vraiment passionné qu'elle m'ait jamais fait sentir; encore ce moment fut-il l'ouvrage

de la surprise. Mes regards indiscrets n'allaient jamais furetant sous son mouchoir, quoiqu'un embonpoint mal caché dans cette place eût bien pu les y attirer. Je n'avais ni transports ni désirs auprès d'elle; j'étais dans un calme ravissant, jouissant sans savoir de quoi. J'aurais ainsi passé ma vie et l'éternité même sans m'ennuyer un instant. Elle est la seule personne avec qui je n'ai jamais senti cette sécheresse de conversation qui me fait un supplice du devoir de la soutenir. Nos tête-à-tête étaient moins des entretiens qu'un babil intarissable qui pour finir avait besoin d'être interrompu. Loin de me faire une loi de parler, il fallait plutôt m'en faire une de me taire. A force de méditer ses projets, elle tombait souvent dans la rêverie. Hé bien! je la laissais rêver; je me taisais, je la contemplais, et j'étais le plus heureux des hommes. J'avais encore un tic fort singulier. Sans prétendre aux faveurs du tête-à-tête, je le recherchais sans cesse, et j'en jouissais avec une passion qui dégénérait en fureur quand des importuns venaient le troubler. Sitôt que quelqu'un arrivait, homme ou femme, il n'importait pas, je sortais en murmurant, ne pouvant souffrir de rester en tiers auprès d'elle. J'allais compter les minutes dans son antichambre, maudissant ces éternels visiteurs, et ne pouvant concevoir ce qu'ils avaient tant à dire, parce que j'avais à dire encore plus.

Je ne sentais toute la force de mon attachement pour elle que quand je ne la voyais pas. Quand je la voyais, je n'étais que content; mais mon inquiétude en son absence allait au point d'être douloureuse. Le besoin de vivre avec elle me donnait des élans d'attendrissement qui souvent allaient jusqu'aux larmes. Je me souviendrai toujours qu'un jour de grande fête, tandis qu'elle était à vêpres, j'allai me promener hors de la ville, le cœur plein de son image et du désir ardent de passer mes jours auprès d'elle. J'avais assez de sens pour voir que, quant à présent, cela n'était pas possible, et qu'un bonheur que je goûtais si bien serait court. Cela donnait à ma rêverie une tristesse qui n'avait pourtant rien de sombre, et qu'un espoir flatteur tempérait. Le son des cloches, qui m'a toujours singulièrement affecté, le chant des oiseaux, la beauté du jour, la douceur du paysage, les maisons éparses et champêtres dans lesquelles je plaçais en idée notre commune demeure, tout cela me frappait tellement d'une impression vive, tendre, triste et touchante, que je me vis comme en extase transporté dans cet heureux temps et dans cet heureux séjour où mon cœur, possédant toute la félicité qui pouvait lui plaire, la goûtait dans des ravissemens inexprimables, sans songer même à la volupté des sens. Je ne me souviens pas de m'être élancé jamais dans l'avenir avec plus de force et d'illusion que je fis alors; et, ce qui m'a frappé le plus dans le souvenir de cette rêverie quand elle s'est réalisée, c'est d'avoir retrouvé des objets tels exactement que je les avais imaginés. Si jamais rêve d'un homme éveillé eut l'air d'une vision prophétique, ce fut assurément celui-là. Je n'ai été déçu que dans sa durée imaginaire; car les jours et les ans et la vie entière s'y passaient dans une inaltérable tranquillité, au lieu qu'en effet tout cela n'a duré qu'un moment. Hélas! mon plus constant bonheur fut en songe; son accomplissement fut presque à l'instant suivi du réveil.

Je ne finirais pas si j'entrais dans le détail de toutes les folies que le souvenir de cette chère ma-

man me faisait faire, quand je n'étais plus sous ses
yeux. Combien de fois j'ai baisé mon lit en songeant
qu'elle y avait couché, mes rideaux, tous les
meubles de ma chambre en songeant qu'ils étaient
à elle, que sa belle main les avait touchés, le plan-
cher même sur lequel je me prosternais en songeant
qu'elle y avait marché! Quelquefois même en sa
présence il m'échappait des extravagances que le
plus violent amour seul semblait pouvoir inspirer.
Un jour à table, au moment qu'elle avait mis un
morceau dans sa bouche, je m'écrie que j'y vois
un cheveu; elle rejette le morceau sur son assiette,
je m'en saisis avidement et l'avale. En un mot, de
moi à l'amant le plus passionné il n'y avait qu'une
différence unique, mais essentielle, et qui rend
mon état presque inconcevable à la raison.

J'étais revenu d'Italie, non tout-à-fait comme j'y
étais allé, mais comme peut-être jamais à mon âge
on n'en est revenu. J'en avais rapporté non ma vir-
ginité, mais mon pucelage. J'avais senti le progrès
des ans; mon tempérament inquiet s'était enfin
déclaré, et sa première éruption, très-involontaire,
m'avait donné sur ma santé des alarmes qui peignent mieux que toute autre chose l'innocence
dans laquelle j'avais vécu jusqu'alors. Bientôt rassuré, j'appris ce dangereux supplément qui trompe
la nature et sauve aux jeunes gens de mon humeur
beaucoup de désordres aux dépens de leur santé,
de leur vigueur, et quelquefois de leur vie. Ce vice,
que la honte et la timidité trouvent si commode,
a de plus un grand attrait pour les imaginations
vives; c'est de disposer pour ainsi dire à leur gré de
tout le sexe, et de faire servir à leurs plaisirs la
beauté qui les tente sans avoir besoin d'obtenir son
aveu. Séduit par ce funeste avantage, je travaillais

à détruire la bonne constitution qu'avait rétablie
en moi la nature, et à qui j'avais donné le temps de
se bien former. Qu'on ajoute à cette disposition le
local de ma situation présente; logé chez une jolie
femme, caressant son image au fond de mon cœur,
la voyant sans cesse dans la journée, le soir entouré
d'objets qui me la rappellent, couché dans un lit
où je sais qu'elle a couché. Que de stimulans! tel
lecteur qui se les représente me voit déjà à demi
mort. Tout au contraire, ce qui devait me perdre fut
précisément ce qui me sauva, du moins pour un
temps. Enivré du charme de vivre auprès d'elle, et
du désir ardent d'y passer mes jours, absente ou
présente je voyais toujours en elle une tendre mère,
une sœur chérie, une délicieuse amie, et rien de
plus. Je la voyais toujours ainsi, toujours la même,
et ne voyais jamais qu'elle. Son image, toujours
présente à mon cœur, n'y laissait place à nulle
autre; elle était pour moi la seule femme qui fût au
monde; et l'extrême douceur des sentimens qu'elle
m'inspirait, ne laissant pas à mes sens le temps de
s'éveiller pour d'autres, me garantissait et d'elle et
de tout son sexe. En un mot, j'étais sage parce que
je l'aimais. Sur ces effets que je rends mal, dise qui
pourra de quelle espèce était mon attachement
pour elle. Pour moi, tout ce que j'en puis dire est
que s'il paraît déjà fort extraordinaire, dans la suite
il le paraîtra beaucoup plus.

Je passais mon temps le plus agréablement du
monde, occupé des choses qui me plaisaient le
moins. C'étaient des projets à rédiger, des mémoires à mettre au net, des recettes à transcrire;
c'étaient des herbes à trier, des drogues à piler, des
alambics à gouverner. Tout à travers tout cela
venaient des foules de passans, de mendians, de

visites de toute espèce. Il fallait entretenir tout à la
fois un soldat, un apothicaire, un chanoine, une
belle dame, un frère lai. Je pestais, je grommelais,
je jurais, je donnais au diable toute cette maudite
cohue. Pour elle, qui prenait tout en gaieté, mes
fureurs la faisaient rire aux larmes, et ce qui la faisait
rire encore plus, était de me voir d'autant plus furieux
que je ne pouvais moi-même m'empêcher de rire.
Ces petits intervalles où j'avais le plaisir de grogner
étaient charmans ; et s'il survenait un nouvel importun durant la querelle, elle en savait encore tirer
parti pour l'amusement en prolongeant malicieu-
sement la visite, et me jetant des coups d'œil pour
lesquels je l'aurais volontiers battue. Elle avait peine
à s'empêcher d'éclater en me voyant, contraint
et retenu par la bienséance, lui faire des yeux de
possédé, tandis qu'au fond de mon cœur et même en
dépit de moi je trouvais tout cela très-comique.

Tout cela, sans me plaire en soi, m'amusait
pourtant, parce qu'il faisait partie d'une manière
d'être qui m'était charmante. Rien de ce qui se
faisait autour de moi, rien de tout ce qu'on me faisait faire n'était de mon goût, mais tout était selon
mon cœur. Je crois que je serais parvenu à aimer
la médecine, si mon dégoût pour elle n'eût fourni
des scènes folâtres qui nous égayaient sans cesse :
c'est peut-être la première fois que cet art a produit
un pareil effet. Je prétendais connaître à l'odeur un
livre de médecine, et ce qu'il y a de plaisant est que
je m'y trompais rarement. Elle me faisait goûter
des plus détestables drogues. J'avais beau fuir ou
vouloir me défendre, malgré ma résistance et mes
horribles grimaces, malgré moi et mes dents,
quand je voyais ces jolis doigts barbouillés s'approcher de ma bouche, il fallait finir par l'ouvrir et su-

cer. Quand tout son petit ménage était rassemblé dans la même chambre, à nous entendre courir et crier au milieu des éclats de rire, on eût cru qu'on y jouait quelque farce, et non pas qu'on y faisait de l'opiat ou de l'élixir.

Mon temps ne se passait pourtant pas tout entier à ces polissonneries. J'avais trouvé quelques livres dans la chambre que j'occupais ; *Puffendorf, le Spectateur, la Henriade.* Quoique je n'eusse plus mon ancienne fureur de lecture, par désœuvrement je lisais un peu de tout cela. *Le Spectateur* surtout me plut beaucoup et me fit du bien. M. l'abbé de Gouvon m'avait appris à lire moins avidement et avec plus de réflexion ; la lecture me profitait mieux. Je m'accoutumais à réfléchir sur l'élocution, sur les constructions élégantes, je m'exerçais à discerner le français pur de mes idiomes provinciaux. Par exemple, je fus corrigé d'une faute d'orthographe que je faisais avec tous nos Genevois par ces deux vers de la *Henriade.*

Mais soit qu'un vieux respect pour le sang de leurs maîtres
Parlât encor pour moi dans le cœur de ces traîtres.

Ce mot *parlât*, qui me frappa, m'apprit qu'il fallait un *t* à la troisième personne du subjonctif ; au lieu qu'auparavant je l'écrivais et prononçais *parla* comme le présent parfait de l'indicatif.

Quelquefois je causais avec maman de mes lectures ; quelquefois je lisais auprès d'elle ; j'y prenais grand plaisir ; je m'exerçais à bien lire, et cela me fut utile aussi. J'ai dit qu'elle avait l'esprit orné. Il était alors dans toute sa fleur. Plusieurs gens de lettres s'étaient empressés à lui plaire, et lui avaient appris à juger des ouvrages d'esprit. Elle avait, si

je puis parler ainsi, le goût un peu protestant; elle
ne parlait que de Bayle, et faisait grand cas de Saint
Évremond, qui depuis long-temps était mort en
France. Mais cela n'empêchait pas qu'elle ne connût
la bonne littérature, et qu'elle n'en parlât fort bien.
Elle avait été élevée dans des sociétés choisies; et
venue en Savoie encore jeune, elle avait perdu dans
le commerce charmant de la noblesse du pays ce
ton maniéré du pays de Vaud, où les femmes
prennent le bel esprit pour l'esprit du monde, et
ne savent parler que par épigrammes.

Quoiqu'elle n'eût vu la cour qu'en passant, elle
y avait jeté un coup d'œil rapide qui lui avait suffi
pour la connaître. Elle s'y conserva toujours des
amis; et malgré de secrètes jalousies, malgré les
murmures qu'excitaient sa conduite et ses dettes,
elle n'a jamais perdu sa pension. Elle avait l'expérience du monde, et l'esprit de réflexion qui fait
tirer parti de cette expérience. C'était le sujet favori
de ses conversations, et c'était précisément, vu mes
idées chimériques, la sorte d'instruction dont j'a-
vais le plus grand besoin. Nous lisions ensemble La
Bruyère; il lui plaisait plus que La Rochefoucault,
livre triste et désolant, principalement dans la jeunesse, où l'on n'aime pas à voir l'homme comme
il est. Quand elle moralisait, elle se perdait quelquefois un peu dans les espaces; mais en lui baisant
de temps en temps la bouche ou les mains, je prenais patience, et ses longueurs ne m'ennuyaient pas.

Cette vie était trop douce pour pouvoir durer. Je
le sentais, et l'inquiétude de la voir finir était la
seule chose qui en troublait la jouissance. Tout en
folâtrant, maman m'étudiait, m'observait, m'interrogeait, et bâtissait pour ma fortune force projets dont je me serais bien passé. Heureusement

ce n'était pas le tout de connaître mes penchans,
mes goûts, mes petits talens; il fallait trouver ou
faire naître les occasions d'en tirer parti, et tout
cela n'était pas l'affaire d'un jour. Les préjugés
mêmes qu'avait conçus la pauvre femme en faveur de mon mérite reculaient les momens de le
mettre en œuvre, en la rendant plus difficile sur le
choix des moyens. Enfin tout allait au gré de mes
désirs, grâce à la bonne opinion qu'elle avait de
moi; mais il en fallut rabattre, et dès lors, adieu la
tranquillité. Un de ses parens, appelé M. d'Aubonne,
la vint voir. C'était un homme de beaucoup d'esprit, intrigant, génie à projets comme elle, mais
qui ne s'y ruinait pas; une espèce d'aventurier. Il
venait de proposer au cardinal de Fleuri un plan
de loterie très-composée, qui n'avait pas été
goûté. Il allait le proposer à la cour de Turin, où
il fut adopté et mis en exécution. Il s'arrêta quelque temps à Anneci et y devint amoureux de madame l'intendante, qui était une personne fort
aimable, fort de mon goût, et la seule que je visse
avec plaisir chez ma man. M. d'Aubonne me vit, sa
parente lui parla de moi; il se chargea de m'examiner, de voir à quoi j'étais propre, et, s'il me
trouvait de l'étoffe, de chercher à me placer.

Madame de Warens m'envoya chez lui deux ou
trois matins de suite, sous prétexte de quelque
commission, et sans me prévenir de rien. Il s'y
prit très-bien pour me faire jaser, se familiarisa
avec moi, me mit à mon aise autant qu'il était
possible, me parla de niaiseries et de toutes sortes
de sujets; le tout sans paraître m'observer, sans la
moindre affectation, et comme si, se plaisant avec
moi, il eût voulu converser sans gêne. J'étais enchanté de lui. Le résultat de ses observations fut que

malgré ce que promettaient mon extérieur et ma physionomie animée, j'étais, sinon tout-à-fait inepte,
au moins un garçon de peu d'esprit, sans idées,
presque sans acquis, très-borné, en un mot, à tous
égards, et que l'honneur de devenir quelque jour
curé de village était la plus haute fortune à laquelle
je pusse aspirer. Tel fut le compte qu'il rendit de
moi à madame de Warens. Ce fut la seconde ou
la troisième fois que je fus ainsi jugé, ce ne fut pas la
dernière, et l'arrêt de M. Masseron a souvent été
confirmé.

La cause de ces jugemens tient trop à mon caractère pour n'avoir pas ici besoin d'explication : car,
en conscience, on doit sentir que je ne puis sincèrement y souscrire, et qu'avec toute l'impartialité
possible, quoi qu'aient pu dire MM. Masseron et
d'Aubonne, et beaucoup d'autres, je ne les saurais
prendre au mot.

Deux choses presque inalliables, s'unissent en moi
sans que j'en puisse concevoir la manière : un tempérament très ardent, des passions vives, impétueu-
ses, et des idées lentes à naître, embarrassées, et qui
ne se présentent jamais qu'après coup. On dirait que
mon cœur et ma tête n'appartiennent pas au même
individu. Le sentiment, plus prompt que l'éclair,
vient remplir mon âme ; mais au lieu de m'éclairer,
il me brûle, il m'éblouit. Je sens tout, et je ne vois
rien, je suis emporté, mais stupide ; il faut que je
sois de sang-froid pour penser. Ce qu'il y a d'étonnant est que j'ai cependant le tact assez sûr, de la
pénétration, de la finesse même, pourvu qu'on
m'attende : je fais d'excellens impromptus à loisir ;
mais sur le temps je n'ai jamais rien fait ni dit qui
vaille. Je ferais une fort jolie conversation par
la poste, comme on dit que les Espagnols jouent

aux échecs. Quand je lus le trait d'un duc de
Savoie qui se retourna faisant route, pour crier :
A votre gorge, marchand de Paris, je dis, Me
voilà.

Cette lenteur de penser jointe à cette vivacité de
sentir, je ne l'ai pas seulement dans la conversation,
je l'ai même seul et quand je travaille. Mes idées
s'arrangent dans ma tête avec la plus incroyable
difficulté. Elles y circulent sourdement ; elles y
fermentent jusqu'à m'émouvoir, m'échauffer, me
donner des palpitations ; et au milieu de toute cette
émotion je ne vois rien nettement ; je ne saurais
écrire un seul mot, il faut que j'attende. Insensiblement ce grand mouvement s'apaise, ce chaos
se débrouille ; chaque chose vient se mettre à sa
place, mais lentement et après une longue et confuse
agitation. N'avez-vous point vu quelquefois l'opéra
en Italie ? Dans les changemens de scène il règne
sur ces grands théâtres un désordre désagréable et
qui dure assez long-temps : toutes les décorations
sont entremêlées ; on voit de toutes parts un tirail-
lement qui fait peine ; on croit que tout va renverser. Cependant peu à peu tout s'arrange, rien
ne manque, et l'on est tout surpris de voir succéder
à ce long tumulte un spectacle ravissant. Cette
manœuvre est à peu près celle qui se fait dans mon
cerveau quand je veux écrire. Si j'avais su premièrement attendre, et puis rendre dans leur beauté les
choses qui s'y sont ainsi peintes, peu d'auteurs
m'auraient surpassé.

De là vient l'extrême difficulté que je trouve à
écrire. Mes manuscrits raturés, barbouillés, mêlés,
indéchiffrables, attestent la peine qu'ils m'ont cou-
tés. Il n'y en a pas un qu'il ne m'ait fallu transcrire
quatre ou cinq fois avant de le donner à la presse.

Je n'ai jamais rien pu faire la plume à la main vis-
à-vis d'une table et de mon papier : c'est à la promenade, au milieu des rochers et des bois, c'est la
nuit dans mon lit et durant mes insomnies, que
j'écris dans mon cerveau; l'on peut juger avec quelle
lenteur, surtout pour un homme absolument dé-
pourvu de toute mémoire verbale, et qui de la vie
n'a pu retenir six vers par cœur. Il y a telle de mes
périodes que j'ai tournée et retournée cinq ou six
nuits dans ma tête avant qu'elle fût en état d'être
mise sur le papier. De là vient encore que je réussis
mieux aux ouvrages qui demandent du travail, qu'à
ceux qui veulent être faits avec une certaine légè-
reté, comme les lettres; genre dont je n'ai jamais
pu prendre le ton, et dont l'occupation me met au
supplice. Je n'écris point de lettres sur les moindres
sujets qui ne me coûtent des heures de fatigue ; ou
si je veux écrire de suite ce qui me vient, je ne sais
ni commencer ni finir ; ma lettre est un long et
confus verbiage ; à peine m'entend-on quand on
la lit.

Non-seulement les idées me coûtent à rendre,
elles me coûtent même à recevoir. J'ai étudié les
hommes, et je me crois assez bon observateur :
cependant je ne sais rien voir de ce que je vois ; je
ne vois bien que ce que je me rappelle, et je n'ai
de l'esprit que dans mes souvenirs. De tout ce qu'on
dit, de tout ce qu'on fait, de tout ce qui se passe en
ma présence, je ne sens rien, je ne pénètre rien :
le signe extérieur est tout ce qui me frappe. Mais
ensuite tout cela me revient; je me rappelle le lieu,
le temps, le ton, le regard, le geste, la circonstance; rien ne m'échappe : alors, sur ce qu'on a
fait ou dit, je trouve ce qu'on a pensé, et il est
rare que je me trompe.

Si peu maître de mon esprit, seul avec moi-même, qu'on juge de ce que je dois être dans la conversation, où, pour parler à propos, il faut penser à la fois et sur-le-champ à mille choses. La seule idée de tant de convenances, dont je suis sûr d'oublier au moins quelqu'une, suffit pour m'intimider. Je ne comprends pas même comment on ose parler dans un cercle; car à chaque mot il faudrait passer en revue tous les gens qui sont là; il faudrait connaître tous leurs caractères, savoir toutes leurs histoires, pour être sûr de ne rien dire qui puisse offenser quelqu'un. Là-dessus ceux qui vivent dans le monde ont un grand avantage : sachant mieux ce qu'il faut taire, ils sont plus sûrs de ce qu'ils disent : encore leur échappe-t-il souvent des balourdises. Qu'on juge de celui qui tombe là des nues : il lui est presque impossible de parler une minute impunément. Dans le tête-à-tête il y a un autre inconvénient que je trouve pire; la nécessité de parler toujours. Quand on vous parle, il faut répondre; et, si l'on ne dit mot, il faut relever la conversation. Cette insupportable contrainte m'eût seule dégoûté de la société. Je ne trouve point de gêne plus terrible que l'obligation de parler sur-le-champ et toujours. Je ne sais si ceci tient à ma mortelle aversion pour tout assujettissement; mais c'est assez qu'il faille absolument que je parle, pour que je dise une sottise infailliblement.

Ce qu'il y a de plus fatal est qu'au lieu de savoir me taire quand je n'ai rien à dire, c'est alors que, pour payer plus tôt ma dette, j'ai la fureur de vouloir parler. Je me hâte de balbutier promptement quelques paroles sans idées, trop heureux quand elles ne signifient rien du tout. En voulant vaincre ou cacher mon ineptie, je manque rarement de la montrer. [Entre mille exemples que j'en pourrais citer, j'en prends un qui n'est pas de ma jeunesse, mais d'un temps où, ayant vécu plusieurs années dans le monde, j'en aurais pris l'aisance et le ton si la chose eût été possible. J'étais un soir entre deux grandes dames et un homme qu'on peut nommer; c'était M. le duc de Gontaut. Il n'y avait personne autre dans la chambre, et je m'efforçais de fournir quelques mots, Dieu sait quels! à une conversation entre quatre personnes dont trois n'avaient assurément pas besoin de mon supplément. La maîtresse de la maison (*) se fit apporter un opiat dont elle prenait tous les jours deux fois pour son estomac. L'autre dame, lui voyant faire la grimace, dit en riant : Est-ce de l'opiat de M. Tronchin? Je ne crois pas, répondit sur le même ton la première. Je crois qu'elle (**) ne vaut guère mieux, ajouta galamment le spirituel Rousseau. Tout le monde resta interdit ; il n'échappa ni le moindre mot ni le moindre sourire, et l'instant d'après la conversation prit un autre tour. Vis-à-vis d'une autre la balourdise eût pu n'être que plaisante; mais adressée à une femme trop aimable pour n'avoir pas un peu fait parler d'elle, et qu'assurément je n'avais pas dessein d'offenser, elle était terrible : et je crois que les deux témoins, homme et femme, eurent bien de la peine à s'empêcher d'éclater. Voilà de ces traits d'esprit qui m'échappent pour vouloir parler sans trouver rien à dire. J'oublierai difficile-

---

(*) Madame la maréchale de Luxembourg. L'autre dame était madame de Mirepoix. *Voyez* liv. 10 des *Confessions*.

(**) On dit *opiat* et *opiate*, le second est féminin. L'académie ne parle que du premier mot: les auteurs du *Dictionnaire* de Trévoux , et l'abbé Féraud dans son *Dictionnaire critique* parlent des deux. Le premier est plus usité.

ment celui-là; car, outre qu'il est par lui-même très-mémorable, j'ai dans la tête qu'il a eu des suites qui ne me le rappellent que trop souvent.

Je crois que voilà de quoi faire assez comprendre comment, n'étant pas un sot, j'ai néanmoins souvent passé pour l'être, même chez des gens en état de bien juger : d'autant plus malheureux que ma physionomie et mes yeux promettent davantage, et que cette attente frustrée rend plus choquante aux autres ma stupidité. Ce détail, qu'une occasion particulière a fait naître, n'est pas inutile à ce qui doit suivre. Il contient la clef de bien des choses extraordinaires qu'on m'a vu faire, et qu'on attribue à une humeur sauvage que je n'ai point. J'aimerais la société comme un autre, si je n'étais sûr de m'y montrer non-seulement à mon désavantage, mais tout autre que je ne suis. Le parti que j'ai pris d'écrire et de me cacher est précisément celui qui me convenait. Moi présent, on n'aurait jamais su ce que je valais, on ne l'aurait pas soupçonné même; et c'est ce qui est arrivé à madame Dupin, quoique femme d'esprit, et quoique j'aie vécu dans sa maison plusieurs années. Elle me l'a dit bien des fois elle-même depuis ce temps-là. Au reste tout ceci souffre de certaines exceptions, et j'y reviendrai dans la suite.]

La mesure de mes talens ainsi fixée, l'état qui me convenait ainsi désigné, il ne fut plus question, pour la seconde fois, que de remplir ma vocation. La difficulté fut que je n'avais pas fait mes études et que je ne savais pas même assez de latin pour être prêtre. Madame de Warens imagina de me faire instruire au séminaire pendant quelque temps. Elle en parla au supérieur : c'était un lazariste appelé M. Gros, bon petit homme, à moitié borgne,

maigre, grison, le plus spirituel et le moins pédant
lazariste que j'aie connu; ce qui n'est pas beaucoup dire, à la vérité.

Il venait quelquefois chez maman, qui l'accueillait, le caressait, l'agaçait même, et se faisait
quelquefois lacer par lui; emploi dont il se chargeait assez volontiers. Tandis qu'il était en fonction, elle courait par la chambre de côté et d'autre,
faisant tantôt ceci, tantôt cela. Tiré par le lacet,
M. le supérieur suivait en grondant, et disant à
tout moment : Mais, madame, tenez-vous donc.
Cela faisait un sujet assez pittoresque.

M. Gros se prêta de bon cœur au projet de maman. Il se contenta d'une pension très-modique
et se chargea de l'instruction. Il ne fut plus question que du consentement de l'évêque, qui non-
seulement l'accorda, mais qui voulut payer la pension. Il permit aussi que je restasse en habit laïque,
jusqu'à ce qu'on pût juger par un essai du succès
qu'on devait espérer.

Quel changement! il fallut m'y soumettre. J'allai
au séminaire comme j'aurais été au supplice. La
triste maison qu'un séminaire, surtout pour qui
sort de celle d'une aimable femme! J'y portai un
livre que j'avais prié maman de me prêter, et qui
me fut d'une grande ressource. On ne devinera pas
quelle sorte de livre c'était : un livre de musique.
Parmi les talens qu'elle avait cultivés, la musique
n'avait pas été oubliée. Elle avait de la voix, chantait passablement, et jouait un peu du clavecin.
Elle avait eu la complaisance de me donner quelques
leçons de chant; et il fallut commencer de loin,
car à peine savais-je la musique de nos psaumes.
Huit ou dix leçons de femme, et fort interrompues,
loin de me mettre en état de solfier, ne m'ap-

prirent pas le quart des signes de la musique. Cependant j'avais une telle passion pour cet art, que je voulus essayer de m'exercer seul. Le livre que j'emportai n'était pas même des plus faciles; c'étaient les cantates de Clérambault. On concevra quelle fut mon application et mon obstination, quand je dirai que, sans connaître ni transposition ni quantité, je parvins à déchiffrer et chanter sans faute le premier récitatif et le premier air de la cantate d'Alphée et Aréthuse; et il est vrai que cet air est scandé si juste, qu'il ne faut que réciter les vers avec leur mesure pour y mettre celle de l'air.

Il y avait au séminaire un maudit lazariste qui m'entreprit et qui me fit prendre en horreur le latin qu'il voulait m'enseigner. Il avait des cheveux plats, gras et noirs, un visage de pain-d'épice, une voix de buffle, un regard de chat-huant, des crins de sanglier au lieu de barbe; son sourire était sardonique; ses membres jouaient comme les poulies d'un mannequin. J'ai oublié son odieux nom; mais sa figure effrayante et doucereuse m'est bien restée, et je ne puis me la rappeler sans frémir. Je crois le rencontrer encore dans les corridors, avançant gracieusement son crasseux bonnet carré pour me faire signe d'entrer dans sa chambre, plus affreuse pour moi qu'un cachot. Qu'on juge du contraste d'un pareil maître pour le disciple d'un abbé de cour.

Si j'étais resté deux mois à la merci de ce monstre, je suis persuadé que ma tête n'y aurait pas résisté. Mais le bon M. Gros, qui s'aperçut que j'étais triste, que je ne mangeais pas, que je maigrissais, devina le sujet de mon chagrin; cela n'était pas difficile. Il m'ôta des griffes de ma bête, et par un autre contraste encore plus marqué me

remit au plus doux des hommes. C'était un jeune
abbé faussigneran, appelé M. Gâtier, qui faisait
son séminaire, et qui, par complaisance pour
M. Gros, et, je crois, par humanité, voulait bien
prendre sur ses études le temps qu'il donnait à diriger les miennes. Je n'ai jamais vu de physionomie
plus touchante que celle de M. Gâtier. Il était
blond, et sa barbe tirait sur le roux; il avait le maintien ordinaire aux gens de sa province, qui, sous
une figure épaisse, cachent tous beaucoup d'esprit:
mais ce qui se marquait vraiment en lui était une
âme sensible, affectueuse, aimante. Il y avait dans
ses grands yeux bleus un mélange de douceur, de
tendresse et de tristesse, qui faisait qu'on ne pouvait le voir sans s'intéresser à lui. Aux regards, au
ton de ce pauvre jeune homme, on eût dit qu'il
prévoyait sa destinée, et qu'il se sentait né pour
être malheureux.

Son caractère ne démentait point sa physionomie : plein de patience et de complaisance, il semblait plutôt étudier avec moi que m'instruire. Il
n'en fallait pas tant pour me le faire aimer : son
prédécesseur avait rendu cela très-facile. Cependant, malgré tout le temps qu'il me donnait, malgré toute la bonne volonté que nous y mettions l'un
et l'autre, et quoiqu'il s'y prît très-bien, j'avan-
çai peu en travaillant beaucoup. Il est singulier
qu'avec assez de conception je n'ai jamais pu rien
apprendre avec des maîtres, excepté mon père et
M. Lambercier : le peu que je sais de plus, je l'ai
appris seul, comme on verra ci-après. Mon esprit,
impatient de toute espèce de joug, ne peut s'asser-
vir à la loi du moment : la crainte même de ne pas
apprendre m'empêche d'être attentif. De peur d'im-
patienter celui qui me parle, je feins d'entendre:

il va en avant, et je n'entends rien. Mon esprit veut marcher à son heure; il ne peut se soumettre à celle d'autrui.

Le temps des ordinations étant venu, M. Gâtier s'en retourna diacre dans sa province : il emporta mes regrets, mon attachement, ma reconnaissance : je fis pour lui des vœux qui n'ont pas été plus exaucés que ceux que j'ai faits pour moi-même. Quelques années après, j'appris qu'étant vicaire dans une paroisse il avait fait un enfant à une fille, la seule dont, avec un cœur très-tendre, il eût été jamais amoureux. Ce fut un scandale effroyable dans un diocèse administré très-sévère-ment : les prêtres, en bonne règle, ne doivent faire des enfans qu'à des femmes mariées. Pour avoir manqué à cette loi de convenance il fut mis en prison, diffamé, chassé. Je ne sais s'il aura pu dans la suite rétablir ses affaires; mais le sentiment de son infortune, profondément gravé dans mon cœur, me revint quand j'écrivis l'*Émile;* et réunissant M. Gâtier avec M. Gaime, je fis de ces deux dignes prêtres l'original du *Vicaire savoyard.* Je me flatte que l'imitation n'a pas déshonoré ses modèles.

Pendant que j'étais au séminaire, M. d'Aubonne fut obligé de quitter Anneci. M. l'intendant s'avisa de trouver mauvais qu'il fît l'amour à sa femme : c'était faire comme le chien du jardinier ; car, quoique madame Corvezi fût aimable, il vivait fort mal avec elle. Des goûts ultramontains la lui rendaient inutile, et il la traitait si brutalement qu'il fut question de séparation. M. Corvezi était un vilain homme, noir comme une taupe, fripon comme une chouette, et qui à force de vexations finit par se faire chasser lui-même. On dit que les

Provençaux se vengent de leurs ennemis par des
chansons : d'Aubonne se vengea du sien par une
comédie; il envoya cette pièce à madame de Warens, qui me la fit voir. Elle me plut, et me fit
naître la fantaisie d'en faire une pour essayer si
j'étais en effet aussi bête que l'auteur l'avait prononcé : mais ce ne fut qu'à Chambéri que j'exécu-
tai ce projet en écrivant l'*Amant de lui-même.*
Ainsi, quand j'ai dit dans la préface de cette pièce
que je l'ai écrite à dix-huit ans, j'ai menti de quelques années.

C'est à peu près à ce temps-ci que se rapporte
un événement peu important en lui-même, mais
qui a eu pour moi des suites, et qui a fait du bruit
dans le monde quand je l'avais oublié. Toutes les
semaines j'avais une fois la permission de sortir:
je n'ai pas besoin de dire quel usage j'en faisais.
Un dimanche que j'étais chez maman, le feu prit
à un bâtiment des cordeliers attenant à la maison
qu'elle occupait : ce bâtiment, où était leur four,
était plein jusqu'au comble de fascines sèches. Tout
fut embrasé en très-peu de temps. La maison était
en grand péril et couverte par les flammes que le
vent y portait : on se mit en devoir de déménager
en hâte et de porter les meubles dans le jardin,
qui était vis-à-vis mes anciennes fenêtres, au delà
du ruisseau dont j'ai parlé. J'étais si troublé, que
je jetais indifféremment par la fenêtre tout ce qui
me tombait sous la main, jusqu'à un gros mortier
de pierre qu'en tout autre temps j'aurais eu peine
à soulever : j'étais prêt à y jeter de même une
grande glace, si l'on ne m'eût retenu. Le bon
évêque, qui était venu voir maman ce jour-là, ne
resta pas non plus oisif : il l'emmena dans le jardin,
où il se mit en prières avec elle et tous ceux qui

étaient là, en sorte qu'arrivant quelque temps après je vis tout le monde à genoux, et m'y mis comme les autres. Durant la prière du saint homme le vent changea, mais si brusquement et si à propos, que les flammes qui couvraient la maison et entraient déjà par les fenêtres furent portées de l'autre côté, et la maison n'eut aucun mal. Deux ou trois ans après, M. de Bernex étant mort, les antonins, ses anciens confrères, commencèrent à recueillir les pièces qui pouvaient servir à sa béatification : à la prière du P. Boudet, je joignis à ces pièces une attestation du fait que je viens de rapporter, en quoi je fis bien ; mais en quoi je fis mal, ce fut de donner ce fait pour un miracle. J'avais vu l'évêque en prière, et, durant sa prière, j'avais vu le vent changer, et même très à propos ; voilà ce que je pouvais dire et certifier : mais qu'une de ces deux choses fût la cause de l'autre, voilà ce que je ne devais pas attester, parce que je ne pouvais le savoir. Cependant, autant que je puis me rappeler mes idées, alors sincèrement catholique, j'étais de bonne foi : l'amour du merveilleux si naturel au cœur humain, ma vénération pour ce vertueux prélat, l'orgueil secret d'avoir peut-être contribué moi-même au miracle, aidèrent à me séduire ; et ce qu'il y a de sûr est que si ce miracle eût été l'effet des plus ardentes prières, j'aurais bien pu m'en attribuer ma part.

Plus de trente ans après, lorsque j'eus publié les *Lettres de la montagne*, M. Fréron déterra ce certificat, je ne sais comment, et en fit usage dans ses feuilles. Il faut avouer que la rencontre était heureuse, et l'à-propos me parut à moi-même très-plaisant.

J'étais destiné à être le rebut de tous les états.

Quoique M. Gâtier eût rendu de mes progrès le
compte le moins défavorable qu'il lui fût possible,
on voyait qu'ils n'étaient pas proportionnés à mon
travail, et cela n'était pas encourageant pour me
faire pousser mes études : aussi l'évêque et le supérieur se rebutèrent-ils, et l'on me rendit à madame
de Warens comme un sujet qui n'était pas même
bon pour être prêtre; au reste assez bon garçon,
disait-on, et point vicieux; ce qui fit que, malgré
tant de préjugés rebutans sur mon compte, elle ne
m'abandonna pas.

Je rapportai chez elle en triomphe son livre de
musique dont j'avais tiré si bon parti : mon air
d'Alphée et Aréthuse était, à peu près, tout ce
que j'avais appris au séminaire. Mon goût marqué
pour cet art lui fit naître la pensée de me faire musicien. L'occasion était commode : on faisait chez
elle, au moins une fois la semaine, de la musique;
et le maître de musique de la cathédrale, qui dirigeait ce petit concert, venait la voir très-souvent.
C'était un Parisien nommé aussi M. Le Maître, bon
compositeur, fort vif, fort gai, jeune encore,
assez bien fait, peu d'esprit, mais au demeurant
très-bon homme. Maman me fit faire sa connaissance : je m'attachais à lui, je ne lui déplaisais
pas. On parla de pension : l'on en convint. Bref,
j'entrai chez lui, et j'y passai l'hiver d'autant plus
agréablement que, la maîtrise n'étant qu'à vingt
pas de la maison de madame de Warens, nous
étions chez elle en un moment, et nous y soupions
très-souvent ensemble.

On jugera bien que la vie de la maîtrise, toujours
chantante et gaie avec les musiciens et les enfans
de chœur, me plaisait plus que celle du séminaire
avec les pères de Saint-Lazare. Cependant cette vie,

pour être plus libre, n'en était pas moins égale et réglée : j'étais fait pour aimer l'indépendance et pour n'en abuser jamais. Durant six mois entiers je ne sortis pas une seule fois que pour aller chez maman ou à l'église, et je n'en fus pas même tenté. Cet intervalle est un de ceux où j'ai vécu dans le plus grand calme, et que je me suis rappelés avec le plus de plaisir : dans les situations diverses où je me suis trouvé, quelques-uns ont été marqués par un tel sentiment de bien-être, qu'en les remémorant j'en suis affecté comme si j'y étais encore; non-seulement je me rappelle les temps, les lieux, les personnes, mais tous les objets environnans, la température de l'air, son odeur, sa couleur, une certaine impression locale qui ne s'est fait sentir que là, et dont le souvenir vif m'y transporte de nouveau. Par exemple, tout ce qu'on répétait à la maîtrise, tout ce qu'on chantait au chœur, tout ce qu'on y faisait, le bel et noble habit des chanoines, les chasubles des prêtres, les mitres des chantres, la figure des musiciens, un vieux charpentier boiteux qui jouait de la contre-basse, un petit abbé blondin qui jouait du violon, le lambeau de soutane qu'après avoir posé son épée Le Maître endossait par-dessus son habit laïque, et le beau surplis fin dont il en couvrait les loques pour aller au chœur; l'orgueil avec lequel j'allais, tenant ma petite flûte à bec, m'établir dans l'orchestre à la tribune pour un petit bout de récit que M. Le Maître avait fait exprès pour moi; le bon dîner qui nous attendait ensuite, le bon appétit qu'on y portait : ce concours d'objets, vivement retracé, m'a cent fois charmé dans ma mémoire, autant et plus que dans la réalité. J'ai gardé toujours une affection tendre pour un certain air du *Conditor alme siderum*, qui marche par

ïambes, parce qu'un dimanche de l'Avent j'entendis
de mon lit chanter cette hymne avant le jour sur le
perron de la cathédrale, selon un rit de cette église-
là. Mademoiselle Merceret, femme de chambre de
maman, savait un peu de musique : je n'oublierai
jamais un petit motet, *Afferte*, que M. Le Maître
me fit chanter avec elle, et que sa maîtresse écoutait avec tant de plaisir. Enfin tout, jusqu'à la
bonne servante Perrine, qui était si bonne fille et
que les enfans de chœur faisaient tant endêver,
tout, dans les souvenirs de ces temps de bonheur
et d'innocence, revient souvent me ravir et m'attrister.

Je vivais à Anneci depuis un an sans le moindre
reproche; tout le monde était content de moi. Depuis
mon départ de Turin je n'avais point fait de sottise;
et je n'en fis point tant que je fus sous les yeux de
maman. Elle me conduisait, et me conduisait toujours bien : mon attachement pour elle était devenu
ma seule passion; et ce qui prouve que ce n'était pas
une passion folle, c'est que mon cœur formait ma
raison. Il est vrai qu'un seul sentiment, absorbant
pour ainsi dire toutes mes facultés, me mettait hors
d'état de rien apprendre, pas même la musique,
bien que j'y fisse tous mes efforts. Mais il n'y avait
point de ma faute : la bonne volonté y était tout
entière; l'assiduité y était. J'étais distrait, rêveur,
je soupirais; qu'y pouvais-je faire ? Il ne manquait
à mes progrès rien qui dépendît de moi; mais pour
que je fisse de nouvelles folies, il ne fallait qu'un
sujet qui vînt me les inspirer. Ce sujet se présenta;
le hasard arrangea les choses, et, comme on verra
dans la suite, ma mauvaise tête en tira parti.

Un soir du mois de février qu'il faisait bien froid,
comme nous étions tous autour du feu, nous enten-

dîmes frapper à la porte de la rue. Perrine prend sa
lanterne, descend, ouvre : un jeune homme entre,
monte avec elle, se présente d'un air aisé, et fait
à M. Le Maître un compliment court et bien tourné,
se donnant pour un musicien français que le mauvais état de ses finances forçait de vicarier pour
passer son chemin. A ce mot de musicien français,
le cœur tressaillit au bon Le Maître, il aimait passionnément son pays et son art. Il accueillit le jeune
passager, lui offrit le gîte dont il paraissait avoir
grand besoin, et qu'il accepta sans beaucoup de façon.
Je l'examinai tandis qu'il se chauffait et qu'il jasait en
attendant le souper. Il était court de stature, large de
carrure ; il avait je ne sais quoi de contrefait dans sa
taille, sans aucune difformité particulière : c'était,
pour ainsi dire, un bossu à épaules plates, mais je
crois qu'il boitait un peu. Il avait un habit noir plutôt
usé que vieux, et qui tombait par pièces, une chemise
très-fine et très-sale, de belles manchettes d'effilé,
des guêtres dans chacune desquelles il aurait mis ses
deux jambes, et, pour se garantir de la neige, un
petit chapeau à porter sous le bras. Dans ce comique
équipage il y avait pourtant quelque chose de noble
que son maintien ne démentait pas ; sa physionomie
avait de la finesse et de l'agrément : il parlait facilement et bien, mais très-peu modestement ; tout
marquait en lui un jeune débauché qui avait eu de
l'éducation, et qui n'allait pas gueusant comme un
gueux, mais comme un fou. Il nous dit qu'il s'appelait Venture de Villeneuve ; qu'il venait de Paris,
qu'il s'était égaré dans sa route ; et, oubliant un peu
son rôle de musicien, il ajouta qu'il allait à Grenoble voir un parent qu'il avait dans le parlement.

Pendant le souper on parla de musique, et il en
parla bien. Il connaissait tous les grands virtuoses,

tous les ouvrages célèbres, tous les acteurs, toutes les
actrices, toutes les jolies femmes, tous les grands sei-
gneurs. Sur tout ce qu'on disait il paraissait au fait ;
mais à peine un sujet était-il entamé qu'il brouillait
l'entretien par quelque polissonnerie qui faisait rire
et oublier ce qu'on avait dit. C'était un samedi : il
y avait le lendemain musique à la cathédrale. M. Le
Maître lui propose d'y chanter ; *Très-volontiers* : lui
demande quelle est sa partie ; *La haute-contre* : et
il parle d'autre chose. Avant d'aller à l'église, on lui
offrit sa partie à prévoir ; il n'y jeta pas les yeux.
Cette gasconnade surprit Le Maître ; Vous verrez, me
dit-il à l'oreille, qu'il ne sait pas une note de musique. J'en ai grand'peur, lui répondis-je. Je les suivis
très-inquiet. Quand on commença, le cœur me
battit d'une terrible force : car je m'intéressais
beaucoup à lui.

J'eus bientôt de quoi me rassurer. Il chanta ses
deux récits avec toute la justesse et tout le goût ima-
ginables, et, qui plus est, avec une très-jolie voix.
Je n'ai guère eu de plus agréable surprise. Après la
messe, il reçut des complimens à perte de vue des
chanoines et des musiciens, auxquels il répondait en
polissonnant, mais toujours avec beaucoup de grâce.
M. Le Maître l'embrassa de bon cœur ; j'en fis autant :
il vit que j'étais bien aise, et cela parut lui faire plaisir.

On conviendra, je m'assure, qu'après m'être
engoué de M. Bâcle, qui, tout compté, n'était qu'un
manant, je pouvais m'engouer de M. Venture, qui
avait de l'éducation, de l'esprit, des talens, de l'usage
du monde, et qui pouvait passer pour un aimable
débauché. C'est aussi ce qui m'arriva, et ce qui serait
arrivé, je pense, à tout autre jeune homme à ma
place, d'autant plus facilement encore, qu'il aurait
eu un meilleur tact pour sentir le mérite, et un

meilleur goût pour s'y attacher : car Venture en
avait sans contredit; et il en avait surtout un bien
rare à son âge, celui de n'être point pressé de montrer son acquis. Il est vrai qu'il se vantait de beaucoup de choses qu'il ne savait point : mais pour celles
qu'il savait, et qui étaient en assez grand nombre,
il n'en disait rien ; il attendait l'occasion de les
montrer. Il s'en prévalait alors sans empressement,
et cela faisait le plus grand effet. Comme il s'arrêtait
après chaque chose, sans parler du reste, on ne
savait plus quand il aurait tout montré. Badin,
folâtre, inépuisable, séduisant dans la conversation,
souriant toujours et ne riant jamais, il disait du
ton le plus élégant les choses les plus grossières, et
les faisait passer. Les femmes même les plus mo-
destes s'étonnaient de ce qu'elles enduraient de lui.
Elles avaient beau sentir qu'il fallait se fâcher, elles
n'en avaient pas la force. Il ne lui fallait que des
filles perdues; et je ne crois pas qu'il fût fait pour
avoir de bonnes fortunes : mais il était fait pour
mettre un agrément infini dans le commerce des
gens qui en avaient. Il était difficile qu'avec tant de
talens agréables, dans un pays où l'on s'y connaît, et
où on les aime, il restât borné long-temps à la
sphère des musiciens.

Mon goût pour M. Venture, plus raisonnable dans
sa cause, fut aussi moins extravagant dans ses effets,
quoique plus vif et plus durable que celui que j'avais
pris pour M. Bâcle. J'aimais à le voir, à l'entendre ;
tout ce qu'il faisait me paraissait charmant ; tout
ce qu'il disait me semblait des oracles : mais mon
engouement n'allait point jusqu'à ne pouvoir me
séparer de lui. J'avais à mon voisinage un bon pré-
servatif contre cet excès. D'ailleurs, trouvant ses
maximes très-bonnes pour lui, je sentais qu'elles

n'étaient pas à mon usage; il me fallait une autre
sorte de volupté dont il n'avait pas l'idée, et dont
je n'osais même lui parler, bien sûr qu'il se serait
moqué de moi. Cependant j'aurais voulu allier
cet attachement avec celui qui me dominait. J'en
parlais à maman avec transport; Le Maître lui en
parlait avec éloges. Elle consentit qu'on le lui amenât : mais cette entrevue ne réussit point du tout. Il
la trouva précieuse : elle le trouva libertin ; et,
s'alarmant pour moi d'une aussi mauvaise connaissance, non-seulement elle me défendit de le lui ramener, mais elle me peignit si fortement les dangers
que je courais avec ce jeune homme, que je devins
un peu plus circonspect à m'y livrer; et, très-heureusement pour mes mœurs et pour ma tête, nous
fûmes bientôt séparés.

Le Maître avait les goûts de son art; il aimait le
vin. A table cependant il était sobre : mais en travaillant dans son cabinet, il fallait qu'il bût. Sa
servante le savait si bien, que, sitôt qu'il préparait
son papier pour composer et qu'il prenait son violoncelle, son pot et son verre arrivaient l'instant
d'après, et le pot se renouvelait de temps à autre.
Sans jamais être ivre, il était presque toujours pris
de vin : et en vérité c'était dommage, car c'était
un garçon essentiellement bon, et si gai, que maman ne l'appelait que *petit-chat*. Malheureusement il aimait son talent, travaillait beaucoup, et
buvait de même. Cela prit sur sa santé et enfin sur
son humeur; il était quelquefois ombrageux et facile
à offenser. Incapable de grossièreté, incapable de
manquer à qui que ce fût, il n'a jamais dit une mauvaise parole, même à un de ses enfans de chœur :
mais il ne fallait pas non plus lui manquer, et cela
était juste. Le mal était qu'ayant peu d'esprit il ne

discernait pas les tons et les caractères, et prenait
souvent la mouche sur rien.

L'ancien chapitre de Genève, où jadis tant de
princes et d'évêques se faisaient un honneur d'entrer, a perdu dans son exil son ancienne splendeur,
mais il a conservé sa fierté. Pour pouvoir y être
admis, il faut toujours être gentilhomme ou docteur de Sorbonne; et, s'il est un orgueil pardonnable après celui qui se tire du mérite personnel, c'est
celui qui se tire de la naissance. D'ailleurs tous les
prêtres qui tiennent des laïques à leurs gages les
traitent d'ordinaire avec assez de hauteur. C'est
ainsi que les chanoines traitaient souvent le pauvre
Le Maître. Le chantre surtout, appelé M. l'abbé de
Vidonne, qui du reste était un très-galant homme,
mais trop plein de sa noblesse, n'avait pas toujours
pour lui les égards que méritaient ses talens, et
l'autre n'endurait pas volontiers ses dédains. Cette
année ils eurent, durant la semaine sainte, un
démêlé plus vif qu'à l'ordinaire dans un dîner de
règle que l'évêque donnait aux chanoines, et où Le
Maître était toujours invité. Le chantre lui fit quelque passe-droit, et lui dit quelque parole dure que
celui-ci ne put digérer. Il prit sur-le-champ la
résolution de s'enfuir la nuit suivante : et rien ne put
l'en faire démordre, quoique madame de Warens,
à qui il alla faire ses adieux, fît tous ses efforts pour
l'apaiser. Il ne put renoncer au plaisir de se venger
de ses tyrans en les laissant dans l'embarras aux fêtes
de Pâques, temps où l'on avait le plus grand besoin
de lui : mais ce qui l'embarrassait lui-même était
sa musique qu'il voulait emporter, ce qui n'était
pas facile. Elle formait une caisse assez grosse et fort
lourde, qui ne s'emportait pas sous le bras.

Maman fit ce que j'aurais fait, et ce que je ferais

encore à sa place. Après bien des efforts inutiles
pour le retenir, le voyant résolu de partir comme
que ce fût, elle prit le parti de l'aider en tout ce
qui dépendait d'elle. J'ose dire qu'elle le devait. Le
Maître s'était consacré, pour ainsi dire, à son service. Soit en ce qui tenait à son art, soit en ce qui
tenait à ses soins, il était entièrement à ses ordres ;
et le cœur avec lequel il les suivait, donnait à sa
complaisance un nouveau prix. Elle ne faisait donc
que rendre à un ami, dans une occasion essentielle,
ce qu'il faisait pour elle en détail depuis trois ou
quatre ans ; mais elle avait une âme qui, pour
remplir de pareils devoirs, n'avait pas besoin de
songer que c'en étaient pour elle. Elle me fit venir,
m'ordonna de suivre M. Le Maître au moins jusqu'à
Lyon, et de m'attacher à lui aussi long-temps qu'il
aurait besoin de moi. Elle m'a depuis avoué que
le désir de m'éloigner de Venture était entré pour
beaucoup dans cet arrangement. Elle consulta
Claude Anet, son fidèle domestique, pour le transport de la caisse. Il fut d'avis qu'au lieu de prendre à Anneci une bête de somme, qui nous ferait
infailliblement découvrir, il fallait, quand il serait
nuit, porter la caisse à bras jusqu'à une certaine
distance, et louer ensuite un âne dans un village
pour la transporter jusqu'à Seyssel, où étant sur
terre de France, nous n'aurions plus rien à risquer. Cet avis fut suivi : nous partîmes le soir à
sept heures ; et maman, sous prétexte de payer
ma dépense, grossit la bourse du pauvre *petit-
chat* d'un surcroît qui ne lui fut pas inutile. Claude
Anet, le jardinier et moi, portâmes la caisse comme
nous pûmes jusqu'au premier village, ou un âne
nous relaya ; et la même nuit nous nous rendîmes
à Seyssel.

Je crois avoir déjà remarqué qu'il y a des temps
où je suis si peu semblable à moi-même, qu'on
me prendrait pour un autre homme d'un caractère
tout opposé. On en va voir un exemple. M. Reydelet,
curé de Seyssel, était chanoine de Saint-Pierre,
par conséquent de la connaissance de M. Le Maître,
et l'un des hommes dont il devait le plus se cacher.
Mon avis fut au contraire d'aller nous présenter à
lui, et lui demander gîte sous quelque prétexte,
comme si nous étions là du consentement du chapitre. Le Maître goûta cette idée, qui rendait sa
vengeance moqueuse et plaisante. Nous allâmes
donc effrontément chez M. Reydelet, qui nous
reçut très-bien. Le Maître lui dit qu'il allait à Belley, à la prière de l'évêque, diriger sa musique
aux fêtes de Pâques; et moi, à la faveur de ce
mensonge, j'en enfilai cent autres si naturels, que
M. Reydelet me trouvant joli garçon, me prit en
amitié et me fit mille caresses. Nous fûmes bien
régalés, bien couchés; M. Reydelet ne savait quelle
chère nous faire, et nous nous séparâmes les meilleurs amis du monde, avec promesse de rester
plus long-temps au retour. A peine pûmes-nous attendre que nous fussions seuls pour commencer
nos éclats de rire; et j'avoue qu'ils me reprennent
encore en y pensant, car on ne saurait imaginer
une espièglerie mieux soutenue ni plus heureuse.
Elle nous eût égayés durant toute la route, si M. Le
Maître qui ne cessait de boire et de battre la campagne, n'eût été attaqué deux ou trois fois d'une
atteinte à laquelle il devenait très-sujet, et qui ressemblait fort à l'épilepsie. Cela me jeta dans des
embarras qui m'effrayèrent, et dont je pensai bientôt à me tirer comme je pourrais.

Nous allâmes à Belley passer les fêtes de Pâques

comme nous l'avions dit à M. Reydelet, et quoique nous n'y fussions point attendus, nous fûmes reçus du maître de musique et accueillis de tout le monde avec grand plaisir. M. Le Maître avait de la considération dans son art, et la méritait. Le maître de musique de Belley se fit honneur de ses meilleurs ouvrages, et tâcha d'obtenir l'approbation d'un si bon juge; car outre que Le Maître était connaisseur, il était équitable, point jaloux, et point flagorneur. Il était si supérieur à tous ces maîtres de musique de province, et ils le sentaient si bien eux-mêmes, qu'ils le regardaient moins comme leur confrère que comme leur chef.

Après avoir passé très-agréablement quatre ou cinq jours à Belley, nous en repartîmes et continuâmes notre route, sans autres accidens que ceux dont je viens de parler. Arrivés à Lyon, nous fûmes loger à Notre-Dame de Pitié; et en attendant la caisse, qu'à la faveur d'un autre mensonge nous avions embarquée sur le Rhône par les soins de notre bon patron M. Reydelet, Le Maître alla voir ses connaissances, entre autres le P. Caton, cordelier, dont il sera parlé dans la suite, et l'abbé Dortan, comte de Lyon. L'un et l'autre le reçurent bien, mais ils le trahirent : son bonheur s'était épuisé chez M. Reydelet.

Deux jours après notre arrivée à Lyon, comme nous passions dans une petite rue non loin de notre auberge, Le Maître fut surpris d'une de ses atteintes, et celle-là fut si violente que j'en fus saisi d'effroi. Je fis des cris, appelai du secours, nommai son auberge, et suppliai qu'on l'y fît porter; puis, tandis qu'on s'assemblait et s'empressait autour d'un homme tombé sans sentiment et écumant au milieu de la rue, il fut délaissé du seul ami sur lequel il eût dû compter. Je pris l'instant où personne ne songeait à moi, je tournai le coin de la rue, et je disparus. Grâces au ciel, j'ai fini ce troisième aveu pénible; s'il m'en restait beaucoup de pareils à faire, j'abandonnerais le travail que j'ai commencé.

De tout ce que j'ai dit jusqu'à présent, il en est resté quelques traces dans les lieux où j'ai vécu; mais ce que j'ai à dire dans le livre suivant est presque entièrement ignoré. Ce sont les plus grandes extravagances de ma vie, et il est heureux qu'elles n'aient pas plus mal fini. Mais ma tête, montée au ton d'un instrument étranger, était hors de son diapason; elle y revint d'elle-même, et alors je cessai mes folies, ou du moins, j'en fis de plus accordantes à mon naturel. Cette époque de ma jeunesse est celle dont j'ai l'idée la plus confuse. Rien presque ne s'y est passé d'assez intéressant à mon cœur pour m'en rappeler vivement le souvenir; et il est difficile que dans tant d'allées et venues, dans tant de déplacemens successifs, je ne fasse pas quelques transpositions de temps ou de lieu. J'écris absolument de mémoire, sans monumens, sans matériaux qui puissent me la rappeler. Il y a des événemens de ma vie qui me sont aussi présens que s'ils venaient d'arriver, mais il y a des lacunes et des vides que je ne peux remplir qu'à l'aide de récits aussi confus que le souvenir qui m'en est resté. J'ai donc pu faire des erreurs quelquefois, et j'en pourrai faire encore sur des bagatelles, jusqu'au temps où j'ai de moi des renseignemens plus sûrs; mais, en ce qui importe vraiment au sujet, je suis assuré d'être exact et fidèle, comme je tâcherai toujours de l'être en tout. Voilà sur quoi l'on peut compter.

Sitôt que j'eus quitté M. Le Maître, ma résolu-

tion fut prise, et je repartis pour Anneci. La cause
et le mystère de notre départ m'avaient donné un
grand intérêt pour la sûreté de notre retraite; et
cet intérêt, m'occupant tout entier, avait fait diversion durant quelques jours à celui qui me rappelait
en arrière : mais dès que la sécurité me laissa plus
tranquille, le sentiment dominant reprit sa place.
Rien ne me flattait, rien ne me tentait; je n'avais
de désir pour rien que pour retourner auprès de
maman. La tendresse et la vérité de mon attachement pour elle avaient déraciné de mon cœur tous
les projets imaginaires, toutes les folies de l'ambition. Je ne voyais plus d'autre bonheur que celui
de vivre auprès d'elle, et je ne faisais pas un pas
sans sentir que je m'éloignais de ce bonheur. J'y
revins donc aussitôt que cela me fut possible. Mon
retour fut si prompt et mon esprit si distrait, que
quoique je me rappelle avec tant de plaisir tous
mes autres voyages, je n'ai pas le moindre souvenir de celui-là. Je ne m'en rappelle rien du tout,
sinon mon départ de Lyon et mon arrivée à Anneci.
Qu'on juge surtout si cette dernière époque a dû
sortir de ma mémoire : en arrivant je ne trouvai
plus madame de Warens ; elle était partie pour
Paris.

Je n'ai jamais bien su le secret de ce voyage. Elle
me l'aurait dit, j'en suis très-sûr, si je l'en avais
pressée; mais jamais homme ne fut moins curieux
que moi des secrets de ses amis. Mon cœur,
uniquement occupé du présent et de l'avenir, en
remplit toute sa capacité, tout son espace; et hors
mes plaisirs passés, qui font désormais mes uniques
jouissances, il n'y reste pas un coin vide pour ce
qui n'est plus. Tout ce que j'ai cru entrevoir dans
le peu qu'elle m'en a dit, est que dans la révolution

causée à Turin par l'abdication du roi de Sardaigne, elle craignit d'être oubliée, et voulut, à la faveur des intrigues de M. d'Aubonne, chercher le
même avantage à la cour de France, où elle m'a
souvent dit qu'elle l'eût préféré, parce que la multitude des grandes affaires fait qu'on n'y est pas si
désagréablement surveillé. Si cela est, il est bien
étonnant qu'à son retour on ne lui ait pas fait plus
mauvais visage, et qu'elle ait toujours joui de sa
pension sans aucune interruption. Bien des gens
ont cru qu'elle avait été chargée de quelque commission secrète, soit de la part de l'évêque qui avait
alors des affaires à la cour de France, où il fut lui-
même obligé d'aller, soit de la part de quelqu'un
plus puissant encore, qui sut lui ménager un heureux retour. Ce qu'il y a de sûr, si cela est, est
que l'ambassadrice n'était pas mal choisie, et que,
jeune et belle encore, elle avait tous les talens nécessaires pour se bien tirer d'une négociation.

FIN DU LIVRE TROISIÈME.

LIVRE QUATRIÈME.

J'arrive, et je ne la trouve plus. Qu'on juge de ma surprise et de ma douleur. C'est alors que le regret d'avoir lâchement abandonné M. Le Maître commença de se faire sentir. Il fut plus vif encore quand j'appris le malheur qui lui était arrivé. Sa caisse de musique, qui contenait toute sa fortune, cette précieuse caisse sauvée avec tant de fatigues, avait été saisie à Lyon par les soins du comte Dortan, à qui le chapitre avait fait écrire pour le prévenir de cet enlèvement furtif. Le Maître avait en vain réclamé son bien, son gagne-pain, le travail de toute sa vie. La propriété de cette caisse était au moins sujette à litige; il n'y en eut point; l'affaire fut décidée à l'instant par la loi du plus fort, et le pauvre Le Maître perdit ainsi le fruit de ses talens, l'ouvrage de sa jeunesse, et la ressource de ses vieux jours.

Il ne manqua rien au coup que je reçus pour le rendre accablant. Mais j'étais dans un âge où les grands chagrins ont peu de prise, et je forgeai bientôt des consolations. Je comptais avoir dans peu des nouvelles de madame de Warens, quoique je ne susse pas son adresse, et qu'elle ignorât que j'étais de retour; et quant à ma désertion, tout bien compté, je ne la trouvais pas si coupable. J'avais été utile à M. Le Maître dans sa retraite; c'était le seul service qui dépendît de moi. Si j'avais resté avec lui en France, je ne l'aurais pas guéri de son mal, je n'aurais pas sauvé sa caisse, je n'aurais fait que doubler sa dépense, sans lui pouvoir être bon à rien. Voilà comment alors je voyais la chose;

je la vois autrement aujourd'hui. Ce n'est pas quand
une vilaine action vient d'être faite qu'elle nous
tourmente; c'est quand long-temps après on se la
rappelle; car le souvenir ne s'en éteint point.

Le seul parti que j'avais à prendre pour avoir des
nouvelles de maman, était d'en attendre : car où
l'aller chercher à Paris? et avec quoi faire le voyage?
Il n'y avait point de lieu plus sûr qu'Anneci pour
savoir tôt ou tard où elle était. J'y restai donc. Mais
je me conduisis assez mal. Je n'allai point voir
l'évêque, qui m'avait protégé, et qui me pouvait
protéger encore. Je n'avais plus ma patronne auprès
de lui, et je craignais les réprimandes sur notre
évasion. J'allai encore moins au séminaire : M. Gros
n'y était plus. Je ne vis personne de ma connaissance; j'aurais pourtant bien voulu aller voir madame l'intendante, mais je n'osai jamais. Je fis plus
mal que tout cela. Je retrouvai M. Venture, auquel, malgré mon enthousiasme, je n'avais pas
même pensé depuis mon départ. Je le retrouvai
brillant et fêté dans tout Anneci; les dames se l'ar-
rachaient. Ce succès acheva de me tourner la tête. Je
ne vis plus rien que M. Venture, et il me fit presque oublier madame de Warens. Pour profiter de
ses leçons plus à mon aise, je lui proposai de partager avec moi son gîte; il y consentit. Il était logé
chez un cordonnier, plaisant et bouffon personnage, qui dans son patois n'appelait pas autrement sa femme que *salopière*, nom qu'elle méritait assez. Il avait avec elle des prises que Venture
avait soin de faire durer en paraissant vouloir faire
le contraire. Il leur disait d'un ton froid, et dans
son accent provençal, des mots qui faisaient le
plus grand effet; c'étaient des scènes à pâmer de
rire. Les matinées se passaient ainsi sans qu'on y son-

geât. A deux ou trois heures nous mangions un
morceau. Venture s'en allait dans ses sociétés, où
il soupait; et moi j'allais me promener seul, médi-
tant sur son grand mérite, et maudissant ma maussade étoile qui ne m'appelait point à cette heureuse
vie. Eh! que je m'y connaissais mal! la mienne eût
été cent fois plus charmante si j'avais été moins
bête, et si j'en avais su mieux jouir.

Madame de Warens n'avait emmené qu'Anet
avec elle; elle avait laissé Merceret sa femme de
chambre, dont j'ai parlé. Je la trouvai occupant
encore l'appartement de sa maîtresse. Mademoiselle Merceret était un peu plus âgée que moi, non
pas jolie, mais assez agréable, une bonne Fribourgeoise sans malice, et à qui je n'ai connu d'autre
défaut que d'être quelquefois un peu mutine avec
sa maîtresse. Je l'allais voir assez souvent; c'était
une ancienne connaissance, et sa vue m'en rappelait une plus chère qui me la faisait aimer. Elle
avait plusieurs amies, entre autres, une demoiselle Giraud, Genevoise, qui, pour mes péchés,
s'avisa de prendre du goût pour moi. Elle pressait
toujours Merceret de m'amener chez elle; je m'y
laissais mener, parce que j'aimais assez Merceret,
et qu'il y avait là d'autres jeunes personnes que je
voyais volontiers. Pour mademoiselle Giraud, qui
me faisait toutes sortes d'agaceries, on ne peut
rien ajouter à l'aversion que j'avais pour elle. Quand
elle approchait de mon visage son museau sec et
noir barbouillé de tabac d'Espagne, j'avais peine à
m'abstenir d'y cracher. Mais je prenais patience;
à cela près, je me plaisais fort au milieu de toutes
ces filles; et, soit pour faire leur cour à mademoiselle
Giraud, soit pour moi-même, toutes me fêtaient
à l'envi. Je ne voyais à tout cela que de l'amitié.

J'ai jugé depuis qu'il n'eût tenu qu'à moi d'y voir davantage : mais je ne m'en avisais pas, je n'y pensais pas.

D'ailleurs des couturières, des filles de chambre, de petites marchandes, ne me tentaient guère : il me fallait des demoiselles. Chacun a sa fantaisie; ç'a toujours été la mienne. Ce n'est pourtant pas du tout la vanité, c'est la volupté qui m'attire; c'est un teint mieux conservé, de plus belles mains, une parure plus gracieuse, un air de délicatesse et de propreté sur toute la personne, plus de goût dans la manière de se mettre et de s'exprimer, une robe plus fine et mieux faite, une chaussure plus mignonne, des rubans, de la dentelle, des cheveux mieux ajustés. Je préférerais toujours la moins jolie ayant plus de tout cela. Je trouve moi-même cette préférence très-ridicule, mais mon cœur la donne malgré moi.

Hé bien! cet avantage se présentait encore, et il ne tint encore qu'à moi d'en profiter. Que j'aime à tomber de temps en temps sur les momens agréables de ma jeunesse! Ils étaient si doux! ils ont été si courts, si rares, et je les ai goûtés à si bon marché! Ah! leur seul souvenir rend encore à mon cœur une volupté pure dont j'ai besoin pour ranimer mon courage, et soutenir les ennuis du reste de mes vieux jours.

L'aurore un matin me parut si belle, que, m'étant habillé précipitamment, je me hâtai de gagner la campagne pour voir lever le soleil. Je goûtai ce plaisir dans tout son charme; c'était la semaine après la Saint-Jean. La terre, dans sa plus grande parure, était couverte d'herbe et de fleurs; les rossignols, presque à la fin de leur ramage, semblaient se plaire à le renforcer : tous les oiseaux, faisant en

concert leurs adieux au printemps, chantaient la
naissance d'un beau jour d'été, d'un de ces beaux
jours qu'on ne voit plus à mon âge, et qu'on n'a jamais vus dans le triste sol où j'habite aujourd'hui(1).

Je m'étais insensiblement éloigné de la ville, la
chaleur augmentait, et je me promenais sous des
ombrages dans un vallon le long d'un ruisseau.
J'entends derrière moi des pas de chevaux et des
voix de filles qui semblaient embarrassées, mais
qui n'en riaient pas de moins bon cœur. Je me
retourne. On m'appelle par mon nom ; j'approche :
je trouve deux jeunes personnes de ma connaissance, mademoiselle de Graffenried et mademoiselle Galley, qui n'étant pas d'excellentes cavalières,
ne savaient comment forcer leurs chevaux à passer
le ruisseau. Mademoiselle de Graffenried était une
jeune Bernoise fort aimable, qui, par quelque
folie de son âge, ayant été jetée hors de son pays,
avait imité madame de Warens, chez qui je l'avais
vue quelquefois ; mais n'ayant pas eu une pension
comme elle, elle avait été trop heureuse de s'attacher à mademoiselle Galley, qui, l'ayant prise en
amitié, avait engagé sa mère à la lui donner pour
compagne, jusqu'à ce qu'on la pût placer de quelque façon. Mademoiselle Galley, d'un an plus
jeune qu'elle, était encore plus jolie ; elle avait je
ne sais quoi de plus délicat, de plus fin ; elle était
en même temps très-mignonne et très-formée, ce
qui est pour une fille le plus beau moment. Toutes
deux s'aimaient tendrement, et leur bon caractère
à l'une et à l'autre ne pouvait qu'entretenir long-
temps cette union, si quelque amant ne venait la

_____

(1) A Wootton en Staffordshire, J.-J. y a demeuré depuis le 22 mars 1766 jusqu'au 30 avril 1767.

déranger. Elles me dirent qu'elles allaient à Toune,
vieux château appartenant à madame Galley ; elles
implorèrent mon secours pour faire passer leurs
chevaux, n'en pouvant venir à bout elles seules.
Je voulus fouetter les chevaux, mais elles craignaient
pour moi les ruades, et pour elles les haut-le-corps.
J'eus recours à un autre expédient : je pris par la
bride le cheval de mademoiselle Galley, puis le ti-
rant après moi, je traversai le ruisseau ayant de
l'eau jusqu'à mi-jambes, et l'autre cheval suivit
sans difficulté. Cela fait, je voulus saluer ces demoiselles, et m'en aller comme un benêt : elles se
dirent quelques mots tout bas ; et mademoiselle de
Graffenried s'adressant à moi : non pas, non pas,
me dit-elle, on ne nous échappe pas comme cela.
Vous vous êtes mouillé pour notre service, et nous devons en conscience avoir soin de vous sécher : il faut
s'il vous plaît, venir avec nous ; nous vous arrêtons
prisonnier. Le cœur me battait, je regardais mademoiselle Galley. Oui, oui, ajouta-t-elle en riant
de ma mine effarée, prisonnier de guerre ; mon-
tez en croupe derrière elle, nous voulons rendre
compte de vous. Mais, mademoiselle, je n'ai pas
l'honneur d'être connu de madame votre mère ;
que dira-t-elle en me voyant arriver ? Sa mère,
reprit mademoiselle de Graffenried, n'est pas à
Toune ; nous revenons ce soir, et vous reviendrez
avec nous.

L'effet de l'électricité n'est pas plus prompt que
celui que ces mots firent sur moi. En m'élançant
sur le cheval de mademoiselle de Graffenried, je
tremblais de joie ; et quand il fallut l'embrasser
pour me tenir, le cœur me battait si fort qu'elle
s'en aperçut ; elle me dit que le sien lui battait
aussi par la frayeur de tomber. C'était presque,

dans ma posture, une invitation de vérifier la
chose; je n'osai jamais, et durant tout le trajet
mes deux bras lui servirent de ceinture, très-
serrée à la vérité, mais sans se déplacer un moment.
Telle femme qui lira ceci me souffletterait volontiers, et n'aurait pas tort.

La gaieté du voyage et le babil de ces filles aigui-
sèrent tellement le mien, que jusqu'au soir, et
tant que nous fûmes ensemble, nous ne dépar-
lâmes pas un moment. Elles m'avaient mis si bien
à mon aise, que ma langue parlait autant que mes
yeux, quoiqu'elle ne dît pas les mêmes choses.
Quelques instans seulement, quand je me trouvais
tête à tête avec l'une ou avec l'autre, l'entretien
s'embarrassait un peu; mais l'absente revenait bien
vite, et ne nous laissait pas le temps d'éclaircir
cet embarras.

Arrivés à Toune, et moi bien séché, nous déjeu-
nâmes. Ensuite il fallut procéder à l'importante
affaire de préparer le dîner. Les deux demoiselles,
tout en cuisinant, baisaient de temps en temps les
enfans de la grangère, et le pauvre marmiton mangeait son pain, sant mot dire, à la fumée du rôti.
On avait envoyé des provisions de la ville, et il y
avait de quoi faire un très-bon dîner, surtout en
friandises; mais malheureusement on avait oublié
du vin. Cet oubli n'était pas étonnant pour des
filles qui n'en buvaient guère; mais j'en fus fâché,
car j'avais un peu compté sur ce secours pour
m'enhardir. Elles en furent fâchées aussi, par la
même raison peut-être, mais je n'en crois rien.
Leur gaieté vive et charmante était l'innocence
même; d'ailleurs qu'eussent-elles fait de moi entre
elles deux? Elles envoyèrent chercher du vin partout
aux environs; on n'en trouva point, tant les paysans

de ce canton sont sobres et pauvres! Comme elles
m'en marquaient leur chagrin, je leur dis de n'en
pas être si fort en peine, et qu'elles n'avaient pas
besoin de vin pour m'enivrer. Ce fut la seule galanterie que j'osai leur dire de la journée; mais je crois
que les friponnes voyaient de reste que cette galanterie était une vérité.

Nous dînâmes dans la cuisine de la grangère, les
deux amies assises sur des bancs aux deux côtés de
la longue table, et leur hôte entre elles deux sur
une escabelle à trois pieds. Quel dîner! Quel souvenir plein de charmes! Comment, pouvant à si
peu de frais goûter des plaisirs si purs et si vrais,
vouloir en rechercher d'autres? Jamais souper des
petites maisons de Paris n'approcha de ce repas, je
ne dis pas seulement pour la gaieté, pour la douce
joie, mais je dis pour la sensualité.

Après le dîner nous fîmes une économie : au lieu
de prendre le café qui nous restait du déjeuner,
nous le gardâmes pour le goûter avec de la crème
et des gâteaux qu'elles avaient apportés; et pour
tenir notre appétit en haleine, nous allâmes dans
le verger achever notre dessert avec des cerises. Je
montai sur l'arbre et je leur en jetais des bouquets
dont elles me rendaient les noyaux à travers les
branches. Une fois mademoiselle Galley, avançant
son tablier et reculant la tête, se présentait si bien,
et je visai si juste, que je lui fis tomber un bouquet dans le sein; et de rire. Je me disais en moi-
même : Que mes lèvres ne sont-elles des cerises!
comme je les leur jetterais ainsi de bon cœur!

La journée se passa de cette sorte à folâtrer avec
la plus grande liberté, et toujours avec la plus
grande décence. Pas un seul mot équivoque, pas
une seule plaisanterie hasardée; et cette décence,

nous ne nous l'imposions point du tout, elle venait
toute seule; nous prenions le ton que nous donnaient nos cœurs. Enfin ma modestie, d'autres
diront ma sottise, fut telle, que la plus grande
privauté qui m'échappa fut de baiser une seule
fois la main de mademoiselle Galley. Il est vrai
que la circonstance ajoutait au prix de cette légère
faveur. Nous étions seuls, je respirais avec embarras, elle avait les yeux baissés : ma bouche, au
lieu de trouver des paroles, s'avisa de se coller sur
sa main, qu'elle retira doucement après qu'elle fut
baisée, en me regardant d'un air qui n'était point
irrité. Je ne sais ce que j'aurais pu lui dire : son
amie entra, et me parut laide en ce moment.

Enfin elles se souvinrent qu'il ne fallait pas
attendre la nuit pour rentrer en ville. Il ne nous
restait que le temps qu'il fallait pour arriver de
jour, et nous nous hâtâmes de partir, en nous
distribuant comme nous étions venus. Si j'avais
osé, j'aurais transposé cet ordre, car le regard de
mademoiselle Galley m'avait vivement ému le cœur :
mais je n'osai rien dire, et ce n'était pas à elle de
le proposer. En marchant nous disions que la
journée avait tort de finir; mais, loin de nous
plaindre qu'elle eût été courte, nous trouvâmes
que nous avions eu le secret de la faire longue par
tous les amusemens dont nous avions su la remplir.

Je les quittai à peu près au même endroit où
elles m'avaient pris. Avec quel regret nous nous séparâmes! Avec quel plaisir nous projetâmes de nous
revoir! Douze heures passées ensemble nous valaient
des siècles de familiarité. Le doux souvenir de
cette journée ne coûtait rien à ces aimables filles;
la tendre union qui régnait entre nous trois valait
des plaisirs plus vifs, et n'eût pu subsister avec eux :

nous nous aimions sans mystère et sans honte, et
nous voulions nous aimer toujours ainsi. L'innocence des mœurs a sa volupté qui vaut bien l'autre,
parce qu'elle n'a point d'intervalle et qu'elle agit
continuellement. Pour moi, je sais que la mémoire
d'un si beau jour me charme plus, me touche
plus, me revient plus au cœur, que celle d'aucuns
plaisirs que j'aie goûtés en ma vie. Je ne savais pas
trop bien ce que je voulais à ces deux charmantes
personnes, mais elles m'intéressaient beaucoup
toutes deux. Je ne dis pas que, si j'eusse été le
maître de mes arrangemens, mon cœur se serait
partagé, j'y sentais un peu de préférence. J'aurais
fait mon bonheur d'avoir pour maîtresse mademoiselle de Graffenried; mais, à choix, je crois
que je l'aurais mieux aimée pour confidente. Quoi
qu'il en soit, il me semblait en les quittant que je
ne pourrais plus vivre sans l'une et sans l'autre.
Qui m'eût dit que je ne les reverrais de ma vie et
que là finiraient nos éphémères amours!

Ceux qui liront ceci ne manqueront pas de rire
de mes aventures galantes, en remarquant qu'après
beaucoup de préliminaires, les plus avancées finis-
sent par baiser la main. O mes lecteurs! ne vous
y trompez pas: j'ai peut-être eu plus de plaisir dans
mes amours en finissant par cette main baisée,
que vous n'en aurez jamais dans les vôtres en commençant tout au moins par là.

Venture, qui s'était couché fort tard la veille,
rentra peu de temps après moi. Pour cette fois je
ne le vis pas avec le même plaisir qu'à l'ordinaire,
et je me gardai de lui dire comment j'avais passé
ma journée. Ces demoiselles m'avaient parlé de
lui avec peu d'estime, et m'avaient paru mécon-
tentes de me savoir en si mauvaises mains; cela lui

fit 'tort dans mon esprit : d'ailleurs tout ce qui me
distrayait d'elles ne pouvait que m'être désagréable. Cependant il me rappela bientôt à lui et à
moi en me parlant de ma situation : elle était trop
critique pour pouvoir durer. Quoique je dépensasse
très-peu de chose, mon petit pécule achevait de
s'épuiser; j'étais sans ressource : point de nouvelles
de maman ; je ne savais que devenir, et je sentais
un cruel serrement de cœur de voir l'ami de mademoiselle Galley réduit à l'aumône.

Venture me dit qu'il avait parlé de moi à M. le
juge-mage, qu'il voulait m'y mener dîner le lendemain ; que c'était un homme en état de me
rendre service par ses amis ; d'ailleurs une bonne
connaissance à faire, un homme d'esprit et de
lettres, d'un commerce fort agréable, qui avait
des talens et qui les aimait : puis mêlant, à son
ordinaire, aux choses sérieuses la plus mince frivo-
lité, il me fit voir un joli couplet venu de Paris,
sur un air d'un opéra de Mouret qu'on jouait alors.
Ce couplet avait plu si fort à M. Simon (c'était le
nom du juge-mage), qu'il voulait en faire un autre
en réponse sur le même air : il avait dit à Venture
d'en faire aussi un ; et la folie prit à celui-ci de
m'en faire faire un troisième, afin, disait-il, qu'on
vît le lendemain les couplets arriver comme les
brancards du *Roman comique*.

La nuit, ne pouvant dormir, je fis comme je
pus mon couplet : pour les premiers vers que j'eusse
faits ils étaient passables, meilleurs peut-être, ou
du moins faits avec plus de goût qu'ils n'auraient
été la veille, le sujet roulant sur une situation fort
tendre à laquelle mon cœur était déjà tout disposé.
Je montrai le matin mon couplet à Venture, qui
le trouvant joli, le mit dans sa poche sans me dire

s'il avait fait le sien. Nous allâmes dîner chez M. Simon, qui nous reçut bien. La conversation fut agréable; elle ne pouvait manquer de l'être entre deux hommes d'esprit, à qui la lecture avait profité. Pour moi, je faisais mon rôle : j'écoutais et je me taisais. Ils ne parlèrent de couplet ni l'un ni l'autre ; je n'en parlai point non plus ; et jamais, que je sache, il n'a été question du mien.

M. Simon parut content de mon maintien : c'est à peu près tout ce qu'il vit de moi dans cette entrevue. Il m'avait déjà vu plusieurs fois chez madame de Warens, sans faire une grande attention à moi: ainsi c'est de ce dîner que je puis dater sa connaissance, qui ne me servit de rien pour l'objet qui me l'avait fait faire, mais dont je tirai dans la suite d'autres avantages qui me font rappeler sa mémoire avec plaisir.

J'aurais tort de ne pas parler de sa figure, que, sur sa qualité de magistrat, et sur le bel esprit dont il se piquait, on n'imaginerait pas, si je n'en disais rien. M. le juge-mage Simon n'avait assurément pas trois pieds de haut. Ses jambes droites, et même assez longues, l'auraient agrandi si elles eussent été verticales; mais elles posaient de biais comme celles d'un compas très-ouvert. Son corps était non-seulement court, mais mince, et en tout sens d'une petitesse incroyable. Il devait paraître une sauterelle quand il était nu. Sa tête, de grandeur naturelle avec un visage bien formé, l'air noble, d'assez beaux yeux, semblait une tête postiche qu'on aurait plantée sur un moignon. Il eût pu s'exempter de faire de la dépense en parure ; car sa grande perruque seule l'habillait parfaitement de pied en cap.

Il avait deux voix toutes différentes qui s'entre-mêlaient sans cesse dans sa conversation avec un contraste d'abord très-plaisant, mais bientôt très-désagréable. L'une était grave et sonore ; c'était, si j'ose ainsi parler, la voix de sa tête : l'autre, claire, aiguë et perçante, était la voix de son corps. Quand il s'écoutait beaucoup, qu'il parlait très-posément, qu'il ménageait son haleine, il pouvait parler toujours de sa grosse voix : mais pour peu qu'il s'animât et qu'un accent plus vif vînt se présenter, cet accent devenait comme le sifflement d'une clef, et il avait toute la peine du monde à reprendre sa basse.

Avec la figure que je viens de peindre, et qui n'est point chargée, M. Simon était galant, grand conteur de fleurettes, et poussait jusqu'à la coquetterie le soin de son ajustement. Comme il cherchait à prendre ses avantages, il donnait volontiers ses audiences du matin dans son lit ; car quand on voyait sur l'oreiller une belle tête, personne n'allait s'imaginer que c'était là tout. Cela donnait lieu quelquefois à des scènes dont je suis sûr que tout Anneci se souvient encore.

Un matin qu'il attendait dans ce lit, ou plutôt sur ce lit, les plaideurs, en belle coiffe de nuit bien fine et bien blanche, ornée de deux grosses bouffettes de ruban couleur de rose, un paysan arrive, heurte à la porte. La servante était sortie. M. le juge-mage, entendant redoubler, crie, *Entrez ;* et cela, comme dit un peu trop fort, partit de sa voix aiguë. L'homme entre, il cherche d'où vient cette voix de femme ; et voyant dans ce lit une cornette, une fontange, il veut ressortir en faisant à madame de grandes excuses. M. Simon se fâche et n'en crie que plus clair. Le paysan, confirmé dans son idée, et se croyant insulté, lui chante pouilles, lui dit qu'apparemment elle n'est qu'une coureuse, et que M. le juge-mage ne donne guère bon exemple chez lui.

Le juge-mage furieux, et n'ayant pour toute arme que son pot-de-chambre, allait le jeter à la tête de ce pauvre homme, quand sa gouvernante arriva.

Ce petit nain, si disgracié dans son corps par la nature, en avait été dédommagé du côté de l'esprit : il l'avait naturellement agréable, et il avait pris soin de l'orner. Quoiqu'il fût, à ce qu'on disait, assez bon jurisconsulte, il n'aimait pas son métier. Il s'était jeté dans la belle littérature, et il y avait réussi. Il en avait pris surtout cette brillante superficie, cette fleur qui jette de l'agrément dans le commerce, même avec les femmes. Il savait par cœur tous les petits traits des *ana* et autres semblables : il avait l'art de les faire valoir, en contant avec intérêt, avec mystère, et comme une anecdote récente, ce qui s'était passé il y avait soixante ans. Il savait la musique, et chantait agréablement de sa voix d'homme : enfin il avait beaucoup de jolis talens pour un magistrat. A force de cajoler les dames d'Anneci, il s'était mis à la mode parmi elles ; elles l'avaient à leur suite comme un petit sapajou. Il prétendait même à des bonnes fortunes, et cela les amusait beaucoup. Une madame d'Épagni disait que pour lui la dernière faveur était de baiser une femme au genou.

Comme il connaissait les bons livres et qu'il en parlait volontiers, sa conversation était non-seulement amusante, mais instructive. Dans la suite, lorsque j'eus pris du goût pour l'étude, je cultivai sa connaissance, et je m'en trouvai bien. J'allais quelquefois le voir de Chambéri où j'étais alors. Il louait, animait mon émulation, et me donnait pour mes lectures de bons avis dont j'ai souvent fait mon profit. Malheureusement dans ce corps si fluet logeait une âme très-sensible. Quelques années après il eut je ne sais quelle mauvaise affaire qui le chagrina, et il en mourut. Ce fut dommage; c'était assurément un bon petit homme, dont on commençait par rire, et qu'on finissait par aimer. Quoique sa vie ait été peu liée à la mienne, comme j'ai reçu de lui des leçons utiles, j'ai cru pouvoir lui consacrer un petit souvenir.

Sitôt que je fus libre, je courus dans la rue de mademoiselle Galley, me flattant de voir entrer ou sortir quelqu'un, ou du moins ouvrir quelque fenêtre. Rien; pas un chat ne parut, et, tout le temps que je fus là, la maison demeura aussi close que si elle n'eût point été habitée. La rue était petite et déserte, un homme s'y remarquait: de temps en temps quelqu'un passait, entrait ou sortait au voisinage. J'étais fort embarrassé de ma figure; il me semblait qu'on devinait pourquoi j'étais là, et cette idée me mettait au supplice: car j'ai toujours préféré à mes plaisirs l'honneur et le repos de celles qui m'étaient chères.

Enfin, las de faire l'amant espagnol, et n'ayant point de guitare, je pris le parti d'aller écrire à mademoiselle de Graffenried. J'aurais préféré d'écrire à son amie, mais je n'osais, et il convenait de commencer par celle à qui je devais la connaissance de l'autre et avec qui j'étais plus familier. Ma lettre faite, j'allai la porter chez mademoiselle Giraud, comme j'en étais convenu avec ces demoiselles en nous séparant. Ce furent elles qui me donnèrent cet expédient. Mademoiselle Giraud était contre-pointière, et, travaillant quelquefois chez madame Galley, elle avait l'entrée de sa maison. La messagère ne me parut pourtant pas trop bien choisie; mais j'avais peur, si je faisais des difficultés sur celle-là, qu'on ne m'en proposât point d'autre.

De plus, je n'osai dire qu'elle voulait travailler pour
son compte. Je me sentais humilié qu'elle. osât se
croire pour moi du même sexe que ces demoiselles.
Enfin j'aimais mieux cet entrepôt-là que point, et
je m'y tins à tout risque.

Au premier mot la Giraud me devina ; cela n'était
pas difficile. Quand une lettre à porter à de jeunes
filles n'eût pas parlé d'elle même, mon air sot et
embarrassé m'aurait seul décelé. On peut croire que
cette commission ne lui donna pas grand plaisir à
faire : elle s'en chargea toutefois, et l'exécuta fidèlement. Le lendemain matin je courus chez elle, et
j'y trouvai ma réponse. Comme je me pressai de
sortir pour l'aller lire et baiser à mon aise ! Cela n'a
pas besoin d'être dit ; mais ce qui en a besoin davantage, c'est le parti que prit mademoiselle Giraud,
et où j'ai trouvé plus de délicatesse et de modération que je n'en aurais attendu d'elle. Ayant assez
de bon sens pour voir qu'avec ses trente-sept ans,
ses yeux de lièvre, son nez barbouillé, sa voix aigre
et sa peau noire, elle n'avait pas beau jeu contre
deux jeunes personnes pleines de grâce et dans
tout l'éclat de la beauté, elle ne voulut ni les trahir
ni les servir, et aima mieux me perdre que de me
ménager pour elles.

Il y avait déjà quelque temps que la Merceret,
n'ayant aucune nouvelle de sa maîtresse, songeait
à s'en retourner à Fribourg ; elle l'y détermina tout-
à-fait. Elle fit plus ; elle lui fit entendre qu'il serait
bien que quelqu'un la conduisît chez son père, et
me proposa. La petite Merceret, à qui je ne déplaisais pas non plus, trouva cette idée fort bonne à
exécuter. Elles m'en parlèrent dès le même jour
comme d'un affaire arrangée ; et comme je ne trouvais rien qui me déplût dans cette manière de dis-

poser de moi, j'y consentis, regardant ce voyage comme une affaire de huit jours tout au plus. La Giraud, qui ne pensait pas de même, arrangea tout. Il fallut bien avouer l'état de mes finances. On y pourvut : la Merceret se chargea de me défrayer ; et, pour regagner d'un côté ce qu'elle dépensait de l'autre, à ma prière on décida qu'elle enverrait devant son petit bagage, et que nous irions à pied à petites journées. Ainsi fut fait.

Je suis fâché de faire tant de filles amoureuses de moi : mais comme il n'y a pas de quoi être bien vain du parti que j'ai tiré de toutes ces amours-là, je crois pouvoir dire la vérité sans scrupule. La Merceret, plus jeune et moins déniaisée que la Giraud, ne m'a jamais fait des agaceries aussi vives; mais elle imitait mes tons, mes accens, redisait mes mots, avait pour moi les attentions que j'aurais dû avoir pour elle; et prenait toujours grand soin, comme elle était fort peureuse, que nous couchassions dans la même chambre : identité qui se borne rarement là dans un voyage entre un garçon de vingt-ans et une fille de vingt-cinq.

Elle s'y borna pourtant cette fois. Ma simplicité fut telle, que, quoique la Merceret ne fût pas désagréable, il ne me vint pas même à l'esprit durant tout le voyage, je ne dis pas la moindre tentation galante, mais même la moindre idée qui s'y rapportât; et, quand cette idée me serait venue, j'étais trop sot pour en savoir profiter. Je n'imaginais pas comment une fille et un garçon parvenaient à coucher ensemble; je croyais qu'il fallait des siècles pour préparer ce terrible arrangement. Si la pauvre Merceret, en me défrayant, comptait sur quelque équivalent, elle en fut la dupe, et nous arrivâmes

à Fribourg exactement comme nous étions partis
d'Anneci.

En passant à Genève, je n'allai voir personne,
mais je fus prêt à me trouver mal sur les ponts.
Jamais je n'ai vu les murs de cette heureuse ville,
jamais je n'y suis entré, sans sentir une certaine
défaillance de cœur qui venait d'un excès d'attendrissement. En même temps que la noble image de la
liberté m'élevait l'âme, celles de l'égalité, de l'union,
de la douceur des mœurs, me touchaient jusqu'aux
larmes, et m'inspiraient un vif regret d'avoir
perdu tous ces biens. Dans quelle erreur j'étais! mais
qu'elle était naturelle! Je croyais voir tout cela dans
ma patrie, parceque je le portais dans mon cœur.

Il fallait passer à Nyon. Passer sans voir mon
bon père! Si j'avais eu ce courage, j'en serais mort
de regret. Je laissai la Merceret à l'auberge, et je
l'allai voir à tout risque. Eh! que j'avais tort de le
craindre! Son âme à mon abord s'ouvrit aux sentimens paternels dont elle était pleine. Que de pleurs
nous versâmes en nous embrassant! Il crut d'abord
que je revenais à lui. Je lui fis mon histoire, et lui
dis ma résolution, il la combattit faiblement; il me
fit voir les dangers auxquels je m'exposais, me
dit que les plus courtes folies étaient les meilleures.
Du reste il n'eût pas même la tentation de me retenir de force, et en cela je trouve qu'il eut raison :
mais il est certain qu'il ne fit pas pour me ramener
tout ce qu'il aurait pu faire, soit qu'après le pas
que j'avais fait il jugeât lui-même que je n'en devais
pas revenir, soit qu'il fût embarrassé peut-être à
trouver ce qu'à mon âge il pourrait faire de moi.
J'ai su depuis qu'il eut de ma compagne de voyage
une opinion bien injuste et bien fausse, mais du
reste assez naturelle. Ma belle-mère, bonne femme,

un peu mielleuse, fit semblant de vouloir me retenir à souper. Je ne restai point; mais je leur dis que je comptais m'arrêter avec eux plus long-temps au retour, et je leur laissai en dépôt mon petit paquet que j'avais fait venir par le bateau, et dont j'étais embarrassé. Le lendemain je partis de bon matin, bien content d'avoir vu mon père, et d'avoir osé faire mon devoir.

Nous arrivâmes heureusement à Fribourg. Sur la fin du voyage les empressemens de mademoiselle Merceret diminuèrent un peu. Après notre arrivée elle ne me marqua plus que de la froideur; et son père, qui ne nageait pas dans l'opulence, ne me fit pas non plus un bien grand accueil. J'allai loger au cabaret. Je les fus voir le lendemain; ils m'offrirent à dîner, je l'acceptai. Nous nous séparâmes sans pleurs; je retournai le soir à ma gargote, et je repartis le surlendemain de mon arrivée, sans trop savoir où j'avais dessein d'aller.

Voilà encore une circonstance de ma vie où la Providence m'offrait précisément ce qu'il me fallait pour couler des jours heureux. La Merceret était une très-bonne fille, point brillante, point belle, mais point laide non plus; peu vive, fort raisonnable, à quelques petites humeurs près, qui se passaient à pleurer, et qui n'avaient jamais de suite orageuse. Elle avait un vrai goût pour moi; j'aurais pu l'épouser sans peine, et suivre le métier de son père. Mon goût pour la musique me l'aurait fait aimer. Je me serais établi à Fribourg, petite ville peu jolie, mais peuplée de très-bonnes gens. J'aurais perdu sans doute de grands plaisirs; mais j'aurais vécu en paix jusqu'à ma dernière heure, et je dois savoir mieux que personne qu'il n'y avait pas à balancer sur ce marché.

Je revins, non pas à Nyon, mais à Lausanne : je
voulais me rassasier de la vue de ce beau lac, qu'on
voit là dans sa plus grande étendue. La plupart de
mes secrets motifs déterminans n'ont pas été plus
solides : des vues éloignées ont rarement assez de
force pour me faire agir; l'incertitude de l'avenir
m'a toujours fait regarder les projets de longue
exécution comme des leurres de dupe. Je me livre
à l'espoir comme un autre, pourvu qu'il ne me coûte
rien à nourrir; mais s'il faut prendre long-temps de
la peine, je n'en suis plus. Le moindre petit plaisir
qui s'offre à ma portée me tente plus que les joies du
paradis. J'excepte pourtant le plaisir que la peine doit
suivre : celui-là ne me tente pas, parce que je n'aime
que des jouissances pures, et que jamais on n'en a
de telles quand on sait qu'on s'apprête un repentir.

J'avais grand besoin d'arriver où que ce fût, et le
plus proche était le mieux; car, m'étant égaré dans
ma route, je me trouvai le soir à Moudon, où je
dépensai le peu qui me restait, hors dix creutzer qui
partirent le lendemain à la dînée; et arrivé le soir à
un petit village auprès de Lausanne, j'y entrai dans
un cabaret sans un sou pour payer ma couchée, et
sans savoir que devenir. J'avais grand'faim : je fis
bonne contenance, et je demandai à souper comme
si j'eusse eu de quoi bien payer. J'allai me coucher
sans songer à rien : je dormis tranquillement; et
après avoir déjeuné le matin et compté avec l'hôte,
je voulus, pour sept batz à quoi montait ma dépense, lui laisser ma veste en gage. Ce brave homme
la refusa : il me dit que, grâces au ciel, il n'avait
jamais dépouillé personne, et qu'il ne voulait pas
commencer pour sept batz; que je gardasse ma veste,
et que je le paierais quand je pourrais. Je fus touché
de sa bonté, mais moins que je ne devais l'être et

que je ne l'ai été depuis en y repensant. Je ne tardai
guère à lui renvoyer son argent par un homme
sûr : mais quinze ans après repassant par Lausanne
à mon retour d'Italie, j'eus un vrai regret d'avoir
oublié l'enseigne du cabaret et le nom de l'hôte. Je
l'aurais été voir : je me serais fait un vrai plaisir de
lui rappeler sa bonne œuvre, et de lui prouver qu'elle
n'avait pas été mal placée. Des services plus importans sans doute, mais rendus avec plus d'ostentation, ne m'ont pas paru si dignes de reconnaissance
que l'humanité simple et sans éclat de cet honnête
homme.

En approchant de Lausanne je rêvais à la détresse
où je me trouvais, aux moyens de m'en tirer sans
aller montrer ma misère à ma belle-mère, et je me
comparais dans ce pèlerinage pédestre à mon ami
Venture arrivant à Anneci : je m'échauffai si bien
de cette idée, que, sans songer que je n'avais ni sa
gentillesse ni ses talens, je me mis en tête de faire
à Lausanne le petit Venture, d'enseigner la musique
comme si je l'avais sue, et de me dire de Paris, où
je n'avais jamais été. En conséquence de ce beau
projet, comme il n'y avait point là de maîtrise où
je pusse vicarier, et que d'ailleurs je n'avais garde
de m'aller fourrer parmi les gens de l'art, je commençai par m'informer d'une petite auberge où l'on
pût être assez bien et à bon marché. On m'enseigna
un nommé Perrotet, qui tenait des pensionnaires.
Ce Perrotet se trouva être le meilleur homme du
monde, et me reçut fort bien : je lui contai mes petits mensonges comme je les avais arrangés. Il me
promit de parler de moi et de tâcher de me procurer
des écoliers : il ajouta qu'il ne me demanderait de
l'argent que quand j'en aurais gagné. Sa pension
était de cinq écus blancs; ce qui était peu pour la

chose, mais beaucoup pour moi. Il me conseilla de ne me mettre d'abord qu'à la demi-pension, qui consistait pour le dîner en une bonne soupe et rien de plus, mais bien à souper le soir. J'y consentis. Ce pauvre Perrotet me fit toutes ces avances du meilleur cœur du monde, et n'épargnait rien pour m'être utile.

Pourquoi faut-il qu'ayant trouvé tant de bonnes gens dans ma jeunesse, j'en trouve si peu dans un âge avancé? Leur race est-elle épuisée? Non; mais l'ordre de gens où j'ai besoin de les chercher aujourd'hui n'est plus le même où je les trouvais alors : parmi le peuple, où les grandes passions ne parlent que par intervalles, les sentimens de la nature se font plus souvent entendre; dans les états plus élevés, ils sont étouffés absolument, et, sous le masque du sentiment, il n'y a jamais que l'intérêt ou la vanité qui parle.

J'écrivis de Lausanne à mon père, qui m'envoya mon paquet, et me marqua d'excellentes choses dont j'aurais dû mieux profiter. J'ai déjà noté des momens de délire inconcevables où je n'étais plus moi-même : en voici encore un des plus marqués. Pour comprendre à quel point la tête me tournait alors, à quel point je m'étais pour ainsi dire venturisé, il ne faut que voir combien tout à la fois j'accumulai d'extravagances. Me voilà maître à chanter sans savoir déchiffrer un air; car quand les six mois que j'avais passés avec Le Maître m'auraient profité, jamais ils n'auraient pu suffire : mais outre cela j'apprenais d'un maître, c'en était assez pour apprendre mal. Parisien de Genève, et catholique en pays protestant, je crus devoir changer mon nom ainsi que ma religion et ma patrie. Je m'approchais toujours de mon grand modèle autant qu'il m'était possible : il s'était appelé *Venture* de Villeneuve; moi, je fis l'anagramme du nom de *Rousseau* dans celui de *Vaussore*, et je m'appelai *Vaussore* de Villeneuve. Venture savait la composition, quoiqu'il n'en eût rien dit; moi, sans la savoir, je m'en vantai à tout le monde; et, sans pouvoir noter le moindre vaudeville, je me donnai pour compositeur. Ce n'est pas tout : ayant été présenté à M. de Treytorens, professeur en droit, qui aimait la musique et faisait des concerts chez lui, je voulus lui donner un échantillon de mon talent, et je me mis à composer une pièce pour son concert aussi effrontément que si j'avais su comment m'y prendre. J'eus la constance de travailler pendant quinze jours à ce bel ouvrage, de le mettre au net, d'en tirer les parties et de les distribuer avec autant d'assurance que si c'eût été un chef-d'œuvre d'harmonie. Enfin, ce qu'on aura peine à croire, et qui est très-vrai, pour couronner dignement cette sublime production, je mis à la fin un joli menuet qui courait les rues, et que tout le monde se rappelle peut-être encore, sur ces paroles jadis si connues :

> Quel caprice !
> Quelle injustice !
> Quoi ! ta Clarice
> Trahirait tes feux ! etc.

Venture m'avait appris cet air avec la basse sur d'autres paroles infâmes, à l'aide desquelles je l'avais retenu : je mis donc à la fin de ma composition ce menuet et sa basse en supprimant les paroles, et je le donnai pour être de moi, tout aussi résolument que si j'avais parlé à des habitans de la lune.

On s'assemble pour exécuter ma pièce : j'explique à chacun le genre du mouvement, le goût de l'exécution , les renvois des parties : j'étais fort affairé. On s'accorde pendant cinq ou six minutes, qui furent pour moi cinq ou six siècles. Enfin tout étant prêt, je frappe avec un beau rouleau de papier sur mon pupitre magistral les deux ou trois coups du *prenez-garde à vous.* On fait silence : je me mets gravement à battre la mesure ; on commence..... Non, depuis qu'il existe des opéras français, de la vie on n'ouït un pareil charivari : quoi qu'on eût pu penser de mon prétendu talent, l'effet fut pire que tout ce qu'on semblait en attendre ; les musiciens étouffaient de rire ; les auditeurs ouvraient de grands yeux et auraient bien voulu fermer les oreilles ; mais il n'y a ait pas moyen. Mes bourreaux de symphonistes , qui voulaient s'égayer, raclaient à percer le tympan d'un quinze-vingt. J'eus la constance d'aller toujours mon train, suant, il est vrai, à grosses gouttes, mais retenu par la honte, n'osant m'enfuir et tout planter là. Pour ma consolation , j'entendais les assistans se dire à leur oreille ou plutôt à la mienne ; l'un, *Il n'y a rien là de supportable ;* un autre, *Quelle musique enragée!* un autre, *Quel diable de sabbat!* Pauvre, J.-J. , dans ce cruel moment tu n'espérais guère qu'un jour, devant le roi de France et toute sa cour, tes sons exciteraient des murmures de surprise et d'applaudissement, et que dans toutes les loges, autour de toi, les plus aimables femmes diraient entre elles à demi-voix : *Queis sons charmans ! quelle musique enchanteresse! Tous ces chants-là vont au cœur.*

Mais ce qui mit tout le monde de bonne humeur fut le menuet : à peine en eût-on joué quelques mesures, que j'entendis partir de toutes parts les

éclats de rire. Chacun me félicitait sur mon joli
goût de chant : on m'assurait que ce menuet ferait
parler de moi, et que je méritais d'être chanté
partout. Je n'ai pas besoin de dépeindre mon an-
goisse, ni d'avouer que je la méritais bien.

Le lendemain l'un de mes symphonistes, appelé
Lutold, vint me voir, et fut assez bon homme
pour ne pas me féliciter sur mon succès. Le profond sentiment de ma sottise, la honte, le regret,
le désespoir de l'état où j'étais réduit, l'impossibilité de tenir mon cœur fermé dans les grandes
peines, me firent ouvrir à lui ; je lâchai la bonde
à mes larmes ; et, au lieu de me contenter de lui
avouer mon ignorance, je lui dis tout, en lui
demandant le secret, qu'il me promit, et qu'il me
tint comme on peut le croire. Dès le lendemain
tout Lausanne sut qui j'étais ; et, ce qui est remarquable, personne ne m'en fit semblant, pas
même le bon Perrotet, qui pour tout cela ne se
rebuta pas de me loger et de me nourrir.

Je vivais, mais bien tristement. Les suites d'un
pareil début ne firent pas pour moi de Lausanne un
séjour fort agréable. Les écoliers ne se présentaient
pas en foule ; pas un qui fût de la ville, et pas une
seule écolière. J'eus en tout deux ou trois gros
Teutches, aussi stupides que j'étais ignorant, qui
m'ennuyaient à mourir, et qui dans mes mains
ne devinrent pas de grands croque-notes. Je fus
appelé dans une seule maison, où un petit serpent
de fille se donna le plaisir de me montrer beaucoup de musique dont je ne pus pas lire une
note, et qu'elle eut la malice de chanter ensuite
devant M. le maître pour lui montrer comment
cela s'exécutait. J'étais si peu en état de lire un
air de première vue, que, dans le brillant concert

dont j'ai parlé, il ne me fut pas possible de suivre un moment l'exécution pour savoir si l'on jouait bien ce que j'avais sous les yeux, et que j'avais composé moi-même.

Au milieu de tant d'humiliations j'avais des consolations très douces dans les nouvelles que je recevais de temps en temps des deux charmantes amies. J'ai toujours trouvé dans le sexe une grande vertu consolatrice, et rien n'adoucit plus mes peines dans mes disgrâces que de sentir qu'une personne aimable y prend intérêt. Cette correspondance cessa pourtant bientôt après, et ne fut jamais renouée; mais ce fut ma faute. En changeant de lieu je négligeai de leur donner mon adresse, et, forcé par la nécessité de songer continuellement à moi-même, je les oubliai bientôt entièrement.

Il y a long-temps que je n'ai parlé de ma pauvre maman; mais si l'on croit que je l'oubliais aussi, l'on se trompe fort. Je ne cessais de penser à elle et de désirer de la retrouver, non-seulement pour le besoin de ma subsistance, mais beaucoup plus pour le besoin de mon cœur. Mon attachement pour elle, quelque vif, quelque tendre qu'il fût, ne m'empêchait pas d'en aimer d'autres; mais ce n'était pas de la même façon. Toutes devaient également ma tendresse à leurs charmes; mais elle tenait uniquement à ceux des autres et ne leur eût pas survécu, au lieu que maman pouvait devenir vieille et laide sans que je l'aimasse moins tendrement. Mon cœur avait pleinement transmis à sa personne l'hommage qu'il fit d'abord à sa beauté; et quelque changement qu'elle éprouvât, pourvu que ce fût toujours elle, mes sentimens ne pouvaient changer. Je sais bien que je lui devais de la reconnaissance, mais en vérité je n'y songeais pas. Quoi qu'elle eût fait ou n'eût pas fait pour moi, c'eût été toujours la même chose. Je ne l'aimais ni par devoir, ni par intérêt, ni par convenance; je l'aimais parce que j'étais né pour l'aimer. Quand je devenais amoureux de quelque autre, cela faisait distraction, je l'avoue, et je pensais moins souvent à elle; mais j'y pensais avec le même plaisir, et jamais, amoureux ou non, je ne me suis occupé d'elle sans sentir qu'il ne pouvait y avoir pour moi de vrai bonheur dans la vie tant que j'en serais séparé.

N'ayant point de ses nouvelles depuis si long-temps, je ne crus jamais l'avoir tout-à-fait perdue, ni qu'elle eût pu m'oublier. Je me disais: Elle saura tôt ou tard que je suis errant, et me donnera quelque signe de vie; je la retrouverai, j'en suis certain. En attendant, c'était une douceur pour moi d'habiter son pays, de passer dans les rues où elle avait passé, devant les maisons où elle avait demeuré, et le tout par conjecture; car une de mes ineptes bizarreries était de n'oser m'informer d'elle, ni prononcer son nom sans la plus absolue nécessité. Il me semblait qu'en la nommant je disais tout ce qu'elle m'inspirait, que ma bouche révélait tous les secrets de mon cœur, que je la compromettais en quelque sorte. Je crois même qu'il se mêlait à cela quelque frayeur qu'on ne me dît du mal d'elle. On avait parlé beaucoup de sa démarche, et un peu de sa conduite. De peur qu'on n'en dît pas ce que j'en voulais entendre, j'aimais mieux qu'on n'en parlât point du tout.

Comme mes écoliers ne m'occupaient pas beaucoup, et que sa ville natale n'était qu'à quatre lieues de celle où j'étais, j'y fis une promenade de deux ou trois jours, durant lesquels la plus douce émotion ne me quitta point. L'aspect du lac de Genève et de ses admirables côtes eut toujours à mes yeux un attrait particulier que je ne saurais expliquer, et qui ne tient pas seulement à la beauté du spectacle, mais à je ne sais quoi de plus intéressant qui m'affecte et m'attendrit. Toutes les fois que j'approche du pays de Vaud, j'éprouve une impression composée du souvenir de madame de Warens qui y est née, de mon père qui y vivait, de mademoiselle de Vulson qui y eut les prémices de mon cœur, de plusieurs voyages de plaisir que j'y fis dans mon enfance, et, ce me semble, de quelque autre cause encore plus sécrète et plus forte que tout cela. Quand l'ardent désir de cette vie heureuse et douce qui me fuit, et pour laquelle j'étais né, vient enflammer mon imagination, c'est toujours au pays de Vaud, près du lac, dans des campagnes charmantes, qu'elle se fixe. Il me faut absolument un verger au bord de ce lac et non pas d'un autre; il me faut un ami sûr, une femme aimable, une vache et un petit bateau. Je ne jouirai jamais d'un bonheur parfait sur la terre que quand j'aurai tout cela. Je ris de la simplicité avec laquelle je suis allé plusieurs fois dans ce pays-là uniquement pour y chercher ce bonheur imaginaire. J'étais toujours surpris d'y trouver les habitans, surtout les femmes, d'un tout autre caractère que celui que j'y cherchais Le pays et le peuple dont il est couvert ne m'ont jamais paru faits l'un pour l'autre.

Dans ce voyage de Vévai, je me livrais, en suivant ce beau rivage, à la plus douce mélancolie. Mon cœur s'élançait avec ardeur à mille félicités innocentes; je m'attendrissais, je soupirais et pleu-

1.   * 12

rais comme un enfant. Combien de fois, m'arrêtant
pour pleurer à mon aise, assis sur une grosse pierre,
je me suis amusé à voir tomber mes larmes dans
l'eau !

J'allai à Vévai loger à la Clef; et pendant deux
jours que j'y restai sans voir personne, je pris pour
cette ville un amour qui m'a suivi dans tous mes
voyages, et qui m'y a fait établir enfin les héros
de mon roman. Je dirais volontiers aux gens qui
ont du goût et qui sont sensibles : Allez à Vévai,
visitez le pays, examinez les sites, promenez-vous
sur le lac, et dites si la nature n'a pas fait ce beau
pays pour une Julie, pour une Claire, et pour un
Saint-Preux; mais ne les y cherchez pas. Je reviens
à mon histoire.

Comme j'étais catholique et que je me donnais
pour tel, je suivais sans mystère et sans scrupule
le culte que j'avais embrassé. Les dimanches, quand
il faisait beau, j'allais à la messe à Assens, à deux
lieues de Lausanne. Je faisais ordinairement cette
course avec d'autres catholiques, surtout avec un
brodeur parisien dont j'ai oublié le nom. Ce n'était
pas un Parisien comme moi, c'était un vrai Parisien de Paris, un archiparisien du bon Dieu, bon
homme comme un Champenois. Il aimait si fort son
pays, qu'il ne voulut jamais douter que j'en fusse,
pour ne pas perdre une occasion d'en parler. M. de
Crouzaz, lieutenant-baillival, avait un jardinier de
Paris aussi, mais moins complaisant, et qui trouvait la gloire de son pays compromise à ce qu'on
osât se donner pour en être lorsqu'on n'avait pas
cet honneur. Il me questionnait de l'air d'un homme
sûr de me prendre en faute, et puis souriait malignement. Il me demanda une fois ce qu'il y avait
de remarquable au Marché-Neuf. Je battis la cam-

pagne, comme on peut croire. Après avoir passé
vingt ans à Paris, je dois à présent connaître cette
ville : cependant si l'on me faisait aujourd'hui pareille question, je ne serais pas moins embarrassé
d'y répondre, et de cet.embarras on pourrait aussi
bien conclure que je n'ai jamais été à Paris. Tant,
lors même qu'on rencontre la vérité, l'on est sujet
à se fonder sur des principes trompeurs !

Je ne saurais dire exactement combien de temps
je demeurai à Lausanne : je n'apportai pas de
cette ville des souvenirs bien rappelans ; je sais
seulement que, n'y trouvant pas à vivre, j'allai
de là à Neufchâtel, et que j'y passai l'hiver. Je
réussis mieux dans cette dernière ville ; j'y eus des
écolières, et j'y gagnai de quoi m'acquitter avec
mon bon ami Perrotet, qui m'avait fidèlement
envoyé mon petit bagage, quoique je lui redusse
assez d'argent.

J'apprenais insensiblement la musique en l'en-
seignant. Ma vie était assez douce : un homme
raisonnable eût pu s'en contenter ; mais mon cœur
inquiet me demandait autre chose. Les dimanches
et les jours où j'étais libre, j'allais courir les campagnes et les bois des environs, toujours errant,
rêvant, soupirant ; et quand une fois j'étais sorti
de la ville, je n'y rentrais plus que le soir. Un
jour, étant à Boudri, j'entrai pour dîner dans un
cabaret ; j'y vis un homme à grande barbe, avec
un habit violet à la grecque, un bonnet fourré,
l'équipage et l'air assez noble, et qui souvent avait
peine à se faire entendre, ne parlant qu'un jargon
presque indéchiffrable, plus ressemblant à l'italien
qu'à nulle autre langue. J'entendais presque tout
ce qu'il disait, et j'étais le seul. L'hôte et les gens
du pays ne l'entendaient que par signes. Je lui dis

quelques mots en italien qu'il entendit parfaitement bien. Il se leva et vint m'embrasser avec transport. La liaison fut bientôt faite, et dès ce moment je lui servis de truchement. Son dîner était bon, le mien était moins que médiocre ; il m'invita de prendre ma part du sien ; je fis peu de façons. En buvant et baragouinant nous achevâmes de nous familiariser ; et dès la fin du repas nous devînmes inséparables. Il me conta qu'il était prélat grec, et archimandrite de Jérusalem ; qu'il était chargé de faire une quête en Europe pour le rétablissement du saint sépulcre. Il me montra de belles patentes de la czarine et de l'empereur : il en avait de beaucoup d'autres souverains. Il était assez content de ce qu'il avait amassé jusqu'alors; mais il avait eu des peines incroyables en Allemagne, n'entendant pas un mot d'allemand, de latin, ni de français, et réduit à son grec, au turc, et à la langue franque, pour toute ressource ; ce qui ne lui en procurait pas beaucoup dans le pays où il s'était enfourné. Il me proposa de l'accompagner pour lui servir d'interprète et de secrétaire. Malgré mon petit habit violet nouvellement acheté, et qui ne cadrait pas mal avec mon nouveau poste, j'avais l'air si peu étoffé qu'il ne me crut pas difficile à gagner, et il ne se trompa point. Notre accord fut bientôt fait ; je ne demandais rien, et il promettait beaucoup. Sans caution, sans sûreté, sans connaissance, je me livre à sa conduite ; et dès le lendemain me voilà parti pour Jérusalem.

Nous commençâmes notre tournée par le canton de Fribourg, où il ne fit pas grand'chose. La dignité épiscopale ne permettait pas de faire le mendiant et de quêter aux particuliers ; mais nous pré-

sentâmes sa commission au sénat, qui lui donna
une petite somme. De là nous fûmes à Berne. Il
fallut ici plus de façon; et l'examen de ses titres
ne fut pas l'affaire d'un jour. Nous logions au
Faucon, bonne auberge alors, où l'on trouvait
bonne compagnie. La table était nombreuse et
bien servie. Il y avait long-temps que je faisais
mauvaise chère; j'avais grand besoin de me refaire;
j'en avais l'occasion, et j'en profitai. Monseigneur
l'archimandrite était lui-même un homme de
bonne société, aimant assez à tenir table, gai,
parlant bien pour ceux qui l'entendaient, ne manquant pas de certaines connaissances, et plaçant
son érudition grecque avec assez d'agrément. Un
jour, cassant au dessert des noisettes, il se coupa
le doigt fort avant; et, comme le sang sortait avec
abondance, il montra son doigt à la compagnie,
et dit en riant : *Mirate, signori ; questo è sangue
pelasgo.*

A Berne mes fonctions ne lui furent pas inutiles,
et je ne m'en tirai pas aussi mal que j'avais craint.
J'étais bien plus hardi et mieux parlant que je
n'aurais été pour moi-même. Les choses ne se
passèrent pas aussi simplement qu'à Fribourg. Il
fallut de longues et fréquentes conférences avec
les premiers de l'état, et l'examen de ses pièces ne
fut pas l'affaire d'un jour. Enfin, tout étant en
règle, il fut admis à l'audience du sénat. J'entrai
avec lui comme son interprète, et l'on me dit de
parler. Je ne m'attendais à rien moins ; et il ne
m'était pas venu dans l'esprit qu'après avoir longuement conféré avec les membres, il fallût s'a-
dresser au corps comme si rien n'eût été dit. Qu'on
juge de mon embarras. Pour un homme aussi
honteux, parler non-seulement en public mais

devant le sénat de Berne, et parler impromptu,
sans avoir une seule minute pour me préparer !
Il y avait là de quoi m'anéantir. Je ne fus pas
même intimidé. J'exposai succinctement et nettement la commission de l'archimandrite. Je louai
la piété des princes qui avaient contribué à la col-
lecte qu'il était venu faire. Piquant d'émulation
celle de leurs excellences, je dis qu'il n'y avait pas
moins à espérer de leur munificence accoutumée ;
et puis, tâchant de prouver que cette bonne œuvre
en était également une pour tous les chrétiens sans
distinction de secte, je finis par promettre les bé-
nédictions du ciel à ceux qui voudraient y prendre
part. Je ne dirai pas que mon discours fit effet ;
mais il est sûr qu'il fut goûté, et qu'au sortir de
l'audience l'archimandrite eut un présent fort honnête, et de plus, sur l'esprit de son secrétaire,
des complimens dont j'eus l'agréable emploi d'être
le truchement, mais que je n'osai lui rendre à la
lettre. Voilà la seule fois de ma vie que j'aie parlé
en public et devant un souverain, et la seule fois
aussi que j'aie parlé hardiment et bien. Quelle
différence dans les dispositions du même homme !
Il y a trois ans qu'étant allé voir à Yverdun mon
vieux ami M. Roguin, je reçus une députation
pour me remercier de quelques livres que j'avais
donnés à la bibliothéque de cette ville. Les Suisses
sont grands harangueurs ; ces messieurs me haran-
guèrent. Je me crus obligé de répondre ; mais je
m'enchevêtrai tellement dans ma réponse, et ma
tête se brouilla si bien, que je restai court et me
fis moquer de moi. Quoique timide naturellement,
j'ai été hardi quelquefois dans ma jeunesse, jamais
dans mon âge avancé. Plus j'ai vu le monde, moins
j'ai pu me faire à son ton.

Partis de Berne, nous allâmes à Soleure : car le dessein de l'archimandrite était de reprendre la route d'Allemagne, et de s'en retourner par la Hongrie ou par la Pologne ; ce qui faisait une route immense : mais comme, chemin faisant, sa bourse s'emplissait plus qu'elle ne se vidait, il craignait peu les détours. Pour moi, qui me plaisais presque autant à cheval qu'à pied, j'aurais ainsi voyagé de bon cœur toute ma vie : mais il était écrit que je n'irais pas si loin.

La première chose que nous fîmes arrivant à Soleure fut d'aller saluer M. l'ambassadeur de France. Malheureusement pour mon évêque, cet ambassadeur était le marquis de Bonac, qui avait été ambassadeur à la Porte, et qui devait être au fait de tout ce qui regarde le saint sépulcre. L'archimandrite eut une audience d'un quart d'heure, à laquelle je ne fus pas admis, parce que M. l'ambassadeur entendait la langue franque et parlait l'italien du moins aussi bien que moi. A la sortie de mon Grec, je voulus le suivre ; on me retint : ce fut mon tour. M'étant donné pour Parisien, j'étais comme tel sous la juridiction de son excellence. Elle me demanda qui j'étais, m'exhorta de lui dire la vérité ; je le lui promis en lui demandant une audience particulière, qui me fut accordée. M. l'ambassadeur m'emmena dans son cabinet, dont il ferma sur nous la porte ; et là, me jetant à ses pieds, je lui tins parole. Je n'aurais pas moins dit quand je n'aurais rien promis ; car un continuel besoin d'épanchement met à tout moment mon cœur sur mes lèvres ; et, après m'être ouvert sans réserve au musicien Lutold, je n'avais garde de faire le mystérieux avec le marquis de Bonac. Il fut si content de ma petite histoire et de l'effusion

de cœur avec laquelle il vit que je l'avais contée,
qu'il me prit par la main, entra chez madame
l'ambassadrice, et me présenta à elle en lui faisant un abrégé de mon récit. Madame de Bonac
m'accueillit avec bonté, et dit qu'il ne fallait pas
me laisser aller avec ce moine grec. Il fut résolu
que je resterais à l'hôtel en attendant qu'on vît ce
qu'on pourrait faire de moi. Je voulais aller faire
mes adieux à mon pauvre archimandrite, pour
lequel j'avais conçu de l'attachement : on ne me
le permit pas. On envoya lui signifier mes arrêts,
et un quart d'heure après je vis arriver mon petit
sac. M. de La Martinière, secrétaire d'ambassade,
fut en quelque façon chargé de moi. En me conduisant dans la chambre qui m'était destinée, il
me dit : Cette chambre a été occupée sous le comte
du Luc par un homme célèbre, du même nom
que vous. Il ne tient qu'à vous de le remplacer de
toutes manières, et de faire dire un jour : Rousseau premier, Rousseau second. Cette conformité,
qu'alors je n'espérais guère, eût moins flatté mes
désirs, si j'avais pu prévoir à quel prix je l'achè-
terais un jour.

Ce que m'avait dit M. de La Martinière me donna
de la curiosité. Je lus les ouvrages de l'auteur dont
j'occupais la chambre, et, sur le compliment qu'on
m'avait fait, croyant avoir du goût pour la poésie,
je fis pour mon coup d'essai une cantate à la
louange de madame de Bonac. Ce goût ne se soutint pas. J'ai fait de temps en temps quelques médiocres vers ; c'est un exercice assez bon pour se
rompre aux inversions élégantes et apprendre à
mieux écrire en prose : mais je n'ai jamais trouvé
dans la poésie française assez d'attrait pour m'y

livrer tout-à-fait, et probablement j'y aurais peu
réussi.

M. de La Martinière voulut voir de mon style,
et me demanda par écrit le même détail que j'avais
fait à M. l'ambassadeur. Je lui écrivis une longue
lettre, que j'apprends avoir été conservée par
M. de Marianne, qui était attaché depuis long-
temps au marquis de Bonac, et qui depuis a succédé à M. de La Martinière sous l'ambassade de M. de
Courteilles. J'ai prié M. de Malesherbes de tâcher
de me procurer une copie de cette lettre, dont il a
connaissance. Si je l'obtiens par lui ou par d'autres,
on la trouvera dans le recueil qui doit accompagner
mes *Confessions*.

L'expérience que je commençais d'avoir mo-
dérait peu à peu mes projets romanesques ; et,
par exemple, non-seulement je ne devins point
amoureux de madame de Bonac, mais je sentis
d'abord que je ne pouvais faire un grand chemin
dans la maison de son mari. M. de La Martinière
en place, et M. de Marianne pour ainsi dire en
survivance, ne me laissaient espérer pour toute
fortune qu'un emploi de sous-secrétaire qui ne me
tentait pas infiniment. Cela fit que quand on me
consulta sur ce que je voulais faire, je marquai
beaucoup d'envie d'aller à Paris. M. l'ambassadeur
goûta cette idée, qui tendait à le débarrasser de
moi. M. de Merveilleux, secrétaire interprète de
l'ambassade, dit que son ami M. Godard, colonel
au service de France, cherchait quelqu'un pour
mettre auprès de son neveu qui entrait fort jeune
au service, et pensa que je pourrais lui convenir.
Sur cette idée, assez légèrement prise, mon départ
fut résolu; et moi, qui voyais un voyage à faire,
et Paris au bout, j'en fus dans la joie de mon

cœur. On me donna quelques lettres, cent francs
pour mon voyage accompagnés de force bonnes
leçons, et je partis.

Je mis à ce voyage une quinzaine de jours que
je peux compter parmi les heureux de ma vie.
J'étais jeune, je me portais bien; j'avais assez d'argent, beaucoup d'espérance; je voyageais, je
voyageais à pied, et je voyageais seul. On serait
étonné de me voir compter un pareil avantage, si
déjà l'on n'avait dû se familiariser avec mon humeur. Mes chimères me tenaient compagnie, et
jamais mon imagination n'en enfanta de plus magnifiques. Quand on m'offrait quelque place vide
dans une voiture, ou que quelqu'un m'accostait
en route, je rechignais de voir renverser la fortune
dont je bâtissais l'édifice en marchant. Cette fois
mes idées étaient martiales. J'allais m'attacher à
un militaire, et devenir militaire moi-même; car
on avait arrangé que je commencerais par être
cadet. Je croyais déjà me voir en habit d'officier
avec un beau plumet blanc. Mon cœur s'enflait à
cette noble idée. J'avais quelque teinture de géométrie et de fortifications; j'avais un oncle ingénieur; j'étais en quelque sorte enfant de la balle.
Ma vue courte offrait un peu d'obstacle, mais qui
ne m'embarrassait pas; et je comptais bien à force
de sang-froid et d'intrépidité suppléer à ce défaut.
J'avais lu que le maréchal Schomberg avait la vue
courte : pourquoi le maréchal Rousseau ne l'au-
rait-il pas? Je m'échauffais tellement sur ces folies,
que je ne voyais plus que troupes, remparts, gabions, batteries, et moi au milieu du feu et de la
fumée donnant tranquillement mes ordres la lor-
gnette à la main. Cependant, quand je passais
dans des campagnes agréables, que je voyais des

bocages et des ruisseaux, ce touchant aspect me faisait soupirer de regret : je sentais au milieu de ma gloire que mon cœur n'était pas fait pour tant de fracas; et bientôt, sans savoir comment, je me retrouvais au milieu de mes chères bergeries, renonçant pour jamais aux travaux de Mars.

Combien l'abord de Paris démentit l'idée que j'en avais! La décoration extérieure que j'avais vue à Turin, la beauté des rues, la symétrie et l'alignement des maisons, me faisaient chercher à Paris autre chose encore. Je m'étais figuré une ville aussi belle que grande, de l'aspect le plus imposant, où l'on ne voyait que de superbes rues, des palais de marbre et d'or. En entrant par le faubourg Saint-Marceau, je ne vis que de petites rues sales et puantes, de vilaines maisons noires, l'air de la malpropreté, de la pauvreté; des mendians, des charretiers, des ravaudeuses, des crieuses de tisane et de vieux chapeaux. Tout cela me frappa d'abord à tel point, que tout ce que j'ai vu depuis à Paris de magnificence réelle n'a pu détruire cette première impression, et qu'il m'en est resté toujours un secret dégoût pour l'habitation de cette capitale. Je puis dire que tout le temps que j'y ai vécu dans la suite ne fut employé qu'à y chercher des ressources pour me mettre en état d'en vivre éloigné. Tel est le fruit d'une imagination trop active qui exagère par-dessus l'exagération des hommes, et voit toujours plus que ce qu'on lui dit. On m'avait tant vanté Paris, que je me l'étais figuré comme l'ancienne Babylone, dont je trouverais peut-être autant à rabattre, en la voyant, du portrait que je m'en suis fait. La même chose m'arriva à l'opéra, où je me pressai d'aller le lendemain de mon arrivée; la même chose m'arriva dans la suite à Versailles, dans la suite encore en voyant la mer, et la même chose m'arrivera toujours en voyant des spectacles qu'on m'aura trop annoncés : car il est impossible aux hommes, et difficile à la nature elle-même, de passer en richesse mon imagination.

A la manière dont je fus reçu de tous ceux pour qui j'avais des lettres, je crus ma fortune faite. Celui à qui j'étais le plus recommandé, et qui me caressa le moins, était M. de Surbeck, retiré du service, et vivant philosophiquement à Bagneux, où je fus le voir plusieurs fois, et où jamais il ne m'offrit un verre d'eau. J'eus plus d'accueil de madame de Merveilleux, belle-sœur de l'interprète, et de son neveu, officier aux gardes. Non-seulement la mère et le fils me reçurent bien, mais ils m'offrirent leur table, dont je profitai souvent durant mon séjour à Paris. Madame de Merveilleux me parut avoir été belle ; ses cheveux étaient encore d'un beau noir, et faisaient, à la vieille mode, le crochet sur ses tempes. Il lui restait ce qui ne périt point avec les attraits, un esprit très-agréable. Elle me parut goûter le mien, et fit tout ce qu'elle put pour me rendre service ; mais personne ne la seconda, et je fus bientôt désabusé de tout ce grand intérêt qu'on avait paru prendre à moi. Il faut pourtant rendre justice aux Français ; ils ne s'épuisent point tant qu'on dit en protestations, et celles qu'ils font sont presque toujours sincères ; mais ils ont une manière de paraître s'intéresser à vous qui trompe plus que des paroles. Les gros complimens des Suisses n'en peuvent imposer qu'à des sots. Les manières des Français sont plus séduisantes en cela même qu'elles sont plus simples ; on croirait qu'ils ne vous disent pas tout ce qu'ils veulent faire, pour vous surprendre plus agréablement. Je dirai plus; ils ne sont point faux dans leurs démonstrations; ils sont naturellement officieux, humains, bienveillans, et même, quoi qu'on en dise, plus vrais qu'aucune autre nation; mais ils sont légers et volages. Ils ont en effet le sentiment qu'ils vous montrent; mais ce sentiment s'en va comme il est venu. En vous parlant ils sont pleins de vous; ne vous voient-ils plus, ils vous oublient. Rien n'est permanent dans leur cœur : tout est chez eux l'œuvre du moment.

Je fus donc beaucoup flatté, et peu servi. Ce colonel Godard, au neveu duquel on m'avait donné, se trouva être un vilain vieux avare, qui, quoique tout cousu d'or, voyant ma détresse, me voulut avoir pour rien. Il prétendait que je fusse auprès de son neveu une espèce de valet sans gages, plutôt qu'un vrai gouverneur. Attaché continuellement à lui, et par là dispensé du service, il fallait que je vécusse de ma paie de cadet, c'est-à-dire de soldat, et à peine consentait-il à me donner l'uniforme; il aurait voulu que je me contentasse de celui du régiment. Madame de Merveilleux, indignée de ses propositions, me détourna elle-même de les accepter; son fils fut du même sentiment. On cherchait autre chose, et l'on ne trouvait rien. Cependant je commençais d'être pressé, et cent francs sur lesquels j'avais fait mon voyage ne pouvaient me mener bien loin. Heureusement je reçus de la part de son excellence encore une petite remise qui me fit grand bien; et je crois qu'il ne m'aurait pas abandonné si j'eusse eu plus de patience : mais languir, attendre, solliciter, sont pour moi choses impossibles. Je me rebutai, je ne parus plus, et tout fut fini.

Je n'avais pas oublié ma pauvre maman; mais
comment la trouver? où la chercher ? Madame de
Merveilleux, qui savait mon histoire, m'avait aidé
dans cette recherche , long-temps inutilement.
Enfin elle m'apprit que madame de Warens était
repartie il y avait plus de deux mois , mais qu'on
ne savait si elle était en Savoie ou à Turin , et que
quelques personnes la disaient retournée en Suisse.
Il ne m'en fallut pas davantage pour me déterminer à la suivre, bien sûr qu'en quelque lieu
qu'elle fût , je la trouverais plus aisément en province que je n'avais pu faire à Paris.

Avant de partir j'exerçai mon nouveau talent
poétique dans une épître au colonel Godard , où je
le drapai de mon mieux. Je montrai ce barbouillage
à madame de Merveilleux, qui, au lieu de me
censurer comme elle aurait dû faire, rit beaucoup
de mes sarcasmes , de même que son fils, qui, je
crois, n'aimait pas le colonel Godard; et il faut
avouer qu'il n'était pas aimable. J'étais tenté de
lui envoyer mes vers ; ils m'y encouragèrent. J'en
fis un paquet à son adresse ; et comme il n'y avait
point alors à Paris de petite poste, je le mis dans
ma poche, et le lui envoyai d'Auxerre en passant.
Je ris quelquefois encore en songeant aux grimaces
qu'il dut faire en lisant ce panégyrique où il était
peint trait pour trait. Il commençait ainsi.

> Tu croyais, vieux pénard , qu'une folle manie
> D'élever ton neveu m'inspirerait l'envie.

Cette petite pièce , mal faite à la vérité, mais
qui ne manquait pas de sel, et qui annonçait du
talent pour la satire, est cependant le seul écrit
satirique qui soit sorti de ma plume. J'ai le cœur
trop peu haineux pour me prévaloir d'un pareil

talent; mais je crois qu'on peut juger, par quelques écrits polémiques faits de temps à autre pour ma défense, que si j'avais été d'humeur batailleuse, mes agresseurs n'auraient pas eu souvent les rieurs de leur côté.

La chose que je regrette le plus dans les détails de ma vie, dont j'ai perdu la mémoire, est de n'avoir pas fait des journaux de mes voyages. Jamais je n'ai tant pensé, tant existé, tant vécu, tant été moi, si j'ose ainsi dire, que dans ceux que j'ai faits seul et à pied. La marche a quelque chose qui anime et avive mes idées : je ne puis presque penser quand je reste en place; il faut que mon corps soit en branle pour y mettre mon esprit. La vue de la campagne, la succession des aspects agréables, le grand air, le grand appétit, la bonne santé que je gagne en marchant, la liberté du cabaret, l'éloignement de tout ce qui me fait sentir ma dépendance, de tout ce qui me rappelle à ma situation, tout cela dégage mon âme, me donne une plus grande audace de penser, me jette en quelque sorte dans l'immensité des êtres pour les combiner, les choisir, me les approprier sans gêne et sans crainte. Je dispose en maître de la nature entière; mon cœur, errant d'objet en objet, s'unit, s'identifie à ceux qui le flattent, s'entoure d'images charmantes, s'enivre de sentimens délicieux. Si pour les fixer je m'amuse à les décrire en moi-même, quelle vigueur de pinceau, quelle fraîcheur de coloris, quelle énergie d'expression je leur donne! On a, dit-on, trouvé de tout cela dans mes ouvrages, quoique écrits vers le déclin de mes ans. Oh! si l'on eût vu ceux de ma première jeunesse, ceux que j'ai faits durant mes voyages, ceux que j'ai composés et que je n'ai jamais écrits!.... Pourquoi,

direz-vous, ne les pas écrire? Pourquoi les écrire?
vous répondrai-je. Pourquoi m'ôter le charme
actuel de la jouissance, pour dire à d'autres que
j'avais joui? Que m'importaient des lecteurs, un
public et toute la terre, tandis que je planais dans
le ciel? D'ailleurs portais-je avec moi du papier,
des plumes? Si j'avais pensé à tout cela, rien ne
me serait venu. Je ne prévoyais pas que j'aurais
des idées; elles viennent quand il leur plaît, non
quand il me plaît. Elles ne viennent point, ou
elles viennent en foule : elles m'accablent de leur
nombre et de leur force. Dix volumes par jour
n'auraient pas suffi. Où prendre du temps pour les
écrire? En arrivant je ne songeais qu'à bien dîner.
En partant je ne songeais qu'à bien marcher. Je
sentais qu'un nouveau paradis m'attendait à la
porte, je ne songeais qu'à l'aller chercher.

Jamais je n'ai si bien senti tout cela que dans le
retour dont je parle. En venant à Paris, je m'étais
borné aux idées relatives à ce que j'y allais faire.
Je m'étais élancé dans la carrière où j'allais entrer,
et je l'avais parcourue avec assez de gloire; mais
cette carrière n'était pas celle où mon cœur m'appelait, et les êtres réels nuisaient aux êtres imaginaires. Le colonel Godard et son neveu figuraient
mal avec un héros tel que moi. Grâces au ciel,
j'étais maintenant délivré de tous ces obstacles : je
pouvais m'enfoncer à mon gré dans le pays des
chimères, car il ne restait que cela devant moi.
Aussi je m'y égarai si bien que je perdis réellement
plusieurs fois ma route : et j'eusse été fort fâché
d'aller plus droit; car sentant qu'à Lyon j'allais
me retrouver sur la terre, j'aurais voulu n'y jamais
arriver.

Un jour entre autres m'étant à dessein détourné

pour voir de près un lieu qui me parut admirable, je m'y plus si fort et j'y fis tant de tours que je me perdis enfin tout-à-fait. Après plusieurs heures de course inutile, las et mourant de soif et de faim, j'entrai chez un paysan dont la maison n'avait pas belle apparence, mais c'était la seule que je visse aux environs. Je croyais que c'était comme à Ge- nève ou en Suisse, où tous les habitans à leur aise sont en état d'exercer l'hospitalité. Je priai celui-ci de me donner à dîner en payant. Il m'offrit du lait écrèmé et de gros pain d'orge, en me disant que c'était tout ce qu'il avait. Je buvais ce lait avec délices et je mangeais ce pain, paille et tout, mais cela n'était pas fort restaurant pour un homme épuisé de fatigue. Ce paysan, qui m'examinait, jugea de la vérité de mon histoire par celle de mon appétit. Tout de suite, après m'avoir dit qu'il voyait bien (1) que j'étais un bon jeune honnête homme qui n'étais pas là pour le vendre, il ouvrit une petite trappe à côté de sa cuisine, descendit, et revint un moment après avec un bon pain bis de pur froment, un jambon très-appétissant quoique en- tamé, et une bouteille de vin dont l'aspect me réjouit le cœur plus que tout le reste. On joignit à cela une omelette assez épaisse, et je fis un dîner tel qu'autre qu'un piéton n'en connut jamais. Quand ce vint à payer, voilà son inquiétude et ses craintes qui le reprennent; il ne voulait point de mon argent, il le repoussait avec un trouble extraordinaire; et ce qu'il y avait de plaisant était que je ne pouvais imaginer de quoi il avait peur. Enfin il prononça en frémissant ces mots terribles

---

(1) Apparemment je n'avais pas encore la physionomie qu'on m'a donnée depuis dans mes portraits.

de commis et de rats de cave. Il me fit entendre
qu'il cachait son vin à cause des aides, qu'il cachait son pain à cause de la taille, et qu'il serait
un homme perdu si l'on pouvait se douter qu'il ne
mourût pas de faim. Tout ce qu'il me dit à ce sujet,
et dont je n'avais pas la moindre idée, me fit une
impression qui ne s'effacera jamais. Ce fut là le
germe de cette haine inextinguible qui se développa
depuis dans mon cœur contre les vexations qu'é-
prouve le malheureux peuple et contre ses oppresseurs. Cet homme, quoique aisé, n'osait manger le
pain qu'il avait gagné à la sueur de son front, et
ne pouvait éviter sa ruine qu'en montrant la même
misère qui régnait autour de lui. Je sortis de sa
maison aussi indigné qu'attendri, et déplorant le
sort de ces belles contrées à qui la nature n'a pro-
digué ses dons que pour en faire la proie des barbares publicains.

Voilà le seul souvenir bien distinct qui me reste
de ce qui m'est arrivé durant ce voyage. Je me
rappelle seulement encore qu'en approchant de
Lyon je fus tenté de prolonger ma route pour aller
voir les bords du Lignon; car parmi les romans
que j'avais lus avec mon père, l'*Astrée* n'avait pas
été oubliée, et c'était celui qui me revenait au cœur
le plus fréquemment. Je demandai la route du
Forez, et tout en causant avec une hôtesse, elle
m'apprit que c'était un bon pays de ressource pour
les ouvriers, qu'il y avait beaucoup de forges, et
qu'on y travaillait fort bien en fer. Cet éloge calma
tout à coup ma curiosité romanesque, et je ne
jugeai pas à propos d'aller chercher des Dianes et
des Sylvandres chez un peuple de forgerons. La
bonne femme qui m'encourageait de la sorte m'avait
sûrement pris pour un garçon serrurier.

Je n'allais par tout-à-fait à Lyon sans vue. En
arrivant j'allai voir aux Chasottes mademoiselle du
Châtelet, amie de madame de Warens, et pour
laquelle elle m'avait donné une lettre quand je vins
avec M. Le Maître, ainsi c'était une connaissance
déjà faite. Mademoiselle du Châtelet m'apprit qu'en
effet son amie avait passé à Lyon, mais qu'elle
ignorait si elle avait poussé sa route jusqu'en Piémont, et qu'elle était incertaine elle-même en
partant si elle ne s'arrêterait point en Savoie; que
si je voulais elle écrirait pour en avoir des nouvelles, et que le meilleur parti que j'eusse à prendre était de les attendre à Lyon. J'acceptai l'offre :
mais je n'osai dire à mademoiselle du Châtelet que
j'étais pressé de la réponse, et que ma petite bourse
épuisée ne me laissait pas en état de l'attendre
long-temps. Ce qui me retint n'était pas qu'elle
m'eût mal reçu; au contraire, elle m'avait fait
beaucoup de caresses, et me traitait sur un pied
d'égalité qui m'ôtait le courage de lui laisser voir
mon état, et de descendre du rôle de bonne compagnie à celui d'un malheureux mendiant.

Il me semble de voir assez clairement la suite de
tout ce que j'ai marqué dans ce livre. Cependant
je crois me rappeler dans le même intervalle un
autre voyage de Lyon dont je ne puis marquer la
place et où je me trouvai déjà fort à l'étroit. [Une
petite anecdote assez difficile à dire ne me per-
mettra jamais de l'oublier. J'étais un soir assis en
Bellecour après un très-mince souper, rêvant aux
moyens de me tirer d'affaire, quand un homme
en bonnet vint s'asseoir à côté de moi. Cet homme
avait l'air d'un de ces ouvriers en soie qu'on appelle
à Lyon des taffetatiers. Il m'adresse la parole; je
lui réponds. A peine avions-nous causé un quart

d'heure, que, toujours avec le même sang-froid et sans changer de ton, il me propose de nous amuser de compagnie. J'attendais qu'il m'expliquât quel était cet amusement; mais, sans rien ajouter, il se mit en devoir de m'en donner l'exemple. Nous nous touchions presque, et la nuit n'était pas assez obscure pour m'empêcher de voir à quel exercice il se préparait. Il n'en voulait point à ma personne; du moins rien ne m'annonçait cette intention, et le lieu ne l'eût pas favorisée : il ne voulait exactement, comme il me l'avait dit, que s'amuser et que je m'amusasse, chacun pour son compte; et cela lui paraissait si simple, qu'il n'avait pas même supposé qu'il ne me le parût pas comme à lui. Je fus si effrayé de cette impudence, que sans lui répondre je me levai précipitamment et me mis à fuir à toutes jambes, croyant avoir ce misérable à mes trousses. J'étais si troublé, qu'au lieu de gagner mon logis par la rue Saint-Dominique, je courus du côté du quai, et ne m'arrêtai qu'au delà du pont de bois, aussi tremblant que si je venais de commettre un crime. J'étais sujet au même vice : ce souvenir m'en guérit pour long-temps.

A ce voyage-ci j'eus une aventure à peu près du même genre, mais qui me mit en plus grand danger. Sentant mes espèces tirer à leur fin, j'en ménageais le chétif reste. Je prenais moins souvent des repas à mon auberge, et bientôt je n'en pris plus du tout, pouvant pour cinq ou six sous à la taverne me rassasier tout aussi bien que je faisais là pour mes vingt-cinq. N'y mangeant plus, je ne savais comment y aller coucher ; non que j'y dusse grand'chose, mais j'avais honte d'occuper une chambre sans rien faire gagner à mon hôtesse. La saison était belle. Un soir qu'il faisait fort chaud je me déter-

minai à passer la nuit dans la place; et déjà je
m'étais établi sur un banc, quand un abbé qui
passait, me voyant ainsi couché, s'approcha et me
demanda si je n'avais point de gîte. Je lui avouai
mon cas, et il en parut touché. Il s'assit à côté de
moi, et nous causâmes. Il parlait agréablement:
tout ce qu'il me dit me donna de lui la meilleure
opinion du monde. Quand il me vit bien disposé,
il me dit qu'il n'était pas logé fort au large; qu'il
n'avait qu'une seule chambre, mais qu'assurément
il ne me laisserait pas coucher ainsi dans la place;
qu'il était tard pour trouver un gîte, et qu'il m'offrait pour cette nuit la moitié de son lit. J'accepte
l'offre, espérant déjà me faire un ami qui pourrait
m'être utile. Nous allons. Il bat le fusil. Sa chambre me parut propre dans sa petitesse: il m'en fit
les honneurs fort poliment. Il tira d'un pot de
verre des cerises à l'eau-de-vie; nous en man-
geâmes chacun deux, et nous fûmes nous coucher.

Cet homme avait les mêmes goûts que mon Juif
de l'hospice, mais il ne les manifestait pas si brutalement. Soit que, sachant que je pouvais être
entendu, il craignit de me forcer à me défendre,
soit qu'en effet il fût moins confirmé dans ses projets, il n'osait m'en proposer ouvertement l'exécution, et cherchait à m'émouvoir sans m'inquiéter.
Plus instruit que la première fois, je compris
bientôt son dessein, et j'en frémis. Ne sachant ni
dans quelle maison ni entre les mains de qui j'étais,
je craignis en faisant du bruit de le payer de ma
vie. Je feignis d'ignorer ce qu'il me voulait; mais,
paraissant très-importuné de ses caresses et très-
décidé à n'en pas endurer le progrès, je fis si bien
qu'il fut obligé de se contenir. Alors je lui parlai
avec toute la douceur et toute la fermeté dont j'étais

capable ; et , sans paraître rien soupçonner , je
m'excusai de l'inquiétude que je lui avais montrée,
sur mon ancienne aventure , que j'affectai de lui
conter en termes si pleins de dégoût et d'horreur ,
que je lui fis , je crois , mal au cœur à lui-même ,
et qu'il renonça tout-à-fait à son sale dessein. Nous
passâmes tranquillement le reste de la nuit : il me
dit même beaucoup de choses très - bonnes , très-
sensées ; et ce n'était assurément pas un homme
sans mérite , quoique ce fût un grand vilain.

Le matin , M. l'abbé , qui ne voulait pas avoir
l'air mécontent, parla de déjeuné, et pria une des
filles de son hôtesse, qui était jolie, d'en faire apporter. Elle lui dit qu'elle n'avait pas le temps. Il
s'adressa à sa sœur, qui ne daigna pas lui répondre. Nous attendions toujours ; point de déjeuné.
Enfin nous passâmes dans la chambre de ces demoiselles. Elles reçurent M. l'abbé d'un air très-peu
caressant. J'eus encore moins à me louer de leur
accueil. L'aînée , en se retournant, m'appuya son
talon pointu sur le bout du pied, où un cor fort
douloureux m'avait forcé de couper mon soulier ;
l'autre vint ôter brusquement de derrière moi une
chaise sur laquelle j'étais prêt à m'asseoir ; leur
mère , en jetant de l'eau par la fenêtre, m'en asper-
gea le visage : en quelque place que je me misse,
on m'en faisait ôter pour y chercher quelque chose ;
je n'avais été de ma vie à pareille fête. Je voyais
dans leurs regards insultans et moqueurs une fureur
cachée à laquelle j'avais la stupidité de ne rien
comprendre. Ébahi , stupéfait , prêt à les croire
toutes possédées, je commençais tout de bon à m'ef-
frayer, quand l'abbé, qui ne faisait semblant de
voir ni d'entendre , jugeant bien qu'il n'y avait
point de déjeuné à espérer, prit le parti de sortir :

et je me hâtai de le suivre, fort content d'échapper à ces trois furies. En marchant il me proposa d'aller déjeuner au café. Quoique j'eusse grand'faim, je n'acceptai point cette offre, sur laquelle il n'insista pas beaucoup non plus, et nous nous séparâmes au trois ou quatrième coin de rue ; moi charmé de perdre de vue tout ce qui appartenait à cette maudite maison ; et lui, fort aise, à ce que je crois, de m'en avoir assez éloigné pour qu'elle ne me fût pas aisée à reconnaître. Comme à Paris ni dans aucune autre ville jamais rien ne m'est arrivé de semblable à ces deux aventures, il m'en est resté une impression peu avantageuse au peuple de Lyon, et j'ai toujours regardé cette ville comme celle de l'Europe où règne la plus affreuse corruption.]

Le souvenir des extrémités où j'y fus réduit ne contribue pas non plus à m'en rappeler agréablement la mémoire. Si j'avais été fait comme un autre, que j'eusse eu le talent d'emprunter, de m'endetter à mon cabaret, je me serais aisément tiré d'affaire ; mais c'est à quoi mon inaptitude égalait ma répugnance : et, pour imaginer à quel point vont l'une et l'autre, il suffit de savoir qu'après avoir passé presque toute ma vie dans le mal-être, et souvent prêt à manquer de pain, il ne m'est jamais arrivé une seule fois de me faire demander de l'argent par un créancier sans lui en donner à l'instant même, ni de faire venir deux fois un ouvrier pour avoir son argent. Je n'ai jamais su faire de dettes criardes, et j'ai toujours mieux aimé souffrir que devoir.

C'était souffrir assurément que d'être réduit à passer la nuit dans la rue, et c'est ce qui m'est arrivé plusieurs fois à Lyon. J'aimais mieux employer quelques sous qui me restaient à payer mon pain que mon gîte, parce qu'après tout je risqu   moins

de mourir de sommeil que de faim. Ce qu'il y a
d'étonnant, c'est que dans ce cruel état je n'étais
ni inquiet ni triste. Je n'avais pas le moindre souci
sur l'avenir, et j'attendais les réponses que devait
recevoir mademoiselle du Châtelet, couchant à la
belle étoile ou sur un banc, aussi tranquillement
que sur un lit de roses. Je me souviens même d'avoir
passé une nuit délicieuse hors de la ville dans un
chemin qui côtoyait le Rhône ou la Saône, car je ne
me rappelle pas lequel des deux. Des jardins élevés
en terrasse bordaient le chemin du côté opposé. Il
avait fait très-chaud ce jour-là; la soirée était charmante; la rosée humectait l'herbe flétrie; point de
vent, une nuit tranquille; l'air était frais sans être
froid; le soleil après son coucher avait laissé dans le
ciel des vapeurs rouges dont la réflexion rendait l'eau
couleur de rose; les arbres des terrasses étaient chargés de rossignols qui se répondaient de l'un à l'autre.
Je me promenais dans une sorte d'extase, livrant
mes sens et mon cœur à la jouissance de tout cela,
et soupirant seulement un peu du regret d'en jouir
seul. Absorbé dans ma douce rêverie, je prolongeai
fort avant dans la nuit ma promenade sans m'apercevoir que j'étais las. Je m'en aperçus enfin. Je me
couchai voluptueusement sur la tablette d'une espèce de niche ou d'arcade enfoncée dans un mur de
terrasse : le ciel de mon lit était formé par les têtes
des arbres; un rossignol était précisément au dessus
de moi; je m'endormis à son chant; mon sommeil
fut doux, mon réveil le fut davantage. Il était grand
jour; mes yeux en s'ouvrant virent le soleil, l'eau,
la verdure, un paysage admirable. Je me levai, me
secouai. La faim me prit; je m'acheminai gaiement
vers la ville, résolu de mettre à un bon déjeuner deux
pièces de six blancs qui me restaient encore. J'étais

de si bonne humeur que j'allais chantant tout le
long du chemin, et je me souviens même que je
chantais une cantate de Batistin, intitulée les *bains*
de Thomeri, que je savais par cœur. Que béni soit
le bon Batistin et sa bonne cantate qui m'a valu un
meilleur déjeuné que celui sur lequel je comptais,
et un dîné bien meilleur encore, sur lequel je
n'avais point compté du tout ! Dans mon meilleur
train d'aller et de chanter, j'entends quelqu'un
derrière moi; je me retourne, je vois un antonin
qui me suivait, et qui paraissait m'écouter avec
plaisir. Il m'accoste, me salue, me demande si je
sais la musique. Je réponds, *un peu*, pour faire
entendre *beaucoup*. Il continue à me questionner :
je lui conte une partie de mon histoire. Il me demande si je n'ai jamais copié de la musique. Souvent,
lui dis-je : et cela était vrai; ma meilleure manière
de l'apprendre était d'en copier. Eh bien! me dit-il,
venez avec moi; je pourrai vous occuper quelques
jours, durant lesquels rien ne vous manquera,
pourvu que vous consentiez à ne pas sortir de
la chambre. J'acquiesçai très-volontiers, et je le
suivis.

Cet antonin s'appelait M. Rolichon; il aimait la
musique, il la savait, et chantait dans de petits
concerts qu'il faisait avec ses amis. Il n'y avait rien
là que d'innocent et d'honnête; mais ce goût dégénérait apparemment en fureur dont il était obligé
de cacher une partie. Il me conduisit dans une petite
chambre que j'occupai, et où je trouvai beaucoup
de musique qu'il avait copiée. Il m'en donna d'autre à copier, particulièrement la cantate que j'avais
chantée, et qu'il devait chanter lui-même dans
quelques jours. J'en demeurai là trois ou quatre à
copier tout le temps où je ne mangeais pas ; car de

ma vie je ne fus si affamé ni mieux nourri. Il apportait mes repas lui-même de leur cuisine, et il fallait qu'elle fût bonne , si leur ordinaire valait le mien. De mes jours je n'eus tant de plaisir à manger, et il faut avouer aussi que ces lippées me venaient fort à propos, car j'étais sec comme du bois. Je travaillais presque d'aussi bon cœur que je mangeais, et ce n'est pas peu dire. Il est vrai que je n'étais pas aussi correct que diligent. Quelques jours après M. Rolichon, que je rencontrai dans la rue, m'apprit que mes parties avaient rendu la musique inexécutable , tant elles s'étaient trouvées remplies d'omissions , de duplications , de transpositions. Il faut avouer que j'ai choisi là dans la suite le métier du monde auquel j'étais le moins propre. Non que ma note ne fût belle, et que je n e copiasse fort nettement ; mais l'ennui d'un long travail me donne des distractions si grandes, que je passe plus de temps à gratter qu'à noter, et que, si je n'apporte la plus grande attention à collationner et corriger mes parties, elles font toujours manquer l'exécution. Je fis donc très-mal en voulant bien faire, et pour aller vite, j'allais tout de travers. Cela n'empêcha pas M. Rolichon de me bien traiter jusqu'à la fin , et de me donner encore en sortant un petit écu que je ne méritais guère, et qui me remit tout-à-fait en pied ; car peu de jours après je reçus des nouvelles de maman qui était à Chambéri, et de l'argent pour l'aller joindre, ce que je fis avec transport. Depuis lors mes finances ont souvent été fort courtes, mais jamais assez pour me réduire à jeûner. Je marque cette époque avec un cœur sensible aux soins de la Providence. C'est la dernière fois de ma vie que j'ai senti la misère et la faim.

Je restai à Lyon sept ou huit jours encore pour

attendre les commissions dont maman avait chargé
mademoiselle du Châtelet, que je vis durant ce
temps-là plus assidûment qu'auparavant, ayant le
plaisir de parler avec elle de son amie, et n'étant
plus distrait par ces cruels retours sur ma situation
qui me forçaient de la cacher. Mademoiselle du
Châtelet n'était ni jeune ni jolie, mais elle ne manquait pas de grâce; elle était liante et familière, et
son esprit donnait du prix à cette familiarité. Elle
avait ce goût de morale observatrice qui porte à
étudier les hommes; et c'est d'elle en première origine que ce goût m'est venu. Elle aimait les romans
de Le Sage, et particulièrement *Gil Blas*; elle m'en
parla, me le prêta; je le lus avec plaisir. Mais je
n'étais pas mûr encore pour ces sortes de lectures,
il me fallait des romans à grands sentimens. Je
passais ainsi mon temps à la grille de mademoiselle
du Châtelet avec autant de plaisir que de profit;
et il est certain que les entretiens intéressans et
sensés d'une femme de mérite sont plus propres à
former un jeune homme que toute la pédantesque
philosophie des livres. Je fis connaissance aux Chasottes avec d'autres pensionnaires et de leurs amies,
entre autres avec une jeune personne de quatorze
ans, appelée mademoiselle Serre, à laquelle je ne
fis pas alors une grande attention, mais dont je me
passionnai huit ou neuf ans après, et avec raison,
car c'était une charmante fille.

Occupé de l'attente de revoir bientôt ma bonne
maman, je fis un peu trêve à mes chimères; et le
bonheur réel qui m'attendait me dispensa d'en chercher dans mes visions. Non-seulement je la retrouvais, mais je retrouvais près d'elle et par elle un état
agréable; car elle marquait m'avoir trouvé une
occupation qu'elle espérait qui me conviendrait, et

qui ne m'éloignerait pas d'elle. Je m'épuisais en conjectures pour deviner quelle pouvait être cette occupation, et il aurait fallu deviner en effet pour rencontrer juste. J'avais de quoi faire commodément la route. Mademoiselle du Châtelet voulait que je prisse un cheval ; je n'y pus consentir, et j'eus raison : j'aurais perdu le plaisir du dernier voyage pédestre que j'ai fait en ma vie ; car je ne peux donner ce nom aux excursions que je faisais souvent à mon voisinage tandis que je demeurais à Motiers.

C'est une chose bien singulière que mon imagination ne se monte jamais plus agréablement que quand mon état est le moins agréable, et qu'au contraire elle est moins riante lorsque tout rit autour de moi. Ma mauvaise tête ne peut s'assujettir aux choses ; elle ne saurait embellir, elle veut créer. Les objets réels s'y peignent tout au plus tels qu'ils sont, elle ne sait parer que les objets imaginaires. Si je veux peindre le printemps, il faut que je sois en hiver ; si je veux décrire un beau paysage, il faut que je sois dans des murs ; et j'ai dit cent fois que si j'étais mis à la Bastille, j'y ferais le tableau de la liberté. Je ne voyais en partant de Lyon qu'un avenir agréable ; j'étais aussi content, et j'avais tout lieu de l'être, que je l'étais peu quand je partis de Paris. Cependant je n'eus point durant ce voyage ces rêveries délicieuses qui m'avaient suivi dans l'autre. J'avais le cœur serein ; mais c'était tout. Je me rapprochais avec attendrissement de l'excellente amie que j'allais revoir ; je goûtais d'avance, mais sans ivresse, le plaisir de vivre auprès d'elle : je m'y étais toujours attendu ; c'était comme s'il ne m'était rien arrivé de nouveau. Je m'inquiétais de ce que j'allais faire, comme si cela eût été fort inquiétant. Mes idées étaient paisibles et douces, non célestes et ravis-

santes. Tous les objets que je passais frappaient ma
vue ; je donnais de l'attention aux paysages ; je re-
marquais les arbres, les maisons, les ruisseaux ; je
délibérais aux croisées des chemins ; j'avais peur de
me perdre, et je ne me perdais point. En un mot,
je n'étais plus dans l'empyrée, j'étais tantôt où j'é-
tais, tantôt où j'allais, jamais plus loin.

Je suis encore en racontant mes voyages comme
j'étais en les faisant, je ne saurais arriver. Le cœur
me battait de joie en approchant de ma chère maman, et je n'en allais pas plus vite. J'aime à marcher
à mon aise, et m'arrêter quand il me plaît : la vie
ambulante est celle qu'il me faut. Faire route à pied
par un beau temps dans un beau pays, sans être
pressé, et avoir pour terme de ma course un objet
agréable : voilà de toutes les manières de vivre celle
qui est le plus de mon goût. Au reste on sait déjà
ce que j'entends par un beau pays. Jamais pays de
plaine, quelque beau qu'il fût, ne parut tel à mes
yeux. Il me faut des torrens, des rochers, des sa-
pins, des bois noirs, des chemins raboteux à monter
et à descendre, des précipices à mes côtés qui me
fassent bien peur. J'eus ce plaisir et je le goûtai
dans tout son charme en approchant de Chambéri.
Non loin d'une montagne coupée qu'on appelle le
Pas-de-l'Échelle, au-dessous du grand chemin taillé
dans le roc, à l'endroit appelé Chailles, court et
bouillonne dans des gouffres affreux une petite ri-
vière qui paraît avoir mis à les creuser des milliers
de siècles. On a bordé le chemin d'un parapet pour
prévenir les malheurs : cela faisait que je pouvais
contempler au fond et gagner des vertiges tout à mon
aise ; car ce qu'il y a de plaisant dans mon goût pour
les lieux escarpés est qu'ils me font tourner la tête,
et j'aime beaucoup ce tournoiement, pourvu que

je sois en sûreté. Bien appuyé sur le parapet, j'a-
vançais le nez, et je restais là des heures entières
entrevoyant de temps en temps cette écume et cette
eau bleue dont j'entendais le mugissement à travers
les cris des corbeaux et des éperviers qui volaient
de roche en roche et de broussaille en broussaille à
cent toises au-dessous de moi. Dans les endroits où
la pente était assez unie, et la broussaille assez claire
pour laisser courir des cailloux, j'en allais chercher
au loin d'aussi gros que je les pouvais porter, je les
rassemblais sur le parapet en pile, puis les lançant
l'un après l'autre, je me délectais à les voir rouler,
bondir et voler en mille éclats avant que d'atteindre
le fond du précipice.

Plus près de Chambéri j'eus un spectacle semblable en sens contraire. Le chemin passe au pied
de la plus belle cascade que je vis de mes jours. Là
montagne est tellement escarpée que l'eau se détache
net, et tombe en arcade assez loin pour qu'on puisse
passer entre la cascade et la roche, quelquefois sans
être mouillé. Mais si l'on ne prend bien ses mesures,
on y est aisément trompé, comme je le fus : car, à
cause de l'extrême hauteur, l'eau se divise et
tombe en poussière ; et lorsqu'on approche un peu
trop de ce nuage, sans s'apercevoir d'abord qu'on
se mouille, bientôt on est tout trempé.

J'arrive enfin, je la revois. Elle n'était pas seule.
M. l'intendant général était chez elle au moment que
j'entrai. Sans me parler, elle me prend par la main,
et me présente à lui avec cette grâce qui lui ouvrait
tous les cœurs. Le voilà, monsieur, ce pauvre jeune
homme ; daignez le protéger aussi long-temps qu'il
le méritera : je ne suis plus en peine de lui pour le
reste de sa vie. Puis m'adressant la parole : Mon enfant, me dit-elle, vous appartenez au roi ; remerciez

M. l'intendant qui vous donne du pain. J'ouvrais de grands yeux sans rien dire, sans trop savoir qu'imaginer : il s'en fallut peu que l'ambition naissante ne me tournât la tête, et que je ne fisse déjà le petit intendant. Ma fortune se trouva moins brillante que sur ce début je ne l'avais imaginée; mais quant à présent c'était assez pour vivre, et pour moi c'était beaucoup. Voici de quoi il s'agissait :

Le roi Victor Amédée, jugeant par le sort des guerres précédentes, et par la position de l'ancien patrimoine de ses pères, qu'il lui échapperait quelque jour, ne cherchait qu'à l'épuiser. Il y avait peu d'années qu'ayant résolu d'en mettre la noblesse à la taille, il avait ordonné un cadastre général de tout le pays, afin que rendant l'imposition réelle on pût la répartir avec plus d'équité. Ce travail commencé sous le père fut achevé sous le fils. Deux ou trois cents hommes, tant arpenteurs qu'on appelait géomètres, qu'écrivains qu'on appelait secrétaires, furent employés à cet ouvrage, et c'était parmi ces derniers que maman m'avait fait inscrire. Le poste, sans être fort lucratif, donnait de quoi vivre au large dans ce pays-là. Le mal était que cet emploi n'était qu'à temps, mais il mettait en état de chercher et d'attendre; et c'était par prévoyance qu'elle tâchait de m'obtenir de l'intendant une protection particulière pour pouvoir passer à quelque emploi plus solide, quand le temps de celui-là serait fini.

J'entrai en fonction peu de jours après mon arrivée. Il n'y avait à ce travail rien de difficile, et je fus bientôt au fait. C'est ainsi qu'après quatre ou cinq ans de courses, de folies et de souffrances, depuis ma sortie de Genève, je commençai pour la première fois de gagner mon pain avec honneur.

Ces longs détails de ma première jeunesse auront paru bien puérils, et j'en suis fâché : quoique né homme à certains égards, j'ai été long-temps enfant, et je le suis encore à beaucoup d'autres. Je n'ai pas promis d'offrir au lecteur un grand personnage, j'ai promis de me peindre tel que je suis, et, pour me connaître dans mon âge avancé, il faut m'avoir bien connu dans ma jeunesse. Comme en général les objets font moins d'impression sur moi que leurs souvenirs, et que toutes mes idées sont en images, les premiers traits qui se sont gravés dans ma tête y sont demeurés, et ceux qui s'y sont empreints dans la suite se sont plutôt combinés avec eux qu'ils ne les ont effacés. Il y a une certaine succession d'affections et d'idées qui modifient celles qui les suivent, et qu'il faut connaître pour en bien juger. Je m'applique à bien développer partout les premières causes pour faire sentir l'enchaînement des effets. Je voudrais pouvoir rendre mon âme transparente aux yeux du lecteur ; et pour cela je cherche à la lui montrer sous tous les points de vue, à l'éclairer par tous les jours, à faire en sorte qu'il ne s'y passe pas un mouvement qu'il n'aperçoive, afin qu'il puisse juger par lui-même du principe qui les produit.

Si je me chargeais du résultat et que je lui disse, tel est mon caractère, il pourrait croire, sinon que je le trompe, au moins que je me trompe. Mais en lui détaillant avec simplicité tout ce qui m'est arrivé, tout ce que j'ai fait, tout ce que j'ai pensé, tout ce que j'ai senti, je ne puis l'induire en erreur, à moins que je ne le veuille : encore même en le voulant n'y parviendrais-je pas aisément de cette façon. C'est à lui d'assembler ces élémens, et de déterminer l'être qu'ils composent : le résultat doit

être son ouvrage ; et s'il se trompe alors, toute
l'erreur sera de son fait. Or il ne suffit pas pour
cette fin que mes récits soient fidèles, il faut aussi
qu'ils soient exacts. Ce n'est pas à moi de juger de
l'importance des faits : je les dois tous dire, et lui
laisser le soin de choisir. C'est à quoi je me suis
appliqué jusqu'ici de tout mon courage, et je ne
me relâcherai pas dans la suite. Mais les souvenirs
de l'âge moyen sont toujours moins vifs que ceux
de la première jeunesse. J'ai commencé par tirer
de ceux-ci le meilleur parti qu'il m'était possible :
si les autres me reviennent avec la même force,
des lecteurs impatiens s'ennuieront peut-être, mais
moi je ne serai pas mécontent de mon travail. Je
n'ai qu'une chose à craindre dans cette entreprise :
ce n'est pas de trop dire, ou de dire des mensonges ;
mais c'est de ne pas tout dire, et de taire des vérités.

FIN DU LIVRE QUATRIÈME.

LIVRE CINQUIÊME.

Ce fut, ce me semble, en 1732 que j'arrivai à Chambéri, comme je viens de le dire, et que je commençai de travailler au cadastre pour le service du roi. J'avais vingt ans passés, près de vingt-un. J'étais du côté de l'esprit assez formé pour mon âge; mais le jugement ne l'était guère: et j'avais grand besoin des mains dans lesquelles je tombai pour apprendre à me conduire; car quelques années d'expérience n'avaient pu me guérir encore radicalement de mes visions romanesques; et malgré tous les maux que j'avais soufferts, je connaissais aussi peu le monde et les hommes que si je n'avais pas payé ces instructions.

Je logeai chez moi, c'est-à-dire chez maman; mais je ne retrouvai pas ma chambre d'Anneci: plus de jardin, plus de ruisseau, plus de paysage. La maison qu'elle occupait était sombre et triste, et ma chambre était la plus sombre et la plus triste de la maison. Un mur pour vue, un cul-de-sac pour rue, peu d'air, peu de jour, peu d'espace; des grillons, des rats, des planches pourries: tout cela ne faisait pas une plaisante habitation. Mais j'étais chez elle, auprès d'elle: sans cesse à mon bureau ou dans sa chambre, je m'apercevais peu de la laideur de la mienne, je n'avais pas le temps d'y rêver. Il paraîtra bizarre qu'elle s'était fixée à Chambéri tout exprès pour habiter cette vilaine maison: ce fut même un trait d'habileté de sa part que je ne dois pas taire. Elle allait à Turin avec répugnance, sentant bien qu'après des révolutions encore toutes récentes, et dans l'agitation où l'on

était encore à la cour, ce n'était pas le moment de
s'y présenter. Cependant ses affaires demandaient
qu'elle s'y montrât : elle craignait d'être oubliée ou
desservie. Elle savait surtout que le comte de Saint-
Laurent, intendant général des finances, ne la
favorisait pas. Il avait à Chambéri une maison
vieille, mal bâtie, et dans une si vilaine position
qu'elle restait toujours vide ; elle la loua et s'y établit. Cela lui réussit mieux qu'un voyage ; sa pension ne fut point supprimée, et depuis lors le
comte de Saint-Laurent fut toujours de ses amis.

J'y trouvai son ménage à peu près monté comme
auparavant, et le fidèle Claude Anet toujours avec
elle. C'était, comme je crois l'avoir dit, un paysan
de Moutru, qui, dans son enfance, herborisait
dans le Jura pour faire du thé de Suisse, et qu'elle
avait pris à son service à cause de ses drogues,
trouvant commode d'avoir un herboriste dans son
laquais. Il se passionna si fort pour l'étude des
plantes, et elle favorisa si bien son goût, qu'il
devint un vrai botaniste, et que, s'il ne fût mort
jeune, il se fût fait un nom dans cette science ,
comme il en méritait un parmi les honnêtes gens.
Comme il était sérieux , même grave , et que j'étais
plus jeune que lui, il devint pour moi une espèce
de gouverneur qui me sauva beaucoup de folies ,
car il m'en imposait ; et je n'osais m'oublier devant
lui. Il en imposait même à sa maîtresse, qui connaissait son grand sens, sa droiture, son inviolable
attachement pour elle, et qui le lui rendait bien.
Claude Anet était sans contredit un homme rare ,
et le seul même de son espèce que j'aie jamais vu.
Lent, posé, réfléchi, circonspect dans sa conduite,
froid dans ses manières, laconique et sentencieux
dans ses propos, il était dans ses passions d'une

impétuosité qu'il ne laissait jamais paraître, mais
qui le dévorait en dedans, et qui ne lui a fait faire
en sa vie qu'une sottise, mais terrible ; c'est de s'être
empoisonné. Cette scène tragique se passa peu après
mon arrivée, et il la fallait pour m'apprendre l'intimité de ce garçon avec sa maîtresse ; car si elle
ne me l'eût dit elle-même, jamais je ne m'en serais
douté. Assurément si l'attachement, le zèle et la fidélité peuvent mériter une pareille récompense, elle
lui était bien due ; et ce qui prouve qu'il en était
digne, il n'en abusa jamais. Ils avaient rarement
des querelles, et elles finissaient toujours bien. Il
en vint pourtant une qui finit mal. Sa maîtresse
lui dit dans la colère un mot outrageant qu'il ne put
digérer. Il ne consulta que son désespoir, et trouvant sous sa main une fiole de laudanum, il l'avala,
puis fut se coucher tranquillement, comptant ne
se réveiller jamais. Heureusement madame de
Warens, inquiète, agitée elle-même, errant dans
sa maison, trouva la fiole vide et devina le reste.
En volant à son secours elle poussa des cris qui
m'attirèrent : elle m'avoua tout, implora mon
assistance, et parvint avec beaucoup de peine
à lui faire vomir l'opium. Témoin de cette scène,
j'admirai ma bêtise de n'avoir jamais eu le moindre
soupçon des liaisons qu'elle m'apprenait. Mais
Claude Anet était si discret que de plus clairvoyans
auraient pu s'y méprendre. Le raccommodement fut
tel, que j'en fus vivement touché moi-même ; et
depuis ce temps, ajoutant pour lui le respect à l'estime, je devins en quelque façon son élève, et ne
m'en trouvai pas plus mal.

Je n'appris pas pourtant sans peine que quelqu'un
pouvait vivre avec elle dans une plus grande intimité que moi. Je n'avais pas songé même à désirer

pour moi cette place ; mais il m'était dur de la
voir remplir par un autre : cela était fort naturel.
Cependant, au lieu de prendre en aversion celui
qui me l'avait soufflée, je sentis réellement s'étendre
à lui l'attachement que j'avais pour elle. Je désirais
sur toutes choses qu'elle fût heureuse ; et puisqu'elle
avait besoin de lui pour l'être, j'étais content qu'il
fût heureux aussi. De son côté il entrait parfaitement dans les vues de sa maîtresse, et prit en
sincère amitié l'ami qu'elle s'était choisi. Sans
affecter avec moi l'autorité que son poste le mettait
en droit de prendre, il prit naturellement celle que
son jugement lui donnait sur le mien. Je n'osais
rien faire qu'il parût désapprouver, et il ne désap-
prouvait que ce qui était mal. Nous vivions ainsi
dans une union qui nous rendait tous heureux,
et que la mort seule a pu détruire. Une des preuves
de l'excellence du caractère de cette aimable femme
est que tous ceux qui l'aimaient s'aimaient entre
eux. La jalousie, la rivalité même cédait au sentiment dominant qu'elle inspirait , et je n'ai vu
jamais aucun de ceux qui l'entouraient se vouloir
du mal l'un à l'autre. Que ceux qui me lisent sus-
pendent un moment leur lecture à cet éloge ; et
s'ils trouvent, en y pensant, quelque autre femme
dont ils puissent en dire autant, qu'ils s'attachent
à elle pour le repos de leur vie, fût-elle au reste
la dernière des catins.

Ici commence, depuis mon arrivée à Chambéri
jusqu'à mon départ pour Paris , en 1741 , un intervalle de huit ou neuf ans durant lequel j'aurai
peu d'événemens à dire, parce que ma vie a été
aussi simple que douce ; et cette uniformité était
précisément ce dont j'avais le plus grand besoin
pour achever de former mon caractère, que des

troubles continuels empêchaient de se fixer. C'est durant ce précieux intervalle que mon éducation mêlée et sans suite, ayant pris de la consistance, m'a fait ce que je n'ai plus cessé d'être à travers les orages qui m'attendaient. Ce progrès fut insensible et lent, chargé de peu d'événemens mémorables ; mais il mérite cependant d'être suivi et développé.

Au commencement je n'étais guère occupé que de mon travail ; la gêne du bureau ne me laissait pas songer à autre chose. Le peu de temps que j'avais de libre se passait auprès de la bonne maman ; et n'ayant pas même celui de lire, la fantaisie ne m'en prenait pas. Mais quand ma besogne, devenue une espèce de routine, occupa moins mon esprit, il reprit ses inquiétudes, la lecture me redevint nécessaire ; et comme si ce goût se fût toujours irrité par la difficulté de m'y livrer, il serait redevenu fureur comme chez mon maître, si d'autres goûts venus à la traverse n'eussent fait diversion à celui-là.

Quoiqu'il ne fallût pas à nos opérations une arithmétique bien transcendante, il en fallait assez pour m'embarrasser quelquefois. Pour vaincre cette difficulté, j'achetai des livres d'arithmétique, et je l'appris bien, car je l'appris seul. L'arithmétique pratique s'étend plus loin qu'on ne pense, quand on y veut mettre l'exacte précision. Il y a des opérations d'une longueur extrême, au milieu desquelles j'ai vu quelquefois de bons géomètres s'égarer. La réflexion jointe à l'usage donne des idées nettes, et alors on trouve des méthodes abrégées dont l'invention flatte l'amour-propre, dont la justesse satisfait l'esprit, et qui font faire avec plaisir un travail ingrat par lui-même. Je m'y

enfonçai si bien qu'il n'y avait point de question
soluble par les seuls chiffres qui m'embarrassât;
et maintenant, que tout ce que j'ai su s'efface
journellement de ma mémoire, cet acquis y demeure encore en partie, au bout de trente ans
d'interruption. Il y a quelques jours que, dans
un voyage que j'ai fait à Davenport chez mon hôte,
assistant à la leçon d'arithmétique de ses enfans,
j'ai fait sans faute, avec un plaisir incroyable, une
opération des plus composées. Il me semblait que
j'étais encore à Chambéri dans mes heureux jours.
C'était revenir de loin sur mes pas.

Le lavis des mappes de nos géomètres m'avait
aussi rendu le goût du dessin. J'achetai des couleurs et je me mis à faire des fleurs et des paysages.
C'est dommage que je me sois trouvé peu de talent
pour cet art ; l'inclination y était tout entière.
J'aurais passé des mois entiers sans sortir, au
milieu de mes crayons et de mes pinceaux. Cette
occupation devenant pour moi trop attachante, on
était obligé de m'en arracher. Il en est ainsi de
tous les goûts auxquels je commence à me livrer ;
ils augmentent, deviennent passion, et bientôt je
ne vois plus rien au monde que l'amusement dont
je suis occupé. L'âge ne m'a pas guéri de ce défaut;
il ne l'a pas diminué même ; et maintenant que
j'écris ceci, me voilà, comme un vieux radoteur,
engoué d'une autre étude inutile où je n'entends
rien, et que ceux mêmes qui s'y sont livrés dans
leur jeunesse sont forcés d'abandonner à l'âge où
je la veux commencer (*).

C'était alors qu'elle eût été à sa place. L'occasion était belle, et j'eus quelque tentation d'en pro-

(*) La botanique.

fiter. Le contentement que je voyais dans les yeux
d'Anet revenant chargé de plantes nouvelles me
mit deux ou trois fois sur le point d'aller herboriser avec lui. Je suis presque assuré que si j'y avais
été une seule fois, cela m'aurait gagné, et je serais
peut-être aujourd'hui un grand botaniste : car je
ne connais point d'étude au monde qui s'associe
mieux avec mes goûts naturels que celle des plantes ;
et la vie que je mène depuis dix ans à la campagne
n'est guère qu'une herborisation continuelle, à la
vérité sans objet et sans progrès : mais n'ayant alors
aucune idée de la botanique, je l'avais prise en
une sorte de mépris et de dégoût ; je ne la regardais, comme font tous les ignorans, que comme
une étude d'apothicaire. Maman, qui l'aimait,
n'en faisait pas elle-même un autre usage ; elle ne
recherchait que les plantes usuelles pour les appliquer à ses drogues. Ainsi la botanique, la chimie
et l'anatomie, confondues dans mon esprit sous le
nom de médecine, ne servaient qu'à me fournir
des sarcasmes plaisans toute la journée, et à m'attirer des soufflets de temps en temps. D'ailleurs un
goût différent et trop contraire à celui-là croissait
par degrés, et bientôt absorba tous les autres. Je
parle de la musique. Il faut assurément que je
sois né pour cet art, puisque j'ai commencé de
l'aimer dès mon enfance, et qu'il est le seul que
j'aie aimé constamment dans tous les temps. Ce
qu'il y a d'étonnant est qu'un art pour lequel j'étais
né m'ait néanmoins coûté tant de peine à apprendre, et avec des succès si lents, qu'après une
pratique de toute ma vie jamais je n'ai pu parvenir à chanter sûrement tout à livre ouvert. Ce qui
me rendait surtout alors cette étude agréable était
que je la pouvais faire avec maman. Ayant des goûts

d'ailleurs fort différens, la musique était pour nous un point de réunion dont j'aimais à faire usage. Elle ne s'y refusait pas. J'étais alors à peu près aussi avancé qu'elle ; en deux ou trois fois nous déchiffrions un air. Quelquefois, la voyant empressée autour d'un fourneau, je lui disais : Maman, voici un joli duo qui m'a bien l'air de faire sentir l'empyreume à vos drogues. Ah ! par ma foi, me disait-elle, si tu me les fais brûler, je te les ferai manger. Tout en disputant je l'entraînais à son clavecin : on s'y oubliait ; l'extrait de genièvre ou d'absinthe était calciné, elle m'en barbouillait le visage, et tout cela était délicieux.

On voit qu'avec peu de temps de reste j'avais beaucoup de choses à quoi l'employer. Il me vint pourtant encore un amusement de plus, qui fit bien valoir tous les autres.

Nous occupions un cachot si étouffé, qu'on avait besoin quelquefois d'aller prendre l'air sur la terre. Anet engagea maman à louer dans un faubourg un jardin pour y mettre des plantes. A ce jardin était jointe une guinguette assez jolie qu'on meubla suivant l'ordonnance. On y mit un lit, nous allions souvent y dîner, et j'y couchais quelquefois. Insensiblement je m'engouai de cette petite retraite, j'y mis quelques livres, beaucoup d'estampes ; je passais une partie de mon temps à l'orner et à y préparer à maman quelque surprise agréable lorsqu'elle s'y venait promener. Je la quittais pour venir m'occuper d'elle, pour y penser avec plus de plaisir ; autre caprice que je n'excuse ni n'explique, mais que j'avoue, parce que la chose était ainsi. Je me souviens qu'un jour madame de Luxembourg me parlait en raillant d'un homme qui quittait sa maîtresse pour lui écrire. Je lui dis

que j'aurais bien été cet homme-là ; et j'aurais pu
ajouter que je l'avais été quelquefois. Je n'ai pourtant jamais senti près de maman ce besoin de
m'éloigner d'elle pour l'aimer davantage ; car tête
à tête avec elle j'étais aussi parfaitement à mon
aise que si j'eusse été seul, et cela ne m'est jamais
arrivé près de personne autre, ni homme ni femme,
quelque attachement que j'aie eu pour eux. Mais
elle était si souvent entourée, et de gens qui me
convenaient si peu, que le dépit et l'ennui me
chassaient dans mon asile, où je l'avais comme je
la voulais, sans crainte que les importuns vinssent
nous y suivre.

Tandis qu'ainsi partagé entre le travail, le plaisir et l'instruction, je vivais dans le plus doux
repos, l'Europe n'était pas si tranquille que moi.
La France et l'empereur venaient de s'entre-dé-
clarer la guerre (*) : le roi de Sardaigne était entré
dans la querelle, et l'armée française filait en Piémont pour entrer dans le Milanais. Il en passa une
colonne par Chambéri, et entre autres le régiment de Champagne, dont était colonel M. le
duc de la Trimouille, auquel je fus présenté, qui
me promit beaucoup de choses, et qui sûrement
n'a jamais repensé à moi. Notre petit jardin était
précisément au haut du faubourg par lequel entraient les troupes, de sorte que je me rassasiais
du plaisir d'aller les voir passer, et je me passionnais pour le succès de cette guerre, comme s'il
m'eût beaucoup intéressé. Jusque-là je ne m'étais

(*) La France déclara la guerre à l'empereur d'Allemagne,
le 10 octobre 1733. Il y eut en novembre des événemens
militaires dans le Milanais ; ainsi les troupes devaient *filer*
en Piémont vers la fin d'octobre.

pas encore avisé de songer aux affaires publiques;
et je me mis à lire les gazettes pour la première fois,
mais avec une telle partialité pour la France, que
le cœur me battait de joie à ses moindres avantages, et que ses revers m'affligeaient comme s'ils
fussent tombés sur moi. Si cette folie n'eût été
que passagère, je ne daignerais pas en parler;
mais elle s'est tellement enracinée dans mon cœur
sans aucune raison, que lorsque j'ai fait dans la
suite à Paris l'*Anti-despote* et *le Fier républicain*,
je sentais, en dépit de moi-même, une prédilection secrète pour cette même nation que je trouvais
servile, et pour ce gouvernement que j'affectais
de fronder. Ce qu'il y avait de plaisant était que,
ayant honte d'un penchant si contraire à mes
maximes je n'osais l'avouer à personne, et je rail-
lais les Français de leurs défaites, tandis que le
cœur m'en saignait plus qu'à eux. Je suis sûrement le seul qui, vivant chez une nation qui le
traitait bien et qu'il adorait, se soit fait chez elle
un devoir de la dédaigner. Enfin ce penchant s'est
trouvé si désintéressé de ma part, si fort, si constant, si invincible, que même depuis ma sortie
du royaume, depuis que le gouvernement, les magistrats, les auteurs, s'y sont à l'envi déchaînés
contre moi, depuis qu'il est devenu du bon air
de m'accabler d'injustices et d'outrages, je n'ai pu
me guérir de ma folie. Je les aime en dépit de
moi, quoiqu'ils me maltraitent. En voyant déjà
commencer la décadence de l'Angleterre, que j'ai
prédite au milieu de ses triomphes, je me laisse
bercer au fol espoir que la nation française, à son
tour victorieuse, viendra peut-être un jour me
tirer de la triste captivité où je vis.

J'ai cherché long-temps la cause de cette partia-

lité, et je n'ai pu la trouver que dans l'occasion
qui la vit naître. Un goût croissant pour la littérature m'attachait aux livres français, aux auteurs
de ces livres, et au pays de ces auteurs. Au moment même que défilait sous mes yeux l'armée
française, je lisais les *Grands capitaines* de Brantôme. J'avais la tête pleine des Clisson, des Bayard,
des Lautrec, des Coligni, des Montmorenci, des
La Trimouille, et je m'affectionnais à leurs descendans comme aux héritiers de leur mérite et de
leur courage. A chaque régiment je croyais revoir
ces fameuses bandes noires qui jadis avaient tant
fait d'exploits en Piémont. Enfin j'appliquais à ce
que je voyais les idées que je puisais dans les livres;
mes lectures continuées et toujours tirées de la
même nation nourrissaient mon affection pour elle,
et m'en firent enfin une passion aveugle que rien
n'a pu surmonter. J'ai eu dans la suite occasion de
remarquer dans mes voyages que cette impression
ne m'était pas particulière, et qu'agissant plus ou
moins dans tous les pays sur la partie de la nation
qui aimait la lecture et qui cultivait les lettres, elle
balançait la haine générale qu'inspire l'air avanta-
geux des Français. Les romans plus que les hommes
leur attachent les femmes de tous les pays; leurs
chefs-d'œuvre dramatiques affectionnent la jeunesse à leurs théâtres. La célébrité de celui de
Paris y attire des foules d'étrangers qui en reviennent enthousiastes. Enfin l'excellent goût de
leur littérature leur soumet tous les esprits qui en
ont; et, dans la guerre si malheureuse dont ils
sortent, j'ai vu leurs auteurs et leurs philosophes
soutenir la gloire du nom français ternie par leurs
guerriers.

    J'étais donc Français ardent, et cela me rendit

nouvelliste. J'allais avec la foule des gobe-mouches
attendre sur la place l'arrivée des courriers : et
plus bête que l'âne de la fable, je m'inquiétais
beaucoup pour savoir de quel maître j'aurais l'honneur de porter le bât : car on prétendait alors que
nous appartiendrions à la France, et l'on faisait de
la Savoie un échange pour le Milanais. Il faut pourtant convenir que j'avais quelques sujets de crainte :
car, si cette guerre eût mal tourné pour les alliés,
la pension de maman courait grand risque. Mais
j'étais plein de confiance dans mes bons amis ; et
pour le coup, malgré la surprise de M. de Broglie,
cette confiance ne fut pas trompée, grâces au roi
de Sardaigne à qui je n'avais pas pensé.

Tandis qu'on se battait en Italie, on chantait en
France. Les opéras de Rameau commençaient à
faire du bruit, et relevèrent ses ouvrages théoriques que leur obscurité mettait à la portée de
peu de gens. Par hasard j'entendis parler de son
Traité de l'harmonie (*), et je n'eus point de repos
que je n'eusse acquis ce livre. Par un autre hasard
je tombai malade. La maladie était inflammatoire :
elle fut vive et courte ; mais ma convalescence fut
longue, et je ne fus d'un mois en état de sortir.
Durant ce temps, j'ébauchai, je dévorai mon *Traité
de l'harmonie* ; mais il était si long, si diffus, si
mal arrangé, que je sentis qu'il me fallait un temps

(*) La première édition est de 1722, in-4°. Les opéras de
Rameau, qui parurent de 1732 à 1741 (espace de temps
renfermé dans les cinquième et sixième livres des *Confessions*), sont *Hippolite* et *Aricie*, paroles de Pellegrin,
tragédie-opéra en cinq actes, représenté en 1733. C'est le
premier opéra de Rameau : *les Indes galantes*, 1736 ; *les
Sauvages*, 1736 ; *Castor* et *Pollux*, 1737 ; *les Fêtes d'Hébé*,
1739, et *Dardanus*, 1739.

considérable pour l'étudier et le débrouiller. Je
suspendais mon application, et je récréais mes
yeux avec de la musique. Les cantates de Bernier,
sur lesquelles je m'exerçais, ne me sortaient pas
de l'esprit. J'en appris par cœur quatre ou cinq,
entre autres celle des *Amours dormans*, que je
n'ai pas revue depuis lors, et que je sais encore
presque toute entière, de même que l'*Amour
piqué par une abeille*, très-jolie cantate de Clérambault, que j'appris à peu près dans le même
temps.

Pour m'achever, il arriva de la Val-d'Aoste un
jeune organiste appelé l'abbé Palais, bon musicien,
bon homme, et qui accompagnait très-bien du clavecin. Je fais connaissance avec lui; nous voilà inséparables. Il était élève d'un moine italien grand
organiste. Il me parlait de ses principes; je les comparais avec ceux de mon Rameau; je remplissais
ma tête d'accompagnemens, d'accords, d'harmonie. Il fallait se former l'oreille à tout cela : je proposai à maman un petit concert tous les mois; elle
y consentit. Me voilà si plein de ce concert, que
ni jour ni nuit je ne songeais à autre chose; et
réellement cela m'occupait, et beaucoup, pour rassembler la musique, les concertans, les instrumens, tirer les parties, faire les répétitions, etc.
Maman chantait; le père Caton, dont j'ai déjà parlé
et dont j'ai à parler encore, chantait aussi; un
maître à danser, appelé Roche, et son fils, jouaient
du violon; Canavas, parent de M. Vanloo, qui
travaillait au cadastre, et qui depuis s'est marié à
Paris, jouait du violoncelle; l'abbé Palais accompagnait du clavecin; j'avais l'honneur de conduire
la musique avec le bâton du bûcheron. On peut
juger combien tout cela était beau : pas tout-à-fait

comme chez M. de Treytorens, mais il ne s'en fallait guère.

Le petit concert de madame de Warens, nouvelle
convertie, et vivant, disait-on, des charités du roi,
faisait murmurer la séquelle dévote; mais c'était
un amusement agréable pour plusieurs honnêtes
gens. On ne devinerait pas qui je mets à leur tête en
cette occasion : un moine, mais un moine homme
de mérite et même aimable, dont les infortunes
m'ont dans la suite bien vivement affecté, et dont
la mémoire, liée à celle de mes beaux jours, m'est
encore chère. Il s'agit du P. Caton, cordelier, qui,
conjointement avec le comte Dortan, avait fait saisir à Lyon la musique du pauvre *petit-chat*; ce qui
n'est pas le plus beau trait de sa vie. Il était bache-
lier de Sorbonne; il avait vécu long-temps à Paris
dans le plus grand monde, et très-faufilé surtout
chez le marquis d'Antremont, alors ambassadeur
de Sardaigne. C'était un grand homme, bien fait,
le visage plein, les yeux à fleur de tête, des cheveux
noirs qui faisaient sans affectation le crochet aux
côtés du front; l'air à la fois noble, ouvert, modeste; se présentant simplement et bien; n'ayant ni
le maintien cafard ou effronté des moines, ni l'abord
cavalier d'un homme à la mode, quoiqu'il le fût,
mais l'assurance d'un honnête homme qui, sans
rougir de sa robe, s'honore lui-même et se sent
toujours à sa place parmi les honnêtes gens. Quoique le P. Caton n'eût pas beaucoup d'étude pour
un docteur, il en avait beaucoup pour un homme
du monde; et n'étant point pressé de montrer son
acquis, il le plaçait si à propos qu'il en paraissait
davantage. Ayant beaucoup vécu dans la société, il
s'était plus attaché aux talens agréables qu'à un
solide savoir. Il avait de l'esprit, faisait des vers,

parlait bien, chantait mieux, avait la voix belle,
touchait l'orgue et le clavecin. Il n'en fallait pas
tant pour être recherché : aussi l'était-il; mais cela
lui fit si peu négliger les soins de son état, qu'il
parvint, malgré des concurrens très-jaloux, à être
élu définiteur de sa province, ou, comme on dit,
un des grands colliers de l'ordre.

Ce P. Caton fit connaissance avec maman chez
le marquis d'Antremont. Il entendit parler de nos
concerts, il en voulut être; il en fut, et les rendit
brillans. Nous fûmes bientôt liés par notre goût
commun pour la musique, qui chez l'un et chez
l'autre était une passion très-vive; avec cette différence, qu'il était vraiment musicien, et que je n'é-
tais qu'un barbouillon. Nous allions avec Canavas et
l'abbé Palais faire de la musique dans sa chambre,
et quelquefois à son orgue les jours de fête. Nous dînions souvent à son petit couvert; car ce qu'il y
avait encore d'étonnant pour un moine est qu'il
était généreux, magnifique, et sensuel sans grossièreté. Les jours de nos concerts il soupait chez
maman. Ces soupers étaient très-gais, très-agréa-
bles: on y disait le mot et la chose, on y chantait des
duo : j'étais à mon aise; j'avais de l'esprit, des saillies; le P. Caton était charmant; maman était adorable; l'abbé Palais, avec sa voix de bœuf, était le
plastron. Momens si doux de la folâtre jeunesse,
qu'il y a de temps que vous êtes partis!

Comme je n'aurai plus à parler de ce pauvre
P. Caton, que j'achève ici en deux mots sa triste
histoire. Les autres moines, jaloux ou plutôt furieux de lui voir un mérite, une élégance de mœurs,
qui n'avaient rien de la crapule monastique, le prirent en haine, parce qu'il n'était pas aussi haïssable
qu'eux. Les chefs se liguèrent et ameutèrent contre

lui les moinillons envieux de sa place, et qui n'o-
saient auparavant le regarder. On lui fit mille affronts, on le destitua, on lui ôta sa chambre qu'il
avait meublée avec goût, quoique avec simplicité;
on le relégua je ne sais où; enfin ces misérables
l'accablèrent de tant d'outrages, que son âme hon-
nète, et fière avec justice, n'y put résister; et,
après avoir fait les délices des sociétés les plus aimables, il mourut de douleur sur un vil grabat,
dans quelque fond de cellule ou de cachot, regretté,
pleuré de tous les honnêtes gens dont il fut connu,
et qui ne lui ont trouvé d'autre défaut que d'être
moine.

Avec ce petit train de vie, je fis si bien en très-peu
de temps, qu'absorbé tout entier par la musique,
je me trouvai hors d'état de penser à autre chose.
Je n'allais plus à mon bureau qu'à contre-cœur,
la gêne et l'assiduité au travail m'en firent un supplice insupportable, et j'en vins enfin à vouloir
quitter mon emploi pour me livrer totalement à la
musique. On peut croire que cette folie ne passa
pas sans opposition. Quitter un poste honnête et
d'un revenu fixe pour courir après des écoliers incertains était un parti trop peu sensé pour plaire à
maman. Même en supposant mes progrès futurs
aussi grands que je me les figurais, c'était borner
bien modestement mon ambition que de me réduire toute ma vie à l'état de musicien. Elle, qui ne
formait que des projets magnifiques, et qui ne prenait plus tout-à-fait au mot M. d'Aubonne, me
voyait avec peine occupé sérieusement d'un talent
qu'elle trouvait si frivole, et me répétait souvent
ce proverbe de province, un peu moins juste à Paris, que *qui bien chante et bien danse, fait un
métier qui peu avance.* Elle me voyait, d'un autre

I   *14

côté, entraîné par un goût irrésistible ; ma passion
de musique devenait une fureur ; et il était à craindre que mon travail, se sentant de mes distractions,
ne m'attirât un congé qu'il valait beaucoup mieux
prendre de moi-même. Je lui représentais encore
que cet emploi n'avait pas long-temps à durer,
qu'il me fallait un talent pour vivre, et qu'il était
plus sûr d'achever d'acquérir par la pratique celui
auquel mon goût me portait et qu'elle m'avait choisi, que de me mettre à la merci des protections, ou
de faire de nouveaux essais qui pouvaient mal réussir, et me laisser, après avoir passé l'âge d'apprendre, sans ressource pour gagner mon pain. Enfin
j'extorquai son consentement plus à force d'impor-
tunités et de caresses que de raisons dont elle se
contentât. Aussitôt je courus remercier fièrement
M. Coccelli, directeur général du cadastre, comme
si j'avais fait l'acte le plus héroïque, et je quittai
volontairement mon emploi, sans sujet, sans raison, sans prétexte, avec autant et plus de joie que je
n'en avais eu à le prendre il n'y avait pas deux ans.

Cette démarche, toute folle qu'elle était, m'attira
dans le pays une sorte de considération qui me fut
utile. Les uns me supposèrent des ressources que
je n'avais pas ; d'autres, me voyant livré tout-à-fait
à la musique, jugèrent de mon talent par mon
sacrifice, et crurent qu'avec tant de passion pour
cet art je devais le posséder supérieurement. Dans
le royaume des aveugles les borgnes sont rois ; je
passai là pour un bon maître, parce qu'il n'y en
avait que de mauvais. Ne manquant pas au reste
d'un certain goût de chant, favorisé d'ailleurs par
mon âge et par ma figure, j'eus bientôt plus d'écolières qu'il ne m'en fallait pour remplacer ma paie
de secrétaire.

Il est certain que pour l'agrément de la vie on
ne pouvait passer plus rapidement d'une extrémité
à l'autre. Au cadastre, occupé huit heures par jour
du plus maussade travail avec des gens encore plus
maussades, enfermé dans un triste bureau empuanti de l'haleine de tous ces manans, la plupart
fort mal peignés et fort malpropres, je me sentais
quelquefois accablé jusqu'au vertige par l'attention,
la gêne et l'ennui. Au lieu de cela, me voilà tout
à coup jeté parmi le beau monde, admis, recherché dans les meilleures maisons; partout un accueil
gracieux, caressant, un air de fête; d'aimables demoiselles bien parées m'attendent, me reçoivent
avec empressement; je ne vois que des objets charmans, je ne sens que la rose et la fleur d'orange;
on chante, on cause, on rit, on s'amuse; je ne
sors de là que pour aller ailleurs en faire autant :
on conviendra qu'à égalité dans les avantages il n'y
avait pas à balancer dans le choix. Aussi me trouvai-je si bien du mien, qu'il ne m'est arrivé jamais
de m'en repentir; et je ne m'en repens pas même
en ce moment, où je pèse au poids de la raison les
actions de ma vie, délivré des motifs peu sensés
qui m'ont entraîné.

Voilà presque l'unique fois qu'en n'écoutant que
mes penchans je n'ai pas vu tromper mon attente.
L'accueil aisé, l'esprit liant, l'humeur facile des
habitans du pays me rendit le commerce du monde
aimable; et le goût que j'y pris alors m'a bien
prouvé que si je n'aime pas à vivre parmi les
hommes, c'est moins ma faute que la leur.

C'est dommage que les Savoyards ne soient pas
riches, ou peut-être serait-ce dommage qu'ils le
fussent; car tels qu'ils sont, c'est le meilleur et le
plus aimable peuple que je connaisse. S'il est une

petite ville au monde où l'on goûte la douceur de
la vie dans un commerce agréable et sûr , c'est
Chambéri. La noblesse de la province qui s'y rassemble n'a que ce qu'il faut de bien pour vivre,
elle n'en a pas assez pour parvenir; et ne pouvant
se livrer à l'ambition , elle suit par nécessité le conseil de Cynéas. Elle dévoue sa jeunesse à l'état militaire, puis revient vieillir paisiblement chez soi.
L'honneur et la raison président à ce partage. Les
femmes sont belles et pourraient se passer de l'être;
elles ont tout ce qui peut faire valoir la beauté, et
même y suppléer. Il est singulier qu'appelé par mon
état à voir beaucoup de jeunes filles, je ne me rappelle pas d'en avoir vu à Chambéri une seule qui
ne fût pas charmante. On dira que j'étais disposé
à les trouver telles, et l'on peut avoir raison; mais
je n'avais pas besoin d'y mettre du mien pour cela.
Je ne puis en vérité me rappeler sans plaisir le souvenir de mes jeunes écolières. Que ne puis-je en
nommant ici les plus aimables, les rappeler de
même, et moi avec elles, à l'âge heureux où nous
étions lors des momens aussi doux qu'innocens que
j'ai passés auprès d'elles! La première fut mademoiselle de Mellarède ma voisine, sœur de l'élève
de M. Gaime. C'était une brune très vive, mais
d'une vivacité caressante, pleine de grâces, et sans
étourderie. Elle était un peu maigre, comme sont
la plupart des filles à son âge; mais ses yeux brillans, sa taille fine et son air attirant n'avaient pas
besoin d'embonpoint pour plaire. J'y allais le matin,
et elle était encore ordinairement en déshabillé,
sans autre coiffure que ses cheveux négligemment
relevés, ornés de quelque fleur qu'on mettait à mon
arrivée, et qu'on ôtait à mon départ pour se coiffer.
Je ne crains rien tant au monde qu'une jolie per-

sonne en déshabillé; je la redouterais cent fois
moins parée. Mademoiselle de Menthon, chez qui
j'allais l'après-midi, l'était toujours et me faisait
une impression tout aussi douce, mais différente.
Ses cheveux étaient d'un blond cendré : elle était
très mignonne, très timide et très-blanche; une voix
nette, juste et flûtée, mais qui n'osait se développer. Elle avait au sein la cicatrice d'une brûlure
d'eau bouillante, qu'un fichu de chenille bleue ne
cachait pas extrêmement. Cette marque attirait
quelquefois mon attention, qui bientôt n'était plus
pour la cicatrice. Mademoiselle de Challes, une
autre de mes voisines, était une fille faite, grande,
belle carrure, de l'embonpoint : elle avait été très-
bien. Ce n'était plus une beauté; mais c'était une
personne à citer pour la bonne grâce, pour l'humeur égale, pour le bon naturel. Sa sœur, madame de Charli, la plus belle femme de Chambéri,
n'apprenait plus la musique, mais elle la faisait
apprendre à sa fille toute jeune encore, mais dont
la beauté naissante eût promis d'égaler celle de sa
mère, si malheureusement elle n'eût eu ses cheveux un peu trop blonds. J'avais à la Visitation une
petite demoiselle française, dont j'ai oublié le nom,
mais qui mérite une place dans la liste de mes préférences. Elle avait pris le ton lent et traînant des
religieuses, et sur ce ton traînant elle disait des
choses très-saillantes qui ne semblaient pas aller
avec son maintien. Au reste elle était paresseuse,
n'aimait pas à prendre la peine de montrer son
esprit, et c'était une faveur qu'elle n'accordait pas
à tout le monde. Ce ne fut qu'après un mois ou
deux de leçons et de négligence, qu'elle s'avisa de
cet expédient pour me rendre plus exact; car je
n'ai jamais pu prendre sur moi de l'être. Je me

plaisais à mes leçons quand j'y étais ; mais je n'aimais pas être obligé de m'y rendre, ni que l'heure me commandât : en toutes choses la gêne et l'assujettissement me sont insupportables ; ils me feraient prendre en haine le plaisir même. On dit que chez les Mahométans un homme passe au point du jour dans les rues pour ordonner aux maris de rendre le devoir à leurs femmes : je serais un mauvais Turc à ces heures-là.

J'avais quelques écolières aussi dans la bourgeoisie, et une entre autres qui fut la cause indirecte d'un changement de relation dont j'ai à parler, puisque enfin je dois tout dire. Elle était fille d'un épicier et se nommait mademoiselle Lard, vrai modèle d'une statue grecque, et que je citerais pour la plus belle fille que j'aie jamais vue, s'il y avait quelque véritable beauté sans vie et sans âme. Son indolence, sa froideur, son insensibilité, allaient à un point incroyable. Il était également impossible de lui plaire et de la fâcher ; et je suis persuadé que si l'on eût fait sur elle quelque entreprise, elle eût laissé faire, non par goût, mais par stupidité. Sa mère, qui n'en voulait pas courir le risque, ne la quittait pas d'un pas. En lui faisant apprendre à chanter, en lui donnant un jeune maître, elle faisait tout de son mieux pour l'émoustiller, mais cela ne réussit point. Tandis que le maître agaçait la fille, la mère agaçait le maître, et cela ne réussissait pas beaucoup mieux. Madame Lard ajoutait à sa vivacité naturelle toute celle que sa fille aurait dû avoir. C'était un petit minois éveillé, chiffonné, marqué de petite vérole. Elle avait de petits yeux très-ardens et un peu rouges, parce qu'elle y avait presque toujours mal. Tous les matins quand j'arrivais, je trouvais presque toujours prêt mon café à la crème ; et la mère ne manquait jamais de m'accueillir par un baiser bien appliqué sur la bouche, et que par curiosité j'aurais voulu rendre à la fille, pour voir comment elle l'aurait pris. Au reste tout cela se faisait si simplement et si fort sans conséquence, que, quand M. Lard était là, les baisers n'en allaient pas moins leur train. C'était une bonne pâte d'homme, le vrai père de sa fille, et que sa femme ne trompait pas, parce qu'il n'en était pas besoin.

Je me prêtais à toutes ces caresses avec ma balourdise ordinaire, les prenant bonnement pour des marques de pure amitié. J'en étais pourtant importuné quelquefois, car la vive madame Lard ne laissait pas d'être exigeante ; et si dans la journée j'avais passé devant la boutique sans m'arrêter, il y aurait eu du bruit. Il fallait, quand j'étais pressé, que je prisse un détour pour passer dans une autre rue, sachant bien qu'il n'était pas si aisé de sortir de chez elle que d'y entrer.

Madame Lard s'occupait trop de moi pour que je ne m'occupasse point d'elle. Ses attentions me touchaient beaucoup. J'en parlais à maman comme d'une chose sans mystère ; et quand il y en aurait eu, je ne lui en aurais pas moins parlé ; car lui faire un secret de quoi que ce fût ne m'eût pas été possible : mon cœur était ouvert devant elle comme devant Dieu. Elle ne prit pas tout-à-fait la chose avec la même simplicité que moi. Elle vit des avances où je n'avais vu que des amitiés ; elle jugea que madame Lard, se faisant un point d'honneur de me laisser moins sot qu'elle ne m'avait trouvé, parviendrait de manière ou d'autre à se faire entendre ; et, outre qu'il n'était pas juste qu'une autre femme se chargeât de l'instruction de son élève, elle avait

des motifs plus dignes d'elle pour me garantir des
pièges auxquels mon âge et mon état m'exposaient.
Dans le même temps on m'en tendit un d'une espèce plus dangereuse, auquel j'échappai, mais
qui lui fit sentir que les dangers qui me menaçaient
sans cesse rendaient nécessaires tous les préservatifs
qu'elle y pouvait apporter.

Madame la comtesse de Menthon, mère d'une
de mes écolières, était une femme de beaucoup
d'esprit, et passait pour n'avoir pas moins de
méchanceté. Elle avait été cause, à ce qu'on disait,
de bien des brouilleries, et d'une entre autres qui
avait eu des suites fatales à la maison d'Antremont.
Maman avait été assez liée avec elle pour connaître
son caractère; ayant très-innocemment inspiré
du goût à quelqu'un sur qui madame de Menthon
avait des prétentions, elle resta chargée auprès
d'elle du crime de cette préférence, quoiqu'elle
n'eût été ni recherchée ni acceptée; et madame
de Menthon chercha depuis lors à jouer à sa rivale
plusieurs tours, dont aucun ne réussit. J'en rap-
porterai un des plus comiques, par manière d'é-
chantillon. Elles étaient ensemble à la campagne
avec plusieurs gentilshommes du voisinage, et
entre autres l'aspirant en question. Madame de
Menthon dit un jour à un de ces messieurs que
madame de Warens n'était qu'une précieuse, qu'elle
n'avait point de goût, qu'elle se mettait mal,
qu'elle couvrait sa gorge comme une bourgeoise.
Quant à ce dernier article, lui dit l'homme qui
était un plaisant, elle a ses raisons, et je sais
qu'elle a un gros vilain rat empreint sur le sein,
mais si ressemblant qu'on dirait qu'il court. La haine
ainsi que l'amour rend crédule. Madame de Menthon
résolut de tirer parti de cette découverte; et un

jour que maman était au jeu avec l'ingrat favori de la dame, celle-ci prit son temps pour passer derrière sa rivale; puis, renversant à demi sa chaise, elle découvrit adroitement son mouchoir. Mais, au lieu du gros rat, le monsieur ne vit qu'un objet fort différent, qu'il n'était pas plus aisé d'oublier que de voir, et cela ne fit pas le compte de la dame.

Je n'étais pas un personnage à occuper madame de Menthon, qui ne voulait que des gens brillans autour d'elle. Cependant elle fit quelque attention à moi, non pour ma figure dont assurément elle ne se souciait point du tout, mais pour l'esprit qu'on me supposait, et qui m'eût pu rendre utile à ses goûts. Elle en avait un assez vif pour la satire. Elle aimait à faire des chansons et des vers sur les gens qui lui déplaisaient. Si elle m'eût trouvé assez de talent pour lui aider à tourner ses vers, et assez de complaisance pour les écrire, elle et moi nous aurions bientôt mis Chambéri sens dessus dessous. On serait remonté à la source de ces libelles; madame de Menthon se serait tirée d'affaire en me sacrifiant, et j'aurais été enfermé le reste de mes jours peut-être, pour m'apprendre à faire le Phébus avec les dames.

Heureusement rien de tout cela n'arriva. Madame de Menthon me retint deux ou trois fois à dîner pour me faire causer, et trouva que je n'étais qu'un sot. Je le sentais moi-même, et j'en gémissais, enviant les talens de mon ami Venture, tandis que j'aurais dû remercier ma bêtise des périls dont elle me sauvait. Je demeurai pour madame de Menthon le maître à chanter de sa fille, et rien de plus; mais je vécus tranquille et toujours bien voulu dans Chambéri. Cela valait mieux que d'être un bel

esprit pour elle , et un serpent pour le reste du
pays.

Quoi qu'il en soit, maman vit que , pour m'arracher aux périls de ma jeunesse , il était temps de
me traiter en homme : et c'est ce qu'elle fit, mais
de la façon la plus singulière dont jamais femme
se soit avisée en pareille occasion. Je lui trouvai
l'air plus grave et le propos plus moral qu'à son
ordinaire. A la gaieté folâtre dont elle entremêlait
ordinairement ses instructions succéda tout à coup
un ton toujours soutenu, qui n'était ni familier
ni sévère , mais qui semblait préparer une explication. Après avoir cherché vainement en moi-
même la raison de ce changement, je la lui demandai : c'était ce qu'elle attendait. Elle me proposa une promenade au petit jardin pour le lendemain : nous y fûmes dès le matin. Elle avait
pris ses mesures pour qu'on nous laissât seuls
toute la journée ; elle l'employa à me préparer
aux bontés qu'elle voulait avoir pour moi, non
comme une autre femme , par du manége et des
agaceries, mais par des entretiens pleins de sens
et de raison, plus faits pour m'instruire que pour
me séduire, et qui parlaient plus à mon cœur
qu'à mes sens. Cependant quelque excellens et
utiles que fussent les discours qu'elle me tint, et
quoiqu'ils ne fussent rien moins que froids et
tristes, je n'y fis pas toute l'attention qu'ils méritaient, et je ne les gravai pas dans ma mémoire
comme j'aurais fait dans tout autre temps. Son
début, cet air de préparatif, m'avaient donné
de l'inquiétude. Tandis qu'elle parlait, rêveur et
distrait malgré moi, j'étais moins occupé de ce
qu'elle disait que de chercher à quoi elle en voulait
venir; et sitôt que je l'eus compris, ce qui ne fut

pas facile, la nouveauté de cette idée, qui depuis que je vivais auprès d'elle ne m'était pas venue une seule fois dans l'esprit, m'occupant alors tout entier, ne me laissait plus le maître de penser à ce qu'elle me disait. Je ne pensais qu'à elle, et je ne l'écoutais pas.

Vouloir rendre les jeunes gens attentifs à ce qu'on leur veut dire en leur montrant au bout un objet très-intéressant pour eux, est un contre-sens très-ordinaire aux instituteurs, et que je n'ai pas évité moi-même dans mon *Émile*. Le jeune homme, frappé de l'objet qu'on lui présente, s'en occupe uniquement, et saute à pieds joints par-dessus vos discours préliminaires pour aller d'abord où vous le menez trop lentement à son gré. Quand on veut le rendre attentif, il ne faut pas se laisser pénétrer d'avance : et c'est en quoi maman fut maladroite. Par une singularité qui tenait à son esprit systématique, elle prit la précaution très-vaine de faire ses conditions; mais sitôt que j'en vis le prix, je ne les écoutai pas même, et je me dépêchai de consentir à tout. Je doute même qu'en pareil cas il y ait sur la terre entière un homme assez franc ou assez courageux pour oser marchander, et une seule femme qui pût pardonner de l'avoir fait. Par une suite de la même bizarrerie, elle mit à cet accord les formalités les plus graves, et me donna pour y penser huit jours dont je l'assurai faussement que je n'avais pas besoin : car, pour comble de singularité, je fus très-aise de les avoir, tant la nouveauté de ces idées m'avait frappé, et tant je sentais un bouleversement dans les miennes qui me demandait du temps pour les arranger.

On croira que ces huit jours me durèrent huit siècles. Tout au contraire, j'aurais voulu qu'ils les

eussent duré en effet. Je ne sais comment décrire
l'état où je me trouvais , plein d'un certain effroi
mêlé d'impatience, redoutant ce que je désirais , jusqu'à chercher quelquefois tout de bon dans ma tête
quelque honnête moyen d'éviter d'être heureux.
Qu'on se représente mon tempérament ardent et
lascif , mon sang enflammé , mon cœur enivré
d'amour, ma vigueur, ma santé , mon âge : qu'on
pense que dans cet état, altéré de femmes, je
n'avais encore approché d'aucune; que l'imagination , le besoin, la vanité , la curiosité , se réu-
nissaient pour me dévorer de l'ardent désir d'être
homme et de le paraître : qu'on ajoute surtout,
car c'est ce qu'il ne faut pas qu'on oublie , que
mon vif et tendre attachement pour elle , loin de
s'attiédir , n'avait fait qu'augmenter de jour en
jour; que je n'étais bien qu'auprès d'elle ; que je ne
m'en éloignais que pour y penser; que j'avais le cœur
plein non-seulement de ses bontés , de son caractère
aimable, mais de son sexe, de sa figure, de sa
personne, d'elle, en un mot, par tous les rapports
sous lesquels elle pouvait m'être chère : et qu'on
n'imagine pas que pour dix ou douze ans que j'avais
de moins qu'elle , elle fût vieillie ou me parût
l'être. Depuis cinq ou six ans que j'avais éprouvé
des transports si doux à sa première vue, elle était
réellement très-peu changée, et ne me le paraissait
point du tout. Elle a toujours été charmante pour
moi, et l'était encore alors pour tout le monde.
Sa taille seule avait pris un peu plus de rondeur.
Du reste, c'était le même œil, le même teint, le
même sein, les mêmes traits, les mêmes beaux
cheveux blonds , la même gaieté , tout, jusqu'à
la même voix , cette voix argentée de la jeunesse,
qui fit toujours sur moi tant d'impression, qu'encore

aujourd'hui je ne puis entendre sans émotion le son d'une jolie voix de fille.

Naturellement ce que j'avais à craindre dans l'attente de la possession d'une personne si chérie était de l'anticiper, et de ne pouvoir assez gouverner mes désirs et mon imagination pour rester maître de moi-même. On verra que, dans un âge avancé, la seule idée de quelques légères faveurs qui m'attendaient près de la personne aimée allumait mon sang à tel point, qu'il m'était impossible de faire impunément le court trajet qui me séparait d'elle. Comment, par quel prodige, dans la fleur de ma jeunesse, eus-je si peu d'empressement pour la première jouissance? Comment pus-je en voir approcher l'heure avec plus de peine que de plaisir? Comment, au lieu des délices qui devaient m'enivrer, sentais-je presque de la répugnance et des craintes? Il n'y a point à douter que si j'avais pu me dérober à mon bonheur avec bienséance, je ne l'eusse fait de tout mon cœur. J'ai promis des bizarreries dans l'histoire de mon attachement pour elle : en voilà sûrement une à laquelle on ne s'attendait pas.

Le lecteur déjà révolté juge qu'étant possédée par un autre homme elle se dégradait à mes yeux en se partageant, et qu'un sentiment de mésestime attiédissait ceux qu'elle m'avait inspirés; il se trompe. Ce partage, il est vrai, me faisait une cruelle peine, tant par une délicatesse fort naturelle, que parce qu'en effet je le trouvais peu digne d'elle et de moi; mais quant à mes sentimens pour elle, il ne les altérait point, et je peux jurer que jamais je ne l'aimai plus tendrement que quand je désirais si peu de la posséder. Je connaissais trop son cœur chaste et son tempérament de glace, pour croire un moment que le plaisir des sens eût aucune part

à cet abandon d'elle-même : j'étais sûr que le seul
soin de m'arracher à des dangers autrement presque
inévitables, et de me conserver tout entier à moi et
à mes devoirs, lui en faisait enfreindre un qu'elle
ne regardait pas du même œil que les autres femmes,
comme il sera dit ci-après. Je la plaignais, et je
me plaignais. J'aurais voulu lui dire : Non, maman,
il n'est pas nécessaire; je vous réponds de moi sans
cela ; mais je n'osais, premièrement parceque ce
n'était pas une chose à dire, et puis parce qu'au
fond je sentais que cela n'était pas vrai, et qu'en
effet il n'y avait qu'une femme qui pût me garantir
des autres femmes, et me mettre à l'épreuve des
tentations. Sans désirer de la posséder, j'étais bien
aise qu'elle m'ôtât le désir d'en posséder d'autres,
tant je regardais tout ce qui pouvait me distraire
d'elle comme un malheur.

    La longue habitude de vivre ensemble, et d'y
vivre innocemment, loin d'affaiblir mes sentimens
pour elle, les avait renforcés, mais leur avait en
même temps donné une autre tournure qui les
rendait plus affectueux, plus tendres peut-être,
mais moins sensuels. A force de l'appeler maman,
à force d'user avec elle de la familiarité d'un fils,
je m'étais accoutumé à me regarder comme tel. Je
crois que voilà la véritable cause du peu d'empressement que j'eus de la posséder, quoiqu'elle me
fût si chère. Je me souviens très-bien que mes
premiers sentimens, sans être plus vifs, étaient plus
voluptueux. A Anneci j'étais dans l'ivresse, à
Chambéri je n'y étais plus. Je l'aimais toujours
aussi passionnément qu'il fût possible ; mais je l'aimais plus pour elle et moins pour moi, ou du moins
je cherchais plus mon bonheur que mon plaisir
auprès d'elle : elle était pour moi plus qu'une sœur,

plus qu'une mère, plus qu'une amie, plus même qu'une maîtresse. Enfin je l'aimais trop pour la convoiter : voilà ce qu'il y a de plus clair dans mes idées.

Ce jour, plutôt redouté qu'attendu, vint enfin. Je promis tout, et je ne mentis pas. Mon cœur confirmait mes engagemens sans en désirer le prix. Je l'obtins pourtant. Je me vis pour la première fois dans les bras d'une femme, et d'une femme que j'adorais. Fus-je heureux? non, je goûtai le plaisir. Je ne sais quelle invincible tristesse en empoisonnait le charme. J'étais comme si j'avais commis un inceste. Deux ou trois fois, en la pressant avec transport dans mes bras, j'inondai son sein de mes larmes. Pour elle, elle n'était ni triste ni vive, elle était caressante et tranquille. Comme elle était peu sensuelle, et n'avait point recherché la volupté, elle n'en eut pas les délices, et n'en a jamais eu les remords.

Je le répète : toutes ses fautes lui vinrent de ses erreurs, jamais de ses passions. Elle était bien née, son cœur était pur, elle aimait les choses honnêtes, ses penchans étaient droits et vertueux, son goût était délicat ; elle était faite pour une élégance de mœurs qu'elle a toujours aimée, et qu'elle n'a jamais suivie, parce qu'au lieu d'écouter son cœur qui la menait bien, elle écouta sa raison qui la menait mal. Quand des principes faux l'ont égarée, ses vrais sentimens les ont toujours démentis : mais malheureusement elle se piquait de philosophie, et la morale qu'elle s'était faite gâta celle que son cœur lui dictait.

M. de Tavel, son premier amant, fut son maître de philosophie; et les principes qu'il lui donna furent ceux dont il avait besoin pour la séduire. La trouvant attachée à ses devoirs, à son mari, toujours froide, raisonnante, et inattaquable par les sens, il l'attaqua par des sophismes, et parvint à lui montrer ses devoirs, auxquels elle était si attachée, comme un bavardage de catéchisme fait uniquement pour amuser les enfans, l'union des sexes comme l'acte le plus indifférent en soi, la fidélité conjugale comme une apparence obligatoire dont toute la moralité regardait l'opinion, le repos des maris comme la seule règle du devoir des femmes; en sorte que des infidélités ignorées, nulles pour celui qu'elles offensaient, l'étaient aussi pour la conscience : enfin il lui persuada que la chose en elle-même n'était rien, qu'elle ne prenait d'existence que par le scandale, et que toute femme qui paraissait sage, par cela seul l'était en effet. C'est ainsi que le malheureux parvint à son but, en corrompant la raison d'une enfant dont il n'avait pu corrompre le cœur. Il en fut puni par la plus dévorante jalousie, persuadé qu'elle le traitait lui-même comme il lui avait appris à traiter son mari. Je ne sais s'il se trompait sur ce point. Le ministre Perret passa pour son successeur. Ce que je sais, c'est que le tempérament froid de cette jeune femme, qui l'aurait dû garantir de ce système, fut ce qui l'empêcha d'y renoncer. Elle ne pouvait concevoir qu'on donnât tant d'importance à ce qui n'en avait point pour elle : elle n'honora jamais du nom de vertu une abstinence qui lui coûtait si peu.

Elle n'eût donc guère abusé de ce faux principe pour elle-même; mais elle en abusa pour autrui, et cela par une autre maxime presque aussi fausse, mais plus d'accord avec la bonté de son cœur. Elle a toujours cru que rien n'attachait tant un homme

à une femme que la possession ; et , quoiqu'elle
n'aimât ses amis que d'amitié, c'était d'une amitié
si tendre, qu'elle employait tous les moyens qui
dépendaient d'elle pour se les attacher plus fortement. Ce qu'il y a d'extraordinaire est qu'elle a
presque toujours réussi. Elle était si réellement
aimable, que, plus l'intimité dans laquelle on vivait
avec elle était grande , plus on y trouvait de nouveaux sujets de l'aimer. Une autre chose digne de
remarque est qu'après sa première faiblesse elle
n'a guère favorisé que des malheureux ; les gens
brillans ont tous perdu leur peine auprès d'elle :
mais il fallait qu'un homme qu'elle commençait
par plaindre fût bien peu aimable si elle ne finissait par l'aimer. Quand elle se fit des choix peu
dignes d'elle, bien loin que ce fût par des inclinations basses qui n'approchèrent jamais de son noble
cœur, ce fut uniquement par son caractère trop
généreux, trop humain, trop compatissant, trop
sensible, qu'elle ne gouverna pas toujours avec
assez de discernement.

Si quelques principes faux l'ont égarée, combien
n'en avait-elle pas d'admirables dont elle ne se dépar-
tait jamais ! Par combien de vertus ne rachetait-elle
pas ses faiblesses , si l'on peut appeler de ce nom
des erreurs où les sens avaient si peu de part ! Ce
même homme qui la trompa sur un point, l'instruisit
excellemment sur mille autres ; et ses passions ,
qui n'étaient pas fougueuses, lui permettant de
suivre toujours ses lumières, elle allait bien quand
ses sophismes ne l'égaraient pas. Ses motifs étaient
louables jusque dans ses fautes ; en s'abusant elle
pouvait mal faire, mais elle ne pouvait vouloir
rien qui fût mal. Elle abhorrait la duplicité, le
mensonge : elle était juste, équitable, humaine,

désintéressée, fidèle à sa parole, à ses amis, à ses
devoirs qu'elle reconnaissait pour tels, incapable
de vengeance et de haine, et ne concevant pas
même qu'il y eût le moindre mérite à pardonner.
Enfin, pour revenir à ce qu'elle avait de moins
excusable, sans estimer ses faveurs ce qu'elles
valaient, elles n'en fit jamais un vil commerce ;
elle les prodiguait, mais elle ne les vendait pas,
quoiqu'elle fût sans cesse aux expédiens pour vivre :
et j'ose dire que si Socrate put estimer Aspasie, il
eût respecté madame de Warens.

Je sais d'avance qu'en lui donnant un caractère
sensible et un tempérament froid, je serai accusé
de contradiction comme à l'ordinaire, et avec autant de raison. Il se peut que la nature ait eu tort,
et que cette combinaison n'ait pas dû être ; je sais
seulement qu'elle a été. Tous ceux qui ont connu
madame de Warens, et dont un si grand nombre
existe encore, ont pu savoir qu'elle était ainsi. J'ose
même ajouter qu'elle n'a connu qu'un seul vrai
plaisir au monde ; c'était d'en faire à ceux qu'elle
aimait. Toutefois permis à chacun d'argumenter
là-dessus tout à son aise, et de prouver doctement
que cela n'est pas vrai. Ma fonction est de dire la
vérité, mais non pas de la faire croire.

J'appris peu à peu tout ce que je viens de dire
dans les entretiens qui suivirent notre union, et
qui seuls la rendirent délicieuse. Elle avait eu raison
d'espérer que sa complaisance me serait utile ; j'en
tirai pour mon instruction de grands avantages.
Elle m'avait jusqu'alors parlé de moi seul comme
à un enfant : elle commença de me traiter en homme
et me parla d'elle. Tout ce qu'elle me disait m'était
si intéressant, je m'en sentais si touché, que, me
repliant sur moi-même, j'appliquais à mon profit

ses confidences plus que je n'avais fait ses leçons.
Quand on sent vraiment que le cœur parle, le
nôtre s'ouvre pour recevoir ses épanchemens, et
jamais toute la morale d'un pédagogue ne vaudra
le bavardage affectueux et tendre d'une femme
sensée pour qui l'on a de l'attachement.

L'intimité dans laquelle je vivais avec elle l'ayant
mise à portée de m'apprécier plus avantageusement
qu'elle n'avait fait, elle jugea que, malgré mon air
gauche, je valais la peine d'être cultivé pour le
monde, et que, si je m'y montrais un jour sur un
certain pied, je serais en état d'y faire mon chemin.
Sur cette idée, elle s'attachait non-seulement à
former mon jugement, mais mon extérieur, mes
manières, à me rendre aimable autant qu'estimable; et s'il est vrai qu'on puisse allier les succès
dans le monde avec la vertu, ce que pour moi je ne
crois pas, je suis sûr au moins qu'il n'y a pour cela
d'autre route que celle qu'elle avait prise et qu'elle
voulait m'enseigner. Car madame de Warens connaissait les hommes, et savait supérieurement l'art
de traiter avec eux sans mensonge et sans imprudence, sans les tromper et sans les fâcher. Mais cet
art était dans son caractère bien plus que dans ses
leçons, elle savait mieux le mettre en pratique que
l'enseigner, et j'étais l'homme du monde le moins
propre à l'apprendre. Aussi tout ce qu'elle fit à cet
égard fut-il, peu s'en faut, peine perdue, de même
que le soin qu'elle prit de me donner des maîtres
pour la danse et pour les armes. Quoique leste et
bien pris dans ma taille, je ne pus apprendre à
danser un menuet. J'avais tellement pris, à cause
de mes cors, l'habitude de marcher du talon, que
Roche ne put jamais me la faire perdre; et jamais,
avec l'air assez ingambe, je n'ai pu sauter un mé-

diocre fossé. Ce fut encore pis à la salle d'armes.
Après trois mois de leçon je tirais encore à la mu-
raille, hors d'état de faire assaut ; et jamais je n'eus
le poignet assez souple ou le bras assez ferme pour
retenir mon fleuret quand il plaisait au maître de
le faire sauter. Ajoutez que j'avais un dégoût mortel
pour cet exercice et pour le maître qui tâchait de
me l'enseigner. Je n'aurais jamais cru qu'on pût
être si fier de l'art de tuer un homme. Pour mettre
son vaste génie à ma portée, il ne s'exprimait que par
des comparaisons tirées de la musique qu'il ne savait
pas. Il trouvait des analogies frappantes entre les
bottes de tierce et de quarte et les intervalles musi-
caux du même nom. Quand il voulait faire une
feinte, il me disait de prendre garde à ce dièse,
parce qu'anciennement les dièses s'appelaient *des
feintes :* quand il m'avait fait sauter de la main
mon fleuret, il disait en ricanant que c'était *une
pause.* Enfin, je ne vis de mes jours un pédant plus
insupportable que ce pauvre homme, avec son
plumet et son plastron.

Je fis donc peu de progrès dans mes exercices,
que je quittai bientôt par pur dégoût ; mais j'en fis
davantage dans un art plus utile, celui d'être content de mon sort, et de n'en pas désirer un plus
brillant, pour lequel je commençais à sentir que je
n'étais pas né. Livré tout entier au désir de rendre
à maman la vie heureuse, je me plaisais toujours
plus auprès d'elle ; et quand il fallait m'en éloigner
pour courir en ville, malgré ma passion pour la
musique je commençais à sentir la gêne de mes
leçons.

J'ignore si Claude Anet s'aperçut de l'intimité de
notre commerce ; j'ai lieu de croire qu'il ne lui fut
pas caché. C'était un garçon très-clairvoyant, mais

très-discret, qui ne parlait jamais contre sa pensée,
mais qui ne la disait pas toujours. Sans me faire le
moindre semblant qu'il fût instruit, par sa conduite
il paraissait l'être; et cette conduite ne venait assurément pas de bassesse d'âme, mais de ce qu'étant
entré dans les principes de sa maîtresse il ne pouvait désapprouver qu'elle agît conséquemment.
Quoique aussi jeune qu'elle, il était si mûr et si grave,
qu'il nous regardait presque comme deux enfans
dignes d'indulgence, et nous le regardions l'un et
l'autre comme un homme respectable dont nous
avions l'estime à ménager. Ce ne fut qu'après
qu'elle lui fut infidèle que je connus bien tout l'attachement qu'elle avait pour lui. Comme elle savait
que je ne pensais, ne sentais, ne respirais que par
elle, elle me montrait combien elle l'aimait, afin que
je l'aimasse de même; et elle appuyait encore moins
sur son amitié pour lui que sur son estime, parce
que c'était le sentiment que je pouvais partager le
plus pleinement. Combien de fois elle attendrit nos
cœurs et nous fit embrasser avec larmes, en nous
disant que nous étions nécessaires tous deux au bonheur de sa vie! Et que les femmes qui liront ceci
ne sourient pas malignement. Avec le tempérament qu'elle avait, ce besoin n'était pas équivoque :
c'était uniquement celui de son cœur.

Ainsi s'établit entre nous trois une société sans
autre exemple peut-être sur la terre. Tous nos vœux,
nos soins, nos cœurs, étaient en commun. Rien
n'en passait au delà de ce petit cercle. L'habitude
de vivre ensemble et d'y vivre exclusivement devint
si grande, que, si dans nos repas un des trois
manquait ou qu'il vînt un quatrième, tout était
dérangé; et, malgré nos liaisons particulières, les
tête-à-tête nous étaient moins doux que la réunion.

Ce qui prévenait entre nous la gêne était une extrême confiance réciproque; et ce qui prévenait
l'ennui était que nous étions tous fort occupés
Maman, toujours projetante et toujours agissante,
ne nous laissait guère oisifs ni l'un ni l'autre; et
nous avions encore chacun pour notre compte de
quoi bien remplir notre temps. Selon moi, le désœuvrement n'est pas moins le fléau de la société
que celui de la solitude. Rien ne rétrécit plus l'esprit, rien n'engendre plus de riens, de rapports, de
paquets, de tracasseries, de mensonges, que d'être
éternellement renfermés les uns vis-à-vis des autres
dans une chambre, réduits pour tout ouvrage à
babiller continuellement. Quand tout le monde est
occupé, l'on ne parle que quand on a quelque
chose à dire; mais quand on ne fait rien, il faut
absolument parler toujours; et voilà de toutes les
gênes la plus incommode et la plus dangereuse.
J'ose même aller plus loin; et je soutiens que,
pour rendre un cercle vraiment agréable, il faut
non-seulement que chacun y fasse quelque chose,
mais quelque chose qui demande un peu d'attention.
Faire des nœuds, c'est ne rien faire; et il faut tout
autant de soin pour amuser une femme qui fait des
nœuds que celle qui tient les bras croisés; mais
quand elle brode, c'est autre chose; elle s'occupe
assez pour remplir les intervalles du silence. Ce
qu'il y a de choquant, de ridicule, est de voir pendant ce temps une douzaine de flandrins se lever,
s'asseoir, aller, venir, pirouetter sur leurs talons,
retourner deux cents fois les magots de la cheminée,
et fatiguer leur Minerve à maintenir un intarissable
flux de paroles. La belle occupation! Ces gens-là,
quoi qu'ils fassent, seront toujours à charge aux
autres et à eux-mêmes. Quand j'étais à Motiers,

j'allais faire des lacets chez mes voisines ; si je retournais dans le monde, j'aurais toujours dans ma
poche un bilboquet, et j'en jouerais toute la journée
pour me dispenser de parler quand je n'aurais
rien à dire. Si chacun en faisait autant, les hommes
deviendraient moins méchans, leur commerce deviendrait plus sûr, et, je pense, plus agréable.
Enfin que les plaisans rient s'ils veulent, mais je
soutiens que la seule morale à la portée du présent
siècle est la morale du bilboquet.

Au reste on ne nous laissait guère le soin d'éviter
l'ennui par nous-mêmes, et les importuns nous en
donnaient trop par leur affluence pour nous en
laisser quand nous restions seuls. L'impatience
qu'ils m'avaient donnée autrefois n'était pas dimi-
nuée, et toute la différence était que j'avais moins
de temps pour m'y livrer. La pauvre maman n'avait
point perdu son ancienne fantaisie d'entreprises et
de systèmes. Au contraire, plus ses besoins domestiques devenaient pressans, plus, pour y pourvoir,
elle se livrait à ses visions ; moins elle avait de
ressources présentes, plus elle s'en forgeait dans
l'avenir. Le progrès des ans ne faisait qu'augmenter en elle cette manie ; et, à mesure qu'elle perdait
le goût des plaisirs du monde et de la jeunesse,
elle le remplaçait par celui des secrets et des projets.
La maison ne désemplissait pas de charlatans, de
fabricans, de souffleurs, d'entrepreneurs de toute
espèce, qui distribuant par millions la fortune et
les espérances, avaient en attendant besoin d'un
écu. Aucun ne sortait de chez elle à vide ; et l'un
de mes étonnemens est qu'elle ait pu suffire aussi
long-temps à tant de profusions, sans en épuiser
la source et sans lasser ses créanciers.

Le projet dont elle était le plus occupée au temps

dont je parle, et qui n'était pas le plus déraisonnable qu'elle eût formé, était de faire établir à Chambéri un jardin royal de plantes avec un démonstrateur appointé; et l'on comprend d'avance à qui
cette place était destinée. La position de cette ville
au milieu des Alpes était très-favorable à la botanique; et maman, qui favorisait toujours un projet
par un autre, y joignait celui d'un collége de
pharmacie, qui véritablement paraissait utile dans
un pays aussi pauvre où les apothicaires étaient presque les seuls médecins. La retraite du proto-médecin
Grossi à Chambéri, après la mort du roi Victor,
lui parut favoriser beaucoup cette idée, et la lui
suggéra peut-être. Quoi qu'il en soit, elle se mit à
cajoler Grossi, qui pourtant n'était pas trop cajo-
lable; car c'était bien le plus caustique et le plus
brutal monsieur que j'aie jamais connu. On en jugera par deux ou ou trois traits que je vais citer pour
échantillon.

Un jour il était en consultation avec d'autres
médecins, un entre autres qu'on avait fait venir
d'Anneci, et qui était le médecin ordinaire du malade. Ce jeune homme, encore mal appris pour un
médecin, osa n'être pas de l'avis de monsieur le
Proto; celui-ci pour toute réponse lui demanda
quand il s'en retournait, par où il passait, et qu'elle
voiture il prenait. L'autre, après l'avoir satisfait,
lui demande à son tour s'il y avait quelque chose
pour son service. Rien, rien, dit Grossi, sinon que
je veux m'aller mettre à une fenêtre sur votre passage, pour avoir le plaisir de voir passer un âne
à cheval. Il était aussi avare que riche et dur. Un
de ses amis lui voulut un jour emprunter de l'argent
avec de bonnes sûretés. Mon ami, lui dit-il en lui ser-
rant le bras et grinçant les dents, quand S⁺ Pierre

descendrait du ciel pour m'emprunter dix pistoles ,
et qu'il me donnerait la Trinité pour caution , je ne
les lui prêterais pas. Un jour , invité à dîner chez
M. le comte Picon, gouverneur de Savoie et très-
dévot, il arrive avant l'heure ; et S. E. alors occupée
à dire le rosaire, lui en propose l'amusement. Ne
sachant trop que répondre , il fait une grimace
affreuse et se met à genoux. Mais à peine avait-il
récité deux *ave*, que, n'y pouvant plus tenir, il se
lève brusquement, prend sa canne , et s'en va sans
mot dire. Le comte Picon court après , et lui
crie : Monsieur Grossi, monsieur Grossi , restez
donc ; vous avez là-bas à la broche une excellente
bartavelle. Monsieur le comte , lui répond l'autre
en se retournant, vous me donneriez un ange rôti
que je ne resterais pas. Voilà quel était M. le proto-
médecin Grossi , que maman entreprit et vint à
bout d'apprivoiser. Quoique extrêmement occupé,
il s'accoutuma à venir très-souvent chez elle, prit
Anet en amitié, marqua faire cas de ses connaissances, en parlait avec estime, et, ce qu'on n'aurait pas attendu d'un pareil ours, affectait de le
traiter avec considération pour effacer les impressions du passé. Car, quoique Anet ne fût plus
sur le pied d'un domestique, on savait qu'il l'avait
été ; et il ne fallait pas moins que l'exemple et l'autorité de M. le proto-médecin pour donner à son
égard le ton qu'on n'aurait pas pris de tout autre.
Claude Anet , avec un habit noir, une perruque bien
peignée , un maintien grave et décent , une conduite sage et circonspecte, des connaissances assez
étendues en matière médicale et en botanique , et
la faveur du chef de la faculté, pouvait raisonnablement espérer de remplir avec applaudissement
la place de démonstrateur royal des plantes , si l'éta-

blissement projeté avait lieu; et réellement Grossi
en avait goûté le plan, l'avait adopté, et n'attendait
pour le proposer à la cour que le moment où la
paix permettrait de songer aux choses utiles, et
laisserait disposer de quelque argent pour y pourvoir.

Mais ce projet, dont l'exécution m'eût probablement jeté dans la botanique pour laquelle il semble
que j'étais né, manqua par un de ces coups inatten-
dus qui renversent les desseins les mieux concertés.
J'étais destiné à devenir, par degrés, un exemple
des misères humaines. On dirait que la Providence,
qui m'appelait à ces grandes épreuves, écartait de
la main tout ce qui m'eût empêché d'y arriver.
Dans une course qu'Anet avait été faire au haut
des montagnes pour aller chercher du génipi,
plante rare qui ne croît que sur les Alpes, et dont
M. Grossi avait besoin, ce pauvre garçon s'échauffa
tellement qu'il gagna une pleurésie dont le génipi
ne put le sauver, quoiqu'il y soit, dit-on, spéci-
fique; et malgré tout l'art de Grossi, qui certainement était un habile homme, malgré les soins in-
finis que nous prîmes de lui, sa bonne maîtresse
et moi, il mourut le cinquième jour entre nos bras,
après la plus cruelle agonie, durant laquelle il
n'eut d'autres exhortations que les miennes; et je
les lui prodiguai avec des élans de douleur et de
zèle qui, s'il était en état de m'entendre, devaient
être de quelque consolation pour lui. Voilà comment je perdis le plus solide ami que j'eus en toute
ma vie, homme estimable et rare, à qui la nature
tint lieu d'éducation, qui nourrit dans la servitude
toutes les vertus des grands hommes, et à qui peut-
être il ne manqua, pour se montrer tel à tout le
monde, que de vivre et d'être placé.

Le lendemain j'en parlais avec maman dans l'affliction la plus vive et la plus sincère, et tout d'un coup au milieu de l'entretien, j'eus la vile et indigne pensée que j'héritais de ses nippes, et surtout d'un bel habit noir qui m'avait donné dans la vue. Je le pensai; par conséquent je le dis, car près d'elle c'était pour moi la même chose. Rien ne lui fit mieux sentir la perte qu'elle avait faite que ce lâche et odieux mot; le désintéressement et la noblesse d'âme étant des qualités que le défunt avait éminemment possédées. La pauvre femme, sans rien répondre, se tourna de l'autre côté et se mit à pleurer. Chères et précieuses larmes! Elles furent entendues, et coulèrent toutes dans mon cœur; elles y lavèrent jusqu'aux dernières traces d'un sentiment bas et malhonnête; il n'y en est jamais entré depuis lors.

Cette perte causa à maman autant de préjudice que de douleur. Depuis ce moment ses affaires ne cessèrent d'aller en décadence. Anet était un garçon sage et rangé qui maintenait l'ordre dans la maison de sa maîtresse. On craignait sa vigilance, et le gaspillage était moindre. Elle-même craignait sa censure, et se contenait davantage dans ses dissipations. Ce n'était pas assez pour elle de son attachement, elle voulait conserver son estime, et elle redoutait le juste reproche qu'il osait quelquefois lui faire, qu'elle prodiguait le bien d'autrui autant que le sien. Je pensais comme lui, je le disais même, mais je n'avais pas le même ascendant sur elle, et mes discours n'en imposaient pas comme les siens. Quand il ne fut plus, je fus bien forcé de prendre sa place pour laquelle j'avais aussi peu d'aptitude que de goût; je la remplis mal. J'étais peu soigneux, j'étais fort timide; tout en grondant à part moi, je laissais tout aller comme il allait.

D'ailleurs j'avais bien obtenu la même confiance,
mais non pas la même autorité. Je voyais le désordre,
j'en gémissais, je m'en plaignais, et je n'étais pas
écouté. J'étais trop jeune et trop vif pour avoir le droit
d'être raisonnable ; et quand je voulais me mêler de
faire le censeur, maman me donnait de petits soufflets de caresses, m'appelait son petit Mentor, et me
forçait à reprendre le rôle qui me convenait.

Le sentiment profond de la détresse où ses dépenses peu mesurées devaient nécessairement la
jeter tôt ou tard, me fit une impression d'autant
plus forte, qu'étant devenu l'inspecteur de sa maison
je jugeais par moi-même de l'inégalité de la balance
entre le *doit* et l'*avoir*. Je date de cette époque
le penchant à l'avarice que je me suis toujours
senti depuis ce temps-là. Je n'ai jamais été follement
prodigue que par bourrasques ; mais jusqu'alors
je ne m'étais jamais fort inquiété si j'avais peu ou
beaucoup d'argent. Je commençai à faire cette attention, et à prendre du souci de ma bourse. Je devenais vilain par un motif très-noble ; car en vérité je
ne songeais qu'à ménager à maman quelque ressource dans la catastrophe que je prévoyais. Je
craignais que ses créanciers ne fissent saisir sa pension, qu'elle ne fût tout-à-fait supprimée ; et je
m'imaginais, selon mes vues étroites, que mon
petit magot lui serait alors d'un grand secours. Mais
pour le faire, et surtout pour le conserver, il fallait
me cacher d'elle ; car il n'eût pas convenu, tandis
qu'elle était aux expédiens, qu'elle eût su que
j'avais de l'argent mignon. J'allais donc cherchant
par-ci par-là de petites caches où je fourrais quelques louis en dépôt, comptant augmenter ce dépôt
sans cesse jusqu'au moment de le mettre à ses pieds.
Mais j'étais si maladroit dans le choix de mes

cachettes, qu'elle les éventait toujours, puis, pour
m'apprendre qu'elle les avait trouvées, elle ôtait ce
que j'y avais mis, et en mettait davantage en
d'autres espèces. Je venais tout honteux rapporter
à la bourse commune mon petit trésor, et jamais
elle ne manquait de l'employer en nippes ou
meubles à mon profit, comme épée d'argent,
montre, ou autre chose pareille.

Bien convaincu qu'accumuler ne me réussirait
jamais et serait pour elle une mince ressource, je
sentis enfin que je n'en avais point d'autre contre
le malheur que je prévoyais, que de me mettre en
état de pourvoir à sa subsistance, quand, cessant
de pourvoir à la mienne, elle verrait le pain prêt
à lui manquer. Malheureusement, jetant mes projets du côté de mes goûts, je m'obstinais à chercher
follement ma fortune dans la musique; et, sentant
naître des idées et des chants dans ma tête, je crus
qu'aussitôt que je serais en état d'en tirer parti, j'allais devenir un homme célèbre, un Orphée moderne
dont les sons devaient attirer tout l'argent du Pérou.
Ce dont il s'agissait pour moi, commençant à lire
passablement la musique, était d'apprendre la
composition. La difficulté était de trouver quelqu'un
pour me l'enseigner; car avec mon Rameau seul je
n'espérais pas y parvenir par moi-même, et depuis
le départ de M. Le Maître, il n'y avait personne
en Savoie qui entendît rien à l'harmonie.

Ici l'on va voir encore une de ces inconséquences
dont ma vie est remplie, et qui m'ont fait si souvent
aller contre mon but, lors même que j'y paraissais
tendre directement. Venture m'avait beaucoup parlé
de l'abbé Blanchard, son maître de composition,
homme de mérite et d'un grand talent, qui pour
lors était maître de musique de la cathédrale de

Besançon, et qui l'est maintenant de la chapelle de
Versailles. Je me mis en tête d'aller à Besançon prendre leçon de l'abbé Blanchard ; et cette idée me parut
si raisonnable que je parvins à la faire trouver telle
à maman. La voilà travaillant à mon petit équipage,
et cela avec la profusion qu'elle mettait à toute chose.
Ainsi, toujours avec le projet de prévenir une ban-
queroute et de réparer dans l'avenir l'ouvrage de
sa dissipation, je commençai dans le moment même
par lui causer une dépense de huit cents francs :
j'accélérais sa ruine pour me mettre en état d'y re-
médier. Quelque folle que fût cette conduite, l'illusion était entière de ma part et même de la sienne.
Nous étions persuadés l'un et l'autre, moi que je
travaillais utilement pour elle, elle que je travaillais
utilement pour moi.

J'avais compté trouver Venture encore à Anneci,
et lui demander une lettre pour l'abbé Blanchard.
Il n'y était plus. Il fallut pour tout renseigne-
ment me contenter d'une messe à quatre parties
de sa composition et de sa main, qu'il m'avait
laissée. Avec cette recommandation je vais à Besançon, passant par Genève où je fus voir mes
parens, et par Nyon où je fus voir mon père, qui
me reçut comme à son ordinaire, et se chargea
de me faire parvenir ma malle, qui ne venait qu'à-
près moi, parce que j'étais à cheval. J'arrive à
Besançon (*). L'abbé Blanchard me reçoit bien,

(*) Il serait arrivé à Besançon le 28 juin 1732, d'après
sa lettre à madame de Warens, la seconde de la *Correspondance*. En admettant cette date, l'ordre des faits se trouve
interverti, puisque ce voyage est censé avoir eu lieu après la
guerre de 1733, et qu'une lettre en fixe la date en 1732. Nous
soumettons au lecteur, à la fin de cette première partie, quelques observations pour expliquer ces faits contradictoires.

me promet ses instructions et m'offre ses services.
Nous étions prêts à commencer, quand j'apprends
par une lettre de mon père que ma malle a été
saisie et confisquée aux Rousses, bureau de France
sur les frontières de Suisse. Effrayé de cette nouvelle, j'emploie les connaissances que je m'étais
faites à Besançon pour savoir le motif de cette
confiscation : car bien sûr de n'avoir point de contrebande, je ne pouvais concevoir sur quel prétexte on l'avait pu fonder. Je l'apprends enfin : il
faut le dire, car c'est un fait curieux.

Je voyais à Chambéri un vieux Lyonnais, fort
bon homme, appelé M. Duvivier, qui avait travaillé au *visa* sous la régence, et qui faute d'emploi était venu travailler au cadastre. Il avait vécu
dans le monde ; il avait des talens, quelque savoir,
de la douceur, de la politesse ; il savait la musique ; et comme j'étais de chambrée avec lui, nous
nous étions liés de préférence au milieu des ours
mal léchés qui nous entouraient. Il avait à Paris
des correspondances qui lui fournissaient ces petits
riens, ces nouveautés éphémères qui courent on
ne sait pourquoi, qui meurent on ne sait comment, sans que jamais personne y repense quand
on a cessé d'en parler. Comme je le menais quelquefois dîner chez maman, il me faisait sa cour
en quelque sorte ; et pour se rendre agréable il
tâchait de me faire aimer ces fadaises, pour lesquelles j'eus toujours un tel dégoût, qu'il ne m'est
arrivé de la vie d'en lire une à moi seul. Pour lui
complaire, je prenais ces précieux torche-culs,
je les mettais dans ma poche, et je n'y songeais
plus que pour le seul usage auquel ils étaient bons.
Malheureusement un de ces maudits papiers resta
dans la poche de veste d'un habit neuf que j'avais

porté deux ou trois fois pour être en règle avec
les commis. Ce papier était une parodie janséniste
assez plate de la belle scène du *Mithridate* de
Racine. Je n'en avais pas lu dix vers, et l'avais
laissé par oubli dans ma poche. Voilà ce qui fit
confisquer mon équipage. Les commis firent à la
tête de l'inventaire de cette malle un magnifique
procès verbal, où, supposant que cet écrit venait
de Genève pour être imprimé et distribué en
France, ils s'étendaient en saintes invectives contre
les ennemis de Dieu et de l'église, et en éloges de
leur pieuse vigilance qui avait arrêté l'exécution
de ce projet infernal. Ils trouvèrent sans doute que
mes chemises sentaient aussi l'hérésie, car en
vertu de ce terrible papier tout fut confisqué, sans
que jamais, comme que j'aie pu m'y prendre, j'aie
eu ni raison ni nouvelle de ma pauvre pacotille.
Les gens des fermes à qui l'on s'adressa demandaient tant d'instructions, de renseignemens, de
certificats, de mémoires, que, me perdant mille
fois dans ce labyrinthe, je fus contraint de tout
abandonner. J'ai un vrai regret de n'avoir pas conservé le procès verbal du bureau des Rousses.
C'était une pièce à figurer parmi celles dont le
recueil doit accompagner cet écrit.

Cette perte me fit revenir à Chambéri tout de
suite, sans avoir rien fait avec l'abbé Blanchard; et,
tout bien pesé, voyant le malheur me suivre dans
toutes mes entreprises, je résolus de m'attacher
uniquement à maman, de courir sa fortune, et de
ne plus m'inquiéter inutilement d'un avenir auquel
je ne pouvais rien. Elle me reçut comme si j'avais
rapporté des trésors, remonta peu à peu ma petite
garde-robe; et mon malheur, assez grand pour l'un
et pour l'autre, fut presque aussitôt oublié qu'arrivé.

Quoique ce malheur m'eût refroidi sur mes
projets de musique, je ne laissais pas d'étudier
toujours mon Rameau; et à force d'efforts je parvins enfin à l'entendre, et à faire quelques petits
essais de composition dout le succès m'encouragea.
Le comte de Bellegarde, fils du marquis d'Antremont, était revenu de Dresde après la mort du
roi Auguste. Il avait vécu long-temps à Paris;
il aimait extrêmement la musique, et avait pris
en passion celle de Rameau. Son frère, le comte
de Nangis, jouait du violon; madame la comtesse de La Tour, leur sœur, chantait un peu.
Tout cela mit à Chambéri la musique à la mode:
et l'on établit une manière de concert public, dont
on voulut d'abord me donner la direction; mais
on s'aperçut bientôt qu'elle passait mes forces, et
l'on s'arrangea autrement. Je ne laissai pas d'y
donner quelques petits morceaux de ma façon, et
entre autres une cantate qui plut beaucoup. Ce
n'était pas une pièce bien faite, mais elle était
pleine de chants nouveaux et de choses d'effet que
l'on n'attendait pas de moi. Ces messieurs ne purent
croire que, lisant si mal la musique, je fusse en
état d'en composer de passable, et ils ne doutèrent
pas que je ne me fusse fait honneur du travail
d'autrui. Pour vérifier la chose, un matin M. de
Nangis vint me trouver avec une cantate de Clérambault, qu'il avait, disait-il, transposée pour la
commodité de la voix, et à laquelle la transposition rendait nécessaire une autre basse. Je répondis que c'était un ouvrage considérable qui ne
pouvait s'exécuter sur-le-champ. Il crut que je
cherchais une défaite, et me pressa de faire au
moins la basse d'un récitatif. Je la fis donc : mal
sans doute, parce qu'en toute chose il me faut,

pour bien faire, mes aises et la liberté; mais je la
fis du moins dans les règles; et, comme il était
présent, il ne put douter que je ne susse les élémens de la composition. Ainsi je ne perdis pas mes
écolières, mais je me refroidis un peu sur la musique, voyant qu'on faisait un concert, et que l'on
s'y passait de moi.

Ce fut à peu près dans ce temps-là que, la paix
étant faite, l'armée française repassa les monts
(*). Plusieurs officiers vinrent voir maman, entre
autres M. le comte de Lautrec, colonel du régiment
d'Orléans, depuis plénipotentiaire à Genève, et
enfin maréchal de France, auquel elle me présenta. Sur ce qu'elle lui dit, il parut s'intéresser
fort à moi, et me promit beaucoup de choses, dont
il ne s'est souvenu que la dernière année de sa vie,
lorsque je n'avais plus besoin de lui. Le jeune marquis de Sennecterre, dont le père était alors ambassadeur à Turin, passa dans le même temps à
peu près à Chambéri. Il dîna chez madame de
Menthon; j'y dînais aussi ce jour-là. Après le dîner
il fut question de musique; il la savait très-bien.
L'opéra de *Jephté* était alors dans sa nouveauté (**);
il en parla, on le fit apporter. Il me fit frémir en
me proposant d'exécuter à nous deux cet opéra; et
tout en ouvrant le livre, il tomba sur ce morceau
célèbre à deux chœurs :

> La terre, l'enfer, le ciel même,
> Tout tremble devant le Seigneur.

Il me dit : Combien voulez-vous faire de parties?

(*) Le 3 octobre 1735, les préliminaires de la paix, qui
ont ensuite formé le traité, furent signés à Vienne.
(**) Tragédie lyrique de L. Pellegrin, musique de Monte-
claire, représentée pour la première fois le 4 mars 1732;

Je ferai pour ma part ces six-là. Je n'étais pas encore accoutumé à cette pétulance française; et,
quoique j'eusse quelquefois ânonné des partitions,
je ne comprenais pas comment le même homme
pouvait faire en même temps six parties, ni même
deux. Rien ne m'a plus coûté dans la pratique de
la musique que de sauter ainsi légèrement d'une
partie à l'autre, et d'avoir l'œil à la fois sur toute
une partition. A la manière dont je me tirai de
cette entreprise, M. de Sennecterre dut être tenté
de croire que je ne savais pas la musique. Ce fut
peut-être pour vérifier ce doute qu'il me proposa
de noter une chanson qu'il voulait donner à mademoiselle de Menthon. Je ne pouvais m'en défendre.
Il chanta la chanson; je l'écrivis même sans le
faire beaucoup répéter. Il la lut ensuite, et trouva,
comme il était vrai, qu'elle était très-correctement
notée. Il avait vu mon embarras, il prit plaisir
à faire valoir ce petit succès. C'était pourtant une
chose très-simple. Au fond, je savais fort bien la
musique; je ne manquais que de cette vivacité du
premier coup d'œil que je n'eus jamais sur rien, et
qui ne s'acquiert en musique que par une pratique consommée. Quoi qu'il en soit, je fus sensible
à l'honnête soin qu'il prit d'effacer dans l'esprit des
autres et dans le mien la petite honte que j'avais
eue; et, douze ou quinze ans après, me trouvant
avec lui dans diverses maisons de Paris, je fus tenté
plusieurs fois de lui rappeler cette anecdote, et de
lui montrer que j'en gardais le souvenir. Mais il
avait perdu les yeux depuis ce temps-là. Je crai-

---

elle eut un très-grand succès. Le cardinal de Noailles la fit
défendre. Reprise en 1733, encore interrompue; elle repa-
rut en 1734 et 1735 avec des changemens.

gnis de renouveler ses regrets en lui rappelant l'usage qu'il en avait su faire, et je me tus.

Je touche au moment qui commence à lier mon existence passée avec la présente. Quelques amitiés de ce temps-là, prolongées jusqu'à celui-ci, me sont devenues bien précieuses. Elle m'ont souvent fait regretter cette heureuse obscurité où ceux qui se disaient mes amis l'étaient et m'aimaient pour moi, par pure bienveillance, non par la vanité d'avoir des liaisons avec un homme connu, ou par le désir secret de trouver ainsi plus d'occasions de lui nuire. C'est d'ici que je date ma première connaissance avec mon vieux ami Gauffecourt, qui m'est toujours resté, malgré les efforts qu'on a faits pour me l'ôter. Toujours resté! non. Hélas! je viens de le perdre : mais il n'a cessé de m'aimer qu'en cessant de vivre, et notre amitié n'a fini qu'avec lui. M. de Gauffecourt était un des hommes les plus aimables qui aient existé. Il était impossible de le voir sans l'aimer, et de vivre avec lui sans s'y attacher tout-à-fait. Je n'ai vu de ma vie une physionomie plus ouverte, plus caressante, qui eût plus de sérénité, qui marquât plus de sentiment et d'esprit, qui inspirât plus de confiance. Quelque réservé qu'on pût être, on ne pouvait, dès la première vue, se défendre d'être aussi familier avec lui que si on l'eût connu depuis vingt ans; et moi, qui avais tant de peine d'être à mon aise avec les nouveaux visages, j'y fus avec lui du premier moment. Son ton, son accent, son propos, accompagnaient parfaitement sa physionomie. Le son de sa voix était net, plein, bien timbré; une belle voix de basse, étoffée et mordante, qui remplissait l'oreille et sonnait au cœur. Il est impossible d'avoir une gaieté plus égale et plus douce, des grâces

plus vraies et plus simples, des talens plus naturels,
et cultivés avec plus de goût. Joignez à cela un
cœur aimant, mais aimant un peu trop tout le
monde, un caractère officieux avec peu de choix,
servant ses amis avec zèle, ou plutôt se faisant l'ami
des gens qu'il pouvait servir, et sachant faire très-
adroitement ses propres affaires en faisant très-
chaudement celles d'autrui. Gauffecourt était fils
d'un simple horloger, et avait été horloger lui-
même. Mais sa figure et son mérite l'appelaient
dans une autre sphère, où il ne tarda pas d'entrer.
Il fit connaissance avec M. de La Closure, résident
de France, qui le prit en amitié. Il lui procura à
Paris d'autres connaissances qui lui furent utiles,
et par lesquelles il parvint à avoir la fourniture des
sels du Valais, qui lui valait vingt mille livres de
rente. Sa fortune, assez belle, se borna là du côté
des hommes; mais du côté des femmes la presse y
était: il eut à choisir; il choisit tout, et fit ce qu'il
voulut. Ce qu'il y eut de plus rare, et de plus honorable pour lui, fut qu'ayant des liaisons dans tous
les états, il fut partout chéri, recherché de tout le
monde, sans jamais être envié ni haï de personne;
et je crois qu'il est mort sans avoir un seul ennemi.
Heureux homme ! Il venait tous les ans aux bains
d'Aix, où se rassemble la bonne compagnie des
pays voisins. Lié avec toute la noblesse de Savoie,
il venait d'Aix à Chambéri voir le comte de Bellegarde et son père le marquis d'Antremont, chez
qui maman fit et me fit faire connaissance avec
lui. Cette connaissance, qui semblait devoir n'abou-
tir à rien et fut nombre d'années interrompue, se
renouvela dans l'occasion que je dirai, et devint
un véritable attachement. C'est assez pour m'autoriser à parler d'un ami avec lequel j'ai été si

étroitement lié: mais quand je ne prendrais aucun intérêt à sa mémoire, c'était un homme si aimable et si heureusement né, que, pour l'honneur
de l'espèce humaine, je la croirais toujours bonne
à conserver. Cet homme si charmant avait pourtant ses défauts ainsi que les autres, comme on
pourra voir ci-après; mais s'il ne les eût pas eus,
peut-être eût-il été moins aimable. Pour le rendre intéressant autant qu'il pouvait l'être, il fallait
qu'on eût quelque chose à lui pardonner.

Une autre liaison du même temps n'est pas éteinte,
et me leurre encore de cet espoir du bonheur tem-
porel qui meurt si difficilement dans le cœur de
l'homme. M. de Conzié, gentilhomme savoyard,
alors jeune et aimable, eut la fantaisie d'apprendre
la musique, ou plutôt de faire connaissance avec
celui qui l'enseignait. Avec de l'esprit et du goût
pour les belles connaissances, M. de Conzié avait
une douceur de caractère qui le rendait très-liant,
et je l'étais beaucoup moi-même pour les gens en
qui je la trouvais. La liaison fut bientôt faite (1).
Le germe de littérature et de philosophie qui commençait à fermenter dans ma tête, et qui n'attendait qu'un peu de culture et d'émulation pour se
développer tout-à-fait, les trouvait en lui. M. de
Conzié avait peu de disposition pour la musique;
ce fut un bien pour moi : les heures des leçons se
passaient à tout autre chose qu'à solfier. Nous déjeunions, nous causions, nous lisions quelques
nouveautés, et pas un mot de musique. La correspondance de Voltaire avec le roi de Prusse faisait

---

(1) Je l'ai revu depuis, et je l'ai trouvé totalement trans-
formé. O le grand magicien que M. de Choiseul ! Aucune
de mes anciennes connaissances n'a échappé à ses métamorphoses.

du bruit alors (*) : nous nous entreten ions souvent
de ces deux hommes célèbres, dont l'un, depuis
peu sur le trône (**), s'annonçait déjà tel qu'il
devait un jour se montrer ; et dont l'autre, aussi
décrié qu'il est admiré maintenant, nous faisait
plaindre le malheur qui semblait le poursuivre, et
qu'on voit si souvent être l'apanage des grands talens. Le prince de Prusse avait été peu heureux
dans sa jeunesse, et Voltaire semblait fait pour ne
l'être jamais. L'intérêt que nous prenions à l'un et
à l'autre s'étendait à tout ce qui s'y rapportait.
Rien de tout ce qu'écrivait Voltaire ne nous échappait. Le goût que je pris à ces lectures m'inspira
le désir d'apprendre à écrire avec élégance, et de
tâcher d'imiter le beau coloris de cet auteur dont
j'étais enchanté. Quelque temps après parurent

(*) Cette correspondance avait commencé le 8 août 1736,
par une lettre de Frédéric qui n'était que prince royal :
elle ne cessa point à son avénement au trône. Mais il ne
peut être question que de cette première partie, composée
de cent vingt trois lettres. La dernière est du 18 mai 1740.
Ces lettres n'ont été publiées en recueil pour la première
fois qu'en 1745 ; mais, long-temps avant cette époque, il
en avait paru dans des journaux ; et Voltaire, qui devait
être flatté de ce commerce épistolaire, n'avait aucune raison
d'être discret. Il est probable qu'il avait répandu par la voie
de l'impression plusieurs de ces lettres. Ce point pourra
par la suite être éclairci par le savant éditeur de ses OEuvres, M. *Beuchot*. Notre conjecture est autorisée par la
nécessité où nous sommes de ne point dépasser l'année
1741, la dernière du séjour de J.-J. aux Charmettes ; et de
ne pas oublier qu'il est question de ses études, soit à
Chambéri, soit dans cette campagne. *Voyez* la note qui
termine ce volume sur les transpositions de temps et de
lieu faites par J.-J. dans la première partie de ses *Confessions*.

(**)Le 1er juin 1740.

ses *Lettres philosophiques* (*) : quoiqu'elles ne soient assurément pas son meilleur ouvrage, ce fut celui qui m'attira le plus vers l'étude; et ce goût naissant ne s'éteignit plus depuis ce temps-là.

Mais le moment n'était pas venu de m'y livrer tout de bon. Il me restait encore un penchant un peu volage, un désir d'aller et venir qui s'était plutôt borné qu'éteint, et que nourrissait le train de la maison de madame de Warens, trop bruyant pour mon humeur solitaire. Ce tas d'inconnus qui lui affluaient journellement de toutes parts, et la persuasion où j'étais que tous ces gens-là ne cherchaient qu'à la duper chacun à sa manière, me faisaient un vrai tourment de mon habitation. Depuis qu'ayant succédé à Claude Anet dans la confidence de sa maîtresse je suivais de plus près l'état de ses affaires, j'y voyais un progrès en mal dont j'étais effrayé. J'avais cent fois remontré, prié, pressé, conjuré, et toujours inutilement. Je m'étais jeté à ses pieds, je lui avais fortement représenté la catastrophe qui la menaçait, je l'avais vivement exhortée à réformer sa dépense, à commencer par moi, à souffrir plutôt un peu tandis qu'elle était encore jeune, que, multipliant toujours ses dettes et ses créanciers, de s'exposer sur ses vieux jours à leurs vexations et à la misère. Sensible à mon zèle, elle s'attendrissait avec moi, et me promettait les plus belles choses du monde. Un croquant arrivait-il? à l'instant tout était oublié.

(*) La première édition de ces lettres est de 1734, d'après M. Beuchot, connu par l'exactitude de ses recherches; d'où il suit que J.-J. commet une erreur en supposant que les *Lettres philosophiques* ne parurent qu'après la correspondance de Frédéric. *Voyez* la note qui se trouve à la fin de ce volume.

Après mille épreuves de l'inutilité de mes remon-
trances, que me restait-il à faire que de détourner les yeux du mal que je ne pouvais prévenir ?
je m'éloignais de la maison dont je ne pouvais
garder la porte ; je faisais de petits voyages à Nyon,
à Genève, à Lyon, qui, m'étourdissant sur ma
peine secrète, en augmentaient en même temps le
sujet par ma dépense. Je puis jurer que j'en aurais
souffert, tous les retranchemens avec joie si maman
eût vraiment profité de cette épargne : mais certain que ce que je me refusais passait à des fripons, j'abusais de sa facilité pour partager avec
eux ; et, comme le chien qui revient de la boucherie, j'emportais mon lopin du morceau que je
n'avais pu sauver.

Les prétextes ne me manquaient pas pour tous
ces voyages ; et maman seule m'en eût fourni de
reste, tant elle avait partout de liaisons, de négo-
ciations, d'affaires, de commissions à donner à
quelqu'un de sûr. Elle ne demandait qu'à m'envoyer, je ne demandais qu'à aller ; cela ne pouvait
manquer de faire une vie assez ambulante. Ces
voyages me mirent à portée de faire quelques
bonnes connaissances qui m'ont été dans la suite
agréables ou utiles : entre autres, à Lyon, celle de
M. Perrichon, que je me reproche de n'avoir pas
assez cultivée, vu les bontés qu'il a eues pour
moi ; celle du bon Parisot, dont je parlerai dans
son temps : à Grenoble, celle de madame Deybens
et de madame la présidente de Bardonanche,
femme d'esprit, et qui m'eût pris en amitié si
j'avais été à portée de la voir plus souvent : à Genève, celle de M. de La Closure, résident de France,
qui me parlait souvent de ma mère, dont, malgré
la mort et le temps, son cœur n'avait pu se

déprendre; celle des deux Barrillot, dont le père,
qui m'appelait son petit-fils, était d'une société
très-aimable, et l'un des plus dignes hommes que
j'aie jamais connus. Durant les troubles de la république, ces deux citoyens se jetèrent dans les
deux partis contraires; le fils dans celui de la
bourgeoisie, le père dans celui du magistrat; et
lorsque l'on prit les armes en 1737, je vis, étant à
Genève, le père et le fils sortir armés de la même
maison, l'un pour monter à l'hôtel de ville, l'autre
pour se rendre à son quartier, sûrs de se trouver,
deux heures après, l'un vis-à-vis de l'autre,
exposés à s'entr'égorger. Ce spectacle affreux me
fit une impression si vive, que je jurai de ne trem-
per jamais dans aucune guerre civile; et, si jamais
je rentrais dans mes droits de citoyen, de ne soutenir jamais au dedans la liberté par les armes,
ni de ma personne, ni de mon aveu. Je me rends
le témoignage d'avoir tenu ce serment dans une
occasion délicate; et l'on trouvera, du moins je
le pense, que cette modération fut de quelque
prix.

Mais je n'en étais pas encore à cette première
fermentation de patriotisme que Genève en armes
excita dans mon cœur. On jugera combien j'en
étais loin par un fait très-grave à ma charge que
j'ai oublié de mettre à sa place, et qui ne doit pas
être omis.

Mon oncle Bernard était depuis quelques années
passé à la Caroline pour y faire bâtir la ville de
Charlestown, dont il avait donné le plan. Il y
mourut peu après; mon pauvre cousin était aussi
mort au service du roi de Prusse; et ma tante perdit ainsi son fils et son mari presque en même
temps. Ces pertes réchauffèrent un peu son amitié

pour le plus proche parent qui lui restât, et qui
était moi. Quand j'allais à Genève, je logeais chez
elle, et je m'amusais à feuilleter les livres et papiers que mon oncle avait laissés. J'y trouvai beaucoup de pièces curieuses et des lettres dont assurément on ne se douterait pas. Ma tante, qui faisait
peu de cas de ces paperasses, m'eût laissé tout
emporter si j'avais voulu. Je me contentai de deux
ou trois livres commentés de la main de mon
grand-père Bernard le ministre, et entre autres les
OEuvres posthumes de Rohault, in-quarto, dont
les marges étaient pleines d'excellens scolies, qui
me firent aimer les mathématiques. Ce livre est
resté parmi ceux de madame de Warens; j'ai toujours été fâché de ne l'avoir pas gardé. A ces livres
je joignis cinq ou six mémoires manuscrits, et un
seul imprimé, qui était du fameux Micheli Ducret,
homme d'un grand talent, savant, éclairé, mais
trop remuant, traité bien cruellement par les magistrats de Genève, et mort dernièrement au château d'Arberg, où il était enfermé depuis longues
années, pour avoir, disait-on, trempé dans la
conspiration de Berne.

Ce mémoire était une critique assez judicieuse
de ce grand et ridicule plan de fortification qu'on
a exécuté en partie à Genève, à la grande risée
des gens du métier, qui ne savent pas le but secret qu'avait le conseil dans l'exécution de cette
magnifique entreprise. M. Micheli, ayant été exclus
de la chambre des fortifications pour avoir blâmé
ce plan, avait cru, comme membre des deux-cents
et même comme citoyen, pouvoir en dire son avis
plus au long : et c'était ce qu'il avait fait par ce
mémoire qu'il eut l'imprudence de faire imprimer,
mais non pas publier; car il n'en fit tirer que le

nombre d'exemplaires qu'il envoyait aux deux-
cents, et qui furent tous interceptés à la poste
par ordre du petit conseil. Je trouvai ce mémoire
parmi les papiers de mon oncle, avec la réponse
qu'il avait été chargé d'y faire, et j'emportai l'un
et l'autre. J'avais fait ce voyage peu après ma sortie
du cadastre, et j'étais demeuré en quelque liaison
avec l'avocat Coccelli, qui en était le chef. Quelque
temps après, le directeur de la douane s'avisa de
me prier de lui tenir un enfant, et me donna madame Coccelli pour commère. Les honneurs me
tournaient la tête, et, fier d'appartenir de si près
à M. l'avocat, je tâchais de faire l'important pour
me montrer digne de cette gloire.

Dans cette idée je crus ne pouvoir rien faire de
mieux que de lui montrer mon mémoire imprimé
de M. Micheli, qui réellement était une pièce rare,
pour lui prouver que j'appartenais à des notables
de Genève qui savaient les secrets de l'état. Cependant, par une demi-réserve dont j'aurais peine à
rendre raison, je ne lui montrai point la réponse
de mon oncle à ce mémoire, peut-être parce qu'elle
était manuscrite, et qu'il ne fallait à M. l'avocat
que du moulé. Il sentit pourtant si bien le prix de
l'écrit que j'eus la bêtise de lui confier, que je ne
pus jamais le ravoir ni le revoir; et, bien convaincu de l'inutilité de mes efforts, je me fis un
mérite de la chose et transformai ce vol en présent.
Je ne doute pas un moment qu'il n'ait bien fait
valoir à la cour de Turin cette pièce, plus curieuse cependant qu'utile, et qu'il n'ait eu grand
soin de se faire rembourser de manière ou d'autre
de l'argent qu'il lui en avait dû coûter pour l'acquérir. Heureusement, de tous les futurs contin-
gens, un des moins probables est qu'un jour le roi

de Sardaigne assiégera Genève. Mais comme il n'y
a pas d'impossibilité à la chose, j'aurai toujours à
reprocher à ma sotte vanité d'avoir montré les plus
grands défauts de cette place à son plus ancien
ennemi.

Je passai deux ou trois ans de cette façon entre
la musique, les magistères, les projets, les voyages,
flottant incessamment d'une chose à l'autre, cherchant à me fixer sans savoir à quoi, mais entraîné
pourtant par degrés vers l'étude, voyant des gens
de lettres, entendant parler de littérature, me
mêlant quelquefois d'en parler moi-même, et prenant plutôt le jargon des livres que la connaissance
de leur contenu. Dans mes voyages de Genève j'allais de temps en temps voir en passant mon ancien
bon ami M. Simon, qui fomentait beaucoup mon
émulation naissante par des nouvelles toutes fraîches
de la république des lettres, tirées de Baillet ou de
Colomiés. Je voyais aussi beaucoup à Chambéri
un jacobin, professeur de physique, bon homme
de moine dont j'ai oublié le nom, et qui faisait
souvent de petites expériences qui m'amusaient
extrêmement. Je voulus à son exemple, et aidé
des *Récréations mathématiques d'Ozanam*, faire
de l'encre de sympathie. Pour cet effet, après avoir
rempli une bouteille plus qu'à demi de chaux vive,
d'orpiment et d'eau, je la bouchai bien. L'effervescence commença presque à l'instant très-violem-
ment. Je courus à la bouteille pour la déboucher,
mais je n'y fus pas à temps; elle me sauta au visage
comme une bombe. J'avalai de l'orpiment, de la
chaux, j'en faillis mourir. Je restai aveugle plus
de six semaines, et j'appris ainsi à ne pas me mêler
de physique expérimentale sans en savoir les élémens.

Cette aventure m'arriva mal à propos pour ma santé, qui depuis quelque temps s'altérait sensiblement. Je ne sais d'où venait qu'étant bien conformé par le coffre, et ne faisant d'excès d'aucune espèce, je déclinais à vue d'œil. J'ai une assez bonne carrure, la poitrine large, mes poumons doivent y jouer à l'aise; cependant j'avais la courte haleine, je me sentais oppressé, je soupirais involontairement, j'avais des palpitations, je crachais du sang; la fièvre survint, et je n'en ai jamais été bien quitte. Comment peut-on tomber dans cet état à la fleur de l'âge, sans avoir aucun viscère vicié, sans avoir rien fait pour détruire sa santé?

L'épée use le fourreau, dit-on quelquefois: voilà mon histoire. Mes passions m'ont fait vivre, et mes passions m'ont tué. Quelles passions? dira-t-on. Des riens; les choses du monde les plus puériles, mais qui m'affectaient comme s'il se fût agi de la possession d'Hélène ou du trône de l'univers. D'abord, les femmes. Quand j'en eus une, mes sens furent tranquilles, mais mon cœur ne le fut jamais: les besoins de l'amour me dévoraient, même au sein de la jouissance. J'avais une tendre mère, une amie chérie, mais il me fallait une maîtresse. Je me la figurais à sa place; je me la créais de mille façons pour me donner le change à moi-même. Si j'avais cru tenir maman dans mes bras quand je l'y tenais, mes étreintes n'auraient pas été moins vives, mais tous mes désirs se seraient éteints; j'aurais sangloté de tendresse, mais je n'aurais pas joui. Jouir! ce sort est-il fait pour l'homme? Ah! si jamais une seule fois en ma vie j'avais goûté toutes les délices de l'amour, je n'imagine pas que ma frêle existence y eût pu suffire: je serais mort sur le fait.

J'étais donc brûlant d'amour sans objet, et c'est

peut-être ainsi qu'il épuise le plus. J'étais inquiet, tourmenté du mauvais état des affaires de ma pauvre maman, et de son imprudente conduite, qui ne pouvait manquer d'opérer sa ruine totale en peu de temps. Ma cruelle imagination, qui va toujours au-devant des malheurs, me montrait celui-là sans cesse dans tout son excès et dans toutes ses suites. Je me voyais d'avance forcément séparé par la misère de celle à qui j'avais consacré ma vie, et sans qui je n'en pouvais jouir. Voilà comment j'avais toujours l'âme agitée. Les désirs et les craintes me dévoraient alternativement.

La musique était pour moi une autre passion moins fougueuse, mais non moins consumante , par l'ardeur avec laquelle je m'y livrais, par l'étude opiniâtre des obscurs livres de Rameau, par mon invincible obstination à vouloir en charger ma mémoire qui s'y refusait toujours, par mes courses continuelles, par les compilations immenses que j'entassais, passant souvent à copier les nuits entières. Et pourquoi m'arrêter aux choses permanentes, tandis que toutes les folies qui passaient dans mon inconstante tête, les goûts fugitifs d'un seul jour, un voyage, un concert, un souper, une promenade à faire, un roman à lire, une comédie à voir, tout ce qui était le moins du monde prémédité dans mes plaisirs ou dans mes affaires, devenaient pour moi tout autant de passions violentes, qui, dans leur impétuosité ridicule, me donnaient le plus vrai tourment. La lecture des malheurs imaginaires de Cléveland, faite avec fureur et souvent interrompue, m'a fait faire, je crois, plus de mauvais sang que les miens.

Il y avait un Génevois nommé Bagueret, lequel avait été employé sous Pierre-le-Grand à la cour de Russie; un des plus vilains hommes malgré sa belle figure, et des plus grands fous que j'aie jamais vus, toujours plein de projets aussi fous que lui, qui faisait tomber les millions comme la pluie, et à qui les zéros ne coûtaient rien. Cet homme, étant venu à Chambéri pour quelque procès au sénat, ne manqua pas de s'emparer de maman; et, pour ses trésors de zéros qu'il lui prodiguait généreusement, il lui tirait ses pauvres écus pièce à pièce. Je ne l'aimais point, il le voyait; avec moi cela n'était pas difficile : il n'y avait sorte de bassesse qu'il n'employât pour me cajoler. Il s'avisa de vouloir m'apprendre les échecs qu'il jouait un peu. J'essayai presque malgré moi; et après avoir, tant bien que mal, appris la marche, mon progrès fut si rapide qu'avant la fin de la première séance je lui donnai la tour qu'il m'avait donnée en commençant. Il ne m'en fallut pas davantage : me voilà forcené des échecs. J'achète un échiquier, j'achète le *Calabrois;* je m'enferme dans ma chambre, j'y passe les jours et les nuits à vouloir apprendre par cœur toutes les parties, à les fourrer dans ma tête bon gré mal gré, à jouer seul sans relâche et sans fin. Après deux ou trois mois de ce beau travail et d'efforts inimaginables, je vais au café, maigre, jaune et presque hébété. Je m'essaie, je rejoue avec M. Bagueret; il me bat une fois, deux fois, vingt fois : tant de combinaisons s'étaient brouillées dans ma tête, et mon imagination s'était si bien amortie, que je ne voyais plus qu'un nuage devant moi. Toutes les fois qu'avec le livre de Philidor ou celui de Stamma j'ai voulu m'exercer à étudier des parties, la même chose m'est arrivée; et après m'être épuisé de fatigue, je me suis trouvé plus faible qu'auparavant. Du reste, que j'aie abandonné les

échecs, ou qu'en jouant je me sois remis en haleine, je n'ai jamais avancé d'un cran depuis cette
première séance, et je me suis toujours retrouvé au
même point où j'étais en la finissant. Je m'exercerais
des milliers de siècles, que je finirais par pouvoir
donner la tour à Bagueret, et rien de plus. Voilà
du temps bien employé ! direz-vous. Et je n'y en ai pas
employé peu. Je ne finis ce premier essai que quand
je n'eus plus la force de continuer. Quand j'allai
me montrer sortant de ma chambre, j'avais l'air
d'un déterré, et suivant le même train je n'aurais
pas resté déterré long-temps. On conviendra qu'il
est difficile, et surtout dans l'ardeur de la jeunesse,
qu'une pareille tête laisse toujours le corps en
santé.

L'altération de la mienne agit sur mon humeur
et tempéra l'ardeur de mes fantaisies. Me sentant
affaiblir, je devins plus tranquille et perdis un peu
la fureur des voyages. Plus sédentaire, je fus pris
non de l'ennui, mais de la mélancolie ; les vapeurs
succédèrent aux passions ; ma langueur devint tristesse ; je pleurais et soupirais à propos de rien ;
je sentais la vie m'échapper sans l'avoir goûtée :
je gémissais sur l'état où je laissais ma pauvre
maman, sur celui où je la voyais prête à tomber ;
je puis dire que la quitter et la laisser à plaindre
était mon unique regret. Enfin je tombai tout-à-fait
malade. Elle me soigna comme jamais mère n'a
soigné son enfant ; et cela lui fit du bien à elle-
même, en faisant diversion aux projets et tenant
écartés les projeteurs. Quelle douce mort, si alors
elle fût venue ! Si j'avais peu goûté les biens de la
vie, j'en avais peu senti les malheurs. Mon âme
paisible pouvait partir sans le sentiment cruel de
l'injustice des hommes qui empoisonne la vie et la

mort. J'avais la consolation de me survivre dans la
meilleure partie de moi-même ; c'était à peine
mourir. Sans les inquiétudes que j'avais sur son
sort je serais mort comme j'aurais pu m'endormir ;
et ces inquiétudes mêmes avaient un objet affectueux et tendre qui en tempérait l'amertume. Je
lui disais : Vous voilà dépositaire de tout mon être,
faites en sorte qu'il soit heureux. Deux ou trois fois,
quand j'étais le plus mal, il m'arriva de me lever
dans la nuit et de me traîner à sa chambre pour
lui donner sur sa conduite des conseils, j'ose dire
pleins de justesse et de sens, mais où l'intérêt que
je prenais à son sort se marquait mieux que toute
autre chose. Comme si les pleurs étaient ma nourriture et mon remède, je me fortifiais de ceux que
je versais auprès d'elle, avec elle, assis sur son lit,
et tenant ses mains dans les miennes. Les heures
coulaient dans ces entretiens nocturnes, et je m'en
retournais en meilleur état que je n'étais venu ; content et calme dans les promesses qu'elle m'avait
faites, dans les espérances qu'elle m'avait données,
je m'endormais là-dessus avec la paix du cœur et
la résignation à la Providence. Plaise à Dieu qu'a-
vec tant de sujets de haïr la vie, après tant d'orages
qui ont agité la mienne et qui ne m'en font plus
qu'un fardeau, la mort qui doit la terminer me
soit aussi peu cruelle qu'elle me l'eût été dans ce
moment-là !

A force de soins, de vigilance et d'incroyables
peines, elle me sauva, et peut-être elle seule pouvait me sauver. J'ai peu de foi à la médecine des
médecins ; mais j'en ai beaucoup à celle des vrais
amis : les choses dont notre bonheur dépend se
font toujours mieux que les autres. S'il y a dans la
vie un sentiment délicieux, c'est celui que nous

éprouvâmes de nous être rendus l'un à l'autre. Notre attachement mutuel n'en augmenta pas, cela n'était pas possible; mais il prit je ne sais quoi de plus intime, de plus touchant dans sa grande simplicité. Je devenais tout-à-fait son œuvre, tout-à-fait son enfant, et plus que si elle eût été ma vraie mère. Nous commençâmes, sans y songer, à ne plus nous séparer l'un de l'autre, à mettre en quelque sorte toute notre existence en commun; et, sentant que réciproquement nous nous étions non-seulement nécessaires, mais suffisans, nous nous accoutumâmes à ne plus penser à rien d'étranger à nous, à borner absolument notre bonheur et tous nos désirs à cette possession mutuelle et peut-être unique parmi les humains, qui n'était point, comme je l'ai dit, celle de l'amour, mais une possession plus essentielle, qui, sans tenir aux sens, au sexe, à l'âge, à la figure, tenait à tout ce par quoi l'on est soi, et qu'on ne peut perdre qu'en cessant d'être.

A quoi tint-il que cette précieuse crise n'amenât le bonheur du reste de ses jours et des miens? Ce ne fut pas à moi, je m'en rends le consolant témoignage. Ce ne fut pourtant pas non plus à elle, du moins à sa volonté. Il était écrit que bientôt l'invincible nature reprendrait son empire. Mais ce fatal retour ne se fit pas tout d'un coup. Il y eut, grâces au ciel, un intervalle qui n'a pas fini par ma faute, et dont je ne me reprocherai pas d'avoir mal profité.

Quoique guéri de ma grande maladie, je n'avais pas repris ma vigueur. Ma poitrine n'était pas rétablie; un reste de fièvre durait toujours et me tenait en langueur. Je n'avais plus de goût à rien qu'à finir mes jours près de celle qui m'était chère, à la maintenir dans ses bonnes résolutions, à lui faire sentir en quoi consistait le vrai charme d'une vie heureuse, à rendre la sienne telle, autant qu'il dépendait de moi; mais je voyais, je sentais même que dans une maison sombre et triste la continuelle solitude du tête-à-tête deviendrait à la fin triste aussi. Le remède à cela se présenta comme de lui-même. Maman m'avait ordonné le lait, et voulait que j'allasse le prendre à la campagne. J'y consentis, pourvu qu'elle y vînt avec moi. Il n'en fallut pas davantage pour la déterminer; il ne s'agit plus que du choix du lieu. Le jardin du faubourg n'était pas proprement à la campagne; entouré de maisons et d'autres jardins, il n'avait point les attraits d'une retraite champêtre. D'ailleurs, après la mort d'Anet nous avions quitté ce jardin pour raison d'économie, n'ayant plus à cœur d'y tenir des plantes, et d'autres vues nous faisant peu regretter ce réduit.

Profitant alors du dégoût que je lui trouvai pour la ville, je lui proposai de l'abandonner tout-à-fait, et de nous établir dans une solitude agréable, dans quelque petite maison assez éloignée pour dérouter les importuns. Elle l'eût fait, et ce parti, que son bon ange et le mien me suggéraient, nous eût vraisemblablement assuré des jours heureux et tranquilles jusqu'au moment où la mort nous aurait séparés; mais cet état n'était pas celui où nous étions appelés. Maman devait éprouver toutes les peines de l'indigence et du mal-être, après avoir passé sa vie dans l'abondance, pour la lui faire quitter avec moins de regret; et moi, par un assemblage de maux de toute espèce, je devais être un jour en exemple à quiconque, inspiré du seul amour du bien public et de la justice, ose, fort de sa seule innocence, dire ouvertement la vérité aux hommes, sans s'étayer par des cabales, sans s'être fait des partis pour le protéger.

Une malheureuse crainte la retint. Elle n'osa quitter sa vilaine maison de peur de fâcher le propriétaire. Ton projet de retraite, me dit-elle, est charmant et fort de mon goût; mais dans cette retraite il faut vivre. En quittant ma prison, je risque de perdre mon pain; et quand nous n'en aurons plus dans les bois, il en faudra bien retourner chercher à la ville. Pour avoir moins besoin d'y venir, ne la quittons pas tout-à-fait. Payons cette petite pension au comte de Saint-Laurent pour qu'il me laisse la mienne. Cherchons quelque réduit assez loin de la ville pour vivre en paix, et assez près pour y revenir toutes les fois qu'il sera nécessaire. Ainsi fut fait. Après avoir un peu cherché, nous nous fixâmes aux Charmettes, terre de M. de Conzié, à la porte de Chambéri, mais retirée et solitaire comme si l'on était à cent lieues. Entre deux coteaux élevés est un petit vallon nord et sud, au fond duquel coule une rigole entre des cailloux et des arbres. Le long de ce vallon à mi-côte sont quelques maisons éparses, fort agréables pour quiconque aime un asile un peu sauvage et retiré. Après avoir essayé deux ou trois de ces maisons, nous choisîmes enfin la plus jolie, appartenant à un gentilhomme qui était au service, appelé M. Noiret. La maison était très-logeable : au-devant, un jardin en terrasse; une vigne au-dessus, un verger au-dessous; vis-à-vis, un petit bois de châtaigniers; une fontaine à portée; plus haut dans la montagne, des prés pour l'entretien du bétail; enfin tout ce qu'il fallait pour le petit ménage champêtre que nous y voulions établir. Autant que je puis me rap-

peler les temps et les dates, nous en prîmes possession vers la fin de l'été de 1736. J'étais transporté
le premier jour que nous y couchâmes. O maman!
dis-je à cette chère amie en l'embrassant et l'inon-
dant de larmes d'attendrissement et de joie, ce
séjour est celui du bonheur et de l'innocence. Si
nous ne les trouvons pas ici l'un avec l'autre, il ne
les faut chercher nulle part.

FIN DU LIVRE CINQUIÈME.

LIVRE SIXIÈME.

Hoc erat in votis : modus agri non ita magnus,
Hortus ubi, et tecto vicinus jugis aquæ fons,
Et paulùm silvæ super his foret....

                         (HOR. , liv. II , sat. 6 , v. 1.)

Je ne puis pas ajouter :

                         ....*Auctiùs atque*

    Di meliùs fecére.....

Mais n'importe, il ne m'en fallait pas davantage ;
il ne m'en fallait pas même la propriété : c'était
assez pour moi de la jouissance ; il y a long-temps
que j'ai dit et senti que le propriétaire et le posses-
seur sont souvent deux personnes très-différentes,
même en laissant à part les maris et les amans.

Ici commence le court bonheur de ma vie ; ici
viennent les paisibles mais rapides momens qui
m'ont donné le droit de dire que j'ai vécu. Momens
précieux et si regrettés ! ah ! recommencez pour
moi votre aimable cours ; coulez plus lentement
dans mon souvenir, s'il est possible, que vous ne
fîtes réellement dans votre fugitive succession.
Comment ferai-je pour prolonger à mon gré ce récit
si touchant et si simple, pour redire toujours les
mêmes choses, et n'ennuyer pas plus mes lecteurs
en les répétant que je ne m'ennuyais moi-même
en les recommençant sans cesse ? Encore si tout
cela consistait en faits, en actions, en paroles, je
pourrais le décrire et le rendre en quelque façon ;
mais comment dire ce qui n'était ni dit, ni fait, ni
pensé même, mais senti, sans que je puisse énon-
cer d'autre objet de mon bonheur que ce sentiment
même ? Je me levais avec le soleil, et j'étais heureux ; je me promenais, et j'étais heureux ; je voyais

maman, et j'étais heureux; je parcourais les bois, les coteaux, j'errais dans les vallons, je lisais, j'étais oisif, je travaillais au jardin, je cueillais les fruits, j'aidais au ménage, et le bonheur me suivait partout : il n'était dans aucune chose assignable, il était tout en moi-même, il ne pouvait me quitter un seul instant.

Rien de tout ce qui m'est arrivé durant cette époque chérie, rien de ce que j'ai fait, dit et pensé tout le temps qu'elle a duré, n'est échappé de ma mémoire. Les temps qui précèdent et qui suivent me reviennent par intervalles. Je me les rappelle inégalement et confusément; mais je me rappelle celui-là tout entier comme s'il durait encore. Mon imagination, qui dans ma jeunesse allait toujours en avant et maintenant rétrograde, compense par ces doux souvenirs l'espoir que j'ai pour jamais perdu. Je ne vois plus rien dans l'avenir qui me tente : les seuls retours du passé peuvent me flatter; et ces retours, si vifs et si vrais dans l'époque dont je parle, me font souvent vivre heureux malgré mes malheurs.

Je donnerai de ces souvenirs un seul exemple qui pourra faire juger de leur force et de leur vérité. Le premier jour que nous allâmes coucher aux Charmettes, maman était en chaise à porteurs, et je la suivais à pied. Le chemin monte; elle était assez pesante; et craignant de trop fatiguer ses porteurs, elle voulut descendre à peu près à moitié chemin pour faire le reste à pied. En marchant elle vit quelque chose de bleu dans la haie, et me dit : Voilà de la pervenche encore en fleur. Je n'avais jamais vu de la pervenche, je ne me baissai pas pour l'examiner, et j'ai la vue trop courte pour distinguer à terre les plantes de

ma hauteur. Je jetai seulement en passant un coup
d'œil sur celle-là, et près de trente ans se sont
passés sans que j'aie revu de la pervenche, ou que
j'y aie fait attention. En 1764, étant à Cressier
avec mon ami M. du Peyrou, nous montions
une petite montagne au sommet de laquelle il y
a un joli salon qu'il appelle avec raison Bellevue.
Je commençais alors d'herboriser un peu. En
montant et regardant parmi les buissons, je pousse
un cri de joie : *Ah! voilà.de la pervenche !* et
c'en était en effet. Du Peyrou s'aperçut du transport, mais il en ignorait la cause; il l'apprendra,
je l'espère, lorsqu'un jour il lira ceci. Le lecteur
peut juger par l'impression d'un si petit objet, de
celle que m'ont faite tous ceux qui se rapportent
à la même époque.

Cependant l'air de la campagne ne me rendit
point ma première santé. J'étais languissant; je le
devins davantage. Je ne pus supporter le lait, il
fallut le quitter. C'était alors la mode de l'eau pour
tout remède ; je me mis à l'eau, et si peu discrè-
tement qu'elle faillit me guérir non de mes maux,
mais de la vie. Tous les matins en me levant j'allais
à la fontaine avec un grand gobelet, et j'en buvais
successivement, en me promenant, la valeur de
deux bouteilles. Je quittai tout-à-fait le vin à mes
repas. L'eau que je buvais était un peu crue et difficile à passer, comme sont la plupart des eaux de
montagnes. Bref, je fis si bien qu'en moins de deux
mois je me détruisis totalement l'estomac, que
j'avais eu très-bon jusqu'alors. Ne digérant plus,
je compris qu'il ne fallait plus espérer de guérir.
Dans ce même temps il m'arriva un accident aussi
singulier par lui-même que par ses suites, qui ne
finiront qu'avec moi.

I.   17

Un matin que je n'étais pas plus mal qu'à l'ordinaire, en dressant une petite table sur son pied, je sentis dans tout mon corps une révolution subite et presque inconcevable. Je ne saurais mieux la comparer qu'à une espèce de tempête qui s'éleva dans mon sang, et gagna dans l'instant tous mes membres. Mes artères se mirent à battre d'une si grande force, que non-seulement je sentais leur battement, mais que je l'entendais même, et surtout celui des carotides. Un grand bruit d'oreilles se joignit à cela : et ce bruit était triple ou plutôt quadruple ; savoir, un bourdonnement grave et sourd, un murmure plus clair comme d'une eau courante, un sifflement très-aigu, et le battement que je viens de dire, dont je pouvais aisément compter les coups sans me tâter le pouls, ni toucher mon corps de mes mains. Ce bruit interne était si grand qu'il m'ôta la finesse d'ouïe que j'avais auparavant, et me rendit, non tout-à-fait sourd, mais dur d'oreille, comme je le suis depuis ce temps-là.

On peut juger de ma surprise et de mon effroi. Je me crus mort. Je me mis au lit ; le médecin fut appelé ; je lui contai mon cas en frémissant, et le jugeant sans remède. Je crois qu'il en pensa de même, mais il fit son métier. Il m'enfila de longs raisonnemens où je ne compris rien du tout ; puis, en conséquence de sa sublime théorie, il commença *in animâ vili* la cure expérimentale qu'il lui plut de tenter. Elle était si pénible, si dégoûtante, et opérait si peu, que je m'en lassai bientôt ; et, au bout de quelques semaines, voyant que je n'étais ni mieux ni pis, je quittai le lit et repris ma vie ordinaire avec mon battement d'artères et mes bourdonnemens, qui, depuis ce temps-

là, c'est-à-dire depuis trente ans, ne m'ont pas
quitté une minute.

J'avais été jusqu'alors grand dormeur. La totale
privation du sommeil qui se joignit à tous ces symptômes, et qui les a constamment accompagnés
jusqu'ici, acheva de me persuader qu'il me restait
peu de temps à vivre. Cette persuasion me tranquil-
lisa pour un temps sur le soin de guérir. Ne pouvant
prolonger ma vie, je résolus de tirer du peu qui
m'en restait tout le parti qu'il était possible ; et cela
se pouvait par une singulière faveur de la Providence, qui, dans un état si funeste, m'exemptait
des douleurs qu'il semblait devoir m'attirer. J'étais
importuné de ce bruit, mais je n'en souffrais pas :
il n'était accompagné d'aucune autre incommodité
habituelle que de l'insomnie durant les nuits, et en
tout temps d'une courte haleine qui n'allait pas
jusqu'à l'asthme, et ne se faisait sentir que quand
je voulais courir ou agir un peu fortement.

Cet accident, qui devait tuer mon corps, ne tua
que mes passions, et j'en bénis le ciel chaque jour
pour l'heureux effet qu'il produisit sur mon âme.
Je puis bien dire que je ne commençai de vivre que
quand je me regardai comme un homme mort.
Donnant leur véritable prix aux choses que j'allais
quitter, je commençai de m'occuper de soins plus
nobles, comme par anticipation sur ceux que
j'aurais bientôt à remplir et que j'avais fort négligés
jusqu'alors. J'avais souvent travesti la religion à
ma mode, mais je n'avais jamais été tout-à-fait
sans religion. Il m'en coûta moins de revenir à ce
sujet si triste pour tant de gens, mais si doux pour
qui s'en fait un objet de consolation et d'espoir.
Maman me fut en cette occasion beaucoup plus
utile que tous les théologiens ne me l'auraient été.

Elle, qui mettait toute chose en système, n'avait
pas manqué d'y mettre aussi la religion : et ce système était composé d'idées très-disparates; les unes
très-saines, les autres très-folles ; de sentimens relatifs à son caractère, et de préjugés venus de son
éducation. En général, les croyans font Dieu comme
ils sont eux-mêmes; les bons le font bon, les méchans le font méchant, les dévots haineux et bilieux
ne voient que l'enfer, parce qu'ils voudraient damner tout le monde ; les âmes aimantes et douces
n'y croient guère : et l'un des étonnemens dont je
ne reviens point est de voir le bon Fénélon en parler dans son Télémaque, comme s'il y croyait tout
de bon : mais j'espère qu'il mentait alors; car enfin,
quelque véridique qu'on soit, il faut bien mentir
quelquefois quand on est évêque. Maman ne mentait pas avec moi, et cette âme sans fiel, qui ne
pouvait imaginer un Dieu vindicatif et toujours
courroucé, ne voyait que clémence et miséricorde
où les dévots ne voient que justice et punition.
Elle disait souvent qu'il n'y aurait point de justice
en Dieu d'être juste envers nous, parce que ne nous
ayant pas donné ce qu'il faut pour l'être, ce serait
redemander plus qu'il n'a donné. Ce qu'il y avait
de bizarre était que, sans croire à l'enfer, elle ne
laissait pas de croire au purgatoire. Cela venait de
ce qu'elle ne savait que faire de l'âme des méchans,
ne pouvant ni les damner, ni les mettre avec les
bons, jusqu'à ce qu'ils le fussent devenus; et il faut
avouer qu'en effet, et dans ce monde et dans l'autre, les méchans sont toujours bien embarrassans.

Autre bizarrerie. On voit que toute la doctrine
du péché originel et de la rédemption est détruite
par ce système, que la base du christianisme vulgaire en est ébranlée, et que le catholicisme au

moins ne peut subsister. Maman cependant était bonne catholique, ou prétendait l'être, et il est sûr qu'elle le prétendait de très-bonne foi. Il lui semblait qu'on expliquait trop littéralement et trop durement les Écritures. Tout ce qu'on y lit des tourmens éternels lui paraissait comminatoire ou figuré. La mort de Jésus-Christ lui paraissait un exemple de charité vraiment divine pour apprendre aux hommes à aimer Dieu, et à s'entr'aimer entre eux de même. En un mot, fidèle à la religion qu'elle avait embrassée, elle en admettait sincèrement toute la profession de foi ; mais quand on venait à la discussion de chaque article, il se trouvait qu'elle croyait tout autrement que l'église, toujours en s'y soumettant. Elle avait là-dessus une simplicité de cœur, une franchise plus éloquente que des ergoteries, et qui souvent embarrassait jusqu'à son confesseur ; car elle ne lui déguisait rien. Je suis bonne catholique, lui disait-elle, je veux toujours l'être ; j'adopte de toutes les puissances de mon âme les décisions de la sainte mère église. Je ne suis pas maîtresse de ma foi, mais je le suis de ma volonté. Je la soumets sans réserve, et je veux tout croire. Que me demandez-vous de plus ?

Quand il n'y aurait point eu de morale chrétienne, je crois qu'elle l'aurait suivie, tant elle s'adaptait bien à son caractère. Elle faisait tout ce qui était ordonné ; mais elle l'eût fait de même quand il n'aurait pas été ordonné. Dans les choses indifférentes elle aimait à obéir, et, s'il ne lui eût pas été permis, prescrit même, de faire gras, elle aurait fait maigre entre Dieu et elle, sans que la prudence eût eu besoin d'y entrer pour rien. Mais toute cette morale était subordonnée aux principes de M. de Tavel, ou plutôt elle prétendait n'y rien voir de contraire.

Elle eût couché tous les jours avec vingt hommes en repos de conscience, et sans en avoir plus de scrupule que de désir. Je sais que force dévotes ne sont pas sur ce point fort scrupuleuses; mais la différence est qu'elles sont séduites par leurs passions, et qu'elle ne l'était que par ses sophismes. Dans les conversations les plus touchantes, et, j'ose dire, les plus édifiantes, elle fût tombée sur ce point sans changer ni d'air ni de ton, sans se croire en contradiction avec elle-même. Elle l'eût même interrompue au besoin pour le fait, et puis l'eût reprise avec la même sérénité qu'auparavant : tant elle était intimement persuadée que tout cela n'était qu'une maxime de police sociale, dont toute personne sensée pouvait faire l'interprétation, l'application, l'exception, selon l'esprit de la chose, sans le moindre risque d'offenser Dieu. Quoique sur ce point je ne fusse assurément pas de son avis, j'avoue que je n'osais le combattre, honteux du rôle peu galant qu'il m'aurait fallu faire pour cela. J'aurais bien cherché d'établir la règle pour les autres en tâchant de m'en excepter, mais outre que son tempérament prévenait assez l'abus de ses principes, je savais qu'elle n'était pas femme à prendre le change, et que réclamer pour moi l'exception, c'était la lui laisser pour tous ceux qu'il lui plairait. Au reste je compte ici par occasion cette inconséquence avec les autres, quoiqu'elle ait eu toujours peu d'effet dans sa conduite et qu'alors elle n'en eût point du tout : mais j'ai promis d'exposer fidèlement ses principes, et je veux tenir cet engagement. Je reviens à moi.

Trouvant en elle toutes les maximes dont j'avais besoin pour garantir mon âme des terreurs de la mort et de ses suites, je puisais avec sécurité dans

cette source de confiance. Je m'attachais à elle
plus que je n'avais jamais fait ; j'aurais voulu transporter toute en elle ma vie que je sentais prête à
m'abandonner. De ce redoublement d'attachement pour elle, de la persuasion qu'il me restait
peu de temps à vivre, de ma profonde sécurité sur
mon sort à venir, résultait un état habituel très-calme
et sensuel même, en ce que, amortissant toutes les
passions qui portent au loin nos craintes et nos
espérances, il me laissait jouir sans inquiétude et
sans trouble du peu de jours qui m'étaient laissés.
Une chose contribuait à les rendre plus agréables :
c'était le soin de nourrir son goût pour la campagne
par tous les amusemens que j'y pouvais rassembler.
En lui faisant aimer son jardin, sa basse-cour, ses
pigeons, ses vaches, je m'affectionnais moi-même
à tout cela ; et ces petites occupations, qui remplissaient ma journée sans troubler ma tranquillité, me
valurent mieux que le lait et tous les remèdes pour
conserver ma pauvre machine, et la rétablir même
autant que cela se pouvait.

Les vendanges, la récolte des fruits, nous amusèrent le reste de cette année, et nous attachèrent
de plus en plus à la vie rustique au milieu des
bonnes gens dont nous étions entourés. Nous vîmes
venir l'hiver avec grand regret, et nous retour-
nâmes à la ville comme nous serions allés en exil ;
moi surtout qui, doutant de revoir le printemps,
croyais dire adieu pour toujours aux Charmettes.
Je ne les quittai pas sans baiser la terre et les arbres, et sans me retourner plusieurs fois en m'en
éloignant. Ayant quitté depuis long-temps mes écoliers, ayant perdu le goût des amusemens et des
sociétés de la ville, je ne sortais plus, je ne voyais
plus personne, excepté maman et M. Salomon,

devenu depuis peu son médecin et le mien, honnête homme, homme d'esprit, grand cartésien,
qui parlait assez bien du système du monde, et
dont les entretiens agréables et instructifs me valurent mieux que toutes ses ordonnances. Je n'ai
jamais pu supporter ce sot et niais remplissage des
conversations ordinaires ; mais des conversations
utiles et solides m'ont toujours fait grand plaisir,
et je ne m'y suis jamais refusé. Je pris beaucoup
de goût à celles de M. Salomon ; il me semblait que
j'anticipais avec lui sur ces hautes connaissances
que mon âme allait acquérir quand elle aurait
perdu ses entraves. Ce goût que j'avais pour lui
s'étendit aux sujets qu'il traitait, et je commençais de rechercher les livres qui pouvaient m'aider
à les mieux entendre. Ceux qui mêlaient la dévotion aux sciences m'étaient les plus convenables ;
tels étaient particulièrement ceux de l'Oratoire et
de Port-Royal. Je me mis à les lire ou plutôt à les
dévorer. Il m'en tomba dans les mains un du
P. Lami, intitulé : *Entretiens sur les sciences.*
C'était une espèce d'introduction à la connaissance
des livres qui en traitent. Je le lus et le relus cent
fois ; je résolus d'en faire mon guide. Enfin je me
sentis entraîné peu à peu malgré mon état, ou plutôt par mon état, vers l'étude avec une force irrésistible ; et, tout en regardant chaque jour comme
le dernier de mes jours, j'étudiais avec autant d'ardeur que si j'avais dû toujours vivre. On disait que
cela me faisait du mal ; je crois, moi, que cela me
fit du bien ; et non-seulement à mon âme, mais à
mon corps ; car cette application pour laquelle je me
passionnais me devint si délicieuse, que, ne pensant plus à mes maux, j'en étais beaucoup moins
affecté. Il est pourtant vrai que rien ne me procu-

rait un soulagement réel ; mais, n'ayant pas de douleurs vives, je m'accoutumais à languir, à ne pas
dormir, à penser au lieu d'agir, et enfin à regarder le dépérissement successif et lent de ma machine
comme un progrès inévitable que la mort seule
pouvait arrêter.

Non-seulement cette opinion me détacha de tous
les vains soins de la vie, mais elle me délivra de
l'importunité des remèdes, auxquels on m'avait
jusqu'alors soumis malgré moi. Salomon, convaincu que ses drogues ne pouvaient me sauver,
m'en épargna le déboire, et se contenta d'amuser
la douleur de ma pauvre maman avec quelques-
unes de ces ordonnances indifférentes qui flattent
l'espoir du malade, et maintiennent le crédit du
médecin. Je quittai l'étroit régime, je repris l'usage
du vin, et tout le train de vie d'un homme en santé,
selon la mesure de mes forces, sobre en toutes choses, mais ne m'abstenant de rien. Je sortis même et
recommençai d'aller voir mes connaissances, surtout M. de Conzié, dont le commerce me plaisait
fort. Enfin, soit qu'il me parût beau d'apprendre jusqu'à ma dernière heure, soit qu'un reste d'espoir de
vivre se cachât au fond de mon cœur, l'attente de
la mort, loin d'attiédir mon goût pour l'étude,
semblait l'animer ; et je me pressais d'amasser un
peu d'acquis pour l'autre monde, comme si j'avais
cru n'y avoir que celui que j'aurais emporté. Je
pris en affection la boutique d'un libraire appelé
Bouchard, où se rendaient quelques gens de lettres ;
et le printemps, que j'avais cru ne pas revoir, étant
proche, je m'assortis de quelques livres pour les
Charmettes, en cas que j'eusse le bonheur d'y retourner.

J'eus ce bonheur, et j'en profitai. La joie avec

laquelle je vis les premiers bourgeons est inexpri-
mable. Revoir le printemps était pour moi ressus-
citer en paradis. A peine les neiges commençaient
à fondre que nous quittâmes notre cachot, et nous
fûmes assez tôt aux Charmettes pour y avoir les
prémices du rossignol. Dès lors je ne crus plus
mourir; et réellement il est singulier que je n'aie
jamais de grandes maladies à la campagne. J'y ai
beaucoup souffert, mais je n'y ai jamais été alité.
Souvent j'ai dit, me sentant plus mal qu'à l'ordinaire :
Quand vous me verrez prêt à mourir, portez-moi
sous un chêne; je vous promets que j'en reviendrai.

· Quoique faible, je repris mes fonctions champêtres, mais d'une manière proportionnée à mes
forces. J'eus un vrai chagrin de ne pouvoir faire le
jardin tout seul; mais quand j'avais donné six coups
de bêche, j'étais hors d'haleine, la sueur me ruisse-
lait, je n'en pouvais plus. Quand j'étais baissé, mes
battemens redoublaient, et le sang me montait à
la tête avec tant de force, qu'il fallait bien vite me
redresser. Contraint de me borner à des soins
moins fatigans, je pris entre autres celui du colombier, et je m'y affectionnai si fort que j'y passais
souvent plusieurs heures de suite sans m'ennuyer
un moment. Le pigeon est fort timide, et difficile
à apprivoiser. Cependant je vins à bout d'inspirer
aux miens tant de confiance qu'ils me suivaient
partout, et se laissaient prendre quand je voulais.
Je ne pouvais paraître au jardin ni dans la cour
sans en avoir à l'instant deux ou trois sur les bras,
sur la tête; et enfin, malgré le plaisir que j'y prenais, ce cortége me devint si incommode, que je
fus obligé de leur ôter cette familiarité. J'ai toujours pris un singulier plaisir à apprivoiser les animaux, surtout ceux qui sont craintifs et sauvages.

Il me paraissait charmant de leur inspirer une confiance que je n'ai jamais trompée. Je voulais qu'ils
m'aimassent en liberté.

J'ai dit que j'avais apporté des livres. J'en fis
usage, mais d'une manière moins propre à m'instruire qu'à m'accabler. La fausse idée que j'avais des
choses me persuadait que pour lire un livre avec fruit
il fallait avoir toutes les connaissances qu'il supposait, bien éloigné de penser que souvent l'auteur ne
les avait pas lui-même, et qu'il les puisait dans d'autres livres à mesure qu'il en avait besoin. Avec
cette folle idée j'étais arrêté à chaque instant, forcé de
courir incessamment d'un livre à l'autre; et quelquefois, avant d'être à la dixième page de celui que
je voulais étudier, il m'eût fallu épuiser des biblio-
thèques. Cependant je m'obstinai si bien à cette
extravagante méthode, que j'y perdis un temps
infini, et faillis à me brouiller la tête au point de
ne pouvoir plus ni rien voir ni rien savoir. Heureusement je m'aperçus que j'enfilais une fausse route
qui m'égarait dans un labyrinthe immense, et j'en
sortis avant d'y être tout-à-fait perdu.

Pour peu qu'on ait un vrai goût pour les sciences,
la première chose qu'on sent en s'y livrant, c'est
leur liaison, qui fait qu'elles s'attirent, s'aident,
s'éclairent mutuellement, et que l'une ne peut se
passer de l'autre. Quoique l'esprit humain ne puisse
tout embrasser, et qu'il en faille toujours préférer
une comme la principale, si l'on n'a quelque notion
des autres, dans la sienne même on se trouve souvent dans l'obscurité. Je sentis que ce que j'avais
entrepris était bon et utile en lui-même, qu'il n'y
avait que la méthode à changer. Prenant d'abord
l'*Encyclopédie*, j'allais la divisant dans ses branches; je vis qu'il fallait faire tout le contraire, les

prendre chacune séparément, et les poursuivre
ainsi jusqu'au point où elles se réunissent. Ainsi je
revins à la synthèse ordinaire; mais j'y revins en
homme qui sait ce qu'il fait. La méditation me
tenait en cela lieu de connaissances, et une réflexion très-naturelle aidait à me bien guider. Soit
que je vécusse ou que je mourusse, je n'avais point
de temps à perdre. Ne rien savoir à près de vingt-
cinq ans, et vouloir tout apprendre, c'est s'engager
à bien mettre le temps à profit. Ne sachant à quel
point le sort ou la mort pouvait arrêter mon zèle,
je voulais, à tout événement, acquérir des idées de
toutes choses, tant pour sonder mes dispositions
naturelles que pour juger par moi-même de ce qui
méritait le mieux d'être cultivé.

Je trouvai dans l'exécution de ce plan un autre
avantage auquel je n'avais pas pensé; celui de
mettre beaucoup de temps à profit. Il faut que je
ne sois pas né pour l'étude; car une longue application me fatigue à tel point qu'il m'est impossible de
m'occuper une demi-heure de suite avec force du
même sujet, surtout en suivant les idées d'autrui;
car il m'est arrivé quelquefois de me livrer plus
long-temps aux miennes, et même avec assez de
succès. Quand j'ai suivi quelques pages d'un auteur
qu'il faut lire avec application, mon esprit l'abandonne et se perd dans les nuages. Si je m'obstine,
je m'épuise inutilement; les éblouissemens me
prennent, je ne vois plus rien. Mais que des sujets
différens se succèdent, même sans interruption,
l'un me délasse de l'autre, et, sans avoir besoin
de relâche, je les suis plus aisément. Je mis à profit cette observation dans mon plan d'études, et je
les entremêlai tellement, que je m'occupais tout le
jour et ne me fatiguais point. Il est vrai que les

soins champêtres et domestiques faisaient des diversions utiles; mais dans ma ferveur croissante je trouvai bientôt le moyen d'en ménager encore le temps pour l'étude, et de m'occuper à la fois de deux choses, sans songer que chacune en allait moins bien.

Dans tant de menus détails qui me charment et dont j'excède souvent mon lecteur, je mets pourtant une discrétion dont il ne se douterait guère si je n'avais soin de l'en avertir. Ici, par exemple, je me rappelle avec plaisir tous les différens essais que je fis pour distribuer mon temps de façon que j'y trouvasse à la fois autant d'agrément et d'utilité qu'il était possible; et je puis dire que ce temps où je vivais dans la retraite, et toujours malade, fut celui de ma vie où je fus le moins oisif et le moins ennuyé. Deux ou trois mois se passèrent ainsi à tâter la pente de mon esprit, et à jouir, dans la plus belle saison de l'année et dans un lieu qu'elle rendait enchanté, du charme de la vie dont je sentais si bien le prix, de celui d'une société aussi libre que douce, si l'on peut donner le nom de société à une aussi parfaite union, et de celui des belles connaissances que je me proposais d'acquérir; car c'était pour moi comme si je les avais déjà possédées; ou plutôt c'était mieux encore, puisque le plaisir d'apprendre entrait pour beaucoup dans mon bonheur.

Il faut passer sur ces essais qui tous étaient pour moi des jouissances, mais trop simples pour pouvoir être expliquées. Encore un coup, le vrai bonheur ne se décrit pas, il se sent, et se sent d'autant mieux qu'il peut le moins se décrire, parce qu'il ne résulte pas d'un recueil de faits, mais qu'il est un état permanent. Je me répète souvent,

mais je me répéterais bien davantage si je disais la
même chose autant de fois qu'elle me vient dans
l'esprit. Quand enfin mon train de vie souvent
changé eut pris un cours uniforme, voici à peu près
quelle en fut la distribution.

Je me levais tous les matins avant le soleil. Je
montais par un verger voisin dans un très-joli chemin qui était au-dessus de la vigne et suivait la
côte jusqu'à Chambéri. Là, tout en me promenant, je faisais ma prière, qui ne consistait pas en
un vain balbutiement de lèvres, mais dans une
sincère élévation de cœur à l'auteur de cette aimable nature dont les beautés étaient sous mes
yeux. Je n'ai jamais aimé à prier dans la chambre:
il me semble que les murs et tous ces petits ouvrages des hommes s'interposent entre Dieu et moi.
J'aime à le contempler dans ses œuvres, tandis que
mon cœur s'élève à lui. Mes prières étaient pures,
je puis le dire, et dignes d'être exaucées. Je ne
demandais pour moi et pour celle dont mes vœux
ne me séparaient jamais, qu'une vie innocente et
tranquille, exempte du vice, de la douleur, des
pénibles besoins, la mort des justes et leur sort
dans l'avenir. Du reste cet acte se passait plus en
admiration et en contemplation qu'en demandes,
et je savais qu'auprès du dispensateur des vrais
biens, le meilleur moyen d'obtenir ceux qui nous
sont nécessaires est moins de les demander que de
les mériter. Je revenais, en me promenant, par un
assez grand tour, occupé à considérer avec intérêt
et volupté les objets champêtres dont j'étais environné, les seuls dont l'œil et le cœur ne se lassent
jamais. Je regardais de loin s'il était jour chez maman: quand je voyais son contrevent ouvert, je
tressaillais d'aise et j'accourais; s'il était fermé,

j'entrais au jardin en attendant qu'elle fût réveillée, m'amusant à repasser ce que j'avais appris la veille ou à jardiner. Le contrevent s'ouvrait, j'allais l'embrasser dans son lit souvent encore à moitié endormie ; et cet embrassement, aussi pur que tendre, tirait de son innocence même un charme qui n'est jamais joint à la volupté des sens.

Nous déjeunions ordinairement avec du café au lait. C'était le temps de la journée où nous étions le plus tranquilles, où nous causions le plus à notre aise. Ces séances, pour l'ordinaire assez longues, m'ont laissé un goût vif pour les déjeuners : et je préfère infiniment l'usage d'Angleterre et de Suisse, où le déjeuner est un vrai repas qui rassemble tout le monde, à celui de France où chacun déjeune seul dans sa chambre, ou le plus souvent ne déjeune point du tout. Après une heure ou deux de causerie, j'allais à mes livres jusqu'au dîner. Je commençais par quelque livre de philosophie, comme la *Logique de Port-Royal*, l'*Essai* de Locke, Mallebranche, Leibnitz, Descartes, etc. Je m'aperçus bientôt que tous ces auteurs étaient entre eux en contradiction presque perpétuelle, et je formai le chimérique projet de les accorder, qui me fatigua beaucoup et me fit perdre bien du temps. Je me brouillais la tête, et je n'avançais point. Enfin, renonçant encore à cette méthode, j'en pris une infiniment meilleure, et à laquelle j'attribue tout le progrès que je puis avoir fait, malgré mon défaut de capacité ; car il est certain que j'en eus toujours fort peu pour l'étude. En lisant chaque auteur je me fis une loi d'adopter et suivre toutes ses idées sans y mêler les miennes ni celles d'un autre, et sans disputer avec lui. Je me dis : Commençons par me faire un magasin d'idées vraies ou fausses,

mais nettes, en attendant que ma tête en soit assez
fournie pour pouvoir les comparer et choisir.
Cette méthode n'est pas sans inconvénient, je le
sais, mais elle m'a réussi dans l'objet de m'instruire.
Au bout de quelques années passées à ne penser
exactement que d'après autrui, sans réfléchir, pour
ainsi dire, et presque sans raisonner, je me suis
trouvé un assez grand fonds d'acquis pour me suffire à moi-même et penser sans le secours d'autrui.
Alors, quand les voyages et les affaires m'ont ôté les
moyens de consulter les livres, je me suis amusé à
repasser et comparer ce que j'avais lu, à peser
chaque chose à la balance de la raison, et à juger
quelquefois mes maîtres. Pour avoir commencé
tard à mettre en exercice ma faculté judiciaire, je
n'ai pas trouvé qu'elle eût perdu sa vigueur, et
quand j'ai publié mes propres idées, on ne m'a
pas accusé d'être un disciple servile, et de jurer *in
verba magistri.*

Je passais de là à la géométrie élémentaire, car
je n'ai jamais été plus loin, m'obstinant à vouloir
vaincre mon peu de mémoire à force de revenir
cent et cent fois sur mes pas, et de recommencer
incessamment la même marche. Je ne goûtai pas
celle d'Euclide, qui cherche plutôt la chaîne des démonstrations que la liaison des idées; je préférai
la *Géométrie* du P. Lami, qui dès lors devint un de
mes auteurs favoris, et dont je relis encore avec
plaisir les ouvrages. L'algèbre suivait, et ce fut toujours le P. Lami que je pris pour guide : quand je
fus plus avancé, je pris la *Science du calcul* du
P. Reyneau, puis son *Analyse démontrée,* que je
n'ai fait qu'effleurer. Je n'ai jamais été assez loin
pour bien sentir l'application de l'algèbre à la géométrie. Je n'aimais point cette manière d'opé-

rer sans voir ce qu'on fait; et il me semblait que résoudre un problème de géométrie par les équations, c'était jouer un air en tournant une manivelle. La première fois que je trouvai par le calcul que le carré d'un binome était composé du carré de chacune de ses parties et du double produit de l'une par l'autre, malgré la justesse de ma multiplication je n'en voulus rien croire, jusqu'à ce que j'eusse fait la figure. Ce n'était pas que je n'eusse un grand goût pour l'algèbre en n'y considérant que la quantité abstraite; mais appliquée à l'étendue, je voulais voir l'opération sur les lignes : autrement je n'y comprenais plus rien.

Après cela venait le latin. C'était mon étude la plus pénible, et dans laquelle je n'ai jamais fait de grands progrès. Je me mis d'abord à la *Méthode latine de Port Royal,* mais sans fruit. Ces vers ostrogots me faisaient mal au cœur et ne pouvaient entrer dans mon oreille. Je me perdais dans ces foules de règles, et en apprenant la dernière, j'oubliais tout ce qui avait précédé. Une étude de mots, n'est pas ce qu'il faut à un homme sans mémoire, et c'était précisément pour forcer ma mémoire à prendre de la capacité que je m'obstinais à cette étude. Il fallut l'abandonner à la fin. J'entendais assez la construction pour pouvoir lire un auteur facile à l'aide d'un dictionnaire. Je suivis cette route, et je m'en trouvai bien. Je m'appliquai à la traduction, non par écrit, mais mentale, et je m'en tins là. A force de temps et d'exercice je suis parvenu à lire assez couramment les auteurs latins, mais jamais à pouvoir ni parler ni écrire dans cette langue; ce qui m'a souvent mis dans l'embarras quand je me suis trouvé, je ne sais comment, enrôlé parmi les gens de lettres. Un autre inconvénient conséquent à cette manière d'apprendre est que je n'ai jamais su la prosodie, encore moins les règles de la versification. Désirant pourtant de sentir l'harmonie de la langue en vers et en prose, j'ai fait bien des efforts pour y parvenir ; mais je suis convaincu que sans maître la chose est presque impossible. Ayant appris la composition du plus facile de tous les vers qui est l'hexamètre, j'eus la patience de scander presque tout Virgile, et d'y marquer les pieds et la quantité ; puis, quand j'étais en doute si une syllabe était longue ou brève, c'était mon Virgile que j'allais consulter. On sent que cela me faisait faire bien des fautes, à cause des altérations permises par les règles de la versification. Mais s'il y a de l'avantage à étudier seul, il y a aussi de grands inconvéniens, et surtout une peine incroyable. Je sais cela mieux que qui que ce soit.

Avant midi je quittais mes livres ; et, si le dîner n'était pas prêt, j'allais faire visite à mes amis les pigeons, ou travailler au jardin en attendant l'heure. Quand je m'entendais appeler j'accourais fort content, et muni d'un grand appétit : car c'est encore une chose à noter que, quelque malade que je puisse être, l'appétit ne me manque jamais. Nous dînions très-agréablement, en causant de nos affaires, en attendant que maman pût manger. Deux ou trois fois la semaine, quand il faisait beau, nous allions derrière la maison prendre le café dans un cabinet frais et touffu que j'avais garni de houblon, et qui nous faisait grand plaisir durant la chaleur ; nous passions là une petite heure à visiter nos légumes, nos fleurs, à des entretiens relatifs à notre manière de vivre, et qui nous en faisaient mieux sentir la douceur. J'avais une autre petite famille au bout du jardin : c'étaient des abeilles. Je ne man-

quais guère, et souvent maman avec moi, d'aller leur
rendre visite ; je m'intéressais beaucoup à leur ouvrage ; je m'amusais infiniment à les voir revenir de
la picorée, leurs petites cuisses quelquefois si char-
gées, qu'elles avaient peine à marcher. Les premiers
jours la curiosité me rendit indiscret, et elles me
piquèrent deux ou trois fois; mais ensuite nous
fîmes si bien connaissance, que, quelque près que
je vinsse, elles me laissaient faire, et quelque pleines
que fussent les ruches, prêtes à jeter leur essaim,
j'en étais quelquefois entouré, j'en avais sur les
mains, sur le visage, sans qu'aucune me piquât
jamais. Tous les animaux se défient de l'homme, et
n'ont pas tort; mais sont-ils sûrs une fois qu'il ne
leur veut pas nuire, leur confiance devient si grande,
qu'il faut être plus que barbare pour en abuser.

Je retournais à mes livres; mais mes occupations
de l'après-midi devaient moins porter le nom de
travail et d'étude, que de récréation et d'amusement.
Je n'ai jamais pu supporter l'application du cabinet après mon dîner, et en général toute peine me
coûte durant la chaleur du jour. Je m'occupais
pourtant, mais sans gêne et presque sans règle, à
lire sans étudier. La chose que je suivais le plus
exactement était l'histoire et la géographie; et
comme cela ne demandait point de contention d'esprit, j'y fis autant de progrès que le permettait mon
peu de mémoire. Je voulus étudier le P. Pétau, et
je m'enfonçai dans les ténèbres de la chronologie;
mais je me dégoûtai de la partie critique qui n'a
ni fond ni rive, et je m'affectionnai par préférence
à l'exacte mesure des temps et à la marche des
corps célestes. J'aurais même pris du goût pour
l'astronomie si j'avais eu des instrumens; mais il
fallut me contenter de quelques élémens pris dans

des livres, et de quelques observations grossières faites avec une lunette d'approche, seulement pour connaître la situation générale du ciel : car ma vue courte ne me permet pas de distinguer *à yeux nus* assez nettement les astres. Je me rappelle à ce sujet une aventure dont le souvenir m'a souvent fait rire. J'avais acheté un planisphère céleste pour étudier les constellations. J'avais attaché ce planisphère sur un châssis, et, les nuits où le ciel était serein, j'allais dans le jardin poser mon châssis sur quatre piquets de ma hauteur, le planisphère tourné en dessous; et, pour l'éclairer sans que le vent soufflât ma chandelle, je la mis dans un seau à terre entre les quatre piquets : puis regardant alternativement le planisphère avec mes yeux et les astres avec ma lunette, je m'exerçais à connaître les étoiles et à discerner les constellations. Je crois avoir dit que le jardin de M. Noiret était en terrasse; on voyait du chemin tout ce qui s'y faisait. Un soir, des paysans, passant assez tard, me virent, dans un grotesque équipage, occupé à mon opération. La lueur qui donnait sur mon planisphère, et dont ils ne voyaient pas la cause, parce que la lumière était cachée à leurs yeux par les bords du seau, ces quatre piquets, ce grand papier barbouillé de figures, ce cadre et le jeu de ma lunette qu'ils voyaient aller et venir, donnaient à cet objet un air de grimoire qui les effraya. Ma parure n'était pas propre à les rassurer, un chapeau clabaud par-dessus mon bonnet, et un pet-en-l'air ouaté de maman, qu'elle m'avait obligé de mettre, offraient à leurs yeux l'image d'un vrai sorcier; et, comme il était près de minuit, ils ne doutèrent point que ce ne fût le commencement du sabbat. Peu curieux d'en voir davantage, ils se sauvèrent très-alarmés, éveillèrent leurs voisins pour leur conter leur vision, et l'histoire courut si bien, que le lendemain chacun sut dans le voisinage que le sabbat se tenait chez M. Noiret. Je ne sais ce qu'eût produit enfin cette rumeur, si l'un des paysans témoins de mes conjurations n'en eût le même jour porté sa plainte à deux jésuites qui venaient nous voir, et qui, sans savoir de quoi il s'agissait, les désabusèrent par provision. Ils nous contèrent l'histoire, je leur en dis la cause, et nous rîmes beaucoup. Cependant il fut résolu, crainte de récidive, que j'observerais désormais sans lumière, et que j'irais consulter le planisphère dans la maison. Ceux qui ont lu dans les *Lettres de la montagne* ma magie de Venise, trouveront, je m'assure, que j'avais de longue main une grande vocation pour être sorcier.

Tel était mon train de vie aux Charmettes, quand je n'étais occupé d'aucuns soins champêtres, car ils avaient toujours la préférence ; et dans ce qui n'excédait pas mes forces je travaillais comme un paysan : mais il est vrai que mon extrême faiblesse ne me laissait guère sur cet article que le mérite de la bonne volonté. D'ailleurs je voulais faire à la fois deux ouvrages, et par cette raison je n'en faisais bien aucun. Je m'étais mis en tête de me donner par force de la mémoire, je m'obstinais à vouloir beaucoup apprendre par cœur. Pour cela je portais toujours avec moi quelque livre qu'avec une peine incroyable j'étudiais et repassais tout en travaillant. Je ne sais pas comment l'opiniâtreté de ces vains efforts ne m'a pas enfin rendu stupide. Il faut que j'aie appris et rappris bien vingt fois les *Églogues* de Virgile, dont je ne sais pas un seul mot. J'ai perdu et dépareillé des mul-

titude de livres par l'habitude que j'avais d'en porter partout avec moi, au colombier, au jardin, au
verger, à la vigne. Occupé d'autre chose, je posais
mon livre au pied d'un arbre ou sur la haie ; partout
j'oubliais de le reprendre, et souvent au bout de
quinze jours je le retrouvais pouri ou rongé des
fourmis et des limaçons. Cette ardeur d'apprendre
devint une manie qui me rendait comme hébété ,
tout occupé que j'étais sans cesse à marmotter
quelque chose entre mes dents.

Les écrits de Port-Royal et de l'Oratoire, étant
ceux que je lisais le plus fréquemment, m'avaient
rendu demi-janséniste, et, malgré toute ma confiance, leur dure théologie m'épouvantait quelquefois. La terreur de l'enfer, que jusque-là j'avais
très-peu craint, troublait peu à peu ma sécurité ;
et si maman ne m'eût tranquillisé l'âme, cette
effrayante doctrine m'eût enfin tout-à-fait bouleversé.
Mon confesseur, qui était aussi le sien, contribuait
aussi pour sa part à me maintenir dans une bonne
assiette. C'était le P. Hémet, jésuite, bon et sage
vieillard, dont la mémoire me sera toujours en
vénération. Quoique jésuite, il avait la simplicité
d'un enfant ; et sa morale , moins relâchée que
douce, était précisément ce qu'il me fallait pour
balancer les tristes impressions du jansénisme. Ce
bon homme, et son compagnon le P. Coppier, venaient souvent nous voir aux Charmettes, quoique
le chemin fût fort rude, et assez long pour des
gens de leur âge. Leurs visites me faisaient grand
bien : que Dieu veuille le rendre à leurs âmes !
car ils étaient trop vieux alors pour que je les pré-
sume encore en vie aujourd'hui. J'allais aussi les
voir à Chambéri ; je me familiarisais peu à peu
avec leur maison : leur bibliothèque était à mon

service. Le souvenir de cet heureux temps se lie
avec celui des jésuites au point de me faire aimer
l'un par l'autre ; et quoique leur doctrine m'ait
toujours paru dangereuse, je n'ai jamais pu trouver
en moi le pouvoir de les haïr sincèrement.

Je voudrais savoir s'il passe quelquefois dans les
cœurs des autres hommes des puérilités pareilles
à celles qui passent quelquefois dans le mien. Au
milieu de mes études et d'une vie innocente autant
qu'on la puisse mener, et malgré tout ce qu'on
m'avait pu dire, la peur de l'enfer m'agitait encore.
Souvent je me demandais : En quel état suis-je ?
si je mourais à l'instant même, serais-je damné ?
Selon mes jansénistes, la chose est indubitable ;
mais, selon ma conscience, il me paraissait que
non. Toujours craintif et flottant dans cette cruelle
incertitude, j'avais recours, pour en sortir, aux
expédiens les plus risibles, et pour lesquels je
ferais volontiers enfermer un homme si je lui en
voyais faire autant. Un jour, rêvant à ce triste
sujet, je m'exerçais machinalement à lancer des
pierres contre les troncs des arbres, et cela avec
mon adresse ordinaire, c'est-à-dire sans presque
jamais en toucher aucun. Tout au milieu de ce bel
exercice je m'avisai de m'en faire une espèce de
pronostic pour calmer mon inquiétude. Je me dis :
Je m'en vais jeter cette pierre contre l'arbre qui
est vis-à-vis de moi ; si je le touche, signe de salut ;
si je le manque, signe de damnation. Tout en
disant ainsi je jette ma pierre d'une main tremblante et avec un horrible battement de cœur,
mais si heureusement qu'elle va frapper au beau
milieu de l'arbre ; ce qui véritablement n'était pas
difficile, car j'avais eu soin de le choisir fort gros
et fort près. Depuis lors je n'ai plus douté de mon

salut. Je ne sais, en me rappelant ce trait, si je
dois rire ou gémir sur moi-même. Vous autres
grands hommes, qui riez sûrement, félicitez-vous,
mais n'insultez pas à ma misère, car je vous jure
que je la sens bien.

Au reste ces troubles, ces alarmes, inséparables
peut-être de la dévotion, n'étaient pas un état permanent; communément j'étais assez tranquille, et
l'impression que l'idée d'une mort prochaine faisait
sur mon âme était moins de la tristesse qu'une
langueur paisible, et qui même avait ses douceurs.
Je viens de retrouver, parmi de vieux papiers,
une espèce d'exhortation que je me faisais à moi-
même, et où je me félicitais de mourir à l'âge où
l'on trouve assez de courage en soi pour envisager
la mort, et sans avoir éprouvé de grands maux ni
de corps ni d'esprit durant ma vie. Que j'avais
bien raison ! un pressentiment me faisait craindre
de vivre pour souffrir. Il semblait que je prévoyais
le sort qui m'attendait sur mes vieux jours. Je n'ai
jamais été si près de la sagesse que durant cette
heureuse époque. Sans grands remords sur le passé,
délivré des soucis de l'avenir, le sentiment qui
dominait constamment dans mon âme était de
jouir du présent. Les dévots ont pour l'ordinaire
une petite sensualité très-vive qui leur fait savourer
avec délices les plaisirs innocens qui leur sont
permis : les mondains leur en font un crime, je
ne sais pourquoi, ou plutôt je le sais bien : c'est
qu'ils envient aux autres la jouissance des plaisirs
simples dont eux-mêmes ont perdu le goût. Je
l'avais ce goût, et je trouvais charmant de le satisfaire en sûreté de conscience. Mon cœur, neuf
encore, se livrait à tout avec un plaisir d'enfant,
ou plutôt, j'ose le dire, avec un plaisir d'ange ;

car, en vérité, ces tranquilles jouissances ont
l'avant-goût de celles du paradis. Des dîners faits
sur l'herbe à Montagnole, des soupers sous le berceau, la récolte des fruits, les vendanges, les
veillées à teiller avec nos gens, tout cela faisait
pour nous autant de fêtes auxquelles maman prenait le même plaisir que moi. Des promenades
plus solitaires avaient un charme plus grand encore,
parce que le cœur s'épanchait plus en liberté. Nous
en fîmes une, entre autres, qui fait époque dans
ma mémoire. Un jour de Saint-Louis, dont maman
portait le nom, nous partîmes ensemble et seuls
de bon matin après la messe qu'un carme était venu
nous dire à la pointe du jour dans une chapelle de
la maison. J'avais proposé d'aller parcourir la côte
opposée à celle où nous étions, et que nous n'a-
vions point visitée encore. Nous avions envoyé nos
provisions d'avance, car la course devait durer
tout le jour. Maman, quoique un peu ronde et grasse,
ne marchait pas mal : nous allions de colline en
colline et de bois en bois, quelquefois au soleil et
souvent à l'ombre, nous reposant de temps en
temps, et nous oubliant des heures entières, causant de nous, de notre union, de la douceur de
notre sort, et faisant pour sa durée des vœux qui
ne furent pas exaucés. Tout semblait conspirer au
bonheur de cette journée. Il avait plu depuis peu ;
point de poussière, et des ruisseaux bien courans ;
un petit vent frais agitait les feuilles ; l'air était
pur, l'horizon sans nuages ; la sérénité régnait au
ciel comme dans nos cœurs. Notre dîner fut fait
chez un paysan, et partagé avec sa famille qui
nous bénissait de bon cœur. Ces pauvres Savoyards
sont si bonnes gens ! Après le dîner nous gagnâmes
l'ombre sous de grands arbres, où, tandis que j'a-

massais des brins de bois sec pour faire notre café,
maman s'amusait à herboriser parmi les brous-
sailles, et avec les fleurs du bouquet que chemin
faisant je lui avais ramassé elle me fit remarquer
dans leur structure mille choses curieuses qui
m'amusèrent beaucoup, et qui devaient me donner
du goût pour la botanique : mais le moment n'était
pas venu, j'étais distrait par trop d'autres études.
Une idée qui vint me frapper fit diversion aux fleurs
et aux plantes. La situation d'âme où je me trouvais,
tout ce que nous avions dit et fait ce jour-là, tous les
objets qui m'avaient frappé, me rappelèrent l'espèce
de rêve que tout éveillé j'avais fait à Anneci sept ou
huit ans auparavant, et dont j'ai rendu compte en
son lieu. Les rapports en étaient si frappans qu'en
y pensant j'en fus ému jusqu'aux larmes. Dans un
transport d'attendrissement j'embrassai cette chère
amie. Maman, maman, lui dis-je avec passion,
ce jour m'a été promis depuis long-temps, et je ne
vois rien au delà : mon bonheur, grâce à vous, est
à son comble ; puisse-t-il ne pas décliner désormais ! puisse-t-il durer aussi long-temps que j'en
conserverai le goût! il ne finira qu'avec moi.

Ainsi coulèrent mes jours heureux, et d'autant
plus heureux que, n'apercevant rien qui les dût
troubler, je n'envisageais en effet leur fin qu'avec
la mienne. Ce n'était pas que la source de mes
soucis fût absolument tarie, mais je lui voyais
prendre un autre cours que je dirigeais de mon
mieux sur des objets utiles, afin qu'elle portât son
remède avec elle. Maman aimait naturellement la
campagne, et ce goût ne s'attiédissait pas avec moi.
Peu à peu elle prit celui des soins champêtres : elle
aimait à faire valoir les terres, et elle avait sur
cela des connaissances dont elle faisait usage avec

plaisir. Non contente de ce qui dépendait de la
maison qu'elle avait prise, elle louait tantôt un
champ, tantôt un pré ; enfin, portant son humeur
entreprenante sur des objets d'agriculture, au lieu
de rester oisive dans sa maison, elle prenait le train
de devenir bientôt une grosse fermière. Je n'aimais
pas trop à la voir ainsi s'étendre, et je m'y opposais
tant que je pouvais, bien sûr qu'elle serait toujours trompée, et que son humeur libérale et prodigue porterait toujours la dépense au delà du
produit. Toutefois je me consolais en pensant que
ce produit du moins ne serait pas nul, et lui aide-
rait à vivre. De toutes les entreprises qu'elle pouvait former, celle-là me paraissait la moins rui-
neuse ; et, sans y envisager comme elle un objet de
profit, j'y envisageais une occupation continuelle
qui la garantirait des mauvaises affaires et des
escrocs. Dans cette idée, je désirais ardemment de
recouvrer autant de force et de santé qu'il m'en
fallait pour veiller à ses affaires, pour être piqueur
de ses ouvriers ou son premier ouvrier ; et naturellement l'exercice que cela me faisait faire, m'ar-
rachant souvent à mes livres et me distrayant sur
mon état, devait le rendre meilleur.

L'hiver suivant, Barillot, revenant d'Italie, m'apporta quelques livres, entre autres le *Bontempi* et
la *Cartella per musica* du P. Banchieri, qui me
donnèrent du goût pour l'histoire de la musique et
pour les recherches théoriques de ce bel art. Barillot
resta quelque temps avec nous ; et, comme j'étais
majeur depuis plusieurs mois, il fut convenu que
j'irais le printemps suivant à Genève redemander le
bien de ma mère, ou du moins la part qui m'en
revenait, en attendant qu'on sût ce que mon frère
était devenu. Cela s'exécuta comme il avait été

résolu. J'allai à Genève, mon père y vint de son côté. Depuis long-temps il y revenait sans qu'on lui cherchât querelle, quoiqu'il n'eût jamais purgé son décret : mais, comme on avait de l'estime pour son courage et du respect pour sa probité, on feignait d'avoir oublié son affaire ; et les magistrats', occupés du grand projet qui éclata peu après (*), ne voulaient pas effaroucher avant le temps la bourgeoisie, en lui rappelant mal à propos leur ancienne partialité.

Je craignais qu'on ne me fît des difficultés sur mon changement de religion ; l'on n'en fit aucune. Les lois de Genève sont à cet égard moins dures que celles de Berne, où quiconque change de religion perd non-seulement son état, mais son bien. Le mien ne me fut donc pas disputé, mais se trouva, je ne sais comment, réduit à très peu de chose. Quoiqu'on fût à peu près sûr que mon frère était mort, on n'en avait aucune preuve juridique. Je manquais de titres suffisans pour réclamer sa part, et je la laissai sans regret pour aider à vivre à mon père, qui en a joui tant qu'il a vécu. Sitôt que les formalités de justice furent faites, et que j'eus reçu mon argent, j'en mis quelque partie en livres, et je volai porter le reste aux pieds de maman. Le cœur me battait de joie durant la route ; et le moment où je déposai cet argent dans ses mains me fut mille fois plus doux que celui où il entra dans les miennes. Elle le reçut avec cette simplicité des belles âmes qui, faisant ces choses-là sans effort, les

_____

(*) Le 8 mai 1738, le marquis de Lautrec, ambassadeur de France, et les députés de Zurich et de Berne, terminèrent les différens qui existaient depuis quelques années entre les magistrats et les citoyens de Genève. Il est probable que J.-J. veut parler de cet événement.

voient sans admiration. Cet argent fut employé
presque tout à mon usage, et cela avec une égale simplicité. L'emploi en eût exactement été le même s'il
lui fût venu d'autre part.

Cependant ma santé ne se rétablissait point : je
dépérissais au contraire à vue d'œil ; j'étais pâle
comme un mort, et maigre comme un squelette ;
mes battemens d'artères étaient terribles, mes palpitations plus fréquentes, j'étais continuellement
oppressé ; et ma faiblesse enfin devint telle que
j'avais peine à me mouvoir ; je ne pouvais presser le pas sans étouffer, je ne pouvais me bais-
ser sans avoir des vertiges, je ne pouvais soulever le
plus léger fardeau : j'étais réduit à l'inaction la
plus tourmentante pour un homme aussi remuant
que moi. Il est certain qu'il se mêlait à tout cela
beaucoup de vapeurs. Les vapeurs sont la maladie
des gens heureux ; c'était la mienne : les pleurs que je
versais souvent sans raison de pleurer, les frayeurs
vives au bruit d'une feuille ou d'un oiseau, l'inégalité d'humeur dans le calme de la plus douce vie,
tout cela marquait cet ennui du bien-être qui fait
pour ainsi dire extravaguer la sensibilité. Nous
sommes si peu faits pour être heureux ici-bas, qu'il
faut nécessairement que l'âme ou le corps souffre
quand ils ne souffrent pas tous deux, et que le
bon état de l'un gâte presque toujours celui de
l'autre. Quand j'aurais pu jouir délicieusement de
la vie, ma machine en décadence m'en empêchait
sans qu'on pût dire où la cause du mal avait
son siége. Dans la suite, malgré le déclin des ans,
malgré des maux très-réels et très graves, mon
corps semblait avoir repris des forces pour mieux
sentir mes malheurs ; et maintenant que j'écris
ceci, infirme et presque sexagénaire, accablé de

douleurs de toute espèce, je me sens pour souffrir plus de vigueur et de vie que je n'en eus pour jouir à la fleur de mon âge et dans le sein du plus vrai bonheur.

Pour m'achever, ayant fait entrer un peu de physiologie dans mes lectures, je m'étais mis à étudier l'anatomie; et passant en revue la multitude et le jeu des pièces qui composaient ma machine, je m'attendais à sentir détraquer tout cela vingt fois le jour : loin d'être étonné de me trouver mourant, je l'étais que je pusse encore vivre, et je ne lisais pas la description d'une maladie que je ne crusse être la mienne. Je suis sûr que si je n'avais pas été malade, je le serais devenu par cette fatale étude. Trouvant dans chaque maladie des symptômes de la mienne, je croyais les avoir toutes; et j'en gagnai par-dessus une bien plus cruelle encore, dont je m'étais cru délivré; la fantaisie de guérir. C'en est une difficile à éviter quand on se met à lire des livres de médecine. A force de chercher, de réfléchir, de comparer, j'allai m'imaginer que la base de mon mal était un polype au cœur; et Salomon lui-même parut frappé de cette idée. Raisonnablement je devais partir de cette opinion pour me confirmer dans ma résolution précédente. Je ne fis point ainsi; je tendis tous les ressorts de mon esprit pour chercher comment on pouvait guérir d'un polype au cœur, résolu d'entreprendre cette merveilleuse cure. Dans un voyage qu'Anet avait fait à Montpellier pour aller voir le jardin des plantes et le démonstrateur M. Sauvages, on lui avait dit que M. Fizes avait guéri un pareil polype. Il n'en fallut pas davantage pour m'inspirer le désir d'aller consulter M. Fizes. L'espoir de guérir me fait retrouver du courage et des forces

pour entreprendre ce voyage : l'argent venu de
Genève en fournit le moyen. Maman, loin de m'en
détourner, m'y exhorte; et me voilà parti pour
Montpellier.

Je n'eus pas besoin d'aller chercher si loin le
médecin qu'il me fallait. Le cheval me fatiguant
trop, j'avais pris une chaise à Grenoble. A Moirans
cinq ou six autres chaises arrivèrent à la file après
la mienne. Pour le coup c'était vraiment l'aventure des brancards. La plupart de ces chaises,
étaient le cortége d'une nouvelle mariée appelée
madame du Colombier. Avec elle était une autre
femme appelée madame de Larnage, moins
jeune et moins belle que madame du Colombier,
et qui de Romans, où s'arrêtait celle-ci, devait
poursuivre sa route jusqu'au bourg Saint-Andéol
près le Pont-Saint-Esprit. Avec la timidité qu'on
me connaît, on s'attend que la connaissance ne fut
pas sitôt faite avec des femmes brillantes, et la
suite qui les entourait : mais enfin suivant la même
route, logeant dans les mêmes auberges, et, sous
peine de passer pour un loup-garou, forcé de me
présenter à la même table, il fallait bien que cette
connaissance se fît. Elle se fit donc, et même plus
tôt que je n'aurais voulu; car tout ce fracas ne convenait guère à un malade de mon humeur. Mais la
curiosité rend ces coquines de femmes si insinuantes
que, pour parvenir à connaître un homme, elles
commencent par lui tourner la tête. Ainsi arriva de
moi. Madame du Colombier, trop entourée de ses
jeunes roquets, n'avait guère le temps de m'agacer;
et d'ailleurs ce n'en était pas la peine, puisque
nous allions nous quitter. Mais madame de Larnage,
moins obsédée, avait des provisions à faire pour sa
route : voilà madame de Larnage qui m'entreprend,

et adieu le pauvre Jean-Jacques, ou plutôt adieu la
fièvre, les vapeurs, le polype; tout part auprès
d'elle, hors certaines palpitations qui me restèrent,
et dont elle ne voulait pas me guérir. Le mauvais
état de ma santé fut le premier texte de notre
connaissance. On voyait que j'étais malade : on savait que j'allais à Montpellier; et il faut que mon air
et mes manières n'annonçassent pas un débauché,
car il fut clair dans la suite qu'on ne m'avait pas
soupçonné d'y aller faire un tour de casserole.
Quoique l'état de maladie ne soit pas pour un homme
une grande recommandation près des dames, il me
rendit toutefois intéressant pour celles-ci. Le matin elles envoyaient savoir de mes nouvelles, et
m'inviter à prendre le chocolat avec elles; elles
s'informaient comment j'avais passé la nuit. Une
fois selon ma louable coutume de parler sans penser, je répondis que je ne savais pas. Cette réponse
leur fit croire que j'étais fou; elles m'examinèrent
davantage, et cet examen ne me nuisit pas. J'entendis une fois madame du Colombier dire à son amie :
Il manque de monde, mais il est aimable. Ce mot
me rassura beaucoup, et fit que je le devins en effet.

En se familiarisant il fallait parler de soi, dire
d'où l'on venait, qui l'on était. Cela m'embarrassait;
car je sentais très-bien que parmi la bonne compagnie et avec des femmes galantes ce mot de nouveau converti m'allait tuer. Je ne sais par quelle
bizarrerie je m'avisai de passer pour Anglais. Je
me donnai pour jacobite, on me prit pour tel ; je
m'appelai Dudding, et l'on m'appela M. Dudding.
Un maudit marquis de Torignan qui était là malade
ainsi que moi, vieux au par-dessus, et d'assez mauvaise humeur, s'avisa de lier conversation avec
M. Dudding. Il me parla du roi Jacques, du pré-

tendant, de l'ancienne cour de Saint-Germain.
J'étais sur les épines : je ne savais de tout cela que
le peu que j'en avais lu dans le comte Hamilton
et dans les gazettes ; cependant je fis de ce peu si
bon usage que je me tirai d'affaire : heureux qu'on
ne se fût pas avisé de me questionner sur la
langue anglaise dont je ne savais pas un seul mot.

Toute la compagnie se convenait et voyait à regret
le moment de se quitter. Nous faisions des journées
de limaçon. Nous nous trouvâmes un dimanche à
Saint-Marcellin : madame de Larnage voulut aller
à la messe ; j'y fus avec elle. Je me comportai
comme j'ai toujours fait à l'église. Cela faillit à
gâter mes affaires. Sur ma contenance modeste et
recueillie, elle me crut dévot, et prit de moi la plus
mauvaise opinion du monde, comme elle me l'a-
voua deux jours après. Il me fallut ensuite beaucoup
de galanterie pour effacer cette mauvaise impression;
ou plutôt madame de Larnage, en femme d'expérience, et qui ne se rebutait pas aisément, voulut
bien courir les risques de ses avances pour voir
comment je m'en tirerais. Elle m'en fit beaucoup,
et de telles, que, bien éloigné de présumer de ma
figure, je crus qu'elle se moquait de moi. Sur
cette folie il n'y eut sorte de bêtises que je ne fisse :
c'était pis que le marquis du *Legs*. Madame de
Larnage tint bon, me fit tant d'agaceries et me dit
des choses si tendres, qu'un homme beaucoup moins
sot eût eu bien de la peine à prendre tout cela sérieusement. Plus elle en faisait, plus elle me confirmait dans mon idée ; et ce qui me tourmentait
davantage était qu'à bon compte je me prenais
d'amour tout de bon. Je me disais et je lui disais
en soupirant : Ah ! que tout cela n'est-il vrai ! je
serais le plus heureux des hommes. Je crois que

ma simplicité de novice ne fit qu'irriter sa fantaisie ;
elle n'en voulut pas avoir le démenti.

Nous avions laissé à Romans madame du Colombier et sa suite. Nous continuions notre route le
plus lentement et le plus agréablement du monde,
madame de Larnage, le marquis de Torignan et
moi. M. de Torignan , quoique malade et grondeur,
était un assez bon homme, mais qui n'aimait pas trop
à manger son pain à la fumée du rôti. Madame de
Larnage cachait si peu le goût qu'elle avait pour
moi, qu'il s'en aperçut plus tôt que moi-même ; et
ses sarcasmes malins auraient dû me donner au moins
la confiance que je n'osais prendre aux bontés de
la dame, si , par un travers d'esprit dont moi seul
étais capable, je ne m'étais imaginé qu'ils s'entendaient pour me persiffler. Cette sotte idée acheva
de me renverser la tête , et me fit faire le plus
plat personnage dans une situation où mon cœur,
étant réellement pris, m'en pouvait dicter un assez
brillant. Je ne conçois pas comment madame de
Larnage ne se rebuta pas de ma maussaderie, et
ne me congédia pas avec le dernier mépris. Mais
c'était une femme d'esprit, qui savait discerner
son monde, et qui voyait bien qu'il y avait plus de
bêtise que de tiédeur dans mes procédés.

Elle parvint enfin à se faire entendre, ce ne
fût pas sans peine. A Valence nous étions arrivés
pour dîner, et selon notre louable coutume , nous
y passâmes le reste du jour. Nous étions logés hors
de la ville à Saint-Jacques ; je me souviendrai
toujours de cette auberge, ainsi que de la chambre
que madame de Larnage y occupait. Après le dîner
elle voulut se promener. Elle savait que Torignan
n'était pas allant : c'était le moyen de se ménager
un tête-à-tête dont elle avait bien résolu de tirer

parti ; car il n'y avait plus de temps à perdre pour
en avoir à mettre à profit. Nous nous promenions
autour de la ville le long des fossés. Là je repris
la longue histoire de mes complaintes, auxquelles
elle répondait sur un ton si tendre, me pressant
quelquefois contre son cœur le bras qu'elle tenait,
qu'il fallait une stupidité pareille à la mienne pour
m'empêcher de vérifier si elle parlait sérieusement.
Ce qu'il y avait d'impayable était que j'étais moi-
même excessivement ému. J'ai dit qu'elle était
aimable ; l'amour la rendait charmante ; il lui
rendait tout l'éclat de la première jeunesse, et elle
ménageait ses agaceries avec tant d'art qu'elle
aurait séduit un homme à l'épreuve. J'étais donc
fort mal à mon aise, et toujours sur le point de
m'émanciper. Mais la crainte d'offenser ou de déplaire, la frayeur plus grande encore d'être hué,
sifflé, berné, de fournir une histoire à table, et
d'être complimenté sur mes entreprises par l'impi-
toyable Torignan, me retinrent au point d'être
indigné moi-même de ma sotte honte, et de ne
la pouvoir vaincre en me la reprochant. J'étais au
supplice ; j'avais déjà quitté mes propos de Céladon,
dont je sentais tout le ridicule en si beau chemin ;
ne sachant plus quelle contenance tenir, ni que
dire, je me taisais ; j'avais l'air boudeur : enfin je
faisais tout ce qu'il fallait pour m'attirer le traitement que j'avais redouté. Heureusement madame
de Larnage prit un parti plus humain. Elle inter-
rompit brusquement ce silence en passant un bras
autour de mon cou, et dans l'instant sa bouche
parla trop clairement sur la mienne pour me laisser
mon erreur. La crise ne pouvait se faire plus à
propos. Je devins aimable : il en était temps.
Elle m'avait donné cette confiance dont le défaut

m'a toujours empêché d'être moi. Je le fus alors.
Jamais mes yeux, mes sens, mon cœur et ma
bouche n'ont si bien parlé; jamais je n'ai si pleinement réparé mes torts; et si cette petite conquête
avait coûté des soins à madame de Larnage, j'eus
lieu de croire qu'elle n'y avait pas regret.

Quand je vivrais cent ans, je ne me rappellerais
jamais sans plaisir le souvenir de cette charmante
femme. Je dis charmante, quoiqu'elle ne fût ni belle
ni jeune; mais n'étant non plus ni laide ni vieille, elle
n'avait rien dans sa figure qui empêchât son esprit
et ses grâces de faire tout leur effet. Tout au contraire des autres femmes, ce qu'elle avait de moins
frais était le visage, et je crois que le rouge le lui
avait gâté. Elle avait ses raisons pour être facile :
c'était le moyen de valoir tout son prix. On pouvait
la voir sans l'aimer, mais non pas la posséder sans
l'adorer; et cela prouve, ce me semble, qu'elle
n'était pas toujours aussi prodigue de ses bontés
qu'elle le fut avec moi. Elle s'était prise d'un goût
trop prompt et trop vif pour être excusable, mais
où le cœur entrait du moins autant que les sens ;
et durant le temps court et délicieux que je passai
auprès d'elle, j'eus lieu de croire, aux ménagemens forcés qu'elle m'imposait, que, quoique sensuelle et voluptueuse, elle aimait encore mieux
ma santé que ses plaisirs.

Notre intelligence n'échappa pas au marquis de
Torignan. Il n'en tirait pas moins sur moi : au contraire, il me traitait plus que jamais en pauvre
amoureux transi, martyr des rigueurs de sa dame.
Il ne lui échappa jamais un mot, un sourire, un
regard qui pût me faire soupçonner qu'il nous eût
devinés; et je l'aurais cru notre dupe, si madame
de Larnage, qui voyait mieux que moi, ne m'eût

dit qu'il ne l'était pas, mais qu'il était galant
homme ; et en effet on ne saurait avoir des attentions plus honnêtes, ni se comporter plus poliment qu'il fit toujours, même envers moi, sauf
ses plaisanteries, surtout depuis mon succès. Il
m'en attribuait l'honneur peut-être, et me supposait moins sot que je ne l'avais paru. Il se trompait, comme on a vu ; mais n'importe, je profitais
de son erreur : et il est vrai qu'alors les rieurs étant
pour moi je prêtais le flanc de bon cœur et d'assez
bonne grâce à ses épigrammes, et j'y ripostais
quelquefois même assez heureusement, tout fier
de me faire honneur auprès de madame de Larnage de l'esprit·qu'elle m'avait donné. Je n'étais
plus le même homme.

Nous étions dans un pays et dans une saison de
bonne chère. Nous la faisions partout excellente,
grâce aux bons soins de M. de Torignan. Je me
serais pourtant passé qu'il les étendît jusqu'à nos
chambres : mais il envoyait devant son laquais pour
les retenir ; et le coquin, soit de son chef, soit par
l'ordre de son maître, le logeait toujours à côté de
madame de Larnage, et me fourrait à l'autre bout
de la maison. Mais cela ne m'embarrassait guère, et
nos rendez-vous n'en étaient que plus piquans. Cette
vie délicieuse dura quatre ou cinq jours, pendant
lesquels je me gorgeai, je m'enivrai des plus douces
voluptés. Je les goûtai pures, vives, sans aucun
mélange de peines ; ce sont les premières et les seules
que j'aie ainsi goûtées, et je puis dire que je dois
à madame de Larnage de ne pas mourir sans avoir
connu le plaisir.

Si ce que je sentais pour elle n'était pas précisément de l'amour, c'était du moins un retour si
tendre pour celui qu'elle me témoignait, c'était

une sensualité si brûlante dans le plaisir, et une
intimité si douce dans les entretiens, qu'elle avait
tout le charme de la passion sans en avoir le délire
qui tourne la tête et fait qu'on ne sait pas jouir.
Je n'ai senti l'amour vrai qu'une seule fois en ma
vie, et ce ne fut pas auprès d'elle. Je ne l'aimais
pas non plus comme j'avais aimé et comme j'aimais madame de Warens; mais c'était pour cela
même que je la possédais cent fois mieux. Près de
maman, mon plaisir était toujours troublé par
un sentiment de tristesse, par un secret serrement
de cœur que je ne supportais pas sans peine; au
lieu de me féliciter de la posséder, je me re-
prochais de l'avilir. Près de madame de Larnage
au contraire, fier d'être homme et d'être heureux,
je me livrais à mes sens avec joie, avec confiance,
je partageais l'impression que je faisais sur les siens:
j'étais assez à moi pour contempler avec autant
de vanité que de volupté mon triomphe, et pour
tirer de là de quoi le redoubler.

Je ne me souviens pas de l'endroit où nous quitta
le marquis de Torignan, qui était du pays: mais
nous nous trouvâmes seuls avant d'arriver à Montélimar, et dès lors madame de Larnage établit sa
femme de chambre dans ma chaise, et je passai
dans la sienne avec elle. Je puis assurer que la
route ne nous ennuyait pas de cette manière, et
j'aurais eu bien de la peine à dire comment le
pays que nous parcourions était fait. A Montélimar,
elle eut des affaires qui l'y retinrent trois jours,
durant lesquels elle ne me quitta pourtant qu'un
quart d'heure pour une visite qui lui attira des im-
portunités désolantes et des invitations qu'elle n'eut
garde d'accepter. Elle prétexta des incommodités
qui ne nous empêchèrent pourtant pas d'aller nous

promener tous les soirs tête à tête dans le plus beau
pays et sous le plus beau ciel du monde. Oh! ces
trois jours, j'ai dû les regretter quelquefois : il
n'en est plus revenu de semblables.

Des amours de voyage ne sont pas faits pour durer.
Il fallut nous séparer, et j'avoue qu'il en était temps.
Non que je fusse rassasié ni prêt à l'être, je m'attachais chaque jour davantage ; mais malgré toute
la discrétion de la dame, il ne me restait guère que
la bonne volonté ; et avant de nous séparer je voulus
jouer de ce reste, ce qu'elle endura par précaution
contre les filles de Montpellier. Nous donnâmes le
change à nos regrets par des projets pour notre
réunion. Il fut décidé que puisque ce régime me
faisait du bien, j'en userais, et que j'irais passer
l'hiver au bourg Saint-Andéol, sous la direction de
madame de Larnage. Je devais seulement rester à
Montpellier cinq ou six semaines pour lui laisser
le temps de préparer les choses de manière à prévenir les caquets. Elle me donna d'amples instructions sur ce que je devais savoir, sur ce que je devais
dire, sur la manière dont je devais me comporter.
En attendant, nous devions nous écrire. Elle me
parla beaucoup et sérieusement du soin de ma santé,
m'exhorta de consulter d'habiles gens, d'être très-
attentif à tout ce qu'ils me prescriraient, et se chargea, quelque sévère que pût être leur ordonnance,
de me la faire exécuter tant que je serais auprès
d'elle. Je crois qu'elle parlait sincèrement, car elle
m'aimait : elle m'en donna mille preuves plus sûres
que des faveurs. Elle jugea par mon équipage que
je ne nageais pas dans l'opulence. Quoiqu'elle ne
fût pas riche elle-même, elle voulut à notre séparation me forcer de partager sa bourse, qu'elle
apportait de Grenoble assez bien garnie, et j'eus

beaucoup de peine à m'en défendre. Enfin je la
quittai le cœur tout plein d'elle, et lui laissant,
ce me semble, un véritable attachement pour moi.

J'achevai ma route en la recommençant dans
mes souvenirs, et pour le coup très-content d'être
dans une bonne chaise pour y rêver plus à mon
aise aux plaisirs que j'avais goûtés, et à ceux qui
m'étaient promis. Je ne pensais qu'au bourg Saint-
Andéol et à la charmante vie qui m'y attendait. Je
ne voyais que madame de Larnage et ses entours;
tout le reste de l'univers n'était rien pour moi;
maman même était oubliée. Je m'occupais à combiner dans ma tête tous les détails dans lesquels
madame de Larnage était entrée pour me faire
d'avance une idée de sa demeure, de son voisinage,
de ses sociétés, de toute sa manière de vivre. Elle
avait une fille dont elle m'avait parlé souvent en
mère idolâtre. Cette fille avait quinze ans passés;
elle était vive, charmante, et d'un caractère aimable. On m'avait promis que j'en serais caressé; je
n'avais pas oublié cette promesse, et j'étais fort
curieux d'imaginer comment mademoiselle de Larnage traiterait le bon ami de sa maman. Tels furent
les sujets de mes rêveries depuis le Pont-Saint-
Esprit jusqu'à Remoulins. On m'avait dit d'aller
voir le pont du Gard : je n'y manquai pas. Après
un déjeuner d'excellentes figues je pris un guide,
et j'allai voir le pont du Gard. C'était le premier
ouvrage des Romains que j'eusse vu. Je m'attendais à voir un monument digne des mains qui
l'avaient construit. Pour le coup l'objet passa mon
attente, et ce fut la seule fois en ma vie. Il n'appartenait qu'aux Romains de produire cet effet.
L'aspect de ce simple et noble ouvrage me frappa
d'autant plus qu'il est au milieu d'un désert où le

silence et la solitude rendent l'objet plus frappant
et l'admiration plus vive; car ce prétendu pont
n'était qu'un aquéduc. On se demande quelle force
a transporté ces pierres énormes si loin de toute
carrière, et a réuni les bras de tant de milliers
d'hommes dans un lieu où il n'en habite aucun. Je
parcourus les trois étages de ce superbe édifice,
que le respect m'empêchait presque d'oser fouler
sous mes pieds. Le retentissement de mes pas sous
ces voûtes me faisait croire entendre la forte voix
de ceux qui les avaient bâties. Je me perdais
comme un insecte dans cette immensité. Je sentais, tout en me faisant petit, je ne sais quoi qui
m'élevait l'âme, et je me disais en soupirant : Que
ne suis-je né Romain! Je restai là plusieurs heures
dans une contemplation ravissante. Je m'en revins
distrait, rêveur; et cette rêverie ne fut pas favorable à madame de Larnage. Elle avait bien songé
à me prémunir contre les filles de Montpellier,
mais non pas contre le pont du Gard. On ne
s'avise jamais de tout.

A Nîmes j'allai voir les Arènes : c'est un ouvrage
beaucoup plus magnifique que le pont du Gard,
et qui me fit beaucoup moins d'impression, soit
que mon admiration se fût épuisée sur le premier
objet, soit que la situation de l'autre au milieu
d'une ville fût moins propre à l'exciter. Ce vaste et
superbe cirque est entouré de vilaines petites maisons; et d'autres maisons plus petites et plus vilaines
encore en remplissent l'arène; de sorte que le tout
ne produit qu'un effet disparate et confus, où le
regret et l'indignation étouffent le plaisir et la surprise. J'ai vu depuis le cirque de Vérone, infiniment plus petit et moins beau que celui de Nîmes,
mais entretenu et conservé avec toute la décence

et la propreté possibles, et qui par cela même me
fit une impression plus forte et plus agréable. Les
Français n'ont soin de rien et ne respectent aucun
monument. Ils sont tout feu pour entreprendre, et
ne savent rien finir ni rien conserver.

J'étais changé à tel point, et ma sensualité mise
en exercice s'était si bien éveillée, que je m'arrêtai
un jour au Pont de Lunel pour y faire bonne chère
avec de la compagnie qui s'y trouva. Ce cabaret,
le plus estimé de l'Europe, méritait alors de l'être :
ceux qui le tenaient avaient su tirer parti de son
heureuse situation pour le tenir abondamment ap-
provisionné et avec choix. C'était réellement une
chose curieuse de trouver, dans une maison seule
et isolée au milieu de la campagne, une table
fournie en poisson de mer et d'eau douce, en gibier
excellent, en vins fins, servie avec ces attentions
et ces soins qu'on ne trouve que chez les grands et
les riches, et tout cela pour vos trente-cinq sous.
Mais le Pont de Lunel ne resta pas long-temps sur
ce pied, et à force d'user sa réputation il la perdit
enfin tout-à-fait.

J'avais oublié durant ma route que j'étais malade ; je m'en souvins en arrivant à Montpellier.
Mes vapeurs étaient bien guéries, mais tous mes
autres maux me restaient ; et quoique l'habitude
m'y rendît moins sensible, c'en serait assez pour
se croire mort à qui s'en trouverait attaqué tout
d'un coup. En effet ils étaient moins douloureux
qu'effrayans, et faisaient plus souffrir l'esprit que le
corps, dont ils semblaient annoncer la destruction.
Cela faisait que, distrait par des passions vives, je
ne songeais plus à mon état ; mais comme il n'était
pas imaginaire, je le sentais sitôt que j'étais de
sang-froid. Je songeai donc sérieusement aux con-

seils de madame de Larnage et au but de mon
voyage. J'allai consulter les praticiens les plus
illustres, surtout M. Fizes, et, pour surabondance
de précaution, je me mis en pension chez un médecin. C'était un Irlandais appelé Fitz-Moris, qui
tenait une table assez nombreuse d'étudians en
médecine ; et il y avait cela de commode pour un
malade à s'y mettre, que M. Fitz-Moris se conten-
tait d'une pension honnête pour la nourriture, et
ne prenait rien de ses pensionnaires pour ses soins
comme médecin. Il se chargea de l'exécution des
ordonnances de M. Fizes, et de veiller sur ma santé.
Il s'acquitta fort bien de cet emploi quant au régime : on ne gagnait pas d'indigestions à cette
pension-là, et, quoique je ne sois pas fort sensible
aux privations de cette espèce, les objets de comparaison étaient si proche, que je ne pouvais m'empêcher de trouver quelquefois en moi-même que
M. de Torignan était un meilleur pourvoyeur que
M. Fitz-Moris. Cependant, comme on ne mourait
pas de faim non plus, et que toute cette jeunesse
était fort gaie, cette manière de vivre me fit du
bien réellement, et m'empêcha de retomber dans
mes langueurs. Je passais la matinée à prendre des
drogues, surtout je ne sais quelles eaux, je crois
les eaux de Vals, et à écrire à madame de Larnage ;
car la correspondance allait son train, et Rousseau
se chargeait de retirer les lettres de son ami Dudding. A midi j'allais faire un tour à la Canourgue
avec quelqu'un de nos jeunes commensaux, qui
tous étaient de très-bons enfans ; on se rassemblait,
on allait dîner. Après dîner, une importante affaire
occupait plusieurs d'entre nous jusqu'au soir ; c'était
d'aller hors de la ville jouer le goûter en deux ou
trois parties de mail. Je ne jouais pas, je n'en avais

ni la force ni l'adresse, mais je pariais; et suivant, avec l'intérêt du pari, nos joueurs et leurs boules à travers des chemins raboteux et pleins de pierres, je faisais un exercice amusant et salutaire qui me convenait tout-à-fait. On goûtait dans un cabaret hors la ville. Je n'ai pas besoin de dire que ces goûters étaient gais; mais j'ajouterai qu'ils étaient assez décens, quoique les filles du cabaret fussent jolies. M. Fitz-Moris, grand joueur de mail, était notre président; et je puis dire, malgré la mauvaise réputation des étudians, que je trouvai plus de mœurs et d'honnêteté parmi toute cette jeunesse qu'il ne serait aisé d'en trouver dans le même nombre d'hommes faits. Ils étaient plus bruyans que crapuleux, plus gais que libertins; et je me monte si aisément à un train de vie quand il est volontaire, que je n'aurais pas mieux demandé que de voir durer celui-là toujours. Il y avait parmi ces étudians quelques Irlandais, avec lesquels je tâchais d'apprendre quelques mots d'anglais, par précaution pour le bourg Saint-Andéol; car le temps approchait de m'y rendre : madame de Larnage m'en pressait chaque ordinaire, et je me préparais à lui obéir. Il était clair que mes médecins, qui n'avaient rien compris à mon mal, me regardaient comme un malade imaginaire, et me traitaient sur ce pied avec leur squine, leurs eaux et leur petit-lait. Tout au contraire des théologiens, les médecins et les philosophes n'admettent pour vrai que ce qu'ils peuvent expliquer, et font de leur intelligence la mesure des possibles. Ces messieurs ne connaissaient rien à mon mal; donc je n'étais pas malade : car, comment supposer que des docteurs ne sussent pas tout? Je vis qu'ils ne cherchaient qu'à m'amuser et me faire manger mon argent; et jugeant que

leur substitut du bourg Saint-Andéol ferait cela
tout aussi bien qu'eux, mais plus agréablement, je
lui donnai la préférence, et je quittai Montpellier
dans cette sage intention.

Je partis vers la fin de novembre après six semaines ou deux mois de séjour dans cette ville, où
je laissai une douzaine de louis sans aucun profit pour
ma santé ni pour mon instruction, si ce n'est un
cours d'anatomie commencé sous M. Fitz-Moris,
et que je fus obligé d'abandonner par l'horrible
puanteur des cadavres qu'on disséquait, et qu'il
me fut impossible de supporter.

Mal à mon aise au dedans de moi sur la résolution que j'avais prise, j'y réchéchissais en avançant
toujours vers le Pont-Saint-Esprit, qui était également la route du bourg Saint-Andéol et de Chambéri.
Les souvenirs de maman et de ses lettres, quoique
moins fréquentes que celles de madame de Larnage, réveillaient dans mon cœur des remords que
j'avais étouffés en venant. Ils devinrent si vifs au
retour, que, balançant l'amour du plaisir, ils me
mirent en état d'écouter la raison seule. D'abord
dans le rôle d'aventurier que j'allais recommencer
je pouvais être moins heureux que la première
fois; il ne fallait dans tout le bourg Saint-Andéol
qu'une seule personne qui eût été en Angleterre, qui
connût les Anglais, et qui sût leur langue, pour
me démasquer. La famille de madame de Larnage
pouvait se prendre de mauvaise humeur contre
moi, et me traiter peu honnètement. Sa fille, à
laquelle malgré moi je pensais plus qu'il n'eût
fallu, m'inquiétait encore. Je tremblais d'en devenir amoureux, et cette peur faisait déjà la moitié
de l'ouvrage. Allais-je donc, pour prix des bontés
de la mère, chercher à corrompre la fille, à lier le

plus détestable commerce, à mettre la dissension,
le scandale et l'enfer dans sa maison? Cette idée
me fit horreur; je pris bien la ferme résolution de
me combattre et de me vaincre, si ce malheureux
penchant venait à se déclarer. Mais pourquoi m'exposer à ce combat? Quel misérable état de vivre
avec la mère dont je serais rassasié, et de brûler
pour la fille sans oser lui montrer mon cœur! Quelle
nécessité d'aller chercher cet état, et m'exposer
aux malheurs, aux affronts, aux remords, pour
des plaisirs dont j'avais d'avance épuisé le plus
grand charme? Car il est certain que ma fantaisie
avait perdu sa première vivacité. Le goût y était
encore, mais la passion n'y était plus. A cela se
mêlaient des réflexions relatives à ma situation, à
mes devoirs, à cette maman si bonne, si généreuse,
qui déjà chargée de dettes l'était encore de mes
folles dépenses, qui s'épuisait pour moi, et que je
trompais si indignement. Ce reproche devint si vif
qu'il l'emporta à la fin. En approchant du Saint-
Esprit je pris la résolution de brûler l'étape du
bourg Saint-Andéol, et de passer tout droit. J'exé-
cutai cette résolution avec quelques soupirs, je
l'avoue, mais aussi avec cette satisfaction que je
goûtais pour la première fois de ma vie, de me dire,
je mérite ma propre estime, je sais préférer mon
devoir à mon plaisir. Voilà la première obligation
que j'aie à l'étude. C'était elle qui m'avait appris
à réfléchir, à comparer. Après les principes si purs
que j'avais adoptés il y avait peu de temps, après
les règles de sagesse et de vertu que je m'étais faites
et que je m'étais senti si fier de suivre, la honte
d'être si peu conséquent à moi-même, de démentir
sitôt et si haut mes propres maximes, l'emporta
sur la volupté. L'orgueil eut peut-être autant de

part à ma résolution que la vertu; mais si cet orgueil n'est pas la vertu même, il a des effets si semblables qu'il est pardonnable de s'y tromper.

L'un des avantages des bonnes actions est d'élever
l'âme et de la disposer à en faire de meilleures :
car telle est la faiblesse humaine, qu'on doit
mettre au nombre des bonnes actions l'abstinence
du mal qu'on est tenté de commettre. Sitôt que
j'eus pris ma résolution, je devins un autre homme,
ou plutôt je redevins celui que j'étais auparavant,
et que ce moment d'ivresse avait fait disparaître.
Plein de bons sentimens et de bonnes résolutions,
je continuai ma route, dans la ferme intention
d'expier ma faute, ne pensant qu'à régler désormais ma conduite sur les lois de la vertu, à me
consacrer sans réserve au service de la meilleure
des mères, à lui vouer autant de fidélité que j'avais
d'attachement pour elle et à n'écouter plus d'autre
amour que celui de mes devoirs. Hélas! la sincérité
de mon retour au bien semblait me promettre une
autre destinée : mais la mienne était écrite et déjà
commencée; et quand mon cœur, plein d'amour
pour les choses bonnes et honnêtes, ne voyait plus
qu'innocence et bonheur dans la vie, je touchais
au moment funeste qui devait traîner à sa suite la
longue chaîne de mes malheurs.

L'empressement d'arriver me fit faire plus de
diligence que je n'avais compté. Je lui avais annoncé de Valence l'heure et le jour de mon arrivée.
Ayant gagné une demi-journée sur mon calcul,
je restai autant de temps à Chaparillan, afin d'arriver juste au moment que j'avais marqué. Je voulais goûter dans tout son charme le plaisir de la
revoir. J'aimais mieux le différer un peu pour y
joindre celui d'être attendu. Cette précaution

m'avait toujours réussi. J'avais vu toujours marquer mon arrivée par une espèce de petite fête : je n'en attendais pas moins cette fois ; et ces empressemens, qui m'étaient si sensibles, valaient bien la peine d'être ménagés.

J'arrivai donc exactement à l'heure. De tout loin je regardais si je ne la verrais point sur le chemin ; le cœur me battait de plus en plus à mesure que j'approchais. J'arrive essoufflé ; car j'avais quitté ma voiture en ville : je ne vois personne dans la cour, sur la porte, à la fenêtre ; je commence à me troubler ; je redoute quelque accident. J'entre ; tout est tranquille : des ouvriers goûtaient dans la cuisine ; du reste aucun apprêt. La servante parut surprise de me voir, elle ignorait que je dusse arriver. Je monte, je la vois enfin, cette chère maman si tendrement, si vivement, si purement aimée ; j'accours, je m'élance à ses pieds. Ah ! te voilà, petit ! me dit-elle en m'embrassant : as-tu fait bon voyage ? comment te portes-tu? Cet accueil m'interdit un peu. Je lui demandai si elle n'avait pas reçu ma lettre. Elle me dit qu'oui. J'aurais cru que non, lui dis-je, et l'éclaircissement finit là. Un jeune homme était avec elle. Je le connaissais pour l'avoir vu déjà dans la maison avant mon départ : mais cette fois il y paraissait établi, il l'était. Bref, je trouvai ma place prise.

· Ce jeune homme était du pays de Vaud : son père, appelé Vintzenried, était concierge ou soi-disant capitaine du château de Chillon. Le fils de monsieur le capitaine était garçon perruquier, et courait le monde en cette qualité quand il · vint se présenter à madame de Warens, qui le reçut bien, comme elle faisait tous les passans, et surtout ceux de son pays. C'était un grand fade

blondin, assez bien fait, le visage plat, l'esprit de
même; parlant comme le beau Liandre, mêlant
tous les tons, tous les goûts de son état, avec la
longue histoire de ses bonnes fortunes ; ne nommant que la moitié des marquises avec lesquelles
il avait couché, et prétendant n'avoir point coiffé
de jolies femmes dont il n'eût aussi coiffé les maris ;
vain, sot, ignorant, insolent; au demeurant le
meilleur fils du monde. Tel fut le substitut qui me
fut donné durant mon absence, et l'associé qui me
fut offert après mon retour.

Oh! si les âmes dégagées de leurs terrestres
entraves voient encore du sein de l'éternelle lumière
ce qui se passe chez les mortels, pardonnez, ombre
chère et respectable, si je ne fais pas plus de grâce
à vos fautes qu'aux miennes, si je dévoile également les unes et les autres aux yeux des lecteurs.
Je dois, je veux être vrai pour vous comme pour
moi-même: vous y perdrez toujours beaucoup
moins que moi. Eh! combien votre aimable et
doux caractère, votre inépuisable bonté de cœur,
votre franchise, et toutes vos excellentes vertus,
ne rachètent-elles pas de faiblesses, si l'on peut
appeler ainsi les torts de votre seule raison! Vous
eûtes des erreurs, et non pas des vices; votre conduite fut répréhensible, mais votre cœur fut toujours pur. Qu'on mette le bien et le mal dans la
balance, et qu'on soit équitable : quelle autre
femme, si sa vie secrète était manifestée ainsi que
la vôtre, s'oserait jamais comparer à vous?

Le nouveau venu s'était montré zélé, diligent,
exact pour toutes ses petites commissions, qui
étaient toujours en grand nombre. Il s'était fait le
piqueur de ses ouvriers; aussi bruyant que je
l'étais peu, il se faisait voir et surtout entendre à

la fois à la charrue, aux foins, aux bois, à l'écurie, à la basse-cour. Il n'y avait que le jardin qu'il négligeait, parce que c'était un travail trop paisible et qui ne faisait point de bruit. Son grand plaisir était de charger et charrier, de scier ou fendre du bois; on le voyait toujours la hache ou la pioche à la main; on l'entendait courir, cogner, crier à pleine tête. Je ne sais de combien d'hommes il faisait le travail, mais il faisait toujours le bruit de dix ou douze. Tout ce tintamarre en imposa à ma pauvre maman: elle crut ce jeune homme un trésor pour les affaires. Voulant se l'attacher, elle employa pour cela tous les moyens qu'elle y crut propres, et n'oublia pas celui sur lequel elle comptait le plus.

On a dû connaître mon cœur, ses sentimens les plus constans, les plus vrais, ceux surtout qui me ramenaient auprès d'elle. Quel prompt et plein bouleversement dans tout mon être! Qu'on se mette à ma place pour en juger. En un moment je vis évanouir pour jamais tout l'avenir de félicité que je m'étais peint. Toutes les douces idées que je caressais si affectueusement disparurent; et moi, qui depuis mon enfance ne savais voir mon existence qu'avec la sienne, je me vis seul pour la première fois. Ce moment fut affreux; ceux qui le suivirent furent toujours sombres. J'étais jeune encore; mais ce doux sentiment de jouissance et d'espérance qui vivifie la jeunesse me quitta pour jamais. Dès lors l'être sensible fut mort à demi. Je ne vis plus devant moi que les tristes restes d'une vie insipide; et si quelquefois encore une image de bonheur effleura mes désirs, ce bonheur n'était plus celui qui m'était propre; je sentais qu'en l'obtenant je ne serais pas vraiment heureux.

J'étais si bête, et ma confiance était si pleine,
que, malgré le ton familier du nouveau venu, que
je regardais comme un effet de cette facilité d'humeur de maman qui rapprochait tout le monde
d'elle, je ne me serais pas avisé d'en soupçonner la
véritable cause si elle ne me l'eût dite elle-même :
mais elle se pressa de me faire cet aveu avec une
franchise capable d'ajouter à ma rage si mon
cœur eût pu se tourner de ce côté ; trouvant quant
à elle la chose toute simple, me reprochant ma
négligence dans la maison, et m'alléguant mes fréquentes absences, comme si elle eût été d'un tempérament fort pressé d'en remplir les vides. Ah!
maman, lui dis-je, le cœur serré de douleur,
qu'osez-vous m'apprendre ? Quel prix d'un attachement pareil au mien! Ne m'avez-vous tant de fois
conservé la vie que pour m'ôter tout ce qui me la
rendait chère? J'en mourrai, mais vous me regret-
terez. Elle me répondit, d'un ton tranquille à me
rendre fou, que j'étais un enfant, qu'on ne mourait point de ces choses-là ; que je ne perdais rien ;
que nous n'en serions pas moins bons amis, pas
moins intimes dans tous les sens ; que sa tendre
amitié pour moi ne pouvait ni diminuer ni finir
qu'avec elle. Elle me fit entendre, en un mot, que
tous mes droits demeuraient les mêmes, et qu'en
les partageant avec un autre, je n'en étais pas privé
pour cela.

Jamais la vérité, la pureté, la force de mes sentimens pour elle, jamais la sincérité, l'honnêteté
de mon âme, ne se firent mieux sentir à moi que
dans ce moment. Je me précipitai à ses pieds, j'embrassai ses genoux en versant des torrens de larmes.
Non, maman, lui dis-je avec transport, je vous
aime trop pour vous avilir ; votre possession m'est

trop chère pour la partager : les regrets qui l'accompagnèrent quand je l'acquis se sont accrus avec mon amour; non, je ne la puis conserver au même prix. Vous aurez toujours mes adorations; soyez-en toujours digne : il m'est plus nécessaire encore de vous honorer que de vous posséder. C'est à vous, ô maman, que je vous cède; c'est à l'union de nos cœurs que je sacrifie tous mes plaisirs. Puissé-je périr mille fois avant d'en goûter qui dégradent ce que j'aime!

Je tins cette résolution avec une constance digne, j'ose le dire, du sentiment qui me l'avait fait former. Dès ce moment je ne vis plus cette maman si chérie que des yeux d'un véritable fils; et il est à noter que, quoique ma résolution n'eût point son approbation secrète, comme je ne m'en suis que trop aperçu, elle n'employa jamais, pour m'y faire renoncer, ni propos insinuans ni caresses, ni aucune de ces adroites agaceries dont les femmes savent user sans se commettre, et qui manquent rarement de leur réussir. Réduit à me chercher un sort indépendant d'elle, et n'en pouvant même imaginer, je passai bientôt à l'autre extrémité, et le cherchai tout en elle. Je l'y cherchai si parfaitement que je parvins presque à m'oublier moimême. L'ardent désir de la voir heureuse, à quelque prix que ce fût, absorbait toutes mes affections : elle avait beau séparer son bonheur du mien, je le voyais mien en dépit d'elle.

Ainsi commencèrent à germer avec mes malheurs les vertus dont la semence était au fond de mon âme, que l'étude avait cultivées, et qui n'attendaient pour éclore que le ferment de l'adversité. Le premier fruit de cette disposition si désintéressée fut d'écarter de mon cœur tout sentiment de haine

et d'envie contre celui qui m'avait supplanté. Je
voulus au contraire, et je voulus sincèrement,
m'attacher à ce jeune homme, le former, travailler
à son éducation, lui faire sentir son bonheur, l'en
rendre digne s'il était possible, et faire en un mot
pour lui tout ce qu'Anet avait fait pour moi dans
une occasion pareille. Mais la parité manquait entre
les personnes. Avec plus de douceur et de lumières,
je n'avais pas le sang-froid et la fermeté d'Anet, ni
cette force de caractère qui en imposait, et dont
j'aurais eu besoin pour réussir. Je trouvai encore
moins dans le jeune homme les qualités qu'Anet
avait trouvées en moi, la docilité, l'attachement, la
reconnaissance, surtout le sentiment du besoin que
j'avais de ses soins, et l'ardent désir de les rendre
utiles. Tout cela manquait ici. Celui que je voulais
former ne voyait en moi qu'un pédant importun qui
n'avait que du babil. Au contraire, il s'admirait
lui-même comme un homme important dans la
maison; et mesurant les services qu'il y croyait rendre
sur le bruit qu'il y faisait, il regardait ses haches
et ses pioches comme infiniment plus utiles que
tous mes bouquins. A quelque égard il n'avait pas
tort; mais il partait de là pour se donner des airs à
faire mourir de rire. Il tranchait avec les paysans
du gentilhomme campagnard : bientôt il en fit
autant avec moi, et enfin avec maman elle-même.
Son nom de Vintzenried ne lui paraissant pas assez
noble, il le quitta pour celui de monsieur de Cour-
tilles; et c'est sous ce dernier nom qu'il a été connu
depuis à Chambéri, et en Maurienne où il s'est
marié.

Enfin tant fit l'illustre personnage, qu'il fut tout
dans la maison, et moi rien. Comme, lorsque j'a-
vais le malheur de lui déplaire, c'était maman, et

non pas moi, qu'il grondait, la crainte de l'exposer
à ses brutalités me rendait docile à tout ce qu'il
désirait; et chaque fois qu'il fendait du bois, emploi qu'il remplissait avec une fierté sans égale,
il fallait quef je usse là spectateur oisif, et tranquille
admirateur de ses prouesses. Ce garçon n'était pourtant pas absolument d'un mauvais naturel; il aimait
maman parce qu'il était impossible de ne la pas aimer; il n'avait même pas pour moi de l'aversion ;
et quand les intervalles de ses fougues permettaient
de lui parler, il nous écoutait quelquefois assez
docilement, convenant franchement qu'il n'était
qu'un sot, après quoi il n'en faisait pas moins de
nouvelles sottises. Il avait d'ailleurs une intelligence si bornée et des goûts si bas, qu'il était difficile de lui parler raison, et presque impossible de se
plaire avec lui. A la possession d'une femme pleine
de charmes il ajouta le ragoût d'une femme de
chambre vieille, rousse, édentée, dont maman
avait la patience d'endurer le dégoûtant service,
quoiqu'il lui fît mal au cœur. Je m'aperçus de ce
nouveau manége, et j'en fus outré d'indignation.
Mais je m'aperçus d'une autre chose qui m'affecta
bien plus vivement encore, et qui me jeta dans
un plus profond découragement que tout ce qui
m'était arrivé jusqu'alors : ce fut le refroidissement
de maman envers moi.

   La privation que je m'étais imposée, et qu'elle avait
fait semblant d'approuver, est une de ces choses
que les femmes ne pardonnent point, quelque mine
qu'elles fassent, moins par la privation qui en
résulte pour elles-mêmes, que par l'indifférence
qu'elle y voient pour leur possession. Prenez la
femme la plus sensée, la plus philosophe, la moins
attachée à ses sens; le crime le plus irrémissible que

l'homme, dont au reste elle se soucie le moins, puisse
commettre envers elle, est d'en pouvoir jouir et de
n'en rien faire. Il faut bien que ceci soit sans exception, puisqu'une sympathie si naturelle et si forte
fut altérée en elle par une abstinence qui n'avait
que des motifs de vertu, d'estime et d'attachement.
Dès lors je cessai de trouver en elle cette intimité
des cœurs qui fit toujours la plus douce jouissance
du mien. Elle ne s'épanchait plus avec moi que
quand elle avait à se plaindre du nouveau venu;
quand ils étaient bien ensemble, j'entrais peu dans
ses confidences. Enfin elle prenait peu à peu une
manière d'être dont je ne faisais plus partie. Ma
présence lui faisait plaisir encore, mais elle ne lui
faisait plus besoin; et j'aurais passé des jours entiers
sans la voir, qu'elle ne s'en serait pas aperçue.

Insensiblement je me sentis isolé et seul dans cette
même maison dont auparavant j'étais l'âme, et où je
vivais pour ainsi dire à double. Je m'accoutumai
peu à peu à me séparer de tout ce qui s'y faisait,
de ceux même qui l'habitaient; et pour m'épargner
de continuels déchiremens, je m'enfermais avec mes
livres, ou bien j'allais soupirer et pleurer à mon aise
au milieu des bois. Cette vie me devint bientôt tout-
à-fait insupportable. Je sentis que la présence per-
sonnelle et l'éloignement de cœur d'une femme qui
m'était si chère irritaient ma douleur, et qu'en cessant de la voir je m'en sentirais moins cruellement
séparé. Je formai le projet de quitter sa maison;
je le lui dis, et, loin de s'y opposer, elle le favorisa.
Elle avait à Grenoble une amie appelée madame
Deybens, dont le mari était ami de M. de Mabli
grand prévôt de Lyon. M. Deybens me proposa l'é-
ducation des enfans de M. de Mabli. J'acceptai, et
je partis pour Lyon sans laisser ni presque sentir le

moindre regret d'une séparation dont auparavant
la seule idée nous eût donné les angoisses de la
mort.

J'avais à peu près les connaissances nécessaires
à un précepteur, et j'en croyais avoir le talent. Durant un an que je passai chez M. de Mabli, j'eus le
temps de me désabuser. La douceur de mon naturel m'eût rendu propre à ce métier, si l'emportement n'y eût mêlé ses orages. Tant que tout allait
bien, et que je voyais réussir mes soins et mes peines
qu'alors je n'épargnais point, j'étais un ange : j'étais
un diable quand les choses allaient de travers. Quand
mes élèves ne m'entendaient pas, j'extravaguais ; et
quand ils marquaient de la méchanceté, je les aurais tués : ce n'était pas le moyen de les rendre savans et sages. J'en avais deux ; ils étaient d'humeurs
très-différentes. L'un, de huit à neuf ans, appelé
Sainte-Marie, était d'une jolie figure, l'esprit assez
ouvert, assez vif, étourdi, badin, malin, mais d'une
malignité gaie. Le cadet, appelé Condillac, du nom
de son oncle devenu depuis si célèbre, paraissait presque stupide, musard, têtu comme une mule, et ne
pouvant rien apprendre. On peut juger qu'entre ces
deux sujets je n'avais pas besogne faite. Avec de la
patience et du sang-froid peut-être aurais-je pu
réussir ; mais faute de l'un et de l'autre je ne fis rien
qui vaille, et mes élèves tournaient très-mal. Je ne
manquais pas d'assiduité ; mais je manquais d'égalité, surtout de prudence. Je ne savais employer
auprès d'eux que trois instrumens, toujours inutiles et souvent pernicieux auprès des enfans ; le
sentiment, le raisonnement, la colère. Tantôt je
m'attendrissais avec Sainte Marie jusqu'à pleurer ;
je pensais l'attendrir lui-même, comme si l'enfance
était susceptible d'une véritable émotion de cœur :

tantôt je lui parlais raison, comme s'il avait pu m'entendre ; et comme il me faisait quelquefois des argumens très-subtils, je le prenais tout de bon pour raisonnable, parce qu'il était raisonneur. Le petit Condillac était encore plus embarrassant : n'entendant rien, ne répondant rien, ne s'émouvant de rien, et d'une opiniâtreté à toute épreuve, il ne triomphait jamais mieux de moi que quand il m'avait mis en fureur ; alors c'était lui qui était le sage, et c'était moi qui étais l'enfant. Je voyais toutes mes fautes, je les sentais ; j'étudiais l'esprit de mes élèves, je les pénétrais très-bien, et je ne crois pas que jamais une seule fois j'aie été la dupe de leurs ruses : mais que me servait de voir le mal, sans savoir appliquer le remède ? En pénétrant tout je n'empêchais rien, je ne réussissais à rien ; et tout ce que je faisais était précisément ce qu'il ne fallait pas faire.

Je ne réussissais guère mieux pour moi que pour mes élèves. J'avais été recommandé par madame Deybens à madame de Mabli. Elle l'avait priée de former mes manières et de me donner le ton du monde. Elle y prit quelques soins, et voulut que j'apprisse à faire les honneurs de sa maison ; mais je m'y pris si gauchement, j'étais si honteux, si sot, qu'elle se rebuta et me planta là. Cela ne m'empêcha pas de devenir, selon ma coutume, amoureux d'elle. J'en fis assez pour qu'elle s'en aperçût, mais je n'osai jamais me déclarer ; elle ne se trouva pas d'humeur à faire les avances, et j'en fus pour mes lorgneries et mes soupirs, dont même je me rebutai bientôt, voyant qu'ils n'aboutissaient à rien.

J'avais tout-à-fait perdu chez maman le goût des petites friponneries, parce que, tout étant à moi, je n'avais rien à voler. D'ailleurs, les principes élevés que je m'étais faits devaient me rendre désormais bien supérieur à de telles bassesses, et il est certain que depuis lors je l'ai d'ordinaire été : mais c'est moins pour avoir appris à vaincre mes tentations que pour en avoir coupé la racine, et j'aurais grand'peur de voler comme dans mon enfance si j'étais sujet aux mêmes désirs. J'eus la preuve de cela chez M. de Mabli. Environné de petites choses volables que je ne regardais même pas, je m'avisai de convoiter un certain petit vin blanc d'Arbois très-joli, dont quelques verres que par-ci par-là je buvais à table m'avaient fort affriandé. Il était un peu louche; je croyais savoir bien coller le vin, je m'en vantai; on me confia celui-là, je le collai et le gâtai, mais aux yeux seulement. Il resta toujours agréable à boire, et l'occasion fit que je m'en accommodai de quelques bouteilles pour boire à mon aise en mon petit particulier. Malheureusement je n'ai jamais pu boire sans manger : comment faire pour avoir du pain? Il m'était impossible d'en mettre en réserve. En faire acheter par les laquais, c'était me déceler et presque insulter le maître de la maison. En acheter moi-même, je n'osai jamais. Un beau monsieur, l'épée au côté, aller chez un boulanger acheter un morceau de pain, cela se pouvait-il? Enfin je me rappelai le pis-aller d'une grande princesse à qui l'on disait que les paysans n'avaient pas de pain, et qui répondit : Qu'ils mangent de la brioche. J'achetai de la brioche : encore, que de façons pour en venir là! Sorti seul à ce dessein, je parcourais quelquefois toute la ville et passais devant trente pâtissiers avant d'entrer chez aucun. Il fallait qu'il n'y eût qu'une seule personne dans la boutique, et que sa physionomie m'attirât beaucoup pour que j'osasse franchir le pas. Mais aussi quand une

fois j'avais ma chère petite brioche, et que, bien
enfermé dans ma chambre, j'allais trouver ma
bouteille au fond d'une armoire, quelles bonnes
petites buvettes je faisais là tout seul en lisant quelques pages de roman! Car lire en mangeant fut
toujours ma fantaisie au défaut d'un tête-à-tête.
C'est le supplément de la société qui me manque.
Je dévore alternativement une page et un morceau :
c'est comme si mon livre dînait avec moi.

Je n'ai jamais été dissolu ni crapuleux, et ne me
suis enivré de ma vie. Ainsi mes petits vols n'étaient
pas fort indiscrets : cependant ils se découvrirent ;
les bouteilles me décelèrent. On ne m'en fit pas
semblant; mais je n'eus plus la direction de la
cave. En tout cela M. de Mabli se conduisit hon-
nêtement et prudemment. C'était un très-galant
homme, qui, sous un air aussi dur que son emploi,
avait une véritable douceur de caractère et une
rare bonté de cœur. Il était judicieux, équitable,
et, ce qu'on n'attendrait pas d'un officier de ma-
réchaussée, même très-humain. En sentant son
indulgence je lui en devins plus attaché, et cela me
fit prolonger mon séjour dans sa maison plus que
je n'aurais fait sans cela. Mais enfin, dégoûté d'un
métier auquel je n'étais pas propre et d'une situation très gênante qui n'avait rien d'agréable pour
moi, après un an d'essai, durant lequel je n'épar-
gnai point mes soins, je me déterminai à quitter
mes disciples, bien convaincu que je ne parviendrais
jamais à les bien élever. M. de Mabli lui-même
voyait cela tout aussi-bien que moi. Cependant je
crois qu'il n'eût jamais pris sur lui de me renvoyer
si je ne lui en eusse épargné la peine; et cet excès de
condescendance en pareil cas n'est assurément pas
ce que j'approuve.

Ce qui rendait mon état plus insupportable était la comparaison continuelle que j'en faisais avec celui que j'avais quitté : c'était le souvenir de mes chères Charmettes, de mon jardin, de mes arbres, de ma fontaine, de mon verger, et surtout de celle pour qui j'étais né, qui donnait de l'âme à tout cela. En repensant à elle, à nos plaisirs, à notre innocente vie, il me prenait des serremens de cœur, des étouffemens qui m'ôtaient le courage de rien faire. Cent fois j'ai été violemment tenté de partir à l'instant et à pied pour retourner auprès d'elle; pourvu que je la revisse encore une fois, j'aurais été content de mourir à l'instant même. Enfin je ne pus résister à ces souvenirs si tendres qui me rappelaient auprès d'elle à quelque prix que ce fût. Je me disais que je n'avais pas été assez patient, assez complaisant, assez caressant; que je pouvais encore vivre heureux dans une amitié très-douce en y mettant du mien plus que je n'avais fait. Je forme les plus beaux projets du monde, je brûle de les exécuter. Je quitte tout, je renonce à tout, je pars, je vole, j'arrive dans tous les mêmes transports de ma première jeunesse, et je me revois à ses pieds. Ah! j'y serais mort de joie si j'avais retrouvé dans son accueil, dans ses yeux, dans ses caresses, dans son cœur enfin, le quart de ce que j'y trouvais jadis, et que j'y reportais encore.

Affreuse illusion des choses humaines! Elle me reçut toujours avec son excellent cœur qui ne pouvait mourir qu'avec elle : mais je venais rechercher le passé qui n'était plus, et qui ne pouvait renaître. A peine eus-je resté demi-heure avec elle, que je sentis mon ancien bonheur mort pour toujours. Je me retrouvai dans la même situation désolante que j'avais été forcé de fuir; et cela sans que je pusse

dire qu'il y avait de la faute de personne : car au fond
Courtille n'était pas mauvais, et parut me revoir
avec plus de plaisir que de chagrin. Mais comment
me souffrir surnuméraire auprès de celle pour qui
j'avais été tout, et qui ne pouvait cesser d'être tout
pour moi? Comment vivre étranger dans la maison dont j'étais l'enfant? L'aspect des objets témoins
de mon bonheur passé me rendait la comparaison
plus cruelle. J'aurais moins souffert dans une autre
habitation. Mais me voir rappeler incessamment
tant de doux souvenirs, c'était irriter le sentiment de
mes pertes. Consumé de vains regrets, livré à la
plus noire mélancolie, je repris le train de rester
seul, hors les heures des repas. Enfermé avec mes
livres, j'y cherchais des distractions utiles; et sentant le péril imminent que j'avais tant craint autrefois, je me tourmentais de rechef à chercher en
moi-même les moyens d'y pourvoir quand maman
n'aurait plus de ressource. J'avais mis les choses dans
sa maison sur le pied d'aller sans empirer; mais
depuis moi tout était changé. Son économe était un
dissipateur; il voulait briller : bon cheval, bon équipage; il aimait à s'étaler noblement aux yeux des
voisins : il faisait des entreprises continuelles en
choses où il n'entendait rien. La pension se mangeait d'avance, les quartiers en étaient engagés, les
loyers étaient arriérés, et les dettes allaient leur
train. Je prévoyais que cette pension ne manquerait
pas d'être saisie et peut-être supprimée. Enfin je
n'envisageais que ruine et désastres, et le moment
m'en semblait si proche, que j'en sentais d'avance
toutes les horreurs.

Mon cher cabinet était ma seule distraction. A
force d'y chercher des remèdes contre le trouble de
mon âme, je m'avisai d'y en chercher contre les

maux que je prévoyais : et revenant à mes anciennes
idées, me voilà bâtissant de nouveaux châteaux en
Espagne pour tirer cette pauvre maman des extrémités cruelles où je la voyais prête à tomber. Je ne
me sentais pas assez savant et ne me croyais pas
assez d'esprit pour briller dans la république des
lettres, et faire une fortune par cette voie. Une
nouvelle idée qui se présenta m'inspira la confiance
que la médiocrité de mes talens ne pouvait me
donner. Je n'avais pas abandonné la musique en
cessant de l'enseigner. Au contraire, j'en avais assez
étudié la théorie pour pouvoir me regarder au moins
comme savant en cette partie. En réfléchissant à la
peine que j'avais eue d'apprendre à déchiffrer la
note, et celle que j'avais encore à chanter à livre
ouvert, je vins à penser que cette difficulté pouvait
bien venir de la chose autant que de moi, sachant
surtout qu'en général, apprendre la musique n'était
pour personne une chose aisée. En examinant la
constitution des signes, je les trouvais souvent fort
mal inventés. Il y avait long-temps que j'avais
pensé à noter l'échelle par chiffres pour éviter
d'avoir toujours à tracer des lignes et portées,
lorsqu'il fallait noter le moindre petit air. J'avais
été arrêté par les difficultés des octaves, et par
celles de la mesure et des valeurs. Cette ancienne
idée me revint dans l'esprit; et je vis, en y repensant, que ces difficultés n'étaient pas insurmon-
tables. J'y rêvai avec succès, et je parvins à noter
quelque musique que ce fût par mes chiffres avec la
plus grande exactitude, et je puis dire avec la plus
grande simplicité. Dès ce moment je crus ma fortune faite; et, dans l'ardeur de la partager avec
celle à qui je devais tout, je ne songeai qu'à partir
pour Paris, ne doutant pas qu'en présentant mon

projet à l'académie je ne fisse une révolution. J'a-
vais rapporté de Lyon quelque argent : je vendis
mes livres. En quinze jours ma résolution fut prise
et exécutée. Enfin plein des idées magnifiques qui
l'avaient inspirée, et toujours le même dans tous
les temps, je partis de Savoie avec mon système
de musique, comme autrefois j'étais parti de Turin
avec ma fontaine de héron.

Telles ont été les erreurs et les fautes de ma jeunesse. J'en ai narré l'histoire avec une fidélité dont
mon cœur est content. Si dans la suite j'honorai
mon âge mûr de quelques vertus, je les aurais dites
avec la même franchise; et c'était mon dessein.
Mais il faut m'arrêter ici. Le temps peut lever bien
des voiles. Si ma mémoire parvient à la postérité,
peut-être un jour elle apprendra ce que j'avais à
dire; alors on saura pourquoi je me tais.

FIN DE LA Ire PARTIE DES CONFESSIONS
ET DU PREMIER VOLUME.

NOTES

Les deux notes suivantes nous ont paru devoir être renvoyées à la fin de ce volume, soit à cause de leur étendue, soit parce que la matière qu'on y traite étant générale, embrasse l'ensemble des six premiers livres des *Confessions*. La première est relative à l'éducation et aux études de Jean-Jacques, et la seconde à la chronologie des faits renfermés dans cette première partie. Les lecteurs pour lesquels ces deux articles n'auraient qu'un médiocre intérêt peuvent se dispenser de lire ces notes. C'est dans ce but qu'elles sont isolées et que nous en énonçons l'objet.

I. *Sur l'éducation de J.-J. Rousseau.* C'est une curiosité raisonnable que celle qui fait rechercher par quels moyens un homme né dans l'obscurité, sans fortune, sans asile, abandonné à lui-même, s'expatriant dans son adolescence, changeant d'état et de culte, remplissant des emplois subalternes, s'élève tout à coup au-dessus des autres hommes, excite l'enthousiasme, acquiert enfin une incontestable célébrité.

Il y a deux choses distinctes que l'on confond quelquefois, et qu'il est nécessaire de séparer : ce sont l'éducation et l'instruction. « La naissance est un hasard, disait un philo- « sophe du dix-huitième siècle; l'éducation ne l'est pas tout « à-fait. Savez vous quel est le précepteur qui nous élève ? « Le siècle, et la nation au milieu de laquelle on vient au « monde. Tout ce qui nous environne nous élève, et l'in- « stituteur est un infiniment petit méprisé par les bons cal- « culateurs. Mais il faut multiplier les hasards heureux. » On ne prit pas ce soin envers Jean-Jacques. A peine adolescent, il erra sans protecteur et sans appui. Depuis l'âge de douze ans il ne reçut ni éducation ni instruction. Cette assertion ne mérite aucun développement, et n'a besoin d'autres preuves que celles qui résultent de la lecture de ses *Confessions*. Quant à l'instruction, il est bon de remarquer qu'à l'époque où vivait Jean-Jacques, on acquérait, dans la jeunesse, bien moins l'instruction proprement dite que l'instrument propre

à se la procurer. Rousseau ne fut point élevé comme un
autre. On le débarrasse des élémens ; il *sait lire sans l'avoir
appris ;* il lit au moment où l'on apprend à lire. A six ans, il
est ému en lisant , il verse des larmes ; il ne dort pas, il lit.
A sept ans, Plutarque l'intéresse, il le *dévore.* Dans l'enfance , à cette époque de la vie où les jeux, l'exercice , les
ébats , les ris , la joie , la fatigue et le sommeil se partagent
l'existence , où les facultés intellectuelles ne reçoivent encore aucun développement, celles de Jean - Jacques sont
exercées. On offre à son intelligence des alimens de toute
espèce qui doivent nécessairement être en partie repoussés ,
ou déposer des germes que les circonstances feront naître
plus tard, ou produire quelques fruits précoces. En général,
l'instruction a lieu d'après un système : on y fait concourir
la raison, le plaisir , l'émulation. Dans celle de Rousseau
l'on ne suivit aucune méthode. Mais s'il ne fut pas assujetti
au cours ordinaire des études classiques , il n'en avait pas
moins lu de très-bonne heure, et lu avec fruit. Tout écrivain, sans instruction, ne peut être que médiocre, quel que
soit son talent , parce le style ne se forme que par la lecture, parce qu'il est nécessaire d'avoir, pour écrire , une
suite de connaissances positives que l'étude seule fait acquérir , et auxquelles ne peuvent suppléer les plus beaux
dons de la nature.

Nous allons retracer, dans l'ordre chronologique , et d'a-
près les renseignemens qu'il nous donna lui-même , les lectures qu'il avait faites. En faisant cette revue , nous aurons
l'occasion de remarquer les circonstances légères qui firent
naître le germe de sa haine contre la plupart de nos institutions , et de l'opinion dominante qu'on voit régner dans
ses écrits.

A six ans il lisait des romans avec son père; il y prenait
un tel intérêt , que les nuits se passaient dans cette occupation

A sept, l'*Histoire de l'Eglise et de l'Empire,* par Lesueur;
le *Discours* de Bossuet *sur l'Histoire universelle ;* Plutarque ;

l'*Histoire de Venise* par Nani ; Ovide, La Bruyère, Fontenelle et Molière. Il avait un goût particulier pour Plutarque. Il lisait ces divers auteurs à son père tandis que celui-ci se livrait au travail de l'horlogerie.

Pendant deux années il est en pension à Bossey, chez M. Lambercier. Il y est puni sévèrement pour une faute qu'il n'a point commise. L'impression profonde qu'il en reçoit le décourage, et lui inspire l'horreur de l'injustice. Au retour, il passe deux à trois ans chez son oncle ; il y apprend le dessin ; il y étudie Euclide à onze ans.

Après être resté quelque temps chez le greffier de la ville, on le met en apprentissage dans la boutique d'un graveur. Là toutes ses études sont interrompues; mais l'ennui lui rend à la fin le goût de la lecture. Il s'y livre avec fureur, et lit toute espèce d'ouvrages. Quoique ces lectures se fissent sans choix, elles *ramenaient cependant son cœur à des sentimens plus nobles que ceux que lui avaient donnés son état*, ajoutons, et l'abrutissement dans lequel le tenait son maître, qui le frappait sans cesse.

Rousseau ne désigne pas le genre d'ouvrages qu'il lut à cette époque. Bons, médiocres, mauvais, tout était préférable à un travail manuel toujours accompagné de traitemens cruels et de manières brutales. Il n'excepte que les livres obscènes, et pour lesquels il éprouvait du dégoût. On peut présumer que la boutique du libraire n'était composée que de romans. Le magasin étant épuisé, il se trouve dans un désœuvrement total. Alors son imagination lui retrace les situations qui l'avaient intéressé dans ses lectures, les lui rappelle en les variant, en les combinant; il se les approprie devient un personnage de roman, éprouve *l'amour des objets imaginaires*, et cette facilité de s'en occuper le dégoûte de tout ce qui l'environne, et lui donne le goût de la solitude qui lui resta toujours depuis. Il avait alors douze ans. Cette occupation a dû nécessairement exercer ses facultés intellectuelles, et les tenir dans une tension rarement interrompue. Il ne faut pas l'oublier. Ces rêveries, cet état fictif,

ce vagabondage dans les espaces imaginaires, n'étaient pas
entièrement perdus pour l'instruction, puisque l'instrument
qui sert à l'acquérir était toujours en activité. Ce qu'il lisait
se classait sans qu'il s'en aperçût et sans qu'il eût l'intention
d'en tirer quelque fruit.

Cet état dura jusqu'à près de seize ans (vers le mois d'a-
vril 1728.). Il sort alors de Genève ; il était au fait de l'histoire de son pays, puisqu'il avait le désir de connaître un
descendant du chef des *fameux gentilshommes de la Cuiller*.
C'était M. de Pontverre, curé de Confignon, avec lequel il
parle théologie. Il en savait plus que ce pasteur ; d'où l'on
voit que la lecture faite à sept ans n'était pas perdue. Il sort
du presbytère pour arriver chez madame de Warens, de
laquelle il devait, par la suite, recevoir une instruction
étrangère à celle dont nous parlons.

Nous devons noter son séjour, soit dans l'hospice des
catéchumènes de Turin, soit dans la ville même, parce qu'il
y soutint des thèses, des dissertations théologiques qui
ajoutèrent à ses connaissances. L'abandon du culte de ses
pères lui faisant éprouver des remords, il combattit, appe-
lant à son secours St Augustin, St Grégoire, dont il avait
retenu des fragmens cités dans l'ouvrage de Lesueur qu'il
avait lu à sept ans. Il étudie et passe en revue les dogmes à
seize ans. Il sort de l'hospice après moins de trois mois de
séjour. Il se lie avec M. Gaime, homme instruit, et précepteur des enfans du comte de Mellarède. Ils ont ensemble
des entretiens sérieux qui ne furent pas sans fruit, puisque
la *Profession de foi du vicaire savoyard* en est en partie le
résultat. Ils laissèrent dans l'esprit de Jean-Jacques des
germes qui se développèrent lentement, cette *Profession*
ayant été écrite plus de trente ans après.

L'abbé de Gouvon veut lui enseigner le latin ; mais au
lieu de profiter de ses leçons, il apprit et sut très-bien
l'italien. Cet abbé lui montra comment il *fallait lire moins
avidement* et avec plus de réflexion.

L'instruction s'acquérait, comme on voit, sans plan, sans ordre, sans méthode ; mais enfin elle avait lieu.

Il part de Turin à dix-huit ans.

Il revient chez madame de Warens, y rédige des projets, met au net des mémoires, transcrit des recettes. Il lit ensuite Puffendorf, *le Spectateur*, *la Henriade* ; *causait avec elle de ses lectures*, ou *lisait près d'elle*, et *s'exerçait à bien lire.* Madame de Warens avait l'esprit orné, *connaissait la bonne littérature, en parlait fort bien.* De pareils entretiens valaient une étude. Ils lisaient ensemble La Bruyère, qui leur plaisait plus que La Rochefoucauld.

M. D'Aubonne le prend pour un homme très-borné. On avait déjà, et l'on a même encore depuis porté le même jugement sur Jean-Jacques ; il en explique la cause par la *lenteur de penser jointe à la vivacité d'esprit, et par la difficulté (la plus incroyable) avec laquelle ses idées s'arrangeaient dans sa tête.*

L'avis de M. d'Aubonne fut d'en faire un curé de campagne. En conséquence de cette singulière décision, on le met au séminaire, où il s'occupe particulièrement de musique. A Turin il avait pris pour cet art un goût qui se changea bientôt en une véritable passion.

On le remit au latin qu'il n'a jamais bien su, ne pouvant apprendre avec des maîtres. *Le peu qu'il sait, il l'a appris seul.* Il sort du séminaire sachant l'air d'*Alphée et d'Aréthuse*, cantate de Clérambault, fruit de ses études pendant sa retraite.

Pour mieux cultiver la musique, on le met en pension chez M. Le Maître, professeur de musique de la cathédrale d'Anneci. En y comprenant le temps qu'il avait passé au séminaire, il séjourna une année dans cette ville. Il accompagne M. Le Maître à Lyon, revient à Anneci, et n'y trouve plus madame de Warens, qui était partie pour Paris.

Dans sa vingtième année, il fait un voyage à Fribourg, séjourne à Lausanne pour y montrer la musique ; passe l'hiver à Neuchatel, part pour Jérusalem avec un archiman-

drite pour lequel il harangue le sénat de Berne avec succès
et sans timidité. C'est la seule fois qu'il parle en public.
M. de Bonac, ambassadeur de France, le retient à Soleure.
Logé dans la chambre qu'avait habitée Jean-Baptiste Rousseau, il en lit les œuvres, et fait une cantate.

On l'envoie à Paris pour être auprès de M. Godard, qui
entrait fort jeune au service de France. Se croyant destiné pour
l'état militaire, il ne rêve que batailles, remparts, gabions,
batteries, etc.; probablement il lut, quoiqu'il ne le dise pas,
des ouvrages relatifs à cet art. *Désappointé* bientôt à son arrivée à Paris, où il se trouve sans ressource, il en repart après
avoir fait une satire contre l'avarice du colonel Godard, et
se dirige vers la Savoie pour y revoir madame de Warens.

Il voyageait à pied par goût plus encore que par nécessité,
rêvant, parcourant les espaces imaginaires, s'écartant de sa
route, et s'égarant quelquefois C'est dans ce voyage qu'il
reçut une vive impression à laquelle on peut attribuer l'origine de sa haine contre les oppresseurs du peuple. Le fait
qu'il raconte (liv. IV), de peu d'importance en lui-même,
le frappe: la rigueur des lois fiscales qui punissaient sévèrement celui qui fraudait les droits (le paysan cachait son
vin à cause des aides, et son pain à cause de la taille);
l'énorme disproportion qu'il y avait entre la peine et le
délit, font naître dans Jean-Jacques un sentiment d'indignation qui doit éclater vingt ans après, et produire le *Discours sur l'inégalité*, etc.

Il séjourne à Lyon, copie de la musique pour un moine,
lit *Gilblas avec plaisir, mais il n'était pas encore mûr; il
lui fallait encore des romans à grands sentimens*. Il a souvent avec mademoiselle Du Châtelet des entretiens sensés,
instructifs, *plus propres*, nous dit-il, *à former un jeune
homme que toute la pédantesque philosophie des livres*.

Il rejoint madame de Warens. Depuis environ une année
qu'il en était séparé, il n'avait, je ne dis pas fait aucune
étude, excepté celle de la musique, mais fait de lecture
suivie.

Il est placé comme secrétaire du cadastre, à Chambéri, en 1733, *après quatre ou cinq ans de courses, de folies et de souffrances depuis sa sortie de Genève.*

Il prétend que du *côté de l'esprit il était assez formé pour son âge*, mais *que le jugement* ne l'était guère.

Depuis 1733 jusqu'en 1741, qu'il partit pour Paris, il arrive peu d'événemens. *C'est dans ces précieux intervalles que son éducation mélée et sans suite, ayant pris de la consistance, l'a fait ce qu'il n'a plus cessé d'étre.* Mais on va voir que cette remarque n'est fondée que pour les dernières années de cette époqne.

Il travaille d'abord assidûment au cadastre. Il apprend seul, et *bien par cette raison*, les mathématiques. Il dessine des fleurs, des paysages, y passe tout son temps; on est obligé de l'arracher à cette occupation. Son goût pour la musique augmente, mais ses progrès sont lents. Il meuble de gravures et de livres un cabinet, dans un jardin loué pour y mettre des plantes.

Le 10 octobre 1733, la France ayant déclaré la guerre à l'empereur d'Allemagne, les troupes françaises passèrent à Chambéri pour se rendre dans le Piémont. Rousseau se passionne pour la France. Il lisait alors les *grands capitaines* de Brantôme: *il avait la téte pleine des Clisson, des Bayard, des Lautrec, et s'affectionnait à leurs descendans comme aux héritiers de leur mérite et de leur courage.* L'intérêt qu'il prenait aux Français lui fait lire les gazettes.

Le *Traité de l'harmonie* de Rameau lui tombe entre les mains; il l'étudie, organise des concerts chez madame de Warens. Il est entièrement absorbé par la musique. Ce goût devient une fureur; et, pour s'y livrer, il se démet de son emploi.

En voyant cette conduite, ce goût constant qui ne se dément jamais, qui augmente sans cesse, auquel Jean-Jacques sacrifie tout, qui ne croirait qu'il ne doit être question que d'un musicien, d'un compositeur, d'un homme de génie, même si l'on veut, d'un autre Mozart, ou plutôt d'un Grétri, mais enfin d'un homme qui, s'il doit jamais sortir de l'obscurité, n'y pourra parvenir que comme *musicien ?* La musique a, jusqu'à présent et plus tard, pendant les trente-huit premières années de sa carrière, été l'occupation la plus constante et la plus suivie.

Il donne donc des leçons de musique. Voulant le *former*, madame de Warens lui fait apprendre la danse et l'escrime, que Jean-Jacques abandonne bien vite et par dégoût.

Parmi ses écoliers était M. de Conzié, gentilhomme savoyard, qui *heureusement* n'avait aucune disposition pour la musique, de manière que les heures de leçon se passaient en lectures ; celle de la *Correspondance de Frédéric et de Voltaire*, et des *Lettres anglaises* ou *philosophiques* de ce dernier les captive et les intéresse ; elle *développe* dans Rousseau *le germe de littérature et de philosophie qui commençait à fermenter dans sa tête. Rien de ce qu'écrivait Voltaire ne nous échappait*, dit Jean-Jacques ; *le goût que je pris à ces lectures m'inspira le désir d'écrire avec élégance, et de tâcher d'imiter le beau coloris de cet auteur, dont j'étais enchanté.* Remarquons, en passant, la noble franchise de cet aveu fait (en 1767) long-temps après les traitemens injurieux de Voltaire contre Rousseau. Celui-ci ajoute que les *Lettres philosophiques* furent *l'ouvrage qui l'attira le plus vers l'étude, et ce goût naissant ne s'éteignit plus depuis ce temps-là ;* mais il se passa du temps encore avant qu'il s'y livrât.

En 1737 Rousseau fit un voyage à Genève pendant les troubles de cette ville. Il y vit le père et le fils (MM. Barillot) sortir de la même maison, chacun dans un parti armé contre l'autre, se trouver en présence. L'impression que lui fit ce spectacle ne s'effaça jamais.

« Il passe deux ou trois ans entre la musique, les magis-
« tères, les projets, les voyages ; cherchant à se fixer sans
« savoir à quoi, mais entraîné pourtant par degrés vers
« l'étude, voyant des gens de lettres, entendant parler de
« littérature, se mêlant quelquefois d'en parler lui-même,

« et prenant plutôt le jargon des livres que la connaissance
« de leur conten u.

Un Genevois fomente son émulation naissante par des nouvelles de la République des lettres, tirées de Baillet et de
Colomiès. Un moine, professeur de physique à Chambéri,
lui donne quelques notions de cette science.

Il lit avec *fureur* Cléveland, dont les malheurs imaginaires l'affectent plus que les siens. Sa passion pour la musique est momentanément interrompue par celle des échecs ;
elle fut telle qu'il s'enferma et en perdit le boire et le manger.

Rétabli d'une maladie grave, il va demeurer aux *Charmettes* avec madame de Warens, dans l'automne de 1736.

Il a des entretiens instructifs avec le médecin Salomon,
homme d'esprit, grand cartésien, qui parlait bien du système du monde. Il lit plusieurs ouvrages qui *mélaient la dévotion aux sciences, particulièrement ceux de l'Oratoire et de
Port-Royal*. Il a relu souvent les *Entretiens sur les sciences*
du P. Lami.

Enfin il se sent entrainé vers l'étude avec une force irrésistible.

Au printemps de 1737, il emporte des livres aux *Charmettes*, et songe à mettre de la méthode dans ses études.

Voici les essais qu'il fit successivement avant d'en adopter
une bonne; ils prouvent une patience incroyable, et peuvent
éclairer dans la route qui conduit aux connaissances, en in-
diquant ce qu'il faut éviter autant que ce qu'il faut faire
pour y parvenir.

Le premier essai ne fut pas heureux. Croyant que pour
lire un livre avec fruit, il était nécessaire d'avoir toutes les
connaissances qu'il supposait, et que le plus souvent l'auteur était loin d'avoir, il était arrêté à chaque instant, forcé
de recourir d'un livre à l'autre. Avant d'être à la dixième
page de celui qu'il voulait étudier, il lui aurait fallu épuiser
toute une bibliothèque ; il perdit un temps infini en s'obstinant à cette extravagante méthode qui faillit à lui *brouiller
la tête*, *au point de ne pouvoir plus ni rien voir ni rien*

I.

savoir. Heureusement il s'aperçut qu'il s'égarait dans un labyrinthe immense, dont il sortit avant d'y être tout-à-fait perdu. Sentant qu'il y avait entre les sciences une liaison qui *fait qu'elles s'attirent, s'aident, s'éclairent mutuellement, et que l'une ne peut se passer de l'autre,* il vit que ce qu'il avait entrepris était bon et utile en lui-même, et qu'il n'y avait que la méthode à changer. *Prenant d'abord l'Encyclopédie, j'allais,* dit-il, *la divisant dans ses branches. Je vis qu'il fallait faire tout le contraire, les prendre chacune séparément, et les poursuivre ainsi jusqu'au point où elles se réunissent. Ainsi je revins à la synthèse ordinaire, mais en homme qui sait ce qu'il fait.*

. S'apercevant qu'il travaillait mieux, et mettait plus de temps à profit en faisant succéder des sujets différens, que l'un le délassait de l'autre, il les entremêla tellement, qu'il s'occupait tout le jour sans se fatiguer.

La méthode une fois trouvée, il fallait une distribution régulière de son temps. Elle fut l'objet de plusieurs essais pareillement infructueux. Il partagea les heures de la journée entre la promenade, la conversation avec madame de Warens, et l'étude : mais il prit encore une fausse route dans ses lectures. Il les commençait chaque jour par quelque livre de philosophie, comme la *Logique de Port-Royal,* l'*Essai* de Locke, Mallebranche, Leibnitz, Descartes, etc. Voyant ces auteurs souvent en contradiction, il forme le projet insensé de les mettre d'accord, se fatigue, perd du temps et se brouille les idées. Enfin, y renonçant, il se fait un système auquel il *attribue tout le progrès qu'il peut avoir fait, malgré son défaut de capacité, car il en eut toujours fort peu* pour l'étude. En lisant chaque auteur il se fit une loi d'adopter et suivre ses idées sans y mêler les siennes, ni celles d'un autre, et sans disputer avec lui. Il se dit : *Commençons par me faire un magasin d'idées vraies ou fausses, mais nettes, en attendant que ma tête en soit assez fournie pour pouvoir les comparer et choisir.*

Il passa de là à la géométrie élémentaire, ne goûta point

celle d'Euclide, qui lui parut chercher plutôt la chaîne des
démonstrations que la liaison des idées; il lui préféra la
Géométrie du P. Lami, qui fut son guide dans l'algèbre,
et dont il a toujours lu les ouvrages avec plaisir. Plus
avancé, il prit la *Science du calcul* du P. Reyneau, et son
Analyse démontrée, qu'il ne fit qu'effleurer. Il n'a jamais été
assez loin pour bien sentir l'application de l'algèbre à la
géométrie, *n'aimant point cette manière d'opérer sans voir
ce qu'on fait.*

Aux heures consacrées à ces sciences, succédait l'étude
du latin, pénible pour lui, et dans laquelle il n'a jamais fait
de grands progrès. Il étudia, mais sans fruit, la méthode
de Port-Royal, qu'il abandonna, se déterminant à lire un
auteur latin à l'aide d'un dictionnaire, et à faire quelques
traductions. Après dîner, ne pouvant supporter l'application
du cabinet, il s'occupait, *sans gêne et presque sans règle,
à lire sans étudier.* Ce qu'il suivait le plus exactement était
l'histoire et la géographie. Il voulut étudier le P. Pétau, et
s'enfonça dans les ténèbres de la chronologie; mais il se
dégoûta de la partie critique qui n'a ni fond ni rive, et préféra l'exacte mesure des temps et la marche des corps célestes.
Mais il fut obligé, faute d'instrumens, de se contenter de
quelques élémens d'astronomie pris dans les livres.

Ces diverses études se faisaient dans sa vingt-cinquième
année. N'ayant pas de mémoire, il *s'était mis dans la tête
de s'en donner par force.* Il voulut apprendre par cœur Virgile, recommença vingt fois sans pouvoir s'en rappeler un
seul vers.

Dans l'hiver de 1737, on lui apporte d'Italie des ouvrages
sur la musique, qui lui donnèrent du goût pour l'histoire et
pour les recherches théoriques de ce bel art.

Ayant fait entrer un peu de physiologie dans sa lecture, il
veut étudier l'anatomie et la médecine. Il croyait avoir toutes
les maladies, et connaissant le jeu de toutes les pièces qui
composent notre machine, et les risques qu'elles courent
dans les moindres mouvemens, il croyait à chaque instant

qu'elles allaient se détraquer, tant son imagination se frappait vivement de l'objet dont il s'occupait. Le résultat de ses études en médecine fut de lui faire croire qu'il avait un polype au cœur, pour la guérison duquel il se rendit à Montpellier. C'est au retour de ce voyage qu'il remporta sur lui-même une victoire dont il attribue la cause à l'étude qui *lui fit préférer son devoir à son plaisir.* Il s'agit de la promesse qu'il avait faite à madame de Larnage d'aller la retrouver. *Il passa tout droit, non sans quelques soupirs, mais avec cette satisfaction qu'il goûtait pour la première fois, en se disant qu'il méritait sa propre estime. C'est la première obligation, dit-il, que j'aie à l'étude, qui m'avait appris à réfléchir, à comparer. Sitôt qu'il eut pris cette résolution, il devint un autre homme, ne pensant qu'à régler désormais sa conduite sur les lois de la vertu.* Le sacrifice qu'il faisait de madame de Larnage à madame de Warens méritait d'être reconnu par cette dernière; mais il trouve un rival qui avait pris sur cette femme l'empire et les droits de Rousseau. Qu'on juge de l'état de celui-ci par l'étendue du sacrifice qu'il croyait avoir fait. Cet événement est une époque intéressante de sa vie par la résolution qu'il prit de se vaincre encore. Laissons-le rendre compte lui-même de cette circonstance :

« Réduit à me chercher un sort indépendant d'elle, et
« n'en pouvant même imaginer, je le cherchai tout en elle,
« et l'y cherchai si parfaitement que je parvins presque à
« m'oublier moi-même. L'ardent désir de la voir heureuse
« absorbait toutes mes affections. Elle avait beau séparer
« son bonheur du mien, je le voyais mien en dépit d'elle.
« Ainsi commencèrent à germer avec mes malheurs les vertus
« dont la semence était au fond de mon âme, que l'étude
« avait cultivées, et qui n'attendaient pour éclore que le
« ferment de l'adversité. Le premier fruit de cette disposi-
« tion si désintéressée fut d'écarter de mon cœur tout sen-
« timent de haine et d'envie contre celui qui m'avait sup-
« planté. »

Il poussa la générosité au point de vouloir former son rival et travailler à son éducation, mais ce fut sans succès. Navré du changement de madame de Warens, il s'enferme avec ses livres. Ne pouvant ni se consoler ni se distraire, il forme le projet de quitter la maison ; projet que madame de Warens favorise. Il part pour faire à Lyon l'éducation des enfans de M. de Mabli, y reste un an, et revient à Chambéri. A peine eut-il resté une demi-heure près de sa *maman* *qu'il sentit son ancien bonheur mort pour toujours. Il venait* *rechercher le passé qui n'était plus, et ne pouvait renaître.* Il appelle à son secours la lecture et l'étude : son cabinet était sa seule distraction. Prévoyant la ruine prochaine de madame de Warens, il rêve aux moyens de venir à son secours. Ne se sentant pas assez savant, et ne se croyant pas assez d'esprit pour briller dans la république des lettres et faire fortune par cette voie, il croit pouvoir y parvenir par la musique dont il avait fait une étude particulière. Trouvant les signes défectueux, il imagine de les simplifier, croit réussir, et se met en route pour Paris avec son nouveau système : c'était en 1741. Il avait vingt-neuf ans. Il devait rester encore dix ans dans l'obscurité.

Telles sont les études que fit Jean-Jacques dans les trente premières années de sa vie. Dans cet espace de temps, il ne compose qu'une satire contre M. Godard, la seule qu'il ait jamais faite ; *Narcisse,* ou *l'Amant de lui-même* ; les *Prisonniers de guerre* ; quelques autres pièces moins importantes, une Note pour l'éducation des enfans de M. de Mabli. Il y a loin de là à *Emile,* aux *Discours sur les sciences, sur l'inégalité des conditions,* à la *Nouvelle Héloïse.*

Apprenti greffier, graveur, laquais, valet de chambre, séminariste, interprète d'un archimandrite, secrétaire du cadastre, maître de musique, précepteur : telles sont les professions qu'exerça tour à tour, en les séparant par des intervalles consacrés à des occupations de son choix, à des courses, à la paresse, à des promenades, à des lectures, celui qui devait un jour, sans cesser d'être le jouet de la fortune, forcer les mères à remplir le plus saint de leurs devoirs ; apprendre à l'homme à ne compter que sur son travail et son industrie ; se voir demander des lois pour une nation brave, généreuse, victime du plus fort, dont elle a subi le joug humiliant ; donner à la morale un charme inconnu, faire enfin une révolution dans l'éducation, dans les mœurs, dans les arts, dans la politique.

II. *Chronologie.* Nos observations à ce sujet portent plus particulièrement sur les faits contenus dans le cinquième Livre, dans lequel il y a des transpositions d'événemens qu'il n'est pas inutile de faire remarquer, sans toutefois altérer le texte ni l'ordre suivi par Jean-Jacques. Il a d'ailleurs soin de prévenir et de répéter qu'il *écrit de mémoire*, et témoigne le regret de n'avoir pas fait de journal. Le récit des événemens est exact quant aux circonstances, mais ils ne sont pas toujours à leur place. Il est de notre devoir de rectifier les erreurs si nous en trouvons les moyens. Ces moyens, Rousseau nous les donne quelquefois lui-même, soit par sa correspondance, soit en rattachant un fait à une époque connue avec précision, et qui, par là, donne à ce fait une certitude de date au moyen de laquelle il devient facile de le classer.

Voici l'ordre dans lequel Jean-Jacques présente les faits, et les observations auxquelles ils donnent lieu.

1° *Il lui semble* (liv. V) *être arrivé en 1732 à Chambéri, ayant près de 21 ans.* Cette manière de s'exprimer prouve qu'il conservait des doutes. Étant né le 28 juin 1712, il ne pouvait pas avoir près de 21 ans en 1732. Lorsqu'il eut un emploi dans le cadastre, ce fut en 1733. Il en fixe l'époque, comme on va le voir.

2° En effet, dans les premiers temps qu'il occupait cet emploi, les troupes françaises passèrent par Chambéri pour se rendre en Piémont, d'après la déclaration de guerre du 10 octobre 1733 ; ce passage eut lieu à la fin de ce mois, et dans le mois de novembre. Il reste environ deux ans sans sortir de

Chambéri , et comme secrétaire du cadastre ; ce qui nous mène à l'année 1735.

3° Nouvel accès de musique qui le dégoûte de son emploi. Il nous fournit une date en disant que les *opéras de Rameau commençaient à faire du bruit.* Or , le premier est de 1733 (*Hippolite et Aricie*) ; il eut beaucoup de succès. Les concerts et la musique donnant à Jean-Jacques un dégoût invincible pour le travail du cadastre , il y renonce et quitte *son emploi avec plus de joie qu'il n'en avait eu à le prendre il n'y avait pas deux ans.*

4° Il donne des leçons , et les rapports qui s'établissent entre le maître et les dames de Chambéri , déterminent madame de Warens à lui donner *une instruction* qui lui manquait.

5° Il se détermine à apprendre la composition , et , pour y parvenir, se rend à Besançon , auprès de l'abbé Blanchard, habile compositeur; mais la saisie de sa malle le force à revenir sans avoir rien fait.

Jusqu'ici l'on peut admettre cet ordre ; mais il est entièrement détruit par une lettre de Jean-Jacques ; c'est la seconde du recueil : elle est datée de Besançon , le 29 juin 1732. Rousseau dit avoir été très-bien reçu par l'abbé Blanchard , *qui lui a trouvé un talent merveilleux pour la composition.* Mais comme l'abbé devait partir incessamment pour Versailles , il ne lui donna pas de leçons , et Jean - Jacques mande qu'il *va retourner dans quelques jours à Chambéri* , qu'il y enseignera la musique , *pendant le terme de deux années.* Il demande s'il y sera bien reçu , et s'il y trouvera des écoliers. Il ajoute que s'il n'y a pas pour *lui de débouché à Chambéri* , *il prendra un autre parti* , et paraît disposé à suivre l'abbé Blanchard.

On voit d'abord , d'après cette lettre , que Rousseau n'apprend point la composition , parce que l'abbé Blanchard devait partir , ensuite, que ce départ est la seule cause de son retour à Chambéri.

Au contraire, d'après le récit qu'il fait dans ses *Confes-*

sions, c'est la saisie de sa malle qui le force à revenir sur ses pas; et, comme il avait des écolières, il ne pouvait écrire pour demander s'il en aurait. La cause de cette saisie prouve bien que ce voyage se fit après avoir abandonné son emploi, puisque c'était un pamphlet prêté par un employé du cadastre qui fit confisquer cette malle.

La supposition de l'erreur de date dans la lettre ne nous tire pas d'embarras; les circonstances n'étant pas les mêmes dans les *Confessions*, il faut nécessairement admettre plusieurs voyages à Besançon, quoique Rousseau ne parle que du dernier. Cette conjecture est autorisée par une autre lettre en date du 3 mars (sans indication d'année), et dans laquelle il est question d'un voyage à Besançon, dont les détails n'ont point de rapport avec aucun des deux autres, et dont il paraît avoir été fort mécontent. Remarquons que, dans cette même lettre il invite madame de Warens à le venir voir à la campagne, en le prévenant plusieurs mois d'avance, *afin qu'il se prépare à la bien recevoir*. Or le récit de l'auteur fait voir qu'il n'a pu commencer à recevoir à la campagne que lorsqu'il habita l'Hermitage, plus de vingt ans après l'époque dont nous nous occupons. Les détails contenus dans cette première partie ne permettent pas de supposer une lacune qui se rapporterait au séjour de Jean-Jacques dans une campagne, séjour qu'il aurait été loin d'oublier. Nous reviendrons sur cette lettre dans la *Correspondance*.

3° La paix étant faite (1735), il chante un morceau de l'opéra de *Jephté*, qui *était alors dans sa nouveauté*. Or, *Jephté*, annoncé pour le 28 février 1732, et représenté le 4 mars suivant avec beaucoup de succès, ne pouvait plus être dans sa nouveauté en 1735. Cependant il faut rappeler que le cardinal de Noailles, choqué de voir mettre sur la scène de l'opéra des sujets tirés de l'histoire sacrée (et *Jephté* était la première tentative en ce genre), eut assez de crédit pour en faire défendre les représentations. Elles furent reprises les années suivantes, et l'on y fit même beaucoup de

changemens : il faut supposer que Jean-Jacques parle de
l'une de ces reprises.

4° La *Correspondance de Voltaire* paraîtrait , d'après le
texte de Jean-Jacques , avoir précédé les *Lettres philosophiques*, qui, d'après les recherches de M. Beuchot , furent
publiées pour la première fois en 1731 , tandis que la *Correspondance* ne parut qu'en 1745 , dérobée par une femme
de chambre de madame Du Châtelet qui la renvoya pour ce
vol. Mais , avant cette année (1745) plusieurs lettres de
Voltaire au Prince Royal de Prusse avaient été insérées dans
les journaux de Hollande.

Les V et VI⁰ livres des *Confessions* embrassent depuis
l'année 1732 jusqu'à 1741 ; et Jean-Jacques, plaçant dans
cet espace la lecture de la *Correspondance de Voltaire avec
Frédéric* , et des *Lettres philosophiques* , ne pouvait connaître que les fragmens de cette correspondance contenus
dans ces journaux ; mais il a pu lire les *Lettres philosophiques*, publiées au commencement de l'époque dont il est
question.

Jean-Jacques habita Chambéri depuis 1732 jusqu'à la fin
de l'été de 1736 qu'il alla s'installer aux Charmettes avec
madame de Warens. En septembre 1737 , il fit un voyage à
Montpellier pour se guérir d'un polype qu'il croyait avoir au
cœur. Il en revint au mois de mars 1738 , trouva près de
madame de Warens un rival qu'elle lui préférait. Le chagrin
qu'il en éprouva le fit aller passer un an à Lyon. Enfin , en
1741, il se rendit à Paris, y vécut ignoré du public jusqu'en
1750 , que son *Discours contre les sciences et les arts* fut
couronné par l'académie de Dijon.

FIN DES NOTES.

TABLE DES MATIÈRES

Contenues dans ce Volume.

A Mottiers le 14 8bre 1762.

Oui Monsieur, j'accepte encore mon second portrait
Vous savez que j'ai fait du premier un usage aussi
honorable à vous qu'à moi, et bien précieux à mon cœur.
Monsieur le Mareschal de Luxembourg daigna l'accepter.
Madame la Mareschale a daigné le recueillir. Ce
monument de votre amitié de votre générosité de vos rares
talens occupe une place digne de la main dont il est sorti.
J'en destine au second une plus humble, mais dont le même
sentiment a fait choix. Il ne me quittera point, Monsieur,
cet admirable portrait qui me rend en quelque façon
l'original respectable: Il sera sous mes yeux chaque jour
de ma vie: il parlera sans cesse à mon cœur: il sera
transmis après moi dans ma famille, et ce qui me
flatte le plus dans cette idée est qu'on s'y souviendra
toujours de nôtre amitié   Rousseau

à Mr. Latour peintre.

Imprimé en France
FROC032044210120
23239FR00013B/131/P

9 782329 356983